MANFRED BOMM

Schlusswort

MANFRED BOMM

Schlusswort

Kriminalroman

GMEINER

Immer informiert

Spannung pur – mit unserem Newsletter informieren wir Sie regelmäßig über Wissenswertes aus unserer Bücherwelt.

Gefällt mir!

Facebook: @Gmeiner.Verlag
Instagram: @gmeinerverlag
Twitter: @GmeinerVerlag

MIX
Papier aus verantwortungsvollen Quellen
FSC® C014496
FSC www.fsc.org

Besuchen Sie uns im Internet:
www.gmeiner-verlag.de

Im Ehnried 5, 88605 Meßkirch
Telefon 07575/2095-0
info@gmeiner-verlag.de

1. Auflage 2020

Lektorat: Claudia Senghaas, Kirchardt
Herstellung: Mirjam Hecht
Umschlaggestaltung: U.O.R.G. Lutz Eberle, Stuttgart
unter Verwendung eines Fotos von: © Yury Teploukhov / stock.adobe.com
und © Vista Photo / stock.adobe.com und
© Polizeihistorischer Verein Stuttgart e.V.
Druck: GGP Media GmbH, Pößneck
Printed in Germany
ISBN 978-3-8392-2590-5

Personen und Handlung sind frei erfunden.
Ähnlichkeiten mit lebenden oder toten Personen
sind rein zufällig und nicht beabsichtigt.

VORWORT

Gewidmet allen, die nicht der Verlockung des vermeintlich großen Gewinns erliegen, sondern sich durch Ehrlichkeit, Verlässlichkeit und Verantwortung gegenüber der Gemeinschaft auszeichnen. Wer nur wie ein Besessener nach Macht strebt und auf dem Weg nach oben verbranntes Land hinterlässt, wird eines Tages sehr einsam sein – wenn er kleinlaut und frustriert zurückkehrt und allen wieder begegnet, die er mit Ellbogen beiseitegestoßen hat.

Die Welt ist leider voll von den Rücksichtslosen, den Herrschsüchtigen und Egoisten, die nur fordern und eigenes Unvermögen durch übersteigertes Selbstbewusstsein auszugleichen und von den wahren Problemen abzulenken versuchen.

Gewidmet ist diese Geschichte aber auch jenen, die den Ruhestand genießen können und zu jenen gehören, die das auf immer mehr Druck ausgerichtete Berufsleben satt haben und sich nichts sehnlichster wünschen, als davon befreit zu werden. Wer glaubt, die Menschen immer länger arbeiten lassen zu müssen, der versündigt sich an ihnen und dem Alter. Aber anstatt innovative Ideen zu entwickeln, mit denen die Zukunft lebenswert gestaltet werden kann, wird auf althergebrachte Systeme gepocht, die den Menschen nicht als das sehen, was er ist: nämlich Mensch.

Gewidmet ist das Buch aber auch jenen, die den Mut haben, nicht nur schönzureden, sondern Probleme anzuprangern, ohne Angst davor zu haben, mit dem Hinweis, doch nur »Stammtischgeschwätz« zu verbreiten, diffamiert zu werden.

1

Die Cockpit-Crew des Airbus A 330 war in die Nacht hineingeflogen. Beim Start in Lanzarote hatten die schwarzen Vulkanberge bereits lange Schatten geworfen. Und als die Maschine der British Airways auf Nordkurs schwenkte, lag die afrikanische Westküste schon im Dunkel einer Dezembernacht.

Es war kurz vor 22 Uhr Ortszeit, als der Airliner auf Londons großen Flughafen Gatwick heranschwebte. Der Tower hatte Landerichtung 08 durchgegeben – also in Kompassrichtung 80 Grad, nahezu östlich. Für Maschinen, die sich von Süden näherten, bedeutete dies eine weit ausholende Rechtskurve, sofern keine Warteschleife notwendig wurde.

»Zero, eight, right«, wiederholte der Co-Pilot die Anweisungen des Fluglotsen. Rechte Landebahn. Für die beiden Männer im Cockpit reine Routine. Zwar hatte Gatwick zwei parallel zueinander verlaufende Bahnen, doch konnte jeweils nur eine genutzt werden, weil sie viel zu nahe beieinanderlagen. Außerdem war die »08/links« kürzer und verfügte über kein Instrumentenlandesystem.

Die Landescheinwerfer pflügten durch tief hängende Wolken, als das Fahrwerk mit einem spürbaren Ruck einrastete. Die Instrumente signalisierten den korrekten Gleitweg zu der Landebahn, die nun in einigen Meilen vor ihnen lag – noch von der undurchdringlichen Schwärze dicker Wolken verhüllt.

Die Befeuerung der Landebahn würde erst ab einer Höhe von weniger als tausend Metern über Grund zu sehen sein. Für den Flugkapitän und seinen Ersten Offizier waren dies keine ungewöhnlichen Umstände. Sofern es weder dichten Bodennebel noch orkanartige Stürme oder eine kräftige Gewitterzelle über dem Flughafen gab, konnte man sich auf die moderne Technik verlassen. Jedenfalls würden sie in spätestens dreieinhalb Minuten aufsetzen. Das Dröhnen der Triebwerke, das stundenlang die Maschine erfüllt hatte, war längst einem mäßigeren Sound gewichen, in den sich nun das kräftige Rauschen mischte, das die vorbeistreichende Luft an den ausgefahrenen Landeklappen verursachte.

Im Cockpit machte sich angespanntes Schweigen breit – wie jedes Mal, wenn die Blicke konzentriert auf unzählige beleuchtete Instrumente gerichtet waren. Sie ließen allesamt eine saubere Landung erwarten.

Doch von einer Sekunde auf die andere änderte sich dies: Über ihre Kopfhörer vernahmen die beiden Piloten die Stimme des Fluglotsen – zwar ruhig, sonor und sachlich, völlig unaufgeregt, aber die Anweisung, die er erteilte, war alles andere als beruhigend: Landeanflug sofort abbrechen, nach links drehen und wieder steigen.

Der Kapitän war nur für einen kurzen Moment irritiert und blickte nickend zu seinem Kopiloten, der unterdessen die Anweisung, ohne nachzufragen, wiederholte und damit bestätigte. Beide wussten, was jetzt zu tun war: diverse Tasten und Schalter betätigen und vollen Schub geben, Landeklappen einfahren. Steilkurve links. Die Triebwerke heulten auf.

2

Kurz vor Mitternacht, nur drei Kilometer nordwestlich der Landebahn, unweit des kleinen Orts Charlwood im Bezirk West-Sussex. Das Stanhill Court Hotel schmiegte sich dort wie ein großes Landhaus in eine weitläufige Waldlandschaft. Das Management rühmte sich ob der idyllischen Lage und der verkehrsgünstigen Nähe zum Flughafen – und außerdem sei es ein idealer Ort für Hochzeiten und andere Veranstaltungen, hieß es in den Werbebroschüren.

An diesen Dezembertagen, kurz vor Weihnachten 2018, hatten sich einige gut situierte Herrschaften eingefunden, die aus ganz Europa angereist waren. Offenbar, so hatte die Direktion des Hotels festgestellt, handelte es sich um Vertreter der Pharmaindustrie, aber auch um Ärzte und Apotheker. In einer Branche, die auf Wachstum und Gewinn ausgerichtet war, galt es als durchaus üblich, die wichtigsten Multiplikatoren bisweilen mit einer kleinen Zuwendung und einer bescheidenen Reise bei Laune zu halten. Nun zählte England zwar nicht gerade zu den attraktivsten Reisezielen – zumal schon einmal Japan und Südafrika angeboten worden waren –, doch diesmal, zur Weihnachtszeit, sollte es ein beschauliches, idyllisch gelegenes Hotel sein, von dem aus es nicht weit »zum exklusiven Shoppen« in die Londoner City war. Außerdem lag der Flughafen sozusagen vor der Haustür. Und die Metropole wurde natürlich mit organisierten Taxishuttles angesteuert.

Dass beim opulenten mehrgängigen Abendmenü heute zwei Plätze frei blieben, war nur drei französischen Ärzten aufgefallen, die sich angeregt mit einer jungen Pharmavertreterin aus der Schweiz unterhielten. Bei der anschließenden Show, die einen Querschnitt aus Kabarett, Tanz und Musik bot, hatte sich die Stimmung unter den annähernd hundert Gästen bereits derart gelöst, dass niemand hätte sagen können, ob alle Tagungsteilnehmer anwesend waren. Erst am Morgen danach, als beim Frühstück die beiden Stühle wieder von zwei Männern belegt waren, ließ einer der drei Franzosen mit gedämpfter Stimme eine charmante Bemerkung zum gestrigen Abend fallen: »Sie haben ein vorzügliches Menü verpasst.« Sein französischer Akzent klang sympathisch, worauf einer der beiden jungen Männer lächelnd zurückgab: »Wir haben es schmerzlich vermisst, waren aber leider anderweitig beschäftigt.«

Die Franzosen grinsten und die attraktive Pharmavertreterin, der die Konversation nicht entgangen war, warf den beiden Deutschen einen provokanten Blick zu und meinte auf Schwyzerdeutsch: »Vielleicht kriegen wir ja noch eine kleine Verlängerung.«

Die Deutschen stutzten. »Verlängerung?«, entfuhr es einem von ihnen.

»Haben Sie es nicht in den Nachrichten gehört? Der Flughafen ist seit gestern Abend geschlossen. Man hat unbekannte Flugobjekte gesichtet.«

»U…«, dem Deutschen schien das Wort im Munde stecken geblieben zu sein. »Unbekannte Flugobjekte?«

»Nein, kein Ufo, keine Außerirdischen«, grinste die Frau. »Jemand will Drohnen gesehen haben. Drohnen in der Einflugschneise von Gatwick.«

Die Franzosen richteten ihre Blicke auf sie. »Terroristen?«, entfuhr es einem.

Die junge Dame zuckte mit ihren schmalen Schultern und sah die beiden Deutschen argwöhnisch an.

3

Auch ein halbes Jahr nach diesem Zwischenfall blieb rätselhaft, was den Flugverkehr in Gatwick an jenem Dezemberabend 2018 beeinträchtigt hatte. Die Behörden waren stundenlang in Alarmbereitschaft gewesen, doch noch vor Weihnachten hatte die Polizei in London verlautbart, die Drohnensichtung sei möglicherweise »ein Irrtum« gewesen und es habe demzufolge vermutlich gar kein unbekanntes Flugobjekt in Flughafennähe gegeben. Zwei Verdächtige, denen vorgeworfen worden war, mit einer Drohne den Flugverkehr lahmgelegt zu haben, hatte man wieder freilassen müssen. Jetzt, Anfang Mai 2019, war das Thema »Drohnen« längst aus den Nachrichten verschwunden und vergessen. Doch es sollte anders kommen. Auf der Autobahn A 8. Für den Fahrer eines Wohnwagengespanns.

Die Fahrt war lang und anstrengend. Seit Karlsruhe schon kämpfte er gegen die bleierne Müdigkeit. Die erbarmungslose Sommerhitze und die endlose Kolonne der Lastwagen drohten ihn langsam einzuschläfern. Überholen war meist mühsam, wollte er das generelle Tempolimit von 100 Stundenkilometern, das für sein Wohnwagengespann galt, nicht deutlich überschreiten. Ausscheren wäre ziemlich riskant, weil die nachfolgenden Pkw mit teilweise atemberaubendem Tempo an ihm vorbeirauschten. Ihm aber ging die Sicherheit vor. Schließlich gehörte er einer Generation an, die nicht mit Raserei protzen musste.

Peter Ackermann, erst kürzlich mit 63 Jahren in den lang ersehnten Ruhestand getreten, hatte allerdings einige Zeit gebraucht, um sich an das Fahrverhalten eines Anhängers zu gewöhnen. Immerhin war es die erste Urlaubsfahrt mit diesem Gefährt gewesen. Den luxuriösen Caravan hatten er und seine Frau Cornelia erst vor zwei Monaten gekauft. Für den Start in das Rentnerdasein.

Mehr als zehn Stunden waren sie seit ihrer Abfahrt auf dem Campingplatz im niederländischen Renesse unterwegs, als endlich vor ihnen, nach dem Stuttgarter Flughafen, in der späten Abendsonne jener bläuliche Höhenzug auftauchte, der die Schwäbische Alb markierte. Bis Ulm, ihre Heimatstadt, waren es noch etwa 100 Kilometer.

Das sportliche Ehepaar hatte einen traumhaften Frühjahrsurlaub an der Nordsee verbracht. Zeeland, wie der Landstrich im Mündungsgebiet des Rheins und anderer Flüsse genannt wurde, bot Natur pur, vor allem aber unendlich viele Radwege. Die ganzen Niederlande waren von einem engmaschigen Wegenetz durchzogen, mit dem sich kinderleicht individuelle Routen zusammenstellen ließen. Als Orientierung galten sogenannte Knotenpunkte, von denen aus es sternförmig wieder zu den nächsten ging. Ein geniales System, so hatten die beiden Urlauber dies empfunden und deshalb ihre vor Ort geliehenen Fahrräder fast jeden Tag benutzt. »Sogar ohne Motor«, wie Peter Ackermann oft voller Stolz erklärte, um augenzwinkernd hinzuzufügen, dass die topfebenen Niederlande auch mit Muskelkraft zu bewältigen seien – vorausgesetzt natürlich, es gab keinen kräftigen Gegenwind.

»Sollen wir noch kurz eine Pause einlegen?«, riss ihn Cornelias Stimme aus den Gedanken an die zurückliegenden Urlaubswochen, als bei Stuttgart gerade das große, über die Autobahn gebaute Parkhaus mit der roten Aufschrift »Bosch« einen flüchtigen Schatten warf.

»Nein, es geht schon«, brummte Peter, der die Klimaanlage des VW Touareg kühler drehte. »In spätestens eineinhalb Stunden sind wir daheim.« Kaum hatte er es ausgesprochen, meldete der Südwestrundfunk »fünf Kilometer Stau vor der Ausfahrt Mühlhausen«.

»Wieder dieser Schwachsinn«, wurde Peter munterer. »Nur der Tunnel! Blockabfertigung. Ein Irrsinn.« Wann immer er dort vorbeikam, musste er sich über die Verkehrsbehörde ärgern. Nur weil die Gruibinger einen Lärmschutztunnel bekommen hatten, wurde ein künstlicher Stau verursacht: Sobald sich nämlich dahinter, beim folgenden Albaufstieg, der Verkehr verdichtete, schaltete die Ampel vor dem Tunnelportal auf Rot, um durch Blockabfertigung einen Stau im Tunnel zu verhindern – aus Sicherheitsgründen. Diese künstliche Störung des Verkehrs produzierte aber erst recht einen kilometerlangen Stau. Peter war aber viel zu müde, um seinen Zorn »über diesen Blödsinn«, wie er ansonsten gesagt hätte, in markige Worte zu kleiden.

Schweigend ließ er den PS-starken Volkswagen-SUV auf der Mittelspur an der Lkw-Kolonne vorbeirollen. Rechts der Autobahn war kilometerweit die riesige Geländewunde zu sehen, in der einmal die Schnellbahntrasse zwischen Stuttgart und Ulm verlaufen würde.

Als der SWR die 21-Uhr-Nachrichten ausstrahlte, lag das breite, geschwungene Asphaltband vor ihnen, mit dem die A 8 am Aichelberg die erste Stufe der Schwäbischen Alb erklomm. Wie immer werktags krochen auf der rechten Spur die schweren Lastwagen hinauf, während sich auf der Mittelspur unzählige Kastenwagen gegenseitig nach oben zu drängeln schienen. Links preschten all jene vorbei, die sich um die ausgewiesene 120-Stundenkilometer-Beschränkung einen Dreck scherten, dachte Peter. Immer wieder staunte er darüber, wie leichtfertig und vorsätzlich viele Autofahrer ein Bußgeld oder gar ihren Führerschein riskierten.

Erstaunlich zügig kam das Wohnwagengespann vorwärts, passierte die sogenannte Grünbrücke am Höhenrücken hinterm Aichelberg, wo die Autobahn auf einem kühnen Brückenbauwerk eine tief eingeschnittene bewaldete Schlucht querte, den »Maustobel«, wie es auf einem Hinweisschild zu lesen stand. Der starke Dieselmotor des Touareg zog den Wohnwagen mühelos mit 110 Stundenkilometern bergaufwärts und lässig an den 30-Tonnern vorbei, die rechts hintereinander her krochen.

Cornelia sah auf die Armbanduhr. »Wir schaffen's noch, bei Tageslicht heimzukommen«, stellte sie fest. An diesen Frühlingstagen wurde es erst gegen 21 Uhr dunkel.

Peter beschleunigte den Touareg, war aber darauf gefasst, bald auf das Stauende zu treffen. Dass die Gefahr von ganz anderswo herkommen würde, konnte er nicht ahnen. Eine Chance, etwas dagegen zu unternehmen, gab es ohnehin nicht. Gerade als das Gespann an einem blauen 40-Tonner vorbeizog, war es da. Blitzartig, dunkel, von oben – und direkt auf die Windschutzscheibe. Ein ohrenbetäubender dumpfer Schlag. Peter war für den Bruchteil einer Schrecksekunde wie betäubt, realisierte aber, dass die Scheibe in tausend kleine Stücke zerborsten war und ihm wie ein dicht gewobenes Spinnennetz die Sicht nahm. Und dass sich irgendetwas Großes darin verklemmt hatte. Zwischen ihm und Cornelia. Er trat abrupt auf die Bremse, versuchte ohne Sicht auf die Straße, die Spur zu halten, doch dann wurde der Touareg von einem großen Rad des daneben fahrenden Sattelzugs erfasst.

Für Peter erlosch das Licht.

Was geschehen war, erfuhr er erst zwei Tage später in der Klinik.

4

Noch bevor Peter Ackermann das ganze Ausmaß dessen, was auf der Maustobelbrücke geschehen war, von einem Notfallseelsorger am Krankenbett mitgeteilt bekam, hatten die Zeitungen der Umgebung bereits groß darüber berichtet. »Drohne tötet Frau«, titelte ein Boulevardblatt aus dem Raum Stuttgart. Im Text hieß es, dass eine »offenbar außer Kontrolle geratene Drohne« die Ursache für einen folgenschweren Verkehrsunfall gewesen sei, bei dem die 59-jährige Beifahrerin eines VW Touareg getötet und ihr 63-jähriger Ehemann als Fahrer schwer verletzt worden seien. Und weiter: »Das Ehepaar war mit dem Wohnwagen auf der Heimreise aus dem Urlaub und befand sich auf dem mittleren Fahrstreifen der am Aichelberg dreispurigen Autobahn. Den Ermittlungen zufolge stürzte ein etwa zehn Kilo schwerer Quadrocopter in die Windschutzscheibe, worauf das Fahrzeug gegen einen rechts fahrenden Sattelzug prallte und von dessen linken Rädern erfasst wurde. An Pkw und Wohnwagen entstand Totalschaden.« Ausgiebig befassten sich die Verfasser der verschiedenen Zeitungsartikel mit der Frage, ob der Eigentümer der Drohne ermittelt werden konnte. Ein Polizeisprecher hatte sich so geäußert: »Wir gehen momentan sogar von zwei Drohnen aus, die offenbar außer Kontrolle geraten und möglicherweise im Flug zusammengestoßen sind. Ein zweites Fluggerät fand sich auf einem Baum unterhalb der Maustobelbrücke. Obwohl für Drohnen dieser Gewichtsklasse eine Kennzeichnungspflicht besteht, also Adresse des Eigentümers, ist auf keiner der beiden Fluggeräte ein solcher Hinweis angebracht.« Als Zeuge wurde der Fahrer des Sattelzuges zitiert, der den Quadrocopter »von rechts oben ziemlich senkrecht herabrasen« gesehen und deshalb scharf abgebremst habe.

In allen Zeitungsartikeln wurde die Bevölkerung aufgerufen, bei der Suche nach den Drohnen-Eigentümern behilflich zu sein. Gesucht seien auch Zeugen, die an diesem Abend im Großraum rund um die Maustobelbrücke Personen gesehen hätten, die mit dem Start einer oder mehrerer Drohnen (»Quadrocopter«) beschäftigt gewesen seien.

Ausführlich wurde wieder in den Zeitungen die Drohnensichtung vom Londoner Flughafen Gatwick vor einem halben Jahr ins Gedächtnis gerufen – als Beweis dafür, wie gefährlich diese Flugobjekte sein konnten. Dass es in London letztlich keine Anhaltspunkte für eine Drohne gegeben hatte, wurde jedoch nur am Rande erwähnt.

Im jüngsten Fall freilich bestand keinerlei Zweifel, was das verheerende Unglück ausgelöst hatte. Die Kriminalpolizei, so hieß es in den Meldungen, habe eine Ermittlungsgruppe zusammengestellt.

In diesem Frühsommer 2019 jedoch fand sich keine Spur zu den Eigentümern. Als Peter Ackermann nach einer Woche Klinik und drei Wochen Reha nach Hause kam, war er ein gebrochener Mann. Doch er schwor Rache. Er würde nicht ruhen, bis er jene Personen ausfindig gemacht hatte, die seine Frau auf dem Gewissen hatten.

5

Eigentlich wär's ein handfester Skandal gewesen. Aber die Öffentlichkeit in Deutschland hatte vor einem Jahr erstaunlicherweise nur am Rande wahrgenommen, was da aufgedeckt worden war: ein Apotheker sollte angeblich mehrere Ärzte und Kliniken mit falsch dosierten Krebsmedikamenten beliefert haben. Tausende Patienten seien damit nicht ordnungsgemäß behandelt und somit gefährdet worden. Der Pharmazeut soll auf diese Weise die Krankenkassen um 56 Millionen Euro betrogen haben. Im Juli 2018 war dann das Urteil gefallen: zwölf Jahre Gefängnis.

Jetzt aber, ein Jahr danach, in diesem Sommer 2019, schien es, als hätte die Staatsanwaltschaft einen weiteren Skandal dieser Art ins Visier genommen: Über einen »Mittelsmann«, so hieß es jüngst in einer Dokumentation des Fernsehens, seien gepanschte Medikamente »in ganz großem Stil« aus dem Ausland nach Deutschland gebracht und vielen Kliniken und Apothekern angeboten worden. Diese hätten angesichts der relativ günstigen Einkaufspreise zugegriffen, jedoch gegenüber den Krankenkassen die handelsüblichen Kosten abgerechnet. Freilich wollte sich die ermittelnde Staatsanwaltschaft Konstanz öffentlich dazu nicht äußern. Weder zum Umfang der Betrügereien noch zu deren Folgen oder zu den Tatorten. Aus dem Zuständigkeitsbereich der Ermittlungsbehörde hatten die Medien allerdings geschlossen, dass sich der Fall irgendwo im nordwestlichen Bereich des Bodensees oder im Raum Konstanz zugetragen haben musste.

»Wir stehen erst am Anfang der Ermittlungen«, hatte der Pressesprecher in die Mikrofone gesagt.

Ein Reporter hakte nach: »Hat der Fall dieselben Dimensionen wie jener, der in Norddeutschland vor einem Jahr vor Gericht verhandelt wurde?«

Antwort des Juristen: »Keine Angaben, tut mir leid.«

Eine junge Journalistin eines Privatradios wollte wissen: »Sind auch Reha-Kliniken in die Sache involviert?«

Der Jurist ließ sich nichts entlocken: »Kein Kommentar.«

Ein Fernsehjournalist hakte ruhig nach: »Könnte es sein, dass Konstanz dabei eine tragende Rolle spielt?«

Der Sprecher der Staatsanwaltschaft behielt sein Pokerface bei: »Ich kann nur wiederholen, was ich bereits mehrfach gesagt habe: Wir bestätigen, dass es ein Ermittlungsverfahren gibt – aber mehr ist beim jetzigen Stand nicht zu sagen.«

Die Journalisten gaben zähneknirschend auf. Dem Juristen war jedoch klar, dass sich die Angelegenheit bald nicht mehr würde geheim halten lassen.

6

»Nur Fliegen ist schöner«, meinte der sportliche Mittdreißiger, als er an diesem herrlichen Sommerabend aus der zweisitzigen Cessna 152 stieg und mit einem gequälten Lächeln seinem langjährigen Freund mit »Daumen hoch« signalisierte, dass zumindest der Rundflug fantastisch gewesen sei. Ihr Gespräch, das sich ums Geschäftliche gedreht hatte, wohl eher nicht.

Aber wenigstens die Fliegerei verband sie noch. Beide hatten sie ihre Privatpilotenlizenz vor geraumer Zeit erworben. Doch Dr. Markus Kerkhoff, Leiter einer Privatklinik in Bad Waldsee, hatte anschließend gar nicht die Zeit gehabt, die regelmäßigen Flugstunden zu absolvieren, die damals den Hobbyfliegern für den Erhalt der Lizenz zwingend vorgeschrieben waren. Inzwischen hatte man die Bestimmungen durch regelmäßige Befähigungsnachweise zwar etwas gelockert, aber trotzdem schien es angeraten, in steter Übung zu bleiben.

Kerkhoff jedenfalls hatte die aktive Fliegerei deshalb wieder aufgegeben und genoss es, gelegentlich in der Maschine seines Fliegerkameraden Frank Mittelberg die Welt von oben zu sehen. Auch wenn ihr gegenseitiges Verhältnis nicht mehr ganz ungetrübt war, so konnte er doch auf diese Weise jedes Mal den traumhaften Blick auf den Bodensee, die Schwäbische Alb, den Schwarzwald oder die Alpen genießen. Und wenn es etwas zu bereden gab, dann lockerte ein gemeinsamer Flug meist die angespannte Atmosphäre.

Mittelberg war als Pharmaziegroßhändler vermögend genug, um sich dieses kleine Sportflugzeug leisten zu können. Außerdem nutzte er die Maschine auch beruflich – wenn er überall in Deutschland und Österreich Apotheker, Ärzte, Kliniken oder Pharmaunternehmen besuchen musste. Das machte allerdings nur bei stabilem Wetter Sinn, weil er kein »Instrumentenflieger« war und es somit sichergestellt sein musste, dass er auch den Rückflug wie geplant antreten konnte.

Mittelberg verabschiedete sich von seinem Passagier und rollte zur Graspiste zurück. Der kleine Tower von Reute bei Bad Waldsee war zu dieser abendlichen Stunde nicht mehr besetzt, sodass eigentlich keine Starts und Landungen mehr hätten erfolgen dürfen. Aber Mittelberg war abgebrüht genug, um gegen diese Vorschrift zu verstoßen, zumal er sich selbst oft als »Himmelhund« bezeichnete.

Er konnte Start und Landung riskieren, auch wenn hier draußen noch einige Spaziergänger unterwegs waren. Außenstehende kannten sich in den fliegerischen Bestimmungen normalerweise ohnehin nicht aus.

Dr. Kerkhoff blieb noch einen Moment am Rande des Flugfeldes stehen und schaute der startenden Maschine seines Freundes nach. Während sich die blau-weiße Cessna gemächlich von der Wiese löste und anscheinend schwerelos davonschwebte, über Sträucher hinweg, verspürte er wieder das wehmütige Gefühl, nicht mehr selbst fliegen zu dürfen.

Die Faszination des Fliegens hielt ihn noch immer gefangen. Frank hatte ihm deshalb vor geraumer Zeit eine Art Ersatzhobby vorgeschlagen. Für einen Moment musste Kerkhoff daran denken, als er zum Parkplatz hinüberging, wo er erwartet wurde.

Auf dem kurzen Weg dorthin, um den Tower herum, ließ er gedanklich das Gespräch Revue passieren, das er mit Frank geführt hatte. Über etwas, was zwischen ihnen stand und ihre Männerfreundschaft auf eine harte Probe zu stellen schien. Nicht nur einer Frau wegen …

7

Apotheker Rolf Patten hatte seinen alten Freund, den niedergelassenen Arzt Dr. Friedrich Hagebusch, in ein Hinterzimmer seiner Apotheke in Bad Waldsee gebeten und die Tür sanft ins Schloss fallen lassen. Die beiden Helferinnen durften unter keinen Umständen hören, was es zu bereden gab.

Patten, ein großer, stattlicher Mann mit rotem Gesicht und schütterem Haar, saß dem hageren Mediziner gegenüber und kam gleich zur Sache: »Die Marion Schewe ist wieder da. So heißt es in der Klinik.«

Dr. Hagebusch strich nervös über den Oberlippenbart. »Und dieser Pharmafritze? Der Mittelberg?«

»Taucht auch immer wieder hier auf.« Patten lehnte sich tief einatmend zurück und grinste: »Du weißt doch: Immer wenn sie auch da ist.«

Hagebusch spielte mit einem Kugelschreiber und wurde energisch: »Du, ich sag dir, die Sache stinkt. Und ich lass mir nicht ans Bein pinkeln, verstehst du? Mir war von vorneherein klar, dass die Sache nicht hasenrein ist. Erinnerst du dich? Ich hab immer gesagt: So billig kann kein Mensch Medikamente anbieten und dann noch eine tolle Provision zahlen, damit wir Ärzte sie verschreiben.«

Apotheker Patten nickte nachdenklich und runzelte die Stirn: »Wir haben zwei Möglichkeiten«, begann er sachlich. »Wir lassen die Pharma-Jungs von China hochgehen und riskieren es, die Nase selbst noch kräftig reinzukriegen – oder wir müssen alle Spuren beseitigen, um uns selbst aus der Schusslinie zu nehmen.«

»Spuren beseitigen!« Hagebusch warf den Kugelschreiber erschrocken auf den Tisch. »Wie das klingt! Wie bei Kriminellen!

Wie stellst du dir das vor, Spuren beseitigen? Das ist doch heutzutage alles irgendwo und irgendwie gespeichert. Im schlimmsten Fall müssen wir mit Hausdurchsuchungen rechnen.«

Apotheker Patten schien sich erst durch diesen Hinweis der Tragweite des Gesagten bewusst zu werden: »Hausdurchsuchungen!«, entfuhr es ihm trotz der zur Schau getragenen Ruhe. »Weißt du eigentlich, was du da sagst?«, zischte er und sah im Geiste bereits Horden von Beamten, die seine Apotheke und sein Büro ausräumten und alles in Kisten packten – so wie man dies vom Fernsehen her kannte.

Hagebusch kämpfte ebenfalls gegen aufkommende innere Unruhe an. »Ja, das weiß ich sehr wohl. Vielleicht sollten wir uns die beiden einfach mal zur Brust nehmen, Rolf. Du hast doch den Kontakt mit diesem Pharmafritzen Mittelberg und dieser Schewe schließlich angeleiert. Oder entsinne ich mich da falsch?«

Patten holte tief Luft und wirkte gereizt: »Nein, du entsinnst dich nicht falsch, Friedrich. Aber ich bin damals davon ausgegangen, dass sie beide seriös sind und für das importierte Zeug aus China neue Absatzmärkte suchen. Auch im Interesse der Krankenkasse und unseres maroden Gesundheitssystems. Du weißt selbst, wie einige skrupellose Pharmahersteller – einer sitzt in Indien – die Preise für lebensrettende Krebsmittel in die Höhe treiben. Und unsere Regierung hat außer markigen Sprüchen dagegen nichts aufzuwenden.«

Der Arzt nickte und spürte den aufkommenden Zorn. »Von wegen seriöse Händler! Das ist doch alles eine einzige Clique. Um nicht zu sagen: mafiose Strukturen.«

Patten winkte verärgert ab und griff das zuvor von Hagebusch Vorgeschlagene auf: »Was heißt da: ›zur Brust nehmen‹, Friedrich? Sollen wir die Schewe anrufen und zu einem Gespräch bitten?«

Der Arzt überlegte kurz und erwiderte: »Quatsch, ich hab da vielleicht eine viel bessere Idee.«

8

Es war einer jener Junimorgen, an denen am Bodensee die sommerliche Frische zu spüren war: In dieser Zeit, in der die Tage sehr lang und die Nächte kurz waren, graute bereits gegen kurz nach halb fünf Uhr der Morgen. Die Luft war feuchtfrisch, vom See aus Richtung der Insel Reichenau zogen sanfte Nebelschwaden herüber.

Auf den Straßen erwachte langsam das Leben. Noch fuhr die Fähre, die Konstanz mit dem nördlichen Ufer verband, nur stündlich. Bald würde sich aber auch auf dem Wasser wieder das vielfältige Treiben eines Sommertages einstellen.

Allerdings hatte der kleine Sportflugplatz von Konstanz sehr viel von seinem einstigen Idyll eingebüßt: Das Gewerbegebiet war wie ein Geschwür an ihn herangewachsen und drohte ihn vielleicht bald aufzufressen. Möglicherweise hatten die Kommunalpolitiker wie überall nur die Gewerbesteuer im Auge und die künftige Bedeutung eines Landeplatzes nicht erkennen wollen. Denn einen neuen würde man nie wieder anlegen können.

Der dunkelhäutige Mann, der mit dem Fahrrad herangeradelt kam, hatte diese Probleme bisher nur am Rande mitbekommen. Seine Deutschkenntnisse reichten nicht aus, um die Zeitung zu lesen, obwohl er gleich nach seiner Ankunft am Bodensee begonnen hatte, die Sprache zu erlernen. Auch mit einem Job hatte es für Atila, den jungen, sportlichen Afghanen, bereits geklappt: Er war für die Sauberkeit des »Small Airport« verantwortlich, wie er seine Arbeitsstelle bezeichnete. Jetzt, an Tagen wie diesem, kam er bereits sehr früh angeradelt, weil er dann ungestört von Verkehr und Fliegern das Gelände rundum reinigen konnte. Und außerdem zog er es vor, die Mittagspause für ein Schläfchen zu nutzen.

Von seiner Wohnung in einem dieser Flüchtlingsheime, wie sie vor vier Jahren überall im Lande hektisch errichtet worden waren, brauchte er um diese frühe Zeit nur knapp zehn Minuten bis hierher. Vom Kreisverkehr beim Gewerbegebiet kommend, bog er in die Riedstraße, von der ein geschwungener asphaltierter Fahrweg nach rechts abzweigte – unter dem sogenannten Endteil des Anflugs hindurch –, und fuhr dann parallel zur Graspiste bis zu den Hallen. Der Nebel verdichtete sich, im Morgengrauen erschien alles grau und farblos. Auch die Sportflugzeuge, die hier parkten, weil es für sie keinen Platz in einem der Hangars gab, wirkten glanzlos. Atila konnte zwar die Maschinen nicht nach Typ und Fabrikat unterscheiden, staunte aber jedes Mal beim Anblick der meist schneeweißen Flieger, wie viele hier abgestellt waren.

Der kleine Tower und die Hangars zeichneten sich im nebligen Morgengrau nur schemenhaft ab, als sich Atila in rasanter Fahrt näherte. Dann war da etwas, was im linken Augenwinkel kurz seine Aufmerksamkeit erregte: ein größeres Fahrzeug, vielleicht ein Kombi oder ein bulliger SUV, rückwärts im Zwischenraum zweier Hallen geparkt. Atila drehte sich kurz um, glaubte sogar, hinterm Steuer des offenbar älteren Fahrzeugs die Silhouette einer Person zu erkennen. Aber vielleicht war es auch nur ein Schatten.

Oder ein Pilot, der kurz vor Sonnenaufgang, wenn die Sportflieger frühestens starten durften, loswollte. Dann allerdings wäre zwar der Tower noch nicht besetzt und – das wusste Atila inzwischen – das Starten und Landen eigentlich verboten. Er radelte weiter und dachte, dass ihn dies alles gar nichts anging. Seine Aufgabe war eine andere. Er wollte auch niemanden anschwärzen.

Nach ein paar Sekunden hatte er den Tower erreicht, wo er stoppte und sein Fahrrad abstellte. Während er sich dabei umdrehte, sah er auf dem Asphaltweg, den er gekommen war, die roten Schlusslichter eines Autos im Morgennebel verschwinden. Vielleicht hatte sich der Pilot mit dem großen Wagen doch dazu entschlossen, erst abzufliegen, wenn der Flugleiter im Tower saß und sich der Nebel ganz verflüchtigt hatte.

9

Einige Stunden später, die Morgennebel hatten sich längst verzogen und die Sonne war bereits weit überm Horizont. Frank Mittelberg freute sich auf den kurzen Flug über den Bodensee, mehr noch aber auf das, was dann folgen würde. Er hatte seinen weinroten Audi-SUV unweit des Towers abgestellt, dem Flugleiter zugewinkt, der von seiner Kanzel aus den ganzen Flugplatz überblicken konnte, und war vorbei an einem halben Dutzend abgestellter Flugzeuge zu seiner eigenen Maschine gegangen. Ein flüchtiger Blick bestätigte ihm, dass die kleine, betagte Cessna noch immer so dastand, wie er sie gestern Abend bei Sonnenuntergang abgestellt hatte. Er öffnete die linke Cockpittür, die sich seit Wochen nicht mehr verriegeln ließ, klappte die Lehne nach vorne und verstaute den ziemlich abgegriffenen Aktenkoffer in der kleinen Ablage dahinter.

So wie er es in der Flugschule gelernt hatte, ging er anhand der Checkliste die vorgeschriebene Prozedur durch. Er schwang sich dazu sportlich auf den durchgesessenen Sitz, stellte den Magnetschalter auf »on« , worauf die Elektrik des Fliegers zu summen begann – ein vertrautes Geräusch, das der Kurskreisel verursachte, ein Instrument, dessen Innenleben durch dauerhafte Rotation auf einer Ebene gehalten wurde. Die Tankanzeige versprach genügend Sprit. Dann vergewisserte sich Mittelberg mit Pedalen und Steuerhorn, dass Seiten- und Querruder nicht blockierten, ließ die Landeklappen ausfahren, um beim folgenden Rundgang um die Maschine deren feste Verankerung zu prüfen. Dies stand ebenso auf der Checkliste wie die Kontrolle des Ölstands und das kritische Beäugen des äußeren Zustands der Cessna.

Für ihn, der mit dieser Maschine im Laufe des Jahres mehrere Dutzend Stunden flog, war dies reine Routine. Trotzdem durfte ihm natürlich nichts entgehen, zumal der Flieger in keiner schützenden Halle stand.

Auf seiner Stirn hatten sich durch die vormittägliche Sommersonne bereits Schweißperlen gebildet, als er sich wieder in das Cockpit zwängte, sich anschnallte und die Zündschalter drehte. An so warmen Tagen wie diesem brachte der Motor nach kurzem Ruckeln den Propeller vor der gewölbten Cockpitscheibe sofort auf die nötige Umdrehungszahl, dröhnend und an der ganzen Maschine schüttelnd und rüttelnd. Mittelberg fuhr die Landeklappen ein, vergewisserte sich, ob Türen und Fenster verschlossen waren, und kontrollierte aufmerksam die Triebwerksinstrumente: Drehzahl, Öldruck, Unterdruck, Stromspannung.

Wenn er alleine flog, verzichtete er meist auf Kopfhörer oder Headset und griff zum fest installierten Mikrofon, um sich beim Tower in Konstanz offiziell zu melden. Der Flugleiter, dem er vorhin zugewinkt hatte, wollte das Ziel des Fluges wissen.

Mittelberg teilte ihm mit, er werde ohne Passagier nach Reute bei Bad Waldsee fliegen, und erbat dazu die Rollinformation. Der Tower-Mann wies ihm die Piste »drei-null« zu, also 300 Grad und somit in etwa nordwestliche Startrichtung. Genau so, wie es der sanft aufgeblähte Windsack beim Tower hatte vermuten lassen. Mittelberg erledigte die weiteren Checkprozeduren, stellte den Transponder ein und rollte mit seiner Cessna zum angegebenen Startpunkt, wo eine Querstraße den Flugplatz begrenzte und sich flache Bauten des nahen Gewerbegebiets erhoben.

Der Tower erteilte die Startfreigabe, Mittelberg drückte den Gashebel nach vorne. Der Motor heulte auf und die Cessna beschleunigte auf der Graspiste holpernd und scheppernd. Der mäßige Gegenwind sorgte dafür, dass die Strömung an den Tragflächen schnell anlag und mit Sog und Druck die Maschine schwerelos werden ließ.

Mittelberg zog das Höhenruder zu sich her und riskierte einen Blick auf den Tower, der links an ihm vorbeizog. Die Cessna gewann schnell an Höhe, wurde von einigen Böen geschüttelt und ließ sich in eine sanfte Linkskurve legen – der vorgeschriebenen Platzrunde, die den mit Alleenbäumen gesäumten Straßendamm querte, der zur Insel Reichenau hinüberführte.

Dann meldete sich Mittelberg aus der Platzrunde ab und stellte das Funkgerät bereits auf 118,040 MHz, die Frequenz von »Waldsee Info«, ein. Abseits der Stadt Konstanz ging er auf Nordostkurs, um den Bodensee hinüber Richtung Meersburg zu überfliegen. Unter ihm glitzerte das Wasser, in dem sich das Sonnenlicht millionenfach spiegelte. Einige Segelboote waren unterwegs, dazwischen hinterließen die Fährschiffe ihre weit ausrollenden Bugwellen.

Mittelberg hatte keine Kursberechnungen angestellt, sondern verließ sich bei dieser herrlichen Sicht auf seine topografischen Kenntnisse. Er kannte sich hier bestens aus, achtete darauf, in einem respektablen Abstand zur Kontrollzone des Friedrichshafener Airports zu bleiben, und orientierte sich an der B 33 auf Ravensburg zu. Bei diesen Sichtverhältnissen war die Navigation in vertrautem Gebiet ein Kinderspiel. Den Höhenmesser ließ er bei 3.500 Fuß einpendeln –

was etwas mehr als tausend Meter über Normalnull waren. Angesichts des knapp 400 Meter hohen Bodensees und des ins Oberschwäbische ansteigenden Geländes war dies ausreichend, um die Mindestflughöhe einzuhalten.

Bald schon erhoben sich die vielen Türme von Ravensburg, charakteristisch dabei der runde weiße »Mehlsack« und der »Blaserturm«. Nur ein Stück weit dahinter ragten die beiden Türme der Basilika von Weingarten aus der ländlichen Landschaft heraus.

Mittelberg entschied, dem kleinen Tower in Bad Waldsee pflichtgemäß sein Annähern mitzuteilen. Er griff wieder zum Mikrofon, doch während er es zum Mund führte, verspürte er einen seltsamen Geruch und gleichzeitig ein brennendes Gefühl in den Augen. Instinktiv ließ er das Steuerhorn los, um mit einer Hand die Sonnenbrille zu heben und mit dem Rücken der anderen Hand über die Augen zu streichen. Gleichzeitig überkam ihn ein Hustenreiz. Tränen überfluteten schlagartig seine Sicht und ließen alles nur noch milchig erscheinen. Er warf die Sonnenbrille auf den Kopilotensitz und versuchte, gegen den Husten anzukämpfen. Vergeblich. Obwohl er die Augen zusammenkniff, ging die Sehschärfe verloren. Ruhe bewahren, schoss es ihm durch den Kopf. Doch er spürte, wie sich sein Puls beschleunigte. Waren es Auspuffgase, die ins Cockpit drangen? Nein, danach roch es nicht. Oder hatte er sich bereits an den Geruch gewöhnt? Hastig entsicherte er die linke Cockpitscheibe, worauf der Fahrtwind das Klappfenster nach oben riss und eine Böe das Innere erfasste.

Mittelberg konzentrierte sich darauf, die verloren gegangene Sicht wiederzugewinnen. Doch irgendetwas kratzte in seinem Hals, verursachte einen unbändigen Hustenreiz, während ihm der Fahrtwind die Tränenbäche von den Wangen schleuderte.

Landen. Er musste landen. Irgendwie, aber nicht irgendwo, sondern geordnet, auf einem Flugplatz. Es war nicht mehr weit bis Waldsee. Er musste es schaffen.

Ein Notruf zum Tower? »Mayday« müsste er melden. So hatte er es in der Flugschule gelernt. Aber wem würde es nützen? Der Tower würde die Rettungskräfte alarmieren. Das »große Programm« käme in Gang. Feuerwehr, Polizei. Und letztlich geriete er in den Bürokratismus des Luftfahrtbundesamts. Hatte er etwas am Flugzeug übersehen? War er selbst schuld an dem, was da soeben geschehen war?

Die frische Luft hatte ihm wieder ein bisschen Sicht verschafft. Trotzdem brannten seine Augen weiterhin höllisch.

Er musste sich dringend in Waldsee anmelden. Noch einmal hustete er kräftig, um dann mit heiserer Stimme und so ruhig wie möglich »Waldsee Info« zu rufen. Der Flugleiter antwortete sofort und kam der Bitte nach, die Landerichtung mitzuteilen. Drei-drei. Etwa nordwestlich. Er fügte an: »Melden Sie rechten Gegenanflug.«

Der Flugleiter hatte sich von seinem Platz im Tower erhoben, um mit dem Fernglas den Himmel abzusuchen. Wenn kein Verkehr war, wie heute Vormittag, machte er sich einen Spaß daraus, die angemeldeten Flieger direkt zu beobachten. Der Cessna-Pilot hatte die Position mit »querab Weingarten« angegeben, müsste also bei dieser klaren Sicht bald am südwestlichen Himmel auftauchen. Als auch nach zwei Minuten noch keine Maschine im Visier des Fernglases war, überkam den Flugleiter das fahle Gefühl, die seltsam verschnupft geklungene Stimme des Piloten könnte nichts Gutes bedeuten. Außerdem hatte der Mann die Anweisung, den parallelen Gegenanflug zur Landebahn zu melden, nicht bestätigend wiederholt, wie es im Funkverkehr vorgeschrieben war.

Der Flugleiter legte das Fernglas beiseite und nahm das Mikrofon, um die angemeldete Cessna mit deren Kennzeichen anzusprechen.

Doch die Leitung blieb stumm. Auch nach dem dritten Versuch.

10

Dr. Markus Kerkhoff, 38 Jahre alt und in Bad Waldsee ein angesehener und beliebter Mediziner, hatte sich einen Jugendtraum erfüllt. Statt des alten klapprigen VW-Busses, den er größtenteils selbst oder mit Freunden zum Camper umgebaut hatte, wollte er nun weitaus luxuriöser auf Reisen gehen. Seit ihm die Leitung einer privaten Klinik übertragen worden war, hatte er sich immer wieder zu dem großen örtlichen Wohnmobilhersteller hingezogen gefühlt, dessen Ausstellungsräume sich am Stadtrand befanden.

An diesem Sommervormittag konnte er endlich das bestellte Fahrzeug in Empfang nehmen. Schon bald würde er damit auf große Reise gehen. Frei und ungezwungen. Den Job als Leiter der kleinen Klinik hatte er bereits gekündigt. Nun konnte er sich eine einjährige Auszeit leisten. Die Aussicht, dass er dies nicht allein tun würde, beflügelte seine Pläne zusätzlich. Allerdings war seine Stimmung an diesem Vormittag getrübt.

Jetzt saß er in der großzügigen Ausstellungshalle des Wohnmobilherstellers dem Verkäufer gegenüber und mimte den Lässigen, der er heute aber nur äußerlich war: hemdsärmlig, enge Jeans, die schwarzen Haare kurz geschoren. Groß und sportlich-schlank. Kein Typ, dem man auf den ersten Blick den Arzt ansehen würde. Kerkhoff hatte sich gleich nach dem Studium von den etablierten »Herrn Doktoren« abheben und sich betont locker und jugendlich geben wollen. Diese Art kam bei den heutigen Patienten gut an, besonders bei den weiblichen. So jedenfalls war sein Eindruck.

Nachdem die bürokratischen Formalitäten erledigt waren, bat der ebenfalls junge Verkäufer seinen Kunden in das bereitstehende Wohnmobil, das nicht gerade klein dimensioniert war und im Hinblick auf das Interieur keine Wünsche offenließ. Kerkhoff brauchte allerdings keine detaillierte Einweisung, denn er hatte sich in den vergangenen Monaten bereits in die Technik und die Ausstattung eingelesen, im Internet Bewertungen studiert und auch mit anderen Besitzern solcher Wohnmobile gesprochen. Trotzdem folgte er den Erläuterungen des Verkäufers und genoss dabei den wohlriechend-behaglichen Duft, den die Inneneinrichtung verströmte.

»Darf ich fragen, Herr Dr. Kerkhoff, wo die erste Fahrt hingeht?«, drehte sich der Mann nun zu ihm.

»Zuerst zu einem Pharmakongress nach Lausanne«, erwiderte Kerkhoff so schnell, als habe er mit einer solchen Frage gerechnet. Dann wandte er sich dem bequemen Fahrersitz zu, der mit einer einfachen Drehung in den Wohnraum integriert werden konnte. »Aber die kommende Nacht werd ich erst mal auf dem Wohnmobilstellplatz drüben bei der Therme verbringen«, lächelte der Arzt und setzte sich. »Zum Eingewöhnen«, fügte er an. »Ich finde es super, dass diese Stadt so einen tollen Platz für Wohnmobile geschaffen hat.« 39 Stellplätze waren es, das hatte er längst erkundet. Er lächelte anerkennend. »Außerdem werd ich die schöne Stadt verlassen.«

Der Verkäufer sah ihn verwundert an: »Sie geben Ihren Job in Waldsee auf?«

»Ja, erst eine Auszeit, mit diesem schönen Wagen hier – und dann neuer Job in der Schweiz.« Kerkhoff erhob sich wieder, um eines der vielen LED-Lämpchen einzuschalten. »Die Sache mit dem Altwagen geht klar? Auch wenn's noch ein ›Stinkerdiesel‹ ist?«, vergewisserte er sich und ließ es so klingen, als sei es nur noch eine rhetorische Feststellung. »Sie melden ihn doch ab?«

»Noch heute«, beeilte sich der Verkäufer zu sagen. »Da brauchen Sie keine Angst zu haben. Ich bin mir sogar sicher, dass wir sehr schnell einen Abnehmer finden. Er ist ja noch in einem guten Zustand.«

»Ich hab ihn auch gehegt und gepflegt in diesen zwölf Jahren«, grinste Kerkhoff. »Der hat ziemlich viel erlebt.«

Der Verkäufer überlegte, wie diese Bemerkung zu deuten war, weshalb er ein Schmunzeln unterdrückte und sagte: »Dann wünsche ich Ihnen, dass Sie mit dem neuen Wagen genauso viel Spaß haben.«

Kerkhoff lächelte. »Ich werd's versuchen, danke.« Mehr konnte er nicht sagen, denn in diesem Moment meldete sich sein kleines Smartphone, das er in der Brusttasche stecken hatte.

11

Heike Mittelberg hatte sich längst mit den langen Geschäftsreisen ihres Mannes abgefunden. Anfangs noch war ihr dies lästig gewesen, doch im Laufe der Jahre hatte sie sich an das häufige Alleinsein gewöhnt. Und seit einigen Monaten genoss sie diesen Zustand sogar. Sie hatten sich auseinandergelebt. Jeder ging seinen eigenen Interessen nach. Frank stürzte sich immer tiefer in seine Geschäfte, weil er wie ein Besessener stets nach noch mehr Geld und Vermögen strebte. Dabei hatten sie doch alles, was sie für ein luxuriöses Leben brauchten. Sogar ein stattliches Sportboot und ein Flugzeug. Aber die Cessna war Frank nicht mehr gut genug. Er träumte von einer viersitzigen Maschine, von einer PS-starken, mit der er größere Entfernungen würde zurücklegen können.

Natürlich empfand auch Heike Boot und Flugzeug als angenehm. Aber was nützte dies alles, wenn sie keine gemeinsame Zeit fanden, es auch zu genießen? Manchmal schien es ihr, als würden ihn die Besitztümer eines Tages auffressen. Es war tatsächlich so: Je mehr man hatte, desto mehr musste man sich um all diese Dinge kümmern. Und umso mehr Geld brauchte man, um alles zu pflegen und zu unterhalten.

Dass sie gestern Abend mit der Cessna ein paar Runden über den See gedreht hatten, war zwar schön gewesen, aber danach hatte Frank behauptet, noch etwas an dem Flugzeug einstellen zu müssen.

Sie freilich hatte dies gerne widerspruchslos zur Kenntnis genommen und war mit ihrem Auto heimgefahren.

Heike beobachtete seit über einem Jahr, dass sich Frank immer mehr aufhalste. Inzwischen war er nicht nur für die altbekannten Pharmaunternehmen als Handelsvertreter unterwegs, sondern versuchte, ein eigenes Vertriebsnetz aufzubauen. So richtig durchschaut hatte sie es bisher nicht – und wenn sie fragte, bekam sie meist nur wachsweiche nebulöse Antworten. Sie hatten sich weder privat noch geschäftlich mehr etwas zu sagen.

Aber damit hatte sie sich abgefunden. Außerdem waren längst Zweifel in ihr aufgekommen, ob sich hinter den Reisen und privaten Flügen nicht ganz andere Interessen verbargen. Deshalb hatte sie beschlossen, sich auf keinen Fall hinters Licht führen zu lassen. Das hatte sie gar nicht nötig, schließlich war sie hübsch und erst 38. Während sie sich mit derlei Gedanken neues Selbstbewusstsein aufbaute, ging sie mit dem schnurlosen Telefon am Ohr in die Diele, um sich im großen Spiegel zu betrachten. Die kurzen Jeans standen ihr gut, die enge Bluse betonte ihre weiblichen Formen und die schulterlangen blonden Haare verliehen ihr ein jugendliches Aussehen. Beflügelt wurde sie vollends, als sich auf der angewählten Nummer endlich die erhoffte Männerstimme mit einem freundlichen »Hallo« meldete.

»Ich bin's«, hauchte sie in den Hörer. »Was hältst du davon, wenn wir uns am frühen Nachmittag zu einer Tasse Kaffee treffen?« Sie drehte sich zur Seite, um ihre Figur im Spiegel noch besser begutachten zu können – so, als wolle sie dem Angerufenen heute besonders gefallen. »Ja, er ist schon weg«, grinste sie sich selbst an. »Nach Dinkelsbühl, hat er gesagt.« Sie lauschte auf die Antwort und ging in ihr kleines Büro, wo der Monitor ihres Computers angeschaltet war und eine Landkarte mit der nördlichen Umgebung des Bodensees zeigte. »Du willst mir was zeigen?«, erwiderte sie auf das, was ihr die Stimme am Telefon sagte, erstaunt. Doch das Interesse an einer Antwort war plötzlich verschwunden, weil sie den pulsierenden blauen Punkt auf dem Monitor entdeckt hatte. Heike wechselte den Hörer in die linke Hand, um mit der rechten die Maus bedienen und die Landkarte größer ziehen zu können. Der pulsierende Punkt stand bei der Stadt mit den beiden Seen. Bad Waldsee. Heikes Gesicht verlor den Glanz, den ihr das Gespräch mit dem Mann beschert hatte. »Okay«, sagte sie tonlos. »Wie immer. Ich werde in zwei Stunden da sein.«

12

Auch knapp zwei Monate, nachdem seine Frau bei einem tragischen Unfall auf der Autobahn gestorben war, hatte Peter Ackermann das schreckliche Geschehen nicht überwunden. Dass die Polizei schon seit Wochen nichts mehr von sich hören ließ, wertete er als Zeichen nur geringen Interesses. Niemand hatte sich auf die vielen Hinweisbitten hin gemeldet. Ackermann, darüber verbittert, hegte den Verdacht, dass es die unbekannten Besitzer der beiden folgenschwer abgestürzten Drohnen verstanden hatten, mögliche Zeugen zu besänftigen – oder besser gesagt: ihnen das Schweigen finanziell schmackhaft zu machen. Wenn jemand am helllichten Tag abseits der Autobahn, in einem Wander- und Ausflugsgebiet, mit Drohnen spielte, musste dies aufgefallen sein, zumal ohnehin jegliche Art von Modellflugzeugen auf allgemeines Interesse stieß.

Cornelias Tod war das Schlimmste gewesen, was er je hatte durchmachen müssen. Sie hatten sich so auf ihren Ruhestand gefreut – und dann war im Bruchteil einer Sekunde alles zerstört worden. Noch immer wachte er schweißgebadet auf, wenn sich dieser unheimlich dumpfe Schlag gegen die Windschutzscheibe wieder in seine Träume schlich. Ein Schlag, an den er sich nicht mehr bewusst erinnern konnte. Aber er war tief in seinem Unterbewusstsein gespeichert. Die Folgen des schweren Unfalls hatten nicht nur seine Seele verletzt, sondern sie waren allgegenwärtig in seinem Körper zu spüren. Die Ärzte behaupteten zwar, die gebrochenen Rippenknochen würden alle wieder gut verheilen, doch er glaubte inzwischen, Wetterveränderungen Tage im Voraus zu spüren. Seine Tochter, Mutter zweier Kinder und im Elsass verheiratet, kümmerte sich mittlerweile rührend um ihn – was sich allerdings meist nur in regelmäßigen Telefonaten niederschlug. Zu persönlichen Kontakten kam es eher selten. Dazu war die räumliche Entfernung zu groß. Ackermann hatte auch nicht in die Nähe von Tochter, Schwiegersohn und Enkel ziehen wollen, schon gar nicht ins Ausland. Er war viel zu bodenständig, um das heimische Ulm zu verlassen. Hier hatte er soziale Kontakte, Freunde und Bekannte.

Seit Kurzem hatte er eine ältere Dame als Haushaltshilfe engagiert, die ihm sehr viel Arbeit abnahm. Aber zufrieden war er mit seiner Situation nicht, denn er bemerkte selbst, wie er sich zurückzog und immer weniger am öffentlichen Leben teilnahm, obwohl er in seiner einstigen beruflichen Eigenschaft als behördlicher Veterinär viel Publikumsverkehr gewohnt war.

Mit zunehmender zeitlicher Distanz zu dem Unfall wurde nichts besser. Zeit heilte eben doch keine Wunden, redete er sich ein. Im Gegenteil: Sie wurden größer und größer. Vor allem quälte ihn der Gedanke, dass der sinnlose Tod seiner Frau bisher ungesühnt geblieben war. Dass es – wie er oftmals sagte – »hinterhältige Feiglinge« gab, die nicht zu ihrer Tat standen. Natürlich hatten sie den Tod seiner Frau nicht bewusst herbeigeführt – und sie müssten vermutlich nicht befürchten, eingesperrt zu werden. Aber eine ordentliche Aufarbeitung durch ein Gericht wäre ein würdiger Abschluss gewesen.

Eine kleine Hoffnung war aufgekommen, als ihm vor einigen Wochen ein befreundeter Polizist angeraten hatte, sich eines Privatdetektivs zu bedienen. Dieser könne sich »vielleicht intensiver um die Sache kümmern«. Außerdem seien die Kosten gering, zumal es sich um einen pensionierten Polizeibeamten handle, der sich gerade im Ruhestand eine Nebenbeschäftigung aufbaue, um nicht der Langeweile anheimzufallen. Dem Mann gehe es nicht um einen Zusatzverdienst, sondern um eine sinnvolle Tätigkeit, die ihn ausfülle. Ackermann war von diesem Vorschlag angetan gewesen und war sofort telefonisch mit ihm in Kontakt getreten. Der Ex-Polizist, ein Kriminalhauptkommissar, hieß Edgar Bauer, wohnte in Göppingen und war geschieden. Bereits bei einem ersten Gespräch, das sie in einem Biergarten geführt hatten, waren sie sich gegenseitig sympathisch gewesen. Am meisten gefiel Ackermann, dass sie beide der gleiche Jahrgang waren und Bauer noch zur Generation der »Zupacker« zählte – zu jenen also, die nicht durch übermäßiges Theoriegeschwätz auffielen, sondern noch eine Ahnung von praktischer Arbeit hatten. »Ich war jahrelang an der Front«, pflegte Bauer oftmals zu sagen und verwies auf seine Streifenfahrten, die er bis zur Pensionierung mit großer Begeisterung gemacht hatte – auch im Schichtdienst. Schreibtischarbeit schien ihm zuwider gewesen zu sein.

Sofort hatte sich Bauer zu dem, was Ackermann berichtete, Notizen gemacht. Natürlich war dem pensionierten Kommissar der spektakuläre Drohnenunfall auf der Autobahn bestens in Erinnerung, zumal besagtes Autobahnstück zum Landkreis Göppingen gehörte, in dem er nahezu ein ganzes Berufsleben lang tätig gewesen war.

»Wenn es keine konkreten Hinweise gibt, wird der Fall schnell zu den Akten gelegt«, hatte Bauer bedauernd festgestellt.

Bauer, in Ehren ergraut, groß und breitschultrig, sonore Stimme, wirkte wie die Seriosität in Person. Einer, dem man unbesehen einen Gebrauchtwagen abkaufen würde. Kumpelhaft, aber gleichermaßen ernst und nachdenklich, völlig unaufgeregt. Einer, der nicht vorschnell emotionale Äußerungen von sich gab.

Ackermann hatte deshalb schon bei der ersten Begegnung ausführlich berichten können, was ihn bedrückte. »Es kann doch nicht sein, dass jemand so gefährliche Dinger fliegen lässt, ohne dass er zu ermitteln ist«, hatte er vorwurfsvoll bei einem Bier in der Gartenwirtschaft gesagt.

»Na ja«, hatte Bauer entgegnet und einen Schluck Weizenbier genommen. Auf seiner Stirn standen Schweißperlen, weil die Sonne inzwischen ein gutes Stück weitergewandert war und sie nicht mehr im Schatten saßen. »Die Sache mit den Drohnen hat der Gesetzgeber viel zu spät geregelt – und dann auch viel zu lasch. Normalerweise ist in Deutschland in der Luftfahrt alles klitzeklein und penibel vorgeschrieben – aber bei den Drohnen rennen die Behörden der Entwicklung hinterher.«

»Sie meinen also auch, dass wir keine Chance haben«, war Ackermann enttäuscht gewesen.

Bauer hatte ihm bei dieser ersten Begegnung zwar keine Hoffnung machen wollen, zum Schluss aber eine durchaus optimistische Bemerkung gemacht: »Ich werd mich mal in einschlägigen Kreisen umhören. Wenn man so lange wie ich in dieser Gegend Polizist war, dann hat man noch immer gewisse Kontakte.« Ein bisschen frustriert hatte er angefügt: »Aber wissen Sie, Herr Ackermann, die Kenntnis von Personen und ihrem Umfeld zählt heute nicht mehr. Heute werden die Polizisten beliebig hin- und hergeschoben – und hier in der Provinz sind wir für viele nur ein Durchlaufposten auf dem Weg nach oben. Den geduldig zuhörenden ›Schutzmann‹ vom Land gibt es schon lange nicht mehr. Und seit der letzten Polizeireform sitzen die Verantwortlichen ganz weit weg – und haben keinerlei Orts- und Personenkenntnis.« Er grinste. »Fragen Sie doch mal einen im zuständigen Präsidium Ulm, wo das Nassachtal ist oder Oberweckerstell. Die werden zuerst die Koordinaten wissen wollen, damit sie einen Streifenwagen losschicken können.«

Ackermann hatte gefallen, wie Bauer redete.

Als sich jetzt der selbst ernannte Detektiv am Telefon meldete, fühlte sich Ackermann innerlich aufgewühlt. Er ging mit dem schnurlosen Hörer zum Fenster, durch das er von einer Anhöhe Ulms aus zur Donau hinabsehen konnte.

»Ich hab etwas für Sie«, begann Bauer nach der kurzen Begrüßung. »Etwas, was Sie interessieren könnte.«

»Ach?«, entfuhr es Ackermann. »Sie haben etwas rausgefunden?«

»Es könnte sein, dass ich weiß, wo die beiden abgestürzten Drohnen gekauft worden sind«, dröhnte Bauers Stimme durch die Leitung.

»Sie haben das tatsächlich rausgefunden?«

»Ja, und ich glaub auch zu wissen, *wer* sie gekauft hat.«

Ackermann ging zu einer Couch und setzte sich.

13

Apotheker Rolf Patten hatte sich bei dem lang andauernden Gespräch mit seinem Freund Dr. Friedrich Hagebusch nur kurz unterbrechen lassen, als eine Helferin mit der Bitte, das Rezept eines Kunden zu prüfen, vorsichtig in das Hinterzimmer gekommen war. Danach vergewisserte sich Patten, dass die Tür eingerastet war und sie nicht belauscht werden konnten. »Und du bist sicher, dass die Schewe heute dort wieder auftaucht?«, hakte er nach und knüpfte an einen Vorschlag an, den der Arzt kurz zuvor unterbreitet hatte.

»Ganz sicher. Oft waren sie sogar beide dort, das weißt du. Die Schewe und der Mittelberg. Wie sagt man so schön: Morgens Fango, abends Tango – oder?«

»Die Schewe ist also wieder zur Kur hier, meinst du?« Hagebusch kratzte sich erneut im Oberlippenbart.

»Ja, so hat man's mir berichtet«, erwiderte Patten mit hochrotem Kopf und fügte an: »Na ja, zur angeblichen Kur. Rein privat.«

»Dann sollten wir was unternehmen. Du hast doch die Kontakte zu diesem Pharmafritzen. Du bist doch sein Geschäftsfreund, wenn ich das mal so sagen darf«, gab sich der Arzt vorwurfsvoll und überlegte, ob er Patten raten sollte, etwas gegen den augenscheinlich hohen Blutdruck zu unternehmen. Aber als Apotheker musste der selbst wissen, was er brauchte. Hagebusch wurde stattdessen energischer: »Frag den Mittelberg dann doch mal beiläufig, wie seine Geschäfte laufen – seit dieser Fernsehsendung vorige Woche.« Weil Patten nicht sofort darauf einging, legte Hagebusch charmant nach: »Nicht zur Rede stellen, Rolf, sondern nur ein bisschen plaudern. Small Talk.«

Der Apotheker holte tief Luft. »Über das, was im Fernsehen gezeigt wurde? Mensch, Friedrich, du weißt genauso gut wie ich, dass das eine ganze Lawine ins Rollen bringen kann.«

»Ja, eine Lawine, vor der auch wir in Deckung gehen sollten, vergiss das nicht.« Hagebusch spielte nervös mit einem Kugelschreiber.

»Mittelberg und Schewe werden den Teufel tun, mit mir darüber zu reden, glaub mir das«, giftete Patten zurück.

Hagebusch winkte ab und meinte süffisant: »Gier frisst Hirn auf, vergiss das nicht, mein lieber Rolf.«

Patten gab sich versöhnlicher und grinste: »Aber manchem rutscht das Hirn gelegentlich in die Hose, oder täusche ich mich da?«

Der Arzt hob eine Augenbraue.

14

Der Flugleiter im Tower des Flugplatzes Reute bei Bad Waldsee hatte aufgeatmet, als die Cessna herangeschwebt war. Erleichtert nahm er zur Kenntnis, dass offenbar alles normal verlief. Schließlich glaubte er zu wissen, dass es sich bei dem Piloten um einen erfahrenen Flieger handelte, der in den vergangenen Monaten schon öfters hier gelandet war. Meist kam er aus Konstanz, hin und wieder auch von anderswoher, um vor dem Heimflug einen Zwischenstopp in Waldsee zu machen. Weshalb er sich aber diesmal am Funk nicht ordnungsgemäß verhalten hatte, erschien dem Flugleiter rätselhaft. Alle Aufforderungen, ihn zu einer Antwort zu bewegen, waren fehlgeschlagen. Merkwürdig war auch, dass sich die Maschine nicht ordnungsgemäß in die Platzrunde – also in den Gegenanflug – einfädelte, sondern direkt auf die Landebahn drei-drei heranschwebte.

Jetzt beobachtete er vom Tower aus, wie die kleine Maschine an die Parkposition rollte. Noch einmal rief er per Funk das Kennzeichen der Cessna – wieder vergeblich. Deshalb nahm er den Flieger, der nur rund 50 Meter entfernt stand, nun ganz groß ins Visier des Fernglases. Der Propeller stand inzwischen still, während der Pilot im Sitzen etwas zu suchen schien. Wegen Reflexionen in der Cockpitscheibe war nicht erkennbar, worum es ging.

Der Flugleiter verfolgte, wie sich der Oberkörper des Piloten zum rechten Sitz hin beugte und in dieser Haltung ein paar Sekunden verharrte. Dann griff der Mann hinter die Lehne, holte umständlich seinen Aktenkoffer hervor, klappte den Deckel auf und schien etwas zu verstauen. Anschließend wischte er sich mit einem Taschentuch über die Augen und setzte eine Sonnenbrille auf.

Dann erst kletterte er aus der Maschine und kam, mit dem Aktenkoffer in der Hand, auf den Tower zu. Wenig später trat er dem irritierten Flugleiter gegenüber und begrüßte ihn mit heiserer Stimme. »Tut mir leid, aber mit dem Funk scheint etwas nicht in Ordnung zu sein.«

»Den Eindruck hab ich auch. Das sollten Sie dringend reparieren lassen«, riet der gestreng dreinschauende Flugplatzchef. »Sonst könnten Sie ganz großen Ärger kriegen. Einfach so landen, geht nicht. Das wissen Sie.«

Der Pilot nickte. »Ich glaub, ich hab den Fehler schon behoben.« Seine Stimme klang, als habe ihn eine Erkältung befallen. »Ich hab einen Direktanflug gemacht. Hab gesehen, dass keine andere Maschine da war.«

»Sonst aber alles okay?«, fragte der Flugleiter misstrauisch zurück und sah in die dunklen Brillengläser seines Gegenübers, der bereits den Geldbeutel gezückt hatte, um die Landegebühr zu bezahlen.

Er legte einen 20-Euro-Schein auf den Tisch und sagte in der Hoffnung, mit reichlich Trinkgeld weiteren Nachfragen zu entgehen: »Stimmt so.«

»Wie lange wollen Sie bleiben?«

»Nur ein paar Stunden.«

Er wünschte dem Flugleiter einen schönen Tag und verließ den Tower, um mit seinem Aktenkoffer in der Hitze des Tages zum angrenzenden Parkplatz zu gehen, wo er sofort sah, was er suchte: ein weißes BMW-Cabrio mit Frankfurter Kennzeichen und offenem Verdeck. Der Wagen war unter schattigen Bäumen rückwärts eingeparkt, sodass er die aufblitzenden Scheinwerfer der Lichthupe sofort wahrnahm. Sie war also da. Marion Schewe, die Frau, die für ihn mehr war als eine Kollegin aus der Pharmabranche. Bereits als er sie das erste Mal getroffen hatte, vor einem Jahr in einer der örtlichen Kliniken, da war er von ihrem selbstbewussten Auftreten fasziniert gewesen. Aber nicht nur davon. Er hatte sie wesentlich jünger geschätzt, als sie war. Erst später hatte sie ihm verraten, dass sie 41 war.

Er winkte ihr zu, öffnete die Beifahrertür und stieg ein. Als er ihr einen Kuss auf die Wange drückte, strichen ihre halblangen schwarzen Haare über sein Gesicht und er roch ihr herbes Parfüm, das er so sehr mochte. »Schön, dass es wieder geklappt hat«, flüsterte sie, während er seinen Aktenkoffer mit der Linksdrehung seines Oberkörpers zwischen den Sitzen nach hinten verfrachtete und dabei mit der rechten Hand über ihren Oberschenkel streichelte.

Dass der Saum ihres geblümten Kleidchens weit nach oben gerutscht war, machte ihn ebenso atemlos wie der tiefe Ausschnitt. Marion wusste, wie sie ihn anmachen konnte. Jetzt aber sagte sie etwas, womit er nicht gerechnet hätte: »Entschuldige, Franky-Boy, aber du riechst ein bisschen seltsam.«

»Ein aggressives Putzmittel im Flugzeug, nichts weiter«, log er schnell und hörte den merkwürdig verschnupften Klang seiner Stimme.

Marion sah ihn entgeistert an: »Ist etwas mit dir? Du klingst so komisch.«

Er rang sich ein gekünsteltes Lächeln ab. »Nichts weiter, mein Schatz, wahrscheinlich hab ich mir eine Erkältung eingefangen.« Um abzulenken, fragte er schnell zurück: »Du bist wieder ambulant in der Klinik im Hofgarten?«

»Na klar, wie immer«, lächelte sie und fuhr ihm übers Haar, um ihm dabei die Sonnenbrille abzunehmen. »Sag mal«, wunderte sie sich. »Du hast total gerötete Augen. Bist du krank?«

Er nahm ihr die Brille aus der Hand und wurde ernst: »Wie ich dir doch sage: Eine Erkältung bahnt sich an.«

»Mitten im Sommer?« Ihre Stimme verriet Misstrauen.

»Vielleicht auch eine Allergie. Bei diesem Wetter fliegen wieder die Pollen wie wild.«

»Willst du nicht lieber einen Arzt aufsuchen?«

»Arzt!«, entfuhr es Mittelberg, als sei dies ein völlig abwegiger Vorschlag. »Du meinst, nur weil es hier von Medizinmännern wimmelt, soll ich gleich wegen einer Erkältung oder einer Pollenallergie zu ihnen rennen? Ich bitte dich, Marion, wir sollten die Zeit nicht mit so etwas vergeuden.«

Marion legte die Stirn in Falten. »Du bist in Eile? Was hast du deiner Frau denn gesagt?«

»Dass ich geschäftlich in Dinkelsbühl zu tun hätte.« Er setzte seine Sonnenbrille wieder auf.

»Und sie wird da nie misstrauisch?«

»Marion, lassen wir das. Du brauchst dir darüber keine Gedanken zu machen. Komm, gehen wir was essen.«

Sie lächelte und startete den Motor. »Dass uns beide mal jemand hier in Waldsee sieht und es deiner Frau zuträgt, das sorgt dich nicht?«

»Um ehrlich zu sein, Marion, das ist mir ziemlich egal.« Er betrachtete sie von oben bis unten und fühlte eine unendliche Zufriedenheit.

Dennoch musste sich bald etwas ändern. Er wusste nur nicht, wie. Und wie er es ihr sagen sollte.

15

Heike Mittelberg hatte nach dem Telefongespräch wie gebannt vor dem großen Bildschirm gesessen und den pulsierenden blauen Punkt verfolgt. Wie in Trance scrollte sie die dargestellte Landkarte weiter nordwärts, über Ulm, Heidenheim, Aalen und Ellwangen hinauf bis Fichtenau – und dann nach rechts auf Dinkelsbühl. Nichts. Außer den Straßen- und Ortsnamen nichts. Kein zweiter pulsierender blauer Punkt. Konnte es natürlich auch nicht geben. Der einzige, der sich auf dieser Landkarte fand, saß bei Bad Waldsee fest. Heike zog das Bild auf dem Monitor größer, um sich den Stadtplan darstellen zu lassen, wo sich der blaue Punkt von Westen her über die Reutestraße der Innenstadt näherte. Heike brauchte noch ein paar Sekunden, um das Gesehene zu verdauen, griff dann nach ihrem Smartphone und rief über eine App dasselbe Bild auf. Augenblicke später hatte sie es in verkleinerter Form auf dem Display und stellte zufrieden fest, dass auch dort der pulsierende Punkt zu empfangen war.

Obwohl sie sich in dem, was sie eigentlich erwartet hatte, bestätigt fühlte, stieg ein unbändiger Zorn in ihr auf. Gleichzeitig befiel sie ein Gefühl der totalen Verunsicherung. Bad Waldsee. Warum ausgerechnet Bad Waldsee? In zwei Stunden hatte sie doch selbst dort sein wollen? Konnte sie das nun trotzdem riskieren? Oder jetzt erst recht?, wurde sie von einer inneren Stimme aufgerüttelt.

Noch während sie auf den Bildschirm starrte, gewannen Zorn und Wut die Überhand: ja, jetzt erst recht!

16

Marion war direkt zur Klinik am Hofgarten gefahren, die sich zwischen der prächtigen Stiftskirche St. Peter und dem Schlosssee befand. Frank Mittelberg hatte sich wieder einigermaßen von seiner Hustenattacke erholt, behielt aber die Sonnenbrille auf. »Sag mal, Marion, das wievielte Mal bist du eigentlich schon hier?«, fragte er, nachdem sie für das Cabrio einen Parkplatz gefunden hatte.

»Das sechste Mal, Franky-Boy. Ich gönn mir diese ambulanten Anwendungen in dieser Klinik rein privat.« Sie setzte wieder jenes Lächeln auf, das er so sehr an ihr schätzte. »Aber ich hab auch sonst einiges in der Gegend zu erledigen.«

»Na ja«, erwiderte Mittelberg und sah sie beim Aussteigen von der Seite an. »Ein Glück, dass niemand so genau weiß, was dich wirklich hierhertreibt.«

Sie ließ das Verdeck des Cabrios nach unten fahren und stöckelte in ihrem kurzen Kleidchen voraus in den Hof der Klinik, in der es eine Cafeteria mit herrlichem Blick auf den angrenzenden Park gab.

»Schön hier«, stellte Mittelberg fest, als sie sich im Schutz eines Sonnenschirms niederließen. Nie zuvor hatte sie ihn hierhergeführt. An diesem späten Vormittag waren nur wenige Tische besetzt.

»Mhm«, machte sie. »Um ehrlich zu sein, Franky-Boy, seit du damals aufgetaucht bist, finde ich es in diesem Städtchen noch viel, viel schöner.« Sie fügte charmant an: »Und dies nicht nur unserer Geschäfte wegen.«

Er nickte und studierte die Getränkekarte.

»Dabei haben wir alles deiner Frau zu verdanken«, strahlte Marion. »Wär sie nicht wegen ihres Knies hier zur Kur gewesen und hättest du sie nicht zufällig an jenem Nachmittag besucht, als ich dort war, wären wir uns nie begegnet, stimmt's?«

Mittelberg konnte sich natürlich lebhaft daran erinnern. War es doch tatsächlich ein seltsamer Zufall gewesen. Zufall?, hallte es durch seinen Kopf.

Marion hatte ihn damals provokant angelächelt, als sich ihre Wege im wahrsten Sinne des Wortes in einer der Kliniken gekreuzt hatten. Es war zu einem kurzen Small Talk gekommen, bei dem sich schnell herausgestellt hatte, dass sie beide in derselben Branche arbeiteten und sozusagen Kollegen waren. Marion freilich vertrat im Gegensatz zu ihm nicht nur ein einziges Pharmaunternehmen, sondern war, wie sie ihm erklärt hatte, freie Handelsvertreterin. Sie decke ein großes Gebiet ab und sei gerade dabei, »neue Märkte« zu erschließen. Insbesondere mit sogenannten Generika, also Nachahmer-Medikamenten, für Präparate, deren Patentschutz abgelaufen ist. Mittelberg hatte aufgehorcht, denn er wusste, dass der Patentschutz nach 20 Jahren endete und inzwischen mehr als 80 Prozent aller Verordnungen, die über gesetzliche Krankenkassen abgerechnet wurden, über diese Schiene liefen.

Von einem »interessanten Markt« hatte Marion gesprochen – »wenn man's nur richtig anpackt«. Dass sie mit ihren weiblichen Reizen natürlich bei Apothekern und Ärzten weitaus bessere Karten hatte als er, hatte er sich damals wie heute vorstellen können. Seine Neugier war geweckt, zumal er mit Marions Unterstützung seine Umsätze deutlich zu erhöhen hoffte. Vermutlich noch weitaus mehr als mit seinen bisherigen Geschäften.

Wenn's um Geld ging, war er anfällig für alles, was Reichtümer versprach. Hinzu kam, dass Marion nicht nur geschäftstüchtig war, sondern ihn in jeglicher Hinsicht begeisterte. Sie konnten, so hatte er damals gedacht, ein wahres Dream-Team werden. Dass sie in Frankfurt wohnte und er in Konstanz, sollte der Begeisterung keinen Abbruch tun. Marion war geschieden und wollte so schnell keine neue Beziehung mehr eingehen, hatte sie erzählt. Da bot sich so ein lockeres Verhältnis mit gelegentlichen Abenteuern geradezu an.

Nur diese verdammte Fernsehreportage von vergangener Woche schien alles zu vermasseln. Irgendein Journalist hatte ein Jahr nach dem Prozess gegen einen Apotheker, der offenbar mit verdünnten und deshalb wohl wirkungslosen Krebsmedikamenten Riesengewinne erschwindelt hatte, einen neuen, möglicherweise spektakuläreren Fall aufgedeckt. Die unterdosierten Mittel waren aus dem Ausland importiert worden, möglicherweise aus Indien oder China über Dubai und die Schweiz. Auch Mittelberg hatte die Sendung in der ARD gesehen und war wie elektrisiert, als darin beiläufig davon die Rede gewesen war, die Medikamente könnten über »Mittelsmänner« in Konstanz nach Baden-Württemberg gelangt sein und würden von da aus »von einem bislang unbekannten Verteilernetz« in ganz Deutschland angeboten. Wie viele Menschen auf diese Weise bereits mit wirkungslosen Medikamenten behandelt worden seien, lasse sich nicht abschätzen. Es sei aber davon auszugehen, dass sie mindestens »einige Hundert Todesfälle« verursacht hätten. Dazu war ein Unternehmer aus Göppingen namens Wellinger interviewt worden, der behauptete, seine verstorbene Frau sei ein Opfer dieser »Medikamenten-Mafia« geworden, wie er sich vor der Kamera ausgedrückt hatte. Mittelberg war ein Satz des Mannes im Gedächtnis haften geblieben – ein Satz, den er nicht mehr verdrängen konnte: »Ich weiß inzwischen aus erster Hand, dass eine der Spuren an den Bodensee führt, doch mehr möchte ich dazu zum gegenwärtigen Zeitpunkt nicht sagen.«

Mittelberg kämpfte auch jetzt gegen diesen Gedanken an, wohl wissend, dass dieses Thema zwischen ihm und Marion stand. Noch wollte er es aber zurückstellen und knüpfte stattdessen an ihren Hinweis auf ihrer beider Zufallsbegegnung an: »Man muss halt zur richtigen Zeit am richtigen Ort sein, liebe Marion. Vielleicht gibt es nicht wirklich Zufälle – und alles, was geschieht, hat seine Bedeutung.« Noch ehe Marion etwas erwidern konnte, kam die Bedienung. Sie bestellten Cappuccino.

Nachdem sie ein bisschen in Erinnerung an ihre bisherigen Abenteuer geschwelgt hatten, wurde Marion unerwartet ernst: »Und wie geht's mit uns weiter – rein geschäftlich?«

Mittelberg war ob dieses Stimmungswandels zwar überrascht, andererseits froh, dass Marion das Thema von sich aus ansprach. Er wich ihrem Blick aus, sah auf den Park hinaus und meinte betont ruhig: »Wir sollten uns zurückhalten, Marion. Seit diese verdammten Fernsehjournalisten recherchiert haben, befürchte ich, dass es Probleme geben könnte. Auch du solltest dies nicht auf die leichte Schulter nehmen.«

»Um ehrlich zu sein, Frank« – sie wählte bewusst die richtige Form seines Namens – »das belastet auch mich. Der Fall Wellinger wird von den Medien ziemlich hochgespielt. Ich wart' nur drauf, bis der Wellinger in einer Talkshow im Fernsehen auftaucht. Als einsamer Witwer, dem die böse Pharmaindustrie die Frau getötet hat.«

Mittelberg drehte sich unauffällig nach allen Seiten um. Er wollte sich vergewissern, dass es keine Zuhörer gab. »Wir müssen vorsichtig sein, Marion. Es heißt, der Wellinger treibt sich in Bad Waldsee herum.«

Er blickte sie sorgenvoll an.

17

Heike Mittelberg fühlte sich zu allem entschlossen. Ihre anfängliche Begeisterung, wieder einmal heimlich den sympathischen Arzt zu treffen, hatte einen Dämpfer bekommen. Denn so recht konnte sie den blau pulsierenden Punkt auf der Landkarte nicht interpretieren. Jedenfalls war Frank nicht nach Dinkelsbühl geflogen. So viel stand fest. Falls ihr die Technik keinen Streich spielte, was aber eher unwahrscheinlich war. Dass Frank sie also angelogen hatte, wäre ihr nicht sonderlich überraschend erschienen und hätte sie keinesfalls enttäuscht. Ganz im Gegenteil. Schließlich hatte sie mit so etwas schon lange gerechnet. Aber dass er sich nun ausgerechnet dort aufhielt, wo sie sich mit ihrem Geliebten treffen wollte, verursachte ihr ein gewisses Unbehagen. Sosehr sie auch in den vergangenen Minuten darüber nachgegrübelt hatte – es fand sich keine logische Erklärung dafür.

Sie legte ihr eingeschaltetes Smartphone auf die Mittelkonsole, um das Display auch während der Fahrt im Blickfeld zu haben. Der blau pulsierende Punkt war jetzt stationär auf eine Stelle unweit der Stiftskirche gerichtet.

Heike rangierte zügig aus der Hofeinfahrt des villenartigen Gebäudes heraus, um auf direktem Weg die Fähre nach Meersburg anzusteuern, wo sich an Sommertagen meist eine Autoschlange bildete. Sie wurde aber zügig abgebaut, weil die Fähren tagsüber einen eng getakteten Fahrplan hatten.

Wenig später befand sich Heike bereits eingezwängt zwischen den eng abgestellten Autos der Touristen. Sie blieb hinterm Steuer sitzen und hielt das Smartphone in der Hand, dessen Display ihr allerdings nichts Neues signalisierte. Erst als der Kassierer an der Seitenscheibe auftauchte, um ihr den Fahrschein zu verkaufen, wurde sie aus ihren Gedanken gerissen. Nachdem Geld gegen Ticket eingetauscht war, tippte sie am Smartphone auf einige Zahlen und lauschte. »Ja, hallo, ich bin's«, sagte sie, während ein Vibrieren durch die Fähre ging, was darauf hindeutete, dass sie ablegte. »Ich wollte dir nur schnell sagen, dass ich mich leicht verspäte. Ich hab noch etwas zu erledigen.« Zufrieden nahm sie zur Kenntnis, dass die ruhige Männerstimme dafür Verständnis signalisierte. »Danke«, sagte sie deshalb. »Ich melde mich, sobald ich da bin. Ach ja«, fiel ihr ein, »treffen wir uns wieder im Park zum Wassertreten?« Die Antwort, die sie erhielt, ließ ihr Gesicht für einen Moment strahlen. Dann beendete sie das Gespräch, sah an den vor ihr stehenden Autos vorbei auf das glitzernde Wasser des Bodensees und wurde wieder von finsteren Gedanken ergriffen.

18

Dass Bad Waldsee innerhalb der Stadt gleich zwei Seen aufzuweisen hatte, war für Frank Mittelberg jedes Mal aufs Neue faszinierend. Zwar war auch seine Heimatstadt Konstanz von viel Wasser umgeben – aber die beiden kleinen, schnuckeligen Seen von Bad Waldsee hatten etwas Heimeliges an sich. Überschaubar, idyllisch, ruhig. Ohne die Hektik, die der Bodensee mit seinen vielen Touristen insbesondere während des Sommers ausstrahlte. Oft schon war Mittelberg mit Marion entweder am Stadtsee entlanggeschlendert oder – jenseits des Zentrums – am kleineren Schlosssee, an den auch die Klinik im Hofgarten grenzte. Hier in der beliebten Parkanlage, die über einen schmalen, bewachsenen Pfad zu erreichen war, auf dem an diesem Mittag Kurgäste und Einheimische gleichermaßen unterwegs waren, darunter Mütter mit ihren kleinen Kindern, versuchten sie beide, ihr angestrengtes Gespräch fortzusetzen. In der Cafeteria der Klinik wäre dies angesichts der zunehmenden Zahl von Gästen nicht mehr möglich gewesen. Es hätte die Gefahr bestanden, belauscht zu werden. Wenn nicht unbewusst, dann wäre vielleicht doch der eine oder andere an einem Nebentisch hellhörig geworden.

Gerade als sie die kleine Brücke über den sanft vom Stadt- und Schlosssee fließenden Pfaffenbach überquerten und sie wegen einer dahinwatschelnden Entenfamilie kurz verweilen mussten, fragte Marion unerwartet direkt: »Sag mal, Frank, hast du dir schon mal Gedanken darüber gemacht, was du tust, wenn die ganze Geschichte hopsgeht?« Sie schaute ihn an und gab sich unerwartet entschlossen: »Ich jedenfalls hab für mich entschieden, aus der Sache auszusteigen.«

»Aussteigen?«, echote er, als sei diese Idee völlig abwegig. Keine Sekunde hatte er an so eine Entscheidung gedacht.

»Du hast doch selbst gesagt, wir müssten vorsichtig sein. Oder hab ich da vorhin etwas falsch verstanden?«

Er blieb stehen und sah schweigend zur links des Wegs liegenden verwilderten ehemaligen Fischzuchtanlage hinüber.

Marion trat demonstrativ vor ihn. »Und *du* hast den Fall Wellinger selbst angesprochen, Frank.«

Mittelberg ging einen Schritt zurück. »Ja, mich beschäftigt der Fall auch, obwohl er uns nichts angeht. Aber Wellinger hat den Tod seiner Frau bis heute nicht verkraftet.« Er ließ ein paar Sekunden verstreichen und zwei entgegenkommende ältere Damen passieren. »Und um ganz ehrlich zu sein, Marion – der Fall beschäftigt mich auch. Obwohl ich weder die Frau kannte noch ihn.«

»Keine Panik, Frank. Uns kann da keiner an den Karren fahren. Die Wellinger-Sache liegt zwei Jahre zurück. Wenn die Fernsehjournalisten das Thema nicht aufgegriffen hätten, würde kein Hahn mehr danach krähen. Trotzdem …«

Mittelberg unterbrach sie: »Aber sie haben es aufgegriffen, Marion!«, blieb er hartnäckig und sah sie im Weitergehen streng an. »Und wenn du ehrlich bist, hast du auch Schiss. Warum sonst fällt dir plötzlich ein, damit aufhören zu wollen?«

»Weil es besser ist. Bevor wir in etwas reingezogen werden, was wir nicht zu verantworten haben.«

Mittelberg schluckte. Mit einem Schlag wurde ihm bewusst, dass die Basis ihrer gemeinsamen Beziehung zu bröckeln drohte. Schließlich hatten sie sich durch das, was sie aufgeben wollten, kennengelernt – und seit Langem dieselben Interessen verfolgt. Da war er sich ganz sicher. Beide waren sie damit erfolgreich gewesen, hatten sich voll Euphorie in das lukrative Geschäft gestürzt und sich der gegenseitigen Sympathie hingegeben, aus der sich heimliche Abenteuer entwickelten. Mittelberg hatte in den vergangenen Tagen lange darüber nachgedacht und ein Wechselbad der Gefühle durchlitten. Einerseits fühlte er sich zu Marion hingezogen, war auch heute wieder voll erotischer Vorfreude hierhergeflogen – doch nun begann die Vernunft die Oberhand zu gewinnen. Diese verdammte Vernunft, hämmerte es in seinem Kopf. Wie viele Männer waren schon aus reiner Abenteuerlust blindlings in ihr Verderben gerannt? Wenn selbst Marion Zweifel anmeldete und ihr der Boden zu heiß wurde, dann war es höchste Zeit, ebenfalls die Notbremse zu ziehen. Marion hatte ihn mit ihren jetzigen Worten jedenfalls darin bestärkt. Er sah sie betroffen an: »Wahrscheinlich ist es besser, wenn wir unsere

Beziehung vorläufig auf Eis legen«, sagte er mit trockener Kehle und bemerkte, wie sich ihre Gesichtszüge veränderten.

»Wie bitte?«, entfuhr es ihr hörbar irritiert und doch irgendwie gekünstelt. »Versteh ich das richtig? Du hast plötzlich die Hosen voll?«

»Du doch auch«, konterte er leise, weil gerade ein junges Paar vorbeikam. »Jeden Tag kann die Kripo bei mir auftauchen«, flüsterte er. »Verstehst du das nicht? Im Fernsehen hat's geheißen, die Staatsanwaltschaft habe weitere Ermittlungen eingeleitet. Da wäre es wohl besser, man würde zwischen uns keine Verbindung aufdecken.«

Sie legte einen Arm um seine Schulter und schaute ihm in die Augen. »Ja und? Das hat doch mit unseren privaten Beziehungen nichts zu tun. Woher sollen wir beide denn gewusst haben, was in den Medikamenten wirklich drin war? Wir handeln und verkaufen …«

Mittelberg war es so, als sei ihr der selbst angekündigte Rückzug aus dem Geschäft schon nicht mehr recht. Er überlegte, ob ihr wirklich noch etwas an der Beziehung gelegen war oder ob sie ihn nur brauchte, um bei etwaigen polizeilichen Ermittlungen die möglichen Anschuldigungen mit ihm teilen zu können. Als habe sie seine Gedanken lesen können, fuhr sie fort: »Vergiss nicht, wir haben gut verdient. Wir beide. Aber am besten wohl du, oder?«

Er löste sich aus ihrer Umarmung, worauf sie nachlegte: »Für dich wird sich vieles ändern. Oder willst du jetzt doch bei Heike bleiben? Hast du nicht dauernd geklagt, wie schlecht's dir einmal finanziell gegangen ist – bevor wir uns begegnet sind? Natürlich hast du schon immer über deine Verhältnisse gelebt.«

Mittelberg sah auf den nahezu rundum zugewachsenen Schlosssee, an dessen Ufer sie nun ein Bänkchen erreichten. »Ich will auch von dir nicht abhängig sein, Marion.« Er quälte sich ein Lächeln ab. »Ich versuch zu retten, was noch zu retten ist. Es wird mir reichen. Von meinem Flugzeug werde ich mich dann wohl eines Tages trennen müssen. Vielleicht reicht's noch für ein Wohnmobil, dafür ist die Stadt doch bekannt. Dann kauf ich mir so ein Ding und fahr quer durch Europa. Das hab ich mir schon ewig gewünscht: Aussteiger sein.«

»Ohne Heike? Du ganz allein? Oder klappt es mit Heike wieder?«

»Nein, natürlich nicht. Ich werde mich von Heike trennen und ganz neu anfangen.« Er überlegte. »Ich hab dir schon oft genug gesagt, dass Heike und ich uns auseinandergelebt haben. Und seit ich mich auf das Geschäft konzentriert habe, das ich dank deiner Hilfe ausbauen konnte, macht sie mir pausenlos Vorwürfe. Seit dieser verdammten Fernsehsendung sogar noch mehr.«

»Du hast ihr aber keine Details genannt und auch nicht von mir erzählt?«, wurde Marion sachlicher.

»Natürlich nicht. Aber sie hat doch auch gemerkt, wie die Knete plötzlich geflossen ist – und woher sie gekommen ist. Außerdem musste ich doch eine fadenscheinige Erklärung dafür finden, weshalb ich plötzlich ein Konto in Liechtenstein hatte.« Er ging weiter, worauf Marion ihm folgte. »Und seit dieser Fernsehsendung stellt sie immer wieder seltsame Fragen.«

»Sie hat Lunte gerochen?«

»Es sieht danach aus. Aber das ist mir scheißegal, Marion«, Mittelberg erschrak über seine eigene Lautstärke, denn ein Rentnerehepaar, das ihnen entgegenkam, hatte ihn verwundert angeschaut. »Heike hat sich ganz sicher auch schon einen anderen Lover angelacht«, wurde er eine Nuance leiser.

Marion hob eine Augenbraue: »Und wenn du erst mal pleite bist, brauchst du wenigstens deine Heike nicht auszubezahlen.«

Mittelberg wusste nicht so recht, wie er diese Bemerkung deuten sollte, weshalb er mit süffisantem Unterton erwiderte:

»Vielleicht sollten wir beide – du und ich –, wenn Gras über die ganze Sache gewachsen ist, unsere Zukunft irgendwie neu überdenken.«

Doch Marion wandte sich enttäuschend schnell ab, um kühl festzustellen: »Ein Abenteuer kann reizvoll sein, Fränki-Boy. Aber wenn es kein Abenteuer mehr ist, kann es schnell langweilig werden.«

Es waren Worte, die ihn irritierten. Weil er nichts dazu sagte, meinte sie: »Gerade in einem Kurort sollte man das doch wissen. Ein Kurschatten ist aufregend – aber wenn nichts mehr einen Schatten wirft, ist die Sonne untergegangen.«

19

Es war wie immer im Sommer am Bodensee: unzählige Touristen, verstopfte Straßen. Auch auf der Fähre von Konstanz nach Meersburg hatte es länger gedauert als sonst. Heike Mittelberg war auf der stark befahrenen B 33 ungeduldig gewesen und sogar beim waghalsigen Überholen einmal knapp eingeschert, um einen Frontalzusammenstoß zu vermeiden. Sie hatte Mühe, sich auf den Verkehr zu konzentrieren. Immer mal wieder riskierte sie einen Blick auf das Display ihres Smartphones, das auf dem Beifahrersitz lag. Der pulsierende blaue Punkt hatte sich in den vergangenen Minuten nicht mehr bewegt.

Trotzdem wollte sie zuerst ein anderes Ziel ansteuern, westlich von Bad Waldsee. In Ravensburg hatte sie die B 30 genommen, um nun bei Gaisbeuren nach Reute abzubiegen. Dort, so hatte sie es sich auf dem Display darstellen lassen, befand sich der Flugplatz. Sie war nie zuvor dort gewesen, fand ihn aber auf Anhieb weit außerhalb des Ortes, eingebettet in die sommerliche Landschaft und offenbar ganz nahe dem Steinacher Ried, einem Naturschutzgebiet.

Auf dem mit Bäumen und Sträuchern umgebenen Parkplatz standen nur zwei Fahrzeuge, hinter einer Baumkrone erhob sich der Tower. Sie stellte ihren roten A-Klasse-Mercedes in den Schatten und wollte so tun, als interessiere sie sich nur eher beiläufig für den Flugplatz. Nach dem Aussteigen steckte sie das Smartphone in die Hosentasche und ging langsam zu dem Gebäude, an dessen vorderer Ecke sich der Tower erhob. Sie riskierte einen kurzen Blick, konnte aber hinter der schrägen Scheibe niemanden erkennen. Die Luft war nur vom Zwitschern der Vögel erfüllt. Sonst war es still. Eigentlich hatte sie Motorengeräusche erwartet, doch nun wirkte die Graspiste wie eine lang gezogene, gemähte Wiese. Wären da nicht rot-weiße Platzreiter gewesen, die die Landebahn markierten, hätte sie hier keinen Flugplatz vermutet. Als sie ein Stück weit gegangen war, warnte ein Schild Unbefugte vor dem Betreten des Areals. Doch als sie um die Hausecke blicken konnte, brauchte sie keinen Schritt mehr weiterzugehen. Sie hatte gesehen, was sie bestätigt haben wollte: Franks Cessna parkte auf der anderen Seite des Gebäudes, zwischen Tower und einer Halle. Für einen Moment beschlich sie der Gedanke, jemanden zu suchen, der ihr hätte sagen können, wann dieses Flugzeug gekommen sei. Aber sie brauchte keine Antwort. Natürlich stand die Maschine vermutlich seit drei Stunden schon da. Frank war auf dem direkten Weg hierhergeflogen. Der GPS-Tracker, der ihr seine Position aufs Smartphone zeichnete, funktionierte zuverlässig.

Sie wandte sich ab und ging zu ihrem Auto zurück. Frank hatte sie also belogen. Natürlich. Es war ja nur die Bestätigung dessen, was ihr bereits seit Langem klar gewesen war. Aber jetzt, den Beweis vor Augen, fühlte sich diese Erkenntnis nicht gut an. Es war ein dumpfes Gefühl, so als ob ihr jemand eine unsichtbare Kappe übergestülpt hätte. Obwohl sie dies alles hatte kommen sehen, schmerzte es irgendwie. Aber nun, so versuchte sie, diese seltsame Beklommenheit abzuschütteln, brauchte auch sie kein schlechtes Gewissen mehr zu haben. Sie hatte endlich den Beweis, der sie irgendwie befreite.

Befreite von diesen verdammten Zwängen, die sie einschnürten und ihr den Atem zu rauben drohten. Viel zu lange hatte sie sich vom Materiellen leiten lassen, von Luxus und dem Wohlstand, den sie zugegebenermaßen genoss. Seit einem Jahr schien es ihr, als habe er sich immer tiefer in das Geschäft verbissen. Das Geld floss üppiger als je zuvor – und aus Sorge vor dem Fiskus hatte Frank sogar bei einer Bank in Liechtenstein ein Konto eröffnet. Ein Vorgehen, das Heike ziemlich suspekt erschienen war. Bis dahin hatte Frank auf eine einigermaßen ordentliche Buchführung Wert gelegt und zähneknirschend horrende Summen ans Finanzamt überwiesen.

Mit dieser Staatstreue und Ehrlichkeit war es vorbei, als die Gewinne immer größer wurden. »Man muss diesem Staat nicht das Geld in den Rachen werfen für den Unfug, den er damit macht«, hatte Frank erst kürzlich zornig gesagt, als sie ihn nach dem Sinn des Bankkontos in Liechtenstein gefragt hatte. Offenbar war ihm selbst nicht ganz klar, wie er nach den aktuellen Steuergesetzen und den zwischenstaatlichen Abkommen die hohen Beträge am deutschen Finanzamt vorbeimogeln konnte. Heike war das letztlich egal. Wenn sie ehrlich zu sich selbst war, hatte sie emotional bereits mit Frank abgeschlossen. Deshalb könnte sie erleichtert sein und endlich mit jenem Mann ein neues Leben anfangen, der ihr längst viel mehr bedeutete. Manchmal hatte sie allerdings Angst, sie könnte sich in etwas verrannt haben, was möglicherweise gar nicht so intensiv war, wie sie es sich in ihren schönsten Träumen wünschte. Eigentlich sahen sie sich viel zu selten, um zu spüren und zu fühlen, ob sie wirklich zusammenpassten. Vielleicht war es nur das Geheimnisvolle, das Abenteuerliche, was sie zusammenschweißte. Aber in ihren Fantasien schien alles mit jedem Tag größer und wundersamer zu werden.

Natürlich telefonierten sie hin und wieder lange und ausgiebig – oder sie schrieben sich WhatsApp-Nachrichten. Aber gerade in letzter Zeit hatte sie den Eindruck, die Beziehung könnte sich abgekühlt haben. Außerdem stand für ihn eine berufliche Veränderung an. Nach allem, was heute geschehen war, würde sie ihm einfach folgen. Falls er dies wollte. Immerhin war er ein paar Jahre jünger als sie – ein Umstand, der ihr zu schaffen machte, zumal sie schon einige Male zu spüren geglaubt hatte, wie er in Anwesenheit jüngerer attraktiver Frauen ein Imponiergehabe an den Tag legte, das eher einem pubertierenden Jüngling entsprach. Von derlei Gedanken geplagt, stieg sie wie in Trance in ihren Mercedes und studierte die Darstellung auf dem Display. Der blaue Punkt bewegte sich am Stadtrand. Der Geschwindigkeit nach zu urteilen mit einem Auto. Heike starrte wie gebannt auf den hochgezoomten Stadtplan. Sie war nicht allzu weit davon entfernt. Der Punkt pulste zur nördlich weiterführenden B 30 in Richtung des Hymer Museums, bog vorher aber nach rechts in die Biberacher Straße ein.

Heike schwitzte. Die Sonne hatte den abgestellten Wagen innerhalb kürzester Zeit aufgeheizt. Und obwohl die Fahrertür offen stand, war es unerträglich. Heike hatte das Smartphone auf das Lenkrad gelegt und festgehalten, um die dargestellte Ortung genau verfolgen zu können. Sie war so sehr in das Gesehene vertieft, dass sie den Mann nicht bemerkte, der sich von hinten der geöffneten Tür genähert hatte. Erst als sein Umriss die sonnige Tageshelle im Auto dämpfte, drehte sich Heike erschrocken um und sah auf.

»Keine Panik, schöne Frau«, sagte eine ruhige sonore Männerstimme. Das Gesicht dazu war sonnengebräunt, die Haare blond, die Augen von einer sehr dunklen Sonnenbrille verdeckt. »Kann ich Ihnen irgendwie weiterhelfen?«

Heike rang verlegen nach Worten, während sie ihr Smartphone mit einer Hand verdeckte. »Helfen? Ach so, nein. Danke.« Der Mann hatte sich leicht gebückt. Sie sah in ein lächelndes, aber unrasiertes Gesicht. Dreitagebart. Mittleres Alter, schätzte sie.

»An einem normalen Wochentag ist hier nicht viel los«, bemühte er sich, das begonnene Gespräch am Laufen zu halten. »Oder interessieren Sie sich nicht fürs Fliegen?«

»Nicht direkt«, erwiderte sie unterkühlt, um sogleich ihr Selbstbewusstsein wiederzufinden. »Ich bin mal mitgeflogen und hier mit jemandem kurz gelandet. Jetzt wollte ich nur mal sehen, wie das hier aussieht, wenn man quasi auf dem Landweg kommt.«

Der Mann grinste. »Nicht so spannend wie aus der Luft.« Sein Blick fiel auf das Display des Smartphones, das Heike festhielt.

»Sie haben ein Navi dabei?« Er hatte sich so weit nach unten gebeugt, dass er zwischen den Fingern ihrer rechten Hand die Kartendarstellung und den blauen Punkt sehen konnte.

»Ja«, sagte Heike schmallippig. »Zur Orientierung ist so ein Ding nicht schlecht.« Sie warf einen Blick auf das Display und stellte fest, dass der Punkt ein ganzes Stück nach rechts oberhalb der Stadt gewandert war. Zu einer ziemlich großen, grün markierten Fläche.

»Wenn Sie etwas suchen, steh ich Ihnen gerne zur Verfügung«, lächelte der Mann.

Heike entschied, das Angebot anzunehmen. Sie deutete auf die grün dargestellte Fläche auf dem Display: »Was ist denn das? Ein Park oder was sonst?«

Der Mann ließ sich das Gerät geben und besah es aus der Nähe. »Das ist der Golfplatz von Bad Waldsee. Ist der Ihr Ziel?«

Heike ließ sich das Smartphone wiedergeben. »Ja, ja, das wird es sein. Danke.«

Sie wandte sich von dem Mann ab und deutete mit einer Geste an, dass sie die Wagentür schließen wolle. Noch bevor sie dies tun konnte, grinste der Mann im Weggehen: »Egal, was Sie tun, denken Sie immer dran: Nur Fliegen ist schöner.«

20

»Hast du eigentlich schon mal Golf gespielt?«, fragte Marion Schewe, als sie in der prallen Sonne mit Frank Mittelberg vom Parkplatz zum Eingang des luxuriös anmutenden Gebäudekomplexes ging. »45 Loch findest du nicht überall. Sozusagen drei Plätze auf einem.«

»Tut mir leid, Marion, aber dazu fehlen mir die Ruhe und die Gelassenheit. Außerdem würde ich alle Klischees bedienen, die das gemeine Volk von den angeblich so Reichen hat: Fliegen, Golfen – und womöglich noch eine Jacht in Südfrankreich.«

Marion blieb kurz stehen und versperrte ihm den Weg, wie sie dies immer tat, um ihren Worten süffisant mehr Nachdruck zu verleihen: »Flugzeug, Golf, Jacht – und jede Menge Frauen, stimmt's, mein lieber Franky-Boy?« Es schien so, als wolle sie ihn nach der vorausgegangenen Diskussion provozieren.

Mittelberg blieb distanziert: »Um ehrlich zu sein, Marion, mir ist gerade nicht nach Frotzeleien zumute.«

Sie eilte voraus zum T 19, dem Lokal im Golf-Resort mit Sonnenterrasse. Hier kannte sie sich aus. Viele Male war sie schon hier gewesen, noch nie aber mit Frank. Doch heute schien ohnehin alles anders zu sein. Bei einem Wetter wie jetzt waren sie meist mit ihrem Auto an ein stilles Plätzchen gefahren, hatten über Gott und die Welt geredet und waren sich auf romantische Weise nähergekommen. Immer, wenn es irgendwo nach frisch gemähtem Gras oder Heu roch, kamen diese wunderschönen Erinnerungen. Jetzt steuerte Marion auf einen schattigen Tisch auf der Terrasse zu, von wo aus sich ein herrlicher Blick auf das gepflegte Golfgelände bot. Dabei achtete sie auf genügend Abstand zu den ohnehin wenigen Gästen, die sich unter den Sonnenschirmen verteilt hatten.

Für einen Moment wussten sie beide nicht, worüber sie reden sollten. Über Vergangenes oder die ungewisse Zukunft? Marion griff verlegen zu der Karte mit den Getränkeangeboten, während Mittelberg an ihre Gespräche der vergangenen eineinhalb Stunden dachte. Doch ein Sportflugzeug, das in geringer Höhe über sie hinwegbrummte, holte ihn schnell aus diesen Gedanken zurück. Das Geräusch weckte ganz andere Assoziationen. Allerdings solche, die nicht minder finster waren als das, worüber sie sich seit seiner Ankunft unterhalten hatten. Und momentan erschien es ihm, als stürze die ganze Welt über ihm zusammen.

»Du darfst nichts Alkoholisches trinken«, stellte Marion fest und schob ihm die Getränkekarte zu.

»Nein, darf ich nicht. Für Flieger gelten 0,0 Promille – und zwar 24 Stunden vor dem Start.« Er entschied sich für eine Cola, sie sich für einen Aperol Spritz.

»Geht's dir wieder besser?«, fragte Marion, nachdem sie die junge Kellnerin gebeten hatte, die Speisekarte zu bringen.

»Wie?« Frank war für einen Moment abwesend gewesen. »Ach so, ja. Es scheint nur ein Streifschuss einer Erkältung gewesen zu sein.« Er hatte beschlossen, Marion nicht in die Attacke gegen ihn einzuweihen, obwohl er den ganzen Vormittag immer wieder daran denken musste. Seine innere Stimme mahnte ihn sogar, dass es ziemlich leichtsinnig sein würde, die Cessna stundenlang auf dem kleinen Flugplatz stehen zu lassen, zumal sich die Cockpittür gar nicht mehr verriegeln ließ. Wenn es also jemand auf ihn abgesehen hatte, dann wäre es ein Leichtes, irgendetwas an der Maschine zu manipulieren. Aber vermutlich würde es am helllichten Tag niemand riskieren, an dem kleinen Sportflugzeug etwas anzustellen. Auch wenn so gut wie kein Flugbetrieb stattfand, war doch der Flugleiter da, und es gab immer wieder einige Vereinsmitglieder, die dort vorbeischauten. Außerdem tauchten häufig Wanderer und Radler auf.

Natürlich würde er am Nachmittag, bevor er zurückflog, die Cessna gründlich checken – weit mehr, als es ohnehin vor jedem Flug vorgeschrieben war. Wenn das, was heute Vormittag geschehen war, kein übler Streich war, dann musste er äußerst vorsichtig sein. Denn mit hoher Wahrscheinlichkeit trachtete ihm jemand nach dem Leben. Heike?, durchzuckte es ihn plötzlich. Oder Markus Kerkhoff? Quatsch, mahnte er sich selbst. Eher war es jemand aus der verdammten Pharmabranche. Oder Moritz Wellinger? Die Gedanken verselbstständigten sich in rasendem Tempo. Er sah durch Marion hindurch. Sie? Nein, wieso sollte sie einen Grund haben, ihn umbringen zu wollen? Sie kannte jedoch sein Flugzeug, sie wusste, wo es abgestellt war. Und sie hatte gewusst, dass er es heute Vormittag benutzen würde.

Würde er die Polizei einschalten, brächte er massive Ermittlungen ins Rollen. Sie würden einen »gefährlichen Eingriff in den Luftverkehr« konstatieren. Alles andere als ein Kavaliersdelikt, nämlich ein schwerwiegendes Verbrechen. Ganz sicher in Kombination mit versuchtem Mord. Nein, das konnte er nicht riskieren.

Aber vielleicht steckte etwas ganz anderes dahinter. Etwas, was sein Gewissen immer heftiger plagte – sosehr er sich auch dagegen wehrte.

»Dir geht's nicht gut«, holte ihn Marions Stimme in die Realität zurück.

»Ich …« – er fühlte sich ertappt – »ich denk nur über alles nach. Entschuldige, aber da ist einiges über mich hereingestürzt.«

Die Bedienung kam wieder und sie bestellten Linsen mit Spätzle. Mittelberg hatte eigentlich keinen Appetit, wollte aber nicht mit leerem Magen den Nachmittag verbringen.

Als die Bedienung weg war, griff Marion das Stimmungstief Mittelbergs auf: »Der Vorschlag, wir sollten unsere Beziehung auf Eis legen, kam aber von dir – oder war das vorhin am See anders gemeint?« Sie streichelte ihm über den Unterarm und lächelte charmant.

»Marion«, er sah sich vorsichtig um, aber da war niemand, der sie belauschen konnte, »es ist unglaublich schön mit dir. Und das gemeinsame Geschäft hat mir aus der finanziellen Klemme geholfen …«

»Aus einer Klemme, in die du dich aber selbst hineinmanövriert hast, vergiss das nicht«, unterbrach sie ihn streng. »Dein Lebensstandard verhielt sich im umgekehrten Verhältnis zu deinem bisherigen Verdienst. Hast du eigentlich Heike imponieren wollen – oder was hat dich dazu angetrieben?«

Mittelberg fühlte sich tief getroffen »Quatsch. Ich brauche niemandem zu imponieren. Ich wollte leben, einfach leben. Jetzt und heute. Du glaubst doch nicht im Ernst, dass all diejenigen, die in Saus und Braus und in Luxus leben, dies alles mit ehrlicher Arbeit verdient haben.« Er machte eine abschätzige Handbewegung. »Die meisten tricksen, schwindeln und betrügen das Finanzamt, glaub mir das.«

Wieder lächelte sie milde, wollte etwas sagen, aber die Bedienung kam mit den Getränken. Erst als sie weg war, erwiderte Marion: »Ehrliche Arbeit, Franky-Boy, das ist relativ. Es kommt auf den Blickwinkel an. Ein Konzernmanager, der ein paar Millionen im Jahr abzockt, glaubt tatsächlich, dass ihm diese Summen zustehen.«

»Weil er jeglichen Anstand, vor allem aber die Bodenhaftung verloren hat und sich aus grenzenloser Überheblichkeit einbildet, so ein Gehalt wirklich verdient zu haben.«

»Und du, Franky-Boy, du hast die Bodenhaftung nicht verloren?«

Mittelberg wurde ärgerlich. »Doch nur, weil du mich dazu getrieben hast.«

»Das ist jetzt nicht fair, was du sagst«, blieb Marion gelassen. »Du hast mir vorgejammert, dass du finanziell klamm seist. Und dass du neue Absatzmärkte bräuchtest. Ich hab dir ein faires Angebot gemacht – und dich über alle Risiken und Nebenwirkungen aufgeklärt. Aber letztlich warst du es dann doch, der nicht genug davon kriegen konnte.« Sie befeuchtete provokant ihre Lippen und fügte grinsend an: »Von allem.«

Mittelberg zog es vor, einen Schluck Cola zu nehmen und das Thema nicht weiter zu vertiefen.

21

Heike hatte den »Fürstlichen Golfclub Oberschwaben« im »Hopfenweiler« in das Bordnavi des Mercedes programmiert und war den Angaben der Computerstimme gefolgt. Bei ihren bisherigen Besuchen in Bad Waldsee war sie weder auf dem Flugplatz noch auf dem Golfgelände gewesen, weshalb sie sich schwergetan hätte, den richtigen Weg zu finden. Zur Orientierung bediente sie sich des Fahrzeug-Navis, denn die Navi-App im Smartphone wollte sie nicht umprogrammieren, damit sie den blauen Punkt nicht aus den Augen verlor. So konnte sie beobachten, ob er weiterhin stationär blieb.

Er blieb es. Demzufolge würde sie gleich etwas sehen, was ihr die letzte Gewissheit gab. Etwas, was sie eigentlich gar nicht sehen wollte. Franks Flugzeug war allein schon Beweis genug gewesen, dass er sie angelogen hatte. Ihr Zorn darüber wurde von der Erkenntnis gedämpft, dass sie selbst doch auch nicht besser war. Was gab ihr eigentlich die Berechtigung, ihrem Mann hinterherzuschnüffeln, wo sie selbst monatelang gehofft hatte, dass er es bei ihr nicht auch tun würde? Eine ziemlich schizophrene Situation, mahnte ihr Gewissen. Und die Hitze im Auto, gegen die die Klimaanlage ankämpfte, trug zusätzlich dazu bei, keine klaren Gedanken fassen zu können. Während sie wie ferngesteuert den Anweisungen der Navi-Stimme folgte, vermochte sie in ihrem Tun keinen wirklichen Sinn mehr zu erkennen. Ja, sie könnte umkehren und alles Weitere von zu Hause aus in die Wege leiten. Alles das, was sie sich seit Monaten gewünscht hatte: ein neues Leben, ohne die Angst, mit Frank in etwas Schlimmes hineingezogen zu werden. Dann hätte sie die Weichen selbst gestellt, selbstbewusst und mithilfe eines Anwalts – während sie sich nun als Betrogene und Opfer fühlte. Herabgewürdigt und weggeworfen.

»Sie haben Ihr Ziel erreicht«, sagte die Stimme im Armaturenbrett, als der rote Mercedes in die Zufahrt des Golfplatzes rollte, wo mehrere größere Limousinen, überwiegend SUVs, parkten. Heike stoppte und griff zum Smartphone. Sie hatte zweifellos den markierten Punkt erreicht. Ihr Blick streifte an der Reihe geparkter Fahrzeuge entlang. Keines, das ihr bekannt vorkäme. Kennzeichen aus der näheren Umgebung, aber auch aus München, Starnberg, Lindau, Frankfurt und Stuttgart.

Heike warf einen flüchtigen Blick in den Kosmetikspiegel hinter der Sonnenblende und stieg mit dem Smartphone in der Hand aus. Die Hitze schlug ihr gnadenlos entgegen, während sie die ferngesteuerte Verriegelung betätigte und der Mercedes die Rückspiegel wie Ohren anlegte.

Mit Zeigefinger und Daumen der rechten Hand zog sie die Landkartendarstellung auf dem Smartphone größer, um die Ortung exakter dargestellt zu bekommen. Als halte sie das Gerät wie mit einer Wünschelrute auf der Suche nach einer Wasserader, so bewegte sie sich über den Parkplatz. Allerdings, das wusste sie, war mit diesem Navi keine metergenaue Ortung des gesuchten Objekts möglich. Möglicherweise gab es eine Abweichung von mehreren Metern. Doch dann blieb sie abrupt stehen. Dem pulsierenden blauen Punkt zufolge war sie ihrem Ziel am nächsten. Sie stand hinter einem weißen BMW-Cabrio mit geschlossenem Verdeck und Frankfurter Kennzeichen.

Heike sah sich um. Glücklicherweise waren keine Personen in der Nähe, sodass sie ohne Scheu ins Innere des Fahrzeugs blicken konnte. Auf den Vordersitzen nichts Besonderes, dafür lag auf der Rücksitzbank ein Aktenkoffer.

Heike bückte sich und hielt mit den Händen die Spiegelung in der Seitenscheibe ab. Für einen Moment fühlte sie sich wie elektrisiert: der Koffer. Er sah genauso aus wie jener, den sie bestens kannte: alt und abgegriffen, fast vergammelt.

Sie brauchte ein paar Sekunden, um das Gesehene zu verdauen, richtete sich langsam auf und prüfte, ob jemand in der Nähe gewesen war. Offenbar hatte sie niemand beobachtet.

Heike holte tief Luft und entschied aus dem Bauch heraus: Sie würde jetzt klare Verhältnisse schaffen. Ein Entschluss, den sie ohne den Stress der vergangenen Stunden nicht gefasst hätte. Aber ihr Verstand war nicht mehr klar genug, um alles noch einmal zu überdenken. Sie steckte das Smartphone in die Hosentasche ihrer Jeans und ging, so schnell sie konnte, auf den Gebäudekomplex des Golfclubs zu.

22

Er war begeistert. Kein Vergleich zu seinem geradezu historisch anmutenden VW-Campingbus. Als Student hatte er ihn gebraucht gekauft und seither oftmals gestaunt, wie robust und ausdauernd dieses Fahrzeug gewesen war, das bereits für die junge Generation vor ihm Sinnbild für Freiheit und Abenteuer gewesen war. »Bully« hatte man den Kleinbus einstens auch genannt. Doch schließlich war die Zeit über ihn hinweggegangen und die Wohnmobile wurden größer und größer. Und die Camper anspruchsvoller. Inzwischen gab es Fahrzeuge, die

Omnibussen ähnelten. Ein solches wäre Dr. Markus Kerkhoff jedoch zu groß und unhandlich gewesen, zumal er die oft engen Stellplätze auf den Campingplätzen kannte. Manche Campinganlagen waren oftmals ziemlich umständlich anzufahren. Das Wohnmobil, das er sich jetzt geleistet hatte, entsprach hingegen genau seinen Vorstellungen und Bedürfnissen.

Er war kurz nach Biberach gefahren, um das Feeling zu genießen und Radio und Navi auszuprobieren. An einem Supermarkt hatte er angehalten, um ein paar Vorräte zu kaufen: Brot, Kaffee, Butter, Marmelade. Aber auch ein paar Flaschen Bier, Wein und Sekt. Er wollte so schnell wie möglich autark sein. Allerdings fehlte noch vieles, was er brauchte – vor allem ein kuscheliges Bett und natürlich all die Utensilien, die er unterwegs benötigen würde. Wäsche, Kleidung, Geschirr, Besteck. Bevor er ausstieg, um in den Supermarkt zu gehen, lauschte er angestrengt den Nachrichten des Südwestrundfunks. Bis zu den Verkehrsmeldungen.

Nichts von alledem weckte wirklich sein Interesse, obwohl er gespannt zugehört hatte. Dann versuchte er, sich auf anderes zu konzentrieren. Auf die große Reise, die er in angenehmer Begleitung machen würde. Bis es jedoch so weit war, hatte er noch eine hohe Hürde zu überwinden. Oder möglicherweise sogar Unerwartetes. Aber er war für alles gewappnet.

Zunächst stand eine äußerst unangenehme Entscheidung an, die ihm mehrere schlaflose Nächte bereitet hatte. Jetzt aber war er der festen Überzeugung, es tun zu müssen. Die Zeit war günstig, der Augenblick sogar besser als gedacht – und der Plan genial eingefädelt, wie er es empfand.

Dazu zählte, dass er sein neues Wohnmobil heute noch jemandem präsentieren wollte. Sozusagen, um das Kapitel Bad Waldsee endgültig abzuschließen. Schön war's hier gewesen. Nette Menschen, aufregende Bekanntschaften. Aber nun wollte er Neues in Angriff nehmen. Etwas ganz Großes. Mit geradezu sensationellen Verdienstmöglichkeiten. Etwas,

was ihm nicht so krank, verknöchert und verbürokratisiert erschien wie das Gesundheitssystem in Deutschland – mit Politikern, die sich viel zu wenig mit Land und Leuten verbunden fühlten.

Er rangierte das Fahrzeug auf dem Wohnmobilstandplatz der Stadt Bad Waldsee rückwärts in eine freie Parkbucht am Rande des Geländes hinein. Mit der Rückfahrkamera kein Problem. Hier, am Rande des Kurparks bei der Therme, konnte er ein, zwei Tage bleiben. Es gab Stromanschluss und Entsorgungsmöglichkeiten.

Er drehte den Fahrersitz um 180 Grad, womit die Fahrerkabine mit wenigen Griffen in den Wohnraum integriert wurde. Der Geruch nach neuen Möbeln und dieser typischen Frische, die allen neuen Fahrzeugen anhaftete, empfand er als angenehm. Er erfreute sich am Anblick des modernen Ambientes: helle Schränke, viele LED-Leuchten, abgerundete Kanten. Eine mattglasige Tür zum Sanitärbereich, ganz hinten die Betten. Der Küchenblock war durchdacht konzipiert, der Kühlschrank unauffällig eingebaut. Kerkhoff lächelte in sich hinein, als er zu seinem Smartphone griff, um über das gespeicherte Adressbuch einen wohlvertrauten Namen anzuklicken: Heike. Es dauerte länger als gewohnt, bis die Mobilfunkverbindung zustande kam und das Rufzeichen zu vernehmen war. Kerkhoff prüfte beim Blick auf das Display, ob wirklich die richtige Nummer angerufen wurde. Der Name »Heike« ließ keinerlei Zweifel zu. Schließlich, ganz ungewohnt, die Allerweltsstimme, die emotionslos verkündete, dass der gewählte Teilnehmer sich nicht melde und man die Möglichkeit habe, eine Nachricht zu hinterlassen. Kerkhoff stutzte, denn diese Ansage hatte er bei Heike bisher nur selten gehört. Für einen Moment war er deshalb irritiert, entschied sich dann aber doch für eine Botschaft: »Hallo, Heike, ich bin's. Wollte nur mal hören, wann du kommst. Ich geh schon mal in den Park zum Wassertreten. Ruf mich an, ich freu mich auf dich.« Dann schaltete er ab, lehnte sich nachdenklich zurück und ließ den Blick durch den Innenraum des Wohnmobils streichen. Jetzt wurde es ernst.

23

Heike war, ohne auf das Personal zu achten, energisch durch das Lokal geschritten und hatte sofort erkannt, dass an diesem heißen Sommermittag niemand im Innenraum saß. Sie eilte deshalb an der großen Theke vorbei, deren Ambiente dem heutigen Lifestyle entsprach, und orientierte sich zur Terrasse hin, die nur von wenigen Gästen bevölkert war. Ihr Blick wanderte aufgeregt über die Köpfe hinweg – und im Bruchteil einer Sekunde entdeckte sie, was sie suchte: einen Mann, kurze schwarze Haare, braun gebranntes Gesicht. Frank. Auch von schräg hinten unverkennbar. Daneben eine Frau, die sie nie zuvor gesehen hatte.

Heike spürte unbändigen Zorn in sich aufsteigen. Sie hatte plötzlich den lebenden Beweis für ihre Vermutung vor sich. Noch hatte sie den Tisch mit den beiden nicht erreicht, als sich Frank instinktiv umdrehte, als habe er bemerkt, was sich zusammenbraute.

Heike konnte sich nicht mehr zurückhalten. »Du verdammtes Schwein! Du hinterhältiger Lügner!«, brach es aus ihr heraus, so laut und kreischend, dass die anderen Gäste entsetzt auf sie schauten. Frank war sprachlos, die Frau neben ihm starrte irritiert auf Heike, der es nun völlig egal war, was um sie herum geschah. »Von wegen nach Dinkelsbühl fliegen!« Heike kam bedrohlich nahe auf ihren Mann zu, der sich instinktiv wegduckte. Marion blieb regungslos sitzen.

»Dinkelsbühl!«, schrie Heike wie von Sinnen. »Hier rumhuren und mich daheim den Dreck ausbaden lassen.«

Sämtliche Gespräche auf der Terrasse waren verstummt, alle Köpfe waren Heike zugewandt, eine Bedienung verfolgte fassungslos aus zehn Metern Entfernung die Szenerie.

Frank versuchte, die peinliche Situation beizulegen: »Heike, bitte, das lässt sich alles erklären, ganz einfach.«

»Erklären!«, echote sie lautstark mit versteinertem Gesicht. »Was willst du mir erklären? Daheim taucht bald die Kripo auf, und du treibst dich hier mit anderen Weibern rum.« Sie war wieder einen Schritt zurückgegangen, während sich Frank vorsichtig erhob: »Heike, bitte, lass dir erklären …«

»Nichts lass ich mir«, unterbrach sie ihn. »Du brauchst überhaupt nicht mehr heimzukommen. Flieg doch hin, wo du willst, meinetwegen zum Teufel.«

»Heike, bitte.« Er versuchte, die Fassung zu bewahren und sich vorsichtig seiner Frau zu nähern, doch sie wich mit einer energischen Bewegung zurück.

»Fass mich nicht an. Halt doch deine Fresse. Du kannst mich mal. Ein für allemal.«

Marion hatte sich inzwischen gefangen und sah die Gelegenheit gekommen, schlichtend einzugreifen. »Vielleicht sollten wir uns in Ruhe …«

»Du hältst auch deine Fresse«, giftete Heike, »das geht dich gar nichts an, damit das klar ist.«

Frank war trotz des hochgeschossenen Blutdrucks weiterhin um Sachlichkeit bemüht. »Bitte mäßige dich. Wir werden das alles klären …«

»Ach, halt doch die Fresse!«, unterbrach ihn Heike, die sich noch mehr in Rage zu reden schien und die Kontrolle über sich zu verlieren drohte. »Ich will nichts erklärt haben. Aus, vorbei. Und damit eines klar ist: Egal, was aus dir wird – mir ist das scheißegal. Du wirst sowieso im Knast landen. Du und diese Hure neben dir.«

Marion sprang auf, kreidebleich geworden, aber energisch: »Jetzt hör mal zu!«, brüllte sie ebenso laut zurück. »Mit wem ich hier sitze, geht dich überhaupt nichts an. Und beleidigen lass ich mich von dir erst recht nicht.«

Die anderen Gäste verfolgten das Drama mit zunehmendem Interesse oder peinlich berührt. Vermutlich hofften sie insgeheim, die Lage würde sich weiter zuspitzen. Ein junger Mann aus der am weitesten entfernten Tischreihe hatte bereits sein Smartphone heimlich auf die Streitenden gerichtet. Möglicherweise versprach er sich davon ein Video für Youtube – auch wenn er damit gegen Persönlichkeitsrechte verstieß.

Frank drängte sich zwischen die beiden Frauen, die sich bedrohlich gegenüberstanden. »Heike, bitte, das ist alles ein großes Missverständnis.«

Sie hatte mit einer ruckartigen Geste angedeutet, Marion eine Ohrfeige verpassen zu wollen. Dann aber entschied sie sich zu einer verbalen Attacke: »Fahrt beide zur Hölle.« Und an ihren Mann gewandt: »Schade, dass du heute nicht abgestürzt bist.«

Frank blieb angesichts dieser Worte wie elektrisiert stehen, während Heike sich wegdrehte und aus dem Lokal eilte. Marion schaute ihr entgeistert nach.

Von einer Ecke der Terrasse drang Händeklatschen herüber. Jemand hatte die Szene offenbar für theaterreif gehalten und ironischerweise Applaus gespendet.

24

Dr. Friedrich Hagebusch war nach seiner vormittäglichen Sprechstunde und getrieben von innerer Unruhe noch einmal in Pattens Apotheke geeilt. Er hatte zwei anwesende Kundinnen flüchtig als Patientinnen erkannt, ihnen nur kurz zugenickt und war dann mit einem Blick auf die Apothekenhelferin sogleich hinter die Verkaufstheke gegangen und im offen stehenden Chefbüro verschwunden. Patten blickte verwundert auf und bedeutete seinem Freund, er solle die Tür hinter sich schließen.

»Du siehst nicht gerade entspannt aus«, meinte der Apotheker, während sich Hagebusch unaufgefordert auf einen Stuhl setzte.

»Wir sollten uns genau überlegen, wie wir vorgehen«, sagte der Arzt leise und sah über einen Stapel Aktenordner auf dem Schreibtisch hinweg zu Patten, angesichts dessen hochroten Kopfes er insgeheim eine immer bedrohlichere Hypertonie diagnostizierte. Aber es war anzunehmen, dass ein Apotheker selbst wusste, was gegen Bluthochdruck half.

»Ich befürchte, da braut sich etwas zusammen«, fuhr Hagebusch vielsagend fort und vergewisserte sich mit einem Blick zur Tür, ob wirklich niemand zuhören konnte.

Patten legte die Stirn in Falten. »Neue Situation seit heute früh?«

»Mich hat vorhin ein Mädel vom Golfclub angerufen. Sie ist Bedienung dort. Es soll zu einem handfesten Krach gekommen sein, an dem wohl die Schewe beteiligt gewesen ist.«

»Die Schewe ist im Golfclub bekannt?«, staunte Patten und schob nervös den Aktenordner beiseite, der vor ihm auf dem Schreibtisch lag.

»Ja, Nicole …« – er lächelte verlegen – »so heißt dort im ›T 19‹ die Bedienung, die ich kenne. Ein nettes Mädel. Sie hat mir vor geraumer Zeit schon erzählt, dass sie zufällig auf der Terrasse das Handygespräch einer Dame mitbekommen hat, in dem es um die Lieferung von Medikamenten gegangen ist.«

»Das hat sie dann dir gleich berichtet?«

»Rolf, meine Beziehung zu dieser Nicole ist jetzt völlig unwichtig. Fakt ist, dass ich schon damals, als sie mir diese Dame beschrieben hat, auf Schewe getippt habe.«

»Und die von heute sah genauso aus?«, konstatierte der Apotheker fragend. »Was hat sie denn gewollt?«

»Die hat wohl nichts gewollt, meint Nicole. Die Schewe sei mit einem Mann gekommen, der anscheinend nicht zur Stammkundschaft in diesem Lokal zählt. Nicole kann ihn auch nicht beschreiben.«

»Und wer von denen hat Zoff gemacht?«, bohrte Patten ungeduldig nach.

»Keiner. Nicole schildert es so, dass plötzlich eine ihr unbekannte Frau durchs Lokal und auf die Terrasse gestürmt kam und wütend und schimpfend über dieses Paar hergefallen sei.« Hagebusch zog ein nachdenkliches Gesicht. »Es soll eine ziemlich peinliche Situation gewesen sein, weil auch noch einige andere Gäste anwesend waren.«

»Und worum ging es da?«

»Nicole meint, es sei Eifersucht gewesen. Es habe sich so angehört, als habe die Frau ihren Ehemann mit einer Geliebten erwischt. Sozusagen in flagranti.«

»Soll vorkommen«, brummte Patten. »So wie wir die Schewe kennen, macht sie sich an jeden ran, wenn's nur dem Geschäft dient. Die weiß, worauf Männer anspringen.«

Hagebusch ging nicht darauf ein. »Nicole meint, es sei um mehr gegangen. Die unbekannte Frau habe dem Mann und seiner Begleiterin gedroht, sie würden beide im Gefängnis landen.«

Patten kniff die Augen zusammen. »Im Gefängnis? Weshalb? Hat deine Nicole mitgekriegt, weshalb?«

»Nein, leider nicht, Rolf. Aber die Frau hat noch etwas anderes gesagt, was mich stutzig macht: Sie hätte sich gewünscht, er wäre heute abgestürzt.«

»Abgestürzt? Mit dem Flugzeug – oder wie?«

Hagebusch nickte und strich sich über den Oberlippenbart: »Wir kennen doch jemanden aus der Pharmabranche, der gelegentlich mit einem Flugzeug unterwegs ist. Oder sehe ich das falsch?«

Patten war für einen kurzen Moment sprachlos, hatte sich aber schnell wieder unter Kontrolle: »Es wird höchste Zeit, dass wir eingreifen, Friedrich. Heute oder nie.«

Dr. Friedrich Hagebusch holte tief Luft.

25

Dr. Markus Kerkhoff, der sympathische junge Arzt, der bei den Kurgästen großes Ansehen genoss, hatte sein nagelneues Wohnmobil noch einmal in aller Ruhe begutachtet: jeden Schrank, jede Klappe, jedes Detail. Bei manchem musste er die umfangreiche Bedienungsanleitung zurate ziehen – wie etwa zu den Handgriffen, die notwendig waren, Gasflaschen auszutauschen, Frischwasser zu tanken oder den Abwassertank zu entleeren. Beim Anschließen ans Stromnetz kam ihm alles sehr anwenderfreundlich vor – natürlich viel einfacher und komfortabler, als dies bei seinem umgebauten Kleinbus gewesen war. Allerdings fiel es ihm schwer, sich auf die vielen technischen Details zu konzentrieren.

Eigentlich hatte er sich auf diesen Tag gefreut, an dem er sein lang ersehntes Wohnmobil in Empfang nehmen durfte. Doch nun war nicht alles so gelaufen, wie er es sich vorgestellt hatte. Er sah auf die Armbanduhr und spürte, wie mit der vorrückenden Zeit seine innere Unruhe zunahm.

Weil der Besuch, den er mit gewisser Spannung und Nervosität erwartete, nicht kam, führte er noch ein Handytelefonat, um jemandem etwas Wichtiges mitzuteilen: »Pass auf«, sagte er, »das scheint sich irgendwie zu verzögern. Ich weiß nicht, warum, also bleib bitte dran. Sonst alles wie besprochen.« Er beendete das Gespräch, weil ihm jetzt nicht der Sinn danach stand, mehr als nötig zu reden.

Er schlüpfte in Boxershorts und Badeschlappen, stieg aus dem Wohnmobil, verriegelte es und verließ den nahezu voll belegten Wohnmobilstandplatz zum angrenzenden Park hinüber. Dort gab es nach Kneipp'scher Art eine Wassertretstelle, die er an heißen Tagen wie dem heutigen gerne genoss. Der Ort entpuppte sich auch als äußerst kommunikativ, weil die Menschen, die sich der Wirkung des erfrischenden Wassers hingaben, gerne ein Schwätzchen hielten.

Heute allerdings war niemand da. Vermutlich war es auch den Kurgästen zu heiß, hier im Park spazieren zu gehen – obwohl es genügend Schatten spendende Bäume gab. Er hätte sich wahrscheinlich auch auf kein Gespräch konzentrieren können.

Kerkhoff, dem das Wasser bis über die Knie reichte, lehnte sich an den oval gestalteten Beckenrand und versuchte im Geiste eine Situation durchzuspielen, die ihn seit Stunden plagte.

Dann, endlich, tauchte sie auf: Heike. Jugendlich wie immer, obwohl sie um ein paar Jahre älter war als er. Ihre blonden

Haare leuchteten in der Sonne. Ihrem Gesicht, so schien es Kerkhoff, fehlte jedoch die übliche Frische und Fröhlichkeit. Aber vermutlich hatte ihr die Hitze zu schaffen gemacht.

Kerkhoff stieg aus dem Becken und kam auf sie zu. »Hallo, Heike, ich dachte, du rufst vorher nochmals an. Ich hab dir auf die Mailbox gesprochen.« Er drückte ihr einen flüchtigen Kuss auf die Wange.

Ihr Lächeln wirkte gezwungen. »Oh, tut mir leid, Markus, aber ich war etwas im Stress. Ich hab die Box noch gar nicht abgehört.«

»Setz dich erst mal«, schlug er vor und deutete auf eine Bank. »Ist was mit dir? Du bist so blass, oder täusch ich mich?«

Heike setzte sich neben ihn, schlug die Beine übereinander und streifte die Schuhe ab. »Was soll schon sein, Markus? Nur die alltägliche Hektik.«

»Aber doch hoffentlich nicht wegen mir.«

Sie sah ihm fest in die blauen Augen: »Wegen dir ganz sicher nicht, Markus. Ich häng die Beine mal kurz ins Wasser. Ist unerträglich heiß heute.«

Heike ging barfuß zum Becken und setzte sich mit ihrer kurzen Jeans an den Rand. Kerkhoff sah ihr verwundert nach, dann folgte er ihr. »Schön, dass du gekommen bist, Heike. Auch ich bin heute ein bisschen gestresst. Das neue Wohnmobil – du weißt schon, es ist da. Ich wollte es dir zeigen, aber …«

Heike, die ihre Beine ins Wasser baumeln ließ, drehte sich irritiert um: »Aber was?«

Kerkhoff ließ sich wieder bis zu den Knien in das Wasser gleiten und blieb auf Distanz. »Nichts weiter, ich bin nur ein bisschen durcheinander, weil ich noch mein Büro räumen muss. Es geht bald los – ab in die Schweiz.«

Heike fasste ihn am Unterarm: »Willst du damit sagen, dass wir uns dann so bald nicht mehr sehen können?« Ihr Gesicht verriet Anspannung, Misstrauen und Enttäuschung gleichermaßen.

Kerkhoff holte tief Luft und schaute sie ernst an. »Wir werden uns nicht aus den Augen verlieren, Heike.«

Sie schwieg und ließ seine Worte auf sich wirken. Hatte er damit sagen wollen, dass er schon bald und allein verreisen wollte? Heike versuchte, das wilde Gedankenkarussell, das sich zu drehen begann, zu bändigen. Sie lächelte und wich Kerkhoffs Blicken aus. »Sag mal, Markus, hast du heut schon meinen Mann geseh'n?«

Die Frage traf ihn wie ein Donnerschlag. Er ließ es sich aber nicht anmerken, obwohl seine Stimme unsicher klang: »Frank? Wie kommst du denn da drauf? Was soll der ausgerechnet hier in Bad Waldsee? Du hast doch gesagt, er sei nach Dinkelsbühl geflogen. Er wollte doch fliegen, oder?« Kerkhoff zögerte: »Ist er denn dort nicht angekommen?«

»Er hat gesagt, er fliegt zu einem Termin nach Dinkelsbühl, ja, das hab ich dir gesagt. Aber sein Flugzeug steht hier in Bad Waldsee auf dem Flugplatz.«

Kerkhoff wurde ernst: »Es steht – hier? Du meinst, er ist gelandet, hier? Woher weißt du überhaupt, dass das Flugzeug hier steht?«

Heike entschied sich für eine ehrliche Antwort: »Ich … ich hab so einen GPS-Tracker in seinen Aktenkoffer gesteckt. So einen Ortungschip, mit dem ich ihn am Computer und am Smartphone verfolgen kann.« In ihrem Gesicht blitzte ein triumphierendes Grinsen auf.

»Du hast was?«

»Ja, ich wollte wissen, wo er sich herumtreibt … wegen seiner Geschäfte …«

Kerkhoff unterbrach sie: »Und ob er eine andere hat?«

»Ja, das auch. Natürlich. Du weißt, das hab ich ihm immer schon zugetraut. Ist mir auch, um ehrlich zu sein, völlig egal. Ich wollte nur wissen, wo er seine Geschäfte macht. Das hätte dich vielleicht auch interessiert.«

Kerkhoff lehnte sich an den Beckenrand und besah die

Umgebung. Noch immer waren keine Spaziergänger vorbeigekommen. »Du bist gut, Heike!«, entfuhr es ihm staunend. »Du kontrollierst deinen Mann, wo doch er genauso Grund hätte, dir nachzustellen. Sei doch froh, wenn er eine andere hat.« Er überlegte kurz: »Und du bist sicher, dass er ausgerechnet hier in Bad Waldsee gelandet ist? Hat er Lunte gerochen, um dir hier nachzuspionieren?«

»Ich kann mir's doch auch nicht erklären«, wurde Heike kleinlaut und versuchte, sich selbst abzulenken. »Ach, Markus, du weißt, wie gern ich dich habe und wie sehr ich mir wünsche, dass wir zusammen sein könnten. Aber …« – sie kämpfte mit den Tränen – »jetzt, da ich weiß, dass da wirklich eine andere ist, fühl ich mich total beschissen. Vor allem, dass er plötzlich hier auftaucht.« Heike schloss die Augen, während Kerkhoff nun dicht an sie heranwatete und erneut den Blick durch den Park schweifen ließ, als suche er jemanden. Er legte eine Hand auf eines ihrer Knie. »Hast du nur Franks Flugzeug gesehen oder auch ihn?«

Sie überlegte. »Ihn auch«, erwiderte sie und sah, wie sich Kerkhoffs Gesichtszüge versteinerten. »Im Golfclub-Restaurant hab ich ihn gesehen. Im ›T 19‹, erst vorhin.«

Kerkhoff war sichtlich irritiert. »Wie? Er ist tatsächlich hier? Hier in Waldsee? Und? Was hast du gemacht?«

Heike stützte ihren nach hinten geneigten Oberkörper mit den Armen ab. »Ich fühl mich so schlecht, Markus. So furchtbar schlecht. Aber ich hab mich nicht mehr zurückhalten können. Ich hab sie angebrüllt. Alle beide.«

»Beide?«

»Ihn und dieses Weib.« Eine Träne rollte ihr über die Wangen.

Kerkhoff wollte etwas sagen, doch seine Aufmerksamkeit wurde auf eine Bewegung gelenkt, die sich schräg hinter Heike im mannigfachen Grün der Parkanlage abzeichnete. Heike hatte Kerkhoffs verändertes Interesse bemerkt und drehte sich um.

Dort schob sich eine joggende junge Frau in ihr Blickfeld. Knappe Shorts, schlanke Beine, enges ärmelloses T-Shirt, glatte, zum Pferdeschwanz gebundene Haare, ein strahlendes Lachen. Sportlich, jugendlich.

Kerkhoff entfernte sich ein paar Schritte von Heike, um aus dem Wasser zu steigen.

»Hi, Markus«, lachte ihm die Joggerin entgegen. »Auch schon zum Wassertreten da?« Sie würdigte Heike keines Blickes, sondern drückte ihm einen Kuss auf die Wange.

Kerkhoff gab sich eloquent und deutete auf Heike: »Du siehst, ich bin nicht allein. Das ist Heike, auch eine Wassertreterin.«

Heike verzog keine Miene, stand vom Beckenrand auf und krempelte ihre Hosenbeine wieder nach unten.

Kerkhoff blinzelte der jungen Frau zu, die ihm wie auf Kommando die Hände um den Hals schlang, ohne dass er sich dagegen wehren konnte – oder wollte. »Seh'n wir uns heut noch?«, hauchte sie ihn an.

Er versuchte, auf Distanz zu ihr zu gehen. »Mal sehen«, lächelte er, worauf sie von ihm abließ und mit einem Seitenblick auf Heike deren Eifersucht spürte. Dann ging sie ein paar Schritte weiter, um Heike von oben bis unten verächtlich zu mustern: »Tut mir leid, Heike, ich wollte eure Zweisamkeit nicht stören. Aber Markus steht eher auf Jüngere.«

Heike war wie vom Donner gerührt und wurde sich des Gesagten erst eine Sekunde später bewusst. Eine solche Unverfrorenheit hatte sie nie zuvor erlebt. Was dieses junge Ding von sich gegeben hatte, war derart unvorstellbar, dass ihr einfach die Worte fehlten. Sie bebte innerlich, als sie ihr endlich wie von Sinnen nachrief: »Geh zum Teufel, du dumme Sau!«

Doch Evelyn war längst außer Hörweite und Kerkhoff innerlich aufgewühlt. Augenblicklich brach Heike in Tränen aus und wandte sich ab. Er ließ ein paar Sekunden verstreichen und versuchte, sie in die Arme zu nehmen. »Eine Krankenschwester«, flüsterte er, während sich Heike gegen seine Nähe wehrte. »Evelyn, frech und respektlos«, bemühte er sich um eine Erklärung, ohne dass es überzeugend klang. »Wie die Mädels heutzutage so sind. Eine Kollegin, nichts weiter. Provokant und vorlaut.«

Heike befreite sich aus seiner Umarmung. Es war ihr, als sei ihr zum zweiten Mal an diesem Tag der Boden unter den Füßen weggezogen worden. »Sag mal, wie tickst du eigentlich? Du lässt dich von diesem Flittchen zum Affen machen? Du, der angeblich so große Arzt von Bad Waldsee!«

Kerkhoff versuchte, seine Gedanken zu ordnen. »Sorry, Heike«, begann er leise, um die Situation zu entschärfen. »Lass dir erklären, das ist heutzutage der Umgangston bei den jungen Leuten. Forsch und frech.«

»Forsch, frech«, echote Heike energischer und giftig. »Du willst mir doch nicht erzählen, dass dies zum normalen Umgangston in der Klinik gehört.«

Kerkhoff hatte sich insgeheim auf die soeben entstandene emotional hochexplosive Lage eingestellt. Schließlich kannte er Heikes Eifersucht. Somit war abzusehen gewesen, wie sie in einer solchen Situation reagieren würde.

»Du scheinst ziemlich beliebt zu sein«, keifte sie, während sie ihre nassen Füße mit einem Papiertaschentuch trocknete und in die Schuhe schlüpfte.

»In meinem Job hat man viel mit Menschen zu tun«, erwiderte Kerkhoff, weiterhin ruhig bleibend. Er durfte Heike nicht noch mehr provozieren.

»Mit vielen jungen Frauen«, zischte sie. »Das willst du doch sagen. Und wenn ich das richtig verstehe, wird dieses geile Luder es sein, mit der du in deiner neuen Karre durch die Gegend ziehst.« Heikes Stimmung schien sich schlagartig verändert zu haben. Sie stand ihm plötzlich feindselig gegenüber.

»Beruhige dich, bitte«, flehte er, weil sich ein älteres Paar näherte.

»Beruhigen! Markus, in welcher Welt lebst du eigentlich? Ich war gut genug, so lange es für dich ein kleines Abenteuer war – alle paar Wochen mal. Und nebenher hast du's mit den jungen Dingern getrieben.« Sie hatte ihre Stimme gesenkt, sodass die Worte drohend und gefährlich klangen. »Und wenn ich mir's richtig überlege, dann hast du mich nur über Frank aushorchen wollen. Das war es doch, was du wolltest.«

»Das ist absurd, Heike, das ist völlig daneben.« Er schlüpfte in die Badeschlappen und nickte dem vorbeigehenden Paar grüßend zu.

»Absurd! Markus, du bist berechnend, sonst gar nichts. Du hast Schiss, dass dich dein Fliegerfreund Frank in die schmutzigen Geschäfte mit reinzieht. Ich weiß doch genau, wie ihr beide euch seit dieser Fernsehsendung in die Hosen macht. Du hast mir doch selbst gesagt, dass du froh bist, so schnell wie möglich verschwinden zu können.«

Kerkhoff sah sich erneut prüfend um. Was gesprochen wurde, durfte niemand hören. »Frank und ich sind uns über die weitere Vorgehensweise nicht ganz einig – aber, Heike, das hat doch mit dir nichts zu tun.«

»Oh doch«, ereiferte sie sich. »Ich war der nützliche Idiot. Entsinnst du dich nicht, wie du mich ausgefragt hast, sogar am Telefon, und wissen wolltest, wie er mit seinen Geschäften weitermacht?«

»Das war doch reine Neugier – oder besser gesagt: Anteilnahme an dem, was dich bedrückt hat.«

»Lass doch das dumme Gerede, Markus. Ich weiß zwar nicht, was es ist, aber zwischen euch beiden – dir und Frank –, da steht noch mehr. Frank hat mir nie etwas erzählt, aber angedeutet – und glaub mir, ich hab ein Gespür dafür, wenn irgendetwas nicht stimmt.«

Kerkhoff sah die Gelegenheit gekommen, auf die er seit Minuten gewartet hatte: »Ich glaube, es ist unter diesen

Umständen am besten, wenn wir uns eine Zeit lang nicht mehr sehen.« Seine Stimme klang klar, fest und bestimmend.

»Da sind wir uns einig«, gab sie schnell zurück, ohne sich in diesem Moment der Tragweite dessen bewusst zu sein, was dies bedeuten würde. Sie wandte sich ab, damit er ihre Tränen nicht sah. Im Weggehen streifte ihr Blick eine Person, die aus dem Grün der Parkanlage schnell auf sie zukam. Wieder die Joggerin. Heike schossen tausend Gedanken durch den Kopf. Zorn, Wut, Vergeltung. Doch die junge Frau, die triumphierend grinste, machte einen großen Bogen um sie.

Heike war noch immer viel zu perplex, als dass sie ihren Zorn hätte erneut artikulieren können. Über sich selbst verärgert, zog sie es vor, einfach weiterzugehen. Sekunden später schallte aber die Stimme der jungen Frau von hinten an ihr Ohr: »Hi, Markus, bist du die Alte endlich los? Wir seh'n uns dann noch?« Für Heike der zweite Tiefschlag. Natürlich hatte Evelyn bewusst so laut gesprochen, dass es auf diese Distanz noch zu hören war.

Mit einem Mal schoss Heike ein schlimmer Gedanke durch den Kopf: War dies alles womöglich ein abgekartetes Spiel gewesen – zwischen Evelyn und Markus?

Heike bebte, griff in ihre Handtasche, bekam das Smartphone zu fassen, das ihr Markus einmal geschenkt hatte, und warf es im hohen Bogen in seine Richtung. »Nimm das Scheißding, ich brauch es nicht mehr.«

26

Frank Mittelberg hatte wie belämmert dagesessen, nachdem Heike wutentbrannt die Terrasse des Golf-Restaurants verlassen hatte. Die Blicke der wenigen anwesenden Gäste waren auf ihn gerichtet. Marion Schewe hatte nach einem lautstarken Wortwechsel mit Heike sofort ihre Fassung wiedergefunden. Ohne sich umzusehen, stellte sie nach ein paar Sekunden des Schweigens emotionslos fest: »Das war's dann wohl mit deiner Frau.«

Mittelbergs Lippen bebten, als er mit trockener Kehle erwiderte: »Sieht ganz danach aus.« Er wollte jetzt nicht darüber reden. Auch nicht mit Marion. Weil ihnen der Appetit gründlich vergangen war, bezahlte er das noch nicht servierte Essen und bat Marion, ihn in die Stadt zu bringen. Er habe noch einiges zu erledigen und werde anschließend ein Taxi nehmen, um zum Flugplatz gebracht zu werden.

»Du fliegst heute noch zurück – nach dieser Szene?«, fragte Marion auf dem Weg zum Parkplatz, während ihm noch immer die Knie zitterten.

»Muss ich wohl. Das weißt du doch. Wo soll ich die Maschine denn lassen?«

»Heike wird dich nicht mehr daheim haben wollen, oder?«

»Das werden wir dann sehen«, gab er mit schwacher Stimme zurück, als er in das Cabrio stieg, an dem Marion das elektrische Verdeck öffnen ließ.

»Ich bin trotz allem gerne bereit, dir in irgendeiner Weise behilflich zu sein«, sagte sie und setzte sich hinters Steuer.

»Das ist lieb von dir, Marion, aber ich glaube, ich muss zuerst einiges in Ordnung bringen.«

»In Ordnung bringen? Ohne Dach überm Kopf?« Wieder

war es dieses provokante Grinsen, das ihm normalerweise an ihr so sehr gefiel.

»Marion, danke, das ist nett. Wir telefonieren wieder.« Er sah von der Seite ihr zufriedenes Gesicht. »Vielleicht sollten wir einiges, was wir heute besprochen haben, noch einmal überdenken.«

Marion streichelte ihm übers linke Knie: »Falls du heute Abend noch in der Stadt bist, kannst du mal im ›Hotspot‹ vorbeischauen.«

»Verkehrst du immer noch dort?«

»Immer nicht, aber wenn ich da bin und sonst keinen Anschluss habe. Du musst ja meist abends daheim sein.« Sie beschleunigte das Cabrio, sodass Frank in die Lehne gedrückt wurde. Dann lächelte sie ihn wieder an: »Aber vielleicht hast du abends jetzt mehr Spielraum. Wenn du mal wieder mit dem Auto herkommst. Könnte doch sein, oder?«

Ihm war nicht nach einer Antwort zumute. Noch während ihn, wie so oft heute, der Gedanke an den Zwischenfall im Flugzeug befiel, meldete sich sein Handy. Er holte das Gerät aus der Brusttasche des Hemdes und prüfte auf dem Display, wer ihn anrief, doch da stand nur »Anonym«. Er entschied, das Gespräch nicht anzunehmen.

»Na, keine Lust auf Telefon?«, grinste Marion.

Er antwortete nicht.

27

Es war noch immer schwül und geradezu mediterran, als der Abend heraufzog. Die beiden Seen der Stadt verbreiteten ein südliches Flair, das Touristen und Kurgäste gleichermaßen schätzten. Auf der Promenade entlang des Stadtsees flanierten zahlreiche Menschen, drinnen in der Stadt waren die Plätze vor den Lokalen nahezu alle besetzt.

Als mit dem 22-Uhr-Glockenschlag der zweitürmigen St.-Peter-Kirche die Dunkelheit hereinbrach und die ersten Straßenlampen ihr sanftes Licht verbreiteten, dünnte sich die Schar der Spaziergänger langsam aus. Zwar hatte das Nachtleben in dieser Stadt schon seit Jahren seinen Glanz verloren, doch wer sich auskannte, fand noch immer ein paar Lokale, in denen man sich amüsieren konnte. Party feiern, sagte man heutzutage dazu. Allerdings war mit der rückläufigen Zahl der Kurgäste auch das Bedürfnis nach abendlicher Unterhaltung geringer geworden.

Ein Treffpunkt, der die Zeiten überdauert hatte, war das »Hotspot«, ein Tanzlokal, etwas am Rande der City gelegen.

Rolf Patten, der stadtbekannte Apotheker, geschieden und einem Abenteuer nicht abhold, hatte sich durch die tanzende Menge zur Bar gedrängt. Die Musik war laut, die Luft zum Schneiden und die Damenwelt stark vertreten, stellte er fest und erspähte an der Querseite der langen Theke einige freie Hocker. Er ging zielstrebig darauf zu und ließ den Blick durch die Menge streifen. Hagebusch, sein Freund und beliebter Allgemeinmediziner, ebenfalls geschieden – was sie beide zusammengeschweißt hatte –, war noch nicht da. Pattens Augen blieben an zwei jungen Frauen hängen, die wohl in Ermangelung eines Partners miteinander tanzten. Oder, so überlegte er, sie machten sich nichts aus Männern.

Zweifel dieser Art gab es bei Marion Schewe nicht, jener Frau, die sein Freund Hagebusch hier zu treffen hoffte. Wenn sie denn in der Stadt war, wie gemunkelt wurde, dann konnte davon ausgegangen werden, dass sie – wie jedes Mal – in diesem Lokal auftauchen würde, das eine Mischung aus Disco, Nachtklub und renommiertem Tanzcafé war. Zu übersehen wäre sie gewiss nicht. Meist stolzierte sie im kurzen engen Kleid und hochhackigen Schuhen, die sich weniger zum Tanzen als vielmehr zum Aufsehenerregen eigneten, durch die Menge. Offenbar genoss sie es, alle Männerblicke auf sich zu ziehen. Doch die Kälte, die sie ausstrahlte, wirkte wie ein Schutzschild. Sie war eine jener Frauen, die glaubten, sich besonders attraktiv präsentieren zu müssen, und dabei nicht ahnten, dass manche Männer sich oft nicht trauten, sie anzusprechen.

Patten bestellte gerade ein Pils, als er Hagebusch zwischen den Tanzenden näher kommen sah.

»Entschuldige, es hat noch gedauert«, sagte dieser zur Begrüßung und schnappte sich den freien Barhocker neben Patten. »Blöder Notfall.« Hagebusch wirkte abgekämpft und gestresst.

Patten sah ihn von der Seite an. »Ich hab ohnehin meine Zweifel, ob sie kommen.«

»Würde mich wundern, wenn nicht«, gab sich der Arzt einsilbig, bedeutete dem Ober hinter der Bar, dass er auch ein Pils wolle, und grinste einer Blondine vier Hocker weiter zu. Die Frau verzog allerdings keine Miene, zumal sie von zwei älteren Herren flankiert war. Vermutlich Geldadel.

Hagebusch lehnte sich zu Patten herüber, weil die Musik – oder das, was die junge Generation darunter verstand – jede normale menschliche Stimme verschluckte: »Ich überleg mir den ganzen Tag, welchen Narren dieser Mittelberg an der Marion Schewe gefressen hat.«

»Na, was wohl? Reines Geschäftsinteresse.«

Hagebusch nickte. »Natürlich ist es so. Aber ich weiß nicht, ob da nicht sogar noch mehr dahintersteckt.«

Sein Freund grinste: »Na, klar. Sie ist sein Betthäschen.«

»Das auch, natürlich.«

Patten staunte: »Und was sonst noch?«

Hagebusch sah sich vorsichtig um und kam noch näher an den Apotheker heran: »Ich hab mich heut mal in der Szene umgehört. Es wird gemunkelt, sie sei ausgestiegen und habe die Fronten gewechselt.«

Patten reagierte erschrocken. »Fronten gewechselt? Wie soll ich das versteh'n? Du meinst, die schnüffelt rum?«

»Die Fernsehsendung«, klärte Hagebusch auf. »Möglich, dass die Schewe kalte Füße gekriegt hat.« Er überlegte und fügte an: »Drüben in der Reha-Klinik hört man so manches.«

Patten nahm einen Schluck Bier, denn er brauchte einige Sekunden, um das Gehörte zu verdauen: »Es wird wirklich allerhöchste Zeit, dass wir uns von dieser Szene deutlich distanzieren, Friedrich.« Er hatte dies so laut gesagt, dass er selbst darüber erschrak. Aber die Wummermusik verschlang jede Silbe.

Hagebusch war für einen Moment von den Intervallen der Laserlichtprojektoren geblendet und sagte seinem Freund unerwartet: »Entschuldige, ich hab Nachtdienst und mein Handy im Auto vergessen. Bin gleich wieder da.«

Ohne weitere Worte verließ er den Tresen und drängte sich zum Ausgang, wo ihm die erfrischende Luft des Sommerabends entgegenschlug. Der große Parkplatz war nahezu voll belegt und nur von wenigen Lampen erhellt, die für schemenhafte Beleuchtung sorgten. Einige junge Leute standen rauchend um eine entfernte Hecke herum und unterhielten sich lautstark, während aus dem Gebäude die Musik dumpf und rhythmisch ins Freie drang. Hagebusch ging zielstrebig auf seinen schwarzen M-Klasse-Mercedes zu, den er ein Stück weit von der Zufahrt entfernt abgestellt hatte. Zwar reichte das schwache Licht der Lampen nicht bis dorthin, aber seine Augen hatten sich rasch an die Dunkelheit gewöhnt, sodass er den bulligen Wagen problemlos fand. Er entriegelte ihn mit der Fernsteuerung, worauf der Mercedes sanft seine LED-Leuchten erglimmen ließ. Hagebusch öffnete die Fahrertür und bückte sich hinein, um das Smartphone aus der Mittelablage holen zu können. Im selben Moment nahm er im Augenwinkel vor der Windschutzscheibe eine Bewegung wahr. Er hielt kurz inne, um sich darauf zu konzentrieren. Tatsächlich: Da war eine Gestalt gewesen, eine Person, die sich nun aber wie ein Schatten in der Dunkelheit verlor. Hagebusch war eine Sekunde lang irritiert, ehe er seinen Oberkörper wieder aus dem Fahrzeug erhob und in die entsprechende Richtung blicken konnte. Er spürte seinen Pulsschlag bis zum Hals, als er die Zufahrt mit den geparkten Autos zu überblicken versuchte. Aber da war nichts mehr. Nur Dunkelheit.

Er steckte das Smartphone in die Hosentasche, verriegelte den Geländewagen wieder, sah sich noch einmal prüfend um und ging mit schnellen Schritten in die stickige Luft des Lokals zurück, wo er sich wieder an der Theke neben Patten setzte. »Und? Alles okay?«, knurrte dieser gelangweilt und nahm einen Schluck Bier.

Hagebusch nickte und wollte sich die soeben erlebte Irritation nicht anmerken lassen. »Alles okay«, erwiderte er. »Nur dass die Schewe heute nicht auftaucht.« Kaum hatte er es gesagt, stieß ihn Patten mit dem Ellbogen an und deutete mit dem Kopf Richtung Eingang. »Wer sagt's denn? Da ist sie.«

Die Frau blieb einen Moment neben der Tür stehen, schien sich zu orientieren und steuerte dann selbstbewusst, wie sie war, am Rande der Tanzfläche zur Theke. Enges kurzes Kleid, körperbetontes Oberteil, alles in hellen Sommerfarben gehalten. Patten und Hagebusch waren nicht die einzigen Männer, die ihre Blicke auf sie richteten.

Marion Schewe entdeckte einen freien Barhocker, der in der

Ecke zwischen Theke und holzvertäfelter Wand stand. Ein junges Pärchen neben ihr warf ihr einen flüchtigen Blick zu.

Patten vermied den Blickkontakt. »Und wo ist Mittelberg?«, fragte er wie zu sich selbst.

Hagebusch zuckte mit den Schultern: »Woher soll ich das wissen? Wenn sie in Bad Waldsee war, ist auch er oft aufgetaucht. Auch hier. Und dann kommt er auch diesmal, da könnt ich drauf wetten.«

Patten drehte sich so, dass Marion ihn nicht gleich sehen konnte, schließlich war sie oft schon in seiner Apotheke gewesen. »Und jetzt? Willst du sie dir zur Brust nehmen?«, knüpfte er an die Bemerkung seines Freundes vom Vormittag an.

Hagebusch winkte ab: »Mensch, Rolf, doch nicht hier.«

»Ich denke, deshalb sind wir gekommen«, erwiderte Patten leicht verstimmt und drehte sich um, worauf Marion ihn von der anderen Seite der Theke offenbar erkannte und ihm dezent zuwinkte. Er reagierte mit einem angedeuteten Kopfnicken und sagte zu Hagebusch: »Ich glaub, sie hat mich erkannt.«

»Dann geh hin und sag Hallo«, drängte der Arzt. »Small Talk. Frag, wie es ihr geht. Und wie die Geschäfte laufen. Aber nicht so plump.«

Patten holte tief Luft. Er fühlte sich plötzlich wie ein pubertierender Teenager, der völlig atemlos war, bloß weil er auf ein attraktives Mädchen zugehen wollte. Glücklicherweise konnte niemand in diesem Schummerlicht seinen hochroten Kopf sehen.

»Geh hin, los«, trieb ihn Hagebusch an, der Marion Schewe bisher nur einige wenige Male persönlich getroffen hatte.

Patten erhob sich langsam, suchte bewusst Blickkontakt zu Marion und ging zwischen den Tanzenden und der Barhockerreihe zum Ende der abknickenden Theke. Auf den letzten Metern setzte er ein verkrampftes Lächeln auf und ging zielstrebig auf Marion zu. »Welche Überraschung«, sagte er so laut, dass er die Wummermusik übertönte, und drückte ihr zur Begrüßung die Hand, die sie ihm entgegengereicht hatte. »Ich bin zwar nicht oft hier, aber immer wieder bringt uns der Zufall zusammen«, fuhr er fort, um kein peinliches Schweigen aufkommen zu lassen.

Marion hüpfte von dem Hocker und schob ihn dicht an die Wand, sodass Patten sich dicht neben sie stellen konnte. »Zufall?«, wiederholte sie ungläubig, nahm Platz und bestellte einen Aperol Spritz. »Sie scheinen jedenfalls öfter hier zu verkehren als ich.«

Patten steckte eine Hand locker in die Tasche seines Freizeitjacketts. »Na ja, seit die Kurgäste weniger werden, weil der Regierung offenbar an der Gesundheit der Bürger nicht mehr so viel gelegen ist, ist die Auswahl für abendliches Amüsieren in Bad Waldsee etwas geschrumpft.«

»Ich weiß nicht, wie's früher war, aber ein bisschen mehr könnte es schon sein.«

Patten rang nach Worten. »Die ganze Stadt leidet unter der rückläufigen Zahl von Kurgästen. Ich weiß nicht, wie es Ihrer Branche geht«, versuchte er, möglichst schnell zum Thema zu kommen.

Marion lächelte überlegen. »Ich denke, wir haben beide dasselbe Problem. Sie und ich.« Sie hob eine Augenbraue.

Patten schluckte. »Wir haben ja schon mal ausführlich darüber geredet, dass sich für uns Apotheker die Zeiten geändert haben. Gesundheitspolitik ist nicht gerade die Stärke unserer Regierungen. Da können die Gesundheitsminister noch so schlau daherreden. Die Pharmaindustrie – wenn ich das mal so sagen darf – klopft jedem von denen in Berlin doch gewaltig auf die Finger.«

Marion strich ihm über den Arm, den er auf die Theke gelegt hatte, und sah ihm tief in die Augen: »Deshalb sind kreative Ideen gefragt, mein lieber Herr Patten. Wir haben Ihnen unter die Arme gegriffen. Das heißt: versucht, es zu tun. Oder haben Sie etwa Grund zur Klage?«

Patten trat näher an sie heran, damit niemand mithören konnte. »Klage nicht. Aber ich denke, wir sollten an keine weiteren Geschäftsverbindungen mehr denken.«

Marions Blick verfinsterte sich. »So? Und Sie meinen, dies hier ist der richtige Ort, es mir zu sagen?«

»Was heißt ›der richtige Ort‹? Ich nehm die Gelegenheit wahr, es Ihnen auf unbürokratische Weise nochmals deutlich zu machen«, erwiderte Patten so charmant wie möglich.

»Und das gilt für immer?« Es klang sachlich und nüchtern, als ob sie dies alles nicht sonderlich interessiere.

Patten sah für einen Augenblick zu Hagebusch hinüber, der ihn beobachtete. Dann blickte er wieder Marion ins Gesicht: »Es ist meine Entscheidung und die sollten Sie respektieren.«

Marion nickte gelassen, während ihr der Ober den Cocktail reichte. Sie ließ ein paar Sekunden verstreichen und fragte zurück: »Gibt es denn Schwierigkeiten?«

»So würde ich das nicht formulieren. Noch nicht. Aber …«, Patten überlegte, »ich bin mir nicht ganz sicher, inwieweit der Herr Mittelberg mit offenen Karten spielt.«

Marion sog am Strohhalm und gab sich irritiert: »Mittelberg? Waren nicht Sie es, der von dem, was er geboten hat, anfangs so begeistert war?«

»Natürlich, klar. Anfangs ja. Aber ich ging damals davon aus, dass alles … na, sagen wir mal … seine Ordnung hat. Ich weiß nicht, ob Sie über die Fernsehsendung informiert sind.« Wieder wanderte sein Blick zu Hagebusch, dessen aufdringliches Beobachten ihn nervös machte.

Marion nahm den Hinweis auf die Fernsehsendung unterkühlt auf. »Natürlich bin ich informiert. Da wird etwas aufgeblasen, genauso wie der sogenannte Dieselskandal. Wenn sich die Medien erst einmal auf etwas eingeschossen haben, kommt eine Lawine ins Rollen. Da muss man sich halt Deckung verschaffen, bis der Rummel vorbei und die Karawane weitergezogen ist.« Sie lächelte wieder überlegen. »Wie sagt man so schön? Jeden Tag wird eine neue Sau durchs Dorf getrieben. In Berlin sind sie darin geübt.«

Patten entschied sich zu einem Frontalangriff: »Ihnen ist aber der Fall Wellinger schon ein Begriff?«

Marion zeigte sich davon unbeeindruckt und tat so, als habe sie sich mit dieser Angelegenheit ausgiebig beschäftigt. »Wellinger war ein – nennen wir es mal – dummer Unfall. Dieser Provinzdoktor da in Göppingen hätte der Frau das Medikament niemals verschreiben dürfen. Sie wäre aber bei der Verabreichung des Originalmedikaments genauso verstorben. Das ist doch mittlerweile geklärt, nehm ich an.«

»So haben es die Gutachter damals dargelegt«, pflichtete ihr Patten bei. »Aber Wellinger hat inzwischen wissenschaftlichen Beistand hinzugezogen. Mit anderen Ergebnissen. Im Fernsehen wurde …«

Sie unterbrach ihn unwirsch: »Was im Fernsehen gesagt wird, interessiert mich nicht, Herr Patten. Tut mir leid. Bisher gibt es keinerlei Beweise dafür, dass die Medikamente aus China wirkungslos oder gar schädlich sind. Man hat die Frau sogar so weit wiederhergestellt, dass man sie hierher zur Kur nach Bad Waldsee schicken konnte. Das wissen Sie ebenso gut wie ich. Niemand kann etwas dafür, dass sich ihr Zustand verschlechtert hat und sie verstorben ist. Ein kausaler Zusammenhang mit unserem Medikament war nicht festzustellen.«

Patten bemühte sich, nicht allzu laut zu werden: »Aber seit ihrem Tod taucht ihr Mann hier regelmäßig auf. Er war sogar mal für drei Wochen zur Kur hier. Irgendjemand hat ihm erzählt, dass der Importeur dieser Medikamente am Bodensee sitzt, einige meiner Kollegen beliefert werden und einige Ärzte diese Medikamente verordnen.«

Marion grinste überheblich: »Und jetzt habt ihr alle Schiss, oder was?«

Patten war für einen kurzen Moment abgelenkt, weil er wieder zu Hagebusch hinübergesehen und dieser ihm einen

Wink in Richtung Eingang gegeben hatte. Dort war ein Mann mittleren Alters aufgetaucht, sportliche Erscheinung, volles schneeweißes Haar, auffällige schwarz umrandete Brille, aber eine Spur zu schick gekleidet für diese Umgebung, fast wie ein Fremdkörper. Patten erkannte ihn sofort, denn er hatte vor geraumer Zeit zusammen mit Hagebusch mehrere Gespräche mit ihm geführt, die alles andere als erfreulich verlaufen waren. Wenn auch dieser Typ heute Abend hier auftauchte, konnte das kein Zufall sein.

Schewe hatte Pattens abwesenden Blick bemerkt: »Was ist denn los?«

Der Apotheker beobachtete den Mann, der ziemlich verloren abseits des Eingangs stand, offenbar jemanden suchte oder vergeblich nach einem freien Platz Ausschau hielt. »Kennen Sie den, der da gerade kommt?«

Marion Schewe schüttelte den Kopf.

»Das ist er. Wellinger. Moritz Wellinger.«

»Wie? Das ist Wellinger, von dem wir gerade gesprochen haben?«

»Wie sagt man so schön: Spricht man vom Teufel, dann kommt er«, erwiderte Patten mit trockener Kehle. »Wellinger ist in Göppingen ein erfolgreicher Unternehmer. Es heißt, er habe seit dem Tod seiner Frau gewisse Beziehungen in unsere Gegend hier.«

Marion Schewe sah auffällig in Wellingers Richtung, der sie ebenfalls taxierte. »Sie haben gesagt, er treibt sich öfters hier rum. Was will er denn?«

Patten nahm ihn ebenfalls ins Visier. »Was wohl? Er will alle Hebel in Bewegung setzen, den Tod seiner Frau zu rächen.« Der Apotheker drehte sich zu ihr und sah sie drohend an: »Und eines dürfen Sie mir glauben, Frau Schewe. Ein Mann wie der lässt nicht locker. Ein Mann wie der hat vielfältige Beziehungen. Und deshalb sollten auch Sie lieber in Deckung bleiben – wie Sie gerade eben so schön gesagt haben.«

Weil sie nichts erwiderte, fügte Patten an: »In Deckung gehen und uns aus dem Spiel lassen. Mich und Hagebusch. Ich hoffe, wir haben uns verstanden.«

28

Es war bereits nach Mitternacht und die Luft noch ungewöhnlich lau. Die Lebendigkeit, die Bad Waldsee bei Tage ausstrahlte, war jedoch längst vorbei. Sogar am Stadtsee, dessen Ufer an Sommerabenden zum Flanieren einlud, verlor sich das schwache Lampenlicht auf dunklen Wegen und Wiesen. Auch im dicht bewachsenen Park des Schlosssees, auf der gegenüberliegenden Seite der City, hatte sich friedliche Stille breitgemacht. Im tiefen Dunkel der nahezu unbeweglichen Wasseroberfläche spiegelten sich einige wenige Lichter. Nur von der Aulendorfer Straße, die dicht am nördlichen Uferstreifen vorbeiführte, drangen Fahrzeuggeräusche herüber. Und auf der nahen Asphaltfläche des Parkplatzes »Bleiche«, abseits der Stadthalle, verlor sich kaum ein Dutzend Fahrzeuge. Tagsüber herrschte hier meist geschäftige Betriebsamkeit, zumal die »Bleiche« für alle, die mit dem Auto in die Stadt kamen, ein guter Ausgangspunkt war: Man brauchte nur die Bleichestraße zu queren und war schon im Stadtkern und wenige Minuten danach am beliebten Stadtsee.

In Gegenrichtung traf man sofort auf das Schloss, das vor geraumer Zeit restauriert worden war und an dem entlang der Pfaffenbach den Stadtsee zum Schlosssee hin entwässerte. Vorbei am Rundbau des Bewegungsbads einer nahen Klinik führte ein Fußweg durch den leicht verwilderten Park, wo die inzwischen abgesperrte Ruine eines jüngst abgebrannten Häuschens stand und es ein paar Schritte weiter, umgeben von dichtem Bewuchs, ein zweites völlig abgetakeltes kleines Bauwerk gab. Dorthin mochte es zu später Stunde allenfalls einige Jugendliche ziehen oder – im schlimmsten Fall – Drogendealer und sonstiges Gesindel. Selbst wer mitten in der Nacht einen Hund Gassi führte, wollte diesen Zugang zum Schlosssee nach Möglichkeit meiden. Es war schon allein der subjektive Eindruck, der ein ungutes Gefühl erweckte.

Dass in dieser Nacht – es war inzwischen 1.45 Uhr – ein Kleinwagen auf den großen Parkplatz fuhr, war trotzdem nichts Ungewöhnliches, zumal auch Anwohner hier ihre Autos abstellten. Weit und breit gab es ohnehin niemanden, der ein ankommendes Fahrzeug und eine aussteigende Person beobachten würde, die in der schwarzgrauen Umgebung nur als Silhouette zu erkennen war. Deshalb konnte auch der Aktenkoffer, den sie bei sich trug, keinen Argwohn erwecken.

Schnell und geräuschlos bewegte sich der menschliche Schatten auf den Fußweg zu, der zwischen Schloss und Klinikkomplex in die Parkanlage des Sees führte. Dort verschmolz er mit dem tiefen Schwarz der Sträucher und Bäume. Dass zwei, drei Minuten später in der Stille der Nacht etwas in das Wasser platschte und die ruhige Seeoberfläche für ein paar Minuten in Wallung brachte, war niemandem zu Ohren gekommen.

29

Als sich der Flugleiter des Bad Waldseer Flugplatzes Reute an diesem Sommermorgen mit dem Auto dem Parkplatz beim Tower näherte, sah er an der Gebäudeecke vorbei die Tragflügelspitze einer Maschine. Ein ungewohnter Anblick. Die Cessna war also noch immer da. Der Pilot hatte sie die ganze Nacht dort stehen lassen – ein Verhalten, das erhebliche Rätsel aufgab. Bereits gestern Abend hatte sich Olaf Paulsen über das Fernbleiben des Piloten gewundert, der doch eigentlich am Nachmittag wieder hatte wegfliegen wollen. Wäre er später noch gekommen, hätte er allerdings auf illegale Weise starten müssen. Denn ohne Flugleiter war dies verboten – auch wenn es auf manchen kleinen Plätzen bisweilen nicht so genau genommen wurde. Wehe aber, es geschah bei solchem Vorgehen ein Unglück – oder es wurde der Luftaufsichtsbehörde gemeldet. Dann gab es in Deutschland kein Pardon. Schließlich war hierzulande alles, was mit der Luftfahrt zusammenhing, streng reglementiert und bürokratisch geregelt. Manchmal erschien es sogar dem Flugleiter so, als werde behördlicherseits alles unternommen, um die Sportfliegerei durch immer neue Bestimmungen so klein wie möglich zu halten. Irgendwann, so überkam es Paulsen, wenn ihn solche Gedanken befielen, würde der Luftraum nur noch der Verkehrsfliegerei zur Verfügung stehen. Schon sah er im Geiste komplette gewerbliche Drohnengeschwader den Himmel bevölkern. Eines nicht mehr fernen Tages würden die unzähligen Pakete, die täglich hin- und hergeschickt wurden, nicht mehr auf der Straße transportiert, sondern über die Luft. Daran bestand für Paulsen kein Zweifel mehr. Aber ob sich »fliegende Autos« durchsetzen würden, das glaubte er nicht, zumal es unmöglich wäre, derlei Individualverkehr in geordnete Bahnen zu lenken. Es sei denn, alles wurde dann computergesteuert. Jedenfalls würde es zu chaotischen Verhältnissen am Himmel kommen, wenn all die Irren und Verrückten, die durch ihre Rücksichtslosigkeit derzeit die Straßen verunsicherten, ein fliegendes Auto steuern dürften. Wenn sie in der Luft die Vorschriften genauso wenig beachteten wie auf dem Boden, würden sie »reihenweise vom Himmel fallen«, pflegte Paulsen immer zu sagen, wenn er auf dieses Thema angesprochen wurde.

Nun aber stand er vor dieser Cessna, auf deren Tragflächen die Feuchte des morgendlichen Taus glitzerte. Paulsen, ein junger, unerschrockener Kerl, der sich bereits vorgenommen hatte, den Piloten ordentlich zurechtzuweisen, ging auf die linke Tür der Maschine zu, die nicht verriegelt war und sich deshalb problemlos öffnen ließ. Doch im Cockpit fand sich nichts, was Rückschlüsse auf den Piloten hätte geben können – weder im kleinen Stauraum hinter den beiden Sitzen noch in dem winzigen Handschuhfach. Der Flugleiter, selbst im Besitz einer Privatpiloten-Lizenz, stieß nur auf die üblichen Utensilien, die er bestens kannte: Die Checkliste der Cessna, einen Lappen für die Ölstandskontrolle sowie die Zugstange, falls die Maschine von Hand irgendwo hingeschoben werden musste. Über das Staurohr, mit dem an der linken Tragfläche die Geschwindigkeit der anströmenden Luft gemessen wurde, war die rote Schutzhülle mit der Aufschrift »Remove before flight« gezogen worden.

Paulsen rief sich den Piloten in Erinnerung, der angeblich aus Konstanz gekommen war. Der Funk hatte nicht richtig funktioniert und der Mann schien erkältet gewesen zu sein. War er womöglich erkrankt und gesundheitlich gar nicht in der Lage zu fliegen?

Paulsen nahm sich vor, beim Flugplatz in Konstanz anzurufen und sich zu erkundigen, ob bekannt sei, wem die Cessna mit diesem Kennzeichen gehöre. Wie üblich stand es in riesigen Großbuchstaben an den Seiten: »D« für Deutschland, gefolgt von einem Strich und dem »E« für ein einmotoriges Flugzeug mit zwei Tonnen maximalem Startgewicht. Nur die folgenden drei Buchstaben waren bei allen Maschinen unterschiedlich und dienten dazu, den Halter festzustellen.

30

Er war früh aufgestanden und hatte mit den wenigen Lebensmitteln, die er gestern in das neue Wohnmobil geladen hatte, für sich und Evelyn ein Frühstück zubereitet. Allerdings tat sich Dr. Markus Kerkhoff mit der Funktion des Gasherds und den vielen Klappen und Türchen noch schwer. Einmal hatte er sogar in dem umfangreichen Benutzerhandbuch nachblättern müssen. Die gemeinsame Nacht im geräumigen Bett war allerdings sehr kurz gewesen. Dennoch hatten sie einen Vorgeschmack auf die Campingreise bekommen, die nun vor ihnen lag. Sofern alles nach Plan lief. Aber falls nicht, hatte er als Perfektionist, der er war, auch vorgesorgt. Detailgenau.

Sie würden Bad Waldsee hinter sich lassen und ein neues Leben beginnen. Daran denkend, sah er von seinem Sitzplatz aus der jungen Frau nach, die sich in Richtung des Pkw-Parkplatzes entfernte. Trotz der Frische des Sommermorgens hatte sie sich bereits luftig gekleidet. Der Saum ihres Röckchens wippte weit über den Knien.

Kerkhoff blieb noch ein paar Minuten tief in Gedanken versunken sitzen und trank den letzten Schluck Kaffee. Der Plan war klar: Er wollte heute sein Büro in der Privatklinik räumen und anschließend mit dem Vermieter seiner kleinen Wohnung, die sich in einem alten landwirtschaftlichen Anwesen befand, die Modalitäten für die nächsten Monate besprechen. Gestern noch hatte er einen Teil jener Kleidung geholt, die er brauchte. Sein Vorschlag, die Miete weiterhin zu bezahlen und erst nach Rückkehr die Wohnung aufzugeben, war akzeptiert worden. Dann nämlich würde er mit Evelyn in ein Apartment nach Zürich ziehen.

Die junge Frau hatte hingegen ihre winzige Ein-Zimmer-Wohnung bereits verlassen und das wenige, das sie hatte, vorübergehend bei einem Umzugsunternehmen einlagern lassen. Und was noch an persönlichen Dingen im Büro ihrer Arbeitsstelle herumlag, wollte sie heute Vormittag holen, weshalb sie gleich nach dem Frühstück mit ihrem ziemlich alten und klapprig wirkenden grünen Fiat Cinquecento davonfuhr.

Vor Kerkhoffs geistigem Auge liefen die Ereignisse der letzten Monate und Wochen wie ein wild zusammengeschnittener Film ab: das einst aufregende Verhältnis mit Heike, das langsam abgekühlt war, ohne dass sie es bemerkt hatte – dann das erste Treffen mit Evelyn, die sein Gefühlsleben über Monate hinweg auf eine harte Bewährungsprobe gestellt hatte.

Heike, die Erfahrene, einerseits – die junge Evelyn andererseits. Er hatte sich innerlich zerrissen gefühlt und quasi ein Doppelleben geführt. Heike war bereit gewesen, sich von ihrem Frank zu trennen – für Kerkhoff eine nervenaufreibende Situation, zumal er ständig in der Angst lebte, Frank würde von dem heimlichen Verhältnis irgendwann Wind bekommen. Immerhin war Frank so etwas wie ein alter Kumpel von ihm. Über ihre Leidenschaft zum Fliegen verband sie über Jahre hinweg eine Art Männerfreundschaft.

Als sich Frank jedoch immer tiefer in seine Arbeit stürzte, um noch mehr Geld zu verdienen, um sich jeglichen Luxus leisten zu können, war Kerkhoff langsam auf Distanz gegangen. Doch obwohl er Franks bisweilen undurchsichtigen, ja womöglich sogar verantwortungslosen Geschäften auf die Spur gekommen war, hatte dies die enge Freundschaft nicht zerstören können. Wenn sie sich stritten, ging es »stets nur um die Sache«, wie sie zu sagen pflegten. Privat schienen sie unzertrennlich zu sein. Bisher jedenfalls.

Heimlich waren die Kontakte zu Franks Frau Heike intensiver geworden, begünstigt durch eine Knochenverletzung, mit der sie seine Patientin geworden war. Jetzt aber war es mit ihr vorbei. Endgültig. Sein Entschluss stand seit Tagen fest.

Evelyn war wirklich raffiniert – in jeglicher Hinsicht. Geschickt hatte sie gestern die Joggerin gemimt, die angeblich zufällig am Wassertretbecken vorbeikam, wohin er Heike bestellt hatte, von der er wusste, dass sie rasend eifersüchtig werden konnte. Die Szene war deshalb geschickt eingefädelt gewesen und hatte den erhofften Effekt erzielt: Heike in Rage zu bringen. Allerdings würde er nun damit rechnen müssen, dass sie trotzdem wieder auftauchte und sich für ihr Verhalten entschuldigte. Heike konnte sehr emotional sein, aber auch berechnend. Und das war nicht ganz ungefährlich.

Kerkhoff hatte während dieser Gedanken aus dem Fenster gestarrt, hinüber zu einem anderen Wohnmobil, das dicht neben ihm parkte. Dann stand seine morgendliche Joggingrunde an, wie immer. Diesmal aber in eine andere Ecke der Umgebung. Ins Steinacher Ried, einen traumhaften, morastigen, naturbelassenen Bereich. Dort, westlich von Bad Waldsee, war einstens Moor abgebaut worden. Längst hatten sich allerlei Getier und seltene Pflanzen angesiedelt.

Er dockte sein Wohnmobil von der Stromstation ab, spülte das Frühstücksgeschirr und verstaute alles wieder fest und rutschsicher in den Schränken. Dann rangierte er das Fahrzeug aus der Abstellfläche und ließ einen Gartenstuhl zurück, um den Platz für sich reserviert zu halten.

Die Fahrt durch die Stadt dauerte an diesem Morgen nur wenige Minuten. Kerkhoff war über die Steinacher und Reutestraße zu dem Waldgebiet gelangt, hinter dem sich die Kläranlage verbarg. Dort fand er eine geeignete Stelle, an der er sein Wohnmobil abstellen konnte. Er schlüpfte in die kurze Sporthose, streifte sich ein weißes T-Shirt über und zog Joggingschuhe an.

Herrlich frische Waldluft schlug ihm beim Aussteigen entgegen – je nach Luftströmung jedoch mit dem süßlich-strengen Geruch der nahen Klärbecken vermischt. Er trabte leichtfüßig in das Waldgebiet hinein, in dem das sommerliche Morgengezwitscher der Vögel in vollem Gange war. Am Wegesrand hochgeschossene Stauden, die sich übergangslos mit den Sträuchern des Auwaldes verbanden. Der Boden weich, der Duft von Sommerblumen stieg in die Nase.

Kerkhoff kannte die meisten Pfade, die abseits zu den Tümpeln führten, in denen sich Amphibien und Wasservögel tummelten. Der Moorabbau hatte zwar Löcher in diese Landschaft gerissen, doch waren daraus im Laufe der Jahrzehnte wertvolle Biotope entstanden.

Kerkhoff orientierte sich zu einem breiteren Forstweg hin, der einsam und verlassen vor ihm lag, beidseits dichte Sträucher, dazwischen hoch aufragende Birken. Er ließ während seines flotten Joggingschritts den Blick an den Grünschattierungen des üppigen Bewuchses entlangstreichen. Gelegentlich gab es eine Lücke, durch die sich ein Trampelpfad in einem dschungelartigen Gestrüpp verlor. Kerkhoff wusste, dass es nicht ratsam erschien, dorthin abzubiegen. Der Untergrund war selbst an so trockenen Tagen, wie dies einer war, sumpfig und morastig. Und die Tiefe der Tümpel und Wasserlöcher ließ sich ohnehin nicht abschätzen. Manchmal hatte sich Kerkhoff schon überlegt, ob ein Mensch in diesem Moor versinken könnte – so, wie man das aus Horrorfilmen kannte, in denen die Opfer bis zum Hals im Untergrund steckten.

Auch heute beschlich ihn wieder ein solcher Gedanke. Gleich würde er nämlich eine größere Wasserstelle erreichen, die bis an den Weg heranreichte. Er kannte sie, weil er schon mal mit Evelyn hier gewesen war, um in den ersten lauen Frühjahrsnächten Hunderten von Amphibien bei ihrem Laichkonzert zu lauschen und sich selbst den Frühlingsgefühlen hinzugeben. Seither waren einige Wochen vergangen, sodass sich aus der Gattung der Amphibien allenfalls einige Nachzügler dort aufhielten. Die große Schar der Kröten war nach dem Ablaichen gewiss inzwischen in das Unterholz zurückgekehrt.

Weil er sich auskannte, verlangsamte er seine Schritte, noch bevor er die Wasserstelle erreichte. Doch kaum hatte sie sich zwischen dem vielen Bewuchs in sein Sichtfeld geschoben, zog etwas seinen Blick wie magisch an – etwas, aus dem sein Gehirn augenblicklich etwas Schreckliches formte. Kein harmloses Kleiderbündel, wie es bei flüchtigem Hinsehen den Anschein haben konnte. Kerkhoff blieb abrupt stehen.

Beine, da waren Beine, Schuhe und Hose. Freizeitjacke. Ein Hinterkopf. Arme weit ausgebreitet. Ein Mensch, der bäuchlings im schwarz schimmernden Wasser lag. Regungslos. Kerkhoff näherte sich auf dem festen Boden, dem altes Holz Stabilität verlieh, und ging in die Hocke, um vorsichtig nach einem dieser Beine zu greifen und daran zu ziehen. Doch die Art, wie es sich anfühlte und wie der Körper auf dieses Ziehen reagierte, ließ keinerlei Zweifel aufkommen: Die Person lag vermutlich schon einige Stunden im Wasser. Und sie war tot.

Kerkhoff erhob sich, sah sich um, spürte, wie ihn innere Unruhe befiel, und griff nach seinem kleinen Ersatzhandy, das er stets in der Jogginghose stecken hatte. Zur eigenen Sicherheit.

31

Peter Ackermann hatte unruhig geschlafen. Wieder einmal. Nach dem gestrigen Telefonat mit dem Privatdetektiv war er aufgewühlt. Wie so oft hatten ihn wilde Träume gepackt, die meist mit jenem dumpfen Geräusch endeten, mit dem die Drohne in die Windschutzscheibe gekracht war. Schweißgebadet lag er dann im Bett, zitternd und mit einem Gefühl, als sei der schreckliche Unfall erst gestern geschehen.

Wie seit Wochen schon, war er, von Schmerzen geplagt, früh aufgestanden, hatte sich ein karges Frühstück gemacht und die Wohnung ein bisschen in Ordnung gebracht.

Gleich als er nach dem Unfall aus der Klinik entlassen worden war, hatte er sich um eine Haushaltshilfe bemüht, die für ihn kochte und nach dem Rechten sah. Die Dame war nur wenig jünger als er und brachte sehr viel Verständnis für seine Wünsche und Anliegen auf. Sie kaufte sogar für ihn ein, weil er nichts mehr hasste als die unübersichtlichen Regalgänge der Supermärkte, in denen er nie fand, was er suchte, ja, er hatte sogar den Eindruck, dass die Ware regelmäßig umsortiert wurde.

Dass der pensionierte Polizeihauptkommissar und jetzige Detektiv Edgar Bauer aus Göppingen eine Spur zu dem Drohnenbesitzer gefunden hatte, bescherte Ackermann eine gewisse Genugtuung, doch dann überfiel ihn der schale Gedanke, dass damit seine Frau Cornelia auch nicht zum Leben erweckt werden könnte.

Bauer hatte diesen Stimmungswandel am Telefon bemerkt und versucht, ihn psychisch aufzurichten, und ihm für heute Vormittag ein Treffen vorgeschlagen.

Ackermann hatte zugestimmt und den privaten Ermittler zu sich nach Ulm eingeladen. Pünktlich gegen 9 Uhr traf Bauer an dem bungalowähnlichen Haus ein, das sich an eine sonnige Südhanglage schmiegte. Gleich nachdem sie im Wohnzimmer Platz genommen hatten, konnte Ackermann es kaum erwarten, von Bauer weitere Informationen zu erhalten. »Und Sie sind sich sicher, dass es genau diese Drohne war?«, fragte er erneut so ungläubig, wie er es gestern am Telefon schon getan hatte.

32

Heike Mittelberg fühlte sich schlecht. Dass Frank die ganze Nacht über nicht heimgekommen war, hatte sie beunruhigt – obwohl sie ihn eigentlich zum Teufel wünschte. Er hatte sie belogen und betrogen. Sicher nicht das erste Mal. Natürlich war er mit seinem Flugzeug nie dort gewesen, wohin er vorgab zu fliegen. Und jetzt vergnügte er sich wahrscheinlich mit diesem aufgetakelten Weib irgendwo in Bad Waldsee.

Am liebsten hätte sie ihm aus Wut und Zorn sein Büro verwüstet, alle Akten aus den Schränken geschleudert und zerrissen, den Computer mit einem Hammer zerschlagen und alles, was an ihn erinnerte, aus dem Fenster geworfen.

In den kurzen Träumen der schlaflosen Nacht war alles ineinander verflossen: Frank, wie er mit dieser Frau im Lokal des Golfclubs gesessen hatte – und dann Markus, der sich von einer vorbeikommenden, aufreizend wirkenden Joggerin hatte atemlos machen lassen. Während dieser paar Sekunden, als sie wie ein begossener Pudel beim Wohnmobil gestanden hatte, hatte sich schlagartig ihre Gefühlswelt in eine abwärtsgerichtete Spirale verwandelt. Noch aufgewühlt von der Szene im Golfclub, war dies ein zweiter Tiefschlag gewesen. Sie war einfach davongefahren, hatte in sich hineingeschluchzt und sich ausgenutzt und weggeworfen gefühlt.

Sie war ziel- und planlos durchs Oberschwäbische geirrt, war plötzlich in Weingarten gewesen und irgendwann am Bodensee. Einmal hatte sie an einer Gaststätte gehalten, um etwas zu essen, dann aber beim Blick in den Spiegel entschieden, es nicht zu tun. Viel zu sehr war ihr Gesicht von dem stundenlangen Weinen gezeichnet. Deshalb war sie weitergefahren, um den westlichen Teil des Bodensees herum, durch Überlingen, Bodman-Ludwigshafen, Radolfzell und Allensbach nach Konstanz. Wie in Trance. Die wesentlich kürzere Verbindung mit der Fähre von Meersburg herüber hatte sie gemieden, weil sie nicht unter Leute wollte.

Jetzt, am Tag danach, hatte sie Kopf- und Magenschmerzen. Es fiel ihr unendlich schwer, vernünftige Gedanken zu fassen. Natürlich quälte sie die Frage, wo Frank sich aufhielt. Als sie vergangene Nacht schlaflos dagelegen hatte, hatte sie noch einmal auf dem Monitor des Computers jenen blauen Punkt gesucht, der ihr vormittags auf der Landkarte Franks Position übermittelt hatte. Um 1.45 Uhr hatte sich der GPS-Tracker demnach langsam auf den Schlosssee zubewegt – und war dann abrupt vom Display verschwunden.

Ihr Versuch, am jetzigen Morgen neuerlichen Kontakt aufzunehmen, schlug fehl: Auf dem dargestellten Stadtplan von Bad Waldsee pulste kein blauer Punkt mehr.

Heike klickte das Bild weg, fiel in einen Sessel und kämpfte einige Minuten mit sich, ob sie Markus anrufen sollte. Vielleicht war sie allzu eifersüchtig gewesen – und diese junge Joggerin war tatsächlich eine Kollegin von ihm, deren aufdringliches Verhalten sie falsch interpretiert hatte. Die ganze schlaflose Nacht lang hatte sich Heike diesen Augenblick immer wieder vorgestellt – wie in einem Film, von dem stets dieselbe Sequenz wiederholt wurde, in Zeitlupe und mit unterschiedlichen Perspektiven. Ganz sicher war sie nach der Szene im Golfclub emotional aufgewühlt gewesen. Sonst hätte sie nicht so aggressiv reagiert, sondern sich der Situation gestellt.

Heutzutage benahmen sich schließlich die Mädels viel ungezwungener, als sie selbst es in ihrer Jugendzeit getan hatte. Heutzutage umarmte man sich bei jeder Gelegenheit, drückte jemandem einen Kuss auf die Wange und tauschte ein paar flapsige Bemerkungen. Das musste doch nichts bedeuten.

Andererseits, so übermannten sie die negativen Gedanken wieder, hatte Markus schon seit Wochen mehrfach angekündigt, dass er sich beruflich verändern und Bad Waldsee verlassen wolle. Wie es dann mit ihnen weitergehen würde, dieser Frage war er meist elegant ausgewichen. Ebenso ihrer Bitte, über seine freundschaftlichen Kontakte zu ihrem Mann zu sprechen.

Natürlich hatte sie gespürt, dass der Reiz des Abenteuers abgeklungen war. Vielleicht hatte sie sich auch allzu sehr an ihn geklammert – aus einer gewissen Selbstbestätigung heraus, von einem jüngeren Mann, dazu noch einem Arzt, begehrt zu werden. Und natürlich getrieben von dem Wunsch, sich von Frank zu lösen, der nur noch seine Geschäfte im Sinn hatte. Hinzu kam, dass sie ihm längst nicht mehr traute. Deshalb, so versuchte sie, wieder innerlichen Halt zu finden, war er es gar nicht wert, dass sie sich nun Sorgen um ihn machte.

Doch wie lange durfte und musste sie warten, bis er sich meldete? Irgendwann wäre es womöglich ihre Pflicht, ihn als vermisst zu melden. Aber als Erwachsener durfte er sich abseilen, und niemand würde ihn suchen, solange nicht der Verdacht auf ein Verbrechen vorlag oder zu befürchten war, dass er sich in einer hilflosen Lage befand. Beides war jedoch augenscheinlich nicht der Fall. Bisher jedenfalls nicht.

Heike rang sich schließlich dazu durch, Markus vom Festnetz aus anzurufen. Er war seit Langem der Einzige, mit dem sie sich aussprechen konnte. Ihre einzige Bezugsperson. Eine innere Stimme riet ihr, sich bei ihm für ihr Verhalten gestern Nachmittag zu entschuldigen.

33

Schon wenige Minuten, nachdem Kerkhoff über 110 die Polizei verständigt und seine Position durchgegeben hatte, war nur unweit des Tümpels ein Streifenwagen eingetroffen. Von einer Seite her gab es eine schmale Straße, die von Bad Waldsee aus durch ein sturmgebeuteltes Waldstück mit viel Totholz herüberführte, jedoch wegen starker Rissbildung im Asphalt für den gesamten Verkehr und sogar für Inlineskater gesperrt war. An einer scharfen Rechtskurve führte geradeaus ein verwachsener Forstweg zu jener Stelle, an der Kerkhoff wartete. Zwei Uniformierte besahen sich die leblose Person im Tümpel, während der Arzt danebenstand und mit trockener Kehle meinte: »Ein Mann, wie es aussieht. Er ist tot.«

Noch während er es gesagt hatte, war mit hoher Geschwindigkeit von der anderen Richtung ein Notarztwagen herangefahren, aus dem zwei weiß gekleidete Männer stiegen und mit wenigen Schritten die Wasserstelle erreichten. Weil die Füße des Unbekannten auf dem trockenen und festen Ufer lagen, entschied einer der Rettungsdienstler: »Wir ziehen ihn raus. Aber vorsichtig.«

Gemeinsam mit den beiden Polizisten gelang es ihnen, die regungslose Person ins trockene Laub zwischen Tümpel und Weg zu ziehen. Während die Rettungsdienstler, von denen sich einer als Notarzt zu erkennen gab, den geborgenen Mann auf den Rücken legten, wurde Kerkhoff vom schrillen Ton seines Handys aufgeschreckt. Er wandte sich ab, blickte auf das Display und sah eine bekannte Nummer.

»Ja«, meldete er sich deshalb knapp und lehnte sich an eine aus roh belassenen Stämmen gezimmerte Holzabschrankung.

»Ich bin's, die Heike«, hörte er die vertraute Frauenstimme.

Er war für einen Moment irritiert. »Hallo«, gab er kühl zurück und beobachtete, wie die Rettungskräfte bei dem Mann vergeblich nach einem Lebenszeichen suchten.

Heikes Stimme nahm er nur beiläufig zur Kenntnis: »Ich … ich wollte mich entschuldigen, für das von gestern. Ich hab völlig überzogen reagiert. Und jetzt … weißt du … Frank ist verschwunden.«

Kerkhoff hatte die Worte nicht realisiert. Denn in diesem Augenblick war der Notarzt beiseitegetreten, sodass nun das Gesicht des Toten zu sehen war.

Kerkhoff blieb für ein paar Sekunden stumm.

»Hallo, Markus, bist du noch da?«, hörte er Heikes Stimme aus dem Handy, um dann das Gespräch abzuwürgen: »Ja, aber ich … ich bin gerade beschäftigt. Ich ruf dich später zurück.«

Er drückte die Aus-Taste und bemerkte neben sich einen der uniformierten Beamten, dessen Ansinnen ziemlich unfreundlich klang: »Vielleicht sollten Sie uns mal berichten, wie Sie den Toten gefunden haben.«

»Ich?«, war alles, was Kerkhoff in diesem Moment entgegnen konnte, er hatte sich aber schnell wieder im Griff: »Ich bin hier gejoggt, weiter nichts. Da lag er, wie Sie ihn angetroffen haben.«

»Name, Adresse und so weiter«, fuhr ihn der Polizist an und deutete ihm mit einer Bewegung an, durchs Gestrüpp zum Streifenwagen hinüberzugehen. Unterdessen rollten dort weitere Polizeifahrzeuge an.

Nachdem Kerkhoffs Personalien handschriftlich protokolliert waren, staunte der Beamte: »Sie sind Doktor? Ein Arzt?«

»Ja, bin ich«, bestätigte Kerkhoff kleinlaut.

»Und da haben Sie nicht gleich geschaut, ob der Mann noch lebt?« Die Frage des Beamten klang vorwurfsvoll.

»Soll ich ins Wasser springen?«, gab Kerkhoff barsch zurück. »Ich hab seine Füße angefasst. Da bestand für mich kein Zweifel, dass er tot ist.«

34

Peter Ackermann war aufgeregt. Er konnte es kaum erwarten, von dem Ex-Polizisten und jetzigen Privatdetektiv Bauer weitere Details zu der »Todesdrohne« zu erfahren. Der aber blieb sachlich und wollte seinem Gegenüber ein paar Sekunden Ruhe gönnen. »Ich war mit dem Fall«, begann er langsam,

»Anfang Mai, noch kurz vor meiner Pensionierung, befasst und hab mir von einem ehemaligen Kollegen der Kripo die technischen Daten geben lassen«, sagte er.

»Da kommen Sie noch ran?«, staunte Ackermann und wischte sich ungekämmtes Haar aus der Stirn.

»Na ja«, lächelte Bauer, »man kennt sich gut. Außerdem sind die Kollegen froh, wenn sich jemand um die alte Geschichte kümmert.«

»Alte Geschichte!«, echote Ackermann gereizt, versuchte aber, seine spontane Empörung sofort einzudämmen. »Entschuldigen Sie, wenn ich so emotional reagiere. Aber für mich wird es nie eine alte Geschichte sein. Außerdem ist das erst knapp zwei Monate her.«

»Tut mir leid«, entgegnete der pensionierte Beamte. »So war es nicht gemeint. Auch für mich ist es natürlich keine alte Geschichte. Deshalb will ich Ihnen helfen.«

Ackermann goss mit zitternder Hand aus einer Karaffe Orangensaft in zwei Gläser. »Vielleicht würde es mir den inneren Frieden zurückbringen, wenn wir den feigen Täter fänden«, erklärte er. Seine graue Gesichtsfarbe ließ ihn kränklich erscheinen. Auch das dünn gewordene grau melierte Haar hing nach allen Seiten.

Bauer lehnte sich entspannt zurück. »Wie ich schon am Telefon erwähnt habe, bin ich mir ziemlich sicher, dass wir auf der richtigen Spur sind. Manchmal braucht man halt auch ein bisschen Glück.«

»Sie sagen, das Ding sei in Göppingen verkauft worden. Dort gibt es demnach ein Spezialgeschäft für so etwas?«

»So könnte man das sagen. Nachdem der Unfall nicht weit von Göppingen geschehen ist, hab ich damals schon angeregt, die Betriebe und Händler im näheren und weiteren Umkreis zu befragen.«

»Klingt logisch«, stimmte Ackermann zu, nahm einen Schluck Orangensaft und gab mit einer Geste seinem Gast zu verstehen, dass er sich ebenfalls bedienen solle.

Bauer fuhr fort: »Das hat aber damals zu nichts geführt. Außerdem kann man die Dinger auch im Internet bestellen.«

»So ist es«, kommentierte Ackermann und stellte das Glas auf die Natursteinplatte des Tisches zurück.

»Deshalb sind die Ermittlungen im Sande verlaufen. War auch kein Verbrechen, sondern juristisch gesehen nur eine fahrlässige Tötung«, erwiderte Bauer.

»*Nur* fahrlässig!«, entfuhr es Ackermann. »Als ob das einen Unterschied macht, ob meine Frau fahrlässig oder vorsätzlich getötet wurde.«

»Ich weiß«, nickte Bauer mitfühlend, »solche juristischen Bewertungen sind für jemanden, der einen Angehörigen verloren hat, nicht nachvollziehbar. Sie dürfen mir glauben, dass meine Kollegen ernsthaft daran gearbeitet haben.«

Ackermann schloss für einen Moment die Augen und atmete tief durch. »Aber nun haben Sie etwas rausgefunden?«

»In Göppingen gibt es einen kleinen Betrieb, der elektronische Bauteile für Flugzeug- und Schiffsmodelle herstellt, aber auch mit Drohnen handelt.«

»Das haben Ihre Kollegen bisher nicht gewusst?«, staunte Ackermann und musste sich zügeln, seine Verärgerung über die möglicherweise nachlässige Recherche nicht zum Ausdruck zu bringen.

»Ich bin eher zufällig darauf gestoßen, weil ich im Internet nachgeschaut hab, wo es im weiteren Umkreis jemanden aus dieser Branche gibt.«

Ackermann wurde ungeduldig. »Und nun sind Sie auf etwas gestoßen?«

»Ja, auf die Firma Mowell GmbH, eigentlich eine kleine Klitsche, aber wie bei vielen solcher Kleinunternehmen ganz groß mit Nischenprodukten. Winzige elektromechanische Bauteile, die elektronisch gesteuert werden. Komplexe Sache. Inhaber ist ein Moritz Wellinger, ein echter schwäbischer Tüftler, wie es heißt.«

»Und der baut Drohnen?«

»Nein. Er bietet sie im Internet zwar an, handelt aber nur damit. Mit seinem Unternehmen produziert er Teile für die Hersteller von Flug-, Schiffs- und Automodellen.«

Ackermann strich sich nervös das dünne Haupthaar glatt. »Und der kann uns weiterhelfen?«

»Möglich, ja, wie ich am Telefon schon sagte. Er kann sich entsinnen, dass sich Anfang des Jahres zwei Männer bei ihm zunächst per E-Mail und dann persönlich gemeldet haben. Ihr Interesse galt großen Drohnen, mit denen sich auch kleinere Päckchen transportieren ließen. So, wie das wohl auf einigen Nord- oder Ostseeinseln bereits praktiziert wird. ›Quadrocopter‹ nennt man die Dinger.«

»War das so ungewöhnlich, dass er sich heute noch daran erinnert?«

»So viele Kunden, die solche Drohnen wollen, sind wohl eher die Seltenheit«, meinte der Ex-Polizist und nahm einen Schluck Orangensaft. »In Erinnerung geblieben ist ihm dies, weil er einen dieser Kunden zu kennen glaubte. Der hatte sich auch besonders für eine Drohne mit Videokamera interessiert.«

»Aber Drohnen mit Kameras sind doch auch nichts Besonderes mehr, oder?«

»Nein, natürlich nicht. Aber dieser Mann wollte auch wissen, wo es in der Nähe einen hohen Geländepunkt gibt, von dem aus man die Drohnen erlaubterweise über unbewohntes Gebiet fliegen lassen könne – zum Ausprobieren.«

»Der Bereich um den Aichelberg«, kam es Ackermann voll düsterer Gedanken spontan über die Lippen.

»Richtig getippt«, erwiderte der zum Detektiv mutierte Ex-Polizist. »Wellinger hat diesem Mann und dessen Begleiter daraufhin in der Umgebung von Göppingen den Boßler empfohlen, die ziemlich höchste Erhebung weit und breit, um die herum es Hangwälder und Felder gibt.«

»Aber auch die Autobahn, die unten zwischen Aichelberg und dem Berg entlangführt«, ergänzte Ackermann mit schwach gewordener Stimme.

»Leider, ja. Wellinger hat sich trotz der großen Berichte über den Unfall noch keine Gedanken darüber gemacht. Erst jetzt, als ich ihn darauf angesprochen habe, ist ihm dies alles eingefallen.«

»Reichlich spät«, zeigte sich Ackermann verbittert, um sogleich nachzuhaken: »Sie sagen, er hat einen dieser Männer gekannt. Namentlich?«

»Ja«, nickte Bauer. »Das ist auch der Grund, weshalb ich persönlich mit Ihnen sprechen wollte. Aber dazu sollten Sie die ganze Vorgeschichte kennen.«

»Ich bitte darum.«

»Man muss wissen«, fuhr Bauer langsam fort, »dass Herr Wellinger eine schwere Zeit durchgemacht hat, vor zwei Jahren schon. Ähnlich wie Sie ...«

»Hat er auch die Frau verloren?«

»Ja, aber nicht durch einen Unfall, sondern durch Krankheit. Krebs. Er meint ...« – Bauer rang nach einer sorgfältigen Formulierung – »dass sie Opfer dieser Medikamentenpanscher geworden ist, die wirkungslose Arzneimittel in den Umlauf gebracht haben.«

»Ach Gott«, drückte Ackermann sein Mitgefühl aus, »das Böse nimmt in dieser Welt überhand.«

Bauer entschied sich für vorsichtiges Herantasten an das, was er seinem Auftraggeber sagen wollte: »Vielleicht hat ein gnädiges Schicksal Sie und Herrn Wellinger zusammengebracht.«

»Das versteh ich nicht ganz«, stutzte Ackermann.

»Nun ja«, Bauer rief sich die Details in Erinnerung, die er von Wellinger erfahren hatte, »von den wirkungslosen Medikamenten, die seine Frau damals, vor zwei Jahren, in Göppingen verabreicht bekam, hat er erst gehört, als man gehofft hatte, sie sei auf dem Wege der Besserung, und sie deshalb zur Kur nach Bad Waldsee geschickt hat. Zunächst schien es wohl so, als hätten die Medikamente und die Chemotherapie angeschlagen – doch dann hat es während der Kur neue Komplikationen gegeben. Der Arzt einer Privatklinik, der dort zurate gezogen worden war, hat dann gemutmaßt, dass gepanschte und wirkungslose Medikamente letztendlich schuld an diesen Komplikationen gewesen sein könnten. Vermutlich sei die Göppinger Apotheke, von der die Frau ihre Medikamente erhalten hatte, Opfer betrügerischer Arzneimittellieferanten geworden.«

»Die Frau ist dann gestorben«, unterbrach Ackermann ungeduldig, weil er wissen wollte, was dies mit ihm zu tun hatte.

»Ja, sie ist dann gestorben, und seither versucht Wellinger, an die Hintermänner dieser Medikamenten-Mafia zu kommen. Gott und die Welt hat er in den vergangenen beiden Jahren eingeschaltet. Und vor einigen Tagen – vielleicht haben Sie's gesehen – wurde er sogar in einer Fernsehdokumentation interviewt, in der die Machenschaften dieser Banden beziehungsweise einzelner Hersteller aufgegriffen wurden.«

»Hab ich nicht gesehen, nein«, erwiderte Ackermann und rutschte nervös auf seinem Sessel hin und her.

»Als sich Wellinger damals, vor zwei Jahren, intensiv mit diesem Arzt unterhielt, der die gepanschten Arzneimittel angesprochen hatte, war das Gespräch auch auf Wellingers berufliche Tätigkeit gekommen.« Bauer griff zum Glas und trank, um eine kurze Pause entstehen zu lassen. »Gleich werden Sie merken, wie sich möglicherweise der Kreis zu Ihnen schließt, Herr Ackermann«, setzte der Detektiv seine Erklärungen fort. »Dieser Arzt hat sich wohl nun Herrn Wellingers beruflicher Tätigkeit entsonnen und sich für den Kauf einer Drohne an ihn gewandt – zusammen mit einem Freund. Die beiden waren es dann, die bei Wellinger in Göppingen aufgetaucht sind und sich für solche Flugmodelle interessiert haben.«

»Ach«, staunte Ackermann und musste sich für ein paar Augenblicke die Zusammenhänge verinnerlichen. »Und der Arzt hat sich zu erkennen gegeben?«

»Ja, hat er«, trumpfte Bauer auf. »Er ist Privatdozent und leitete bis gestern eine Privatklinik in Bad Waldsee.«

»Sein Name?«

»Dr. Markus Kerkhoff.«

35

Marion Schewe hatte die Szene im Golfclub-Restaurant gestern Nachmittag nicht so einfach weggesteckt. Nachdem Heike wutentbrannt verschwunden war, hatten sie und Frank keine Lust mehr gehabt, den restlichen Nachmittag gemeinsam zu verbringen. Viel zu groß wäre auch die Gefahr gewesen, in der Stadt erneut auf Heike zu treffen. Marion war in ihr Zimmer im Hotel »Kreuz« zurückgekehrt und erschöpft aufs Bett gesunken.

Es war wirklich besser, vorläufig Zurückhaltung zu üben – genau so, wie Frank es vorgeschlagen hatte. Denn nachdem sich Wellinger derzeit in Bad Waldsee herumtrieb, durften weder hier noch anderswo neuerliche Angriffspunkte geschaffen werden. Natürlich war zu befürchten, dass es noch mehr Wirbel geben würde.

Allein der Prozess voriges Jahr gegen den betrügerischen Apotheker irgendwo in Norddeutschland hatte die Öffentlichkeit sensibilisiert. Dann war damals auch noch bekannt geworden, dass ein Blutdruckmittel eines chinesischen Pharmakonzerns den als krebserregend eingestuften Wirkstoff Valsartan enthielt. Glücklicherweise waren die ganz großen Aufschreie in den Medien ausgeblieben, dachte Marion. Vermutlich waren die Journalisten viel zu sehr von anderen Dingen abgelenkt, um ihrer Empörung über derlei Missstände lautstark und massiv Ausdruck zu verleihen. Stattdessen hatte man voriges Jahr über Monate hinweg über das desaströse Abschneiden der deutschen Kicker bei der Fußballweltmeisterschaft diskutiert. Als ob dies von existenzieller Bedeutung gewesen wäre. Man war wohl auf dem besten Weg dorthin, wo die alten Römer ihr Volk schlauerweise gebracht hatten: mit Brot und Spielen bei Laune halten. Heutzutage bedeutete dies, sie mit ein bisschen Wohlstand und Spielen ruhigzustellen. Fast jeden Abend also auf irgendeinem TV-Kanal ein Fußballspiel. Oder politisches Gezerfe über Ämter und Pöstchen. Berliner Personenkult, von den Medien tagtäglich hochgespielt, als sei's eine Unterhaltungsshow. Wer wollte sich da noch über Missstände mokieren? Über gepanschte Medikamente oder beratungsresistente Politiker?

Marion dämmerte vor sich hin und war am Abend nur kurz aus dem Hotel gegangen. Jetzt am Vormittag war sie von den Sirenen einiger Einsatzfahrzeuge aufgeschreckt worden, die irgendwo durch die Stadt rasten. Ohne dieses Geräusch hätte sie vermutlich ihren Behandlungstermin verschlafen, den sie drüben in der Klinik am Hofgarten hatte. Einige Male war es nun schon gelungen, ihren Aufenthalt in Bad Waldsee mit einer ambulanten Kur zu verknüpfen. Somit würde sich niemand wundern, dass sie sich tagelang in dieser Stadt aufhielt. Bisher war dies auch eine gute Gelegenheit gewesen, heimlich Frank zu treffen. Gestern aber, nach der Attacke seiner Frau, schien es so, als sei diese schöne Zeit zu Ende gegangen. Denn Frank hatte deutlich zu verstehen gegeben, dass er mit den geschäftlichen Beziehungen auch die privaten Kontakte abbrechen wolle. Ihm schien der Boden unter den Füßen zu heiß geworden zu sein, überlegte Marion, während sie sich auf den Weg hinüber zur Klinik machte. Als sie das Hotel verließ, schlug die Turmuhr der nahen Kirche 9 Uhr.

Es war also höchste Zeit für den Termin. Marion wollte das kurze Wegstück schnell hinter sich bringen, doch dann trat von der rechten Seite ein Mann vor sie hin, als wolle er ihr den Weg verstellen. Während er sie musterte, war ihr das Gesicht sofort bekannt: groß, schwarz umrandete Brille, volles weißes Haar. Um die 60.

»Darf ich Sie einen Moment sprechen?«, fragte er und verzog das braun gebrannte Gesicht zu einem charmanten Lächeln.

Marion blieb nur widerwillig stehen und musterte ihn von oben bis unten. Sie hatte das Gesicht erst gestern gesehen. Gestern Abend, durchzuckte es sie. »Um was geht's?«

»Sagt Ihnen der Fall Wellinger etwas?« Die Stimme des Mannes klang bedrohlich.

Marion ließ sich nicht einschüchtern, sondern machte Anstalten, möglichst schnell weitergehen zu wollen. »Haben wir uns nicht gestern Abend schon mal kurz gesehen?«, fuhr sie ihn energisch an.

Der Mann runzelte die Stirn, die Hände in einer modischen Freizeitjacke vergraben. »Leider konnte ich gestern Abend nicht mit Ihnen reden. Sie waren so vertieft ins Gespräch mit dem Herrn Apotheker Patten.«

Sie ließ sich ihre kurze Irritation nicht anmerken, hob eine Augenbraue und gab sich selbstbewusst: »Herr Wellinger?«

Er nickte. »Ich glaube, es wäre an der Zeit, etwas zu klären. Ich wohn gerade auch hier, im ›Kreuz‹.«

»Ich wüsste nicht, was es zu klären gäbe«, erwiderte sie kühl, wandte sich ab und eilte auf den Eingang der Klinik am Hofgarten zu.

36

»Kerkhoff?«, griff Ackermann den Namen auf, den ihm der angegraute Detektiv soeben genannt hatte. »Ist der denn in Bad Waldsee bekannt?«

»Keine Ahnung«, erwiderte der Ex-Polizist. »Er leitet dort eine Privatklinik, die ihm aber nicht gehört. Ist dort Angestellter, haben meine Kollegen beim hiesigen Polizeiposten gesagt und mir den Namen der Klinik genannt. Ich hab gleich angerufen, aber es hieß, dass Dr. Kerkhoff nicht mehr da sei.«

»Nicht mehr da?«, echote Ackermann. »Und das bedeutet was?«

»Dass er sich beruflich neu orientieren will, hat man mir gesagt.«

Ackermann wurde sich der Tragweite dieser Ermittlungen erst langsam bewusst. »Sie wollten ihn einfach anrufen und nach der Drohne befragen?«

»Nicht am Telefon, nein. Aber ich würde ihn gern mal persönlich sprechen«, erklärte Bauer.

»Wellinger hat seine Adresse nicht?«

»Doch, und er hat sie in seinen Akten noch gefunden. Kerkhoff hat damals beide Drohnen, also die für sich und die für den anderen Kunden, mit seiner Kreditkarte bezahlt. Weil Kerkhoff aber eine offizielle Rechnung wollte, hat er seine Adresse festhalten müssen.«

»Na super«, lobte Ackermann. »Dann können wir doch seine Telefonnummer rausfinden.«

»Leider nein. Die in der Klinik rücken sie nicht raus – und Kerkhoff ist privat nicht im Telefonbuch eingetragen.«

»Scheiße!«, verflog Ackermanns Euphorie wieder.

»Kein Grund zur Resignation«, beruhigte Bauer. »Ich schlage vor, wir fahren hin.«

Ackermann stutzte. »Wir? Nach Bad Waldsee?«

Bauer sah auf die Armbanduhr. »Warum nicht? Maximal eine Stunde Fahrt.«

Ackermann nickte.

37

Hagebusch war mit einem kurzen Begrüßungsnicken in Richtung der Angestellten in die Apotheke seines Freundes Patten gekommen und gleich hinter dem Verkaufstresen ins Chefbüro gegangen. Dort saß Rolf Patten mit dem bluthochdruckerröteten Kopf und blätterte in einem Aktenordner, den er sofort schloss und beiseiteschob. »Nur Bürokratismus, nichts als Bürokratismus. Dieses Land wird eines Tages in seiner Papierflut ersticken – dann können die Griffelspitzer und Allerweltsschwätzer den ›Tag der deutschen Bürokratie-Idiotie‹ ausrufen«, wetterte er und bot seinem Freund Friedrich Hagebusch einen Platz neben dem Schreibtisch an.

»Ich bin dafür, dass wir den ›Tag des deutschen Schwachsinns‹ ausrufen«, sagte der Arzt, wurde aber sofort ernst. »Hast du die vielen Einsatzfahrzeuge heute schon gehört?«

»Natürlich. Das hört sich so an, als sei eine ganze Armee

von Islamisten in der Stadt aufgetaucht«, brummte Patten und gähnte.

»Wer weiß denn überhaupt, wer schon alles im Land ist«, erwiderte Hagebusch resignierend. »Ich hätte es nie für möglich gehalten, dass unser deutscher Bürokratismus mal so jämmerlich versagt und sich eingestehen muss, dass man gar nicht so recht weiß, wer alles da ist. Aber lassen wir das, Rolf.« – Hagebusch wollte die Diskussion nicht ausufern lassen, vergewisserte sich mit einem Seitenblick, dass die Tür ins Schloss gefallen war, und erklärte mit gedämpfter Stimme: »Es hat draußen im Ried einen Toten gegeben.«

»Einen Toten?« Patten sprang auf und warf dabei ein leeres Glas um. Sein Kopf war noch röter geworden. »Ein Toter? Mord?«

Hagebusch zuckte mit den Schultern und täuschte Gelassenheit vor. »Keine Ahnung. Jedenfalls ist ein riesiges Polizeiaufgebot da draußen. Einer von der Feuerwehr – ein Patient von mir – glaubt zu wissen, es sei ein Mann aus der Pharmabranche.«

»Pharmabranche«, flüsterte Patten und rang entsetzt nach Worten. Sein Freund forderte ihn mit einer Handbewegung dazu auf, sich wieder zu setzen. Hagebusch befürchtete, der Apotheker könnte angesichts dieser für ihn offenbar schockierenden Nachricht kollabieren.

»Ja, Pharmabranche«, wiederholte der Arzt ruhig. »Du glaubst doch wohl nicht, dass es den Mittelberg erwischt hat?«

»Du nicht?«, entgegnete Patten, der sich wieder setzte und in das Glas, das er in die Hand nahm, Mineralwasser einschenkte, um es mit einem Zug leer zu trinken – als solle es zur Beruhigung beitragen.

»Das würde erklären, weshalb er gestern Abend nicht beim Schwofen aufgetaucht ist«, resümierte Hagebusch sachlich. »Falls er mit dem Auto da war.«

»Sicher bist du dir aber nicht, dass es Mittelberg ist?«, vergewisserte sich Patten.

»Nein, natürlich nicht. Alles nur Gerüchte.«

»Und die Schewe?«, zeterte Patten ängstlich. »Wo ist die? Dass die wieder hier ist, hat mich eine schlaflose Nacht gekostet. Vielleicht war es doch keine so gute Idee, sie gestern Abend direkt anzusprechen.«

Hagebusch verschränkte die Arme vor der Brust und lehnte sich zurück. »Doch, das war eine gute Idee. Du hast doch selbst gesagt, dass du ihr unmissverständlich klargemacht hast, woran sie ist. Ich jedenfalls will mit ihr nichts mehr zu tun haben. Nie mehr, verstehst du?«

Patten schluckte. »Und wenn sie ein doppeltes Spiel spielt, Friedrich? Wenn sie nur vorgibt, etwas zu tun, in Wirklichkeit aber genau das Gegenteil tut, dann geh'n wir auch noch hops. Vergiss nicht, wie raffiniert sie ist. Das Verhältnis zu Mittelberg könnte auch andere Gründe haben als den Reiz des Abenteuers.«

Hagebusch nickte nachdenklich. Auszuschließen war natürlich gar nichts. Dennoch gab er sich optimistisch, um seinem Freund weitere Aufregung zu ersparen: »Du solltest bedenken, Rolf, wir haben nie gewusst, was die uns angedreht haben, verstehst du? Wir waren im guten Glauben – und erst durch die Fernsehsendung sind wir hellhörig geworden. So muss es sein. Dabei müssen wir bleiben.«

Patten ließ sich nicht so leicht beruhigen: »Die werden sagen, wir hätten bei dem günstigen Preis hellhörig werden müssen.« Er wurde leiser: »Und sie werden rauskriegen, was wir gegenüber den Krankenkassen abgerechnet haben. Verstehst du? Dieser Wellinger, vergiss das nicht, war vor Monaten bei mir und hat mir sein Leid wegen seiner verstorbenen Frau geklagt.«

Hagebusch konnte sich entsinnen, dass Patten dies mal erwähnt hatte. »Eben drum«, knüpfte er an die Bemerkung seines Freundes an. »Warum schleicht dieser Kerl hier ständig rum? Was hat der vor?« Er dachte für einen Moment nach, rückte dann aber mit der Sprache heraus: »Als ich gestern

Abend schnell zu meinem Auto raus bin, um mein Handy zu holen, war da jemand.«

Pattens Aufregung flammte wieder auf: »Wie? Mittelberg? Oder Wellinger? Oder wer?«

Hagebusch zuckte mit den Schultern: »Ich hab der Sache gestern Abend keine Bedeutung beigemessen. Aber inzwischen – um ehrlich zu sein – fühl ich mich nicht mehr so richtig wohl.«

Wieder war das Martinshorn von Einsatzfahrzeugen zu hören. »Da draußen im Ried scheint wirklich der Teufel los zu sein«, stellte Patten verängstigt fest.

»Bei Mord ziehen die alle Register«, meinte Hagebusch locker.

Patten sah seinen Freund entgeistert an: »Was sagst du da? Mord? Weißt du überhaupt, was das bedeutet?«

38

»Es ist schon Jahrzehnte her, dass ich zuletzt in Bad Waldsee war«, murmelte Peter Ackermann, als sich Bauers roter VW-Passat – auf der B 30 von Ulm kommend – der Stadt näherte, vorbei am futuristisch anmutenden Erwin-Hymer-Museum, zu dem Bauer mit einer Handbewegung deutete: »Sollten Sie sich bei Gelegenheit mal anschauen. Toll gemacht. Das Campen und Reisen eingebettet in die Zeitgeschichte.« Dann bog der ergraute Ex-Polizist ins Zentrum ab und kommentierte: »Schöne Stadt. Sauber und gepflegt, wie all die Städtchen im Oberschwäbischen.« Er steuerte seinen zehn Jahre alten Volkswagen der Beschilderung nach zum großen Parkplatz bei der Stadthalle. Diesen hatte Wellinger am Telefon vorgeschlagen, weil es von dort aus nicht mehr weit zur Innenstadt sei. Tatsächlich erreichten die beiden Männer bereits nach wenigen Gehminuten über die Bleichestraße und den rechts abzweigenden Gut-Betha-Platz den vereinbarten Treffpunkt: das Gasthaus »Kreuz«, direkt gegenüber der Stadtpfarrkirche St. Peter. Pünktlich mit dem Glockenschlag zur ersten Nachmittagsstunde ging Bauer voraus in das Lokal und erspähte unter den zahlreichen Gästen sofort den gesuchten Wellinger, dessen markantes Äußeres er sich eingeprägt hatte. Der hünenhafte Mann mit den schneeweißen Haaren und der auffälligen Brille saß allein an einem Tisch, erhob sich und schüttelte den beiden Eintreffenden zur Begrüßung die Hände. Bauer stellte seinen Begleiter mit dem Hinweis vor, es handle sich um den Herrn Ackermann, von dem er ihm berichtet habe. »Ich hoffe, ich kann Ihnen helfen«, sagte Wellinger, während sie sich gemeinsam setzten. »Heute ist in der Stadt einiges los«, fügte er beiläufig an.

Bauer wusste mit dieser Bemerkung nichts anzufangen. »Ist irgendetwas passiert oder wird etwas gefeiert?«

»Sie haben einen Toten gefunden, draußen im Steinacher Ried, in dieser Moorlandschaft«, erklärte Wellinger schnell, als habe ihn der Fall persönlich getroffen.

»Ein Mord?«, fragte Ackermann interessiert nach.

»Keine Ahnung. Es heißt, ein Mann habe in einem Tümpel gelegen. Tot.«

Bauers berufliche Erfahrung aus vielen Dienstjahren bei der Polizei ließ ihn die Angelegenheit sachlich bewerten: »Kann alles Mögliche bedeuten. Dumm ausgerutscht, schwer verletzt, besinnungslos ins Wasser gefallen und ertrunken. Suizid.«

»Da draußen im Moor«, gab sich Wellinger informiert, »gibt es viele einsame Wege und Wasserflächen. Nicht weit weg von der Stadt und vom Sportflugplatz, aber trotzdem eine Art Wildnis.«

»Sie kennen sich aus?«, hakte Bauer sofort nach, während ihnen eine charmante junge Bedienung Speisekarten vorlegte und die Getränkebestellung aufnahm. Sie entschieden sich für Mineralwasser.

»Wie ich Ihnen bereits gesagt habe: Ich komm seit dem Tod meiner Frau Annegret immer mal wieder hierher. Manchmal ist es so, als warte sie hier auf mich.«

Ackermann konnte Gefühle dieser Art nachvollziehen: »Sie ist hier verstorben?«, fragte er, obwohl ihm Bauer dies bereits berichtet hatte.

»Ja, eine Woche, nachdem man sie von Göppingen hierher zur Kur geschickt hat, weil sie angeblich auf dem Weg der Besserung war. Aber dann hat es plötzlich Komplikationen gegeben.« Er wandte den Blick von Ackermann und sah ins Leere. »Die Medikamente haben nicht so gewirkt wie erhofft. Zuerst ging man davon aus, dass es in den Griff zu kriegen sei. Denn die Heilungschancen wurden als sehr hoch eingestuft. Doch dann wurde alles ganz schnell viel schlimmer.« Seine Stimme wurde leiser und schwächer: »Vielleicht sagen Ihnen ›Zytostatika‹ etwas. Das sind Wirkstoffe, mit denen die Zellteilung und das Zellwachstum gehemmt werden, weshalb man sie zur Krebstherapie einsetzt. Zertifizierte Apotheker dürfen sie herstellen. Inzwischen weiß ich, dass die Zytostatika, die meine Frau für teures Geld erhalten hat, so gut wie gar keine Wirkstoffe enthalten haben.«

Ackermann nickte verständnisvoll und spürte, dass der Mann sich geschworen hatte, nicht zu ruhen, ehe die Arzneimittelpanscher entlarvt waren.

Bauer begann, beiläufig in der Speisekarte zu blättern. »Wir sind Ihnen sehr dankbar«, wandte er sich einfühlsam an Wellinger, »dass Sie sich bereit erklärt haben, uns zu helfen.«

Der Göppinger Unternehmer seufzte und blickte Ackermann ins Gesicht: »Ich kann nachvollziehen, wie es Ihnen geht. Trotzdem muss ich Sie bitten, dass Sie mich – wenn Sie Herrn Dr. Kerkhoff treffen – aus dem Spiel lassen. Geschäftliche Diskretion, wenn Sie verstehen, was ich meine. Dass er und ein anderer Mann bei mir zwei Drohnen gekauft haben, muss nicht zwangsläufig bedeuten, dass mit einem dieser Fluggeräte Ihre Frau getötet wurde.«

Bauer war sich dieses Zweifels bewusst und stellte klar: »Die Fabrikationsnummer, die man von einer der damals abgestürzten Drohnen entziffern konnte, stimmt aber mit jener überein, die Sie mir für die an Kerkhoff verkauften genannt haben.«

Während die Bedienung die Getränke servierte und die Essensbestellung aufnahm, meinte Wellinger zurückhaltend: »Ich hoffe für Sie, dass Kerkhoff noch an der mir angegebenen Adresse wohnt.«

»Das werden wir nachher feststellen«, entgegnete Bauer und fragte: »Darf ich fragen, was Sie derzeit nach Bad Waldsee getrieben hat?«

Wellinger runzelte die Stirn und schob seine dickrandige Brille weiter auf die Nase. »Das Andenken an meine Frau, wie ich schon sagte«, erklärte er fast flüsternd. »Außerdem gönn ich mir in den Tagen, an denen ich hier bin, ein paar Anwendungen bei einem Physiotherapeuten. Gegen Rückenschmerzen. Das hiesige Thermalwasser tut mir besonders gut.«

»Sie wohnen im ›Kreuz‹?«, wollte Bauer wissen.

»Ja, jedes Mal. Die sind sehr nett.«

»Was Ihre Recherchen zu den falschen Medikamenten anbelangt«, bohrte Bauer weiter, »wie weit sind Sie inzwischen gekommen?«

Über Wellingers Gesicht huschte ein triumphierendes Lächeln. »Nun ja«, presste er hervor, »ich hab inzwischen einige Kontakte geknüpft, die mir weiterhelfen.«

Bauer wurde hellhörig. »Mit Dr. Kerkhoffs Hilfe?«

Wellinger zögerte. »Nein. Ich habe darüber mit ihm nie wieder gesprochen.« Nach einer Sekunde des Nachdenkens ergänzte er: »Das hat seine Gründe.«

»So?«, staunte Bauer, während Ackermann das Gespräch der beiden mit Interesse verfolgte und insgeheim feststellte, dass die Neugier des Ex-Polizisten auch für dieses Thema geweckt war.

Weil Wellinger schwieg, versuchte Bauer, ihm eine Erklärung zu entlocken: »Darf ich erfahren, welche Gründe das sind?«

»Na ja«, überlegte Wellinger, »ich war mir vor zwei Jahren, als er mir das mit den Medikamenten erzählt hat, gar nicht so sicher, inwieweit er möglicherweise in diese Sache verwickelt war. Er schien nämlich ziemlich viel zu wissen.«

»Das ist interessant«, munterte ihn Bauer zu weiteren Angaben auf.

»Er wollte nicht viel dazu sagen, weil er nicht konkret behaupten wollte, dass meine Frau an den gefälschten Medikamenten gestorben ist.«

»Aber irgendwie hat er dann, als er eine Drohne gesucht hat, den Kontakt zu Ihnen gesucht«, hielt ihm Bauer vor. »Ein schlechtes Gewissen kann er nicht gehabt haben.«

»Brauchte er auch nicht, Herr Bauer. Kerkhoff hat meiner Frau die gepanschten Medikamente nicht verordnet. Und bewusst auch nicht die Göppinger Ärzte. Die konnten nicht ahnen, dass die Apotheken falsch beliefert wurden. Deshalb trifft weder die dortigen Ärzte noch die Apotheker eine Schuld, sofern sie in die Sauerei nicht eingeweiht waren und womöglich kräftig Kasse gemacht haben. Also mit den Krankenkassen teure Medikamente abgerechnet, aber dem betrügerischen Lieferanten nur einen Bruchteil davon haben bezahlen müssen.«

»Welche Funktion wäre dann Herrn Kerkhoff zugekommen?«, blieb Bauer hartnäckig, als habe er vergessen, dass dieses Thema gar nicht Gegenstand seines detektivischen Auftrags war.

Wellinger brauchte einige Momente, um sein Gefühl in die passenden Worte zu kleiden: »Wie gesagt, ich hatte den Eindruck, dass er mehr wusste, als er sagen wollte. Genau das ist der Grund, weshalb ich seit zwei Jahren in Bad Waldsee nach Anknüpfungspunkten suche.«

»Aber als er bei Ihnen im Geschäft war, um mit dem anderen Mann zusammen zwei Drohnen zu kaufen – da haben Sie ihn nicht darauf angesprochen?«

»Nein, das wollte ich nicht. Das Geschäftliche hat mit dem Privaten nichts zu tun. Ich konnte auch nicht im Beisein des anderen Mannes so etwas ansprechen.«

»Aber er hatte in Sie wohl so viel Vertrauen, dass er eigens von Bad Waldsee nach Göppingen gefahren ist, um eine Drohne zu kaufen?«

»Er hat sich damals, vor zwei Jahren, schon beiläufig nach derartigen Geräten erkundigt, nachdem ich ihm gesagt habe, womit ich mich beruflich befasse. Nur so gesprächsweise. Mir stand damals der Kopf nicht nach Geschäften, das dürfen Sie mir glauben.«

»Gesehen haben Sie ihn aber seither nicht mehr?«, hakte Bauer nach, um sich ein Bild von den Kontakten der beiden Männer zu verschaffen.

Wellinger hielt kurz inne. »Doch, vor ein paar Monaten war er noch einmal da«, sagte er zu Bauers Erstaunen. »Wegen irgendeiner Bergsteigersache. Für einen Freund, der den Mount Everest besteigen möchte, aber wohl irgendwelche Atemprobleme hat.«

»Und da können Sie helfen?«

»Na ja, wir produzieren und entwickeln für alle Bereiche«, zeigte sich Wellinger stolz. »Unser Schwerpunkt liegt nicht auf Flug- und Schiffsmodellen. Das sieht nur vordergründig so aus. Wir produzieren auch für Raumfahrt, Luftfahrt, Medizin, U-Boot-Technik – und stellen natürlich unzählige Sonderanfertigungen für die Industrie her. Ganz große und ganz kleine elektronische Steuerungen.«

Bauer nickte anerkennend. »Es ist dann zu einem Geschäft gekommen, nehm ich an.«

»Ja, für uns kein großer Auftrag. So was läuft eher nebenher. Aber ich betone noch einmal, Herr Bauer, dass ich die geschäftlichen Beziehungen nicht mit der anderen Sache vermengen möchte. Denn Dr. Kerkhoff hat mir bei der Sache mit meiner Frau sogar in gewissem Sinne geholfen.«

»Es besteht ein Vertrauensverhältnis?«, bohrte Bauer nach, während Ackermann sich auf die Rolle des Zuhörers beschränkte.

»Na ja. So wird man das nicht sagen können. Aber ohne Kerkhoffs Andeutungen damals, als meine Frau verstorben ist, wäre ich nie auf die Idee gekommen, in Bad Waldsee Nachforschungen anzustellen.«

»Haben Sie ihn denn bei diesem jüngsten Treffen nicht erneut auf diese Sache angesprochen?«

»Doch, natürlich hab ich das. Aber er hat sinngemäß gesagt, dass er mir viel Erfolg bei meiner Recherche wünscht, aber mir versichert, dass er damit nichts zu tun habe.«

»Und bei diesem zweiten Treffen, als er diese Vorrichtung bei Ihnen bestellt hat, da haben Sie ihn nicht in Zusammenhang mit dem Drohnenabsturz gebracht?«

»Nein«, erwiderte Wellinger spontan. »Wieso sollte ich auch? Das Gespräch war im März oder April, also noch vor Ostern – und dieses Unglück war damals noch gar nicht geschehen.«

Bauer hatte vor einigen Tagen, als er Wellinger in seinem Betrieb aufgesucht hatte, noch keine so direkten Fragen stellen wollen. Dabei war es ihm nur darum gegangen, die Fabrikationsnummern der Drohnen abzugleichen, womit Wellingers Gedächtnis offenbar beflügelt worden war. »Und was haben Sie bei Ihren Recherchen in Bad Waldsee inzwischen herausgefunden?«, fragte Bauer.

Wellinger bückte sich leicht rechts zu ihm hinüber und erklärte mit gedämpfter Stimme: »Mir scheint, es gibt hier im Oberschwäbischen irgendeine Quelle für diese gepanschten Medikamente.«

Bauer verengte die Augenbrauen und hörte angestrengt zu, während Ackermann ihm gegenüber nur Wortfetzen verstand.

»Möglicherweise«, fuhr Wellinger fort und sah sich prüfend im Lokal um, als befürchte er, belauscht zu werden, »möglicherweise gibt es eine Spur jenseits des Bodensees. Und falls Sie sich für die Sache auch interessieren: Hier im Hause nächtigt derzeit eine Dame, über deren Grund für ihren häufigen Aufenthalt in Bad Waldsee ich mir noch nicht im Klaren bin. Aber sie scheint Kontakte zu Apothekern zu haben.«

»So?«, zeigte sich Bauer interessiert. »Wie heißt die Dame denn?«

»Schewe. Marion Schewe.«

Bauer notierte sich den Namen auf einem Bierdeckel und steckte ihn ein. Für einen Moment schoss ihm ein Gedanke durch den Kopf: Wenn der Verdacht bestand, dass Kerkhoff als Eigentümer von einer dieser Unglücksdrohnen auch in den Medikamentenskandal verwickelt war, dann wäre dies kein Fall mehr für einen Privatdetektiv. Er überlegte, ob er seinen alten Freund und Kollegen August Häberle ins Vertrauen ziehen sollte.

39

Kriminalrat Fabian Pfeifer, Ende 30 und bei der Kriminaldirektion Friedrichshafen als dynamisch und ehrgeizig bekannt, war mit einem fünfköpfigen Team nach Bad Waldsee geeilt, unterstützt von Kräften des Kriminalkommissariats Ravensburg. Zunächst erschienen die Umstände, die zum Tode des im Steinacher Ried aufgefundenen Mannes geführt hatten, rätselhaft. Rein äußerlich wies die Leiche keinerlei Merkmale einer Gewalteinwirkung auf. Allerdings gab es auch keine Hinweise darauf, dass er unglücklich gestürzt sein könnte. Ein Gerichtsmediziner hatte einen plötzlichen Herztod nicht ausschließen wollen, jedoch nach einer ersten Untersuchung einen merkwürdigen Einstich in der Beuge des rechten Ellbogens entdeckt. Genaueres werde die Obduktion im Laufe des Tages erbringen, hatte er erklärt.

Zur Identität des Mannes fand sich in seiner völlig durchnässten Jacke hingegen ein Dokument, das in einer Schutzhülle steckte und mit dem Bundesadler ziemlich offiziell und behördlich anmutete. Aufschrift: »European Union Piloten Lizenz.« Als es auseinandergefaltet wurde, tauchten auch Name, Geburtsdatum und Adresse auf.

»Eine Lizenz für einen Sportflieger«, stellte Pfeifer fest, als er sich in einem Büroraum des Polizeipostens Bad Waldsee die bisherigen Erkenntnisse vorlegen ließ. Er strich sich über den Oberlippenbart, wie er dies immer tat, wenn er nachdachte, und sah in die Runde seiner Kollegen, die mit ihm um einen Besprechungstisch versammelt waren. »Habt ihr schon jemanden zu der Wohnanschrift geschickt?«, fragte er und faltete erneut das kleinformatige Dokument auseinander. »›Konstanz‹, steht da.« Er legte es wieder weg. »Noch dürfen wir nicht davon ausgehen, dass der Name, der hier drinsteht, auch zu dem Toten gehört.« Er hatte es während seiner bisherigen Laufbahn noch nie mit einer Pilotenlizenz zu tun gehabt und wunderte sich deshalb, dass sie im Vergleich zu einem Führerschein kein Foto des Inhabers enthielt.

»Unser Konstanzer Präsidium hat eine Streife an die angegebene Adresse geschickt«, erklärte eine junge Beamtin.

Ein älterer Kollege, der sich an den Türrahmen gelehnt hatte, weil es nicht ausreichend Stühle gab, verwies auf etwas, was ihm merkwürdig erschien: »Wie der Mann von Konstanz hierhergekommen ist, ist vorläufig unklar. Wir haben auf den Parkplätzen rund ums Ried kein Fahrzeug gefunden, das man ihm zuordnen könnte.«

»Und wenn er per Flugzeug gekommen ist?«, fragte Pfeifer schnell zurück. Als sportlicher Radfahrer kannte er sich im weiten Umkreis um den Bodensee aus und war schon einige Male am Bad Waldseer Flugplatz vorbeigekommen. »Hat schon jemand am Flugplatz nachgefragt?«, wollte er wissen. Der vorwurfsvolle Ton war unüberhörbar.

Robin Jäger, ein junger Polizeimeister, dessen Ziel ein Job bei der Kripo war, hatte sich für ein paar Tage sozusagen als Hospitant zum Kriminalkommissariat Ravensburg abordnen lassen. Er hob artig die Hand, als wolle er sich zu Wort melden, nutzte dann aber eine Gesprächspause, um sich einzuschalten: »Wenn der Mann tatsächlich der ist, dem die Pilotenlizenz gehört, könnte der Fall ziemlich brisant sein.«

Pfeifer war für einen Moment konsterniert und sah den jungen, sportlichen Mann verblüfft an: »Vielleicht sollten Sie uns das näher erklären.« Alle Augen waren inzwischen auf den Angesprochenen gerichtet, von dem die meisten wussten, dass er in Bad Waldsee beheimatet war und nach einem Jahr Streifendienst den Absprung zur Kripo schaffen wollte. »Mein Apotheker hat mich vorige Woche auf eine Dokumentation im Fernsehen hingewiesen. Vielleicht hat's der eine oder andere auch gesehen.« Er blickte in die Runde, ohne Zustimmung zu ernten, weshalb er kleinlauter fortfuhr, weil er befürchtete, dies alles könnte eine Nummer zu groß für ihn sein: »Da ging's wohl um gepanschte Krebsmittel, die offenbar zu Todesfällen geführt haben. Irgendein Unternehmer aus Göppingen hat das angeblich behauptet und im Interview gesagt, er sei davon überzeugt, dass auch im Bodenseeraum ein Verteiler sitze. Namen wurden keine genannt, aber mein Apotheker hat mir im Vertrauen gesagt, er meine, es könne ein Pharmahändler aus Konstanz eine Rolle spielen. Und dreimal dürft ihr raten, wie der Name lautet.«

Pfeifer drängte auf Eile: »Junger Mann, nennen Sie ihn halt – wir haben keine Zeit für Ratespielchen.«

Robin Jäger war über die Reaktion seines Chefs konsterniert und antwortete deshalb schnell und emotionslos: »Mittelberg. Den Vornamen hab ich leider vergessen.«

»Mittelberg?«, wiederholte Pfeifer einigermaßen überrascht und sah auf seine Unterlagen. »Dieser Name steht doch auf der Pilotenlizenz«, stellte er fest, während ein Raunen durch den Raum ging.

40

Marion Schewe hatte sich nach ihrem Behandlungstermin in der Klinik in ihrer üblichen Art herausgeputzt: die halblangen Haare sorgfältig geföhnt, dezentes Make-up, figurbetontes Sommerkleid, dazu selbstbewusstes Auftreten, wie man es ihr bei der Schulung beigebracht hatte. Als sie die Apotheke von Rolf Patten betrat, erntete sie von den beiden weiblichen Angestellten jedoch nur ein erzwungenes Lächeln. Natürlich war sie hier wie auch anderswo für ihr arrogantes Gehabe bekannt. »Wir sagen Herrn Patten Bescheid«, beeilte sich eine der Frauen hinterm Verkaufstresen ihr mitzuteilen und klopfte an eine der geschlossenen Türen im rückwärtigen Bereich, um sie sogleich zu öffnen und zu sagen: »Sie haben Besuch.«

Patten erschien mit hochrotem Kopf und war für einen Augenblick irritiert, als er sah, wer ihn zu sprechen wünschte. »Oh«, entfuhr es ihm mit einer Mischung aus Verwunderung und Genervtheit.

»Entschuldigen Sie, Herr Patten, aber ich denke, wir sollten ein paar Dinge bereden«, sagte die Frau leise. Weil er nicht sofort darauf einging, sah sie ihn provokant an und fügte mit gedämpfter Stimme an: »Vielleicht unter vier Augen.«

Patten blickte sich im Verkaufsraum um, als wolle er prüfen, ob den kurzen Dialog jemand gehört hatte, und bat die Frau dann mit einer Kopfbewegung wortlos in sein Büro, dessen Tür er einrasten ließ. Marion Schewe setzte sich unaufgefordert in einen Sessel, während Patten hinter seinem Schreibtisch Platz nahm und sich angesäuert gab: »Ich denke, wir haben gestern Abend alles geklärt.«

»Gestern Abend?«, wiederholte sie abschätzig. »In einem Tanzlokal. Halten Sie dies für den richtigen Ort für gewichtige

Themen?« Sie grinste. »Üblicherweise werden bei Schummerlicht und Diskosound keine Geschäfte getätigt – es sei denn vielleicht die der dubiosen Art.«

Patten holte tief Luft und entschied sich für eine klare Aussage: »Ich glaube, es besteht mehr denn je ein Grund, die Angelegenheit so zu behandeln, wie ich Ihnen vorgeschlagen habe. Ihnen dürfte nicht entgangen sein, was vergangene Nacht geschehen ist, und Sie haben selbst gesehen, wer sich seit Tagen in Bad Waldsee herumtreibt. Ich halte es deshalb für geboten, alle Kontakte sofort auf Eis zu legen und alles zu beseitigen, was mich und Herrn Hagebusch betrifft.«

Marion runzelte die glatte Stirn. »Was dies anbelangt, bin ich ganz bei Ihnen«, sagte sie kühl.

»Ein Sinneswandel seit gestern Abend?« Patten war sprachlos.

»Sie haben doch eben selbst angedeutet, dass vergangene Nacht etwas geschehen ist.«

»Ja, die ganze Stadt ist voller Polizei und Gerüchte.« Patten wischte mit dem Handrücken über die hohe Stirn, als wolle er Schweißperlen abwischen.

»Nicht nur das. Sie wissen hoffentlich, wen man draußen im Ried tot aufgefunden hat?«, trumpfte Marion Schewe auf.

»Nein, weiß ich nicht.« Patten spürte, wie sein Blutdruck gefährlich stieg.

»Dann sag ich's Ihnen: Mittelberg. Frank Mittelberg.«

Patten schluckte und spürte einen Kloß im Hals.

Sie sahen sich ein paar Sekunden wortlos an, ehe Marion Schewe sachlich feststellte: »Sie dürfen mir glauben, dass dies auch an mir nicht spurlos vorübergeht.« Patten griff zu einem halb gefüllten Wasserglas und nahm einen Schluck. »Mittelberg«, wiederholte er fassungslos, um sogleich ohne Vorwurf festzustellen: »Sie … Sie hatten doch engen Kontakt zu ihm gepflegt.«

Die Frau umklammerte die Armlehne des Stuhls. »Wir waren Geschäftspartner«, stellte sie nüchtern fest, und Patten war überrascht, mit welcher Überzeugung sie dies sagte, obwohl im internen Kreis gemunkelt wurde, dass sie und Mittelberg ein heimliches Verhältnis hatten.

»Hat das …« – wieder rang Patten nach einer passenden Formulierung – »etwas mit dieser Sache zu tun?«

Was mit ›dieser Sache‹ gemeint war, wollte er nicht aussprechen.

»Warum fragen Sie *mich* das? Ich hab Ihnen noch gar nicht gesagt, ob man ihn umgebracht hat«, blieb Marion Schewe distanziert, als rede sie von einem fremden Mann.

Patten war für einen Augenblick verlegen. »Man spricht heut schon den ganzen Tag von einem Toten im Ried und dass viel Polizei da draußen ist. Da liegt es doch auf der Hand, dass jemand umgebracht wurde.«

»Ich befürchte«, fuhr sie weiterhin gelassen fort, »da dürften heute einige Herrschaften in Bad Waldsee krampfhaft überlegen, ob sie für gestern Abend ein hieb- und stichfestes Alibi haben.«

Patten fühlte sich wie vom Blitz getroffen. Er versuchte, sich in Erinnerung zu rufen, wann er und Hagebusch das Tanzlokal verlassen hatten. Wellinger jedenfalls war vor ihnen gegangen. Und als sie beide sich auf den Heimweg gemacht hatten, war Marion Schewe noch da gewesen.

Für ein paar Sekunden hatte Patten an diese Situation gedacht, war jedoch bemüht, dies sich nicht anmerken zu lassen. So überzeugend er nur konnte, stellte er fest: »Ich hab Ihnen bereits deutlich gesagt, dass mich das alles nichts angeht. Ich bin aus der Sache ausgestiegen, nachdem mir klar geworden ist, was da gespielt wird. Ich bin mir keiner Schuld bewusst.«

»Schuld oder nicht, Herr Patten«, entgegnete Marion weiterhin so distanziert, als habe sie nicht gerade erst einen geliebten Menschen verloren. »Auch ich halte es für sehr ratsam, wenn wir uns nicht gegenseitig reinreiten. Egal ob man aktiv dabei war oder nur unwissentlich davon profitiert hat. Ich hoffe, Sie verstehen, was ich meine.« Sie erhob sich und machte deutlich, dass sie keine weitere Diskussion wünschte. »Richten Sie dies bitte auch Ihrem Freund Dr. Hagebusch aus.«

Patten erhob sich ebenfalls und spürte weiche Knie. »Wir werden nichts unternehmen, was die Sache schlimmer macht. Da können Sie sich voll und ganz auf uns verlassen«, sagte er.

Marion Schewe war bereits auf dem Weg zur Tür und erwiderte: »Das erscheint sehr angeraten, wirklich. Es könnte sonst noch schlimmer kommen. Für uns alle.«

41

Robin Jäger, der junge Polizeimeister aus Bad Waldsee, hatte den Auftrag, sich auf dem örtlichen Sportflugplatz umzusehen, mit Begeisterung entgegengenommen. Schließlich kannte er sich hier rund um diese Stadt aus, in der er aufgewachsen war. Damit hatte er vielen seiner Kollegen etwas voraus, was in Polizeikreisen heutzutage nicht mehr selbstverständlich war.

Der Flugplatz lag still und verträumt in dieser friedlichen oberschwäbischen Gegend, die noch weitgehend von Landwirtschaft geprägt war, obwohl sich auch hier schon Gewerbegebiete weit in die Natur hineingefressen hatten.

Jäger parkte den weißen Dienst-Golf unweit des Towers und sah beim Näherkommen ein blau-weißes Sportflugzeug stehen, dessen Typ er nicht zuordnen konnte. Von der Fliegerei hatte er nur wenig Ahnung.

Ein Stück weiter standen zwei Segelflugzeuge, die unschwer daran zu erkennen waren, dass sie sich jeweils mit einer Tragfläche auf den Boden stützten. An ihnen machten sich einige Personen zu schaffen, während ein schlaksiger junger Kerl im blauen Overall an der Tür zum Tower stand und erwartungsvoll dem Besucher entgegensah. Jäger hatte sich telefonisch angekündigt, sodass sein Auftauchen keine Überraschung mehr darstellte.

»Das ist die Maschine«, sagte der Mann im Overall schnell, nachdem sie sich begrüßt hatten und Jäger erkannte, dass es sich um Olaf Paulsen, den Flugleiter, handelte. Die beiden gingen auf die Cessna zu. »Steht seit gestern Vormittag unverändert hier«, bekräftigte Paulsen, was er bereits am Telefon berichtet hatte.

Der junge Polizist versuchte, die linke Tür zum Cockpit zu öffnen, tat sich aber mit dem Mechanismus schwer, weshalb ihm der Flugleiter half. »Da ist nichts drin. Hab ich heut früh schon gecheckt«, beeilte sich Paulsen zu sagen. »Weil mir das alles komisch vorgekommen ist, hab ich in Konstanz angerufen, von wo er gekommen ist – und dort kennt man ihn, wie ich Ihnen schon gesagt habe. Er hat die Maschine dort stehen. In den letzten Monaten ist er öfters hier gelandet.«

»Sie kennen ihn aber nicht persönlich?«, fragte Jäger und ging um die Maschine herum, als wolle er prüfen, ob sie in einem ordnungsgemäßen Zustand war. Allerdings war er viel zu sehr Laie, als dass er dies hätte beurteilen können.

Paulsen folgte ihm. »Nein, ich kenne ihn nicht persönlich. Er war ziemlich wortkarg. Und gestern wohl auch leicht erkältet. Außerdem gab's Probleme mit dem Funk.«

Jäger wurde hellhörig und blieb nach einer Umrundung der Maschine vor dem Propeller in praller Nachmittagssonne stehen. »Kommt das öfters vor – Probleme mit dem Funk?«

»Eigentlich nicht. Das darf nicht vorkommen«, wurde Paulsen amtlich. »Auf einem kleinen Platz wie hier, wo nicht viel los ist, kriegt man das natürlich auch so hin. Aber wenn Sie in Friedrichshafen runterwollen, geht das ohne Anmeldung per Funk natürlich nicht. Stellen Sie sich vor, an so einem Verkehrsflughafen könnte jeder kommen und gehen, wann und wie er wollte. Notfalls werden dann Lichtsignale eingesetzt.«

»Mittelberg hat aber mit Ihnen Kontakt aufnehmen können?«

»Ja, ich hab ihm die Landerichtung sagen können – immer gegen den Wind, müssen Sie wissen –, aber dann hat er sich bis zur Landung nicht mehr gemeldet.«

»Das hätte er aber tun sollen?«

»Ja, er hat sich zunächst ordnungsgemäß angemeldet, ›quer ab Weingarten‹, hat er gesagt. Ich hab ihm dann die Landerichtung drei-drei durchgegeben, drei-drei steht in der Fliegerei für Kompassrichtung 330 Grad, was der Ausrichtung der Landebahn entspricht. Also nordwestlich. Damit ich weiß, wo die Flieger sind.« Er lächelte. »Wir haben auf Sportflugplätzen schließlich kein Radar, deshalb fordere ich sie zu einer letzten Positionsmeldung vor der Landung auf. In diesem Fall hab ich gesagt, er solle den rechten Gegenanflug melden.«

»Dies bedeutet was?«

»Wenn er in die vorgeschriebene Platzrunde eingedreht ist, fliegt er parallel zur Landebahn, aber entgegen der Landerichtung weiter. Dann spricht man vom Gegenanflug, von dem aus schwenkt man mit einer Kurve zur Landebahn ein.«

Jäger versuchte, sich diese Prozedur einzuprägen, musste sich aber eingestehen, dass er sie nicht würde weitergeben können. »Er hätte also den Gegenanflug melden sollen?«, versuchte er klarzustellen.

»Ja, aber das war nicht der Fall. Er hat gar nichts mehr gesagt. Einige Zeit, nachdem er sich von Weingarten aus gemeldet hat, bin ich etwas unruhig geworden. Ich hab ihn gerufen, aber da kam keine Antwort. Dann hab ich mit dem Fernglas den Horizont abgesucht und eine heranschwebende Maschine gesehen. Etwas verspätet, wie es mir erschien. Zumindest habe ich vermutet, dass sie es war.«

»Wie ging das dann weiter?«

»Er hat sich nicht an die Platzrunde gehalten, sondern ist gleich gelandet. Direktanflug, sagt man dazu. Aber die Landung war ganz normal«, Paulsen blätterte in seinen Unterlagen, »exakt um 10.13 Uhr, so hab ich das notiert. Und dann ist er zu mir hochgekommen und hat die Landegebühr bezahlt. Ein paar Stunden wolle er bleiben, hat er gesagt.«

»Und zum Funk – was hat er dazu gesagt?«

»Dass es wohl ein technisches Problem gegeben habe, das er aber schon behoben habe.«

»So schnell?«

»Ja, bis er ausgestiegen ist, hat er noch lange im Cockpit rumgewurschtelt – das ist mir von oben aufgefallen. Aber es kommt öfters vor, dass während des Flugs etwas zwischen die Sitze rutscht.«

Jäger überlegte. »Wenn nichts in der Maschine drin ist, dann hat er sicher etwas mitgenommen.«

»Ja, er hatte einen Aktenkoffer dabei.«

»Wohin er gehen wollte, wissen Sie aber nicht?«

»Nein. Möglich, dass er abgeholt wurde. Das ist oft so, wenn Piloten für ein paar Stunden hierbleiben. Einige rufen auch ein Taxi.«

»Das hat er aber nicht getan?«

Paulsen verzog das Gesicht zu einem mitleidigen Lächeln. »Keine Ahnung. Heut hat doch jeder ein Handy. Und zum Parkplatz rübergeschaut hab ich nicht.«

Jäger ließ sich nicht beirren. »Sie haben vorhin angedeutet, der Pilot sei möglicherweise erkältet gewesen.«

»Ja, seine Stimme hat ein bisschen danach geklungen.«

Jäger ging in den Schatten des Towers zurück. »Als der

Pilot bis gestern Abend nicht zurück war, haben Sie sich nicht gewundert, dass die Maschine die Nacht über stehen bleiben sollte?«

Paulsen war die Frage sichtlich peinlich. »Natürlich ist das ungewöhnlich. Aber manchmal ... naja, das kommt höchst selten vor, dass sich ein Pilot leicht verspätet und dann ohne Flugleiter startet.«

»Was wohl verboten ist«, mutmaßte Jäger.

»Ja, ist es«, räumte Paulsen ein und ergänzte: »Die Sportflieger, die hier landen, sind allesamt sogenannte VFR-Flieger. Sichtflieger. Sie müssen spätestens eine halbe Stunde nach Sonnenuntergang gelandet sein. Das ist in Konstanz nicht anders. Wer also von hier aus nach Konstanz fliegen will, muss so starten, dass er rechtzeitig an seinem Ziel ankommt.«

»Derzeit müsste er demnach so gegen 21.45 Uhr dort sein«, schätzte Jäger.

»Ja. Ich war bis etwa 19.30 Uhr da. Er hätte also theoretisch noch kommen und wegfliegen können.«

»Illegal«, beharrte Jäger.

»Nicht unbedingt«, schwächte Paulsen ab. »Er hätte mich anrufen können, dann wär ich nochmals rausgefahren.«

Jäger runzelte ungläubig die Stirn, was den Flugleiter verunsicherte, weshalb er nachhakte: »Und nun ist der tot, haben Sie gesagt? Umgebracht?«

Jäger sah ihn eindringlich an: »Konkretes wird die Obduktion ergeben.« Der junge Polizist deutete zur Maschine: »Haben Sie sich in die Maschine reingesetzt?«

»Ich? Wieso sollte ich? Ich hab nur die Tür auf der linken Cockpitseite geöffnet und mich zu dem kleinen Handschuhfach rübergebeugt, weil ich sehen wollte, ob es persönliche Papiere gibt. Aber da war nichts.«

»Dann halten Sie sich bitte auch weiterhin fern und sorgen Sie dafür, dass niemand einsteigt. Die Spurensicherung wird bald auftauchen.«

»Spurensicherung? Befürchten Sie, dass der Täter an der Maschine war?«

Jäger starrte sein Gegenüber entgeistert an: »Wieso denn ›Täter‹? Hab ich gesagt, dass es ein Fremdverschulden war?« Ohne auf eine Antwort zu warten, drehte sich Jäger weg, entfernte sich und ließ einen irritierten Flugleiter zurück.

42

Etwa zur gleichen Zeit am Flugplatz Konstanz, nur etwa 50 Kilometer Luftlinie von Bad Waldsee entfernt. Der dortige Flugleiter Klaus Steiner, ein ruhiger älterer Herr mit dünnem Haar, hatte die junge Kriminalbeamtin Alina Tappe in der räumlichen Enge des Towers empfangen und ihr einen Platz angeboten. Der Grund ihres Kommens war ihm bereits telefonisch angekündigt worden – auch, dass es um Mittelberg ging, jenen Piloten also, dem das Flugzeug gehörte, über den sich der Flugleiter von Bad Waldsee erst kurz zuvor bei ihm erkundigt hatte.

»Sie kennen ihn persönlich?«, wollte die charmant auftretende Beamtin nach einem kurzen Vorgespräch wissen.

»Wenn Sie so wollen, ja«, erwiderte er und wurde von einer Lautsprecherstimme unterbrochen, die »Rollinformation« anforderte, was Steiner mit dem Hinweis auf »die Startbahn drei-null« beantwortete. Er erhob sich, um die Maschine, deren Kennzeichen er wiederholt hatte, zu sehen. Sie stand mit laufendem Motor abseits des Towers auf dem Grünstreifen.

»Herr Mittelberg hatte seine Maschine hier stehen«, fuhr er fort und setzte sich wieder. »Er war oft mit seiner kleinen Cessna unterwegs, wohl auch beruflich.«

»Kam es häufig vor, dass er über Nacht wegblieb?«, wollte Alina Tappe wissen, die ziemlich leger gekleidet vor ihm saß.

»Häufig nicht, aber es war möglich. Wenn Sie das genau wissen wollen, müsste ich die Aufzeichnungen durchgehen. Sie werden wissen, dass jede Flugbewegung registriert werden muss.«

Alina ging nicht darauf ein, weil sie sich eingestehen musste, die Bestimmungen und Gesetze der Luftfahrt nur peripher zu kennen. Viel lieber wäre es ihr deshalb gewesen, ein Hobbyflieger aus den Reihen der Kollegen hätte die Vernehmung für die Kollegen in Bad Waldsee übernommen.

»Ist er denn immer allein geflogen oder gab es auch Passagiere?«, fragte sie weiter.

»Wenn, dann konnte er nur einen Passagier mitnehmen. Die Cessna 152 ist nur für zwei Personen ausgelegt. Übrigens eine sehr gutmütige Maschine, die sich leicht fliegen lässt. Allerdings noch ohne den elektronischen Schnickschnack, wie es die jungen Flieger gern haben.«

»Und wie war das gestern?« Alina zückte Kugelschreiber und Notizblock.

»Er ist allein abgeflogen.« Steiner hatte sich die Daten bereits herausgeschrieben. »Um 9.37 Uhr. Mein Kollege in Bad Waldsee hat als Ankunftszeit 10.13 Uhr notiert. Das kann hinkommen, weil man als Sportflieger nicht immer direkt von A nach B fliegt, sondern auch mal hier- oder dorthin dreht, um in der Landschaft etwas Interessantes anzugucken.«

»Besonderheiten gab's beim Abflug keine?«, hakte die Ermittlerin nach.

»Nein, überhaupt nicht«, erwiderte Steiner und wurde durch den Cessna-Piloten unterbrochen, der »abflugbereit« meldete. Der Flugleiter griff zum Mikrofon, sah auf die Grasfläche mit den rot-weißen Platzreitern hinab und meldete – das Kennzeichen des Fliegers vorausschickend –, dass die Piste frei sei.

»Und wie war das in den vergangenen Tagen?«, bohrte die Frau nach.

»Ich hab noch den Vortag gecheckt«, trumpfte der Flugleiter auf, als sei er begeistert, endlich einmal bei kriminalpolizeilicher Recherche behilflich sein zu können. Von handschriftlichen Notizen las er langsam ab: »Vorgestern ist er am frühen Abend geflogen. Um 17.57 Uhr gestartet mit einem Passagier an Bord. Fragen Sie mich aber bitte nicht, wer das war. Wir hatten ziemlich Betrieb, und ich kann nicht bei jedem einzelnen Flieger von hier aus schauen, wer da ein- und aussteigt. Ich frage am Funk nur nach der Anzahl der Passagiere, mehr nicht.«

»Und wann ist er zurückgekehrt?«

»Den Aufzeichnungen zufolge um 18.49 Uhr. Das dürfte so ein typischer Rundflug vom Bodensee zur Donau gewesen sein. Ob Mittelberg auch in die Schweiz hat fliegen dürfen, das weiß ich nicht. Dazu braucht man das englische Sprechfunkzeugnis, das nicht jeder Sportflieger hat.«

»In die Schweiz das englische?«, staunte die Frau.

»Ja, ist Ausland. Auch für Österreich braucht man das.« Er winkte verächtlich ab. »Bürokratie, nichts als Bürokratie. Die Fliegerei ist voll davon.«

Die Polizistin ging nicht darauf ein, sondern wollte mehr wissen: »Nach der Rückkehr hat er die Maschine hier abgestellt?«

»Nein, er ist noch mal gestartet. Etwa eine Dreiviertelstunde später, um 19.33 Uhr.« Er wunderte sich über das gesteigerte Interesse der Frau für diesen Abend. »Hat denn mit der Maschine etwas nicht gestimmt?«

Die Beamtin tat so, als habe sie die Frage überhört. Der

Mann brauchte nicht zu wissen, welche Informationen sie während der Herfahrt von ihrem Kollegen aus Bad Waldsee erhalten hatte. »Bleiben wir bei dem zweiten Flug«, beharrte sie. »Ist er wieder mit Passagier weggeflogen?«

»Ja. Aber aus den Aufzeichnungen geht natürlich nicht hervor, ob es wieder derselbe war. Keine Ahnung.«

»Und wie lange dauerte dieser Flug?«

»Bis 20.46 Uhr. Länger als eine Stunde. War sicher wieder ein Rundflug.«

Alina hatte alles notiert und wollte sich erheben, um sich zu verabschieden, da wartete Steiner mit einem Hinweis auf: »Falls es Sie interessiert, Frau ...« Er hatte ihren Namen vergessen, weshalb sie schnell »Tappe« sagte und er leicht verlegen weitermachte: »Ja, Frau Tappe, falls es Sie interessiert: Ein Mitarbeiter hat gestern früh eine Beobachtung gemacht, über die er mich gleich unterrichtet hat.«

»So?« Alina blieb sitzen. »Die wäre?«

»Unser Platzwart, ein junger Flüchtling aus Afghanistan, kommt immer ziemlich zeitig her – dafür macht er dann eine längere Mittagspause. Gestern war er schon gegen halb sechs da. Er radelt mit dem Fahrrad von einem dieser Wohnheime raus zum Flugplatz. Von da drüben« – er deutete in Richtung Stadt – »an der Landebahn entlang. Gestern war wohl jemand ziemlich früh bei den Flugzeugen. Das kommt im Sommer natürlich hin und wieder vor. Atila – so heißt der junge Mann – hat sich aber trotzdem gewundert, dass da ein größerer Kombi oder Kleinbus bei den Flugzeugen stand. Kaum sei er mit seinem Fahrrad vorbei gewesen, sei das Fahrzeug an der Landebahn entlang Richtung Stadt davongefahren.«

»Das erschien ihm so wichtig, dass er es Ihnen erzählt hat?«, hakte Alina nach.

»Ja, Atila ist ein sehr zuverlässiger und aufmerksamer Bursche, der seine Arbeit ernst nimmt.«

»Hat er das Kennzeichen abgelesen?« Alinas Interesse stieg.

»Leider nicht. Er kann auch zur Farbe nur vage Angaben machen. Dunkel, meint er.«

»Und zum Fahrzeugtyp?«

»Er kennt sich mit Kombis nicht so aus. Vielleicht ein großer SUV oder ein Kastenwagen, wie ihn Handwerker oder die Paketdienste oft fahren.«

»Hat er Personen gesehen?«

»Nein, auch nicht«, erklärte Steiner und mutmaßte: »Aber nachdem der Wagen gleich losgefahren ist, müsste der Fahrer während der kurzen Begegnung schon hinterm Steuer gesessen haben.«

Alina nickte. Sie hatte auch dies notiert und stand nun auf, sodass Steiners Blick an ihrer engen Jeanshose hängen blieb, die verschlissen wirkte und mehrere Löcher aufwies, was seine Generation eher als schlampig und ärmlich bezeichnen würde, die Jüngeren jedoch als »destroyed fashion«. Als »zerstörte« Mode. Insgeheim stellte sich Steiner vor, wie sehr doch Modemacher ihr Publikum verdummten. Vermutlich kauften sie von der Caritas im großen Stil gebrauchte Jeans aus Altkleidercontainern auf, zerrissen sie »kunstvoll«, um sie dann als »letzten Modeschrei« in den Handel zu bringen. Überteuert natürlich. Am liebsten hätte Steiner eine ironische Bemerkung fallen lassen, zumal er es für völlig unangebracht hielt, dass eine junge, attraktive Beamtin so schlampig daherkam.

Während sie sich mit Handschlag verabschiedete, gewann vor dem Tower die nach links startende Maschine deutlich an Höhe. »Ach ja«, fiel Alina noch etwas ein. »Dieser Mittelberg – was weiß man über den in Konstanz?«

Steiner stand ihr schulterzuckend gegenüber. »Konstanz ist groß, Frau Tappe. Da kennt man nicht jeden. Von Herrn Mittelberg weiß ich nur, dass er Repräsentant großer Pharmaunternehmen ist. Seine Geschäfte laufen gut. Er hat sogar mit dem Gedanken gespielt, sich eine größere Maschine anzuschaffen. Hat er vor einigen Wochen gesagt.«

Alina wandte sich bereits der Tür zu, als er leise ergänzte: »Auf der Schweizer Seite drüben soll er sogar irgendwo eine stattliche Jacht liegen haben.«

43

Dr. Markus Kerkhoff war zum Gebäude des Polizeipostens gekommen, wo er in einem kleinen Büro dem Kriminalrat Fabian Pfeifer gegenübersaß. »Sie joggen jeden Morgen«, fragte der Beamte forsch und brachte durch den Klang seiner Stimme zum Ausdruck, dass er nicht gewillt war, sich mit langer Vorrede aufzuhalten. Er wollte vertiefen, was Kerkhoff bereits draußen im Ried geschildert hatte.

In diesem Moment jedoch meldete sich Kerkhoffs Handy, worauf er den sichtlich darüber verärgerten Pfeifer um ein paar Augenblicke Geduld bat. Kerkhoff meldete sich, lauschte kurz und sagte dann: »Tut mir leid, Evelyn, aber ich werde mich verspäten. Ich hab draußen im Ried einen Toten gefunden.« Er lauschte kurz und fuhr fort: »Weiß ich nicht, keine Ahnung, Evelyn. Ich bin gerade bei der Polizei. Ich melde mich dann.« Er beendete das Gespräch schnell, steckte das Gerät ein und erklärte dem Ermittler entschuldigend: »Meine Partnerin. Sie vermisst mich.«

Weil Pfeifer stirnrunzelnd schwieg, beantwortete Kerkhoff

schnell die vorausgegangene Frage. »Nein, ich jogge nicht jeden Morgen. Und auch nicht immer da draußen.«

»Von wo aus sind Sie heute losgegangen?« Der Kriminalist zückte seinen Kugelschreiber, um die Antwort zu notieren.

»Von der Kläranlage drüben. Dort hab ich mein Wohnmobil abgestellt.« Er lächelte verlegen. »Vorübergehend wohn ich auf dem Wohnmobilstellplatz bei der Therme.«

»So? Sie haben keinen festen Wohnsitz?«

»Doch, doch. Noch hab ich ihn. Ich bin aber auf dem Absprung in einen längeren Urlaub und werde danach meinen Wohnsitz hier aufgeben und einen neuen haben.«

»Darf ich fragen, wo das dann sein wird?«, fragte Pfeifer.

»Natürlich dürfen Sie das. In der Nähe von Zürich wird das sein. Ich kann Ihnen gern die Adresse geben. Und meine E-Mail-Adresse und Mobilfunknummer. Ich steh Ihnen für weitere Fragen selbstverständlich zur Verfügung.«

»Sie sind Arzt«, stellte Pfeifer sachlich fest. »An Erste Hilfe haben Sie beim Anblick des Mannes nicht gedacht?«

»Das hat mich einer Ihrer Kollegen auch schon gefragt. Aber die Situation war für mich eindeutig: Da gab's nichts mehr zu helfen.«

Pfeifer blätterte in seinen Unterlagen. »Sie sind Arzt«, wiederholte er langsam. »Und der Tote hatte mit der Pharmaindustrie zu tun. Könnte es sein, dass Sie ihn kennen?«

Kerkhoff kratzte sich an der Schläfe. »Ich hab das Gesicht des Mannes nicht gesehen. Er lag bäuchlings im Wasser.«

»Aber als die Rettungskräfte ihn herausgeholt haben, hätten Sie es doch sehen können?«

»Tut mir leid, aber als die Rettungskräfte da waren, hab ich mich nicht vorgedrängt. Weiß man denn, wer der Mann ist?«

»Ja, mit hoher Wahrscheinlichkeit heißt er Frank Mittelberg.«

»Mittelberg?«, wiederholte Kerkhoff zögernd. »Frank Mittelberg?«

»Zumindest deutet alles darauf hin. Seine Frau muss ihn noch identifizieren.«

»Seine Frau …«, wiederholte Kerkhoff.

»Kennen Sie sie?« Pfeifers Interesse stieg.

»Wenn es Herr Mittelberg ist, ja.«

»Sie kennen also Herrn Mittelberg?«

»Ja. Den kennen viele hier in Bad Waldsee. Aber wahrscheinlich nicht nur hier. Er besucht Apotheker, Ärzte und Drogerien. Als Handelsvertreter.«

»Und wie gut kannten Sie ihn?«

»Früher mal besser. Inzwischen ist das abgeflaut. Jeder geht seiner eigenen Wege.«

»Und früher?« Pfeifer wurde ungeduldig. »Jetzt erzählen Sie halt mal.«

»Soll das ein Verhör werden?« Kerkhoff versuchte, seine Unruhe zu überspielen.

»Eine Vernehmung, rein informatorisch«, fuhr ihm Pfeifer über den Mund. »Wir werden in den nächsten Tagen viele auf ähnliche Weise befragen.«

»Sie sind sich sicher, dass es Mittelberg ist?«, hakte Kerkhoff nach.

»Ich wiederhole mich ungern, Herr Dr. Kerkhoff, aber ich sagte bereits, dass erst Frau Mittelberg letzte Sicherheit erbringen wird. Oder wollen Sie den Toten identifizieren?«

»Nein, wenn das Frau Mittelberg macht, ist das doch in Ordnung.«

»Wie war das mit Ihrer früheren Freundschaft?«, beharrte Pfeifer auf der Beantwortung seiner Frage.

»Wir haben uns durch die Fliegerei kennengelernt. Sportflieger. Das ist schon ein paar Jahre her. Ich hab das aus Zeitgründen aufgegeben. Er aber hat es auch beruflich genutzt, weil er viel im Lande unterwegs sein muss. So sind wir gelegentlich miteinander geflogen.«

»Wann zuletzt?«

Kerkhoff schloss kurz die Augen, um nachzudenken. »Vor einigen Wochen muss das gewesen sein. Rundflug über den Bodensee.«

Pfeifer entschied sich zu einer direkten Frage: »Ist Ihnen etwas davon bekannt, dass Herr Mittelberg in – sagen wir mal – illegale Geschäfte verwickelt gewesen sein könnte?«

»Wie kommen Sie denn da drauf?«

»Ein Gerücht, das man gehört hat. Ist Ihnen das auch zu Ohren gekommen?«

»Wenn jemand geschäftlich erfolgreich ist, hat er viele Neider, die oftmals etwas in die Welt setzen, was auf Gerüchten basiert.«

»Ich wollte wissen, ob Sie von diesem Gerücht etwas gehört haben – oder, noch klarer ausgedrückt, ob Sie wissen, dass da etwas dran sein könnte.«

»Gehört ja. Aber ob da konkret was dran ist, weiß ich nicht. Es ist von Unregelmäßigkeiten bei Medikamentenlieferungen die Rede, ja. Aber Sie dürfen mir glauben, dass ich mich als Arzt da raushalte.«

»Unregelmäßigkeiten?«, bohrte Pfeifer weiter.

»Mehr kann ich nicht dazu sagen. Vielleicht sollten Sie in dieser Sache eher einen Apotheker befragen.«

Pfeifer nickte und deutete an, dass er sich damit zufrieden gab. »Nur noch eine Verständnisfrage, Herr Dr. Kerkhoff«, sagte er im Aufstehen, um sein Gegenüber zu verabschieden. »Wie gut kennen Sie *Frau* Mittelberg?«

Kerkhoff, der ebenfalls im Aufstehen begriffen war, verharrte in der Bewegung.

44

Detektiv Edgar Bauer und sein Auftraggeber Peter Ackermann hatten sich nach dem Essen im Gasthaus »Kreuz« von Wellinger verabschiedet. Dieser war nicht bereit gewesen, sich an der Suche nach Kerkhoff zu beteiligen. Dafür hatte er den beiden die Wohnadresse des Arztes gegeben – im Stadtteil Reute, genauer gesagt: in der ziemlich abseits gelegenen Wohnstelle namens Durlesbach, wo noch immer jener Bahnhof stand, der im schwäbischen Volkslied »Auf der Schwäb'schen Eisenbahn« besungen wurde. Allerdings hat dort seit 1984 kein Zug mehr gehalten.

»Ziemlich idyllische Ecke«, brummte Ackermann, als sich der rote Passat dem Ziel näherte.

»Hat die Bedeutung aber verloren, als der Bahnhof stillgelegt wurde. Marketingmäßig übrigens völliger Schwachsinn«, raunte Bauer, der schon mal hier gewesen war. »Denken Sie doch an das Lied von der Schwäb'schen Eisenbahn, das jeder kennt.«

»Das ist den heutigen Bahn-Managern doch scheißegal.«

»So seh ich's auch. Aber Sie werden gleich staunen – immerhin hat man der Story aus dem Lied vom Kondukteur und dem Geißbock, den ein Bauer an den letzten Waggon gebunden hat, eine Figurengruppe aus Bronze gewidmet. Sehr originell.«

Dann ließ sich Detektiv Bauer die Adresse Kerkhoffs vorlesen, die Wellinger genannt und Ackermann notiert hatte. Weil es hier nur wenige Gebäude gab, einige davon weit im Gelände verstreut, war das gesuchte nicht gleich gefunden: ein ziemlich heruntergekommenes Bauernhaus, an das mehrere Scheunen angebaut waren. Ein Klingelknopf wies den Namen »Kerkhoff« auf. Weil sich auch beim vierten Läuten niemand meldete, deutete Bauer auf ein anderes Haus, das ein Stück weiter schräg gegenüber stand. Die kleine Ansiedlung unterhalb des Ortes Durlesbach war offenbar ohne Bebauungsplan historisch gewachsen. Irgendwie, so schien es Bauer, war der Weiler einst mit einigen wenigen landwirtschaftlichen Betrieben gesegnet gewesen, als man dort einen Bahnhof eingerichtet hatte, um den Bewohnern des abseits am Hang gelegenen Reute einen Anschluss an die große weite Eisenbahnwelt bieten zu können. Nun waren die Bauernhöfe mitsamt dem Bahnhof langsam untergegangen. Dass der weit vom Ort entfernte einstige Haltepunkt einmal von Bedeutung gewesen sein könnte, ließ sich nur schwer erahnen. Immerhin war das Bahnhofsgebäude liebevoll restauriert worden und diente nun als Wohnhaus.

Bauer klingelte inzwischen an dem einzigen Gebäude, das Kerkhoffs Adresse am nächsten war. Sekunden später meldete sich über den Lautsprecher eine muntere Frauenstimme.

»Entschuldigen Sie«, begann Bauer, »wir suchen den Herrn Dr. Kerkhoff.«

»Da sind Sie bei mir falsch.«

»Das ist mir schon klar, gnädige Frau. Aber vielleicht können Sie uns sagen, wo oder wie wir ihn erreichen.«

»Ich komm mal runter.«

Im Lautsprecher klickte es und eine halbe Minute später stand eine neugierig dreinblickende, ziemlich gestresst wirkende Mittdreißigerin mit blassem Gesicht unter der Tür. »Sie suchen den Herrn Doktor?«

»Ja«, erwiderte Bauer, charmant lächelnd. »Wir sind alte Freunde von ihm und haben seit Langem keinen Kontakt mehr zu ihm.«

Ackermann staunte, wie überzeugend Bauer lügen konnte.

»Der Herr Doktor isch im Urlaub«, erklärte die Frau und versuchte, ihren oberschwäbischen Dialekt zu unterdrücken.

»Haben Sie denn zufällig eine Handynummer von ihm?«

»Handynummer?« Es hörte sich so an, als sei diese Frage völlig abwegig gewesen. »Warum sollte er mir seine Handynummer geben?«

»Hätte doch sein können«, ruderte Bauer zurück. »Dann wissen Sie auch nicht, wo er seinen Urlaub verbringt?«

»Er hat sich ein Wohnmobil kauft und will auf Europareise gehn«, antwortete die Frau. »Er behält seine Wohnung, bis er wieder z'rück isch.«

»Seit wann ist er weg?«, wollte Bauer wissen, während Ackermann die sanierte Außenfassade des Gebäudes bestaunte, dann aber an einer schlecht verkabelten Internetzuleitung hängen blieb.

»Er hat g'sagt, dass er noch ein, zwei Tage mit seinem neuen Wohnmobil auf dem Parkplatz bei der Therme steht«, erklärte die Frau. »Vielleicht treffen Sie ihn dort noch an. Er hat so einen mittelgroßen Hymer gekauft, hat er mir ganz stolz erzählt.«

»Geht er allein auf Tour?«

Die Frau lächelte. »Fragen Sie ihn doch. Dazu sag ich nix.« Es klang irgendwie so, als sei sie ein bisschen enttäuscht, dachte Bauer, der in seinen langen Berufsjahren als Polizist ein Gespür für solche Situationen entwickelt hatte. Deshalb verzichtete er auf weitere Nachfragen.

Sie verabschiedeten sich und Bauer ging mit schnellen Schritten in Richtung Bahnhof voraus. »Sie müssen unbedingt diese Figuren sehen. Toll gemacht. Wie aus dem Leben gegriffen«, schwärmte er Ackermann vor, der ihm nacheilte.

Bauer hatte den Bahnhof, bei dem eine Dampflokomotive unter einer geschützten Dachkonstruktion vor historische Waggons gespannt war, schon erreicht, als er beim Anblick der dargestellten Szene aus dem Volkslied frotzelte: »Wie aus dem richtigen Leben. Dilettanten gab's schon immer. Sie wissen, wie die Geschichte mit dem Geißbock hier ausgegangen ist?«

Ackermann war es nicht nach witzigen Kommentaren, weshalb er ziemlich lustlos antwortete: »Der angebundene Geißbock hat's nicht überlebt, weil er dem Zug nicht hat hinterherrennen können. Wenn ich's richtig weiß, endet der Text doch etwa so: ›Er findet nur noch Kopf und Seil an dem hinter'n Wagenteil.‹ Stimmt's?«

Bauer nickte. »Ja, was lernt man da draus, Herr Ackermann?« Er gab sich selbst die Antwort: »Wer zu viel riskiert, verliert Kopf und Kragen.« Nach kurzem Überlegen fügte er an: »Oder er bringt andere um Kopf und Kragen.«

45

»Um ehrlich zu sein, Markus, ich bin ganz schön fertig«, seufzte Evelyn, als sie von ihrem letzten Arbeitstag zum Wohnmobilstellplatz zurückgekehrt war. Ihr Gesicht war blass, ihr T-Shirt verschwitzt. Sie kletterte in das Wohnmobil, streifte ihren Rock ab und schlüpfte in enge kurze Jeans.

»Keine Hektik, Mädchen«, erwiderte Kerkhoff und ließ von einer Klappe ab, die an einer Außenseite des Fahrzeugs ein Staufach verschloss. »Es läuft alles wie geplant. Morgen sind wir weg. Ich hab noch einiges an Proviant eingekauft.« Er sah Evelyn, die an der offenen Tür stand, von oben bis unten an und fühlte sich sogleich zu ihr hingezogen.

Doch sie wehrte seinen Versuch, sie zu umarmen, ungewöhnlich brüsk ab. »Lass uns über alles in Ruhe nachdenken«, sah sie ihm ernst in das erschöpft wirkende Gesicht. »Das mit Heike – das hast du ordentlich geregelt?«, fragte sie zweifelnd.

»Heike«, entfuhr es ihm verwundert. »Sag mal, kannst du Gedanken lesen? Ich hab mir vorgenommen, sie heute noch anzurufen. Ich will nicht, dass da etwas ungeklärt im Raum stehen bleibt.«

»Dann tu es bitte.« Evelyn griff in ihre Handtasche, um ihm ihr Handy zu geben.

»Nein, nicht damit«, wehrte Kerkhoff reflexartig ab und holte sein eigenes Gerät aus einem Schubfach des Küchenblocks. Er drückte die Kurzwahltaste, um eine der beiden Handy-Nummern, die er von Heike gespeichert hatte, anzuwählen. Nach einigen Ruftönen meldete sie sich mit einem unterkühlten: »Ja?« Sie hatte natürlich die übertragene Nummer erkannt.

»Ich bin's«, brachte Kerkhoff aus seiner trockenen Kehle hervor und ging in den hinteren Bereich des komfortablen Wohnmobils. Er wollte vermeiden, dass etwas von seinem Gespräch nach draußen drang, wo der nächste Camper nur ein paar Meter entfernt stand. »Du, ich wollte … ich wollte …« Er rang nach Worten. »Du hast mich heute früh angerufen, da konnte ich nicht reden.«

»Du warst bei Frank«, kam es vorwurfsvoll und energisch zurück. »*Du* hast ihn gefunden. Hab ich recht?«

»Ja, Heike, ich war joggen, aber als du mich angerufen hast, hab ich noch nicht gewusst, dass er …«

»Dass er ermordet wurde«, unterbrach sie ihn. »Nach allem, was geschehen ist …«

»Es tut mir unendlich leid, Heike«, war alles, was Kerkhoff in diesem Moment einfiel. »Ich … ich will gerne versuchen, dir jetzt …«

»Halt doch ’s Maul, Markus«, wurde sie laut, schien aber gleichzeitig hörbar mit den Tränen zu kämpfen. »Warum soll ich dir schon leidtun? Heut früh hab ich noch gedacht, alles sei nur ein … eine Einbildung von mir gewesen – mit dieser Krankenschwester.«

»Deshalb hast du mich angerufen?«

»Ja, deshalb. Aber nicht nur deshalb. Ich hab die ganze Nacht nicht geschlafen und wollte mit dir reden.«

Kerkhoff holte tief Luft und runzelte die Stirn. »Das sollten wir tun, Heike. Noch heute.«

»Ich weiß nicht, ob das gut ist, jetzt, wo Frank tot ist.«

»Doch, es ist gut«, blieb Kerkhoff ruhig. »Wo bist du jetzt?«

»Ich … ich bin in Waldsee. Zu einem Termin bei der Polizei.«

»Was hältst du davon, wenn wir uns danach treffen?«

Sie zögerte. »Ich weiß nicht, wie lange das dauert. Bei der Polizei.«

»Dann ruf mich an, wenn du fertig bist. Wir treffen uns aber nicht in der Stadt, sondern am alten Bahnhof. Du weißt schon.«

»Durlesbach«, kam es tonlos zurück.

Kerkhoff bestätigte, beendete das Gespräch und kam zu Evelyn vor, die sich auf den umgedrehten Fahrersitz gelümmelt hatte, die nackten Beine provokant seitlich in den Durchgang gestreckt.

»Du hast ein Date mit Heike?«, fragte sie leicht verstört. »Was soll das denn? Willst du wieder zu ihr zurück?«

»Quatsch, Mädchen«, lächelte Kerkhoff. »Aber in solchen Situationen ist es besser, man schüttet aufgerissene Gräben wieder ordentlich zu.«

46

Kriminalrat Fabian Pfeifer ließ gerade gedanklich die Ereignisse der vergangenen Stunden an sich vorüberziehen. Stutzig hatte ihn die merkwürdige Zurückhaltung Kerkhoffs auf die Frage gemacht, welcher Art dessen Beziehungen zu Frau Mittelberg gewesen seien. Natürlich: Deren Mann und Kerkhoff kannten sich bereits seit ewigen Zeiten, da war es logisch, dass auch Heike Mittelberg nicht abseitsstand. Aber dass ausgerechnet dann Kerkhoff den Ermordeten im Ried entdeckte, war ein seltsamer Zufall, konstatierte Pfeifer insgeheim und musste daran denken, dass die beiden Männer das gemeinsame Flieger-Hobby verband.

Das Telefon holte ihn in die Realität zurück. »Ja«, meldete er sich wie üblich kurz und militärisch knapp.

»Entschuldigen Sie, Chef«, hörte er die Stimme eines Mitarbeiters. »Wir haben soeben einen anonymen Anruf gekriegt ...«

»Anonym«, bellte Pfeifer zurück, als ob der Kollege dies zu verantworten hätte.

»Anonym, ja. Eine Frauenstimme hat behauptet, dass Frau Mittelberg – Sie wissen, die Frau ...«

»Weiß ich«, unterbrach Pfeifer, der keine langen Vorreden mochte. »Was ist mit der?«

»... dass Frau Mittelberg«, fuhr der Anrufer zaghaft fort, »dass die gestern Nachmittag im Golfclub ihren Mann wohl mit einer anderen angetroffen und eine ziemliche Szene veranstaltet hat.«

Pfeifer musste das Gesagte eine Sekunde lang verdauen. »Und wer war diese andere?«

»Das hat die Frau am Telefon nicht gesagt. Sie hat gleich aufgelegt.«

»Lassen Sie den Anruf zurückverfolgen.« Er sah auf die Armbanduhr. »Im Übrigen erwarte ich die Frau Mittelberg zur Vernehmung. Ich kann sie mal dezent nach dieser Szene fragen.« Pfeifer legte ohne weitere Worte auf.

Nahezu zeitgleich ploppte auf seinem Computermonitor eine E-Mail auf.

Der Gerichtsmediziner hatte ein erstes Ergebnis der Obduktion des Toten übermittelt. Pfeifer überflog einige lateinische Begriffe aus der Medizin, um möglichst schnell zur laienhaft verständlichen Zusammenfassung zu gelangen: Den merkwürdigen Einstich an der rechten Ellbogenbeuge, der ihm gleich anfangs am rechten Unterarm des ermordeten Mittelbergs aufgefallen war, führte der Gerichtsmediziner auf die intravenöse Injektion eines Narkosemittels zurück, das zu einem Atemstillstand geführt habe. Genaueres dazu werde die weitere Analyse im Labor erbringen. Jedenfalls sei »mit hoher Wahrscheinlichkeit« von einem Gewaltverbrechen auszugehen, las Pfeifer, der angesichts der bisher bekannten Umstände eigentlich gar nichts anderes erwartet hatte.

Noch während er den Text ein zweites Mal las, führte der junge Kollege Robin Jäger eine blassgesichtige, dunkel gekleidete Dame in das Büro, die ihm als »Frau Mittelberg« vorgestellt wurde. Pfeifer erhob sich, begrüßte die sichtlich erschöpfte Besucherin per Handschlag und sprach ihr das Beileid zum Tode ihres Mannes aus. Dann bot er ihr einen Platz am Besuchertisch an und setzte sich zu ihr. Unterdessen verließ Jäger wortlos den Raum.

Der Ermittler zügelte sein ansonsten forsches Auftreten und gab sich einfühlsam: »Danke, dass Sie an einem so traurigen Tag wie heute für mich Zeit haben.«

Heike erwiderte mit versteinerter Miene: »Ich bin hierhergefahren, um ein paar Dinge zu erledigen.« Sie überlegte, was sie sagen sollte. »Frank wollte eigentlich nach Dinkelsbühl fliegen.«

»Ach«, staunte Pfeifer. »Und nun ist er nur diesen Katzensprung rübergeflogen. Von Konstanz hierher.«

Heike zuckte mit den Schultern und spielte verlegen mit den Fingern: »Na ja, er hatte viel zu tun. Die Pharmabranche ist hart umkämpft, seit es die Internet-Apotheken gibt und die Krankenkassen immer neue Spezialverträge mit der Pharmaindustrie aushandeln.«

Pfeifer wollte sich in keine Diskussion darüber einlassen. »Wen er hier in Bad Waldsee treffen wollte, wissen Sie nicht?«

»Keine Ahnung.«

Pfeifer beschloss, das Thema auf den Punkt zu bringen: »Nun hat es ja – entschuldigen Sie, wenn ich das so sage – ein gewisses Aufsehen durch eine Fernsehsendung gegeben. Ich selbst hab sie nicht gesehen, aber man hat es mir berichtet. Da ging es wohl um gepanschte, minderwertige Medikamente aus dem Ausland – und in diesem Zusammenhang wurde offenbar Konstanz oder zumindest die Gegend zur Schweiz hin genannt.«

Heike wich seinen Blicken aus. »Das hat Frank tief getroffen. Weil er befürchtete, dass Insider sofort auf ihn kommen, hat er sich bereits mit einem Rechtsanwalt besprochen. Er wollte unbedingt vermeiden, in etwas hineingezogen zu werden, was völlig aus der Luft gegriffen sei, hat er gesagt.«

»Und Sie?«, hakte Pfeifer schnell nach. »Wie sehen Sie's?«

»Ich fühl mich für das, was Frank gemacht oder nicht gemacht hat, nicht verantwortlich.« Sie holte tief Luft und schloss für einen Moment die Augen. »Um es gleich klarzustellen, Herr Kommissar: Wir haben uns auseinandergelebt. Jeder ging seiner eigenen Wege.«

Pfeifer wartete kurz und hob eine Augenbraue. »Trotzdem haben Sie ihm gestern im Golfclub ziemliche Vorwürfe gemacht.«

Heikes Gesichtszüge versteinerten sich. »Woher wissen Sie das denn?«, fragte sie mit schwacher Stimme.

Pfeifer lehnte sich überlegen zurück. »Sie sollten bedenken, dass die Polizei alles weiß. Angesichts dessen macht es Sinn, sich hart an der Realität zu orientieren.«

Heike war von dieser Bemerkung sichtlich irritiert, was ihre innere Zerrissenheit zusätzlich steigerte. Weil Pfeifer schwieg, sah sie sich zu einer Erklärung genötigt: »Ja, ich hab meinen Mann zur Rede gestellt. Das ist doch mein Recht. Wenn er behauptet, er fliege nach Dinkelsbühl, und trifft sich dann hier mit einer anderen Frau.«

»Aber eigentlich konnte Ihnen das doch egal sein«, spielte Pfeifer auf ihre vorherige Bemerkung zum Verhältnis zu ihrem Mann an.

»Eigentlich … ja, eigentlich schon. Aber ich bin einfach explodiert, wie ich ihn dort hab sitzen sehen.«

»Wie haben Sie ihn denn gefunden?«

»Gefunden …« Heike spürte, dass sie sich auf dünnem Eis bewegte. »Es … es war Zufall. Ich war in der Gegend unterwegs und wollte einen Kaffee trinken.«

»Im Golfclub«, konstatierte Pfeifer mit ironischem Unterton. »Sind Sie denn Golfspielerin?«

Heike zögerte. »Nein, bin ich nicht. Aber ich weiß, dass es dort ein öffentliches Restaurant gibt. Ich hab Freunde und Bekannte in Waldsee, die auch manchmal hier sind.«

»Schöner Zufall, finden Sie nicht?«, meinte der Kriminalist süffisant. »Da fahren Sie ein bisschen durch die Gegend und gehen zielgenau in das Lokal, in dem Ihr Mann mit einer anderen sitzt.«

Heike schwieg.

Pfeifer beließ es bei dieser Bemerkung und fragte: »Wer war diese Frau?«

»Weiß ich nicht. Ist mir auch ziemlich egal. Jetzt sowieso, nachdem er tot ist.«

»Alter? Aussehen?«

»Nicht mehr ganz so jung, aber wahrscheinlich eine von

denen, die sich jedem an den Hals schmeißen.« Heikes Stimme verriet Zorn und Verbitterung.

Pfeifer verzichtete darauf, näher darauf einzugehen, und wechselte das Thema: »Was hatte Ihr Mann denn dabei? Tasche, Aktenkoffer, Dokumente?«

»Was er dabeihatte?« Sie schien mit dieser Frage nicht gerechnet zu haben.

»Ja, womit ist er weggegangen?«

»Mit seinem Aktenkoffer natürlich. Wie üblich.«

»Was trug er darin mit sich?«

»Seine Akten. Lieferscheine. Was weiß ich!« Heike wirkte angesäuert.

»Vielleicht ein Laptop? Hausschlüssel, Handy und so weiter?«

»Ja, klar. Das wird er dabeigehabt haben. Ist sein Aktenkoffer nicht aufgetaucht?«

Pfeifer schüttelte den Kopf und wunderte sich über den emotionslosen Tonfall der Frau, wollte aber dieses Thema nicht vertiefen, weshalb er sie schnell mit einer anderen Frage konfrontierte: »Sind Sie denn gelegentlich mitgeflogen, wenn er mit seiner Cessna unterwegs war?«

Heike wusste mit der Frage nichts anzufangen: »Ich? Wieso sollte ich? Wenn er das Flugzeug geschäftlich genutzt hat, war er immer allein unterwegs. Nur in der Freizeit, ja, da bin ich gelegentlich mitgeflogen. Aber meist hat er Geschäftspartner zu einem Rundflug eingeladen. Übern Bodensee oder den Schwarzwald.«

»Wann sind Sie zuletzt mitgeflogen?«

Heike überlegte kurz: »Das war vorgestern am späten Nachmittag. Ein kurzer Flug nur bei tief stehender Sonne. Bodensee, Insel Reichenau und hoch bis zum Donautal und zurück.«

Pfeifer staunte: »Romantischer Flug, obwohl man sich nichts mehr zu sagen hat?«

»Wir haben uns nicht getrennt, sondern immer noch zusammen gewohnt.«

Pfeifer nahm es zur Kenntnis und hakte nach: »Ist Ihnen bei dem Flug vorgestern etwas aufgefallen?«

»Was sollte mir aufgefallen sein?«

»Irgendetwas im Flugzeug. Ein komischer Geruch oder etwas Ähnliches?«

Heike sah ihn verwundert an: »«Komischer Geruch? Hat an Franks Maschine etwas nicht gestimmt?«

Pfeifer lächelte väterlich: »Doch, doch, alles okay. Alles gut. Sonst wäre er auch nicht sicher gelandet. Trotzdem noch eine Frage: Nach dem abendlichen Rundflug sind Sie beide nach Hause gefahren?«

Heike stutzte. »Nein. Er hat gesagt, er wolle an der Maschine noch etwas putzen und nach dem Öl sehen.«

»Ach? Sie sind gegangen und er blieb auf dem Flugplatz?«

»Ja. Wir waren mit getrennten Autos da, weil ich zuvor etwas in der Stadt zu erledigen hatte.« Pfeifer nickte verständnisvoll. Er tat so, als sei das Gespräch beendet, und erhob sich. Gleichzeitig stellte er aber wie beiläufig eine Frage: »Dieser Dr. Kerkhoff, der Ihren Mann gefunden hat – das war ein guter Freund von ihm?«

Heike, die im Begriff war aufzustehen, verharrte für einen Moment in dieser Haltung. »Dr. Kerkhoff?«, echote sie, als bliebe ihr dieser Name im Halse stecken. »Das ist ein Jugendfreund von Frank, ja.«

»Und wie stand er zu Ihnen?« Pfeifer runzelte die Stirn, während Heike sich vollends erhob und den Stuhl zurechtrückte.

»Zu mir? Dazu gibt es nichts zu sagen, Herr Kommissar.«

47

Detektiv Bauer und sein Mandant Ackermann waren von Durlesbach zum beschriebenen Wohnmobilstellplatz bei der Therme von Bad Waldsee gefahren. »Ein Hymer muss es sein«, stellte Bauer beim Anblick der zahlreich dort aufgereihten Wohnmobile fest. Er ließ den roten Passat langsam an ihnen vorbeirollen. Die meisten schienen tagsüber unbenutzt zu sein, zumal nur vereinzelt Personen zu sehen waren. Gartenstühle, die zwischen den Fahrzeugen standen, ließen darauf schließen, dass die Besitzer noch heute zurückkommen würden.

»Sind alle unterwegs oder sie pennen«, meinte Ackermann, während Bauer zielstrebig auf einen Hymer zusteuerte, der als Letzter in der Reihe parkte und vor dem ein Mann mit einer jungen Frau stand, um etwas in ein aufgeklapptes Fach zu verfrachten. »Der könnte es sein«, entschied Bauer und parkte quer hinter dem Wohnmobil, was den Mann veranlasste, sofort näher zu kommen. Gerade, als er sich über das Abstellen des Passats beklagen wollte, war Bauer schon ausgestiegen. »Sind Sie Dr. Kerkhoff?«, bläffte er den Herangeeilten an.

Kerkhoff blieb augenblicklich stehen, als sei er von dieser Frage geschockt.

»Entschuldigen Sie«, fuhr Bauer fort, worauf Ackermann es wagte auszusteigen. »Wir suchen Herrn Kerkhoff.«

Die junge Frau, die in der heißen Nachmittagssonne nur einen Bikini trug, hielt sich im Hintergrund und verstaute in einem der Außenfächer des Wohnmobils einen Schuhkarton.

»Ja, und?«, war alles, was Kerkhoff verunsichert über die Lippen brachte.

»Mein Name ist Edgar Bauer, ich bin für Herrn Ackermann« – er deutete in dessen Richtung – »als Detektiv tätig.«

»Detektiv?«, wiederholte Kerkhoff ungläubig und sah die beiden Männer an. »Darf ich fragen, was das zu bedeuten hat?«

»Dürfen Sie«, erwiderte Bauer forsch. »Ich möchte Ihnen Herrn Ackermann vorstellen. Er ist Witwer. Seit fast drei Monaten.«

Kerkhoff sah den Mann an, Evelyn ließ von ihrer Arbeit ab und drehte sich um.

»Ja, und? Was will uns das sagen?«, fragte Kerkhoff mit einer Mischung aus Unsicherheit und Verärgerung.

Ackermann hielt sich im Hintergrund, während Bauer nachlegte: »Stichwort ›Boßler‹. Sagt Ihnen das was?«

Kerkhoff kniff die Augen zusammen, als müsse er scharf nachdenken. »Sollte mir das was sagen?«

»Wenn Sie im Januar in Göppingen eine Drohne gekauft haben, dann müsste Ihnen dies etwas sagen«, wurde Bauer direkt.

Kerkhoff schluckte, seine Augen wanderten langsam zu Ackermann, dessen fahle Hautfarbe im krassen Gegensatz zu dem gebräunten Gesicht Kerkhoffs stand. »Ich verstehe nicht, was Sie von mir wollen«, war alles, was dem Arzt über die Lippen kam. Evelyns Miene verriet, dass sie von dem, worüber gesprochen wurde, keine Ahnung hatte.

»Ich will gar nichts«, entgegnete Bauer. »Aber Herr Ackermann stünde gern dem Mann gegenüber, der ihm das Leben zerstört hat. Durch den Tod seiner Frau.« Bauers Stimme nahm einen scharfen Klang an. »Autobahn A 8, Maustobel-Viadukt. Sagt Ihnen das was, oder soll ich noch deutlicher werden?«

Kerkhoff atmete ein paarmal tief durch. »Wie kommen Sie darauf, dass ich …«

Bauer unterbrach: »Weil Sie im Januar in Göppingen eine Drohne gekauft haben – und zwar jene, die man nach dem Unfall auf einem Baum unterhalb des Maustobel-Viadukts gefunden hat.«

Kerkhoff zuckte mit den Schultern. »Ich weiß nicht, wovon Sie sprechen.«

Allein der arrogante Tonfall hatte ausgereicht, Bauer zur Hochform auflaufen zu lassen: »Jetzt hören Sie mal gut zu, Herr Dr. Kerkhoff. Ich habe handfeste Beweise, dass Sie es waren, der schuld am Tod von Frau Ackermann ist. Sie und noch ein anderer, den wir auch noch ausfindig machen werden.«

Der Arzt verschränkte lässig die Arme vor der Brust. »Mit welchem Recht tauchen Sie eigentlich hier auf? Wer hat Sie legitimiert, hier rumzuschnüffeln?«

Evelyn verschwand hinter seinem Rücken im Wohnmobil.

»Herr Ackermann ist mein Mandant«, erwiderte Bauer einen Ton schärfer und wurde dann verbindlicher. »Aber es gibt auch Institutionen, denen mehr Rechte zustehen, die Wahrheit herauszufinden.«

Kerkhoffs sonnengebräuntes Gesicht verfinsterte sich. Ihm war sofort klar, worauf Bauer anspielte. Auch Evelyn hatte die unterschwellige Drohung des Detektivs gehört und streckte ihren Kopf aus der seitlichen Tür des Wohnmobils, um die Szenerie beobachten zu können.

Bauer nutzte die eine Sekunde des Schweigens, um eine Bemerkung nachzulegen: »Oder sollen wir lieber eine gewisse Marion Schewe befragen?«

Dann drehte er sich um und bedeutete Ackermann, zurück zum Auto zu gehen.

Kerkhoff blieb wie versteinert stehen.

48

Moritz Wellinger hatte während seiner vielen Aufenthalte in Bad Waldsee jede Gelegenheit wahrgenommen, Kontakte zu knüpfen – überwiegend zu Personen, von denen er sich weitere Informationen erhoffte. Seine charmante Art, auf Menschen zuzugehen und sie in ein Gespräch zu verwickeln, hatte ihm als Geschäftsmann oftmals unerwartete Erfolge beschert. Auch jetzt, bei seinem Bestreben, die Hintergründe aufzuklären, die zum Tode seiner Frau geführt hatten, schien dieses Konzept aufzugehen. Immerhin hatte er bereits vor geraumer Zeit dem Apotheker Rolf Patten sein Leid geklagt und angesichts des großen letztjährigen Prozesses zu gepanschten Krebsmedikamenten dezent durchblicken lassen, dass es der Justiz wohl nur gelungen sei, die »Spitze des Eisbergs« aufzuklären.

Jetzt, an diesem sonnigen Spätnachmittag, hatte er sich dazu durchgerungen, den Apotheker aufzusuchen – insbesondere unter dem Eindruck des Gesprächs mit Bauer und Ackermann. Er betrat den Verkaufsraum der Apotheke, wartete geduldig, bis drei Kunden vor ihm bedient worden waren, und gab der Angestellten freundlich lächelnd zu verstehen: »Tut mir leid, aber an mir werden Sie jetzt nichts verdienen. Ich hätte nur gerne ganz kurz den Chef gesprochen.«

Die Frau musterte ihn kritisch. »Und wen darf ich melden?«

»Wellinger. Mein Name ist Wellinger. Herr Patten müsste sich noch an mich erinnern. Ich war vor einiger Zeit schon mal da.«

»Warten Sie kurz.«

Die Angestellte öffnete im hinteren Ladenbereich eine Tür, sagte ein paar unverständliche Worte und durfte anschließend Wellinger in das Büro bitten.

Patten war mit hochrotem Kopf hinter seinem Schreibtisch aufgesprungen, während Wellinger langsam eintrat und die Angestellte die Tür hinter ihm einrasten ließ.

»Wellinger?«, kam Patten auf seinen Besucher zu. »Natürlich erinnere ich mich. Es ist schon ein paar Wochen her.« Er gab sich Mühe, so zu tun, als freue er sich über Wellingers unangekündigtes Erscheinen. »Für einen kurzen Moment haben wir uns gestern Abend gesehen.«

Wellinger ging nicht darauf ein. »Darf ich kurz mit Ihnen reden?«, fragte der Unternehmer, der trotz der nachmittäglichen Hitze korrekt gekleidet war: weiße Hose, ein modisches kurzärmliges Hemd, das ihm irgendwie ein jugendliches Aussehen verlieh.

Patten, leicht verunsichert, bot ihm einen Platz gegenüber dem Schreibtisch an. »Ich hoffe, es geht Ihnen gut.«

»Wie man's nimmt. Sie entsinnen sich, dass ich Ihnen vom Tod meiner Frau erzählt habe?«

»Ja, natürlich, diese tragische Geschichte mit den Medikamenten. So etwas vergisst man nicht.« Patten setzte sich aufrecht hin, um Interesse und Anteilnahme zu signalisieren.

»Nachdem ich Sie gestern Abend kurz gesehen habe, hab ich mir erlaubt, Sie ganz unangekündigt zu belästigen, weil ich denke, dass Sie sich in der Branche auskennen. Und wir gestern Abend vielleicht einem gemeinsamen Interesse nachgegangen sind.«

Pattens Hände verkrampften sich in den Stuhllehnen. »Soweit es um legale Geschäfte geht – ja, da kenn ich mich aus. Aber wenn Sie sich von mir Informationen zu den Machenschaften einiger schwarzer Schafe erhoffen, muss ich passen.« Sein Blutdruck schoss in die Höhe.

»Sie kennen den Dr. Kerkhoff?«, kam Wellinger sofort zur Sache.

Patten war von dieser direkten Frage tief getroffen. »Kerkhoff? Natürlich, der ist in unseren Kreisen kein Unbekannter.

Wieso interessieren Sie sich für ihn?« Er wurde misstrauisch. »Wegen der Fernsehsendung neulich?«

»Auch, ja«, nickte Wellinger. »Je mehr ich mich mit der ganzen Geschichte befasse, desto klarer wird mir, dass Kerkhoff wahrscheinlich mehr weiß, als er zuzugeben bereit ist.«

Patten lehnte sich zurück, um zumindest äußerlich entspannt zu wirken. »Wissen Sie, Herr Wellinger, Ihr Engagement in Ehren, aber ich denke, Sie verrennen sich vielleicht in etwas, das so nicht ist. Möglich, dass Ärzte und wir Apotheker schon mal mit verlockenden Angeboten konfrontiert worden sind – aber jeder vernünftig denkende Mensch wird sich nicht auf Billigmedikamente einlassen, deren Herkunft nicht geklärt ist.«

»Das heißt, auch Sie wurden schon …«

Patten unterbrach: »Das will ich damit nicht sagen. Aber es gibt sicher Kollegen, die vielleicht der Verlockung nicht widerstehen konnten, dann aber schnell die Reißleine gezogen haben.«

Wellinger nickte. Wollte ihm Patten damit indirekt eingestehen, dass sowohl er als auch Kerkhoff diese »Reißleine« gezogen hatten? Er riskierte eine neue Attacke: »Darf ich fragen, was es gestern Abend mit Frau Schewe im Tanzlokal zu bereden gab?«

Patten spürte einen neuerlichen Stich in seine Psyche. Natürlich. Wellinger hatte ihn zusammen mit Marion Schewe gesehen.

»Ich …«, erwiderte er und es hörte sich verlegen an, »ich hab ihr nur gesagt, dass ich auf andere Lieferanten umgestellt habe.«

»Oh«, entfuhr es Wellinger überrascht, »auf zuverlässigere, nehm ich an?«

Patten wischte sich mit dem Handrücken Schweißperlen von der roten Stirn. »Ja, so könnte man es formulieren.«

Wellinger nickte zufrieden. »Wie muss man sich die Rolle der Frau Schewe vorstellen?«

»Rolle? Wie das klingt! Sie ist seit einiger Zeit Pharmavertreterin für unseren Bezirk.«

»Mit allerlei guten Beziehungen?«, wurde Wellinger forscher.

»Ich glaube nicht, dass ich Ihnen Details nennen darf«, mauerte Patten und sprang auf. »Im Übrigen sollten Sie es besser der Justiz überlassen, solche Nachforschungen anzustellen. Ich weiß nicht, ob Sie gehört haben, was vergangene Nacht draußen im Ried geschehen ist.«

Wellinger ging nicht darauf ein, blieb ruhig sitzen und sah dem vor ihm stehenden Apotheker fest ins Gesicht: »Manchmal ist es angebracht, sich nicht zu weit aus dem Fenster zu lehnen und stattdessen die Justiz milde zu stimmen.«

»Wollen Sie mir drohen?« Patten bebte innerlich.

»Nicht drohen, sondern einen guten Rat geben.« Wellinger erhob sich langsam und behielt sein Gegenüber im Auge. »Oder sind Sie auch ein Drohnenflieger?«

Patten fühlte sich wie elektrisiert. Er fand keine Worte.

Wellinger drehte sich um und verließ das Büro.

49

Die Sonne stand bereits tief hinter den Bäumen, als Kerkhoff, eingezwängt in Evelyns kleinen Fiat Cinquecento, am idyllischen Bahnhof von Durlesbach eintraf. Das schmucke Gebäude lag verlassen im Schatten, weit und breit war niemand zu sehen. Kerkhoff liebte diesen Ort. Von seiner bisherigen Wohnung aus lag er nur knapp hundert Meter entfernt. Unter einem überdachten Rangiergleis stand der dampflokbespannte Museumszug, hinter dem das Figurenensemble mit dem Geißbock die viel besungene lustige Szene aus dem Volkslied darstellte, geschaffen von dem Bildhauer René Auer aus Bad Waldsee und gegossen von der Firma Strassacker aus Süßen im Kreis Göppingen. Kerkhoff liebte diese lebensgroßen Skulpturen, die so herzerfrischend bodenständig waren und keinerlei komplizierter Interpretationen bedurften, mit der schlaue Feuilletonredakteure oftmals ein Objekt oder Gemälde erst zu einem Kunstwerk hochstilisierten. Und dabei gewiss manchen Künstler ob seiner angeblichen Intuitionen selbst ins Staunen versetzten.

Kerkhoff hatte jedes Mal, wenn er hier vorbeigekommen war, an Vernissagen denken müssen, bei denen sich die Laudatoren bei ihrer Wortwahl arg verrenkt hatten, um etwas, was den Laien oder Kunstbanausen nicht gerade in Entzücken versetzte, als geradezu sensationelles Kunstwerk hervorzuheben.

Kerkhoff grinste in sich hinein, wurde jedoch gleich in die Gegenwart zurückgeholt, als er auf einer aus halben Rundhölzern gezimmerten Sitzgruppe, abseits dieser Figuren, Heike sah, die zusammengekauert in seine Richtung blickte, den Kopf mit einem Arm auf den rustikalen Tisch gestützt.

Für einen Augenblick dachte er, sie sei eingeschlafen. Auch als er näher kam, war ihr keine Regung anzumerken. Er verlangsamte seine Schritte und vermochte Heikes seltsames Verhalten nicht einzuschätzen. »Schön, dass du gekommen bist«, brachte er aus heiserer Kehle hervor, als er vor ihr stand.

Endlich eine Bewegung. Unendlich langsam drehte sie den Kopf in seine Richtung, die Augen gerötet, das Gesicht blass, als sei es ihr schlecht geworden.

»Du kannst dich setzen«, sagte sie leise, während er sich ihr gegenüber niederließ und die Umgebung beobachtete. Er brauchte weder Zuschauer noch fremde Ohren. Aber drüben am Bahnhof tat sich nichts.

Heike nahm eine aufrechte Haltung ein und sah ihn auffordernd an. »Was hat dich die Polizei gefragt?«

Kerkhoff hatte nicht mit einer solchen Frage gerechnet, weshalb er zunächst seine Gedanken sortieren musste und ihm klar wurde, dass es Heike um das Auffinden von Franks Leiche ging. Es dauerte zwei, drei Sekunden, bis er die Antwort parat hatte: »Sie wollten nur wissen, ob ich draußen im Ried jemanden gesehen hätte. Hab ich natürlich nicht. War ja nur zum Joggen draußen.«

Heike wischte sich ihre langen Haare aus dem Gesicht. »Und über mich? Über mich haben sie dich nichts gefragt?«

Kerkhoffs gespielte Gelassenheit war mit einem Schlag dahin. Wieso stellte sie diese Frage? Bereits dieser Kommissar hatte auf sonderbare Weise durchblicken lassen, dass er ihm irgendwelche Kontakte zu Heike andichten wollte. Heikes Frage ließ vermuten, dass auch sie damit konfrontiert worden war. Er entschied sich zu einer klaren Antwort: »Nicht direkt hat er mich gefragt. Aber wir sollten ihm keinen Grund liefern, misstrauisch zu werden.«

»Misstrauisch? Ist das der Grund dafür, dass du mich so kalt abgefertigt hast?« Heikes Stimme bebte.

»Ich …«, Kerkhoff sah an ihr vorbei zum Museumszug, »bitte versteh einfach, dass ich irgendwie einen neuen Anfang suchen muss und dass ich mit dem, was Frank getan hat, nicht in Verbindung gebracht werden möchte. Das war zwischen ihm und mir eine kurze Episode, mehr nicht, und als ich erkannt habe, wohin der Hase läuft, hab ich mich zwar weiterhin mit Frank gut verstanden, er war ein netter Kerl, aber mehr wollte ich nicht mehr.«

»Und den Neuanfang mit mir hast du dabei eiskalt weggeworfen.«

»Es war schön mit dir, Heike«, versuchte er zu besänftigen, »aber es hat sich vieles verändert.«

»Verändert! Schlagartig, von einem Tag auf den anderen.

Du spielst mir am Telefon eine heile Welt vor, lädst mich zum Besichtigen deines neuen Wohnmobils ein, und dann spielt ihr mir ein Theater vor – du und diese …« Ihr war der Name der Krankenschwester entfallen.

»Bitte, Heike. Es ist ganz sicher für uns beide besser, es so anzunehmen, wie es ist.«

Sie schloss die Augen und verdrückte eine Träne. »Eigentlich hat es mir leidgetan, wie ich mich benommen habe.«

Kerkhoff versuchte über den schmalen Tisch hinweg, eine ihrer Hände zu berühren, doch sie wehrte ab und sagte: »Du hast keine Ahnung, was du zerstört hast.« Heike wandte sich ab und begann hemmungslos zu weinen. »Ich hab Frank zum Teufel gewünscht – wegen dieser beschissenen Geschäfte und seinen Weibergeschichten.« Sie schluchzte in ein Taschentuch. »Und ich hab geglaubt, bei dir Halt zu finden.«

Kerkhoff ließ ein paar Sekunden verstreichen, sah sich um und stellte zufrieden fest, dass sie weiterhin allein waren. »Heike«, begann er leise und mit einfühlsamer Stimme, »ich bin auch künftig für dich da, wenn du Hilfe brauchst.«

Unerwartet heftig war die Reaktion Heikes. Sie riss das Taschentuch von den Augen und drehte sich zu ihm: »Auf deine Hilfe kann ich verzichten. Du hast doch nur Schiss, in die Sache mit reingezogen zu werden. Und dein ganzes Getue mir gegenüber war doch nur dazu da, mich über Frank auszuhorchen.«

Kerkhoff spürte, dass es angeraten schien, ruhig zu bleiben. »Frank hat sich in etwas hineinmanövriert, was auch du als seine Frau vergessen solltest.«

»Wie bitte?« Heike runzelte irritiert die Stirn.

»Bei den Ermittlungen zu seinem Tod werden sich viele Fragen auftun.« Er war um eine passende Formulierung bemüht. »Fragen auch hinsichtlich darüber, was du davon gewusst hast.«

»Du willst behaupten, ich hätte da mitgemischt?«, giftete sie zurück.

»Nicht ich behaupte das, Heike, aber der Kripo könnten solche Fragen in den Sinn kommen«, blieb er gelassen, um ebenso ruhig anzumerken: »Am besten, du beseitigst alles, was Rückschlüsse auf Franks Geschäfte zulässt. Auch alles, was er im Computer gespeichert hat. Das wäre nicht nur gut für dich, sondern auch für alle, die zu Unrecht belastet werden könnten.«

»Wohl auch für dich«, entfuhr es Heike zornig.

Kerkhoff blickte ihr fest in die Augen. »Für mich, dich und viele, viele andere«, sagte er nickend. Weil sie nichts erwiderte, ergänzte er: »Es reicht aber nicht aus, nur die Festplatte des Computers neu zu formatieren. Du musst sie vollständig verschwinden lassen. Und falls das Laptop noch da ist – auch das.«

Heike atmete schwer und fragte verstört: »Sag mal, spinnst du jetzt ganz?«

Kerkhoff blieb beherrscht: »Ich könnte dir helfen, solche Spuren zu beseitigen. Das wäre auch in deinem Interesse. Und gut für deine Zukunft.«

50

Nachdem Edgar Bauer seinen Mandanten Peter Ackermann wieder in Ulm abgesetzt hatte, fuhr er am frühen Abend weiter nach Göppingen – über die Schwäbische Alb hinweg. Nun war endlich die Gelegenheit gekommen, allein über die Erkenntnisse des Tages nachzudenken. Als sich nach der Anschlussstelle Ulm-West der Autobahn A 8 der Verkehr auf der B 10 ausdünnte, wollte er tun, was ihm seit Stunden unter den Nägeln brannte: seinen alten Kollegen August Häberle anrufen.

Gerade als er kurz nach der Senke von Hinterdenkental den Blinker rechts zu einem völlig zugewachsenen Parkplatz setzte, vermeldete der Ulmer Regionalsender »radio 7« etwas, was ihn aufhorchen ließ: In Bad Waldsee habe es in der vergangenen Nacht einen Mord gegeben. Einer Pressemitteilung der Staatsanwaltschaft zufolge sei in den frühen Morgenstunden ein Jogger in einem abgelegenen Waldstück auf die Leiche eines 37-jährigen Mannes gestoßen, der durch die Injektion eines Betäubungsmittels gestorben sei. Von dieser Meldung elektrisiert, steuerte Bauer den Parkplatz an und stoppte den Wagen in respektablem Abstand zu einem weißen Kombi. Unterdessen lauschte er einer Kurzreportage über den Mord. »Zu den Hintergründen wollte die Staatsanwaltschaft keine Angaben machen«, erklärte eine Männerstimme. »Auch nicht zu Gerüchten, wonach es sich um einen Pharmavertreter aus Konstanz handeln soll, der im Zusammenhang mit einer jüngst ausgestrahlten ARD-Fernsehsendung über Geschäfte mit angeblich gepanschten Medikamenten ins Zwielicht geraten sei.«

Es folgten die üblichen Zeugenaufrufe der Kriminalpolizei.

Bauer drehte das Radio leise. Seine Gedanken kreisten stärker denn je um die Gespräche mit Wellinger und Kerkhoff.

Jetzt durfte er keine Zeit mehr verlieren. Mit zitternden Fingern klickte er auf dem Smartphone-Display die Google-Suche an, um sich die Privatnummer Häberles darstellen zu lassen – in der Hoffnung, dass er um diese Zeit nicht mehr im Büro war.

Doch bereits nach wenigen Ruftönen meldete sich die wohlvertraute, sonore Stimme. Häberle zeigte sich über den überraschenden Anruf Bauers erfreut und frotzelte nach der herzlichen Begrüßung sofort: »Der Pensionär ist als Detektiv einer schrecklichen Geschichte auf der Spur, hab ich recht?«

»Um ehrlich zu sein, ja, August. Und es macht Spaß, du wirst es nicht glauben.« Bauer lehnte sich genüsslich zurück und umklammerte das Lenkrad.

»Untreue Ehefrauen, Ladendiebe oder Betrüger?«, brummte Häberle, und die Ironie in seiner Stimme war nicht zu überhören.

»Nichts davon, August. Ob du's glaubst oder nicht – ich bin einer heißen Sache auf der Spur.«

»Dann lass mal hören, ich bin gespannt.«

»Erinnerst du dich an das Drohnenunglück auf der Autobahn im April?«

»Ja, natürlich erinnere ich mich. Das war doch, kurz bevor du in Pension gegangen bist.«

»Richtig. Der Mann der toten Frau hat mich beauftragt …«

Häberle unterbrach verwundert: »Du machst privat da weiter, wo du dienstlich aufgehört hast?«

»Ich erzähl dir das alles mal ganz genau. Aber jetzt wird dich etwas anderes interessieren: Ich hab tatsächlich den Käufer dieser Drohne ausfindig gemacht.«

»Gratuliere. Da werden sich die Kollegen freuen, die den Fall noch immer in der Schublade haben.«

»Deswegen allein hätt ich dich auch nicht angerufen«, beeilte sich Bauer, sein Anliegen kurz und bündig zu erklären. »Aber der Käufer war ein Arzt aus Bad Waldsee, der möglicherweise ganz tief in Geschäften mit gepanschten Medikamenten steckt.«

Häberle überlegte kurz. »Und was hat das eine mit dem anderen zu tun?«

»Das weiß ich noch nicht, August. Aber es gibt eine Spur, die zu dir nach Göppingen führt.«

»Oh, du willst mir Arbeit vermitteln? Vergiss nicht, auch ich hör demnächst auf.«

Bauer grinste. »Dann können wir eine gemeinsame Detektei betreiben …«

»Und unseren Kollegen Konkurrenz machen«, griff Häberle den Vorschlag hörbar lachend auf.

»Ja, ganz ohne den bürokratischen Schwachsinn, ohne einen Präsidenten, ohne Kompetenzgerangel über Ländergrenzen hinweg. Ohne die jung-dynamischen Emporkömmlinge, die zwar keine Ahnung von der Praxis, aber umso mehr ihre Karriere im Blick haben.« Bauer kannte seinen Kollegen gut genug, um zu wissen, dass er bei ihm mit solchen Worten offene Türen einrannte.

»Wenn ich mal ganz viel Zeit habe, werde ich über deinen Vorschlag nachdenken«, sagte der landesweit geschätzte Ermittler, dessen legendärer Erfahrungsschatz weit über seine Dienststelle beim Ulmer Präsidium hinaus gefragt war. Als Sonderermittler in Stuttgart hatte er einst große Erfolge erzielt, war dann jedoch gerne in seine heimatliche Provinz nach Göppingen zurückgekehrt und im Rahmen einer Polizeireform Beamter des Präsidiums Ulm geworden, dessen Zuständigkeitsbereich momentan die Landkreise Alb-Donau, Biberach, Heidenheim und Göppingen umfasste. Ein Gebiet, das nach Meinung Häberles »am grünen Tisch zusammengeschustert« worden war – ohne Rücksicht auf die topografischen Verhältnisse und historisch gewachsene Bezugspunkte. Denn immerhin erstreckte sich quer durch das Gebiet die natürliche Barriere der Schwäbischen Alb.

»Die Sache ist brisant«, fuhr Bauer fort, nachdem Häberle abgeschweift war. »Denn es sieht so aus, als habe es im Zusammenhang mit dieser Medikamentenpanscherei einen Mord gegeben.«

»Mord?« Jetzt war endlich das Stichwort gefallen, das Häberles volle Aufmerksamkeit erregte.

»Wie bitte? Ist das nicht eine Nummer zu groß für dich?«

»Eben deshalb ruf ich dich an. Können wir heut noch miteinander reden?«

Häberle seufzte in sich hinein. »Du weißt schon, dass Bad Waldsee nicht zu meinem Bereich gehört?«

»Natürlich weiß ich das«, erwiderte Bauer. »Aber eine der Schlüsselfiguren wohnt in Göppingen und treibt sich gerade in Bad Waldsee herum.«

Häberle gab sich geschlagen. »Okay, weil du's bist. Wann sollen wir uns treffen?«

Bauer war zufrieden. »Wenn's geht, gleich nachher. Ich bin in einer Dreiviertelstunde in Göppingen.«

51

Es war längst dunkel, als Apotheker Rolf Patten mit seinem weißen BMW X 5 vor Hagebuschs villenartigem Haus am Stadtrand von Bad Waldsee vorfuhr. Sein Auftauchen hatte er kurz zuvor telefonisch angekündigt und dabei ziemlich aufgeregt geklungen. Der Arzt bat ihn mit einem freundschaftlichen Lächeln herein und begann, seinen Freund zu beruhigen: »Setz dich erst mal, es wird meist alles nicht so heiß gegessen, wie es gekocht wird.«

Sie ließen sich in einem modern eingerichteten Wohnzimmer auf der Ledergarnitur nieder. Vor ihnen auf dem Tisch standen bereits zwei Weingläser, die noch leer waren. »Ich geh davon aus, dass wir uns ein Viertel Rot gönnen«, schlug Hagebusch vor und verschwand schon in Richtung Küche, um mit einer Flasche entkorkten Rotweins aufzutauchen.

»Du hast keine Ahnung, was heute los war«, begann Patten, während Hagebusch einschenkte.

»Du hattest unangenehmen Besuch, hast du am Telefon gesagt«, konstatierte Hagebusch nach allem, was sein Freund ihm bereits geklagt hatte.

»Ja, zuerst die Schewe und dann auch noch dieser Wellinger«, sagte Patten, dessen Gesichtsfarbe allerhöchste Erregung signalisierte. »So als ob ich eine zentrale Figur wäre.«

»Du bist halt eine feste Anlaufstelle«, lächelte Hagebusch und setzte sich. »Lass uns erst mal trinken. Zum Wohle!«

Sie ließen die Gläser klingen und tranken. Patten aber wollte so schnell wie möglich zur Sache kommen: »Die Schewe hat schon gewusst, dass Mittelberg der Tote im Ried war – und dann hat sie unverblümt geraten, wir müssten jetzt alle zusammenhalten. So als ob wir, also du und ich, tief in die Sache verwickelt seien.«

Hagebusch kratzte sich im Oberlippenbart. »Und was hast du gesagt?«

»Ich hab gesagt, dass es bei dem bleibe, was ich ihr gestern Abend schon klargemacht habe: dass wir keinerlei Geschäftsbeziehungen mehr wollen. Das scheint sie kapiert zu haben.«

»Dann ist doch alles paletti, oder?«

Patten war über die Gelassenheit seines Freundes irritiert. »Paletti? Sie hat richtiggehend drohend geklungen, als sie gesagt hat, es sei angeraten, dass wir uns gegenseitig nicht reinreiten.«

»Hm«, machte Hagebusch. »Das wollen wir vermeiden, in der Tat.«

»Aber sie hat auch gesagt, es bräuchten wohl einige hier in Bad Waldsee ein gutes Alibi für die vergangene Nacht.«

»Alibi?«

»Mensch, Friedrich, versteh doch, da geht es um Mord – und wir sind ganz dicht da dran.«

Hagebusch blieb ruhig. »Na ja, die Schewe sicher noch ein bisschen mehr. Vor allem aber doch auch Franks Frau.«

Patten nahm aufgeregt einen Schluck Wein. Seine Hand zitterte. »Vergiss diesen Wellinger nicht. Ich hab dir gesagt, der ist zu allem Überfluss auch noch aufgetaucht.«

»Was hat der gewollt?«

»Die alte Geschichte, wie schon einmal. Der Tod seiner Frau treibt ihn. Ist ihm nicht zu verdenken. Und er wollte wissen, was ich mit der Schewe gestern Abend zu bereden gehabt hätte.«

»Ach?« Hagebusch wurde hellhörig. »Und was hast du ihm erzählt?«

»Ich hab ihm deutlichgemacht, dass ihn meine Kontakte zu Frau Schewe nichts angingen. Aber daraufhin hat er ziemlich seltsam reagiert.«

»So?«

»Er hat sinngemäß gesagt, es sei manchmal nicht angebracht, sich zu weit aus dem Fenster zu lehnen. Und man solle lieber die Justiz milde stimmen.«

»Die Justiz?«

Patten zuckte nervös mit den Schultern. »Und dann hat er mich spontan gefragt, ob ich auch ein Drohnenflieger sei.«

»Bitte, was?«

»Drohnenflieger«, wiederholte der Apotheker. »Diese Dinger, die immer mal wieder den Flugverkehr lahmlegen, weil irgendwelche Geistesgestörten sie an den Flughäfen fliegen lassen.«

Hagebusch wollte etwas erwidern, doch der sanfte Gong an der Haustür hielt ihn davon ab. Instinktiv sah er auf die Armbanduhr: 22.47 Uhr.

»Erwartest du noch jemanden?«, fragte Patten verängstigt.

»Eigentlich nicht«, erwiderte Hagebusch, der sich erhob, um zur Sprechanlage zu gehen. »Ja, bitte?«

Keine Antwort. Patten war ebenfalls aufgestanden, um erwartungsvoll eine Reaktion Hagebuschs zu hören. Der rief zweimal »Hallo« in den Hörer und ließ ihn wieder in die Halterung rasten. »Niemand da«, stellte er fest und blieb verwundert stehen.

»Aber da hat doch jemand geklingelt«, meinte Patten unnötigerweise, während Hagebusch schon zur Haustür ging. Durch deren Milchglasscheibe war die Schwärze der längst aufgezogenen Nacht zu sehen. »Sei vorsichtig«, mahnte der Apotheker. Hagebusch knipste an einem Schalter in der Diele das Hoflicht an, das sich augenblicklich in der Glasscheibe von draußen brach. »Wir sollten vorsichtig sein«, sagte Patten leise, als habe er Angst, man könnte ihn im Freien hören.

Hagebusch wurde blitzartig von dem Gedanken an den Schatten ergriffen, den er vor dem Tanzlokal wahrgenommen hatte. Er blieb für einen Moment unentschlossen stehen. »Ich will wissen, was da los ist«, entschied er und riss die Tür mit einem Ruck auf, sodass Patten hinter ihm zurückwich und ihm instinktiv eine Bemerkung entwich: »Pass auf, falls da einer schießt.«

Stille. Die beiden Männer verharrten an der halb geöffneten Tür. Vor ihnen lag der hell erleuchtete, von Sonnenblumen umgebene gekieste Weg, der einige Meter weit zur Straße hinüberführte. Die Luft war mild, einige Insekten schwirrten um die Lampen. Patten sah über niederes Gehölz hinweg das weiße Dach seines BMWs, den er am Gartentor geparkt hatte.

Hagebusch trat vorsichtig ins Freie, scannte mit kritischem Blick die Umgebung und überflog die mit Hecken und Bäumen versehenen Nachbargrundstücke, die sich links und rechts anschlossen. Auf der gegenüberliegenden Straßenseite verlor sich das Licht einer Straßenlampe in einem Wiesengrundstück.

Hagebusch jagte ein schrecklicher Gedanke durch den Kopf: Für jemanden, der mit einer Schusswaffe irgendwo in der Dunkelheit lauerte, gaben sie gerade ein ideales Ziel ab.

Patten hatte es inzwischen ebenfalls gewagt, den Hauseingang zu verlassen. Sein Freund ging mutig bis zum Gartentor vor, um die ruhige Wohnstraße nach allen Seiten überblicken zu können. Doch da gab es nichts, was sich zu dieser späten Stunde im schwachen Schein der Straßenlampen bewegte.

»Da ist niemand«, stellte er leise fest, ohne sein mulmiges Gefühl offenbaren zu wollen, denn es gab natürlich unzählige Verstecke.

»Warum klingelt einer, wenn er gleich wieder abhaut?«, flüsterte Patten neben ihm. »Will uns da jemand aus dem Haus locken?«

Hagebusch drehte sich blitzschnell um. Die Haustür zur hell beleuchteten Diele stand offen. Nein, hinter ihrem Rücken hatte gewiss niemand unbemerkt ins Gebäude schleichen können, beruhigte er sich.

Patten öffnete das Gartentor, um seinen rechts davon geparkten BMW zu inspizieren. In der weißen Lackierung des Hecks spiegelte sich das Licht der Lampe. Er ging links um den Wagen herum und wurde auf etwas Weißes aufmerksam, das hinter dem Scheibenwischer der Fahrerseite klemmte. Wie ein Strafzettel. Nur wesentlich größer.

»Da steckt was am Scheibenwischer«, sagte er wie zu sich selbst, zog das Papier aus dem Klammergriff des Scheibenwischers heraus und faltete es auseinander. Im schwachen Lichtschein erkannte er nur dicke und große Buchstaben, offenbar mit Filzstift geschrieben. Ohne den Text entziffern zu können, ging er schnell zum Haus zurück, als suche er Deckung.

Hagebusch bemerkte, dass er etwas in der Hand hielt. »Hast du was gefunden?«

Patten drängte wortlos an ihm vorbei in die Diele und zischte: »Mach die Tür zu, los.«

Hagebusch tat wie befohlen, sah über die Schulter des Apothekers hinweg auf das Blatt Papier und las: »Denk an Frank! Nur Tote können schweigen.«

52

Häberle hatte seinen alten Kollegen Edgar Bauer in sein kleines privates Büro geführt und ihm ein schäumendes Weizenbier präsentiert. »Mensch, Edgar«, begann Häberle, nachdem sie sich zugeprostet hatten, »dass du jetzt Detektiv bist, hab ich gewusst, aber ich dachte immer, du würdest dich mit kleineren Dingen begnügen. Neulich hat mir jemand erzählt, du hättest ein mysteriöses Dokument entdeckt.«

»Ach *die* Sache«, grinste Bauer und war überrascht, dass Häberle davon wusste. »Ein seltsames Schriftstück aus diesem historischen Gartensaal in Geislingen. Von diesem ehemaligen Gasthaus Wilhelmshöhe, oben am Hang.«

»Irgendjemand soll erschossen worden sein«, zeigte sich Häberle informiert.

»So könnte man vermuten, wenn man liest, was in diesem

Dokument steht, das man irgendwo im Gebälk des Gartensaals gefunden hat, als man ihn abgebrochen hat.« Bauer schilderte, was Häberle schon aus Zeitungsartikeln kannte: den historischen, überwiegend aus Holz gezimmerten Gartensaal, der aus dem Jahre 1893 stammte, hatte man akribisch in transportable Einzelteile zerlegt und vor einigen Wochen im Freilichtmuseum Beuren im Kreis Esslingen wieder aufgebaut. Das Bauwerk, das einst 400 Personen Platz geboten hatte und über Jahrzehnte hinweg beliebter Tanzsaal gewesen war, diente jetzt in dem Bauernhaus-Museum als Ausstellungsraum für alte Obst- und Gemüsesorten, beinhaltete aber auch eine Schauküche und konnte für kleinere Feste genutzt werden.

Häberle spürte, dass Bauers Herzblut daran hing. »Und wen hat man in diesem Saal erschossen?«, fragte er nach, um wenigstens oberflächliches Interesse an der Arbeit des Kollegen zu zeigen.

»Das weiß ich noch nicht. Handschriftlich steht auf diesem Zettel – ich zitiere …« Er hatte es offenbar auswendig gelernt: »Wir haben sie in der Vollmondnacht vom 7. Juli 1899 am Steilhang erlegt und hinter dem Gartensaal vergraben. Es wird hier die letzte gewesen sein.«

»Das klingt sehr kriminell«, entgegnete Häberle mit gewisser Ironie in der Stimme. »Vergiss aber nicht, dass dies 120 Jahre her ist. Einen Mörder wirst du vergeblich jagen.«

Bauer runzelte die Stirn und fügte ernst an: »Mysteriös ist aber, dass in dieser Nacht vom 7. Juli 1899 gar kein Vollmond war. Da war Neumond, also stockfinstre Nacht. Der Vollmond fiel auf den 22. Juli.«

»Super recherchiert, mein Lieber«, grinste Häberle anerkennend und klopfte ihm auf die Schulter. »Und das sind die Fälle, die dich und die Menschheit in Geislingen berühren?«

»Ich weiß, August, du hast andere Sorgen. Nein, damit möchte ich dich nicht belasten. Aber vielleicht können wir mal gemeinsam in dieses Freilichtmuseum gehen und nach

Spuren der Vergangenheit suchen. Wenn du endlich in Pension bist.«

»Ja, da wird sich viel ändern«, entfuhr es Häberle, der den Gedanken an den Ruhestand jetzt aber verdrängte. »Du hast mich bestimmt nicht besucht, um mir von einem 120 Jahre alten Kriminalfall zu berichten. Du hast von Mord gesprochen – ich nehme an, von einem aktuellen.«

»Ja, natürlich.« Dann begann Bauer ausführlich zu berichten, was er am Telefon angedeutet hatte: dass ein dubioser Pharmaunternehmer im Ried bei Bad Waldsee tot aufgefunden worden sei und sich ein gewisser Verdacht gegen einen Klinikarzt richte, es mit gepanschten Medikamenten zu tun zu haben. Und weil dieser Mediziner offenbar den Drohnenunfall auf der Autobahn zumindest mitverursacht haben könnte, bestehe doch immerhin die Möglichkeit, dass da »ein großes Ding am Laufen sein könnte«, erklärte Bauer mit gewisser Euphorie in der Stimme und konkretisierte: »Dieser Arzt – er heißt Kerkhoff – hat sich ein nagelneues Wohnmobil zugelegt, mit dem er wahrscheinlich verschwinden will.«

»Mit einem Wohnmobil?«, staunte Häberle.

»Ja, darin wohnt er bereits. Hat es bei der Therme in Waldsee abgestellt.«

»Und sonst – wo wohnt er normalerweise?«

»In Durlesbach …«

Häberle grinste und unterbrach ihn: »Stuagert, Ulm ond Biberach, Meckabeura, Durlesbach …«

Bauer wusste natürlich, worauf er anspielte: Auf das Lied von der »Schwäb'schen Eisenbahn«, in dem die Haltstationen aufgezählt wurden, jedoch des Reimes wegen bei Meckenbeuren und Durlesbach die Reihenfolge vertauscht wurde. »Durlesbach«, wiederholte er. »Da hat Kerkhoff ein altes Bauernhaus gemietet.«

»Ein ganzes Bauernhaus. Wozu das denn?«

»Keine Ahnung. Vielleicht mag er die ländliche Umgebung.

Kommt doch in gewissen Kreisen wieder in Mode. Oder er braucht die Scheune, um sein Wohnmobil abzustellen. Auch das ist weithin verbreitet. Was glaubst du, was in vielen Aussiedlerhöfen heutzutage drin ist?« Bauer hatte sich dies mal von einem Naturschützer sagen lassen, der sich darüber beklagt hatte, dass die Landschaft mit immer neuen Biogasanlagen und Schweineställen zersiedelt werde, anstatt aufgegebene Höfe umzunutzen. »Da findest du heute Wohnwagen, Wohnmobile, Boote und Segelflugzeuge drin. Mancher Landwirt verdient sich mit der Vermietung eine goldene Nase.«

Häberle nickte. Ihm blutete ohnehin das Herz, wenn er sah, wie mit der »schönen Schwäbischen Alb« umgegangen wurde: Gewerbegebiete, Wohnsiedlungen, Biogasanlagen, Windkrafträder, Schweineställe …

Bauer holte ihn aus diesen Gedanken zurück: »Ich bin davon überzeugt, dass vieles von dem, was mit dem Mord in Bad Waldsee zusammenhängt, irgendwie in das Zuständigkeitsgebiet deiner Ulmer Dienststelle fällt.« Bauer grinste, wohl wissend, dass Häberles Denkweise nicht an Präsidiumsgrenzen Halt machte. »Der Mann, dessen Frau durch die Drohne getötet wurde, wohnt in Ulm – und gekauft hat er sie bei einem Elektronikunternehmer in Göppingen«, setzte Bauer noch eins drauf. »Na, verstehst du, was ich meine?«

Häberle nippte an seinem Bier. »Du meinst, ich soll meinem Oberchef so schnell wie möglich klarmachen, dass ich mich mal drum kümmern soll?«

»So deutlich wollte ich es nicht gesagt haben.«

Häberle sah auf die Uhr. Es war zwar schon früher Abend, aber für dringende Fälle hatte er die private Nummer des direkten Vorgesetzten gespeichert, mit dem ihn ein kollegiales Verhältnis verband. Und vielleicht wäre es die Gelegenheit zu einem letzten großen Fall …

53

Nach dem Treffen mit Kerkhoff war Heike Mittelberg sofort nach Hause gefahren. Den Großteil der Strecke hatte sie wie in Trance zurückgelegt. Selbst auf der Fähre zwischen Meersburg und Konstanz war sie völlig abwesend hinterm Steuer ihres A-Klasse-Mercedes sitzen geblieben. Immer wieder hatte sie sich dabei ertappt, wie tief die Zeit mit Markus in ihrem Gedächtnis verankert war. Und dass sie sich emotional noch sehr stark mit ihm verbunden fühlte. Doch dann übermannten sie der Zorn, die Enttäuschung und ein abgrundtiefer Hass. Sie war entsetzt, als sie feststellte, dass ihr die Trennung von Markus mehr zu schaffen machte als Franks Tod. Wie oft hatte sie sich gewünscht, dass sie den Mut haben möge, die Scheidung einzureichen! Doch jetzt, da sich das Problem auf ganz andere Weise gelöst hatte, war sie zutiefst erschrocken. Denn nun hatte sie beide verloren. Frank durch Tod und Markus an ein junges Flittchen.

Daheim angekommen, hatte sich Heike einen Tee gebrüht, die Jeans gegen sportliche Shorts getauscht und sich erschöpft auf die Ledercouch sinken lassen. Die Tasse, die neben ihr auf dem kleinen Tischchen stand, war noch nicht leer getrunken, als sie in einen unruhigen Schlaf versank, von dem sie alle paar Minuten aufzuckte, weil sich in ihrem Kopf wilde Träume formten, in denen Wünsche und Wirklichkeit in einer surrealen Horrorwelt verschmolzen.

Um diese Unruhe zu dämpfen, entschied sie sich für Alkohol. Eine Lösung war dies zwar nicht, aber ein profanes Schlafmittel allemal. Aus einer Flasche Whisky, die sie in einem Fach der weißen Schrankwand wusste, füllte sie ein Glas, nahm einen ersten kräftigen Schluck und stellte es ebenfalls auf den Couchtisch, um es im Liegen erreichen zu können.

Ihr war heiß und kalt gleichermaßen. Sie kuschelte sich in eine Wolldecke, doch sofort war es ihr wieder zu warm und die erhoffte Ruhe blieb aus. Alle paar Minuten beugte sie sich abwechslungsweise zu Tasse und Glas. Der inzwischen nur noch lauwarme Tee und der herbe Whisky schienen ihre Wirkung aber zu verfehlen. Oder es lag an den tobenden Gedanken, die heftiger waren als die Erschöpfung.

Die Ereignisse des Tages rasten wie Szenen, die wahllos aus einem Film gerissen worden waren, durch ihren Kopf. Die Fragen des Kommissars, das Treffen mit Markus, der Tod Franks. Und wieder erschien es ihr, als spiele Franks Tod nur eine Nebenrolle.

Das war natürlich kein Wunder, kämpfte sie gegen das schlechte Gewissen an. Frank hatte sie wahrscheinlich schon monatelang belogen und betrogen.

Zu Bett gehen wollte sie heute Nacht nicht. Schließlich tat der Alkohol seine Wirkung und sie schlummerte trotz der hellen Wohnzimmerlampe ein. Doch es war wieder nur ein flacher Schlaf, in dem sich Realität, Angst und Wünsche erneut ineinander zu verweben schienen.

In diesem Halbschlaf tauchten wieder die Worte von Markus auf, der empfohlen hatte, alles zu beseitigen, womit Frank beschäftigt war. Es hatte sich fast schon drohend angehört. Konnte es wirklich auch für sie selbst gefährlich werden, was Frank getrieben hatte?, schoss es ihr durch den aufgewühlten Kopf. Frank hatte noch immer enge Beziehungen zu Markus gehabt. Und eigentlich war es ein Wunder gewesen, dass er nie etwas davon bemerkt hatte, wie sie ihn mit seinem besten Freund betrog. Sie verdammte das schlechte Gewissen, das sich ihrer bemächtigte, wollte es abschütteln, einfach löschen. Schließlich war auch Frank fremdgegangen. Und sie hatte ihn sogar dabei ertappt.

Alles ein böser Zufall?, quälte sie sich zum tausendsten Mal zwischen Schlafen und Wachsein und mit alkoholgetrübtem Kopf. Hatte Frank doch etwas vermutet? Nein, dann hätte er sich nicht leichtfertig mit dieser Frau im Golfclub getroffen. Oder war's gar ein abgekartetes Spiel mit seinem Freund Markus? Immerhin hatte der das Schmierentheater mit dem Flittchen an der Wassertretstelle inszeniert. Heike überkam der Gedanke, sie sei eine tragische Hauptdarstellerin gewesen, ohne es geahnt zu haben.

Natürlich war es seltsam, das sie und Frank am gleichen Tag jeweils zum eigenen Fremdgehen in Bad Waldsee verabredet gewesen waren. Wenn dies die Kripo herausbekam, konnte das tatsächlich sehr unangenehm werden. Dann würde es Fragen geben, die nicht zu beantworten wären.

Nein, ihre persönlichen Beziehungen gingen niemanden etwas an. Vielleicht hatte Markus sogar recht, wenn er empfahl, alles verschwinden zu lassen, was zu heiklen Nachfragen führen könnte.

Wieder ertappte sie sich dabei, dass ihr die Folgen ihres Verhaltens mehr Kopfzerbrechen machten als Franks Tod. Wäre er mit seinem Flugzeug verunglückt, hätte dies gewiss keine umfangreichen Ermittlungen im persönlichen Umfeld ausgelöst. Unfälle kamen schließlich vor. Aber ein Mord hatte eine ganz andere Qualität. Dieser Kommissar hatte nicht gerade den Anschein erweckt, schnell klein beigeben zu wollen. Wenn erst aufkam, wie eng Frank und Markus trotz vieler strittiger Punkte befreundet waren, ergaben sich für die Kriminalisten notgedrungen weitere Fragen. Und es würde zu falschen Interpretationen führen können.

Sie nahm all dies mit in den nächsten Schlummer, in dem sich die Ängste zu einem neuerlichen Alptraum formten, um wieder mit einem brutalen Erwachen zu enden – gerade jetzt wieder, als sie von einer schrecklichen Fantasie gebeutelt wurde: Sie versuchte darin, Franks Laptop mit einem riesigen

Hammer zu zerschlagen. Doch trotz aller Anstrengung ließ es sich nicht zerstören, weil sie die Tastatur nicht traf. Gleichzeitig klingelte es an der Tür und ein Spezialkommando der Polizei stürmte ins Zimmer. Sie wurde unsanft herumgerissen und gefesselt. Ein grässlicher Traum. So heftig, dass sie aufschreckte und ihr Herz raste. Gott sei Dank nur ein Traum. Sie sah auf die Uhr. 1.58 Uhr. Hatte sie doch ein bisschen länger geschlafen? Und war es wirklich nur der Traum, der sie so abrupt hochgerissen hatte? Oder war das Geräusch, das die Polizei in ihrem Traum verursacht hatte, ganz real gewesen? Hatte es sich in ihren Traum geschlichen, ihn sogar ausgelöst? Sie richtete sich vorsichtig auf und lauschte. Schritte auf Steinboden? Von der Diele? Fast war es ihr so, als seien es die typischen Schritte Franks. Unsinn, nein, natürlich nicht. Reine Einbildung. Vermutlich war's nur eine Autotür gewesen.

Totenstille. Dann kreisten die Gedanken wieder um Frank und um das, was der Kommissar über ihn hatte wissen wollen. Was er dabeigehabt habe. Laptop? Dokumente?

Ja, natürlich. Seine persönlichen Utensilien. Dies alles hatten sie bei ihm offenbar nicht gefunden. Auch im Flugzeug nicht. Und die Hausschlüssel? Hausschlüssel. Es traf sie wie ein Donnerschlag.

Sie sprang auf, eilte zum Fenster, an dem sie den Rollladen nicht heruntergelassen hatte, und schob den Vorhang ein kleines Stück beiseite. Draußen auf dieser einsamen Wohnstraße erhellte nur eine weit entfernte Lampe den Asphalt. Einige Autos waren abgestellt – die üblichen, die den Nachbarn gehörten. Nichts Besonderes.

Sie blieb ein paar Sekunden stehen, elektrisiert von dem Gedanken an den Schlüssel. Warum war ihr das nicht längst eingefallen?

Beflügelt von einer erlösenden Idee, ging sie langsam in die dunkle Diele, knipste das Licht an und kramte in ihrer dort abgelegten Handtasche nach ihrem eigenen Hausschlüssel.

Wenn sie ihn von innen in das Schloss der Haustür steckte, wäre es von außen nicht mehr möglich, sie aufzuschließen. Ihre zitternden Finger ertasteten den Schlüsselbund, den sie fest umklammerte und an sich nahm. Mit wenigen Schritten erreichte sie die Tür.

Doch noch bevor sie den Schlüssel ins Schloss stecken konnte, verpasste ihr ein seltsames Knacken einen neuerlichen Adrenalinstoß. Von hinten. Oder von schräg hinten, vom finsteren Kellerabgang? Gänsehaut jagte eiskalt über ihren Rücken, raubte ihr alle Kraft. Es fühlte sich an, als seien ihre Bewegungen eingefroren. Vernunft wich für ein paar Sekunden panischer Angst. Alles nur Einbildung? Ja, natürlich. Da war niemand. Ganz bestimmt nicht. In Häusern knackte nachts oft etwas, wenn sich Materialien nach einem heißen Tag abkühlten. Außerdem lagen die Nerven blank. Nichts gegessen, nur Tee und Alkohol im Magen. Da war es völlig normal, dass die Sinne verrücktspielten.

Allmählich gewann sie die Herrschaft über sich. Sie drehte sich vorsichtig um. Aber der Blick auf den dunklen Kellerabgang jagte ihr einen neuerlichen Schauer in die Glieder. Die Tür dort unten, zuckte es durch ihren Kopf, die Tür, die von außen ins Untergeschoss führte – war deren Schließzylinder nicht auch mit demselben Schlüssel zu öffnen? Ja, sie hatten doch eine Schließanlage, hämmerte es in ihrem Kopf. Frank hatte immer gesagt, man dürfe den Zentralschlüssel, der überall im Gebäude passe, niemals verlieren.

Sie hatte aber nur einen einzigen, den sie am Schlüsselbund nun eilig auswählte und ins Schloss der Haustür steckte. Noch während sie dies tat, erschien es ihr, als habe etwas im Schein der Straßenlampe einen kurzen, tiefschwarzen Schatten auf die matte Verglasung des Türblatts geworfen.

Die Silhouette einer Person?

Heike stand wie gelähmt und starrte, von Angst ergriffen, auf die Scheibe. Einbildung? Natürlich, reine Einbildung …

54

Häberles Ehefrau Susanne war alles andere als erfreut. Dass August noch in den letzten Wochen seiner Dienstzeit einen Fall annehmen wollte, der wieder mal weite Anfahrtswege erforderte, hatte sie bereits gestern Abend, nachdem sein ehemaliger Kollege Edgar Bauer gegangen war, mit Sorge zur Kenntnis genommen. Doch in den langen Ehejahren war sie viele Male mit unerwarteten Einsätzen ihres Mannes konfrontiert worden. Außerdem wusste sie, dass er noch immer Spaß daran hatte, knifflige Fälle zu klären. Während seiner Zeit als Sonderermittler in Stuttgart hatte sie oftmals um sein Leben gebangt. Damals hatte er es mit brutalster Kriminalität zu tun gehabt und war mit Verbrechen in allen Gesellschaftsschichten konfrontiert worden.

Manchmal hatte sie den Eindruck, er habe seinen Rückzug in die heimatliche Provinz vor über zehn Jahren bereut, obwohl ihm die ländliche Umgebung weitaus mehr lag als die Hektik einer großen Stadt, wo es auch bei der Polizei viele Emporkömmlinge und Besserwisser gab. Die waren zwar überall anzutreffen, doch nahm ihre Zahl mit zunehmender Entfernung zu den angeblichen Zentren der Macht ab. Immer öfter schien es ihm so, als sei er einer der »Letzten vom alten Schlag«, ein Praktiker, der nichts von Konferenzen und »runden Tischen« hielt, von zeitraubenden Besprechungen mit Theoretikern, die »nie an der Front« waren, wie er zu sagen pflegte, sondern die so schnell wie möglich in der Hierarchie nach oben steigen wollten, koste es, was es wolle. Um hochzusteigen, bedurfte es meist keiner Erfahrung, sondern eines vorlauten Mundwerks, das sich freilich dem stromlinienförmigen Mainstream der jeweiligen Dienststelle anpassen musste. Wichtig für die eigene Karriere war natürlich auch das richtige Parteibuch, wenngleich bei der politischen Einstellung mittlerweile eine gewisse Flexibilität angeraten zu sein schien. Die Zeiten, da man als Polizist landespolitisch längerfristig auf ein ministerielles Pferd setzen konnte, waren vorbei. Wer sich heute zu weit aus dem Fenster lehnte, könnte nach der nächsten Wahl leicht ins Bodenlose stürzen und in Ungnade fallen und vergeblich auf die nächste Beförderung warten.

August Häberle hatte dieses System nicht nur durchschaut, sondern es auch hinlänglich satt. Vor allem war es ihm zuwider, wenn schöngeredet und der Bevölkerung eine heile Welt vorgegaukelt wurde, obwohl es seit Jahren nicht nur an Personal, sondern auch am nötigen Rückhalt in der Politik fehlte. Die Folge war, dass sich die Kollegen auf der Straße oftmals einer weitverbreiteten Respektlosigkeit gegenübersahen. Vermutlich, so wurde Häberle nicht müde, es auszusprechen, gab es kaum ein Land auf der Welt, in dem Polizeibeamte derart rüpelhaft angegangen werden durften wie in Deutschland. Aber würde man hierzulande so durchgreifen wie beispielsweise in den USA, das ja bis zur Ära Trump als eines der freiheitlichsten Länder gepriesen wurde, dann würde es Dienstaufsichtsbeschwerden nur so hageln.

Schon einmal hatte Häberle aus Frust seinen Dienst quittieren wollen – damals, als er die Pensionsgrenze erreicht hatte. Doch sein Vorgesetzter, der Polizeipräsident, war wider Erwarten stark daran interessiert gewesen, ihn zu einer Verlängerung überreden zu können. Jetzt aber war endgültig Schluss. Rechtzeitig vor dem neuen Jahrzehnt würde er in den Ruhestand gehen. Seine Frau Susanne hatte zwar Zweifel, ob er von einem Tag auf den anderen das Ermitteln und Recherchieren aufgeben konnte, war es doch ein wichtiger Inhalt seines Lebens. Aber andere hatten es auch geschafft, viele, mit denen August jahrelang zusammengearbeitet hatte:

der örtliche Richter Reinhard Schwenger, der Polizeirevierchef Manfred Watzlaff und sogar der legendäre Lokaljournalist Georg Sander.

Natürlich würde August nicht daheimsitzen und Däumchen drehen. Vermutlich waren seine Erfahrung und seine Kombinationsgabe weiterhin gefragt. Sicher würden Kollegen seinen Rat schätzen – oder er betätigte sich eher hobbymäßig als gewiefter Ermittler für Privatpersonen oder Anwälte. Jedenfalls hatte er ähnliche Pläne bereits gesprächsweise durchblicken lassen – obwohl Susanne froh wäre, wenn sie endlich mehr Zeit für Reisen und gemeinsame Unternehmungen hätten. Doch sie hatte sich vorgenommen, ihn nicht in seiner Freiheit zu beschneiden. Er sollte selbst sehen, wie er mit dem Ruhestand zurechtkam.

Jetzt aber war er mit großem Eifer an einem neuen Fall, den er seinem direkten Vorgesetzten noch gestern Abend schmackhaft gemacht hatte. Dieser war angesichts des großen öffentlichen Interesses, den der Drohnenunfall in Häberles Zuständigkeitsbereich ausgelöst hatte, damit einverstanden gewesen, sich mit dem Präsidium Konstanz in Verbindung zu setzen und personelle Unterstützung anzubieten.

Gleich nach dem Aufstehen hatte Häberle mehrere Telefonate geführt, um den Verantwortlichen in Ulm die Zusammenhänge genauer zu schildern. Wie oft in solchen Fällen, bedurfte es einiger Überredungskunst, um über festzementierte Präsidiumsgrenzen hinweg eingreifen zu können. Schließlich meinte einer der »wichtigen« Chefs in Ulm nach Rücksprache mit Konstanz entnervt: »Wenn's sein muss, nehmen Sie halt den Linkohr mit.« Gemeint war Häberles engster Mitarbeiter, der sogleich den Auftrag erhalten sollte, den in Ulm wohnhaften Mann zu vernehmen, dessen Frau durch die Drohne getötet worden war. Das polizeiliche Protokoll zur Aussage des Witwers namens Ackermann, der das Wohnwagengespann gelenkt hatte, lag zwar in den Ermittlungsakten vor, doch nun war es sinnvoll, ihn noch einmal zu befragen. Zumindest war nach Bauers Erklärungen davon auszugehen.

Susanne hatte Augusts morgendliche Telefonate von der Küche aus mitbekommen und war seufzend in sein Arbeitszimmer gekommen: »Also mal wieder eine große Sache, stimmt's?«

»Vermutlich meine letzte«, erwiderte August mit gehobenen Augenbrauen und mit einem Gesichtsausdruck, der Freude an der Arbeit verriet. »Aber es kann mal wieder später werden.«

»Du fährst nach Bad Waldsee?«, fragte Susanne, obwohl die Antwort eigentlich klar war.

»Ja. Ich will rauskriegen, ob diese Drohnengeschichte und ein Medikamentenschwindel etwas mit dem Mord zu tun haben.«

55

»Wie fühlst du dich, frei und ohne Job?«, lächelte Markus Kerkhoff, als er sich hinters Steuer seines neuen Wohnmobils setzte. Soeben war Evelyn, die ihre langen brünetten Haare wieder zu einem wippenden Pferdeschwanz gebunden hatte, mit ihrem Cinquecento zum Wohnmobilstellplatz zurückgekehrt.

»Supi fühl ich mich«, strahlte sie und lud einige Lebensmittel, die sie heute früh schon eingekauft hatte, in den Camper, um sie in den Schränken zu verstauen. Derweil blätterte Kerkhoff in der umfangreichen Bedienungsanleitung des Fahrzeugs.

Bislang hatten sie nicht entschieden, ob sie noch heute oder erst morgen starten wollten. Ziel war nicht – wie er dem Verkäufer bei Hymer gesagt hatte – ein Kongress in Lausanne, sondern eine ganz andere Richtung. Aber das brauchte niemand zu wissen.

Kerkhoff legte die Bedienungsanleitung beiseite und begann, sich mit dem Navigationsgerät vertraut zu machen. »Um die 700 Kilometer sind's bis Berlin. Aber wir könnten unterwegs noch im Spreewald bleiben«, stellte er fest. Evelyn war näher gekommen und sah nun ebenfalls auf das Display im Armaturenbrett. »Das soll sehr idyllisch sein – bei Lübbenau. Hab ich mal gelesen.«

Er schwieg, nahm einige weitere Einstellungen vor und sagte: »Je nachdem, wie die Lage ist, können wir ein, zwei Tage dort bleiben. Aber Berlin würde ich links liegen lassen. Das ist mit dem Camper umständlich.«

»Und wenn etwas danebengeht?«, wurde Evelyn plötzlich ernst.

»Was soll schon danebengehen? Du darfst mir glauben«, er sah sie aufmunternd an, »dann hab ich längst einen Plan B.«

»Plan B?«, fragte sie verwundert. »Wie soll ich das versteh'n?«

»Brauchst du gar nicht. Ist nur für den äußersten Notfall. Wir Ärzte sind immer auf alles vorbereitet.« Er lächelte.

Evelyn gab sich damit zufrieden, wandte sich ihren Lebensmitteln zu und hob eine Flasche Sekt in die Höhe: »Für uns, wenn wir das endgültige Ziel erreicht haben.«

Als sie mit dem Einräumen fertig war, ließ sie die hintere Tür einrasten und setzte sich nach vorne auf den Beifahrersitz. Der Saum ihres Sommerkleidchens war weit nach oben gerutscht, was Kerkhoff mit einem charmanten Lächeln zur Kenntnis nahm. »Sollen wir eine Runde drehen?«

»Na klar doch«, stimmte sie zu.

»Dann probieren wir's mal aus, wie's sein wird – quer durch Deutschland.« Er warf einen prüfenden Blick nach hinten zur Einrichtung, um zu sehen, ob alle Klappen und Türen geschlossen waren und nichts Unbefestigtes mehr herumstand. Dann startete er den Motor, um aus der Parklücke herauszumanövrieren.

»Geil«, meinte Evelyn und himmelte ihren Geliebten an.

»Bad Waldsee war schön«, meinte er, als er langsam aus dem Parkplatz fuhr. »Es geht neuen Ufern entgegen.«

»In der schönen Schweiz«, grinste Evelyn und spielte damit auf jenes Ziel an, das Markus gegenüber anderen genannt hatte.

»Und im Herbst nächsten Jahres haben wir beide einen neuen Job. Du als meine tüchtige Krankenschwester bist meine rechte Hand.«

»Hoffentlich nicht nur das«, sah sie ihn provokant von der Seite an und legte ihre Beine übereinander. »Vorausgesetzt, uns lässt deine ›geliebte‹ Heike in Ruhe.«

»Das wird sie. Darauf kannst du dich verlassen.«

Evelyn wurde nachdenklich. »Das war echt krass, wie sie reagiert hat, als ich eure Zweisamkeit beim Wassertreten gestört habe.«

Kerkhoff sah zu ihr hinüber und tätschelte ihren linken Oberschenkel: »Das hast du sehr gut gemacht, mein Schatz. Die perfekte Schauspielerin.«

Sie genoss die Berührung, ließ sich aber nicht ablenken: »Wie eng war eigentlich euer Verhältnis nun wirklich?«

»Na ja, ein Abenteuer, wie sich das so ergibt. Sie war die Frau meines Freundes und sogar mal Patientin bei mir – und dann ist man ins Gespräch gekommen.« Er bog unweit des Hymer Museums in die B 30 Richtung Biberach ein, während die junge Frau echote: »Ins Gespräch gekommen. Zuerst ins Gespräch und dann …«

Kerkhoff runzelte die Stirn: »So schnell dann auch wieder nicht, Mädel. Die Heike ist kein Teenie mehr.«

»Hat das was mit dem Alter zu tun?«

»Sie hat damals geklagt, dass Frank, von dem sie natürlich wusste, dass er mein alter Kumpel war, irgendwelche dubiosen Geschäfte mache und sie ihn eigentlich loswerden wollte.«

»Loswerden?«, entfuhr es Evelyn.

»Ja, dass es ihr am liebsten wäre, sie würde ihn mal mit einer anderen treffen.«

Evelyn grinste: »Sozusagen auf die softe Art loswerden – also nicht umbringen.«

»Umbringen?« Kerkhoff warf ihr einen flüchtigen Blick zu. »Also bitte, Evelyn, ich glaub, du guckst zu viele Krimis.«

56

Die Begrüßung war herzlich. Häberle und der vermutlich nur halb so alte Kriminalrat Fabian Pfeifer hatten sich zwar nie zuvor gesehen, doch zumindest der jüngere Kollege wusste natürlich, welch erfahrener Ermittler aus Ulm angereist war. Häberles Sympathie hielt sich nach dem ersten Blick in Grenzen, doch nahm er sich vor, sämtliche Vorurteile gegen strebsame Hochschulabsolventen vorläufig zu vergessen. Aber die Art, wie Pfeifer ihn in sein Büro führte, wo ein verdächtig ordentlich aufgeräumter Schreibtisch stand, entsprach nicht seinem Verständnis einer kollegialen Atmosphäre.

Sie nahmen an einem ovalen Tisch Platz, auf dem ziemlich akkurat einige Akten lagen. Nach den üblichen Floskeln über Anfahrt, Wetter und Bad Waldsee kam Pfeifer schnell zur Sache: »Man hat mir gesagt, Sie interessierten sich speziell für den Drohnenunfall in Ihrer Gegend.«

Häberle lehnte sich zurück und verschränkte die Arme vor der voluminösen Brust. »Ja, es scheint so, dass sich der Witwer der damals verunglückten Frau mithilfe eines Privatdetektivs aus Göppingen hier in Bad Waldsee aufhält.«

»Privatdetektiv«, wiederholte Pfeifer mit gewisser Verachtung. »Auch das noch. Und Sie glauben, dieser Witwer habe den Drohnenflieger umgebracht, oder wie muss ich das verstehen?«

Häberle schüttelte den Kopf und staunte, wie einfach sich der junge Kollege den Fall vorstellte. »Das glaube ich eher nicht. Vielmehr scheint es zumindest einen Zusammenhang zwischen diesem Unglück und einer Medikamentenschwindelei zu geben.«

»Die Sache von der Fernsehreportage neulich«, gab sich Pfeifer informiert.

»Möglicherweise. Denn wir haben's noch mit einem weiteren Todesfall zu tun. Der Ehefrau …«, Häberle fingerte einen zerknitterten Notizzettel aus der Freizeitjacke und las vor, »eines gewissen Wellinger, Moritz Wellinger, aus Göppingen.«

»Auch Göppingen. Deshalb sind Sie so scharf auf den Fall – ja, das haben die mir aus Konstanz angedeutet«, gab Pfeifer zurück und klang nicht sehr begeistert. »Und dieser Wellinger ist auch tot?« Dem Kriminalrat war die Verärgerung darüber anzumerken, dass er nicht ausreichend über die Hintergründe informiert war.

»Nicht er ist tot, sondern seine Frau«, blieb Häberle gelassen und hielt dem Kollegen zugute, dass dieser Bauers Recherche natürlich nicht kannte. »Die Frau ist angeblich an gepanschten Krebsmitteln gestorben. Hier in Bad Waldsee.«

»Hier. Gepanschte Krebsmittel?«

Häberle hob beschwichtigend die Hände. »Nicht hier hat sie diese bekommen. Sie ist aber hier während einer Kur verstorben.«

»Und wie geht das nun zusammen? Drohne, Medikamente und unser Toter im Ried?«

»Das herauszufinden, möchte ich Ihnen helfen«, lächelte Häberle charmant und ergänzte: »Wenn Sie erlauben. Ich hab wegen dieser Beziehungen zu unserem Gebiet meine Hilfe angeboten.«

Pfeifer schwieg und überlegte, ob ihm irgendjemand nicht zutraute, den Fall federführend zu lösen. Häberle erläuterte weiter: »Wenn Sie die Fernsehreportage gesehen hätten, hätten Sie den Wellinger dort reden hören. Hat man mir gesagt. Denn dieser Wellinger ist angeblich mit einem hiesigen Klinikarzt in Kontakt gekommen, dem Arzt, der seine Frau betreut hat. Und der hat ihm wohl einen vertraulichen Hinweis gegeben, wonach der Tod seiner Frau einem gepanschten Krebsmittel geschuldet sei.«

»Und nun sinnt dieser Wellinger auf Rache«, glaubte Pfeifer, konstatieren zu können.

»Ob man es Rache nennen kann, weiß ich nicht. Ich würde mich zunächst auf einen anderen Aspekt konzentrieren, Herr Kollege. Nämlich, dass dieser Arzt, dessen Name mir gerade nicht einfällt, allem Anschein nach von Wellinger eine dieser Unglücksdrohnen gekauft hat.«

Pfeifer hatte Mühe, den Ausführungen zu folgen. »Wie? Der Wellinger verkauft Drohnen?«

»Nicht nur«, entgegnete Häberle. »Aber halt auch. Wellinger hat einen mittelständischen Betrieb, der irgendwelche feinmechanischen Apparaturen für die Elektronik herstellt. So genau weiß ich das auch nicht.«

»Und dieser Arzt hat bei diesem Wellinger eine Drohne gekauft, weil sich die beiden durch den Kuraufenthalt der verstorbenen Frau kennengelernt haben«, verlangte Pfeifer Klarheit.

»So ist es.«

»Welche Rolle spielt dann unsere Leiche aus dem Ried?«

Häberle zuckte mit den Schultern. »Das müssen nun wir beide herausfinden«, grinste er und fügte an: »Wir und unser Team. Mein engster Mitarbeiter vernimmt zur Stunde in Ulm den Mann, dessen Frau bei dem Drohnenunfall getötet wurde.«

»Ist das Linkohr?«, fragte Pfeifer nach.

»Ja, Mike Linkohr. Kennen Sie ihn?«

»Persönlich nicht, aber es wird in Kollegenkreisen einiges über ihn geschwätzt.«

»So? Hoffentlich nur Gutes.«

»Na ja«, hielt sich Pfeifer zurück, »er scheint sich mit dem weiblichen Geschlecht etwas schwerzutun.«

Häberle ließ sich nichts anmerken. Es kamen ihm aber einige fragwürdige Episoden in Erinnerung, die den jungen Beamten um Haaresbreite den Job gekostet hätten.

57

Sie hatten mit dem Wohnmobil inzwischen Biberach erreicht, wo sich Kerkhoff zur B 465 nach Ehingen orientierte. Eigentlich hatte er nicht wirklich ein Ziel vor Augen, sondern nur eine kleine Rundfahrt machen wollen.

Dass ihn Evelyn unterwegs nervte, ließ er sich nicht anmerken. Aber sie schien heute nicht für das in Stimmung zu sein, was er sich erhofft hatte. Denn irgendwo hätte es ganz sicher ein beschauliches Plätzchen gegeben, um einmal die Vorzüge eines »mobilen Bettes« zu genießen. »Das mit der Drohne, die dieser Kerl gestern Abend angesprochen hat, hast du mir noch immer nicht genau erklärt«, blieb sie hartnäckig und lehnte sich rechts gegen die Beifahrertür, um zu Kerkhoff auf Distanz zu gehen. Er nahm es leicht verstimmt zur Kenntnis.

»Wie ich dir doch sagte. Da hat's wohl vor einigen Monaten einen Unfall gegeben, irgendwo auf der Autobahn Richtung Stuttgart. Und angeblich soll es meine gewesen sein. Hast du ja gehört. Aber das ist natürlich Schwachsinn.«

»Warum hast du es ihm dann nicht deutlich gesagt?«

Kerkhoff ließ für einen Moment das Lenkrad los und fuchtelte nervös mit den Händen in der Luft, als wolle er seine Worte damit unterstreichen: »Hätte ich ihn wegjagen sollen? Evelyn, jetzt mach mal halblang. Wir dürfen uns nicht von einigen Möchtegern-Detektiven kirre machen lassen.«

»Und wer ist Marion Schewe?«

»Schewe?«

»Ja, den Namen hat er doch erwähnt.«

Kerkhoff überlegte, weshalb ihn Evelyn nicht schon gestern Abend mit diesen Fragen konfrontiert hatte. Aber vermutlich war ihr die Nacht mit ihm viel zu wichtig gewesen, als dass sie es riskieren wollte, dass ein Streitgespräch die erotische Stimmung zerstörte.

»Schewe«, griff er den Namen auf, »Marion Schewe. Eine ziemlich raffinierte Pharmavertreterin, mit der ich vorletztes Jahr etwas zu tun hatte«, erklärte er säuerlich.

»Etwas zu tun?«, echote Evelyn misstrauisch. »Etwas mit ihr zu tun – wie mit der Heike?«

»Ach, Evelyn, hör doch auf, bitte. Deine Eifersüchteleien verderben mir den Tag. Diese Marion Schewe ist über 15 Jahre älter als du. Mindestens.«

»Und Ältere magst du nicht, stimmt's?«, fragte sie so keck, als wolle sie eine Bestätigung hören.

»Ich steh auf solche wie dich«, erwiderte er und bekam sogleich Kontra: »Solche wie mich? Also egal, welche. Nur halt solche?«

»Also, Evelyn, du drehst mir die Worte im Mund rum. Ich meine natürlich, dass ich auf *dich* stehe. Oder hast du das noch nicht gemerkt?«

»Und wer ist nun diese Marion Schewe?«

Beinahe hätte er das Tempo eines vorausfahrenden Traktors falsch eingeschätzt, weshalb er kräftig auf die Bremse treten musste, um hinter ihm herzuzuckeln. »Eine Pharmavertreterin, die mir mal eine unsaubere Sache andrehen wollte.«

»Wie muss ich mir das vorstellen?«

Während er sich darauf konzentrierte, den Traktor zu überholen, wurde ihm bewusst, dass Evelyn ganz schön penetrant sein konnte. »Sie hat wohl Billigprodukte aus China vertrieben – an Ärzte, aber insbesondere an Apotheker. Doch ich hab sie abgewimmelt.«

»Aber es hat doch ganz schön bedrohlich geklungen, was der Detektiv gesagt hat, oder täusch ich mich da?«

»Der meint wohl, ich hätt angebissen – bei diesen Angeboten.«

»Was natürlich Unfug ist«, konstatierte Evelyn mit einem Tonfall, der gewisse Zweifel vermuten ließ.

»Wäre es nicht besser, wir beide würden nach vorne schauen?«, versuchte Kerkhoff, das Gespräch in eine andere Richtung zu lenken.

»Doch, Markus. Aber ohne die Vergangenheit zu bewältigen, wird es keine gemeinsame Zukunft geben.«

»Wie bitte?« Kerkhoff hatte mit einer solchen Bemerkung nicht gerechnet.

»Ich mein nur«, machte Evelyn weiter, »wir sind uns doch einig, dass es keine Geheimnisse zwischen uns geben darf, oder?«

Kerkhoff rang sich ein Lächeln ab und sah ihr ins Gesicht: »Zwischen uns nicht, Evelyn. Niemals. Ganz bestimmt.«

58

Häberle hatte sich von Pfeifer und einem seiner Mitarbeiter, dem Hospitanten Robin Jäger, in die bisherigen Erkenntnisse einführen lassen. Obwohl Pfeifer der Wortführer war, versuchte der junge Mann immer wieder, seine Meinung unterzubringen. Dass Pfeifer ihn noch nicht zurechtgewiesen hatte, nahm Häberle verwundert zur Kenntnis. Aber immerhin konnte Jäger mit einer phänomenalen Ortskenntnis glänzen – vor allem aber mit seinen Beziehungen zu einem örtlichen Apotheker, der ihn mit Insiderinformationen zu den mutmaßlichen Geschäften des getöteten Frank Mittelberg versorgt hatte.

»Dann scheint an dem Verdacht Wellingers was dran zu sein«, resümierte Häberle.

»Dass der Herr Mittelberg kein gewöhnlicher Pharmavertreter war, ist klar. Seine Frau hat mir gegenüber auch etwas von ›merkwürdigen Geschäften‹ durchblicken lassen, ohne Genaueres zu wissen. Oder wissen zu wollen«, berichtete Pfeifer. »Allerdings habe ihn diese Fernsehreportage tief getroffen. Obwohl sein Name nicht gefallen sei, hätten Branchenkenner Rückschlüsse auf ihn ziehen können.«

»Und dann liegt er tot in diesem Moor«, meinte Häberle.

»Im Ried«, berichtigte Pfeifer, »hier sagt man Ried dazu. Steinacher Ried. Ja, der Gerichtsmediziner hat einen Einstich am rechten Arm festgestellt und als Todesursache die Injektion eines Narkosemittels genannt.«

»Injektion«, überlegte Häberle. »Und dies im Umfeld von Ärzten, Apothekern und Pharmavertretern. Immerhin stilvoll.«

»Ja«, bekräftigte Pfeifer und griff zu einer ausgedruckten E-Mail. »Inzwischen liegt ein ergänzender Obduktionsbericht des Gerichtsmediziners vor. Er geht davon aus, dass die Injektion ziemlich fachgerecht gesetzt wurde. In die Vene – und die muss man erst mal treffen.«

»Dazu muss das Opfer stillhalten«, überlegte Häberle.

»Hat es wohl auch. Zwangsweise«, erklärte Pfeifer. »Der Gerichtsmediziner hat im Blut des Mannes Lorazepam festgestellt, ein Beruhigungsmittel, das zu Schläfrigkeit führt.«

»Wie eingenommen?«

»Vermutlich getrunken. In ein Getränk gemischt.«

»Das heißt im Klartext: Der Mann hat mit seinem Opfer kurz zuvor etwas getrunken, ist eingeschlafen und wurde totgespritzt. Versteh ich das richtig?«

»Nach jetzigem Erkenntnisstand könnte man dies so annehmen, ja.« Pfeifer legte den Obduktionsbericht beiseite und fuhr fort: »Wir haben's mit der Arztszene zu tun, keine Frage. Hinzu kommt, dass Mittelbergs Leiche von dessen Jugendfreund gefunden wurde, diesem Dr. Kerkhoff, der bis gestern wohl eine kleine Privatklinik geleitet hat.«

»Zufall?« Häberle war bei der Nennung des Namens hellhörig geworden.

»Was sonst. Kerkhoff joggt häufig frühmorgens an irgendeiner Ecke dieser Stadt.«

»Der Fundort hat den beiden nichts bedeutet?«, hakte Häberle nach. »Aus Kindheits- oder Jugendtagen? Geheimer Treffpunkt oder Ähnliches?«

Jetzt meldete sich Jäger zu Wort: »Nein. Ich hab mich bereits umgehört. Da ist nichts bekannt.«

»Der Zufälle nicht genug«, machte Pfeifer weiter. »Die Heike Mittelberg, also die Frau des Opfers, glaubt ihren Mann in Dinkelsbühl, wohin er angeblich hat fliegen wollen, und ertappt ihn rein zufällig – so versichert sie – beim Fremdgehen mit einer anderen. Hier im Golfclub.«

»Wie das denn?«, staunte Häberle.

»Sie sei in das dortige Restaurant gegangen, weil sie dort öfters schon Bekannte getroffen habe.«

Häberle überlegte. »Und wie war ihr Verhältnis zum Freund ihres Mannes, dem Kerkhoff?«

»Ja, Herr Kollege, da treffen Sie wohl einen wunden Punkt. So genau ist mir dies noch nicht klar. Beide geben sich bei dieser Frage ziemlich zugeknöpft.«

»So? Dann knöpfen wir sie uns halt nochmals vor«, gab sich Häberle energisch, weil ihm Pfeifers bisheriges Vorgehen nicht professionell genug erschien.

Jäger deutete auf ein ausgedrucktes Protokoll, das die junge Kollegin aus Konstanz zur Vernehmung des dortigen Flugleiters gemailt hatte: »Was wir auch berücksichtigen sollten: Am Morgen, bevor Mittelberg nach Bad Waldsee gestartet ist, soll sich ganz in der Nähe seiner abgestellten Cessna auf dem Konstanzer Flugplatz eine unbekannte Person herumgetrieben haben.«

Häberle staunte: »So? Die Maschine war frei zugänglich?«

»Ja, war sie. Und sie lässt sich nicht mal abschließen, weil das Schloss der Pilotentür seit geraumer Zeit defekt ist.«

»Und wer hat da was gesehen?«

»Der Platzwart, ein junger Afghane, der immer frühmorgens mit dem Fahrrad kommt. Er hat im Morgengrauen bei den Hangars einen Kombi oder ein anderes größeres Auto stehen sehen, das dann schnell weggefahren sei.«

»Kennzeichen, Fabrikat?«

»Weder noch, nicht mal eine Farbe. Es war noch ziemlich dunkel«, seufzte Jäger. »Die Kollegin schreibt, er meint, es könne ein Kombi, ein SUV oder ein Kastenwagen gewesen sein, wie ihn die Paketdienste hätten.«

Pfeifer, der die Aussage bereits kannte, ergänzte: »Aber kein großes Wohnmobil.«

»Warum Wohnmobil?« Häberle wurde hellhörig und musste an all das denken, was ihm sein Ex-Kollege Bauer berichtet hatte.

»Dieser Dr. Kerkhoff fährt eines«, erklärte Pfeifer deshalb und referierte weiter: »Interessant ist, dass Mittelberg an diesem Abend noch um 17.57 Uhr zu einem Rundflug gestartet ist – mit einer Person an Bord, wobei man nicht weiß, ob Mann oder Frau. Rückkehr war 18.49 Uhr. Das stimmt in etwa mit dem überein, was mir Frau Mittelberg erzählt hat. Sie ist wohl mit ihrem Mann ein bisschen rumgeflogen. Danach sei sie heimgefahren, während er angeblich etwas an der Maschine hat erledigen wollen. Ölstand und so weiter. Laut den Aufzeichnungen des Flugleiters muss er anschließend erneut weggeflogen sein. Und zwar um 19.33 Uhr.« Pfeifer blätterte in den Unterlagen. »Rückkehr 20.46 Uhr. Ob mit oder ohne Passagier, ist unklar.«

»Dann ist er am nächsten Morgen nach Bad Waldsee geflogen und wird 24 Stunden später dort tot aufgefunden«, ergänzte Häberle sachlich.

»Ja, aber nicht wegen eines Defekts am Flugzeug«, ereiferte sich Jäger, der nun aus dem Gespräch mit dem Flugleiter von

Bad Waldsee zu berichten wusste. »Einen Defekt am Flugzeug hat es aber wohl trotzdem gegeben. Irgendetwas mit dem Funk hat wohl nicht richtig geklappt. Und außerdem soll Mittelberg nach der Landung über eine aufkommende Erkältung geklagt haben.«

Häberle hatte aufmerksam zugehört und sich von der Situation ein eigenes Bild verschafft. »Hat man denn bei dem Piloten etwas gefunden? Persönliche Gegenstände und so weiter?«

»Nein«, erklärte Pfeifer. »Sein Aktenkoffer, den er nach Angaben seiner Frau bei sich hatte, ist spurlos verschwunden.«

»Okay«, sagte Häberle. »Dann haben wir zwei Personen, denen wir auf den Zahn fühlen sollten: der Frau Mittelberg und dem Dr. Kerkhoff. Genau dieser Herr Doktor scheint auch die Schlüsselfigur zu meinem Drohnenunfall zu sein.«

»Ach, den haben Sie vorhin gemeint?«, staunte Pfeifer und auch Jägers Gesichtsausdruck verriet Verwunderung.

»Ja«, erklärte Häberle ruhig, »deshalb werd ich mir den Herrn Doktor mal vorknöpfen. Er hat sich wohl auf den Wohnmobilstellplatz zurückgezogen. Und dann ist da auch noch eine Frau Schewe.«

»Schewe?«, stutzte Pfeifer, der über Häberles Wissen immer mehr staunte.

»Ja, auch so eine raffinierte Pharmatante, wohnt im ›Kreuz‹, hab ich mir sagen lassen. Mein Ex-Kollege hat ganze Arbeit geleistet.«

Pfeifer grinste: »Eine Pharmavertreterin? Wär das nicht etwas für Ihren Kollegen Linkohr?«

»Ich merke, auch Sie sind gut informiert. Ja, das wär was für ihn. Aber nur in Begleitung des Herrn Jäger«, konterte Häberle und blinzelte dem jungen Mann zu. »Passen Sie bloß gut auf Linkohr auf!«

59

Rolf Patten hatte die halbe Nacht nicht geschlafen. Auch Hagebusch war angesichts der seltsamen Botschaft, die ein Unbekannter hinterlassen hatte, äußerst beunruhigt gewesen. Zweifelsohne war es eine Drohung. Eine Drohung, die ganz gewiss in einem Zusammenhang mit Franks Tod stand. Schewe?, hämmerte es immer wieder in seinem Kopf. Drohte ihnen die Frau, dass sie Stillschweigen bewahren sollten? Hagebusch und er? Oder vielleicht sogar Franks Ehefrau Heike? Oder Kerkhoff?

Sosehr sie auch vergangene Nacht darüber gerätselt hatten, weder er noch Hagebusch waren auf eine logische Erklärung gestoßen. Natürlich konnte auch dieser Wellinger eine dubiose Rolle spielen. Die Erinnerung an ein Gespräch mit ihm war zwiespältig: der Unternehmer aus Göppingen verdächtigte inzwischen Gott und die Welt, am Tod seiner Frau schuldig zu sein. So ziemlich jeder Apotheker und jeder Arzt schien in sein Feindbild zu passen.

Nach langem Überlegen rang er sich dazu durch, Kerkhoff zur Rede zu stellen. Er rief ihn auf der Handynummer, die er einmal von ihm erhalten hatte, an und forderte ihn zu einem sofortigen Gespräch auf. Zwar hatte Kerkhoff nicht sehr begeistert darüber geklungen, dabei aber bemerkt, dass sich Patten nicht abwimmeln ließ. »Dann komm halt kurz her, ich bin auf dem Wohnmobilplatz bei der Therme. Hab aber nicht viel Zeit«, knurrte er schließlich ins Telefon und legte grußlos auf.

Als Patten bereits 20 Minuten später am Wohnmobilstellplatz eintraf, war Kerkhoff an einer offenen Klappe des Campers beschäftigt und drehte sich mit finsterer Miene um. Patten zeigte sich davon wenig beeindruckt. »Gut, dass ich dich erreicht hab«, sagte er lediglich.

»Du weißt, ich hab wenig Zeit. Also: Was ist los?«, fuhr ihn Kerkhoff an und blieb auf Distanz.

Patten sah sich vorsichtig um: »Sind wir allein?«

»Evelyn ist drinnen.« Kerkhoff deutete zur geschlossenen Eingangstür.

»Und Heike?«

»Bist du gekommen, um mich über meine Frauen auszufragen?« Kerkhoff verschränkte die Arme vor der Brust. »Damit du dir nachher nicht den Kopf zerbrechen musst, sag ich's dir gleich: Mit Heike war nichts und mit Heike ist nichts. Dieses Kapitel ist abgeschlossen.«

»Entschuldige, darum geht's doch gar nicht. Ich bin gekommen, um dir zu sagen, dass wir in großer Sorge sind.«

»In Sorge? Wer? Worüber? Wegen Frank Mittelberg? Dass die Scheiße mal auffliegt, hab ich euch doch schon tausendmal prophezeit. Der Wellinger ist ein harter Knochen. Ihr habt's ja gesehen – bis in die Fernsehsendung hat er es geschafft. Aber jetzt ist die Sache Gott sei Dank vom Tisch.«

Patten kam einen Schritt näher: »Mensch, Markus, du glaubst doch nicht im Ernst, dass die Staatsanwaltschaft die Akte untern Tisch fallen lässt, bloß weil einer der Hauptakteure tot ist. Umgebracht worden dazu noch.«

»Was glaubst du, was mich das interessiert? Das Kapitel Waldsee ist für mich abgeschlossen, verstehst du? Abgeschlossen. Ein für alle Mal.«

Patten wurde leiser, aber zischender: »Und Heike? Die bräuchte dich jetzt viel dringender als zuvor.«

Kerkhoff hatte sichtlich Mühe, sich zu beherrschen. Hinter ihm öffnete sich die Tür des Campers und Evelyns Kopf wurde sichtbar. Kerkhoff bemerkte dies nicht und giftete Patten an: »Dass das klar ist: Zwischen mir und Heike war nichts weiter als eine mehr oder weniger flüchtige Bekanntschaft. Ich hab ihr geholfen, als sie wegen ihres Mannes am Boden zerstört war. Heike kann froh sein, dass sie ihn los ist. Und jetzt lass mich in Ruhe. Was willst du überhaupt von mir?«

Evelyns Kopf verschwand wieder. Patten, der dies von seiner Perspektive aus beobachtet hatte, wurde energischer: »Eins ist klar, Markus: Falls der verrückt gewordene Wellinger uns etwas in die Schuhe schieben will, kannst auch du was erleben.«

»Was soll euch Wellinger in die Schuhe schieben – kannst du mir das erklären?«

»Wellinger läuft doch Amok. Seit zwei Jahren treibt der sich hier rum. Ich will nicht, dass an uns etwas hängen bleibt. An Friedrich und an mir – oder am guten Ruf unserer Stadt.«

Kerkhoff kam ihm bedrohlich nahe und steckte seine Daumen lässig in den Gürtel: »Ihr solltet euch zu allererst um euch selbst kümmern. Wer hat denn den Reibach gemacht mit den falschen Medikamenten? Aber lasst mich in Ruhe. Ich will von der ganzen Sache nichts mehr wissen.«

Er wandte sich ab und fügte hinzu: »Auch dir stünde es gut an, das Maul nicht so weit aufzureißen.« Dann verschwand er im Wohnmobil und warf die Tür von innen zu.

60

Im Gegensatz zum frei zugänglichen Stadtsee eignete sich der Schlosssee westlich der Altstadt nicht zum Baden. Die Grundstücke drum herum waren meist in Privatbesitz, sodass es nur ein paar wenige Wege gab, die direkt zum Ufer führten. Einheimische hatten jedoch keine Probleme, sich in der parkähnlichen, bisweilen stark zugewachsenen Anlage zurechtzufinden. Vom großen Parkplatz der Bleichestraße konnte man abseits des altehrwürdigen Schlosses zum bewaldeten Seeufer gelangen.

An diesem frühen Sommernachmittag tummelten sich am seichten Zufluss des Pfaffenbachs etliche Kinder am Flussufer, weshalb sich einige Enten in die mit viel Grünpflanzen überwucherte Wasserfläche flüchteten. Die Steppkes hatten ihre wahre Freude daran, in dem Wasser zu planschen und dabei von der nahen Brücke aus von Spaziergängern beobachtet zu werden. Heute jedoch wurde das fröhliche Baden unterbrochen. Gerade als ein Bub im Wasser des Pfaffenbachs watete, der hier in den Schlosssee mündete, entdeckte er unter den Blättern der Seerosen etwas, was seine Aufmerksamkeit erregte: Mit jedem sanften Wellenschlag, den die Kinder am Uferbereich auslösten, hob und senkte sich eines der Blätter und gab den Blick auf die Kante eines braunen Gegenstandes frei, der abgetaucht zu sein schien. Der Bub, der bis zu den Oberschenkeln im Wasser stand, näherte sich vorsichtig dem Objekt, das ihn auf den ersten Blick wie eine geheimnisvolle Schatztruhe anmutete.

Doch als er danach griff, fühlte es sich ziemlich leicht an. Halb aus dem Wasser ragend, halb versunken, ließ es sich problemlos ans nahe Ufer manövrieren. Inzwischen hatten auch andere Kinder bemerkt, dass er auf etwas Geheimnisvolles gestoßen war. Sofort versammelte sich die neugierig kreischende Schar um ihn herum. Ein kleines Mädchen reckte sich ungeduldig nach dem Gegenstand, den der Bub umständlich an Land beförderte – inzwischen aus sicherer Distanz von der Brücke aus auch von einer Gruppe Rentner kritisch beäugt. Weitere Kinder kamen hinzu, um gespannt zu verfolgen, was da zum Vorschein kommen würde.

Viele Hände griffen zu, als der Bub das Objekt vollends ans bewachsene Ufer gebracht hatte. Dann jedoch machte sich für einen Moment erwartungsvolle Stille breit – eine gespannte und enttäuschte gleichermaßen. Denn der Fund entpuppte sich nicht als Schatz, sondern als ein dunkelbrauner, offenbar ziemlich alter Aktenkoffer, der nun völlig durchnässt im Schilf lag. »Ist da Geld drin?«, fragte einer der Buben aufgeregt und erweckte damit sogleich wieder das Interesse einiger anderer, die sich bereits abgewandt hatten.

Unter den Augen aller begann der sichtlich stolze Finder, die Schnappschlösser des Koffers zu öffnen. Als er den Deckel heben konnte, drängten sich alle Kinder neugierig näher heran. Doch was sie zu sehen bekamen, war für sie alles andere als aufregend: Im Innern hatten sich Papiere mit Wasser vollgesogen, ebenso die Blätter eines Schnellhefters, den der Bub ohne zu zögern hochhob, worauf es aus den zusammengepressten Seiten heftig tropfte.

»He, da ist ein Handy drin!«, brüllte ihm ein Mädchen ins Ohr, das über seine Schultern hinweg das Gerät im wassergefüllten Koffer liegen sah. Reflexartig ließ der Bub den Schnellhefter ins Gras fallen, um nun das weitaus interessantere Handy herauszufischen.

»Wer wirft denn so was weg?«, fragte er dabei und machte sich sofort sachkundig über das Handy her, dessen Display jedoch nichts mehr anzeigte. Inzwischen waren vom nahen Weg zwei ältere Herren über den feucht-weichen Untergrund gestapft, um über die Köpfe der meist knienden Kinder hinweg ebenfalls den seltsamen Fund zu begutachten. »Wo habt ihr das Ding denn gefunden?«, wollte einer der beiden wissen. Alle Köpfe drehten sich zu ihm.

»Im Wasser, da vorne«, erwiderte der aufgeweckte Bub, der vor dem Koffer kniete und das tropfende Handy in der Hand hielt.

Die Kinder wichen ein paar Schritte zurück und verfolgten schweigend, wie die beiden Männer in die Hocke gingen, um den Koffer und dessen Inhalt genauer betrachten zu können. »Am besten, du lässt das alles mal so liegen«, empfahl einer von ihnen dem erstaunten Kind. Denn er hatte beim flüchtigen Überfliegen der Schriftstücke die Adressen von örtlichen Apotheken und Ärzten gelesen. Schlagartig war ihm die Fernsehreportage und ein Artikel der »Schwäbischen Zeitung« über die Ermittlungen zu gepanschten Medikamenten in Erinnerung gekommen. Er fingerte sein Smartphone aus der Brusttasche seines Hemdes und wählte eine Nummer. Die der Polizei.

61

Patten war aufgewühlt von dem Treffen mit Kerkhoff in sein Büro zurückgekehrt. Sein Entschluss, den er schon vergangene Nacht getroffen hatte, stand nun endgültig fest: Er musste alles beseitigen, was in irgendeiner Weise Rückschlüsse darauf zuließ, dass er einmal geschäftlichen Kontakt zu Marion Schewe hatte. Es gab irgendwo noch einige Lieferscheine und einen gespeicherten E-Mail-Verkehr. Patten hatte sich deshalb mit hochrotem Kopf in sein Büro zurückgezogen und hastig Aktenordner durchgeblättert und Dateien auf seinem Computer gelöscht – wohl wissend, dass es Experten möglich wäre, auch Gelöschtes auf der Festplatte hervorzuzaubern. Aber einen solchen Aufwand würden sie wohl kaum veranstalten, wenn ansonsten alles unverdächtig erschien.

Den Zettel, der gestern Abend hinterm Scheibenwischer gesteckt hatte, wollte er hingegen aufbewahren. Man konnte ja nie wissen. Er schob ihn vorsichtig in eine Klarsichthülle, die er anschließend in dem nur wenige Zentimeter hohen Spalt zwischen Oberkante des Aktenschranks und der Zimmerdecke verschwinden ließ. Dazu hatte er sich auf Zehenspitzen stellen und angestrengt weit nach oben recken müssen. Gerade als er damit fertig war und noch vor dem Aktenschrank stand, klopfte es kurz und die Tür wurde geöffnet. Üblicherweise warteten seine Angestellten nicht, bis er sie hereinrief. Die junge Frau hatte ihn hinterm Schreibtisch vermutet und war irritiert, als er einigermaßen verlegen an der anderen Büroseite stand.

»Suchen Sie was?«, entfuhr es der Angestellten, als wolle sie ihm behilflich sein.

»Nein, nein«, beeilte sich Patten zu sagen. »Ich hab nur was nachgeschaut. Nichts Wichtiges.« Er eilte hinter seinen Schreibtisch zurück und ließ sich in den Ledersessel fallen.

»Entschuldigen Sie, Chef«, sagte die weiß gewandete Frau. »Da will Sie jemand sprechen.«

»So? Und wer?«

»Ein Journalist aus dem Raum Göppingen. Er hat gesagt, er recherchiere wegen dieser Medikamentensache, die neulich im Fernsehen war.«

Patten sprang auf. »Wie heißt der Kerl?«

»Sander. Georg Sander. Er hat mir seinen Presseausweis gezeigt.«

Patten stand wie angewurzelt und spürte sein Herz bis zum Hals pochen. Für einen Augenblick zögerte er. Abwimmeln oder mit ihm reden? Bei Journalisten war Abwimmeln immer die schlechteste Lösung. Wie hieß es dann immer? »Der Soundso war zu keiner Stellungnahme bereit.« Das klang dann meist ziemlich verdächtig. Patten entschied, mit dem Journalisten zu reden.

62

Ein Beamter des Polizeipostens Bad Waldsee war zu Fuß von der Innenstadt zum Schlosssee hinübergeeilt, um das, was die planschenden Kinder entdeckt hatten, zu überprüfen. Eigentlich war es nicht Sache der Polizei, weggeworfene Gegenstände unter die Lupe zu nehmen. Aber der Rentner, der den Fund gemeldet hatte, war der Meinung gewesen, es könnte sich um sensible Akten handeln. Wenn dies der Fall wäre, konnte es im Hinblick auf den Datenschutz eine heikle Angelegenheit werden. Denn inzwischen sprach man schon von Datenklau, wenn einige ohnehin frei zugängliche Adressen oder Handynummern als angebliche Beute von Hackern irgendwo auftauchten. Wie erst Anfang des Jahres, als die Medien einen fürchterlichen Skandal vermuteten, weil ein paar Daten von

Politikern veröffentlicht worden waren. Dabei hatte es sich um kaum mehr gehandelt, als was man bei ein bisschen Recherche ganz legal im Internet finden konnte. Ein besonders wichtigtuender Politiker hatte sogar geklagt, sein Wechsel zu einem anderen Handyprovider sei publik gemacht worden. Dass er diese gewiss höchst geheime Änderung aber kurz zuvor bei einer Talkshow im Fernsehen selbst hinausposaunt hatte, war ihm freilich im Datenschutzfieber völlig entgangen.

Daran musste der Uniformierte denken, als ihm die Kinder den Aktenkoffer zeigten, der noch immer mit geöffnetem Deckel im Schilf lag. Das Wasser aus dem Innern war inzwischen größtenteils hinausgesickert.

Einer der beiden Männer, offenbar ein sehr agiler Rentner, deutete auf den Schnellhefter: »Da stehen Namen von Apotheken und Ärzten drin.« Er wurde verlegen: »Ich hab ganz vorsichtig geblättert, man muss aber aufpassen, dass die nassen Blätter nicht einreißen. Und da bin ich auch auf den Namen ›Frank Mittelberg‹ gestoßen. Das ist doch der, den man im Ried draußen gefunden hat.«

Der Uniformierte, ein unaufgeregter Mittfünfziger, griff zu seinem Funkgerät, um die Kripo zu verständigen. Anschließend wandte er sich an die Kinderschar und an die Erwachsenen, deren Zahl zugenommen hatte: »Hat jemand etwas an sich genommen?«

Der Bub, der den Koffer herausgefischt hatte, meldete sich kleinlaut: »Ich.« Er reckte das Handy in die Höhe: »Das da.«

Der Beamte nahm es entgegen und legte es vorsichtig neben den Koffer. »Wie heißt du denn?«, fragte er den Buben.

»Warum wollen Sie das wissen?«, kam es prompt zurück.

»Weil du etwas ganz Wichtiges gefunden hast.«

»Ist das von einem Verbrecher?«

Der Uniformierte lächelte milde. »Das kann ich dir noch nicht sagen. Aber meine Kollegen werden das herausfinden. Ganz bestimmt.« Er wuschelte dem Buben durchs Haar.

63

Georg Sander war in Bad Waldsee natürlich niemandem ein Begriff. Daheim im Großraum Göppingen hingegen schon: Er galt während seiner beruflichen Tätigkeit als versierter Journalist der Tageszeitungen. Seit geraumer Zeit jedoch war er im Ruhestand und beschränkte sich darauf, die Erfahrungen als einstiger Polizei- und Gerichtsreporter in Kriminalromanen niederzuschreiben.

Es gab Momente, da hätte Sander mal wieder gerne selbst einen Zeitungsartikel über einen großen Fall geschrieben. Aber nach dem Motto »Alles ist gut zu seiner Zeit« hatte er alle Angebote und Bitten abgeschlagen. Dass er jetzt in Bad Waldsee auftauchte, das hatte zweierlei Gründe: Zum einen hatte ihm der Göppinger Unternehmer Moritz Wellinger den Tipp gegeben, dass der spektakuläre Drohnenunfall und ein neuer Arzneimittelskandal möglicherweise zusammenhingen. Und zum anderen war Sander zu Ohren gekommen, dass Häberle tatsächlich in den Ruhestand gehen wollte. Hinzu kam, dass Sander zunehmend den Eindruck hatte, die Journalisten seien heutzutage mehr mit Online, Technik, sozialen Netzwerken und sogar Videosequenzen beschäftigt, als dass da noch genügend Zeit für aufwendige und fundierte Recherchen blieb. Alles musste blitzschnell »hinausgeblasen« werden, möglichst reduziert auf Facebook- oder Twitter-Niveau, kurz und bündig, bunte Bildchen und ein Text von nicht mehr als 280 Buchstaben. Und was nicht stimmte, wurde später berichtigt. Unter derartigen Vorzeichen war es nicht zu vermeiden, dass die Qualität litt und sich manches, was »rausgeblasen« wurde, als falsch, zumindest aber als ungenau erwies. Mein Gott, dachte er in solchen Momenten, wie hatten sie früher recherchiert,

Zeit aufgewandt, nachgehakt, bürokratische Polizeimeldungen lesbar gemacht, Hintergründiges erfragt, auf Rechtschreibung und Grammatik geachtet. Doch inzwischen warf mancher Artikel mehr Fragen auf, als er beantwortete. Es schien so, als hätten die Lokalblätter landauf, landab alles kampflos aufgegeben, was sie einst unvergleichlich machte: die Aktualität aus dem direkten Umfeld der Leser. Sander hatte noch immer im Gedächtnis, was man ihm kurz vor seinem Ruhestand in der Redaktion gesagt hatte: Man müsse nicht über jeden Polizei- oder Feuerwehreinsatz berichten, weil man dies doch ohnehin sofort in Facebook nachlesen könne. Die Frage war eben nur: Wer hing denn dauernd am Smartphone oder Computer – vor allem aber, wer war zufällig mit jenen sogenannten Usern verbunden, die etwas darüber ins Netz stellten? Ungeprüft und gar nicht recherchiert. Wenn Sander darüber nachdachte, überkam ihn das vage Gefühl, die Tageszeitungen würden sich mit ihrer Onlinehysterie selbst wegrationalisieren. Anstatt sich auf das zu beschränken, was sie noch immer am besten konnten: ordentliche Recherche des lokalen Geschehens. Dazu bräuchte es bei einer Heimatzeitung keines aufwendigen und teuren Teils mit globalen Weltnachrichten, denen man sich tagsüber durch elektronische Medien ohnehin nicht entziehen konnte. Sander pflegte zu sagen: »Ein gutes Lokalblatt wäre mit den heutigen technischen Druckmethoden sicher relativ günstig herzustellen.« Wäre er noch jünger, hätte er das Risiko auf sich genommen, so eines zu gründen.

Doch wie entspannt war es, dass ihn dies alles nichts mehr anging! Die spontane Recherchefahrt nach Bad Waldsee bedeutete eine angenehme Ablenkung. Falls sich ein Medium fand, das sein Hintergrundwissen zu schätzen wusste, wäre er nicht mal abgeneigt, einen Artikel zu schreiben. Allein schon Häberle zuliebe würde er es gerne tun. Denn ihn hatte er immerhin ein halbes Berufsleben lang journalistisch begleitet. Häberle war noch einer, der kein Blatt vor den Mund nahm und mit dem man auch mal ein vertrauliches Gespräch hatte führen können.

Allerdings hatte man dem erfahrenen Ermittler inzwischen auch dienstliche Grenzen vorgegeben. Denn seit sich die Polizei immer weiter aus der Fläche zurückzog in die »Festungen« ferner Präsidien, war nicht nur ein Stück Bürgernähe verloren gegangen, sondern auch ihre Öffentlichkeitsarbeit in die Bedeutungslosigkeit trockener Verlautbarungen versunken, die meist nur in Selbstbeweihräucherung, Lobpreisungen über Präventionsarbeit und geschönten Statistiken gipfelte.

Sander verdrängte diese Gedanken, als er Patten gegenübersaß, der sichtlich auf Distanz ging. »In wessen Auftrag sind Sie unterwegs?«, wollte der Apotheker wissen und musterte sein Gegenüber, diesen offenbar jung gebliebenen Ruheständler, der ganz und gar nicht den Eindruck machte, sich aufs Altenteil zurückziehen zu wollen.

»Ich war in meiner aktiven Zeit bei Tageszeitungen für Polizei- und Gerichtsarbeit zuständig und bin nun freier Journalist und Krimiautor«, erwiderte er, was Patten mit zusammengekniffenen Augen misstrauisch quittierte.

»Freier Journalist? Das heißt, Sie recherchieren auf eigene Faust?«

»Ja, so kann man sagen. Das hat den Vorteil, dass ich alle Aspekte einer Sache ohne großen Zeitdruck recherchieren kann.«

»Aber der Herr Wellinger hat Sie informiert?«

»Ich kenne Herrn Wellinger aus meiner Zeit, als ich für die Göppinger NWZ gearbeitet habe«, erklärte Sander. »Er meint, Sie würden seinen Fall kennen.«

»Die Sache mit seiner Frau, ja«, atmete Patten schwer und umklammerte die Armlehnen seines Bürosessels. »Er hält sich derzeit wieder in Bad Waldsee auf. Und mit dieser Fernsehreportage, in der er aufgetreten ist, hat dies für einigen Gesprächsstoff gesorgt.«

Sander nickte. Er verzichtete darauf, sich Notizen zu

machen. »Er vermutet wohl, dass es einen Zusammenhang mit dem Mord gibt.«

»Vermutet wird viel, Herr Sander. Dazu kann ich Ihnen überhaupt nichts sagen. Welcher Art die Geschäfte waren, die der Mittelberg gemacht hat – so heißt der ja –, das entzieht sich meiner Kenntnis.«

»Wie gemunkelt wird, soll sich aber eine gewisse Frau Schewe« – Sander hatte sich den von Wellinger genannten Namen eingeprägt – »auch hier um … ja, sagen wir mal … Kundschaft bemüht haben.«

Pattens Gesichtszüge wurden streng. »Entschuldigen Sie bitte, Herr Sander, aber dazu kann ich Ihnen beim besten Willen nichts sagen.« Er kratzte sich im schütter gewordenen Haar. »Und wenn ich Ihnen einen guten Rat geben darf: Seien Sie vorsichtig. Das hier ist kein Kriminalroman, sondern reales Leben.«

Sander stutzte. »Werden Sie bedroht?«

Patten fühlte sich von dieser Frage tief getroffen. »Bedroht?« Er musste an die schriftliche Botschaft von gestern Abend denken. »Wieso sollte ich mich bedroht fühlen? Von wem auch? Ich wollte Ihnen nur zu bedenken geben, dass dieser Mord, der ganz Bad Waldsee beunruhigt, eine ganz, ganz ernste Angelegenheit ist. Und dass man überall damit rechnen muss, auf den Mörder zu stoßen.«

»Überall?«, wiederholte Sander provokant.

»Überall, ja, Herr Sander. Ich sag das nicht nur so, ich mein es auch so.«

»Sie kennen aber auch den Dr. Kerkhoff?«, zeigte sich Sander unbeeindruckt.

»Kerkhoff? Ja, Waldsee ist nicht so groß, da kennt man sich unter Apothekern und Ärzten. Was ist mit Kerkhoff?«

»Haben Sie mal davon gehört, dass er sich hobbymäßig mit Drohnenfliegen befasst?«

»Nein«, antwortete Patten schnell. »Nie gehört.«

64

Robin Jäger, der Hospitant, war mit einem Kollegen der Spurensicherung am Schlosssee gewesen, um den durchnässten Aktenkoffer in die Räume des Polizeipostens herüberzuholen, wo Häberle und Pfeifer bereits gespannt warteten. Jürgen Hasenmaier, der wortkarge Beamte der Spurensicherung, hatte das Fundstück zum Transport in eine Plastikfolie gehüllt und es nun vor den Kriminalisten auf den Tisch gelegt.

»Das meiste Wasser ist raus«, erklärte er und entriegelte das Schnappschloss, um den Deckel zu heben. »Wir hatten Glück, dass ein aufmerksamer Mann sofort richtig reagiert und uns informiert hat.« Die neugierigen Blicke fielen auf die durchnässten Akten und das Handy. Hasenmaier zog Handschuhe über und nahm den prall gefüllten Schnellhefter und mehrere lose Blätter heraus, um sie vorsichtig auf eine wasserundurchlässige Unterlage zu legen. »Auf einem dieser Schreiben – hier auf dem obersten – steht als Empfänger Frank Mittelberg mit dessen Konstanzer Adresse.«

Häberle rückte näher heran, um es lesen zu können. »Damit ist aber nicht gesagt, dass der Koffer und der Inhalt diesem Mittelberg gehören«, brummte er.

»Nein, natürlich nicht«, konstatierte Pfeifer forsch. »Aber da wir wissen, dass sein Aktenkoffer verschwunden ist, läge zumindest die Vermutung nahe, oder?«

Hasenmaier legte die Dokumente beiseite. Im Schnellhefter zu blättern, erschien ihm noch nicht angeraten, weil die Blätter durchnässt waren und zu zerreißen drohten. Stattdessen griff er zu dem Handy und legte es ebenfalls auf den Tisch. Er grinste: »Das hat den sechsjährigen Buben weitaus mehr interessiert als die Akten. Aber das Ding dürfte zerstört sein.«

»Was ist denn das Komisches?«, fragte Jäger verwundert und deutete auf eine kleine Apparatur, die unter den Papieren zum Vorschein kam: handflächengroß, metallisch, offenbar mit winzigen elektronischen Bauteilen versehen. Hasenmaier nahm das Objekt vorsichtig heraus, als habe er Sorge, es könnte zerbrechen. Doch zwei kleine klammergriffähnliche Metallteile wirkten äußerst stabil. Sie umfassten einen dunkelfarbenen Miniaturzylinder, ein dosenähnliches Behältnis, nur etwa fünf Zentimeter lang und mit einem zwei Finger dicken Durchmesser. Eines der beiden Enden war mit einer schwarzen Plastikkappe versehen, die von einem filigranen Mechanismus umfasst wurde, der wiederum aus einer kleinen Metallummantelung herausragte. Hasenmaier hob die Vorrichtung hoch, sodass die anderen sie aus allen Perspektiven sehen konnten. Als Erster erkannte Häberle: »Das Behältnis, das da drinsteckt, ist ein Pfefferspray.«

Hasenmaier drehte es in der Hand, um zu lesen, was auf der Rundung aufgedruckt war. Zwischen den Metallteilen war auf dunklem Untergrund silberfarben ein Wort zu lesen: »Black Pepper«.

»Pfefferspray«, wiederholte Pfeifer irritiert. »Zur Selbstverteidigung?«

»Eher wohl nicht«, meinte Häberle, während Hasenmaier die Vorrichtung auf die Plastikfolie legte. »Das sollen die Jungs von der Technik mal genauer unter die Lupe nehmen.«

Hospitant Robin Jäger bückte sich über das Objekt, um es aus allernächster Nähe zu betrachten. »Kommt mir so vor, als sollte damit automatisch gesprayt werden.«

Pfeifer zuckte ratlos mit den Schultern. Häberle wollte keinen Kommentar dazu abgeben, fühlte sich aber in seinem Vorurteil bestätigt, dass Pfeifer halt kein Praktiker war. »Was haben wir sonst noch in der Wunderkiste?«, wollte der altgediente Ermittler wissen, weil sich im Deckel und sogar im Boden einige weitere Einschubfächer andeuteten, die man auf den ersten Blick dort nicht vermutet hätte. Jäger griff zunächst vorsichtig in jene des Deckels. Aus ihnen förderte er eine Zündholzschachtel, ein kleines Taschenmesser sowie einen Ersatzakku fürs Handy und ein Ladekabel zutage. Das Bodenfach, das nur über einen schmalen, kaum erkennbaren Reißverschluss an einer der Querseiten zugänglich war, ließ sich mit Jägers behandschuhten Händen nur umständlich öffnen. Weil es sich auch nicht nach oben klappen ließ, war nicht zu erkennen, ob sich überhaupt etwas darin verbarg. Jäger schob deshalb zaghaft eine Hand hinein und fühlte Papier. Er zog es vorsichtig heraus. Doch es waren lediglich alte vergilbte Gaststättenbelege von vor fünf Jahren sowie eine abgegriffene ADAC-Straßenkarte von Süddeutschland mit der aufgedruckten Jahreszahl 2004/05. »Da ist aber noch etwas«, meinte er und fuhr ein zweites Mal mit der Hand in den schmalen Spalt. Diesmal brachte er eine lädierte Diskette zum Vorschein. Jäger grinste angesichts dieses längst vergessenen Speichermediums aus der Computersteinzeit: »Offenbar hat der Besitzer dieses Fach schon ewig nicht mehr genutzt.« Noch während er dies sagte, holte er einen weiteren Gegenstand heraus, der an einen Schlüsselanhänger erinnerte, jedoch keinerlei Symbol aufwies: Er war schwarz, rechteckig und dünn. »Was könnte das sein?«, fragte Pfeifer, als das Objekt auf dem Tisch lag.

Niemand wusste eine Antwort. Pfeifer meinte: »Irgendein Werbegeschenk. Ein Give-away, sagt man wohl auf Neudeutsch dazu.«

Häberle runzelte die Stirn: »Aber ohne Werbeaufdruck. Das macht doch keinen Sinn.«

65

Mit dem Studium der aufgefundenen Akten mussten sie noch einige Stunden warten. Häberle hatte entschieden, sie zunächst zu trocknen, am besten mit einem Fön. Die Blätter waren durch die Nässe so stark aneinandergeklebt, dass sie beim Herausnehmen aus dem Schnellhefter zu zerreißen drohten.

Auf den losen Seiten, die sie flüchtig überflogen hatten, fanden sich keine Adressen oder Namen. Es schienen nur Artikelbeschreibungen einzelner Pharmaunternehmen zu sein. Nichts also, was die Ermittlungen weiterbrachte. Dafür mussten sich nun die Techniker des Konstanzer Präsidiums mit der merkwürdigen Apparatur und dem »Schlüsselanhänger« befassen. Häberle freilich ging das kleine Döschen Pfefferspray nicht mehr aus dem Kopf. Das gab keinen Sinn. Denn wenn jemand zur Selbstverteidigung Pfefferspray mit sich herumtrug, spannte er es nicht in eine seltsame Konstruktion, dazu noch in einem Aktenkoffer. Häberle versuchte, sich in Erinnerung zu rufen, was sein Ex-Kollege berichtet hatte. Er würde ihn nachher mal anrufen.

Häberle entschied, zuerst Dr. Kerkhoff aufzusuchen, dem er sowohl in der Drohnensache als auch zu der Arzneimittelpanscherei einige Fragen stellen wollte. Wo er den Arzt finden würde, war dem Ermittler längst bekannt. Vorsorglich hatte er sich das Zulassungskennzeichen des Wohnmobils besorgt.

Er ließ sich von dem eifrigen Hospitanten Robin Jäger zu dem Abstellplatz bei der Therme fahren, wo dieser den Dienstwagen langsam an der Reihe der vielen Wohnmobile entlangrollen ließ. Am äußeren Rand des Platzes entdeckte Häberle das gesuchte Kennzeichen. Der Mann, der sich in gebückter Haltung an dem Fahrzeug zu schaffen machte, hatte kurz geschorene schwarze Haare, war groß und wirkte in seinen Bermudashorts sportlich. »Das ist wahrscheinlich der Kerkhoff«, meinte Häberle, worauf Jäger stoppte und sie beide ausstiegen.

Kerkhoff richtete sich auf und sah den Ankömmlingen mit versteinerter Miene entgegen. Hinter ihm, an der Motorhaube des Campers, erschien eine junge Frau, die ziemlich knappe bunte Shorts und ein rotes T-Shirt trug.

Häberle stellte sich und seinen Kollegen vor, was Kerkhoffs Gesichtsausdruck nicht aufzuhellen vermochte.

»Kripo?«, entfuhr es ihm, während die junge Frau wie versteinert an der Motorhaube stehen blieb und insbesondere Robin Jägers Blicke auf sich zog.

»Ich hab doch schon alles gesagt«, presste Kerkhoff hervor.

»Ist uns bekannt«, erwiderte Häberle charmant mit gedämpfter Stimme. »Aber es gibt ein paar wenige Verständnisfragen.« Noch bevor Kerkhoff etwas sagen konnte, deutete Häberle interessiert auf das stattliche Wohnmobil, um die Atmosphäre zu lockern: »Tolles Fahrzeug haben Sie da. Geht's bald auf große Reise?«

»Sind Sie gekommen, mich das zu fragen?«, gab Kerkhoff zurück, was ihn bei Häberle nicht sonderlich sympathisch machte.

»Um ehrlich zu sein«, ließ sich der Kriminalist nicht beirren und deutete mit einer Kopfbewegung auf seinen Begleiter, »mein Kollege und ich wollen uns nur das Umfeld ein bisschen anschauen. Ich war noch nicht oft hier.«

»Sie sind von auswärts?«

»Ja, Ulm – genauer gesagt: Göppingen. Falls Ihnen das was sagt.«

»Göppingen?« Kerkhoff wurde misstrauisch. »Was … was hat Göppingen mit Bad Waldsee zu tun?«

»Nichts«, antwortete Häberle schnell und lenkte mit einem weiteren staunenden Blick auf das Wohnmobil ab: »Ich hab mir gedacht, ich nehm mal die Gelegenheit wahr, mir diesen Wohnmobilstellplatz anzuschauen. Ich spiel nämlich mit dem Gedanken, mir auch so ein Ding zuzulegen. Da muss man wohl schon ein bisschen Bastler sein und handwerkliches Geschick haben, oder wie sehen Sie das?«

Jäger staunte, wie geschickt Häberle das verkrampfte Gespräch in andere Bahnen lenkte.

Kerkhoff drehte sich verlegen zu der jungen Frau um, die sich an den rechten vorderen Kotflügel gelehnt hatte und die Szenerie verfolgte. Er fühlte sich bemüßigt, sie vorzustellen: »Das ist übrigens meine Partnerin, Evelyn, eine Krankenschwester.« Von diesen Worten geschmeichelt, kam sie einen Schritt auf die Männer zu und steckte die Hände in die schmalen Taschen ihrer Shorts. Jäger erinnerte die Art, wie sie sich bewegte und lächelte, irgendwie an ein Model. Und er interpretierte ihren angedeuteten Schmollmund, als wolle sie damit auf sich aufmerksam machen.

Kerkhoff entschied, auf Häberles Frage, ob das Campen ein handwerkliches Geschick erfordere, gelassen zu antworten: »Nicht wirklich braucht man das. Wenn mal alles eingeräumt ist und seinen Platz hat, kann's losgehen. Dann ist das wie ein fahrendes Hotel. Man ist völlig autark. Wirklich tolles Ding. Ein letztes Stück Abenteuer. Einfach weg – und bleiben, wo es Freude macht.«

Häberle gab zu bedenken: »Sofern man nicht ins Arbeitsleben eingebunden ist.«

»Bin ich auch, aber ich gönn mir eine Auszeit, bevor ich einen neuen Job anfange. In der Schweiz.«

Häberle tat so, als gehe es ihm nicht wirklich ums Ermitteln.« Darf ich mal reingucken?« Er wusste aus Erfahrung, dass schwierige Gesprächspartner zugänglich wurden, sobald man sich für ihre Hobbys interessierte. Kerkhoff drehte sich zu der Frau um: »Evelyn, der Kommissar will mal unsere Wohnung sehen.«

Häberle verstand dies als Aufforderung, näher zu kommen, gefolgt von Jäger. Evelyn öffnete die Tür des Campers und stieg ein. Jäger drängte sich geschickt vor Häberle, um dem attraktiven Mädchen nahe zu sein.

Der Innenraum erwies sich als erstaunlich geräumig. Als hinter Häberle auch Kerkhoff eingestiegen war, zeigte sich, dass es genügend Platz für alle gab. Eine gepolsterte Sitzgruppe um einen Tisch sorgte für ein gemütliches Ambiente, gegenüber war der Küchenblock untergebracht, dahinter die Nasszelle und im Heck ein Doppelbett. Während Jäger noch nie ein Wohnmobil von innen gesehen hatte, fühlte sich Häberle in seinen Erwartungen bestätigt. Er war mit Susanne schon mal auf der Touristikmesse CMT in Stuttgart gewesen und hatte unzählige Camper von innen angeschaut.

Häberles Blicke streiften über einige auf die Betten geworfene Kleidungsstücke und einen Korb mit Lebensmitteln. Eindeutig Zeichen dafür, dass die Fahrt in den Urlaub unmittelbar bevorstand. »Komfortabel, sehr komfortabel«, meinte er und bestaunte die mit kleinen filigranen LED-Leuchten ausgestatteten Regale, wo für den Notfall vorgesorgt war – mit Verbandsmaterial und diversen verpackten Medikamenten. »Für die medizinische Versorgung ist auch bestens gesorgt«, frotzelte er.

Kerkhoff grinste: »Natürlich. Der Arzt ist immer an Bord.«

Häberle drehte sich zu Kerkhoff: »Nagelneu, erst gekauft?«

»Vorgestern, ja.«

»Schon immer Camper gewesen?«, wollte Häberle wissen, während sein junger Kollege immer mal wieder Augenkontakt zu der jungen Frau suchte.

»Bis jetzt mit einem VW-Bus, ja, aber nun ist's eine Liga höher«, erwiderte Kerkhoff.

»Mit VW-Bussen fing alles an«, meinte Häberle und musste daran denken, wie er als junger Mann einst zelten war und bei Regen und Kälte die Besitzer von VW-Campingbussen beneidet hatte.

»Wenn man so ein großes Gefährt hat, benötigt man aber einen Zweitwagen für den täglichen Gebrauch«, stellte er fest und warf einen Blick in die luxuriös anmutende Nasszelle mit Toilette, Waschbecken und Dusche.

»Ja, einen kleinen Stadtflitzer sollte man haben.«

»Und wie haben Sie's bisher gehandhabt?« Häberle besah sich die chromblitzenden Armaturen der Dusche.

»Ich bin mit meinem alten VW-Bus auch zum täglichen Gebrauch rumgefahren. War ein sehr gutmütiges, wendiges Fahrzeug und ging in jede Tiefgarage rein«, berichtete Kerkhoff, während sich Robin Jäger von Evelyn den Schlafbereich im Heck des Wohnmobils ausführlich zeigen ließ.

»Sie campen nicht nur – Sie sind auch Flieger?«, fragte Häberle so nebenbei, als sei er von Pfeifer nicht über Kerkhoffs erste Aussagen informiert worden.

Kerkhoff war nur für einen Moment irritiert und lehnte sich an den Küchenblock. »Das war mal. Aber das hab ich doch schon Ihrem Kollegen gesagt. Ist das jetzt eine rein private Frage – oder doch dienstlich?«

»Sowohl als auch«, Häberle hob eine Augenbraue. »Sie wissen doch sicher schon, dass Herr Mittelberg mit dem Flugzeug hier war.«

»Ja, das ist wohl so. Hat das etwas mit seinem Tod zu tun?«

»Wir müssen alles prüfen«, erwiderte Häberle und bemerkte, wie sich die junge Frau kurz zu ihnen umwandte. »Sie sind auch Flieger?«, hakte er nochmals nach.

»Das war mal. Aber es hat mich zu viel Zeit gekostet. Pflichtstunden absolvieren, Flugzeug chartern oder in einem Fliegerklub Arbeitsstunden leisten. Das war nicht so mein Ding.«

»Ein eigenes Flugzeug hatten Sie nie?«

»Nein. Das ist nur etwas für Leute, die mehr Geld haben als ein angestellter Klinikarzt.« Kerkhoff lächelte gezwungen.

Häberle ließ sich auf der gepolsterten Sitzgruppe nieder und sah zu seinem stehenden Gesprächspartner auf. »Herr Mittelberg aber war so etwas wie ein Fliegerkamerad zu Ihnen?«

»Ja, im weitesten Sinne. Nachdem ich meine Lizenz nicht mehr verlängert habe, hat er mich gelegentlich noch zu einem Rundflug mitgenommen.«

Häberle nickte und ließ in Gedanken die bisherigen Erkenntnisse Revue passieren, während im Fahrzeugheck die junge Frau seinem Kollegen jede Schublade und jedes Schrankfach erklärte. Auf einer Ablage standen ein Laptop und sogar ein kleiner Drucker.

»Wann sind Sie zuletzt mit ihm geflogen?«, bohrte Häberle ruhig nach.

»Das muss vor ein paar Wochen gewesen sein. So genau kann ich Ihnen das nicht mehr sagen.«

Häberle riskierte einen Vorstoß: »Am Dienstagabend aber nicht?«

Kerkhoffs Gesichtszüge versteinerten sich. »Jetzt mal langsam, Herr Kommissar. Ich hab Ihre Frage soeben beantwortet. Wollen Sie mir etwas unterstellen?« Er überlegte. »Falls ich ein Alibi brauche ...« Er deutete in Richtung Evelyn. »Sie kann bestätigen, dass ich den ganzen Abend mit ihr verbracht habe.«

Häberle drehte sich zu ihr und sie nickte heftig mit dem Kopf. »Klar kann ich das.«

Häberle beließ es dabei und lehnte sich nachdenkend zurück. »Es war also eher eine etwas oberflächliche Männerfreundschaft mit Herrn Mittelberg, wenn ich das richtig verstehe.«

»So kann man es formulieren, ja.«

»Und wie war das mit seiner Frau?«

Kerkhoff setzte sich Häberle gegenüber an den Tisch und sah, wie sich Evelyn für einen Augenblick von ihrem Gespräch mit dem jungen Kriminalisten im Schlafbereich ablenken ließ. »Jetzt hören Sie mal zu, Herr Kommissar. Bereits Ihr Kollege hat mir da etwas andichten wollen. Sie sollten sich aber nicht auf Klatsch und Tratsch stützen. In so einer Kleinstadt wird sehr viel gequatscht. Das ist mit ein Grund, weshalb ich hier wegwill.«

Häberle gab sich damit zufrieden. Die Erfahrung lehrte ihn, dass es strategisch ungünstig war, das Pulver gleich mit einem Mal zu verschießen. Stattdessen wechselte er das Thema: »Aber einen Herrn Wellinger kennen Sie, oder?«

»Ach«, Kerkhoff winkte angewidert ab. »Der verrennt sich in etwas. Haben Sie auch diese Fernsehreportage gesehen?«

»Nein, hab ich nicht. Aber ich weiß, worum es dem Wellinger geht.«

»Seit ich ihn damals, als seine kranke Frau bei uns zur Reha war, über die Machenschaften der Arzneimittelmafia aufgeklärt habe – ich denke, Sie wissen darüber Bescheid –, sieht er überall finstere Gestalten. Ich kann seine Verbitterung verstehen, aber man sollte die Kirche im Dorf lassen. Die Staatsanwaltschaft ermittelt doch schon, denke ich.«

»Tut sie«, pflichtete ihm Häberle bei, ohne näher drauf eingehen zu wollen. »Sie hatten dann aber auch anderweitige Geschäftsbeziehungen zu Herrn Wellinger.« Der Ermittler behielt sein Gegenüber scharf im Auge.

Kerkhoff wich diesen Blicken nicht aus. »Herr Wellinger hat damals auch von seinem Unternehmen in Göppingen erzählt und dass er nicht wisse, wie er es nach dem Tod seiner Frau weiterführen soll. Wenn Sie jetzt auf die Drohne anspielen, die ich bei ihm gekauft habe, gibt's nichts zu verheimlichen: Ja, ich hab bei ihm Anfang des Jahres eine gekauft.« Er beeilte sich hinzuzufügen: »Nachdem ich selbst nicht mehr fliegen darf, weil meine Pilotenlizenz abgelaufen ist, möchte ich wenigstens mit so einem Modellflugobjekt die Faszination des Fliegens erleben.« Er rang sich ein Lächeln ab. »Sie wissen doch: Nur Fliegen ist schöner.«

Häberle blieb hartnäckig: »Sie und eine weitere Person haben eine Drohne gekauft«, stellte er fest.

Erneut blieb Kerkhoff gelassen. »Ja, auch das ist kein Geheimnis. Frank, also Herr Mittelberg, hat sich auch eine zugelegt.«

»Um diese Dinger dann wo fliegen zu lassen?«

Kerkhoff legte seine Arme weit ausgestreckt auf die Sitzlehne, womit er wohl unbewusst Lässigkeit demonstrieren wollte. »Ja, das ist in der Tat nicht ganz einfach. Die Bestimmungen sind ziemlich restriktiv. Aber Sie kennen die Gesetze bestimmt besser als ich: nicht über Menschenansammlungen fliegen, nicht über private Grundstücke – da frage ich mich langsam, wo man damit überhaupt fliegen soll.«

»Und wo haben Sie sie dann fliegen lassen?«

Kerkhoff überlegte kurz. »Zum Beispiel über dem Steinacher oder Wurzacher Ried oder sonst wo draußen in freier Landschaft.«

»Ihnen macht es aber immer noch Spaß, das Ding fliegen zu lassen?«

»Spaß würd's mir schon noch machen«, seufzte Kerkhoff in sich hinein. »Aber wenn Sie dauernd an Grenzen stoßen – hier nicht, da nicht –, können Sie's vergessen. Ich hab die Drohne wenig später verkauft.«

»Ach«, staunte Häberle. »An wen?«

»Keine Ahnung. Das war irgendwann vor Ostern, draußen beim Wurzacher Ried. Ein Vater hat mir mit seinen beiden Buben zugeschaut und war so begeistert von dem Ding, dass ich ihn gefragt hab, ob er es kaufen will. Das ging dann ziemlich schnell. Anderntags kam er zu mir in die Klinik, hat cash bezahlt und das Ding mitgenommen.«

»Deshalb wissen Sie auch nicht, wer der Käufer war«, resümierte Häberle knapp.

»Nein, weiß ich nicht. Ich war froh, es loszuhaben.«

Häberle nickte und erhob sich. »Okay, besten Dank für das kooperative Gespräch. Wann soll's denn losgehen mit der Reise?«

»Geplant ist morgen. Aber wir lassen uns Zeit.«

Robin Jäger kam mit Evelyn tuschelnd in den vorderen Bereich des Fahrzeugs. Irgendwie erinnerte Häberle das Verhalten des jungen Kollegen an Linkohr, der sich in ähnlicher

Weise oftmals von leicht geschürzten Frauen vom Wesentlichen ablenken ließ.

Die beiden Kriminalisten verabschiedeten sich von Kerkhoff und der jungen Frau per Handschlag. Während des Aussteigens streiften Häberles Augen die Utensilien auf der Küchenablage: ein ADAC-Campingführer, ein Stapel bedruckter Papiere mit einem Fahrplan der Deutschen Bahn mit Zugverbindungen ab Ulm sowie Reiseprospekte von Berlin, dazwischen Landkarten von der Schweiz und Österreich, weshalb er meinte: »Ich hoffe, Ihrer Abreise steht nichts im Wege.« Dann blieb er kurz stehen und drehte sich zu Kerkhoff um: »Was den Herrn Wellinger betrifft – außer der Drohne gab es keine weiteren geschäftlichen Beziehungen zu ihm?«

»Im Moment fällt mir keine ein«, antwortete Kerkhoff und Häberle glaubte, am Klang der Stimme eine gewisse Unsicherheit herauszuhören.

66

Kriminalrat Fabian Pfeifer war nicht sonderlich erfreut darüber, nach Konstanz fahren zu müssen. Obwohl die Fähre von Meersburg aus tagsüber einen engen Zeittakt bot, empfand er es jedes Mal als umständlich, per Schiff auf die andere Seite des Bodensees gebracht werden zu müssen. Er hatte sich an der Adresse von Heike Mittelberg mit seiner Kollegin Alina Tappe verabredet, die mit dem Fall bereits durch die Vernehmung des Konstanzer Flugleiters vertraut war.

Heike Mittelberg hatte am Telefon alles andere als begeistert über Pfeifers Ankündigung geklungen, »nur mal kurz vorbeizuschauen«, um »ein paar Kleinigkeiten« abzuklären. In Wirklichkeit galt sein Interesse irgendwelchen privaten Unterlagen ihres Mannes. Wenn sie sich kooperativ zeigte, würde es kein Problem sein, Datenträger oder gar einen Computer mitnehmen zu dürfen. Eine richterliche Befugnis für eine Beschlagnahmung konnte er nicht vorweisen. Vermutlich hätte er diese bekommen, aber er wollte zunächst einmal behutsam mit der Frau sprechen und sie nicht erschrecken. Dass sich die junge Kollegin Alina mit großem Engagement der Sache annahm, empfand er als Glücksfall, zumal diese Beamtin ehrgeizig war und sich mit der Computertechnik bestens auskannte. Sie würde mit geübten Blicken erkennen, ob es im Büro von Frank Mittelberg verwertbare Objekte und Daten gab.

Die Adresse, an der sie sich verabredet hatten, war eine sonnige Lage mit Blick auf den Rhein, der hier aus dem Bodensee zum »Untersee« in Richtung der Insel Reichenau floss. Ein gepflegter Garten mit blühenden Stauden umgab das villenartige Haus.

Alina hatte ihren Dienstwagen abseits einer Garagenzufahrt geparkt. Während Pfeifer sein Auto hinter ihrem abstellte, stieg die junge Frau bereits aus und kam auf ihn zu. »Schön, dass Sie mitkommen«, lächelte Pfeifer und betrachtete die Kollegin von oben bis unten und sein Blick blieb etwas zu lange an ihren zerrissenen Jeans hängen. Weil sie dies bemerkte, grinste sie ihn an: »Hab ich mir nicht im Dienst zerrissen, falls Sie das jetzt fragen wollen.«

Pfeifer erwiderte spontan und forsch: »Ist in Mode, ich weiß.« Er ging voraus zum Gartentor, das sich wider Erwarten leicht öffnen ließ. Mit wenigen Schritten erreichten sie die herrschaftlich gestaltete Haustür. Schon nach dem ersten Klingeln stand dort Heike Mittelberg vor ihnen: dezent dunkles Sommerkleid, die langen blonden Haare fielen locker auf die Schultern. Pfeifer stellte seine Kollegin vor, worauf sie beide in ein modern und hell eingerichtetes Wohnzimmer geführt wurden und auf einer weißen ledernen Couchgarnitur Platz nahmen. Alina sah sich bereits um und glaubte, hinter einer offen stehenden Tür ein kleines Büro zu erkennen.

Pfeifer bedankte sich bei Frau Mittelberg für das Verständnis, nochmals ein paar Fragen beantworten zu müssen. Ihr Gesicht war fahl, ihre Augen verrieten Anspannung. »Ich weiß nicht, wo mir der Kopf steht«, sagte sie. »Entschuldigen Sie, wenn ich durcheinander bin. Aber ich brauch einige Zeit, um das alles, was geschehen ist, begreifen zu können. Gibt es denn schon eine Spur?«

Pfeifer verneinte mit einer Kopfbewegung. »Tut mir leid«, sagte er, für seine Verhältnisse ungewohnt einfühlsam. »Wir versprechen Ihnen aber, alles zu tun, um die Hintergründe aufzuklären. Wenn Sie uns dabei helfen würden, wären wir Ihnen sehr dankbar.«

Noch bevor sie etwas erwidern konnte, meldete sich Alina zu Wort: »Sie sollten uns deshalb alles anvertrauen, was mit den Geschäften Ihres Mannes oder seinen Freunden und Bekannten zusammenhängen könnte.«

»Ich werde alles tun, was Sie wollen.« Heike spürte einen Kloß im Hals.

»Um es kurz zu machen«, verfiel Pfeifer wieder in seinen üblichen Ton, »wir sollten einen Blick in die Unterlagen Ihres Mannes werfen. Sein Laptop ist verschwunden, aber es gibt sicher einen PC oder Speichermedien ...«

»Sie wollen ...?«

»Nur informativ«, unterbrach Pfeifer und wurde versöhnlicher: »Wir hielten es für überzogen, dafür eine richterliche

Genehmigung einzuholen, weil wir glauben, dass Sie selbst großes Interesse an der Aufklärung des Falles haben und keine Zeit mit bürokratischen Vorgängen vergeuden wollen.«

»Richterliche – was?«, griff Heike das Gehörte auf.

»Richterlichen Durchsuchungsbeschluss«, wurde Pfeifer deutlicher. »Wir dürfen nicht einfach so in die Sachen Ihres Mannes Einblick nehmen. Es sei denn, es wäre Gefahr im Verzuge. Aber so ist es wohl nicht.«

Alina sah die Frau aufmunternd an: »Wir wollen Ihnen jegliche Unannehmlichkeiten ersparen, Frau Mittelberg. Es wäre also schön, wenn Sie uns das Büro Ihres Mannes zeigen würden.«

Heike fühlte sich in die Enge getrieben und von Sekunde zu Sekunde unwohler. Pfeifer bemerkte dies und schob eine Bemerkung nach: »Wir möchten auch nicht die Frage von gestern vertiefen, wie innig Ihre Beziehung zu Herrn Dr. Kerkhoff war.« Er wollte es darauf ankommen lassen, eine von zwei Möglichkeiten zu provozieren: Entweder sie verlangte augenblicklich nach einem Anwalt oder sie war erleichtert und gewährte Zutritt zum Büro. Sie entschied sich für die zweite Variante und führte die Besucher in das Zimmer, dessen angelehnte Tür Alina schon erspäht hatte. Es war ein kleiner Raum, der von Schreibtisch, einem Bürosessel und mehreren Regalen ausgefüllt wurde. Vor dem Fenster versperrten Hecken die Sicht auf die Umgebung.

Die Kriminalisten waren noch keine zwei Schritte hereingekommen, da blieb Heike abrupt stehen. »Ich glaub, ich muss Ihnen etwas sagen«, flüsterte sie und erntete verwunderte Blicke. Doch Alina hatte bereits zur Kenntnis genommen, was ihnen bisher verschwiegen worden war: Auf dem Schreibtisch fehlte eindeutig ein Gerät, zu dem mehrere Kabelverbindungen geführt haben mussten, die mit ihren Steckern kreuz und quer zwischen einer Maus und einem grünlich blinkenden Router herumlagen.

»Bei mir wurde vergangene Nacht eingebrochen«, sagte Heike und wandte sich ab, als wolle sie den Platz nicht sehen, auf dem bisher ein Computer gestanden hatte.

Alina hatte die Situation sofort im Griff: Kabel mit USB-Steckern, ein Netzwerkkabel und ein Stromkabel deuteten fraglos darauf hin, dass offenbar in aller Eile ein Gerät entkabelt worden war. »Wann ist das passiert?«, wollte Pfeifer mit beißender Stimme wissen.

»Ich kann es Ihnen nicht sagen. Ich hab wie bewusstlos geschlafen letzte Nacht.« Heike war einen Schritt zurück ins Wohnzimmer gegangen.

»Und warum haben Sie es nicht gleich angezeigt – hier bei der Polizei in Konstanz? Jetzt ist immerhin schon Nachmittag.« Er wurde energisch, während Alina die Schubladen des Schreibtisches durchsuchte.

»Ich ... ich war einfach zu schwach. Ich ... ich hab mir Gedanken gemacht, was dies für Frank bedeutet, was es für Folgen haben könnte.« Sie zog ein Papiertaschentuch aus ihrer Jeans und tupfte es auf die Augen.

»Was das für Ihren Mann bedeutet, ist eigentlich klar«, brauste Pfeifer auf, um sich sogleich zu mäßigen: »Der, der ihn umgebracht hat, versucht, irgendwelches belastendes Material zu beseitigen. Das liegt doch auf der Hand.«

Heike schwieg und schloss die Augen.

»Wie ist der Dieb hier reingekommen?«

Keine Antwort.

»Gibt es Aufbruchspuren?«

Alina sah sich um, zog am Fenster den Vorhang beiseite und stellte fest, dass es keine Beschädigungen gab.

»Frau Mittelberg«, gab sich Pfeifer eine Nuance harscher. »Wie ist der Täter hier reingekommen?«

»Keine Ahnung«, flüsterte sie in das vor den Mund gehaltene Taschentuch.

»Wenn es keine Einbruchsspuren gibt, dann war entweder

ein Fenster offen oder der Täter hatte einen Hausschlüssel«, konstatierte der Kriminalist.

Heike lehnte sich an die Wand. »Hausschlüssel? Sie sagen ›Hausschlüssel‹?«

»Ja, natürlich. Das ist die einzige Erklärung, wenn kein Fenster offen war.«

»Frank hatte den Schlüsselbund dabei. In seinem Aktenkoffer.« Ihre Stimme klang so, als fühlte sie sich von einer bleiernen Ungewissheit befreit.

Pfeifer blickte ihr für einige Sekunden in die geröteten Augen. »Schlüssel, ja. So könnte es gewesen sein. Sonst wurde aber nichts gestohlen?«

»Nein, ich hab das auch erst später bemerkt, als ich schon gefrühstückt hatte.«

Alina kam behutsam auf sie zu. »Frau Mittelberg, haben Sie auch ein Laptop oder einen Computer?«

Heike war überrascht. »Wieso fragen Sie das?«

»Ich hätte nur gern einen Blick drauf geworfen. Ganz unbürokratisch und schnell«, erklärte Alina charmant.

»Bin ich verdächtig, oder was?« Heikes Stimme war heiser geworden.

»Nein, keine Sorge«, beruhigte Alina und zwinkerte Pfeifer zu. Ihr waren Zweifel gekommen, inwieweit sie die Frau hätten belehren müssen, dass sie keine Angaben zu machen brauchte, falls sie sich damit selbst belastete.

Doch weil Heike bereitwillig durch die Diele in einen anderen Raum ging, blieb diese Frage unausgesprochen. Das zweite Büro, wohin ihr die beiden Kriminalisten folgten, war kleiner als das erste. Hier gab es Regalwände mit unzähligen Büchern, vor dem Fenster einen Schreibtisch, auf dem ein aufgeklapptes Laptop stand, und daneben ein Holzstuhl.

»Darf ich?«, fragte Alina und wartete keine Antwort ab. Sie setzte sich, weckte den in »Ruhezustand« versetzten Rechner zum Leben und bekam sofort die Online-Seite der »Schwäbischen, Landkreis Ravensburg« zu sehen, Ausgabe Bad Waldsee. Unter einem großformatigen Farbfoto von der am Flugplatz stehenden Cessna prangte eine fette Überschrift: »Nach der Landung Mord?« Alina überflog den knappen Text, klickte dann auf den Verlauf des Internetbrowsers, der sogleich eine Auflistung all jener Seiten zeigte, die in jüngster Vergangenheit aufgerufen worden waren.

Heike und Pfeifer beobachteten über die Schultern der Kriminalistin hinweg, was sich auf dem Monitor des Laptops tat.

»Jetzt mal langsam«, protestierte Heike und trat seitlich an die sitzende Alina heran. »Wenn ich Ihnen verbiete, hier rumzuschnüffeln, dann ist Schluss«, wurde sie unerwartet giftig. Alina überflog die Auflistung, blieb bei einem Eintrag kurz hängen und klickte den Verlauf wieder weg. »Alles okay«, beruhigte sie die Frau, erhob sich, und Pfeifer ergänzte: »Wenn wir einen Richter bemüht hätten, wäre womöglich eine größere Aktion abgelaufen.«

»Und jetzt? Machen Sie kein Protokoll zu dem Einbruch?«, fragte Heike nervös nach.

»Was sollen wir protokollieren?«, blieb Pfeifer gelassen. »Wir nehmen zur Kenntnis, dass vermutlich jemand mit einem Nachschlüssel in Ihrer Wohnung war und irgendwann in der Zeit …« Ihm fiel ein, dass er noch gar nicht nach der möglichen Tatzeit gefragt hatte. »Wann sind Sie eingeschlafen und wann aufgewacht?«

Heike überlegte. »Es muss so gegen Mitternacht gewesen sein, als ich eingeschlafen bin. Und aufgestanden bin ich so etwa halb neun.«

»Also«, machte Pfeifer weiter, »in der Zeit zwischen Mitternacht und halb neun ist ein Unbekannter eingedrungen.«

»Sie sagen ›Unbekannter‹«, warf ihm Heike unerwartet keck vor. »Es kann doch auch eine Frau gewesen sein, oder?«

Pfeifer wurde ärgerlich: »Gute Frau, wenn ich ›Unbekannter‹ sage, dann schließt das auch das Femininum mit ein. Ich werde diesen Gendermainstream-Wahnsinn mit dem großen ›I‹ in der Wortmitte nicht mitmachen, auch nicht mit dem Sternchen dazwischen, das immer so aussieht wie eine Fußnote. Wenn die Gleichberechtigung der Frauen an dieser Wortklauberei hängt, dann gute Nacht, Deutschland.«

Alina hielt sich zurück, aber im Grunde ihres Herzens stimmte sie Pfeifer zu. Die endlosen Diskussionen zu diesem Thema waren doch nur parteipolitisch inszenierte Nebenkriegsschauplätze, um von den wirklich großen Problemen abzulenken.

»Eine andere Frage«, wurde Pfeifer auf dem Weg ins Wohnzimmer versöhnlicher. »War Ihr Mann eigentlich viel unterwegs?«

Heike blieb vor der Couchgarnitur stehen. »So kann man das sagen, ja. Er hat die ganz großen Pharmakonzerne vertreten, die in der Schweiz und die in Deutschland.«

»Wie muss ich mir diese Arbeit vorstellen?«, wollte Pfeifer wissen, während Alina über das luxuriöse Ambiente der Wohnung staunte.

»Er war ständig unterwegs, um Apothekern und Kliniken neue Produkte vorzustellen, die diese dann über ihn ordern konnten. Auch Ärzte hat er besucht. Das sei ganz wichtig, hat er mal gesagt, weil es ja auch ums Verschreiben solcher Medikamente gehe.«

»Man hört so manches aus dieser Branche«, zeigte sich Pfeifer verständnisvoll und fügte süffisant an: »In Deutschland gibt es natürlich keine Korruption, aber manchmal soll für lukrative Geschäfte ein behagliches Ambiente durchaus fördernd gewesen sein.«

Heike wusste sofort, worauf er hinauswollte: »Sie meinen Kongresse und Seminare in Kombination mit einem Wellnessurlaub?«

»Zum Beispiel, ja.«

»Das ist kein Geheimnis«, bestätigte Heike. »Es gab Einladungen nach Japan und Hongkong – und manchmal sogar üppige Geschenke obendrauf.«

»Ein bescheidenes S-Klasse-Daimlerchen oder eine Villa im Tessin?«, spottete Pfeifer und erntete damit ein charmantes Nicken von seiner jungen Mitarbeiterin.

»So schlimm war's nicht«, entgegnete Heike. »Aber die Herrschaften haben sich sogar im Voraus nach den Hobbys der Vertreter und Ärzte erkundigt und ein passendes Präsent dazu überreicht.«

»Zum Beispiel?«

»Na ja, es war schon ziemlich verrückt. Im Dezember war Frank auf einem Kongress in London. Da gab's für alle Teilnehmer so ein passendes Geschenk. Frank hat sich im Voraus eine Drohne gewünscht – und dort prompt eine bekommen.«

»Eine Drohne?« Pfeifer fühlte sich wie elektrisiert, ließ es sich aber nicht anmerken, sondern studierte scheinbar abwesend ein abstraktes Gemälde an der Wand.

»Ja, er war wohl so begeistert davon, dass er sie dort gleich ausprobiert hat. Wie ein kleiner Junge.«

»Und wo ist sie nun, diese Drohne?«

»Niemand weiß es, auch er nicht. Denn anstatt die Bedienungsanleitung zu studieren, haben sie sie gleich fliegen lassen und dabei verloren.«

»Sie?«, stutzte Pfeifer. »Sie sprechen in der Mehrzahl?«

»Ja«, jetzt erst wurde ihr bewusst, dass sie allzu redselig geworden war, »ja, der Markus war auch dabei.«

»Markus Kerkhoff?«, vergewisserte sich Pfeifer schnell und erntete ein wortloses Kopfnicken.

67

Die durchnässten Akten aus dem Koffer trockneten schneller als gedacht. Häberle und Hospitant Robin Jäger hatten einen Teil davon am offenen Fenster in die pralle nachmittägliche Sonne gelegt und auf andere Papiere die heiße Luft eines eilig herbeigeschafften Föns gerichtet. Zwar fühlten sich die Dokumente ziemlich verknittert an, doch sie ließen sich vorsichtig voneinander trennen. Viele von ihnen trugen den Briefkopf von Frank Mittelberg mit dem Zusatz: »Ihr vertrauensvoller Ansprechpartner in allen Fragen der Pharmazie.«

»Super gemacht«, lobte Häberle den engagierten Nachwuchskriminalisten. Sie begannen, die Papiere zu sortieren und auf einer großen weißen Tischplatte nebeneinanderzulegen.

»Dass das Zeug tatsächlich von Mittelberg stammt, daran dürfte kein Zweifel mehr bestehen«, meinte Häberle, nachdem er einige Seiten studiert hatte, die eine Art Bestell- oder Lieferscheine waren, adressiert an Ärzte, Kliniken, Apotheken und sogar Fitnessstudios in weitem Umkreis. Vom Schwarzwald bis nach Niederbayern. Nahezu aus dem ganzen süddeutschen Raum, wie sich bei der weiteren Sichtung des Materials zeigte. Allerdings konnten die beiden Kriminalisten mit den aufgeführten Medikamenten nichts anfangen.

»Da, schauen Sie mal«, schob Jäger seinem an Dienstgraden haushoch überlegenen zeitweisen Chef einige Papiere zu: »Endlich auch mal Adressen aus Bad Waldsee, allerdings älteren Datums. Von 2017 und 2018.«

Häberle nahm die zerknitterten Blätter in die Hand und las: »Apotheke Patten« und »Dr. Friedrich Hagebusch, Facharzt für Allgemeinmedizin.« Beide Papiere waren jedoch keine Lieferscheine wie die meisten anderen, sondern offenbar Kopien von Erläuterungen, mit denen sowohl die Wirkung als auch die »preiswürdige Abwicklung« der Arzneimittel hervorgehoben wurden. Häberle runzelte die Stirn: »Was da auch immer unter ›preiswürdiger Abwicklung‹ zu verstehen ist.«

Jäger zog ein ratloses Gesicht. »Wir können die Herrschaften mal fragen.« Noch während er dies sagte, stieß er auf eine Visitenkarte, die an eines der Dokumente geklammert war: »Marion Schewe, Pharmazie-Service« mit einer Telefonnummer in Frankfurt am Main.

Er löste die kleinformatige Karte ab, auf der das rote Apothekenlogo aufgedruckt war, und schob sie ebenfalls Häberle zu. »Schewe«, murmelte der und erinnerte sich sofort an das ausführliche Gespräch mit seinem Ex-Kollegen Bauer, der diesen Namen genannt hatte. Die Dame hielt sich offenbar im selben Hotel auf wie der Wellinger. »Ich glaube«, überlegte Häberle laut, »da kommt langsam etwas zusammen, was eigentlich nicht zusammengehört.« Kaum hatte er es ausgesprochen, schreckte ihn der elektronische Ton des Telefons auf. Er ging zum Schreibtisch, nahm ab und lauschte dem Anrufer, um ein paar Sekunden später zu sagen: »Sehr interessant, Kollege, danke.«

Diese wenigen Worte hatten gereicht, um Jägers Aufmerksamkeit zu wecken. Er hielt beim Sortieren der Dokumente inne, während Häberle ihm berichtete: »Die Telekom hat diesmal schnell reagiert. Was glauben Sie, wer den Mittelberg am Dienstagnachmittag gegen 17.38 Uhr als Letzter auf dem Handy angerufen hat?«

Jäger gab sich ratlos, weshalb Häberle sich gleich die Antwort gab: »Seine Frau, die Heike Mittelberg. Und zwar aus der Funkzelle Bad Waldsee.«

Der Hospitant konstatierte sofort: »Dann hat sie ihn ins Ried gelockt und dort umgebracht.«

68

Der Anruf Häberles erreichte seinen Kollegen Pfeifer just in dem Moment, als er mit Alina das Grundstück der Mittelbergs verließ. »Wie bitte?«, hakte er nach, weil die Mobilfunkleitung schlecht war.

Die junge Beamtin, die gerade damit beginnen wollte, Pfeifer von ihrer Entdeckung in Heikes Computer zu berichten, blieb stehen. Allein schon der Tonfall des Kriminalisten ließ eine interessante Neuigkeit erwarten.

»Okay, wir steh'n gerade vor ihrem Haus. Wir geh'n noch mal rein. Danke.« Dann beendete Pfeifer das Gespräch und erklärte seiner Begleiterin: »Häberle war's. Die Telekom hat festgestellt, dass Frau Mittelberg ihren Mann am Dienstagnachmittag angerufen hat.«

»Oh«, entfuhr es Alina, die sofort kombinierte, was dies bedeuten konnte. »Dann fragen wir sie doch mal, was sie von ihm gewollt hat.«

Sie machten auf der Stelle kehrt und gingen zur Haustür zurück, um erneut zu klingeln. Augenblicke später stand Heike Mittelberg verstört vor ihnen.

»Tut mir leid, Frau Mittelberg«, gab sich Pfeifer charmant. »Aber uns ist soeben etwas eingefallen, das es zu klären gilt – jetzt, da wir gerade da sind.«

»So – und das wäre?«

»Dürfen wir nochmals für einen Moment eintreten?«

»Wenn's sein muss ...« Sie wirkte erschrocken und nervös.

Pfeifer und Alina kamen ein paar Schritte in die Diele, Heike zog die Tür hinter sich nicht ins Schloss.

»Es geht um einen Telefonanruf aufs Handy, den Ihr Mann

am Dienstagnachmittag erhalten hat«, kam Pfeifer ohne Umschweife zur Sache.

»Ja, und?«, gab Heike kühl zurück.

»Er kam von Ihnen, der Anruf.«

»Wie bitte? Sie hören mich ab?«

»Nicht abhören«, mischte sich Alina ein. »Der Inhalt von Gesprächen wird vom Netzanbieter nicht aufgezeichnet, nur die Verbindungsdaten. Wer mit wem, wann und wo.«

Pfeifer wurde eine Nuance energischer: »Sie haben ihn also angerufen?«

»Hab ich nicht«, erwiderte Heike und sah Pfeifer fest in die Augen.

»Und wenn ich sage, dass es doch so war?«, blieb der Kriminalist hart.

»Dann gibt es dafür nur eine Erklärung«, zeigte sich Heike gefasst. »Ich hab das Ding verloren und ein anderer hat es an sich genommen.«

»Ach?«, staunte Alina. »Sie haben Ihr Handy verloren. Wo denn?«

»In Bad Waldsee. Am Dienstagnachmittag. Ich hab Ihnen doch gesagt«, sie wandte sich an Pfeifer, »dass ich meinen Mann im Golfclub mit einer anderen angetroffen habe …«

»Rein zufällig natürlich«, unterbrach Pfeifer ihren plötzlichen Wortschwall.

»Auch wenn Sie daran zweifeln mögen, aber es war so.«

»Und dann ist Ihnen Ihr Handy abhandengekommen«, resümierte Pfeifer. »Und der unbekannte Finder hat die Handynummer Ihres Mannes gekannt und ihn auch gleich angerufen.«

»Die Nummer ist im Gerät gespeichert.«

»Aber vielleicht nicht nur diese, denk ich mal.«

»Sie dürfen denken, was Sie wollen, Herr Kommissar. Ich jedenfalls hab Frank nicht angerufen. Das kann ich beschwören, falls es darauf ankommt.«

Pfeifer entschied, nicht weiterzubohren. Er deutete seiner Begleiterin mit einer Kopfbewegung an, mit ihm das Haus zu verlassen.

69

Mike Linkohr, langjähriger Mitarbeiter von Kommissar August Häberle, hatte sich in Ulm ausgiebig mit Peter Ackermann unterhalten und bemerkt, wie sehr der Rentner noch immer unter den Folgen des tragischen Drohnenunglücks litt. Vermutlich würde das Trauma erst dann abklingen, wenn der oder die Verursacher ermittelt waren. Große Hoffnung schien er in den Privatdetektiv Edgar Bauer zu setzen. Der hatte ihm inzwischen mitgeteilt, dass er der Kriminalpolizei seine bisherigen Erkenntnisse weitergegeben habe.

»Wissen Sie, Herr Linkohr«, hatte Ackermann gesagt, »ich möchte dafür sorgen, dass derjenige, der daran schuld ist, genauso leiden muss wie ich.«

Linkohr klangen diese Worte in Gedanken nach. Ging es dem Witwer um mehr als nur eine juristische Aufarbeitung? Sann er womöglich auf Rache? Die Verbitterung war dem Mann natürlich nicht zu verdenken. Dass er gestern mit dem Privatdetektiv in Bad Waldsee gewesen war, schien ihn psychisch aufgebaut zu haben. Nachdem sein Glauben an ernsthafte Ermittlungen der Polizei verloren gegangen war, hatte ihm Bauer neue Hoffnung gemacht. »Wenn das alles so stimmt, was Herr Bauer da rausgefunden hat, dann hab ich's mit einer richtigen Mafia zu tun«, hatte Ackermann zum Abschied gesagt – ebenfalls Worte, die Linkohr auf der Fahrt von Ulm nach Bad Waldsee beschäftigten. »Vielleicht liegt's daran, dass die Polizei an die Sache nicht ranwollte«, hatte Ackermann argwöhnisch gemeint und durchblicken lassen, dass er eine ganze Verschwörung dahinter vermute.

Linkohr, der bisher nie in Bad Waldsee gewesen war, hatte Mühe, das Gebäude des Polizeipostens an der Hauptstraße, Ecke Oberamteigasse, zu finden – und brauchte noch einige Minuten, bis er den Dienstwagen abstellen konnte.

Ein Uniformierter führte ihn zu den Räumen, in denen sich die Kripo provisorisch eingerichtet hatte. Dort begrüßte ihn Häberle überschwänglich: »Ja, super, Herr Kollege, dass Sie zu uns stoßen.« Er stellte ihn dem Hospitanten Robin Jäger vor, der eifrig damit beschäftigt war, die getrockneten Akten zu sortieren und zu sichten. »Sie kommen wie gerufen. Wir haben eine Aufgabe für Sie, die wie geschaffen für Sie ist.«

Am süffisanten Lächeln Häberles glaubte Linkohr bereits abzulesen, worum es gehen würde. Immerhin eilte ihm seit Jahr und Tag der Ruf voraus, besonders eifrig, ja, manchmal sogar übereifrig zu ermitteln, wenn es um attraktive Damen ging. Linkohr, Mitte 30 und sehr glücklos, wenn es um Beziehungen zum anderen Geschlecht ging, kannte seine eigenen Schwächen inzwischen gut genug. Hinzu kam, dass er mit zunehmendem Alter und angesichts zahlloser Enttäuschungen wählerischer wurde. Dabei war er durchaus attraktiv: schlank, groß, sportlich. Außerdem ehrgeizig und zuverlässig. Je länger er aber in seiner Junggesellenbude hauste, desto mehr machte sich dort das Fehlen einer ordnenden Frauenhand bemerkbar. Da kam es ihm zugute, dass sich die Vermieterin, eine ältere Dame, bisweilen seiner Wäsche annahm und gegen ein paar

Euro Trinkgeld auch mal die Wohnung putzte. Wenn er in den Sommermonaten dienstlich für einen Tag unterwegs war und sich die Aufträge als umfangreich erwiesen, konnte es vorkommen, dass er auch mal im Dienst-Pkw nächtigte. Das war zwar ungemütlich, aber es ersparte ihm die Heimfahrt in ein Zuhause, in dem ohnehin niemand auf ihn wartete. Rein dienstlich gesehen, war natürlich eine Ermittlungstätigkeit im weiteren Umkreis – wie in Bad Waldsee – kein Grund, sich auf Staatskosten in ein Hotel einzumieten. Ihm wurde ganz einfach zugemutet, nach Hause zu fahren.

An all dies musste er für einen Moment denken, als Häberle die Aufgabe ankündigte, die »wie für Sie geschaffen« sei. Linkohr wollte aber zunächst nicht darauf eingehen, sondern berichten, was er von Ackermann erfahren hatte. »Der Mann ist ziemlich verbittert. Das kann man so sagen«, gab er zu bedenken. »Er hat den Glauben an Polizei und Justiz verloren. Wörtlich hat er gesagt: ›Wenn die Behörden den Täter nicht finden, dann ich.‹«

Häberle runzelte die Stirn. »Wie oft war er denn schon in Bad Waldsee?«

»Nur gestern Nachmittag, sagt er.« Linkohr wurde hellhörig. »Sie glauben doch nicht, dass er eine Art Selbstjustiz verübt hat?«

Häberle holte tief Luft. »Was ich glaube, spielt im Moment keine Rolle. Wir müssen jede Möglichkeit in Betracht ziehen. Würden Sie's ihm denn zutrauen?«

»Schwer zu sagen. Die Frage wäre zunächst mal, wie er in die ganze Medikamentengeschichte verwickelt ist – und ob überhaupt.«

»Was ist er denn von Beruf?«

»Veterinär«, wusste Linkohr zu berichten.

»Tierarzt also«, stellte Häberle schnell klar.

»Nein. Beruflich war er in der Lebensmittelüberwachung tätig. Öffentlicher Dienst.« Dann berichtete Linkohr, wie

Ackermann seinen gestrigen Aufenthalt mit Bauer in Bad Waldsee geschildert hatte. Für Häberle nichts Neues: Es stimmte im Wesentlichen mit allem überein, was ihm der Ex-Kollege Bauer erzählt hatte. Mit einem Unterschied, wie Häberle anmerkte: »Kerkhoff hat uns gegenüber den Besitz der Drohne eingeräumt, behauptet aber, sie schnell weiterverkauft zu haben.«

»An einen Unbekannten, nehm ich an«, meinte Linkohr.

»Exakt, Herr Kollege.« Häberle wartete förmlich auf Linkohrs Lieblingsspruch, der als Zeichen allerhöchsten Erstaunens galt. Doch diesmal blieb er aus, denn dem Kriminalisten erschien ein wichtiger Hinweis angebrachter zu sein: »Ackermann hat gesagt, er werde sich den Kerkhoff vorknöpfen und so bald wie möglich bei ihm auftauchen. Denn es gäbe hier – so hat er wörtlich gesagt – noch ›einige andere Halunken‹, denen man das Handwerk legen müsse.«

»Für wie gefährlich halten Sie ihn?«

»Ackermann macht zwar einen etwas kränklichen Eindruck, aber man darf verbitterte Menschen nicht unterschätzen.«

Häberle nickte. Und Hospitant Robin Jäger, der dem Gespräch aufmerksam gefolgt war, tat's ihm nach.

70

Dr. Friedrich Hagebusch hatte einen anstrengenden Vormittag hinter sich. Obwohl er und seine Arzthelferinnen Wert auf ein überaus gutes Zeitmanagement legten, war es nicht zu vermeiden, dass an manchen Tagen das Wartezimmer nahezu aus allen Nähten platzte. Heute Vormittag hatte eine Angestellte sogar zusätzliche Stühle bereitstellen müssen. Dabei bot das sommerliche Wetter keinen Grund für saisonbedingte Erkrankungen. Wenn jemand über Schnupfen klagte, waren meist Pollen daran schuld. Und außerdem gab's gestern Abend keine Fernsehsendung, in der irgendeine absonderliche Krankheit im Mittelpunkt des Geschehens gestanden hätte, über deren Symptome sofort die halbe Menschheit zu klagen schien. Das war dann genauso, wie wenn sich ein Patient im Internet mithilfe von Google über seine körperlichen Beschwerden informierte und prompt die allerschlimmsten Diagnosen und Artikel dazu fand. Hagebusch wurde nicht müde, von derartiger Lektüre abzuraten. Jeder bekomme sofort den Eindruck, die Friedhöfe der Welt seien voll von Menschen, die dieselben Symptome gehabt hätten, die man gerade an sich selbst feststelle. Genauso gut könne man eine x-beliebige Seite eines dieser viel gepriesenen »Gesundheitsbücher« aufschlagen – und man stoße garantiert augenblicklich auf irgendeine schreckliche Krankheit, die auf die eigenen Beschwerden zutreffe, pflegte er immer wieder zu erklären.

Hagebusch versuchte, so gut es Zeit und Bürokratismus zuließen, auf seine Patienten einzugehen. Natürlich war er vom Idealbild des »Bergdoktors« aus der gleichnamigen, äußerst beliebten Fernsehserie weit entfernt. Er konnte nicht anderer Leute Familienprobleme lösen, aber er wusste, dass zur Genesung mehr als nur die chemischen Mittel der Pharmaindustrie gehörten. Insofern war er ein Anhänger der ganzheitlichen Medizin, die den Menschen als Ganzes sah und nicht an einzelnen Symptomen herumlaborierte – wie an einer Maschine, an der man halt problemlos Einzelteile reparieren konnte. Bisher hatte er den Frust über die verfehlte deutsche Gesundheitspolitik noch einigermaßen von sich ferngehalten, doch der Verwaltungskram schien so langsam die Oberhand zu gewinnen. Manchmal hatte er den Eindruck, dass es im gesamten Gesundheitssystem nur einen Störfaktor gab: den Patienten. Vermutlich gab es längst mehr Verwaltungsleute, die in Krankenkassen, Behörden und sonstigen überflüssigen Institutionen tagaus, tagein nur mausklickten, als Ärzte und Pflegepersonal zur Verfügung standen. Jedenfalls konnte sich Hagebusch dieses Eindrucks nicht erwehren.

Solche Gedanken überfielen ihn oft, wenn nach der morgendlichen Sprechstunde endlich das Wartezimmer leer geworden war. Jetzt lehnte er sich in seinen gepolsterten Bürostuhl zurück. Nein, er wollte trotz dieser Überlastung den Frust nicht an die Patienten weitergeben. Er fühlte sich ihnen verpflichtet – wie man es von einem Landarzt erwartete. Und wenn es sein musste, fuhr er auch zu ihnen hinaus.

In den vergangenen Stunden war er so sehr auf seine Patienten konzentriert gewesen, dass er seine eigenen Sorgen, die ihn seit Wochen plagten, erfolgreich verdrängen konnte. Jetzt aber, in der plötzlichen Stille seines Sprechzimmers, schienen sie ihn mit voller Breitseite zu treffen.

Stark beunruhigt hatte ihn der Hinweis seines Freundes Rolf Patten, der am Telefon ziemlich aufgebracht gewesen war. Sämtliche Unterlagen, die gefährlich werden könnten, habe er vernichtet, hatte der Apotheker gesagt und vor einem Journalisten gewarnt, der bei ihm aufgetaucht sei und der »sehr unangenehme Fragen« gestellt habe. »Wir müssen vorsichtig sein, Friedrich«, hatte Rolf ins Telefon geflüstert und hinzugefügt: »Vergiss die Schewe nicht. Die ist kalt und berechnend. Wenn's sein muss, geht die über Leichen.«

Noch immer klangen diese Worte in Hagebuschs Ohren nach. Schon oft hatte er in den vergangenen Wochen über die Rolle dieser raffinierten Frau nachgedacht – und über das Verhältnis zwischen ihr und Frank Mittelberg. Auch diesmal kam er zu keinem Ergebnis, denn der schrille elektronische Ton seines Telefons riss ihn aus seinen finsteren Gedanken.

»Ja«, meldete er sich lustlos.

»Ein Patient ruft an, er hat höllische Schmerzen im Fuß. Wohl ein Gichtanfall. Er kann nicht mal mehr auftreten.«

»Ja – und?« Hagebusch schloss für einen Moment erschöpft die Augen.

»Er sagt, er kann auch nicht Auto fahren. Und er bittet Sie, möglichst heute noch bei ihm vorbeizukommen.«

»Wer ist es denn?«

»Ein Otto Wendeler aus Ritzenweiler. Er sagt, er sei vor einigen Jahren Patient bei uns gewesen. Ich kann ihn aber in unserer Datei nicht finden.«

»Wendeler«, wiederholte Hagebusch ratlos. »Aber kein Notfall?«

»Nein, er braucht keinen Notarzt. Er hätte nur gern einen Hausbesuch.«

»Haben wir eine Telefonnummer von ihm?«

»Eine Handynummer, ja.«

»Rufen Sie bitte an und stellen Sie ihn dann zu mir durch.«

Hagebusch seufzte in sich hinein. Ritzenweiler. Kleiner Weiler nordöstlich von Bad Waldsee. Eine Viertelstunde Fahrzeit. Hagebusch versuchte, die Hausbesuche auf ein Mindestmaß zu reduzieren. In Notfällen war es ohnehin angeraten, gleich den Notarzt loszuschicken. Oftmals entschieden Minuten über Leben und Tod. Aber ein Gichtanfall? Für Hagebusch bestand keinerlei Zweifel, dass so etwas sehr schmerzhaft sein konnte. Alle Gelenke waren gefährdet, insbesondere die Zehen. Patienten schilderten die Schmerzen übereinstimmend so, dass es sich anfühle wie ein permanenter Messerstich tief ins Fleisch.

Schmerzmittel hatte er in seinem Arztkoffer immer dabei, überlegte Hagebusch. Nun würde er noch eine Schachtel Allopurinol mitnehmen. Wie so häufig bei derlei Beschwerden hatte der Patient möglicherweise dieses vorbeugende Medikament nicht regelmäßig genommen – oder es war das erste Mal, dass ihn ein solcher Anfall plagte. Wenn dieser Wendeler jedoch schon selbst diagnostizieren konnte, dass seine Schmerzen auf Gicht zurückzuführen waren, dann musste er darin bereits erfahren sein. Allerdings konnte sich Hagebusch nicht daran erinnern, einem Patienten dieses Namens jemals Allopurinol verordnet zu haben.

Wieder holte das Telefon den Arzt aus den Gedanken. Seine Arzthelferin gab Bescheid: »Der Wendeler meldet sich nicht. Wollen Sie trotzdem rausfahren?«

»In Gottes Namen«, erwiderte Hagebusch und schaute auf die Armbanduhr. Er hatte sich bereits damit abgefunden, dass das Mittagessen ausfiel. »Geben Sie mir die Adresse.«

Er notierte die Anschrift in dem ziemlich verlassenen Ritzenweiler. »Ich bin spätestens in einer Dreiviertelstunde wieder da«, beschied er seiner Helferin und stand auf.

71

Inzwischen war Kriminalrat Fabian Pfeifer eingetroffen. »Diese Frau Mittelberg hat gewaltig Dreck am Stecken«, konstatierte er, als er sich zu Häberle, Linkohr und Jäger an den Besprechungstisch setzte, auf dem noch immer die getrockneten Akten aus dem Koffer lagen. »Dann lassen Sie mal hören«, glich Häberle seinen Ton an jenen von Pfeifer an.

»Die Frau will Opfer eines Einbruchs geworden sein. Schon vergangene Nacht. Hat es aber nicht für nötig erachtet, die Straftat anzuzeigen«, begann der Ermittler und spielte mit einem Kugelschreiber. »Angeblich hat man den PC ihres Mannes gestohlen. Das Ganze hat nur einen Schönheitsfehler: Es gibt keine Einbruchspuren am Haus – und bemerkt hat sie in der Nacht auch nichts. Sagt sie.« In der Betonung der einzelnen Worte schwangen unüberhörbar Zweifel mit.

»Einbruch vorgetäuscht?«

»Ich geh mal davon aus – und die Kollegin Tappe aus Konstanz auch. Übrigens ein hübsches Mädel.« Pfeifer grinste zu Linkohr hinüber – eine Geste, die Häberle von dem nüchternen Kriminalrat nicht erwartet hätte.

»Vorgetäuscht, um etwas verschwinden lassen zu können?«, lenkte Linkohr sofort ab.

»Weshalb dann nicht wenigstens eine eingeschlagene Fensterscheibe?«

»Vielleicht, weil sie eine Erklärung dafür haben will, weshalb sie nicht aufgewacht ist. Sie meint, der Täter habe einen Schlüssel gehabt«, berichtete Pfeifer.

»Aber doch nicht etwa jenen von ihrem Mann«, hob Häberle eine Augenbraue.

»Doch, genau, das will sie uns glauben machen. Ich hab ihr

natürlich nicht gesagt, dass wir den Schlüsselbund in diesem Koffer hier gefunden haben.« Pfeifer machte eine entsprechende Kopfbewegung auf die vor ihm liegenden Dokumente.

»Dann könnte sie ganz dick in der Sache mit drinstecken«, meinte Linkohr.

»Es sieht ganz danach aus«, pflichtete ihm Pfeifer bei. »Denn Alina, das Mädel aus Konstanz, ist mit dem Computerzeug super vertraut. Sie hat mit einem kurzen Blick in den Internetverlauf von Frau Mittelbergs Computer etwas äußerst Interessantes erkannt.«

»Und das wäre?«, drängte Häberle auf Eile.

»Frau Mittelberg hat wohl mehrfach eine Ortungsapp aufgerufen. Alina hat so getan, als sei ihr das nicht aufgefallen. Sie ist sich aber sicher, dass man damit einen sogenannten GPS-Tracker verfolgen kann.«

Häberle holte tief Luft. Es wurde tatsächlich Zeit, dass er in den Ruhestand ging. Kein einziger Fall kam heutzutage mehr ohne moderne Technologie aus. Inzwischen fühlte er sich wie ein Auslaufmodell, das aus der Zeit gefallen zu sein schien. Was waren das noch für Zeiten, als mit den einfachen Methoden nach alter Väter Sitte ermittelt wurde: observieren, verfolgen, vielleicht ein Telefon mal abhören. Heute bedurfte es Kenntnisse in digitaler Technik und all der sozialen Netzwerke. Ein Glück, dass die jungen Beamten schon von klein auf in diese verrückt gewordene Welt hineinwuchsen, wie Häberle es empfand. Es half aber nichts, alten Zeiten nachzuheulen. Was technisch machbar war, wurde trotz aller Widerstände und konservativer Bremser durchgesetzt. Von mancher Entwicklung wurde man einfach überrollt.

»Eine Ortungsapp«, griff Häberle auf, was Pfeifer gesagt hatte. »So etwas, womit man gechipte Hunde und Katzen wieder auffinden kann?«

»Genau so etwas«, bestätigte Pfeifer. »Inzwischen bedienen sich alle möglichen Institutionen und Firmen solcher Dinger.

›GPS-Tracker‹ sagt man dazu. Autovermieter können auf diese Weise den Standort ihrer Fahrzeuge verfolgen, Speditionen tun's mit ihren Lastwagen, ja selbst alle möglichen Gegenstände, die verliehen werden können, unterliegen damit einer ständigen Überwachung.«

Häberle nickte. »Und untreue Ehemänner.«

Pfeifer hob den Daumen: »Exakt erkannt, Herr Kollege. Ich wette, das kleine schwarze Ding, das wir in Mittelbergs Koffer gefunden haben, ist so etwas. Und schon wird klar, weshalb seine Frau angeblich rein zufällig im Golfclub-Restaurant aufgetaucht ist und ihren Alten beim Fremdgehen erwischt hat.«

Linkohr ergänzte: »Beim Fremdgehen erwischt und dann umgebracht.«

»Langsam, langsam«, mahnte Häberle. »Das geht mir etwas zu schnell. Denkt an das Zeug hier.« Er zeigte auf die Papiere. »Mich würde schon interessieren, was diese Herrschaften mit Frank Mittelberg zu tun hatten.« Um seinen Worten mehr Nachdruck zu verleihen, las er die Namen ab: »Ein Apotheker namens Rolf Patten und ein Allgemeinmediziner namens Friedrich Hagebusch. Und von dieser Marion Schewe wissen wir noch gar nichts.«

»Dafür aber von diesem Dr. Kerkhoff wesentlich mehr«, ergänzte Pfeifer. »Sie haben sicher auch bemerkt, dass er auf Heike Mittelberg nicht angesprochen werden will. Oder zumindest sehr seltsam reagiert. Was im Übrigen die Frau Mittelberg ihrerseits auch tut, wenn der Name Kerkhoff fällt.«

»Sie denken, die beiden haben was miteinander?«, mischte sich Linkohr ein und erntete wieder eine süffisante Bemerkung Häberles: »Tja, wer was mit wem hat, Herr Kollege, das ist manchmal nicht ganz einfach zu durchschauen.«

Der junge Kriminalist zog es vor, nicht darauf zu reagieren, sondern kombinierte: »Mal angenommen, die beiden haben was miteinander, dann wäre es doch gar nicht so abwegig, wenn sie beide entscheiden, Heikes Mann zu beseitigen.«

»Dann wären wir wieder bei einem Verbrechen, das in die Kategorie ›Beziehungstat‹ fällt«, meinte Häberle ein bisschen enttäuscht. Beziehungstaten waren meist am einfachsten aufzuklären. Er hingegen mochte es lieber kniffliger. »Vergesst nicht, dass weitaus mehr im Raum steht: Drohnenunglück, Arzneimittelpanscherei.«

»So ganz würde ich eine Beziehungstat nicht ausschließen«, blieb Pfeifer hartnäckig. »Von Heike Mittelbergs Handy wird am Dienstagnachmittag ihr Mann in Bad Waldsee angerufen – und sie behauptet, ihr Handy verloren zu haben. Sie hat schon gelogen, als sie behauptet hat, rein zufällig im Golfclub aufgetaucht zu sein, obwohl sie ihren Mann per GPS verfolgt hat. Da kann sie uns leicht die Story vom Pferd erzählen, wenn's um ihr Handy geht.«

Linkohr folgerte daraus: »Sie hat ihren Mann zu einer abendlichen Aussprache ins Ried gelockt – und ihm die tödliche Spritze gesetzt.«

»Dann aber hätte sie ihn in der Stadt irgendwo mit dem Auto abholen müssen«, gab Häberle zu bedenken.

»Warum denn nicht?«, hielt Pfeifer entgegen. »Sie war am Nachmittag in der Stadt. Und der Anruf kam aus der hiesigen Funkzelle. Das passt doch.«

»Ich weiß, das begeistert euch nicht so«, räumte Häberle ein, »aber ich werd das Gefühl nicht los, dass die Drohnen doch ein Thema sein könnten.«

»Glauben Sie etwa, Kerkhoff und Mittelberg hätten mit einem Quadrocopter gepanschte Arzneimittel transportieren wollen?«, spöttelte Pfeifer. »Eine neuartige Luftfracht, oder was?«

»Warum soll dann sein Jugendfreund sterben? Das versteh ich jetzt nicht«, gab Linkohr zu.

»Halt! Stopp!«, entfuhr es Pfeifer. »Mir fällt ein, Frau Mittelberg hat heute anklingen lassen, dass ihr Mann und Kerkhoff im vergangenen Dezember bei einem Pharmaziekongress in London waren und dabei als ›kleines Präsent‹ jeweils eine Drohne geschenkt bekommen haben.«

»Wie bitte?«, staunte Häberle. »Drohnen von der Pharmaindustrie?«

»Das sei nicht ungewöhnlich, sagt Frau Mittelberg. Die Veranstalter erkundigen sich im Vorhinein nach den Hobbys der Teilnehmer und was sie sich dafür wünschen.«

»Ach so«, grinste Häberle. »Sozusagen als kleine bescheidene Zuwendung, um die Herrschaften bei Laune zu halten. Hat natürlich nichts mit Bestechung oder Korruption zu tun.«

»Und was ist aus diesen Drohnen geworden?«, hakte Linkohr schnell nach.

Häberle antwortete theatralisch: »Sie hat das gleiche Schicksal ereilt wie jene, die die beiden Herren in Göppingen beim Herrn Wellinger gekauft haben: spurlos verschwunden.«

Pfeifer ergänzte sarkastisch: »Genau wie das Handy der Frau Mittelberg.« Kaum hatte er es gesagt, wurde er laut und energisch: »Wie lange lassen wir uns denn noch für dumm verkaufen? Wird Zeit, dass wir zuschlagen.«

72

»Ich weiß nicht, was ich Ihnen zu sagen hätte.« Marion Schewe war angesäuert und arrogant gleichermaßen, als Linkohr und Robin Jäger bei ihr im Gasthaus »Kreuz« auftauchten. Sie hatten sich an der Rezeption angemeldet und erfahren, dass die Frau noch heute abreisen wolle. Widerwillig war sie der Bitte gefolgt, in den Gastraum herunterzukommen, wo sie von einer Angestellten zu den beiden Männern geleitet wurde. Im dunklen Hosenanzug wirkte sie ziemlich hochnäsig und kühl. »Machen Sie's bitte kurz.« Sie setzte sich zu den Kriminalisten, die sich artig vorgestellt hatten.

Linkohr schluckte kurz und gab sich entschlossen: »Sie wollen Bad Waldsee noch heut Nachmittag verlassen?«

»Darf ich fragen, weshalb Sie das interessiert?«, entgegnete sie mit eiskaltem Blick, wie Linkohr es empfand.

Jäger entsann sich seiner Schulung, wonach sich Polizisten niemals einschüchtern lassen durften. »Wir ermitteln wegen eines Tötungsdelikts, Frau Schewe. Was uns interessiert, müssen Sie deshalb uns überlassen.«

Linkohr war von dem forschen Auftreten des wesentlich jüngeren Hospitanten überrascht und schob eine Bemerkung nach, die den Ernst der Lage verdeutlichen sollte: »Es steht Ihnen natürlich frei, uns gar nichts zu sagen, insbesondere, falls Sie sich selbst damit belasten würden.«

»Belasten?«, Marion war konsterniert. Linkohrs Worte hatten die erhoffte Wirkung offenbar nicht verfehlt.

»Mein Kollege«, machte Jäger weiter, »meint, es wäre sehr hilfreich, wenn Sie mit uns kooperieren würden. Wir haben Ihre Visitenkarte im Aktenkoffer des getöteten Mannes gefunden. Zusammen mit weiteren Dokumenten.«

Marion Schewe sah sich verunsichert um, doch da gab es keine weiteren Gäste. Trotzdem senkte sie ihre Stimme: »Und welche Schlüsse ziehen Sie daraus?«

»Dass es eine Verbindung zwischen Ihnen und dem Herrn Frank Mittelberg gegeben hat.«

Linkohr legte nach: »Und demzufolge auch zu den Unregelmäßigkeiten im Zusammenhang mit Arzneimitteln.«

Über Schewes Gesicht huschte ein überlegenes Lächeln. »Nur weil ich mal Kontakt zu Herrn Mittelberg hatte, soll ich gleich in dubiose Geschäfte verwickelt sein? Klingt das nicht ein bisschen – na, sagen wir mal – nach nicht gerade professionellem Vorgehen?«

»Auch das müssen Sie uns überlassen«, giftete Linkohr zurück und beschloss mannhaft, sich nicht vom attraktiven Äußeren der Dame blenden zu lassen. Er wollte sich auch nicht lange mit Vorgeplänkel aufhalten, sondern entschied, einen Frontalangriff zu starten – auch wenn dieser nur auf einer vagen Vermutung basierte, gestützt auf eine Aussage von Heike Mittelberg, die gegenüber Pfeifer eingeräumt hatte, ihren Mann im Golfclub mit einer ihr unbekannten Frau ertappt zu haben. »Es hat vorgestern wohl ein etwas unerfreuliches Zusammentreffen im Golfclub gegeben. Oder könnte es sein, dass ich mich da täusche?«

Marion Schewes Blick verfinsterte sich. »Wie darf ich das verstehen?«

Jäger wartete gespannt auf eine Reaktion Linkohrs, der jedoch gelassen blieb. »Oder andersrum gefragt: Wie war Ihr Kontakt zu Herrn Mittelberg?«

Marion Schewe schien sich schnell wieder im Griff zu haben. »Ach, daher weht der Wind.« Sie lachte gekünstelt. »Herr Linkohr, da interpretieren Sie etwas hinein, was so nicht war. Ich hatte ein rein geschäftliches Gespräch mit Herrn Mittelberg, in aller Öffentlichkeit – sonst wären wir doch nicht in den Golfclub gegangen. Seine Frau ist krankhaft eifersüchtig und hat eine peinliche Szene hingelegt. Mehr nicht.«

Jetzt sah Jäger die Gelegenheit für eine Zwischenfrage gekommen: »Herr Mittelberg ist Ihretwegen von Konstanz rübergeflogen?«

»Wo denken Sie hin!«, entgegnete Marion entrüstet. »Er hatte hier zu tun. Und weil ich gerade zu einem privaten Kuraufenthalt hier bin, hat sich ein kurzes Gespräch angeboten.«

Linkohr ging nicht darauf ein. »Sagt Ihnen der Name Wellinger etwas?«, preschte er erneut vor.

Sie hielt für eine Sekunde inne. »Wellinger? Ist das der, der auch hier im Hotel wohnt? Dieser ältere Herr, der sich in die Sache mit seiner Frau verrannt hat?«

»Sie kennen ihn also?«

»Wer sich in der Branche umhört, kennt den Namen«, antwortete sie kühl, was nicht gerade Linkohrs Sympathie weckte. Er sah den richtigen Zeitpunkt gekommen, das eigentliche Thema anzusprechen: »Es gab wohl vor einigen Tagen eine Fernsehsendung, in der Wellinger interviewt worden ist ...«

»Ach, Herr Linkohr«, wiegelte Marion Schewe genervt ab, »fangen Sie doch nicht auch noch damit an. Alle in der Branche laufen wie aufgescheuchte Hühner rum, bloß weil im Fernsehen etwas aufgebauscht wurde. Dass in der Branche Sauereien laufen, ist kein Geheimnis. Oder haben Sie den großen Prozess voriges Jahr nicht verfolgt?«

Linkohr zeigte keine Regung, worauf sie die beiden Kriminalisten verwundert ansah und entgeistert fortfuhr: »Und jetzt wollen Sie *mich* damit in Verbindung bringen, oder was?«

Jäger schaltete sich ein und bemerkte gelassen: »Frank Mittelberg könnte eventuell damit zu tun gehabt haben.«

Dieser Hinweis zeigte Wirkung. Marion Schewes Gesichtsfarbe veränderte sich ins Blasse. »Sie sollten nicht versuchen, mich mit dubiosen Machenschaften in Verbindung zu bringen. Vielleicht ...«, sie sah die beiden Kriminalisten nacheinander mit versteinertem Gesicht an, »vielleicht wäre es doch mal der Überlegung wert, ob ich nicht vielleicht Interesse daran haben könnte, irgendwelche Unregelmäßigkeiten aufzudecken.«

»Umso besser«, schaltete sich Jäger ein. »Dann stehen Sie auf unserer Seite – und Sie könnten uns helfen.«

Marion lächelte wieder. »Ich bin mir nicht so sicher, ob das zum gegenwärtigen Zeitpunkt Sinn machen würde. Mein Vorschlag: Sie lassen mich in Ruhe und ich mische mich nicht in Ihre Angelegenheiten ein.«

»So einfach geht das nicht«, konterte Linkohr, während er gleichzeitig krampfhaft darüber nachdachte, wie der Vorschlag dieser gewiss raffinierten Frau zu bewerten war. Noch bevor er seine Einschätzung formulieren konnte, fuhr sie fort: »Ich verspreche Ihnen, Sie voll und ganz zu informieren.« Sie grinste Linkohr an und ergänzte: »Sie zuallererst.«

Jäger war sprachlos geworden. Linkohr runzelte die Stirn und strich sich verlegen über den Oberlippenbart.

»Meine Herren«, gab sich Marion siegessicher. »Wie wär's, wenn Sie sich auf den Tod des Herrn Mittelberg konzentrieren und die Sache mit den Medikamenten einer höheren Liga überlassen würden. Vielleicht sollten Sie die weitere Vorgehensweise mit Ihrem Präsidium und der Staatsanwaltschaft absprechen.«

Marion erhob sich und stellte klar: »Angesichts der Lage haben Sie natürlich recht: Es wäre unklug, jetzt abzureisen. Sie erreichen mich weiterhin hier im Hotel.« Dann stöckelte sie davon und ließ zwei völlig irritierte Kriminalisten zurück.

73

Den Unternehmer Wellinger zu treffen, erwies sich für Häberle leichter als gedacht. Weil Ex-Kollege Bauer die Handynummer übermittelt hatte, war der Witwer, der sich noch immer in Bad Waldsee aufhielt, einfach zu erreichen gewesen. Allerdings hatte Wellinger den Kriminalisten nicht im Hotel »Kreuz« treffen wollen, sondern in sonniger Landschaft, ein paar Kilometer südwestlich der Stadt in dem Örtchen Reute. Das dortige Kloster, das als Ort der Besinnung galt und Ziel mancher Wallfahrt war, hatte es Wellinger besonders angetan – auch wegen der spirituellen Seminare, die dort angeboten wurden. Mit Annegret, seiner verstorbenen Frau, war er sehr oft hier gewesen. Häberle parkte den Dienstwagen abseits der Stufen, die am Rande des Örtchens zum Klosterkomplex hinaufführten, und sah sofort den Mann, auf den Bauers Beschreibung passte: groß, weiße Haare, schwarze Hornbrille.

Auch Wellinger schien bereits zu vermuten, dass das Auto mit dem Göppinger Kennzeichen Häberle sein musste. Die beiden Männer kamen aufeinander zu und begrüßten sich. »Dass sich endlich die Kripo für die Arzneimittelpanscher interessiert, ist hocherfreulich«, stellte Wellinger fest, dem Häberle am Telefon den Grund für das gewünschte Gespräch genannt hatte.

»Das mit Ihrer Frau tut mir leid«, zeigte sich der Kriminalist einfühlsam, während Wellinger mit einer Handbewegung andeutete, in die nahe gelegene kleine Parkanlage gehen zu wollen.

»Danke, dass Sie rausgekommen sind. Ich wollte Sie nicht im ›Kreuz‹ treffen. Dort logiert nämlich eine Dame, die ich für ziemlich dubios halte. Nicht nur ich im Übrigen.«

Häberle erinnerte sich sofort an Bauers Hinweis auf eine solche Frau, deren Name ihm nun aber nicht einfallen wollte. Noch ehe er etwas erwidern konnte, bekam er Wellingers Gemütslage zu spüren: »Zwei Jahre ist das her«, wurde der Mann im Weitergehen nachdenklich. »Mein Leben hat sich verändert, Herr Kommissar. Wir waren glücklich, erfolgreich mit der Firma, die Kinder studieren, wollen in den Betrieb einsteigen.«

Häberle ging neben ihm her. »Sie kommen öfters nach Bad Waldsee?«, fragte er, weil er es als unpassend empfunden hätte, gleich das eigentliche Thema anzusprechen.

»Sie ist hier verstorben, Annegret, meine Frau. Die Klinik hat alles getan, um sie zu retten, aber das Medikament, das ihr der Hausarzt in Göppingen verordnet hat, hatte nicht die erhoffte Wirkung. Das konnte natürlich niemand wissen. Außer den gewissenlosen Panschern.« Wellinger blieb abrupt stehen und sah Häberle fest in die Augen.

Der Kriminalist gab sich informiert: »Aber offenbar hat man keine Zusammenhänge nachweisen können.«

In Wellingers Stimme schwangen Resignation und Verbitterung: »Ein Gutachter hat auf fast 300 Seiten in feinstem Juristen- und Ärztelatein dargelegt, dass niemanden die Schuld trifft. Jedenfalls niemanden, der greifbar wäre.«

»Aber Sie haben ein zweites Gutachten in Auftrag gegeben?«

»Ja. Über das im Fernsehen berichtet wurde.« Wellinger sah gedankenversunken zu der Kirche hoch, um dann misstrauisch zu werden: »Ich frage mich aber, weshalb Sie zu mir kommen – im Zusammenhang mit diesem Mord da draußen im Ried.«

Häberle holte tief Luft und beruhigte: »Es geht ums persönliche Umfeld des Ermordeten. Sie wissen selbst am besten, was dem Frank Mittelberg vorgeworfen wird. Er soll demnach die Billig-Medikamente in großem Stil ins Land geholt haben.«

»Ja, das hat er. Davon bin ich felsenfest überzeugt, Herr Kommissar. Und viel Leid hat er damit ins Land gebracht. Oder glauben Sie, meine Frau ist die Einzige, die deshalb sterben musste?«

»Hatten Sie direkten Kontakt mit Herrn Mittelberg?« Häberle blieb stehen und sah auf die weite Wiesenlandschaft hinaus.

Wellinger war zusammengezuckt. »Sie meinen, ob ich ihn umgebracht habe?«

Häberle schüttelte den Kopf und beruhigte: »Entschuldigen Sie, es sind nur ein paar Routinefragen.«

Wellinger zögerte. »Nein. Es gab keinen Kontakt zu Mittelberg. Ich wollte mich bedeckt halten – und mich nach der Fernsehsendung ein bisschen umhören.«

»Auch mithilfe von Herrn Dr. Kerkhoff, nehm ich an«, stellte Häberle beiläufig fest und ging ein paar Schritte weiter.

»Kerkhoff?«, hörte er Wellinger hinter sich verstört sagen. »Wie kommen Sie denn auf Kerkhoff? Das war mal mein behandelnder Arzt, als ich nach Annegrets Tod selbst zur Kur war.«

Häberle drehte sich um: »Von ihm haben Sie dann wohl erfahren, wer die falschen Medikamente ins Land holt?«

Wellinger zögerte. »Was spielt das für eine Rolle?«

Häberle blieb ruhig: »Um Leuten wie Herrn Mittelberg das Handwerk zu legen – vor allem aber jenen, die mit ihm unter einer Decke stecken –, sollten wir möglichst viel wissen.«

Wellinger blinzelte in die Sonne und überlegte. »Kerkhoff hat sich sehr viel Zeit für mich genommen. Ein guter Arzt, nicht nur medizinisch gesehen, sondern auch menschlich. Einfühlsam, wie man das heute nur noch selten findet.«

»Er wusste um die seltsamen Geschäfte des Herrn Mittelberg?«

»Ja, da hat man sich in Ärztekreisen offenbar sehr große Sorgen gemacht.«

Häberle nickte verständnisvoll. »Und diese Frau, die auch im ›Kreuz‹ nächtigt?«

»Die Frau Schewe? Marion Schewe?«, entfuhr es Wellinger.

Häberle war froh, dass der Unternehmer den Namen von sich aus erwähnte. Ihm selbst war er nicht mehr eingefallen. »Sie kennen sie?«

»Kennen ist zu viel gesagt. Ihr Name taucht immer mal wieder auf. Steckt wohl mit dem Mittelberg unter einer Decke.«

»Aber direkten Kontakt hatten Sie noch nicht mit ihr, obwohl Sie beide im selben Hotel wohnen?«, hakte Häberle nach.

Wellinger hielt kurz inne. »Von Kontakt kann man nicht sprechen. Direkt begegnet bin ich ihr gestern Vormittag, vor dem ›Kreuz‹, als sie in die Klinik rüber ist.« Er schien innerlich mit sich zu kämpfen, wie er es formulieren sollte. »Ich hab sie angesprochen und um eine Aussprache gebeten, aber sie hat mich einfach stehen lassen.«

»Ach«, staunte Häberle. »Was hätten Sie von einer Aussprache erwartet?«

»Um ehrlich zu sein, Herr Kommissar, ich hatte den Mut gefasst, sie zur Rede zu stellen. Nennen Sie's ›innere Genugtuung‹.«

»Was vermuten Sie, welche Rolle Frau Schewe spielt?«

Wellinger antwortete spontan: »Sie fädelt die Geschäfte ein, die Mittelberg ausführt. Fragen Sie doch mal die ansässigen Ärzte und Apotheker.«

Häberle nahm sich vor, dies zu tun, wollte nun aber sein weiteres Anliegen zur Sprache bringen. »Sie sind ein erfolgreicher Unternehmer. Wohl in der Elektronikbranche.«

»Tut das was zur Sache?« Wellinger war irritiert.

»Stichwort Drohnen«, wurde Häberle unerwartet direkt.

»Ach, daher weht der Wind«, gab sich Wellinger verstimmt. »Wenn Sie schon alles wissen, warum tun Sie dann so geheimnisvoll?«

»Ich tu nicht geheimnisvoll, Herr Wellinger. Aber zu Dr. Kerkhoff gehört auch das Thema Drohnen, oder irre ich mich da?«

»Herr Dr. Kerkhoff hat bei mir eine Drohne gekauft, ja. Zusammen mit einem anderen Mann, den ich nicht kenne. Dass damit offenbar ein schlimmes Unglück passiert ist, dürfte Ihnen geläufig sein. Ja, das stimmt. Aber kann ich etwas dafür, wenn mit diesen Dingern Unfug getrieben wird? Kann Daimler-Benz etwas dafür, wenn ein verrückter Raser mit einem Mercedes einen Unfall baut? Doch wohl nicht.« Wellinger konnte seine Entrüstung nicht mehr verbergen.

»Verzeihen Sie«, lächelte Häberle charmant, »das soll doch kein Vorwurf sein. Hatten Sie denn über dieses Drohnengeschäft hinaus andere Kontakte zu Herrn Dr. Kerkhoff?«

»Wie?« Wellingers Augen wurden unruhig. »Andere Kontakte? Wie soll ich das verstehen?«

»Geschäftliche«, stellte Häberle klar. »Herr Dr. Kerkhoff hat Ihnen schließlich den Hinweis auf möglicherweise gepanschte Medikamente gegeben – da liegt es doch nahe, dass man sich auch geschäftlich näherkommt. Mit den Drohnen ist das ja schon geschehen.«

Wellinger vergrub die Hände tief in den Taschen seiner Freizeitjacke. Auf seiner Stirn hatten sich unter der weißen Haarpracht Schweißperlen gebildet. »Sie werden verstehen, dass ich über geschäftliche Beziehungen nur ungern rede. Zumal ich Herrn Dr. Kerkhoff – wie ich schon sagte – als feinen Menschen kennengelernt habe. Aber wenn's hilft …« Er sah zu der Klosteranlage hinüber. »Herr Dr. Kerkhoff hat sich vor einigen Monaten wegen eines medizinischen Geräts an mich gewandt. Ein kleiner Auftrag. Kaum der Rede wert. Aber wir sind spezialisiert auf Sonderanfertigungen.« Wellinger drehte sich wieder zu Häberle. »Das hatte aber nichts mit Drohnen zu tun.«

»Sondern?«

»Irgendetwas für einen Asthmatiker oder Bergsteiger. Für einen Freund, der zum Mount Everest wollte. Glaub ich jedenfalls.«

Häberle wollte es dabei bewenden lassen und sah einigen Spaziergängern nach. Wie schön würde es sein, wenn er endlich auch jede Menge freie Zeit hätte und sich den Schönheiten der Natur hingeben konnte! Es gab wirklich Wichtigeres auf der Welt, als sich um Ganoven zu kümmern. Für einen kurzen Moment verspürte er wieder das angenehme Gefühl, keinem Erfolgsdruck mehr zu unterliegen. Na ja, musste er an seinen Ex-Kollegen Bauer denken, vielleicht gab es auch im Ruhestand noch einige Aufgaben. Ohne einen Polizeipräsidenten oder Staatsanwalt im Nacken.

74

Trotz des späten Nachmittags stand die Sonne hoch am Horizont. Jetzt, Mitte Juni, gäbe es gewiss Schöneres, als zu einem Patienten zu fahren, der über Gicht klagte, dachte Hagebusch während seiner Fahrt nach Ritzenweiler. Viele seiner Kollegen hätten einen solchen Hausbesuch kurzerhand abgelehnt. Schmerzende Zehen waren schließlich kein Notfall. Und honoriert wurden derlei Einsätze ohnehin nicht ausreichend – zumindest nicht bei Kassenpatienten. Seit die niedergelassenen

Allgemeinmediziner mit einer unsäglichen Bürokratie überzogen worden waren, beschränkte sich bei vielen die Motivation darauf, den Menschen während der Sprechstunden zu helfen. Nur noch selten fand sich der echte Landarzt, der allen Widrigkeiten zum Trotz rausfuhr – so wie er jetzt.

Während der stressigen Sprechstunden war er von den Ereignissen der vergangenen Tage abgelenkt gewesen. Doch jetzt spukten sie wieder durch seinen Kopf. Marion Schewe, sein eingeschüchterter Apotheker-Freund Patten und vor allem die beängstigende Botschaft, die gestern Abend an dessen Auto geheftet worden war: »Denk an Frank! Nur Tote können schweigen.« Eindeutig eine Drohung. Sogar eine Morddrohung, durchzuckte es ihn wieder. Mehrfach hatte er noch in der Nacht mit sich gerungen, ob er seinem Freund anraten sollte, die Polizei einzuschalten. Doch bei einem langen Telefonat am frühen Morgen war Patten nicht davon zu überzeugen gewesen, diesen Schritt zu tun. »Wir könnten da in etwas reingeraten, aus dem wir nur schwer wieder rauskommen«, hatte Patten zu bedenken gegeben.

Hagebusch jedoch gelangte mehr und mehr zu der Überzeugung, dass es besser war, selbst in die Geschehnisse einzugreifen und ihnen einen geordneten Lauf zu geben, anstatt sich treiben zu lassen und tatenlos zuzusehen, wie sich alles entwickelte. Wer konnte schon wissen, was Marion Schewe im Schilde führte?

Tief in derartige Gedanken versunken, war er aus Bad Waldsee hinausgefahren, um noch vor dem Hymer Museum rechts in eine Kreisstraße einzubiegen, abseits derer sich der Golfplatz befand. Hagebusch kannte sich hier aus und wusste um Abkürzungen und günstige Verbindungen. Nach kurzer Strecke auf dieser idyllischen Straße erreichte er die B 465, die er querte, um Ritzenweiler zu erreichen, das ein Teilort des dahinterliegenden Eberhardzell war.

Als die ersten Häuser auftauchten, wurde dem Landarzt

wieder mal bewusst, wie sich der kleine Weiler im Laufe der Zeit verändert hatte. Viel war offenbar saniert worden, denn nur vereinzelt gab es marode Gebäude, die an eine aufgegebene Landwirtschaft erinnerten.

Beschaulich und geradezu friedlich lag die Ansiedlung in der frühabendlichen Sonne. Hagebusch hatte vor der Abfahrt den Straßennamen in sein Navi programmiert und feststellen müssen, dass die Software für diesen kleinen Ort keine Hausnummern zur Verfügung stellte.

Als die Frauenstimme die »Zielstraße« ankündigte, ließ der Arzt seinen bulligen schwarzen Mercedes im Schritttempo an den Häusern vorbeirollen, die in weitem Abstand zueinander standen. Die Nummer, die er suchte, entdeckte er am Ende der Straße an einem alten landwirtschaftlichen Gebäude, dessen vermodertes Scheunentor offenbar seit Jahrzehnten nicht mehr geöffnet worden war. Und das direkt angebaute Wohnhaus hätte auf den ersten Blick längst eine grundlegende Sanierung nötig gehabt, dachte Hagebusch und stoppte vor dem Hauseingang, zu dem drei ausgetretene Steinstufen hinaufführten. Links des Wegs begrenzte ein ziemlich desolater Holzlattenzaun einen völlig überwucherten Garten.

Während Hagebusch ausstieg und seinen Arztkoffer vom Rücksitz nahm, überfiel ihn der Gedanke, dass ihm die Mitarbeiterin eine falsche Adresse aufgeschrieben haben könnte. Er sah sich um. Auf der anderen Straßenseite gab es keine Häuser mehr. Den Blick in die freie Landschaft versperrten einige verwilderte Hecken. Irgendwo krähte ein Hahn, Spatzen zwitscherten. Dazwischen ein seltsames Brummen in der Luft.

Hagebusch sah an der bröckelnden Fassade des alten Bauernhauses hinauf. Es war einstöckig mit einem steilen Giebeldach, das bis zum Erdgeschoss herabreichte. Typisch für die ländliche Bauweise vergangener Jahrhunderte. Seither wurde offenbar kaum modernisiert: Fensterläden hingen windschief, der Briefkasten war verrostet und an manchen Stellen der bräunlich-gelbe Verputz abgefallen. Eigentlich ein ideales altes Bauernhaus, wie es gelegentlich von Liebhabern solcher Immobilien gesucht wurde, um es mit viel Eigenleistung und Freude am Basteln herzurichten, dachte Hagebusch, dem am sommerblauen Himmel etwas auffiel, das in schätzungsweise 150 Metern Höhe weite Kreise zog. Ein Modellflugzeug, vermutete er, um sich sogleich wieder dem Grund seines Hierseins zu widmen.

Er hatte sich den Namen des Patienten, den er hier anzutreffen hoffte, eingeprägt: Otto Wendeler. Vielleicht war es bereits ein solcher Bauernhausfan, überlegte der Arzt, als er zu der mit Milchglas besetzten verwitterten Holztür ging. Andererseits ließ die Bitte, ein Arzt möge ihn wegen eines Gichtanfalls aufsuchen, wohl eher auf einen älteren Herrn schließen. Ein jüngerer wäre vermutlich durchaus in der Lage, trotz der Schmerzen selbst in die Praxis zu kommen.

Hagebusch bemerkte sofort, dass die Tür einen kleinen Spalt weit offen stand. Nichts Ungewöhnliches in so einem kleinen Weiler. Aus Erfahrung wusste er, dass es Bewohner alter Bauernhäuser bisweilen mit dem Abschließen nicht so genau nahmen. Meist streunte dann aber ein kläffender, häufig sogar aggressiver Hund auf dem Grundstück herum. Der Gedanke daran ließ ihn vorsichtiger werden. Er erspähte einen weißen Klingelknopf, der ziemlich lose an den Türrahmen geschraubt war, ebenso ohne Namensschild wie der Briefkasten daneben.

Hagebusch lauschte für einen Moment, doch aus dem Türspalt drangen keinerlei Geräusche heraus. Beim Drücken auf den Klingelknopf blieb alles still. Nichts rührte sich und nichts ließ auf die Anwesenheit eines Menschen schließen. Dann wieder das brummende Motorengeräusch von oben. Hagebusch trat einen Schritt von der Haustür weg, um den Himmel besser überblicken zu können. Diesmal kam das Flugobjekt tiefer: eine Drohne. Nichts Besonderes also, dachte er. Inzwischen, das wusste er, waren diese Apparate genauso beliebt wie Modellflugzeuge. Allerdings, so hatte er unlängst gelesen, konnte man die Drohnen mit Videokameras ausrüsten und jegliche Objekte aus der Luft ausspionieren.

Aber das war jetzt nicht sein Problem. Er ging wieder zur angelehnten Haustür, sah sich prüfend um und blickte zur sonnenbeschienenen Fassade, über der die Drohne nun aus seinem Sichtwinkel verschwand.

Unschlüssig über sein weiteres Vorgehen, versuchte er, für ein paar Sekunden einen klaren Gedanken zu fassen. Sollte er es dabei bewenden lassen und wieder gehen? Konnte er dies verantworten? Aber möglicherweise war der Mann bewusstlos geworden und brauchte dringend ärztliche Hilfe. Hatte er gar dies befürchtet und die Tür absichtlich offen gelassen, damit der Arzt hereinkommen konnte? Hagebusch jagten tausend Gedanken durch den Kopf. Wäre es womöglich unterlassene Hilfeleistung, nicht nach dem Rechten zu sehen? Er sah sich suchend und ratlos um. Am liebsten wäre es ihm gewesen, wenn sich irgendein Nachbar zeigte, den er hätte bitten können, mit in das Haus zu gehen. Doch da war niemand. Die wenigen Gebäude, die sich in weiten Abständen aneinanderreihten, wirkten wie ausgestorben. Irgendwo musste es diesen »Klangstadel« geben, ein ehemaliges landwirtschaftliches Anwesen, das in ein kleines Kulturzentrum umgebaut worden war. Hagebusch war vor einiger Zeit mal hier gewesen, als afrikanisch klingende Trommler einen Auftritt hatten. Jetzt aber konnte er sich auf die Schnelle nicht daran entsinnen, wo genau sich das Gebäude befand. Außerdem konnte er nicht einfach dort hingehen und um Unterstützung bitten. Soweit er wusste, war eine Frau die Betreiberin des Klangstadels.

Er entschied, noch einmal den Klingelknopf zu drücken. Doch auch diesmal gab es keine Schritte und auch sonst keine

Geräusche aus dem Innern des Hauses. Hagebusch zögerte ein paar Sekunden, dann griff er nach der Türklinke und schob die angelehnte Tür vorsichtig nach innen auf. Geblendet von der hellen Sonne, hatte er Mühe, in dem dunklen Flur etwas zu erkennen. Tageslicht fiel auf unebene Fliesen, wie sie früher in Bauernhäusern üblich waren. Feucht-kühle Luft, die modrig nach Keller roch, schlug ihm entgegen. Ein kleines Schränkchen engte den Flur ein, von dem mehrere halb offen stehende Türen abzweigten.

»Hallo«, rief Hagebusch gedämpft und ging einige Schritte vorwärts. »Herr Wendeler, ich bin's, der Doktor Hagebusch.«

Er blieb stehen, lauschte und stieß die Tür links von sich vollends auf. Dahinter verbarg sich ein leeres Zimmer. Ohne Mobiliar, jedoch mit einer altmodischen Tapete, die in Fetzen von den Wänden hing. Wo einst an der Decke eine Lampe montiert war, ragten zwei Drähte heraus. Unbewohnt, durchzuckte es den Arzt.

Noch während er sich der gegenüberliegenden Tür zuwandte, drang ein Knacken an seine Ohren. Nur ganz kurz, aber es kam nicht von draußen, sondern musste innerhalb des Hauses verursacht worden sein. Als ob jemand auf ein loses Stück Holz getreten wäre. Oder doch nur ein hitzebedingtes Geräusch, wenn sich Materialien unter dem Einfluss schwankender Temperaturen dehnten oder zusammenzogen? Hagebusch blieb regungslos stehen und hielt den Atem an. Das Knacken war aus Richtung einer der beiden hinteren Türen gekommen, wohin die Tageshelle vom Haupteingang nicht mehr reichte.

Schnell raus hier – oder doch lieber nachschauen? Hagebusch kämpfte einen Augenblick mit sich – bis schließlich seine ärztliche Pflicht die Oberhand gewann. »Herr Wendeler. Sind Sie hier irgendwo?«, rief er erneut. Seine Stimme hatte den kräftigen Klang endgültig verloren. Mit der linken Hand umklammerte er weiterhin seinen Arztkoffer.

Dann wieder das undefinierbare hölzerne Knacken.

Hagebusch hielt erneut inne und behielt die beiden Türen im Auge, die sich etwa fünf Meter von ihm entfernt im diffusen Licht halb offen stehend abzeichneten. Sein Unterbewusstsein war in dieser Schrecksekunde gespalten und täuschte ihm zweierlei Szenarien vor: einerseits einen älteren Herrn, der im Delirium am Boden lag und sich mühsam bemerkbar machen wollte – und andererseits einen Unbekannten, der in einem der Zimmer lauerte. Womöglich jener, der dem Apotheker gestern Abend die Drohung an die Windschutzscheibe geheftet hatte?

Hagebusch kämpfte mit seinem Unbehagen und gegen die zunehmende Angst. Noch aber schwang die Sorge mit, jemand könnte in eine hilflose Situation geraten sein. Er versuchte, das mulmige Gefühl wegzudrücken, zumal es nicht mitten in der Nacht war, sondern helllichter Tag.

Vorsichtig tastete er sich zwei Schritte vor, um den beiden gegenüberliegenden Türen am Ende des dunklen Flurs näher zu kommen. Dass sie halb geöffnet waren und die Räume dahinter völlig verdunkelt sein mussten, ließ sich an den tiefschwarzen Aussparungen erahnen. Geschlossene Fensterläden, dachte Hagebusch, während er im rechten Augenwinkel die undurchdringliche Finsternis hinter der halb offenen ersten Tür wahrnahm, aus der ihm ein Schwall modriger Luft in die Nase stieg. Kellerabgang, durchzuckte es ihn. Gänsehaut kroch über seinen Rücken. War es nicht doch besser, dieses merkwürdige Haus zu verlassen?

Noch einmal wagte er, sich laut und deutlich bemerkbar zu machen: »Hallo, ist hier jemand? Herr Wendeler. Sind Sie hier?« Hagebuschs Stimme war so schwach geworden, dass sie von dem alten Gemäuer nahezu verschluckt wurde. Er lauschte konzentriert in die dunkle Stille, den Blick nun auf den Türausschnitt links von sich gerichtet. Seine Augen hatten sich inzwischen an die Dunkelheit gewöhnt, sodass er durchaus in der Lage gewesen wäre, eine Bewegung wahrzunehmen.

Doch stattdessen war es wieder da – das Knacken. Laut und deutlich. Aber es kam nicht aus diesem Raum links vor ihm, sondern von schräg hinten.

Gerade als er sich reflexartig umdrehen wollte, war es schon zu spät.

75

Der Anruf, den Kriminalrat Fabian Pfeifer gerade entgegengenommen und auf Lautsprecher geschaltet hatte, versetzte den mithörenden Kollegen Mike Linkohr in allergrößtes Erstaunen. Wie immer in solchen Fällen entfuhr ihm sein beliebter Spruch: »Da haut's dir's Blech weg.« Was ihn so sehr verwundert hatte, war auch für Pfeifer eine unerwartete Neuigkeit gewesen, weshalb er nach dem Ende des Gesprächs erst einmal tief durchatmen musste. Ein interessanter Zeuge hatte sich gemeldet: ein Mann, der am Montagabend beim Flugplatz von Bad Waldsee mit seinem Hund spazieren gegangen war. Kurz nach 20 Uhr, so hatte er es Pfeifer geschildert, sei dort ein Sportflugzeug gelandet, ein Mann ausgestiegen und sofort wieder gestartet. Jetzt, da die Medien über das Verbrechen im Ried und das Flugzeug des Opfers berichtet hätten, sei ihm diese Beobachtung rückblickend komisch vorgekommen. Bisher habe er werktags um diese Zeit keinen Flugbetrieb wahrgenommen.

Er sei allerdings noch gut 100 Meter entfernt gewesen, sodass er den Passagier nicht beschreiben könne, hatte er auf Nachfrage von Pfeifer erklärt. »Eher jünger« sei er vermutlich gewesen, groß und schlank. Der Mann sei ziemlich schnell zum Parkplatz beim Tower gegangen und in einen grünen Kleinwagen gestiegen. Zu Typ und Kennzeichen könne er allerdings nichts sagen. Ebenso wenig wisse er, um welche Art von Sportflugzeug es sich gehandelt habe. Es sei blau-weiß angestrichen gewesen, aber an die groß aufgemalten Buchstaben des Kennzeichens könne er sich nicht entsinnen.

»Das war Mittelbergs Cessna«, konstatierte Linkohr schnell. »Blau-weiß. Und die Uhrzeit mit 20 Uhr würde auch passen.«

»Ja«, überlegte Pfeifer weniger euphorisch. »In diesem Zeitraum war Mittelberg noch mal mit seiner Maschine unterwegs.«

»Die Frage ist nur, wer sein Passagier war«, überlegte Linkohr.

»Zumindest wohl eine männliche Person – wenn der Zeuge richtig hingeschaut hat.«

»Hm«, machte Linkohr. »Grün ist zwar derzeit keine beliebte Autofarbe, aber vermutlich gibt's trotzdem genügend Kleinwagen davon.«

»Gehen wir mal davon aus, Mittelberg war der Pilot. Dann müsste er seinen Passagier doch wohl auch in Bad Waldsee abgeholt haben – wenn er ihn hier wieder absetzt«, gab Pfeifer zu bedenken.

»Oder«, knüpfte Linkohr daran an, »er hat ihn von Konstanz mitgebracht.«

»Dann wiederum müsste der Passagier zuvor irgendwie dorthingekommen sein. Denn wie wir wissen, ist Mittelberg am Montagabend zweimal geflogen. Kurz vor sechs wohl mit seiner Frau Heike, die dann mit ihrem Auto vom Konstanzer Flugplatz weggefahren ist«, entsann sich Pfeifer des Gesprächs mit ihr. »Anschließend, so hat er laut ihrer Aussage behauptet, soll er etwas an der Maschine zu tun gehabt haben.«

»Ist dann aber wenig später mit diesem Passagier losgeflogen«, schlussfolgerte Linkohr eifrig und meinte: »Um dann aber wieder allein direkt nach Konstanz zurückzukehren.«

»Und anderntags wieder nach Bad Waldsee zu fliegen«, runzelte Pfeifer grinsend die Stirn. »Ziemlich heftiger Flugverkehr.«

»Na ja«, kommentierte Linkohr. »Sie wissen doch: Nur Fliegen ist schöner.«

Pfeifer ergänzte: »Kann ich mir lebhaft vorstellen – bei dem etwas merkwürdigen Verhältnis der beiden Eheleute.«

76

Journalist Georg Sander hatte von seinem Informanten Wellinger den Hinweis auf Marion Schewe bekommen, mit der er über das Hotel »Kreuz« Kontakt aufnehmen konnte. Dort hatte man ihm ihre Handynummer gegeben, auf der er sie sofort erreichte. Die Frau war am Telefon zunächst kühl und abweisend gewesen und hatte erklärt, gerade noch einige Kilometer von Bad Waldsee entfernt zu sein. »Wellinger?«, hatte sie konsterniert den Namen wiederholt, mit dem Sander die Zusammenhänge zu ihr erklären wollte. »Was haben Sie denn mit Wellinger zu tun?«

»Nur indirekt. Ich kenne ihn aus meiner Zeit als aktiver Journalist.«

»Und der hat Sie zu mir geschickt?«

»Nein, nein«, hatte sich Sander beeilt zu sagen. »Aber ich denke, Sie könnten mir ein bisschen weiterhelfen.« Nachdem Sander versichert hatte, er sei »keiner von denen, die einen Skandal suchen«, sondern er wolle fundiert Hintergründiges recherchieren, war sie bereit gewesen, ihn bei diesem schönen Sommerwetter auf einer Parkbank am Stadtsee zu treffen.

»Nicht in einem Café«, hatte sie einen entsprechenden Vorschlag Sanders abgewehrt. »Es muss nicht jeder hören, was wir reden.« Sie hatte deshalb den Uferweg bei der Biberacher Straße vorgeschlagen. Dort gebe es einen großen Parkplatz, auf dem sie mit ihrem weißen BMW-Cabrio mit Frankfurter Kennzeichen auf ihn warte.

Eine halbe Stunde später bereits hatte Sander das Fahrzeug entdeckt und sich bei der selbstbewusst auftretenden Frau mit den halblangen schwarzen Haaren und dem kurzen Sommerkleidchen vorgestellt.

Sie entsprach ziemlich genau dem Bild, das er sich bei dem kurzen Telefongespräch von ihr gemacht hatte.

»Ich hab aber nicht viel Zeit«, beschied sie ihn sofort, als sie die Wagentür ferngesteuert verriegelte, das Verdeck aber offen ließ. Ihre Schuhe waren ziemlich hochhackig und ließen vermuten, dass sie auf keinen längeren Spaziergang eingestellt war. »Da drüben hat's einige Bänkchen zum Sitzen«, sagte sie und ging auf eine Buschreihe zu, die das Ufer des Stadtsees markierte. »Sie recherchieren in dieser Mordsache, haben Sie gesagt«, riss sie weiterhin das Gespräch an sich. »Und um Arzneimittel geht's auch?«

»Ja«, antwortete Sander und staunte, wie schnell sie mit

diesem Schuhwerk gehen konnte. »Das Thema beschäftigt inzwischen sehr viele Menschen«, tastete er sich vorsichtig an das Thema heran.

»Da wird von den Medien viel aufgeblasen«, gab sie unwirsch zurück und steuerte auf eine freie Parkbank zu.

»Genau deshalb bin ich an einigen sachlichen Auskünften interessiert«, versuchte Sander, ihr Vertrauen zu gewinnen, während sie sich setzten und einige Spaziergänger an ihnen vorbeigingen. Das Sonnenlicht glitzerte auf der ruhigen Wasserfläche des Stadtsees.

»Was vermuten Sie denn, was ich bin?«, wollte Marion wissen und sah Sander mit einer hochgehobenen Augenbraue an. Sander stieg ihr herbes Parfüm in die Nase.

»Sie sind Pharmavertreterin, hab ich mir sagen lassen. Also profunde Kennerin der Branche, nehm ich an.«

Sie lehnte sich zurück, schlug ihre Beine übereinander und zog den hochgerutschten Saum ihres Kleides ein Stück Richtung Knie.

»Dass sich die Leute hier den Mund fusselig reden und mir allerlei gräuliche Geschichten andichten, ist mir durchaus bekannt, Herr Sander«, lächelte sie überlegen. »Mich aber in die Nähe dieses Mordes zu rücken oder mich als Arzneimittelpanscherin zu verdächtigen, das ist absoluter Humbug. Aber selbst die Kripo scheint diesen Gerüchten mehr Glauben zu schenken, als eine andere Variante in Erwägung zu ziehen.«

Sander überlegte, konnte mit dieser Bemerkung aber nichts anfangen. »Könnte es an Ihnen selbst liegen, wenn da falsche Ansichten im Umlauf sind?«, hakte er zögernd nach, worauf Marion misstrauisch wurde: »Ich weiß nicht, von welchen Ansichten Sie reden oder wissen, aber ich kann Ihnen versichern, dass alles, was über mich gesagt wird, völlig aus der Luft gegriffen ist.« Sie sah auf den See hinaus, auf dem sich gerade zwei Schwäne tummelten. »Egal, was Ihnen dieser Wellinger gesagt hat: Mit dem Tod seiner Frau habe ich gar nichts zu tun.«

Sander riskierte einen Vorstoß: »Auch nicht mit dem Toten vom Ried?«

»Mittelberg?«, entfuhr es der Frau verärgert. »Sie meinen Mittelberg? Was soll ich mit ihm zu tun gehabt haben?«

Sander zuckte mit den Schultern. »Keine Ahnung. Ich stell das nur mal so in den Raum. Mittelbergs Name fällt gelegentlich, wenn's um gepanschte Arzneimittel aus dem Ausland geht.«

»Wer sagt das? Dieser Wellinger?« Marions Stimme klang zischend.

»Entschuldigen Sie, aber dazu möchte ich nichts sagen«, wurde Sander kleinlaut.

»Jetzt kommen wir mal zur Sache, Herr Sander. Was wollen Sie von mir?«

Sander spürte, dass diplomatisches Vorgehen angeraten erschien. »Ich hätte nur gerne gewusst, wie Sie als Expertin die mögliche Einfuhr gepanschter und unwirksamer Medikamente beurteilen.«

Marion sah ihn kritisch von der Seite an. »Was soll ich dazu sagen? Eine Sauerei ist das. Schlichtweg eine Sauerei. Das sind verantwortungslose Geschäftemacher, denen man das Handwerk legen muss. Sie dürfen mir glauben, Herr Sander, die Pharmaindustrie unternimmt alles, was in ihrer Macht steht, dagegen vorzugehen. Ich weiß nicht, ob Sie wissen, dass es bereits starke Bemühungen gibt, gefälschte Produkte zu verhindern. Sagt Ihnen der Begriff ›2D-Barcode‹ etwas? Ein spezieller Data-Matrix-Code?«

Sander musste sich eingestehen, bislang nichts davon gehört zu haben. »Nein, sagt mir nichts.«

»Dann erklär ich es Ihnen. Seit 9. Februar 2019 dürfen – abgesehen von wenigen Ausnahmen – verschreibungspflichtige Medikamente nur noch auf den Markt gebracht werden, wenn ein solcher Barcode aufgedruckt ist. Eine EU-Rechtsverordnung übrigens aus dem Jahre 2016, die jetzt umgesetzt wurde. Der Code beinhaltet die Seriennummer, einen individuellen Produktcode samt Pharmazentral- und Chargennummer sowie das Verfallsdatum.«

Sander nahm sich vor, dies bei Google zu recherchieren. »Und Sie meinen, damit die Ganoven ausschalten zu können? Auch Apotheker, die – wie ja schon geschehen – irgendwo in Deutschland im großen Stil etwas zusammenpanschen und an andere verkaufen?«, fragte der Journalist ungläubig nach.

»Wir hoffen es«, erwiderte Marion schnell, was Sander sofort aufgriff: »Sie sagen ›wir‹?«

Marion war für einen Moment irritiert und ging nicht darauf ein. »Reden Sie doch mal mit den Ärzten und Apothekern hier, mit Dr. Hagebusch, Kerkhoff und Patten zum Beispiel. Aber …« Sie sah den Journalisten eindringlich an. »Sie sollten sich nicht zu weit hinauslehnen. Denn so wie ich die Lage seit vorgestern einschätze, gibt es einige Personen, die ziemlich skrupellos sind.«

Sander fühlte sich emotional getroffen, wollte es ihr aber nicht zeigen. »Skrupellose Personen«, wiederholte er verlegen. »Können Sie das etwas näher erklären?«

»Ich?«, fragte sie zurück und erhob sich zum Zeichen dafür, dass sie nicht mehr länger bleiben wollte. »Wer sagt Ihnen denn, dass ich nicht auch eine bin – eine skrupellose Person?« Dann stöckelte sie schnellen Schrittes auf dem Uferweg davon und ließ einen ratlosen Sander zurück.

77

Weil in Pattens Apotheke an diesem Spätnachmittag nur wenig Betrieb herrschte, hatte er sich in sein Büro zurückgezogen und die Tür einrasten lassen. Er brauchte ein paar ruhige Minuten, um seine Gedanken zu sortieren und über die Ereignisse der vergangenen Tage nachzudenken. Dazu gehörte auch dieser Journalist Sander, der heute Vormittag versucht hatte, ihn auszufragen. Patten glaubte förmlich zu spüren, dass sich etwas Unangenehmes zusammenbraute. Seit diesem Mord an Mittelberg lag das Unheil förmlich in der Luft. Ob dies freilich mit Wellinger und den gepanschten Arzneimitteln zusammenhing, war einer der bohrenden Gedanken, mit denen Patten zu kämpfen hatte. Und natürlich mit der gestrigen Drohung an seinem Scheibenwischer. Noch immer war er unschlüssig, ob er sich vertrauensvoll an die Polizei wenden sollte. Aber die Sorge, er selbst würde auch in die Schusslinie geraten, hielt ihn davon ab. Er beschloss, noch einmal mit seinem Freund Hagebusch darüber zu reden. Beim Blick auf die Uhr stellte er beruhigt fest, dass die Arztpraxis noch geöffnet sein musste. Er drückte die Kurzwahltaste des Telefons, und nach wenigen Rufzeichen meldete sich eine Arzthelferin, die ihn bedauernd beschied, dass der »Herr Dr. Hagebusch« auf Hausbesuch sei, man sich aber wundere, dass er sich noch nicht zurückgemeldet hatte. Patten wurde hellhörig. »Er ist unterwegs?«, hakte er nach.

»Ja, seit eineinhalb Stunden schon«, bestätigte die Frauenstimme.

Patten überlegte. »Darf ich fragen, wo er hinwollte?«

»Eigentlich nicht. Aber weil Sie's sind, sag ich's Ihnen: nach Ritzenweiler zu einem Patienten, der vermutlich nicht gehfähig ist.«

»Okay«, gab sich Patten zufrieden, obwohl ihm nicht wohl dabei war. »Richten Sie ihm bitte aus, er soll mich zurückrufen, sobald er wieder da ist.«

Die Arzthelferin versprach dies, und er beendete das Gespräch. Für ein paar Sekunden blieb er regungslos sitzen, starrte auf die digitale Uhr auf seinem Schreibtisch und malte sich aus, was seinem Freund zugestoßen sein könnte. Augenblicke später wehrte er diese Gedanken ab und beruhigte sich mit der Vorstellung, dass zu dieser spätnachmittäglichen Zeit auf den Straßen viel Verkehr herrschte und man natürlich nach Ritzenweiler und zurück auch irgendwo im Stau stehen konnte. Dann jedoch übermannte ihn die Sorge und er griff zu seinem Smartphone, in dem Hagebuschs Handynummer gespeichert war. Er tippte im elektronischen Adressbuch auf den Namen und hörte sofort das Rufzeichen. Vier-, fünfmal. Mit jedem neuerlichen Ton stieg seine innere Unruhe. Dann eine Stimme, eine weibliche, aber nur unpersönlich: »Der gewählte Teilnehmer ist vorübergehend nicht erreichbar.«

Patten tippte auf »Aus«.

78

»Ein Spezialgerät für Asthmatiker oder Bergsteiger hat sich Kerkhoff von Wellinger basteln lassen«, berichtete Häberle im Kreise von Pfeifer und Linkohr. Sie hatten sich aus einem Automaten starken Kaffee geholt und zu dritt am Besprechungstisch Platz genommen, auf dem Akten und ein Pappkarton lagen. »Der Wellinger«, so fuhr Häberle fort, um aus seinem Gespräch mit ihm zu referieren, »der scheint ein etwas gespaltenes Verhältnis zu diesem Dr. Kerkhoff zu haben. Er wollte nicht so recht heraus mit der Sprache, als ich ihn zu den geschäftlichen Kontakten zu ihm gefragt habe.«

Pfeifer unterbrach: »›Spezialgerät für Asthmatiker oder Bergsteiger‹, sagen Sie?« Er gab Linkohr einen Wink, den Karton zu öffnen. »Vielleicht dies da?«, fragte er, während der Kollege jene Vorrichtung heraushob, die sie alle bereits kannten: die feinmechanisch anmutende Konstruktion, die im Aktenkoffer des Ermordeten gefunden worden war.

»Unsere Techniker haben das Ding inzwischen unter die Lupe genommen«, berichtete Pfeifer stolz und schob den leeren Karton beiseite, damit auch Häberle es sehen konnte. »Eine barometrische Schaltung. Genial konstruiert.« Er deutete mit dem Kugelschreiber auf einige Teile. In einem steckte noch immer das kleine Döschen Pfefferspray. »Sobald ein bestimmter Luftdruck erreicht ist, schaltet sich ein kleiner, batteriebetriebener Motor ein und drückt einen Stift auf den Sprayknopf dieser Dose. Mit der Folge, dass der gesamte Inhalt des Pfeffersprays herausgeblasen wird. Ist wohl auch geschehen, denn die Dose ist leer.«

»Hab ich mir so vorgestellt«, meinte Häberle ruhig und dämpfte damit Pfeifers Freude an dem Ermittlungserfolg.

»Das erklärt, weshalb Mittelberg beim Anflug auf Bad Waldsee Atemprobleme hatte.«

Pfeifer schlussfolgerte: »Jemand hat einen Absturz herbeiführen wollen.«

»Dann sollten wir nur noch wissen, wer zuletzt mit ihm geflogen ist«, gab Linkohr zu bedenken.

»Wohl nicht«, widersprach ihm Häberle. »Wer zuletzt mitgeflogen ist, hätte den Apparat gar nicht scharf machen können. Denn ab einer bestimmten Höhe – so verstehe ich es – hätte sich das Gerät eingeschaltet.«

»Ja«, pflichtete ihm Pfeifer bei. »Die Kollegen haben herausgefunden, dass die barometrische Steuerung bereits ab einer Höhe von etwa 600 Metern über Meereshöhe aktiviert wurde – je nachdem, wie der aktuelle Luftdruck gerade war. Am vergangenen Dienstagvormittag betrug er am Konstanzer Flugplatz, der knapp 400 Meter über Meereshöhe liegt, 1012,1 Hektopascal – falls euch das was sagt.«

Linkohr nickte. »Man muss also bei der Berechnung, wann das Gerät losgehen soll, die Veränderung des Luftdrucks berücksichtigen.«

»So ist es«, gab sich Pfeifer informiert. »Wenn ein Sturmtief aufzieht, kann sich das rapide verändern. Aber bei der derzeit vorherrschenden stabilen Wetterlage war damit nicht zu rechnen.«

Häberle schloss für einen Moment die Augen und dachte nach. »Das heißt, jemand hat dem Mittelberg diese Maschinerie nach der letzten Landung am Montagabend in das Flugzeug gelegt.«

»So muss es gewesen sein«, bekräftigte Pfeifer und fügte nachdenklich an: »Der letzte Passagier jedenfalls kann's wohl nicht gewesen sein, denn der hätte das Gerät während des Flugs schon dabeihaben müssen.«

Häberle ging in Gedanken die Vernehmungen und bisherigen Protokolle durch. »Da gab es doch diesen Atila, diesen Platzwart, der am frühen Dienstagmorgen jemanden mit einem Kombi gesehen hat …«

»Die Kollegin Alina Tappe hat das von dem Flugleiter in Konstanz erfahren, ja«, schaltete sich Linkohr ein und wünschte sich insgeheim, die junge Frau mal kennenzulernen. Immerhin hatte ihm Pfeifer von ihr und ihren zerrissenen Jeans vorgeschwärmt.

»Die scheint ziemlich clever zu sein«, begann dieser erneut, die Kollegin aus Konstanz hervorzuheben. »Sie hat sich inzwischen um Bilder aus einer Überwachungskamera gekümmert. Von der Zufahrt zum Flugplatz.« Pfeifer stand auf und ging zu seinem Computer, worauf ihm die beiden anderen folgten.

»Hier«, er tippte auf einige Tasten und erweckte ein Standbild zum Leben. Es war nur schwarz-weiß und durch die schlechte Beleuchtung ziemlich unscharf. Am unteren Bildrand konnten Aufnahmedatum und Zeit abgelesen werden. Vergangener Dienstag, 4.58 Uhr. »Das ist kurz vor Sonnenaufgang. Der Flugplatz liegt natürlich noch im Schatten«, kommentierte Pfeifer und deutete mit dem Kugelschreiber auf den Weg, der rechts von Hangars gesäumt war. »Da kommt Atila mit dem Fahrrad herangefahren.« Tatsächlich war ein Radler zu sehen, der sich ziemlich schnell der Kamera näherte, die offenbar in einigen Metern Höhe angebracht war. Die Auflösung des Videofilms war jedoch viel zu gering, um eine Person identifizieren zu können. Augenblicke später hatte der Radler den Aufnahmewinkel verlassen.

Pfeifer scrollte den Film weiter. »Nach drei Minuten und 17 Sekunden«, so erklärte er, »fährt der Kombi weg. Achtung – jetzt.«

Die drei Männer verfolgten, wie der Kastenwagen zügig aus der Lücke zwischen den Hallen hervorrollte. Obwohl die Kamera durch den morgenhellen Himmel geblendet war und die Farbe des Wagens nur gräulich erschien, ließen zumindest die Umrisse auf einen Kombi oder Kleinbus schließen.

Als das Fahrzeug quer zur Kamerasicht stand, stoppte Pfeifer das Video per Mausklick. »Hier«, sagte er und fuhr mit dem Mauszeiger um die Wagenumrisse herum. »Ich bin mir ziemlich sicher, dass es ein VW-Bus ist. Ob geschlossener Kastenwagen oder mit Fenstern, kann man aber nicht erkennen.« Die Kriminalisten zeigten sich mit dieser Einschätzung einig, worauf Pfeifer den Film weiterlaufen ließ, auf dem nun zu sehen war, wie sich der Wagen schnell entlang der Graspiste des Flugplatzes entfernte.

»Lässt sich aus dem Video schließen, wann der Kastenwagen gekommen ist?«, wollte Häberle unvermittelt wissen.

»Auch das, ja«, antwortete Pfeifer stolz und klickte das Video zurück – auf die Uhrzeit 4.36 Uhr. Diesmal war das Bild aber noch schlechter, weil das Morgengrauen noch nicht weit genug fortgeschritten war. Man sah Scheinwerfer herannahen, ohne zunächst Fahrzeugumrisse zu erkennen. Erst als der Wagen vor dem Zwischenraum der beiden Hangars anhielt, um rückwärts in diesen Bereich zu rangieren, deutete sich die kastenartige Form an. Das Kennzeichen konnte bei diesen Lichtverhältnissen nicht abgelesen werden.

»Was schließen wir daraus?«, fragte Häberle, als sie wieder an ihre Plätze am Besuchertisch zurückgingen.

Pfeifer antwortete prompt: »Dass es zumindest kein großes Wohnmobil ist.«

»Und was sagt uns die Zeit?«, bohrte Häberle weiter. »Das Fahrzeug ist um 4.36 Uhr gekommen und gegen 5.17 verschwunden.«

»Auch das hat mich zu einer Überlegung gebracht«, gab sich Pfeifer energisch. »Das könnte nämlich mit der Fähre zusammenhängen. Allerdings wird von Meersburg aus nachts nur einmal die Stunde gefahren – immer zur 35. Minute. Falls der Kastenwagen von jenseits des Bodensees kam, hätte er also schon die Fähre ab Meersburg um 3.35 Uhr nehmen müssen, um am Flugplatz eine Stunde später sein zu können. Die mögliche Rückfahrt hätte – beim dann gültigen regulären Tagbetrieb – um 5.35 oder 5.50 Uhr sein können.«

Häberle nickte zustimmend, gab aber zu bedenken: »Alles unter der Prämisse, dass der Kastenwagen vom nördlichen Bodenseeufer gekommen ist.«

»Natürlich«, räumte Pfeifer ein. »Er kann genauso gut aus der Schweiz oder über den Landweg am westlichen Bodensee entlanggekommen sein, keine Frage. Ich hab mich eben nur mal nach den Fährverbindungen erkundigt.«

»Aber«, so kam Häberle nun auf einen anderen Aspekt des Falles zu sprechen, »wir werden uns den Wellinger und den Kerkhoff so schnell wie möglich greifen. Die Herrschaften sollen uns mal erklären, wer der bergsteigende Asthmatiker ist, für den sie diese Apparatur gebraucht haben.« Die Stimme des Kriminalisten klang scharf und verärgert. Als wolle er keine Zeit mehr verlieren, wandte er sich einem weiteren Asservat zu, das auf dem Tisch lag: ein ihm ebenfalls bereits bekanntes, kaum handtellergroßes Metallobjekt.

Pfeifer bemerkte die Eile und erklärte: »Auch das haben die Kollegen identifiziert. Es ist ein GPS-Tracker, mit dem man Objekte per Smartphone oder Computer verfolgen kann. Damit dürfte klar sein, wie Mittelbergs Frau ihn am Golfclub aufspüren konnte. Unsere charmante Alina aus Konstanz hat auf dem Computer von Frau Mittelberg beiläufig so eine Software gesehen, mit der das möglich ist.«

»Genial«, kommentierte Linkohr. »Wenn so was Schule macht, kommen schlechte Zeiten für untreue Ehemänner.«

»Na ja«, sagte Häberle süffisant, »Sie als Junggeselle brauchen das nicht zu fürchten. Es sei denn, Sie lassen sich auf ein Abenteuer mit einer Verheirateten ein und deren Ehemann spürt Sie beide dann auf.«

Linkohr musste sich insgeheim eingestehen, an eine solche Gefahr bisher nicht gedacht zu haben. Er war froh, dass dieses Thema nicht vertieft wurde und Pfeifer auf Heike Mittelberg zu sprechen kam: »Die Ehefrau des Getöteten gerät damit immer weiter ins Zwielicht. Ob Frau Mittelberg tatsächlich ihr Handy verloren hat, von dem ihr Mann noch am Dienstagnachmittag angerufen und möglicherweise ins Ried gelockt wurde, ist mir bislang schleierhaft.« Er kratzte sich nachdenklich im Oberlippenbart.

»Umso mehr«, unterstützte ihn Linkohr beim Blick auf ein bedrucktes Blatt Papier, »als jetzt feststeht, wer gestern Abend bei uns anonym angerufen und mitgeteilt hat, Frau Mittelberg habe ihren Mann am Dienstag mit einer fremden Frau im Golfclub überrascht und ihm eine heftige Szene gemacht.«

»Und, wer war's?«, fuhr ihn Pfeifer an, der diese Nachricht noch nicht kannte.

»Der Anruf kam von Frau Mittelbergs Handy«, klärte Linkohr schnell auf.

»Wie bitte?«, staunte Pfeifer. »Sie ruft ja wohl nicht selbst bei uns an, um uns anonym über ihr eigenes Verhalten im Golfclub zu informieren.«

Häberle runzelte die Stirn. »Entweder ein geschicktes Ablenkungsmanöver oder das Handy ist inzwischen tatsächlich in fremden Händen.«

Pfeifer sprang auf. »Langsam reicht's mir, Kollegen. Wir lassen uns von den Herrschaften nicht länger an der Nase herumführen. Ich besorge einen Haftbefehl gegen Frau Mittelberg. Immerhin hat sie wohl den Einbruch bei ihr vergangene Nacht vorgetäuscht. Oder seh ich das falsch? Denkt an den Schlüssel!«

Häberle blieb ruhig sitzen, wie er dies immer tat, wenn energisch auftretende junge Führungskräfte zu einer Tat schreiten wollten, von der sie erwarteten, dass sie von anderen ausgeführt werden sollte. »Und was ist mit Wellinger, Kerkhoff, dieser Frau Schewe und den anderen, die genauso dubios erscheinen? Wollen Sie die alle verhaften lassen?«

Pfeifer blieb wie angewurzelt stehen und sah Häberle mit einer Mischung aus Verlegenheit, Zorn und Wut an. »Darf ich fragen, welche Ideen *Sie* haben?«

Häberle wurde deutlicher: »Denken Sie an die Adressen aus dem Koffer. Ein Arzt und ein Apotheker. Patten und Hagebusch oder so ähnlich.«

»Die werd ich übernehmen«, ereiferte sich Pfeifer, als habe er dies ohnehin vorgehabt.

Häberle nickte wortlos, zumal er nicht der Chef war. In gemäßigterem Tonfall fuhr er fort: »Wir sollten zuerst Staatsanwaltschaft und den Richter mit Fakten versorgen, bevor wir mit dem Vorschlag vorpreschen, einen Haftbefehl zu wollen. Wir können noch so viele Theorien haben, es gilt, die Juristen zu überzeugen. Außerdem läuft uns niemand davon – soweit ich das überblicke.«

Linkohr sah sich bemüßigt, seinen langjährigen Chef zu unterstützen: »Und vergessen wir den Ackermann aus Ulm nicht. Den mit der toten Frau durch den Drohnenunfall auf der Autobahn.«

»Diese Drohnengeschichte«, unterbrach ihn Pfeifer, »die sollten wir als zweitrangig sehen. Bei uns geht's um ein Kapitalverbrechen.«

»Das würde ich nicht so sehen«, meinte Häberle. »Wellinger und Ackermann könnten ein gefährliches Duo sein. Beide haben ihre Frauen verloren, vergessen Sie das nicht.«

Linkohr fügte an: »Und Ackermann hat heute früh angekündigt, er werde noch heute nach Bad Waldsee kommen.«

79

Peter Ackermann war kurz nach dem Besuch Linkohrs von Ulm nach Bad Waldsee gefahren. Denn wenn endlich Bewegung in die Sache kam, wollte er sich selbst ein Bild davon verschaffen. Vielleicht war es sogar sinnvoll, sich mit Wellinger zu treffen, dachte er, als er mit seinem VW Touareg am Ziel angekommen war. Er wollte auch diesem Kerkhoff noch einmal gegenüberstehen. Und sich nicht so abkanzeln lassen wie gestern Nachmittag gemeinsam mit Detektiv Bauer. Das hatte ihn gewurmt und vergangene Nacht kaum schlafen lassen. Natürlich war Kerkhoff am Tode von Cornelia schuld. Daran bestand doch gar kein Zweifel, dröhnte es immer wieder durch seinen Kopf. Wenn niemand in der Lage war, diesen Tod zu sühnen, dann musste man eben nach anderen Mitteln greifen. Bei Gedanken dieser Art erschrak er über sich selbst. Wäre es nicht doch besser gewesen, noch einmal mit dem Ex-Polizisten Edgar Bauer hierherzukommen? Der aber hatte sich ausgeklinkt und die Angelegenheit diesem Kommissar August Häberle überlassen. Denn der Tod Frank Mittelbergs war natürlich allein Angelegenheit der Kripo. »Dem Häberle können Sie vertrauen«, hatte Bauer ihn beruhigt. »Wenn der einen Zusammenhang mit dem Drohnenunfall sieht, dann lässt er nicht locker.«

Diese Worte klangen in Ackermanns Kopf nach – und sie beruhigten ihn tatsächlich. Vielleicht war es sinnvoll, sich mit Häberle in Verbindung zu setzen. Er beschloss deshalb, sich im Laufe des Tages bei der Polizei in Bad Waldsee zu melden. Trotzdem wollte er zuerst Luft ablassen – direkt auf dem Wohnmobilstellplatz, auf dem er Kerkhoff vermutete.

Er parkte abseits im Unterurbacher Weg und ging zu Fuß

an der langen Reihe abgestellter Wohnmobile entlang, um auf den zweiten Durchgangsweg zu wechseln, wo Kerkhoffs Fahrzeug nahezu allein direkt an der angrenzenden Grünfläche stand. In respektablem Abstand steuerte er gemächlich die Wiese an, auf der einige Bäume Schatten und Deckung boten. Als wolle er sich ausruhen, ließ er sich im halbhohen Gras nieder und setzte sich eine Sonnenbrille auf.

An einem Sommertag wie heute war es nichts Ungewöhnliches, wenn jemand ein schattiges Plätzchen suchte. Und aus dieser Distanz würde Kerkhoff ihn auch nicht erkennen, zumal die gestrige Begegnung nur kurz gewesen war und eigentlich Edgar Bauer als Wortführer im Mittelpunkt gestanden hatte.

Ackermann spürte weiches Gras unterm Gesäß und umfasste die angewinkelten Knie, sodass er rechts an ihnen vorbei zu Kerkhoffs Wohnmobil sehen konnte. Dort stach ihm die junge Frau ins Auge, die wieder ihren Bikini von gestern trug und sich an einer Außenklappe des Wohnmobils zu schaffen machte. Kerkhoff trug bunte Bermudashorts und ein T-Shirt und sortierte auf dem Campingtisch neben dem Fahrzeug irgendwelche Utensilien.

Ackermann spürte Schweiß auf der Stirn und überlegte, wohin die Reise der beiden gehen würde. Ihr geschäftiges Treiben könnte darauf hindeuten, dass die Abfahrt unmittelbar bevorstand. Ackermann bedauerte es, kein Fernglas mitgenommen zu haben, denn damit hätte er sehen können, was auf dem Tisch lag.

Wie lange er hier saß und die beiden Personen im Auge behielt, hätte er nicht sagen können. Der Hollandurlaub mit Cornelia war plötzlich wieder ganz real. Mit dem Wohnanhänger hatten sie auch in der Reihe anderer Camper gestanden, hatten zusammengepackt und sich auf die Heimfahrt vorbereitet. Doch dann dieser schreckliche Unfall auf der Autobahn. Im Bruchteil einer einzigen Sekunde war alles vorbei. Aus. Von dem traumhaften Urlaub in Holland war nichts mehr übrig geblieben. Nicht einmal die Fotos. Denn das Smartphone, auf dem sie gespeichert gewesen waren, war in den Trümmern des völlig zerstörten Autos nicht mehr gefunden worden.

Er schloss die Augen, kämpfte gegen die Tränen an und versuchte, den Schock von damals wieder einmal zu verdrängen. Doch der hatte sich so tief in seine Seele gebohrt, dass er ihn nie wieder loswerden würde. Und jedes Mal schien er mit noch größerer Wucht über ihn hereinzubrechen.

Jetzt war es eine Stimme, die ihn aufschreckte. Eine männliche. Von links hinten.

Dann ein Schatten, der über ihn fiel und den er trotz geschlossener Augen wahrnahm.

Ackermann zuckte reflexartig herum. Was er zuerst sah, waren nur Schuhe und behoste Beine.

80

Häberle hatte Wellinger auf dem Handy erreicht und ihm unmissverständlich klargemacht, dass es noch einige Fragen zu klären gäbe. Obwohl der Unternehmer davon nicht gerade begeistert gewesen war, hatte er sich schließlich bereiterklärt, vom Hotel »Kreuz« zum Polizeigebäude herüberzukommen. In zehn Minuten werde er da sein.

Unterdessen versuchte Kriminalrat Pfeifer, den Apotheker Patten zu erreichen, doch schaltete sich dort nur der Anrufbeantworter mit dem Hinweis ein, dass der Anruf außerhalb der Öffnungszeiten erfolge. Pfeifer blickte auf die Uhr. Kurz nach 18 Uhr. Auf ähnliche Weise wurde er bei der Arztpraxis Hagebusch abgefertigt – dort allerdings mit dem Vorschlag, in dringenden Fällen die Nummer des ärztlichen Notdienstes unter 116 117 anzurufen. Pfeifer beendete die vergeblichen Anrufe gereizt und rief nach dem jungen Kollegen Robin Jäger, der zusammen mit anderen Ermittlern der fünfköpfigen Sonderkommission die beiden Gesuchten ausfindig machen sollte.

Während Linkohr sich längst auf den Weg zu Kerkhoff gemacht hatte, widmete sich Häberle dem eintreffenden Wellinger, der keinen erfreuten Eindruck machte, sich aber bereitwillig in ein kleines Büro führen ließ, das als Besprechungszimmer diente. Häberle nahm auf einem ächzenden Bürosessel Platz, Wellinger musste sich mit einem harten Holzstuhl begnügen. »Wir haben's nicht gerade luxuriös hier«, versuchte sich Häberle zu entschuldigen.

»Es wird ja nicht lange dauern, denke ich«, entgegnete Wellinger schmallippig.

Häberle erklärte, es tue ihm leid, das Gespräch vom Vormittag nochmals aufgreifen zu müssen, aber es hätten sich inzwischen neue Erkenntnisse ergeben. Ohne Umschweife kam er zur Sache: »Wir gehen davon aus, dass wir das Spezialgerät für Bergsteiger und Asthmatiker gefunden haben, das Dr. Kerkhoff bei Ihnen in Auftrag gegeben hat.«

Wellingers Gesichtszüge wurden kantig. »Sie haben – was gefunden?«

»Überrascht Sie das?«, fragte Häberle zurück.

»Ich versteh nicht so recht, was Sie damit sagen wollen.«

»Dass wir es gefunden haben«, wurde Häberle nun eine Nuance eindringlicher. »Das ist doch klar und deutlich ausgedrückt.«

»Ich hab keine Ahnung, was Dr. Kerkhoff damit gemacht hat. Wollen Sie mich für etwas verantwortlich machen, was nicht in meinem Einflussbereich liegt?«

»Wofür sollte ich Sie denn verantwortlich machen?«, antwortete Häberle erneut mit einer Gegenfrage.

Wellinger schlug die Beine übereinander und verschränkte die Arme. »Sie würden mich nicht fragen, wenn es nicht darum ginge, einen Sachverhalt zu klären.« Ihm war anzuhören, dass er im Geschäftsleben gelernt hatte, sich nicht so schnell beeindrucken zu lassen.

Häberle entschied, klare Worte zu sprechen: »Wir haben es da wohl mit einer Art barometrischer Schaltung zu tun, die bei einem bestimmten Luftdruck einen kleinen akkubetriebenen Motor in Gang setzt. So haben es jedenfalls unsere Experten festgestellt.«

Wellinger nickte. »Richtig erkannt. So, wie es Bergsteiger in großen Höhen brauchen, wenn sie sich mit Sauerstoff versorgen müssen. So jedenfalls hat mir Dr. Kerkhoff die von ihm geforderte Funktion geschildert. Ob das so ist, weiß ich nicht.«

»Aber ich denke, dass das Behältnis, das auf diese Weise per Druckknopf geöffnet werden soll, viel zu klein ist, um jemanden ausreichend mit Sauerstoff zu versorgen.«

»Es war nicht explizit von Sauerstoff die Rede, sondern von Asthmatikern, die sich bisweilen irgendein Mittel in die Nase spritzen müssen«, entgegnete Wellinger ruhig und betonte: »Ich bin kein Mediziner, Herr Kommissar. Zu Details sollten Sie den Herrn Dr. Kerkhoff persönlich befragen.«

»Sie wollen also sagen, dass Sie davon ausgegangen sind, ein rein medizinisches Gerät hergestellt zu haben?« Häberle kniff die Augen zusammen.

»Was sonst?«, blieb Wellinger standhaft. »Aber vielleicht können Sie mir erklären, was es anderes gewesen sein soll.«

»Hat Ihnen Kerkhoff keines dieser Behältnisse überlassen, das in die Vorrichtung passen musste? Ich denke, dass Sie für diese filigrane Konstruktion doch ein millimetergenaues Muster gebraucht haben.«

»Natürlich hatte ich dies. Da war ein kleines Döschen, aber ohne Aufschrift. Eine Art Spray vermutlich.«

»Und da stand nichts drauf?«, zweifelte Häberle.

»Nein, nichts. Es war schwarz gestrichen oder schwarz lackiert – glaub ich wenigstens.«

»Und Sie haben sich nicht gewundert?«

»Wieso sollte ich? Es war ein Muster, weiter nichts. Und Dr. Kerkhoff hat gesagt, genau so müsse es aussehen. Wir sind Experten auf dem Gebiet von Sondergeräten.«

»Kommt es öfter vor, dass Sie solche Einzelstücke herstellen müssen?«, wollte Häberle wissen.

»Öfter nicht – aber hin und wieder schon«, erklärte Wellinger. »Wir sind als Problemlöser für Sonderanfertigungen weltweit bekannt. Wir haben da eine Nische gefunden, wenn Sie so wollen.« In seiner Stimme schwang unüberhörbarer Stolz mit.

»Auf die Idee, Kerkhoff würde damit anderes im Schilde führen, als er Ihnen vorgegeben hat, sind Sie nicht gekommen?«

Wellinger zuckte mit den Schultern und sah Häberle fest in die Augen. »Sollte ich denn? Wir fragen unseren Auftraggeber nie, wofür er ein Produkt verwenden will. Er macht Vorgaben und wir lösen das Problem.« Weil Häberle nichts dazu sagte, fühlte sich der Unternehmer verunsichert und hakte nach: »Was hat Kerkhoff damit wirklich gemacht? Etwas Kriminelles?«

Häberle verzog das Gesicht zu einem Lächeln. »Sagen wir mal so: Er hatte etwas geplant, aber zum Glück hat Ihr Gerät nicht ganz so funktioniert wie gedacht.«

Wellinger wurde unruhig, seine Verunsicherung stieg. »Eine Fehlfunktion?«

»Das kann ich so nicht sagen«, blieb Häberle gelassen und bohrte nach: »Sie sind wirklich nie auf die Idee gekommen, in die motorisch getriebene Steckvorrichtung könnte man ein Pfefferspray spannen?«

Wellinger war aufgeschreckt. »Pfefferspray? Wozu das denn?«

Häberle winkte ab. »Lassen wir's dabei bewenden.« Er ließ ein paar Sekunden verstreichen. »Mal angenommen, Sie wurden das arglose Opfer eines – nennen wir's mal so – dubiosen Auftraggebers namens Kerkhoff. Wäre es jetzt nicht angebracht, alles zu sagen, was Sie zu den Drohnen wissen?«

Wellinger fühlte sich zunehmend unwohl. »Das hab ich Ihnen doch schon alles gesagt. Vergessen Sie bitte nicht, dass mein persönliches Interesse an etwas ganz anderem besteht – nämlich an den Verbrechern, die mit ihren gepanschten Arzneimitteln meine Frau auf dem Gewissen haben. Nur deshalb bin ich hier. Und sonst wegen gar nichts.«

Häberle entschied, den Mann nicht länger psychisch zu quälen.

81

Ackermann hatte sich vom ersten Schock erholt. Als seine Blicke an der plötzlich aufgetauchten Person neben ihm von den Schuhen über die Hose nach oben geblitzt waren, hatte er nur noch den Bruchteil einer Sekunde gebraucht, um ein bekanntes Gesicht zu erkennen: den Kriminalisten, der ihn heute Vormittag in Ulm besucht hatte. Linkohr.

Ackermann sprang auf und stand nun neben ihm. »Wie … wie haben Sie mich gefunden?«

Linkohr vergrub die Hände in der leichten Freizeitjacke und lächelte: »Wenn man von da hinten kommt« – er deutete in die entsprechende Richtung – »dann ist Ihre Tarnung nicht sonderlich gut. Ich war mir zunächst unsicher, ob Sie's sind – aber dann wurde mir sehr schnell klar, dass Sie es sind, der auf der Lauer liegt.« Er musterte sein Gegenüber von oben bis unten und überlegte, ob der Mann eine Waffe bei sich trug. Linkohrs erster Gedanke war gewesen, Ackermann suche eine günstige Schussposition. Deshalb blieb er ernst: »Jedenfalls scheine ich hier richtig zu sein. Ich nehme an, Sie haben Dr. Kerkhoff im Visier, und das da drüben ist er vermutlich. Darf ich fragen, was Sie hier tun?«

Ackermann sah ihn aus einem fahlen Gesicht an: »Ich hab Ihnen doch gesagt, dass ich heute auch hierher wollte. Denn ich befürchte, dass bei allem, was läuft, die Sauerei mit den Drohnen zu kurz kommt.«

»Und da wollen Sie ein bisschen mitmischen?«, gab sich Linkohr verärgert.

»Was heißt ›mitmischen‹, Herr Linkohr? Es ist doch mein Recht, diesen Kerl dort drüben« – er machte eine Kopfbewegung in Richtung Kerkhoff – »zu beobachten. Ich war gestern mit meinem Detektiv da – und dieser Kerl hat uns einfach stehen lassen wie zwei dumme Buben.«

Linkohr kannte den Vorfall durch Häberle, dessen Ex-Kollege Bauer ihn entsprechend unterrichtet hatte. »Sie täten aber gut daran, nicht auf eigene Faust etwas auszuspionieren.«

»Soll das eine Drohung oder ein gut gemeinter Hinweis sein?«

»Nur ein gut gemeinter Hinweis, Herr Ackermann. Eine Drohung gewiss nicht. Aber Sie sollten meinen Hinweis beherzigen. Im Übrigen können Sie sich voll und ganz auf uns verlassen. Und wir halten Sie auf dem Laufenden. Aber lassen Sie sich nicht zu etwas hinreißen, was Sie unglücklich machen könnte.«

Ackermann versuchte, das zerzauste und verschwitzte Haar zu glätten, und blieb hartnäckig: »Ich wette mit Ihnen, die beiden da drüben hauen ab. Ich beobachte die schon eine ganze Weile, und es sieht danach aus, als würden sie gerade alles zusammenpacken.«

Linkohr grinste ihn an: »Flucht mit einem Wohnmobil. Damit wird man sie ziemlich schnell finden.«

Ackermann entsann sich der ausführlichen Gespräche, die er mit Edgar Bauer geführt hatte. »Haben Sie eigentlich schon mal darüber nachgedacht, inwieweit die Drohnen mit den Machenschaften der Arzneimafia zu tun haben könnten?«

Linkohr, der Kerkhoff, vor allem aber das Bikini-Mädchen ins Visier genommen hatte, drehte sich zu Ackermann: »Was veranlasst Sie zu dieser Annahme?«

»Dass der Kerkhoff den Drohnenunfall mit meiner Frau verschuldet hat, ist doch so sicher wie das Amen in der Kirche. Und wenn Kerkhoff auch ein Arzneimittelmafioso ist, könnte es doch sein, dass da versucht wurde, diese Medikamente sozusagen auf dem Luftwege zu transportieren. Es soll doch schon einen Paketdienst geben, der versuchsweise die Nordseeinsel Juist auf diese Weise mit kleinen Päckchen versorgt hat. Und irgendwo in Afrika wurde voriges Jahr mehrere Monate lang eine Insel im Victoriasee mit Medikamenten beliefert.«

Dass Drohnen allerorts stark im Kommen waren und schon mit einem Lufttaxi experimentiert wurde, wusste Linkohr natürlich, staunte aber trotzdem, wie sehr sich Ackermann mit diesem Thema befasst hatte. Er nahm sich vor, diese Gedankengänge mit Häberle zu besprechen.

Aber nun wollte er selbst dem Kerkhoff erneut auf den Zahn fühlen. Dazu musste er Ackermann loswerden: »Tun

Sie mir einen Gefallen und verschwinden Sie. Gehen Sie in der Stadt einen Kaffee trinken. Meinetwegen können wir uns später treffen. Meine Handynummer hab ich Ihnen ja gegeben.«

Ackermann schüttelte sich Gras von der Hose, sah Linkohr kurz missmutig ins Gesicht und verschwand über die Wiese zum anderen Ende des Wohnmobilstellplatzes, von wo er gekommen war.

Linkohr atmete durch. Vielleicht hatten sie alle diesen Ackermann bisher unterschätzt. Schlagartig fiel dem Kriminalisten ein, was Ackermann von Beruf gewesen war: eigentlich Tierarzt, aber dann in der Lebensmittelüberwachung tätig.

Arzt, hallte es in seinen Gedanken nach. Auch Tierärzte hatten mit Medikamenten zu tun …

82

Journalist Georg Sander hatte sich die Namen jener Personen notiert, die ihm von Marion Schewe als mögliche weitere Gesprächspartner genannt worden waren: Hagebusch, Patten und Kerkhoff.

Den Apotheker hatte er bereits abhaken können – doch nun schien ihm der Allgemeinmediziner Hagebusch noch wichtig zu sein. Weil sich in dessen Praxis nur der Anrufbeantworter gemeldet hatte, unternahm er den Versuch, dort selbst vorbeizuschauen. Meist waren die Arzthelferinnen noch da, wenn der Chef längst Feierabend gemacht hatte. Sander entdeckte die Praxis in einem der Ärztehäuser, wie es sie inzwischen überall gab. Die Tür ins kühle, dunkle Treppenhaus war offen und er fand sogleich einen Hinweis auf »Dr. med. Friedrich Hagebusch« im ersten Obergeschoss. Sprechzeiten nach Vereinbarung.

Sportlich, wie er noch immer war, hatte Sander die paar Stufen sofort hinter sich gebracht und die Praxis erreicht. Der Türknauf ließ sich nicht bewegen, dafür gab es eine Klingel. Tatsächlich wurde der elektrische Öffner betätigt und Sander konnte in einen freundlich gestalteten Vorraum eintreten, der von einer geschwungenen weißen Anmeldetheke dominiert wurde. Es roch nach Desinfektionsmittel, Halogenstrahler waren auf großformatige Fotos gerichtet, die Szenen aus dem Regenwald zeigten.

Eine junge Arzthelferin wandte sich von ihrem Computer ab und sah genervt zu Sander auf. »Haben Sie einen Termin?«

»Nein«, erwiderte Sander. »Ich suche Herrn Dr. Hagebusch.«

»Privat oder als Patient?«

»Privat«, entfuhr es ihm, um sogleich klarzustellen: »Nicht als Privatpatient. Ich hätt ihn gern angerufen, aber ich hab seine Handynummer nicht«, gab sich Sander selbstbewusst.

»Tut mir leid, der Herr Doktor ist momentan nicht im Haus«, beschied ihn die Blondine und wollte sich wieder ihrer Arbeit zuwenden, als eine ebenso junge Kollegin aus einem Nebenraum auftauchte und ihr – ohne Sander zu bemerken – aufgeregt zurief: »Ich hab Patten angerufen. Er ist sehr besorgt. Denn er weiß auch nicht, wo der Chef ist. Ich hab ihm aber gesagt, er sei nach Ritzenweiler gefahren.« Noch während sie es sagte, deutete die am Computer sitzende Arzthelferin auf Sander – wohl um zu signalisieren, dass dieser Ohrenzeuge ihres Gesprächs wurde. Doch zu spät. Nachdem die Frau den unerwarteten Besucher sah, wurde sie verlegen und zog sich sofort in den Nebenraum zurück.

Sander rang sich ein »Okay, dann hat es sich erledigt« ab und verließ die Praxis.

83

Je näher Linkohr dem Wohnwagen Kerkhoffs über die Wiese kam, umso größer wurde sein Interesse an der Vernehmung – denn nun wurde er vom Anblick der jungen Frau erst recht in den Bann gezogen. Kerkhoff hatte als Erster sein Kommen bemerkt, legte durch die offene Tür des Wohnmobils einen Karton ins Innere und sah misstrauisch, von der Sonne geblendet, dem Besucher entgegen.

Evelyn warf sich ein kurzes Strandkleidchen über, als sei es ihr peinlich, im Bikini einen fremden Mann empfangen zu müssen. Sie vermutete offenbar, dass es keine angenehme Begegnung sein würde. »Hallo«, kam es Linkohr aus der trockenen Kehle. Er lächelte der freizügig gekleideten Frau zu und hatte Mühe, sich auf den Mann zu konzentrieren. »Bin ich hier richtig bei Kerkhoff?«, fragte er vorsichtshalber, worauf der Angesprochene gleich einen Schritt auf ihn zukam, als wolle er Linkohr davon abhalten, Evelyn zu nahe zu kommen.

»Und wer sind Sie?«, zeigte sich Kerkhoff ziemlich arrogant.

»Linkohr, Mike Linkohr. Kripo Ulm und derzeit hier zugange.«

»Ulm. Wieso denn Ulm?« Kerkhoff blieb dicht vor Linkohr stehen. »Ihre Chefs waren doch heut früh schon hier. Außerdem hab ich alles gesagt, was ich zu dem toten Mittelberg weiß.«

Evelyn entfernte sich aus Linkohrs Blickwinkel und verschwand hinterm Heck des Wohnmobils.

»Es ergeben sich im Laufe des Tages manchmal neue Erkenntnisse«, blieb Linkohr standhaft. »Auch, was Ihre Drohnen anbelangt.«

»Meine Drohnen?«, entfuhr es Kerkhoff. »Was soll das schon wieder? Ich hab doch gesagt, dass ich keine mehr habe.«

»Aber mit Wellinger aus Göppingen stehen Sie noch in Geschäftskontakt.« Linkohr ließ es nicht wie eine Frage, sondern wie eine Feststellung klingen.

»Auch das wurde bereits abgehandelt.«

»Ich denke, wir reden von ein und demselben – diese Vorrichtung für Bergsteiger und Asthmatiker«, kam Linkohr zur Sache.

Kerkhoff zögerte für einen Moment. »Was soll damit sein?«

»Na ja«, tat Linkohr so, als handle es sich nur um eine Nebensächlichkeit. »Wir haben das Ding inzwischen untersuchen lassen.«

»Sie haben …« Kerkhoff wirkte sichtlich irritiert. »Wie muss ich das verstehen?«

Linkohr sah die Gelegenheit für einen Frontalangriff gekommen: »Nachdem es mit dem Absturz von Mittelbergs Cessna nicht geklappt hat, blieben einige Utensilien, die niemand hätte sehen dürfen, ziemlich unversehrt.«

Linkohr hatte bemerkt, dass die junge Frau kurz hinterm Heck des Wohnmobils hervorgeschaut hatte. Ein schwarzer Haarschopf war kurz aufgeblitzt.

»Sie sprechen in Rätseln«, ging Kerkhoff auf Distanz.

»Um es klar zu sagen: Die Vorrichtung, die Sie bei Wellinger in Auftrag gegeben haben, war nicht für den Mount Everest oder für einen Asthmakranken gedacht, sondern um in einer bestimmten Flughöhe Pfefferspray ins Cockpit von Mittelbergs Flugzeug zu sprühen.«

»Was sagen Sie da?« Kerkhoff ging einen Schritt zurück und ließ die Hände in den Taschen seiner Bermudashorts verschwinden. »Davon hab ich aber nicht die geringste Ahnung. Ich finde es ungeheuerlich, wenn Sie mich indirekt mit der Sache um Frank Mittelberg in Verbindung bringen. Oder glauben Sie, ich steck seinen Tod so einfach weg? Wo ich ihn sogar selbst gefunden habe.«

»Wozu haben Sie das Ding dann gebraucht?«, blieb Linkohr hartnäckig.

»Sie sagen, Sie hätten es untersuchen lassen. Wo ist es denn aufgetaucht?«, wollte Kerkhoff wissen.

»›Aufgetaucht‹ ist in der Tat das richtige Wort«, deutete Linkohr ein dezentes Lächeln an. »Aufgetaucht aus dem Schlosssee. Jemand hat dort Mittelbergs Aktenkoffer versenkt.«

»Ach ...« Der Arzt wurde zunehmend unsicherer. »Wie geht das denn zusammen?«

»Ganz einfach: Derjenige, der Mittelberg im Moor da draußen umgebracht hat, wollte alle Spuren möglichst schnell beseitigen und alles loswerden, was mit dem Toten in Verbindung stand – und hat vermutlich in Panik oder in einer Art Kurzschlusshandlung oder aus Naivität heraus den Aktenkoffer in den See geworfen.«

»Und da war dieses Gerät drin?«

»Nicht nur das – aber insbesondere dieses ist von Bedeutung. Wahrscheinlich hat Mittelberg nach seiner wider Erwarten geglückten Landung nach der Ursache einer plötzlichen Augenreizung gesucht und die Apparatur gefunden – und sie dann in seinen Koffer gesteckt.«

»Wieso tut er dann dies? Wieso hat er nicht die Polizei verständigt, wenn's so war, wie Sie vermuten?«

»Weil er vielleicht selbst Dreck am Stecken hatte. Stichwort Arzneimittel. Das müsste Ihnen doch geläufig sein.«

»Jetzt hören Sie aber bitte auf, Herr Linkohr«, wurde Kerkhoff laut, mäßigte sich jedoch sofort wieder, weil er vermeiden wollte, dass jemand das Gespräch belauschen konnte. »Ich verbitte mir, dass Sie mir unterschwellig einen Mordversuch unterstellen wollen.«

Linkohr befürchtete aufgrund Kerkhoffs Tonfall, dass die Auseinandersetzung eskalieren könnte. »Ich bin nicht gekommen, um Ihnen etwas zu unterstellen, sondern um einige Unklarheiten zu beseitigen«, sagte er beruhigend.

Kerkhoff spürte aber, dass er in die Enge getrieben werden sollte. »Und diese Vorrichtung, wie Sie es nennen, die zählt zu den Unklarheiten?«

»Solange wir nicht wissen, wer sie zu welchem Zweck hat herstellen lassen und wer sie in Mittelbergs Flugzeug gelegt hat, ist das eine Unklarheit, ja.« Linkohr behielt sein Gegenüber fest im Auge und fuhr fort: »Wann sind Sie denn zuletzt mit ihm geflogen?«

Kerkhoffs Gesichtszüge verrieten aufkommende Wut. »Jetzt machen Sie mal halblang, Herr Linkohr. Wenn Sie mir etwas anhängen wollen, würde ich gerne zuerst mit meinem Anwalt reden.«

Linkohr konterte: »Und ich müsste Sie darüber belehren, dass Sie natürlich Antworten verweigern könnten, wenn Sie sich bei wahrheitsgemäßen Angaben selbst belasten würden.«

»Wie bitte?« Kerkhoff wischte sich Schweiß von der Stirn. »Ich hör wohl nicht richtig. Ich habe nichts zu verbergen, verstehen Sie. Nichts, was mit Drohnen zu tun hat, und auch nichts, was mit dieser Arzneienpanscherei zu tun hat. Und schon gar nicht mit dem Tod von Frank.«

Linkohr nickte verständnisvoll und blickte zwischendurch immer mal wieder zum Heck des Wohnmobils. Doch die hübsche Brünette war nicht mehr aufgetaucht.

»Wenn Sie mit nichts etwas zu tun haben«, machte der Kriminalist gelassen weiter, »dann können wir in Ruhe die Punkte abhandeln.«

»Hier draußen? Auf dem Parkplatz?«, fuhr ihn Kerkhoff an.

»Sie dürfen gerne zu uns ins Polizeigebäude kommen.« Linkohrs Bemerkung verfehlte die erwartete Reaktion nicht.

»Ich denke, das lässt sich auch hier kurz besprechen«, zeigte sich der Arzt unerwartet loyal. »Kommen Sie rein.« Er gab mit einer Kopfbewegung zu verstehen, dass er Linkohr in das Wohnmobil bitten wollte. Obwohl der Kriminalist zögerte, begann Kerkhoff, ein paar bunte Kartons und reichlich bebilderte Schachteln beiseitezuräumen, die im Innern des Fahrzeugs den Eingangsbereich versperrten. Einige schienen leer zu sein, wie Linkohr feststellte, als Kerkhoff sie mit wenigen Handgriffen nach vorne in die Fahrerkabine beförderte und zwischen den bunten Schachteln für einen Moment das Foto eines Modellhelikopters zu erkennen war. Nachdem nun das Verpackungsmaterial kreuz und quer den Beifahrersitz und den Zwischenraum zum Fahrersitz blockierte, konnte Linkohr an der luxuriösen Sitzgruppe Platz nehmen – Kerkhoff gegenüber.

»Wollen Sie etwas zu trinken?«, fragte der Arzt höflich. Wut und Zorn schienen auf wundersame Weise von ihm abgefallen zu sein. Linkohr lehnte das Getränkeangebot ab, schielte gleichzeitig zur Eingangstür und hoffte, die Frau würde wieder auftauchen.

»Jetzt passen Sie mal auf, Herr Linkohr«, begann Kerkhoff, lehnte sich zurück und mimte den völlig Entspannten. »Ich erzähle Ihnen jetzt etwas, was Ihren Fall in ein ganz anderes Licht rücken wird.«

»Da bin ich aber gespannt«, entgegnete Linkohr, den in dieser Umgebung ein mulmiges Gefühl beschlich. In diesem Augenblick tauchte die junge Frau an der Tür auf und lächelte ihm aufmunternd zu.

84

Von einer inneren Unruhe getrieben und in tiefer Sorge, seinem Freund Hagebusch könnte etwas zugestoßen sein, war Patten in Richtung Ritzenweiler gefahren. Die Ansiedlung war nicht groß, das wusste er – und wenn Hagebusch dort war, würde dessen schwarzer M-Klasse-Mercedes leicht zu finden sein. Immer wieder hallten in Pattens Kopf während der Fahrt die Worte nach, die auf dem Zettel an seinem Auto gestanden hatten: »Denk an Frank! Nur Tote können schweigen.« Seit gestern Abend plagte ihn immer wieder die Frage, worüber Hagebusch und er schweigen sollten. Wenn es etwas gab, dann wohl nur die Sache mit den falschen Medikamenten. Was auch sonst? Oder glaubte der anonyme Schreiber, sie wüssten etwas, dessen brisante Bedeutung sie selbst gar nicht ahnten?

Patten ließ seinen weißen BMW im Schein der frühen Abendsonne in den Weiler hineinrollen. Er kannte sich hier aus. Es gab nur wenige Straßen und Gassen. Er entschied, sie alle nacheinander abzufahren. Trotz des herrlichen Sommerabends waren kaum Menschen zu sehen – und wenn, dann waren sie vor ihren Häusern mit Gartenarbeit beschäftigt, vereinzelt auch mit landwirtschaftlichen Maschinen. Als Patten in die dritte Gasse abbog, war sein Interesse mit einem Mal geweckt: Vorne rechts, am letzten Haus, parkte ein größerer schwarzer Wagen. Patten spürte, wie sein ohnehin erhöhter Blutdruck in Wallung geriet. Er drückte das Gaspedal sanft ein paar Millimeter tiefer, um sich dem Auto schneller zu nähern. Tatsächlich – es war Hagebuschs M-Klasse-Mercedes. Zwar kannte er das Kennzeichen nicht, doch bestand für ihn keinerlei Zweifel, dass es der Wagen seines Freundes war. Patten stoppte dahinter, blieb kurz sitzen und betrachtete das Umfeld.

Auf der linken Seite eine von Hecken begrenzte Wiese, rechts vor ihm das sanierungsbedürftige Gebäude mit dem desolaten Scheunentor und der daran anschließenden Fensterreihe des Wohnhauses. Patten staunte, dass es in Ritzenweiler ein solches landwirtschaftliches Anwesen gab, das aus der Zeit gefallen zu sein schien. Er stieg aus und sah an der bröckelnden Front hinauf. Sein erster Eindruck: unbewohnt. Gleichzeitig bemächtigte sich seiner die zunehmende Sorge, seinem Freund könnte etwas zugestoßen sein. War er in einen Hinterhalt gelockt worden? Wieder die Erinnerung an das anonyme Schreiben von gestern Abend. Patten machte ein paar Schritte auf den Eingangsbereich zu, zunächst wie apathisch, doch dann übermannte ihn ein nie gekanntes Angstgefühl. Denn die Tür stand einen Spalt weit offen. Er verharrte, sah sich um, doch die Straße war menschenleer. Für ein paar Sekunden überlegte er, was Hagebuschs hier abgestelltes Auto zu bedeuten hatte. Immerhin war der Arzt schon vor etwa zwei Stunden in Bad Waldsee losgefahren. Einen so langen Hausbesuch konnte es gar nicht geben. Noch zögerte Patten – doch dann entschied er, bis zur Tür zu gehen. Er drückte sie vorsichtig ein paar Zentimeter auf und erkannte, dass der dahinterliegende Flur ziemlich dunkel war. Er wagte es deshalb nicht, in das Haus einzutreten, aus dem ihm kühl-modrige Luft entgegenschlug. Stattdessen rief er: »Friedrich, bist du da?«

Nichts. Nur Stille. Ein schrecklicher Gedanke befiel ihn: War Hagebusch etwas zugestoßen? War er tot?

Pattens Blutdruck stieg ins Unermessliche. Er eilte zu seinem Auto zurück, fischte das Smartphone aus der Zwischenablage und tippte auf die Ziffern 110.

85

Häberle hatte gerade seiner Frau Susanne am Telefon einfühlsam erklärt, dass es heute mal wieder später werden könnte. Er war ihr unendlich dankbar, dass sie nach all den Berufsjahren noch immer Verständnis für seinen Job hatte, der mindestens einmal im Monat unregelmäßige Arbeitszeiten bescherte.

Susanne bat ihn wieder einmal, an sich und seine Gesundheit zu denken. »Du willst doch nicht krank in den Ruhestand gehen«, flüsterte sie, um die Bitte eindringlicher klingen zu lassen. Ihr war anzuhören, dass sie seiner Pensionierung entgegenfieberte, obwohl sie noch immer nicht so genau wusste, ob August mit der vielen freien Zeit zurechtkam. Natürlich würden sie reisen – aber das wäre schließlich nicht das ganze Leben. Sie würden sich beide mit dieser neuen Situation erst auseinandersetzen müssen. Wahrscheinlich brauchte August weiterhin eine sinnvolle Aufgabe, die ihn geistig und körperlich forderte. Oft schon hatte er gesagt: »Wer im Ruhestand nichts mit sich anzufangen weiß, wird ganz schnell alt.« Vermutlich hatte er sich schon lange mit der »Zeit danach« befasst, schließlich hatte er schon einmal vor der Pension gestanden, war dann aber davon überzeugt worden, ein paar Jahre dranzuhängen. Jetzt aber setzten ihm die Bestimmungen des Polizeijobs wirklich eine Grenze.

Auch er selbst musste für einen Moment dran denken, dass Bad Waldsee vermutlich die Endstation seiner beruflichen Karriere sein würde. Die aufkommende Wehmut versuchte er mit dem eisernen Willen zu dämpfen, diesen Fall mithilfe der örtlichen Kollegen so schnell wie möglich aufzuklären.

Kaum hatte er das Gespräch mit Susanne abgehakt und sich in den wenig bequemen Bürosessel zurückgelehnt, schrillte das

Telefon. Es war Pfeifer, der ihn davon unterrichtete, dass der Apotheker Patten über Notruf mitgeteilt habe, er befürchte, seinem Freund, dem Arzt Dr. Hagebusch, sei etwas zugestoßen. Häberle entsann sich sofort dieser beiden Namen, die den Schriftsätzen aus Mittelbergs Aktenkoffer zu entnehmen gewesen waren. Pfeifer ließ sich aber nicht unterbrechen: »Patten hat Hagebuschs Auto vor einem unbewohnten Haus in Ritzenweiler entdeckt. Mehrere Streifen sind unterwegs.«

Häberle ließ sich auf die Schnelle schildern, wo dieses Ritzenweiler lag, und beendete das Gespräch. Noch während er auf dem Weg zur Tür war, um das Büro zu verlassen, holte ihn das Telefon erneut zurück. »Ja?«, meldete er sich genervt und lauschte.

Es war noch einmal Pfeifer, der eine weitere Neuigkeit parat hatte: »Es gab gerade einen Anruf im Biberacher Polizeirevier. Eine Beschwerde wegen einer Drohne.«

»Ach«, machte Häberle.

»Das würde uns nicht sonderlich interessieren«, weckte Pfeifer die Aufmerksamkeit seines Ulmer Kollegen. »Aber die Beschwerde kommt aus Ritzenweiler. Vor eineinhalb Stunden sei so ein Ding ziemlich tief über die Häuser geflogen, hat ein Anrufer gemeldet, der das Fahrzeugkennzeichen vom Flieger der Drohne notiert hat.«

Häberle nickte. »Aber wohl kein Wohnmobil und kein grüner Kleinwagen?«, hakte er nach.

Pfeifer konnte offenbar nur mühsam Häberles Gedankengängen folgen, denn es dauerte zwei Sekunden, bis er antwortete: »Nein, nichts von alledem. Typ des Fahrzeugs ist nicht bekannt. Vielleicht ein kleinerer SUV.«

Häberle bedankte sich für diese Information und legte auf. Vielleicht endlich ein Zusammenhang zum Drohnenunglück, dachte er und wollte so schnell wie möglich nach Ritzenweiler fahren.

86

Die junge Frau, die ihm als Evelyn vorgestellt worden war, hatte sich gegenüber Linkohr gesetzt – und damit neben Kerkhoff. Ihr Strandkleidchen war dünn und durchsichtig, der Ausschnitt ohnehin sehr freizügig, sodass das knappe Bikinioberteil dazu angetan war, den Kriminalisten abzulenken. Gewollt oder nicht.

»Jetzt passen Sie mal auf, Herr Kommissar«, begann Kerkhoff seine angekündigte Erklärung und verschränkte die Arme. »Bevor Sie und Ihre Kollegen von falschen Voraussetzungen ausgehen, halte ich es für geboten, ein paar klare Worte zu sprechen.«

Linkohr versuchte, den Blickkontakt mit Evelyn so gut es ging zu vermeiden. »Ich bin gespannt«, wiederholte er, was er bereits vor einigen Minuten gesagt hatte.

»Dass derzeit in Bad Waldsee viel über gepanschte Arzneimittel gemunkelt oder auch offen geredet wird, ist kein Geheimnis«, erklärte Kerkhoff. »Die Fernsehreportage und die daraus resultierenden Zeitungsartikel von neulich haben ziemlichen Aufruhr verursacht. Sowohl bei denen, die betroffen sein könnten, als auch bei jenen, die nur Schiss haben, in etwas hineingezogen zu werden, womit sie nur peripher zu tun hatten. Um es ganz ehrlich zu sagen: Zu den Letzteren zähle auch ich mich.«

Linkohr lehnte sich ebenfalls zurück und spürte, wie ihn Evelyn musterte. Die Leichtgeschürzte befeuchtete sich immer wieder mit der Zunge die Lippen und spielte mit einem Kugelschreiber. Offenbar genoss sie es, Linkohr durcheinanderzubringen.

»Mein alter Freund Frank Mittelberg, den ich vorgestern

früh tot im Ried gefunden habe, war wohl tief in diese Arzneimittelgeschichte verstrickt. In der Fernsehsendung hatte es also zu Recht geheißen, dass eine Spur an den Bodensee führe. Ich hab ihm mehrfach geraten, die Hände von dieser Sache zu lassen, aber die Gier war zu groß, als dass er mir gefolgt wäre. Ganz am Anfang, vor etwa zwei Jahren, bin ich auch beinahe auf ihn reingefallen. Das heißt ...«, er wischte sich wieder Schweiß von der hohen Stirn, »ich hab tatsächlich damals für die Klinik, bei der ich bis vor Kurzem beschäftigt war, Medikamente von ihm bezogen, es aber sofort eingestellt, nachdem mir klar war, woher der Wind weht.«

Linkohr nickte. Er hätte am liebsten mitgeschrieben, wollte aber darauf verzichten, weil dies möglicherweise Kerkhoffs Redefluss beeinträchtigt hätte.

»Daraus«, dozierte der Mediziner weiter, »können Sie erkennen, dass ich mit dieser Medikamentenschummelei nichts zu tun habe. Im Gegenteil: Ich war es, der dem Herrn Wellinger andeutungsweise gesagt hat, dass seine krebskranke Frau Opfer solcher Machenschaften geworden ist. Allerdings wollte ich meinen Freund Frank Mittelberg – so uneinsichtig er auch war – nicht reinreiten, obwohl mir zunehmend klar wurde, dass er für die Belieferung von Ärzten und Apotheken im ganzen süddeutschen Raum verantwortlich war.«

Linkohr lauschte aufmerksam, hielt mannhaft den Blicken von Evelyn stand und wartete angestrengt darauf, dass Kerkhoff endlich auf die barometrische Pfefferspray-Vorrichtung zu sprechen kam. Drängen wollte er ihn dazu aber in der momentanen Situation nicht.

»Und jetzt beichte ich Ihnen etwas, was Sie vielleicht gerüchteweise gehört haben«, wurde Kerkhoff unerwartet leise und warf Evelyn einen kurzen Blick zu. »Es gab eine kurze Phase, während der Franks Ehefrau Heike mir etwas zugeneigt war.« Ein kurzes Lächeln huschte über seine Wangen. »Wie sagt man so schön? Eine temporäre Liaison.«

Linkohr runzelte die Stirn. Wie häufig zu erleben, griffen Personen, denen etwas unangenehm war, auf Fremdwörter zurück, um es intellektueller oder harmloser klingen zu lassen.

»Heike Mittelberg hat mich – ja, sagen wir mal – einzunehmen versucht. Und ich war ein paar Abenteuern nicht abgeneigt.« Er lächelte Evelyn zu, die diese Geste erwiderte. »Bis ich Evelyn kennengelernt habe. Wir haben uns sofort verstanden, als sie bei mir in der Klinik als Arzthelferin angefangen hat.«

Linkohr konnte derlei Situationen nachvollziehen, war er doch schon häufig von einem Abenteuer ins nächste geschlittert. Und bei Evelyn, das musste er sich eingestehen, fiele es ihm auch schwer, Annäherungsversuche abzuwehren.

»Ich gebe zu«, fuhr Kerkhoff fort, »Heike hat mir sehr viel von Frank erzählt. Mehr, als ich wollte. So hab ich immer mehr erfahren von dem, was er geschäftlich trieb. Deshalb habe ich ihn auch mehrfach zur Rede gestellt. Das dürfen Sie mir glauben.«

»Sie hätten ihn einfach anzeigen können«, warf Linkohr ein.

»Würden Sie Ihren besten Freund anzeigen?«, konterte Kerkhoff. »Ich wollte das Verhältnis zu seiner Frau nicht dazu missbrauchen, ihn ins Gefängnis zu bringen.«

Linkohr überlegte, dass dieser Schritt die beste Lösung gewesen wäre, den Ehemann loszuwerden, doch wollte er diesen Einwand nicht anbringen. Also hat er ihn umgebracht, zuckte es Linkohr kurz durch den Kopf. Nein, das würde Kerkhoff ganz bestimmt nicht sagen wollen. Aber zu einer Erklärung für die seltsame Pfefferspray-Vorrichtung hatte sich Kerkhoff wohl noch immer nicht durchringen können.

87

Kriminalrat Fabian Pfeifer zog es vor, die Lage vom Schreibtisch aus zu beurteilen. Deshalb staunte er, dass Häberle in seinem Alter offenbar gerne selbst an Tatorte eilte. Pfeifer blieb hingegen auch jetzt im Büro zurück, während der Kollege aus Ulm nach Ritzenweiler gefahren war, um dort die Einsatzkräfte zu unterstützen. Pfeifer ließ sich von einem der Soko-Mitglieder, einem älteren Beamten vom Kriminalkommissariat, über den seltsamen Drohnenflug unterrichten, der von Ritzenweiler gemeldet worden war.

»Wir haben das Kennzeichen vom Auto des Drohnenfliegers gecheckt«, teilte der Mann mit, dessen Augen müde erschienen. Pfeifer war aufgesprungen, um sich möglichst schnell sagen zu lassen, worum es ging. »Und? Kennen wir ihn?«, bläffte er unfreundlich.

»Nein. Bisher ist sein Name nirgendwo aufgetaucht. Er heißt …« – er sah auf seinen Notizzettel – »Elmar Maronn. Wohnt in Bad Waldsee, Rentner und Videofilmer. Ich hab ihn angerufen. Er sagt, er mache Aufnahmen für einen Kriminalfilm.«

»Mit einer Drohne«, stellte Pfeifer ironisch fest. »Und ausgerechnet heute in Ritzenweiler.«

»Ja«, erwiderte der Kriminalist. »Er versichert, dass er das schöne Wetter nutze, um Luftaufnahmen zu machen.«

»Für einen Kriminalfilm«, stellte Pfeifer ungläubig fest und äffte nach: »Natürlich, für einen Kriminalfilm. Luftaufnahmen. Krimi in der Luft – oder was?«

Der Angesprochene wurde unsicher und fühlte sich wie ein Schulbub, dem der Lehrer nicht glauben wollte. »Ja, hat er gesagt. Ich hab auch gezweifelt. Aber er behauptet, er brauche diese Aufnahmen für die Übergänge zwischen einzelnen Szenen. Dabei solle auch die Schönheit Bad Waldsees zum Ausdruck kommen.«

»Schönheit von Bad Waldsee«, tönte Pfeifer. »Ein Imagefilm für einen Kurort mit Leiche, oder was?«

»Es tut mir leid, Herr Pfeifer, aber so hat er es gesagt.«

»Und jetzt?«

»Ich hab ihn gebeten, uns die aktuellen Sequenzen von Ritzenweiler vorzuspielen.«

»Sehr gut«, stellte Pfeifer militärisch knapp fest. »Und wann wird das sein?«

»Er hat vorgeschlagen, wir sollen zu ihm kommen, dann könne man in seinem Studio einzelne Bilder vergrößern, falls wir Details bräuchten.«

»Zu ihm?«, wiederholte der Kriminalrat, als sei dies völlig widersinnig.

»Ja. Er wohnt nicht weit von hier. Er würde es uns gleich zeigen.«

Pfeifer überlegte, ob er diese Aufgabe dem Kollegen überlassen oder lieber selbst hingehen sollte. Nach kurzem Nachdenken entschied er: »Wenn Sie mich hier vertreten, geh ich.« Es war natürlich keine Frage, sondern ein dienstlicher Befehl.

88

Evelyn war inzwischen aufgestanden und zum Kühlschrank gegangen, um sich ein Glas Wasser einzuschenken. Dabei war sie ganz dicht an Linkohr vorbeigestrichen, sodass der Saum des Strandkleidchens seinen rechten Ellbogen berührte. Als sie zum Sitzplatz zurückkam, hatte der Kriminalist den Eindruck, sie gehe bewusst langsam an ihm vorbei, um sich in ihrer weiblichen Schönheit provokant zu präsentieren. Kerkhoff hatte Linkohrs Ablenkung bemerkt und für einen Moment innegehalten. Erst nachdem Evelyn saß, erzählte er weiter: »Mir war klar, dass ich das Verhältnis mit Heike Mittelberg bald beenden musste. Schon deshalb, weil mir die Nähe ihres Mannes zunehmend suspekt war. Sie müssen verstehen, Herr Kommissar. Ich bin in Bad Waldsee ein angesehener Arzt, war bis vorgestern medizinischer Geschäftsführer einer privaten Klinik. Da muss man bei allem, was ein G'schmäckle hat – wie man hier sagt –, ziemlich vorsichtig sein. Natürlich hab ich den Kontakt zu Frank nicht abgebrochen. Uns hat die Fliegerei verbunden. Er war verrückt danach – aber mir hat die Zeit gefehlt. Pflichtstunden, Bürokratismus und immer komplexere Regelungen im Luftverkehr. Deshalb hab ich die aktive Fliegerei aufgegeben, bin hin und wieder bei Frank mitgeflogen. Ja – und dann kam die Idee, wir könnten uns beide mit der Modellfliegerei befassen …«

Endlich, seufzte Linkohr in sich hinein. Jetzt würde gewiss gleich der Knackpunkt kommen. Er rief sich in Erinnerung, was Häberle und Pfeifer von der Vernehmung Kerkhoffs berichtet hatten: dass der nämlich behauptet hatte, die bei Wellinger gekaufte Drohne ziemlich schnell an einen Unbekannten im Wurzacher Ried verscherbelt zu haben. An weitere

»geschäftliche Beziehungen« zu Wellinger hatte sich Kerkhoff nicht erinnern – oder wohl besser: nicht dazu äußern wollen.

»Okay«, räumte Kerkhoff ein und schien Linkohrs Gedanken erraten zu haben, »Ihren beiden Chefs gegenüber hab ich die Sache mit dem barometrischen Gerät nicht so deutlich gesagt.«

Linkohr wollte ihm nicht vorwerfen, dies sogar ganz verschwiegen zu haben, weshalb er Kerkhoff weiterreden ließ. »Ich hab mir das besorgt, weil ich damit Rauchzeichen an den Himmel zeichnen wollte – mit einer Drohne. Wie so eine Art Kondensstreifen, wenn Sie sich das vorstellen können.«

Linkohr versuchte es. Er entsann sich eines Flugtags, bei dem Modellflieger tatsächlich ihre Maschinen mit Rauchpatronen ausgestattet hatten, damit wohl die Zuschauer die jeweiligen Flugfiguren besser nachvollziehen konnten. Außerdem hatte es vor dem Hintergrund eines blauen Himmels sehr eindrucksvoll gewirkt.

»Und diese Patronen werden barometrisch gesteuert?«, hakte er schnell nach.

»Nicht wirklich. Meist benutzt man dazu über die Fernsteuerung eine elektrische Zündung. Aber weil's für Drohnen so etwas bisher nicht gab – zumindest hab ich nichts Entsprechendes dazu gefunden –, hab ich Wellinger eine Spezialkonstruktion basteln lassen, mit der ab einer bestimmten Höhe automatisch ein Farbstoff in die Luft gesprüht werden kann.« Kerkhoff verzog keine Miene und behielt Linkohr fest im Auge. »Das hab ich mir auch zur Sicherheit ausgedacht. Dann hätte ich beispielsweise durch die jeweilige Einstellung sofort gesehen, wenn die Drohne die zulässige Höhe überschritten hätte.«

Linkohr musste sich eingestehen, dass er sich weder mit dieser Technologie noch mit den einschlägigen Luftverkehrsgesetzen auskannte. Dafür brannte ihm ein Schwachpunkt in Kerkhoffs Argumentation unter den Nägeln: »Und warum dann die Story von der angeblichen Nutzung für Asthmatiker oder Bergsteiger?«

»Ganz einfach, Herr Kommissar«, wurde der Arzt gelassener, »ein kleiner Beschiss gegenüber dem Finanzamt.« Er lächelte. »Sie sind ja nicht von der Steuerfahndung, deshalb kann ich's Ihnen sozusagen im Vertrauen sagen: Das Gerät war nicht gerade billig, das können Sie sich vorstellen. Sonderanfertigung. Viel Software, viel Handarbeit, millimetergenau. Wenn ich's als medizinisches Gerät in Auftrag gebe, kann ich die Kosten dafür entsprechend absetzen. Ein kleiner Beschiss, wie gesagt. Aber denken Sie bitte dran, wie die ganz Großen in dieser Republik alle Tricks anwenden, um Milliarden am Finanzamt vorbeizuschieben. Und wie jeder Mittelständler und jeder, der ehrlich schafft und sich täglich abrackert, belogen und betrogen wird. Da sind die paar Tausend Euros wirklich nur Peanuts.«

Linkohr nickte, wollte sich aber nicht ablenken lassen: »Aber wie ist dieses Gerät sozusagen zweckentfremdet in die Cessna von Frank Mittelberg geraten?«

»Auch dazu gibt es eine logische und ganz einfache Erklärung, die gar nichts mit mir zu tun hat«, entgegnete Kerkhoff rasch und warf seiner geliebten Evelyn einen Seitenblick zu, die diesen sofort mit einem gekünstelten Lächeln erwiderte.

»Das hat alles wiederum mit Heike Mittelberg zu tun. Deshalb sollten Sie Ihren Fokus viel lieber auf diese Dame richten, Herr Kommissar.« Kerkhoff grinste, weil er bemerkte, dass er Linkohr in Verlegenheit gebracht hatte. Der Kriminalist war für eine Sekunde irritiert. War dieser Hinweis, sich besser auf Heike zu konzentrieren, eine geschickte Anspielung auf sein sichtbares Interesse an Evelyn gewesen?

89

Häberle hatte das Haus in Ritzenweiler problemlos gefunden. Die Wegbeschreibung war gut gewesen – und außerdem blinkten ihm in der besagten Seitenstraße die Blaulichter von Einsatzfahrzeugen entgegen: mehrere Streifenwagen und vorsorglich auch Rettungsfahrzeuge samt Notarzt standen unübersehbar bereit. Vor dieser Reihe parkender Autos entdeckte Häberle einen größeren weißen BMW sowie einen schwarzen Mercedes-Geländewagen, direkt beim Eingang in das Haus, an dem sich mehrere Uniformierte zu schaffen machten. Aus respektablem Abstand verfolgten einige Neugierige die Szenerie, auf Distanz gehalten von drei jungen Streifenbeamten. Einem von ihnen streckte Häberle, der die letzten Meter schnellen Schrittes zurückgelegt hatte, den Dienstausweis entgegen und wurde sogleich an einen Polizeihauptkommissar verwiesen, der den Einsatz leitete: ein groß gewachsener Beamter mittleren Alters, der sich gerade mit einem ebenso hünenhaften Mann unterhielt, dessen rotes Gesicht entweder auf eine große Anstrengung oder auf Bluthochdruck hindeutete. Die beiden unterbrachen ihr Gespräch, als sie Häberle näher kommen sahen, der sich als »einer der leitenden Ermittler aus Ulm« vorstellte. »Und das hier ist Herr Patten«, erklärte ihm der uniformierte Hauptkommissar und deutete auf den anderen. »Ein Apotheker hier in Bad Waldsee. Er hat sich um Herrn Dr. Hagebusch gesorgt und ist hierhergefahren.« Häberle entsann sich sofort an die beiden Namen, die ihm aus den Papieren des Aktenkoffers geläufig waren.

»Und wo ist Hagebusch?«, fragte er beunruhigt.

»Wir sind gerade dabei, in das Haus vorzudringen«, erklärte der Uniformierte. »Eigensicherung war uns wichtig.«

»Der schwarze Mercedes oder der weiße BMW hier«, Häberle zeigte auf die Fahrzeuge, »gehört eins dieser Autos dem Hagebusch?«

»Ja, der schwarze. Nicht abgeschlossen.«

»Der weiße ist meiner«, fügte Patten mit schwacher Stimme an, die gar nicht zu seiner Statur passen wollte. Zu dritt verfolgten sie, wie Uniformierte mit gezogenen Waffen die angelehnte Haustür öffneten.

»Wir haben zuerst mit Lautsprecherdurchsage den etwaigen Bewohner aufgefordert, sich zu melden«, erklärte der Einsatzleiter. »Nachdem sich niemand gemeldet hat, gehen wir jetzt rein.«

Häberle wandte sich an Patten, der wie gebannt die Szenerie verfolgte: »Wie sind Sie darauf gekommen, dass Herr Hagebusch hier sein muss?«

»Sprechstundenhilfe«, kam es knapp über seine Lippen. »Die Damen haben gesagt, er sei zu einem Hausbesuch nach Ritzenweiler. Wussten aber nicht, welche Straße. Dann bin ich rausgefahren. Ist ja nicht groß, das Ritzenweiler. Und da hab ich seinen Wagen stehen seh'n.«

Häberle bemerkte, dass der Mann zitterte. Inzwischen waren vier Uniformierte in dem Gebäude verschwunden.

»Sie haben sofort befürchtet, ihm könnte etwas zugestoßen sein?«, fragte Häberle ruhig weiter.

»Ja …«, kam es zögernd von Patten zurück. »Ja … ich hab reingerufen ins Haus, aber keine Antwort gekriegt. Gar nichts.«

Häberle wollte den Mann nicht zusätzlich beunruhigen, riskierte aber trotzdem einen Vorstoß, der ihm zwar unpassend, aber angebracht erschien: »Kurze Frage, Herr Patten. Sie kennen Herrn Mittelberg?«

Patten drehte sich reflexartig um. Mit einem Schlag schien ihn das Geschehen am Haus nicht mehr zu interessieren.

90

Pfeifer hatte sich missmutig von einem Uniformierten zur Adresse des Videofilmers Elmar Maronn chauffieren lassen. Eigentlich war es nicht weit, aber zum einen kannte sich Pfeifer in Bad Waldsee nicht aus und zum anderen wäre es unter seiner Würde gewesen, selbst zu fahren oder gar zu Fuß zu gehen. »Sie warten«, bläffte er den Mann am Steuer an, als sie vor dem zweistöckigen Haus in einer ruhigen Wohngegend außerhalb der Innenstadt anhielten.

Pfeifer wurde bereits nach dem ersten Klingeln eingelassen und stieg über ein gefliestes Treppenhaus ins erste Obergeschoss, wo ihn ein großer schlanker Mann erwartete, hinter dem eine ziemlich beleibte, jedoch verängstigte Katze den Besucher kritisch beäugte.

Maronn führte den Kriminalisten in eines der vom Flur abzweigenden Zimmer, in dem mehrere große Monitore, diverse Tastaturen und andere elektronische Gerätschaften aufgebaut waren. Maronn bot Pfeifer einen Platz neben sich an dem großen Arbeitstisch an, sodass der Kriminalist sofort auf einem der Monitore das Standbild einer Luftaufnahme sah.

»Ich hab das schon mal vorbereitet«, erklärte Maronn. »Ihr Kollege wollte ja wissen, was man im Umfeld von Ritzenweiler erkennen kann.«

»Sie machen das für einen Kriminalfilm?«, fragte Pfeifer ungläubig nach.

»Ja, dazu brauche ich einige Luftaufnahmen von Bad Waldsee und Umgebung«, erklärte Maronn und spürte, dass Pfeifer ihm nicht auf Anhieb glauben wollte.

»Und darf ich fragen, weshalb gerade auch von Ritzenweiler?«

»Weil dort einige Szenen spielen. Sozusagen in ländlicher Umgebung.«

»Okay«, gab sich Pfeifer damit zufrieden. Er hatte weder Zeit noch Lust, sich über ein Kriminalfilmprojekt zu unterhalten. Ohnehin hielt er nicht allzu viel von derlei Geschichten, in denen die Arbeit der Polizei meist völlig verquer und unrealistisch dargestellt wurde. Er mied es deshalb so gut es ging, Krimis im Fernsehen anzuschauen, wo es oft weniger um die Aufklärung eines Falles als vielmehr um möglichst reichlich Gewalt, Mord und Totschlag, vor allem aber um einen völlig realitätsfernen, skurrilen Kommissar ging.

Pfeifer merkte an: »Sie sind wohl ein bisschen zu tief geflogen?«

»Zu tief?« Maronn war irritiert. Gerade hatte er mit großem Engagement dem Kriminalisten die Vorzüge von Luftaufnahmen nahezubringen versucht, da wollte dieser ihm einen Verstoß gegen das Luftverkehrsgesetz unterstellen.

Pfeifer blieb amtlich: »Ja, mein Kollege hat Ihnen sicher gesagt, dass sich jemand beschwert hat.«

Maronn zuckte mit den Schultern. »Ich geh aber auch nie höher als 100 Meter.«

Pfeifer ließ es dabei bewenden. »Was haben Sie da für ein Ding zum Fliegen?«

»Einen Quadrocopter. Der hat vier Rotoren und ist sehr beweglich, sogar bei kräftigem Wind.« Maronn deutete auf eine bunte Verpackung, in der das Gerät offenbar steckte. Pfeifer wollte nicht näher darauf eingehen, sondern drängte zur Eile. »Jetzt lassen Sie mal sehen, was Sie aufgenommen haben.«

Maronn zeigte auf den größten der Monitore, auf dem das Standbild zu sehen war, das eine ganze Häuserzeile zeigte. »Das ist wohl der Bereich von Ritzenweiler, den Ihr Kollege gemeint hat.«

Langsam ruckelte das Bild weiter. Maronn hatte den Sekundentakt eingestellt. »Das müsste das beschriebene Haus sein«, stellte Maronn fest, stoppte den Videolauf und deutete mit dem Kugelschreiber auf ein lang gezogenes landwirtschaftliches Anwesen.

»Wann haben Sie das aufgenommen?«, wollte Pfeifer wissen.

Maronn tippte auf einige Tasten, worauf Datum und Uhrzeit erschienen. »Vor etwa zwei Stunden«, rechnete er anhand der eingeblendeten Zahlen zurück und sah den Kriminalisten fragend an: »Darf ich fragen, wonach Sie suchen?«

»Nach Fahrzeugen oder Personen, die sich im Umfeld des Hauses befanden.«

Das Video lief weiter – bis Maronn es stoppte. »Hier draußen«, wieder nutzte er den Kugelschreiber zum Hindeuten, »da steht ein Auto, sehen Sie.«

Pfeifer kniff die Augen zusammen und rückte näher an den Monitor heran. »Das ist etwa 100 Meter außerhalb dieser Wohnstraße«, befand er unsicher.

»Das können wir abmessen«, erklärte der Videofilmer, bearbeitete seine Tastatur und kam zu dem Ergebnis, dass es tatsächlich rund 100 Meter sein mussten. »Ein grünes Auto«, kommentierte er das Dargestellte. Dort wo die Wohnstraße bereits in einen Feldweg überging, parkte das Fahrzeug mit der rechten Hälfte in der Wiese. Die Kamera der Drohne hatte es von schräg hinten erfasst.

»Kann man das größer machen?«, wurde Pfeifer ungeduldig, worauf Maronn wieder die Tastatur bediente und das Videostandbild größer zoomte. Sofort erschienen Heck und Dach des grünen Autos nahezu formatfüllend auf dem Monitor.

Die beiden Männer studierten ein paar Sekunden lang das Gesehene. »Ein Kleinwagen«, brummte Maronn, während eine andere, jedoch ebenfalls gut genährte Hauskatze um seine Beine strich.

»Ein sehr kleiner aber«, meinte Pfeifer, doch galt sein Interesse nun dem Kennzeichen, das auf der Vergrößerung ziemlich verpixelt wirkte. »Können Sie das schärfer machen?«

»Nur bedingt«, meinte Maronn, der allerdings nach Pfeifers Einschätzung über sehr viele elektronische Utensilien verfügte und jede Menge Kniffs und Tricks zu beherrschen schien. Deshalb dauerte es nur ein paar Augenblicke, bis das Kennzeichen eine Nuance deutlicher schien. »RV für Ravensburg ist sicher«, zeigte sich Pfeifer erfreut. »Aber dann wird's schwieriger.«

Maronn reichte dem Kriminalisten ein Blatt Papier, damit dieser die möglichen Buchstaben- und Zahlenkombinationen notieren konnte. Dass es sich nach dem »RV« für Ravensburg um weitere zwei Buchstaben und zwei Ziffern handelte, schien eindeutig zu sein. Doch ob einer der Buchstaben ein B oder ein D war, möglicherweise auch ein O, das vermochten die beiden Männer ebenso wenig zu erkennen wie die Ziffern, die sowohl eine Acht als auch eine Null sein konnten – oder entweder eine Neun oder eine Sieben. Das gab einige Hundert Kombinationsmöglichkeiten, dachte Pfeifer und seufzte in sich hinein. Natürlich konnte es gelingen, aus allen im Landkreis Ravensburg angemeldeten grünen Kleinwagen all jene herauszufiltern, die entsprechende Kennzeichenkombinationen aufwiesen. Auch das würden vermutlich sehr viele sein. Es sei denn, es fiel den Kriminalisten der Name eines Fahrzeughalters auf, der im Zusammenhang mit diesem Fall stand.

Pfeifer bedankte sich bei Maronn, achtete beim Hinausgehen auf die Katzen und war bereits im Flur, als ihm etwas einfiel: »Ach, sagen Sie, Herr Maronn. Da Sie Drohnenflieger sind, müssten Sie sich doch in der Szene auskennen.«

Maronns Gesicht verfinsterte sich. »Eigentlich nicht.«

»Ist Ihnen der Name Kerkhoff ein Begriff?«

»Kerkhoff?«, staunte Maronn und zögerte. »Ist das nicht so ein Arzt von einer privaten Reha-Klinik?«

»Sie kennen ihn?«, hakte Pfeifer nach und spürte, wie eine der Katzen um seine Füße schmuste.

»Nur vom Hörensagen. Warum fragen Sie?«

»Hat nichts zu bedeuten«, erwiderte Pfeifer und entfernte sich vorsichtig von der Katze, um im Treppenhaus zu verschwinden.

91

Evelyn verstand es geschickt, Linkohr immer wieder abzulenken. Er hatte deshalb Mühe, sich dies nicht anmerken zu lassen. Womöglich war es nicht wirklich Sympathie, die sie für ihn verspürte, sondern ausgemachtes Kalkül. »Und wie muss ich das nun mit Frau Mittelberg verstehen?«, wollte Linkohr den Gesprächsfaden nicht abreißen lassen.

»Na ja, wenn Sie wissen wollen, wie das barometrische Gerät in Franks Flugzeug gekommen ist, führt kein Weg an Franks Frau vorbei«, machte Kerkhoff deshalb weiter, während Evelyn einen Schluck Wasser nahm und dabei den ihr gegenübersitzenden Linkohr mit großen Augen ansah.

»Ich hatte das Ding mal, als ich Heike getroffen habe, im Auto liegen, und sie hat aufmerksam gefragt, was dies denn sei und wie man es bedienen könne. Beiläufig hat sie sogar gefragt, ob dies in einem richtigen Flugzeug funktionieren würde.«

»Und dann?«

»Ich hab ihr erklärt, was es mit dem Luftdruck auf sich hat und dass auch der Höhenmesser im Flieger auf diese Weise funktioniert. Vor jedem Start muss er auf den aktuellen Luftdruck eingestellt werden. Oder anders herum – ganz einfach auf die Meereshöhe des Platzes, von dem aus man startet. Dann wiederum zeigt das Gerät den Luftdruck an. Klingt ein bisschen kompliziert, ist es aber nicht.«

»Dies alles wollte Frau Mittelberg wissen?«

»Ja. Und dann ist etwas passiert, was ich mir – ehrlich gesagt – auch nicht erklären kann.« Kerkhoff runzelte nachdenklich die Stirn und suchte kurz Blickkontakt zu Evelyn. »Ein paar Tage später stell ich fest, dass das Gerät weg ist. Einfach verschwunden. Ich hatte es im Auto deponiert – aber es war weg.«

»Wie – weg?«, entfuhr es Linkohr verwundert.

»Ich hab alles durchsucht, das können Sie sich vorstellen. Das Ding hat einige Tausender gekostet. Als ich vor zwei, drei Wochen in Ruhe das Gerät mit der Drohne verbinden wollte, war es aber spurlos verschwunden.«

»Aus dem Auto gestohlen?«, fragte Linkohr unsicher.

»Ja, geklaut. Na ja, es war auch nicht groß. Vermutlich hab ich's auf die Rückbank gelegt. Ich dachte zuerst, es sei zwischen die Sitze gefallen, hab alles ausgebaut – aber es war weg.«

»Und …« Linkohr überlegte, ob er es aussprechen sollte, entschied sich dann aber dafür: »Und jetzt haben Sie Frau Mittelberg im Verdacht, dass sie es gestohlen hat?«

»Nach allem, was geschehen ist, drängt sich mir dieser Verdacht auf«, antwortete Kerkhoff sachlich.

»Sie meinen, Frau Mittelberg hat gewusst, dass sich damit ein Pfefferspray betätigen lässt?«

»Woher soll ich das wissen, Herr Kommissar? Tatsache ist, dass mir das Ding, von dem Sie reden, abhandengekommen ist.«

»Demnach halten Sie es für denkbar, dass Frau Mittelberg ihren Mann auf diese Weise hat umbringen wollen, also durch einen inszenierten Flugzeugabsturz?«

»Na ja«, verzog Kerkhoff das Gesicht, als hielte er alles für möglich. »Sie kennen Frau Mittelberg nicht. Die kann sehr raffiniert sein.« Wieder dieser Blick zu Evelyn, als erhoffe er sich von ihr Unterstützung. Dann die eher beiläufige Frage an Linkohr: »Haben Sie Frau Mittelberg schon gefragt, wann sie zuletzt mit Frank geflogen ist?« Der Kriminalist entsann sich einer Angabe, die Frau Mittelberg gegenüber Pfeifer gemacht hatte. Sie war demzufolge am Montagabend, also am Tag vor Mittelbergs letztem Flug nach Bad Waldsee, von ihrem Mann zu einem kurzen abendlichen Rundflug über den Bodensee eingeladen worden. Anschließend habe sie sich von ihm verabschiedet und sei heimgefahren. So jedenfalls hatte es Linkohr in Erinnerung. Demnach war Mittelberg noch allein auf dem Flugplatz gewesen, um an der Maschine etwas zu richten. »Wir haben Frau Mittelberg bereits entsprechend befragt«, kam Linkohr aus diesen Gedanken zurück.

»Und? Was hat sie gesagt?«, zeigte sich Kerkhoff interessiert.

»Dass sie am Montagabend kurz einen Rundflug mit ihm gemacht hat.«

»Sehen Sie«, entfuhr es dem Arzt erleichtert. »Dann war sie die Letzte, die mit ihm in der Maschine saß.«

»Genau das wissen wir nicht so genau«, dämpfte Linkohr Kerkhoffs offensichtliche Erleichterung. »Denn was genau geschehen ist, als Frau Mittelberg ausgestiegen und weggegangen ist, bleibt unklar. Fest steht, dass Mittelberg wohl nochmals gestartet und möglicherweise hierher nach Bad Waldsee geflogen ist.«

»Ach?«, staunte Kerkhoff.

»Es gibt einen Zeugen«, antwortete Linkohr langsam, um die Reaktion seines Gegenübers zu registrieren, doch der zeigte keinerlei Regung. »Ein Spaziergänger hat gegen 20 Uhr ein landendes Flugzeug beobachtet und jemanden aussteigen sehen.«

Kerkhoff blieb stumm.

»Und dann ist dieser Passagier mit einem grünen Kleinwagen weggefahren«, berichtete Linkohr ruhig.

»Und was wollen Sie damit sagen?«, blieb Kerkhoff gelassen, während Evelyn auf die Tischplatte starrte.

»Ich stell das nur in den Raum, um zu verdeutlichen, dass Frau Mittelberg nicht zwangsläufig der letzte Passagier gewesen sein muss.«

Kerkhoff lächelte gezwungen. »Vergessen Sie nicht, was ich Ihnen gesagt habe. Die Heike Mittelberg ist ziemlich raffiniert und unberechenbar.«

Linkohr nickte verständnisvoll und nahm zur Kenntnis, dass ihn Evelyn anstrahlte.

»Das wär's dann«, meinte er und erhob sich. »Nur noch eine Frage«, sagte er dabei. »Aus welchem Auto hat man Ihnen denn diese Vorrichtung gestohlen?«

Kerkhoff und Evelyn waren ebenfalls aufgestanden, schwiegen jedoch für einen Moment. Weil Linkohr aber keine Anstalten machte, das Wohnmobil zu verlassen, erklärte Kerkhoff: »Aus meinem alten VW-Bus hat man das Ding gestohlen.«

»Alten?«, fragte der Kriminalist zurück.

»Ja, ich hab vorgestern dieses Wohnmobil gekauft und meine alte Kiste drangegeben.«

»Enormer Aufstieg«, grinste Linkohr und sah beim Hinausgehen Evelyn ins blass gewordene Gesicht. »Man sieht sich.«

92

Gespannte Stille. Stimmen aus Funkgeräten. Rotierende Blaulichter. Vor dem verlassenen landwirtschaftlichen Anwesen in Ritzenweiler waren alle Blicke auf die offen stehende Haustür gerichtet. Weil die Schar der Neugierigen zugenommen hatte, waren rot-weiße Flatterbänder gespannt worden. Häberle war mit Patten zwischen zwei Streifenwagen stehen geblieben. Obwohl die Sommersonne inzwischen tief stand, war es noch immer sehr warm.

»Sie und Herr Hagebusch sind befreundet?«, fragte Häberle, ohne den Blick von dem Haus zu wenden.

»Ja, kann man so sagen«, erklärte der Apotheker mit gedämpfter Stimme. Er holte tief Luft und rang sich zu einem weiteren Hinweis durch: »Eigentlich hab ich längst die Polizei anrufen wollen.«

»So? Was hätt's denn zu sagen gegeben?«

Patten war viel zu sehr vom schrecklichsten Gedanken über Hagebusch befallen, als dass er eine vernünftige Antwort hätte geben können. »Es ist viel passiert in den letzten Tagen«, sagte er. Doch weil inzwischen ein Uniformierter aus dem Haus trat und Handzeichen gab, die er nicht deuten konnte, verstummte er.

Auch Häberle war auf das konzentriert, was sich am Haus abspielte. Bewegung kam in die Menge der Einsatzkräfte. Meldungen in den Funkgeräten überschlugen sich. Die entstandene Nervosität war so groß, dass niemand von einem Mann Kenntnis nahm, der an den geparkten Fahrzeugen entlanggerannt kam. Erst als er ziemlich nah war, wurden Häberle und Patten auf ihn aufmerksam. »Mein Gott, Herr Linkohr«, wunderte sich der Chefermittler. »Was treibt Sie denn hierher?«

Patten sah den Neuling überrascht an.

»Ich hab bei Pfeifer angerufen. Er hat gesagt, Sie seien hier draußen«, entgegnete Linkohr und sah zum Haus hinüber. »Was geht ab?«

Häberle machte seinen Kollegen und Patten miteinander bekannt und schilderte kurz den Sachverhalt.

»Und Hagebusch?«, wollte Linkohr, dem der Name längst geläufig war, schnell wissen. »Was ist mit dem?«

»Wir wissen es noch nicht«, erklärte Häberle. »Er müsste da drin sein.« Er machte eine Kopfbewegung in Richtung Haus. Nahezu gleichzeitig kam eine weitere Person dazu: Georg Sander, der Journalist. Häberle sah ihn zuerst und konnte seine Verwunderung nicht verbergen: »Ich glaub es nicht. Der Herr Sander! Was tun Sie denn in Bad Waldsee?«

»Das Gleiche wie Sie«, konterte Sander und schüttelte zuerst den beiden Kriminalisten die Hand und wandte sich dann an den Apotheker. »Ach, der Herr Patten ist auch hier.«

»Sie kennen sich?«, staunte Häberle, wartete aber keine Antwort ab, weil Notarzt und Rettungssanitäter in das Haus eilten.

»Das verheißt nichts Gutes«, murmelte Patten und befürchtete insgeheim, dass wohl bald ein Leichenwagen vorfahren würde.

93

Ackermann war nach dem unverhofften Zusammentreffen mit Linkohr völlig irritiert gewesen. Hatte er sich zu weit vorgewagt? Wie würden die Kriminalisten reagieren? Nahmen die überhaupt den Drohnenunfall ernst – oder beschränkten sie sich auf den Toten im Ried?

Kaum war Ackermann abseits des Wohnmobilstellplatzes außer Sichtweite von Linkohr geraten, hatte er sich dazu durchgerungen, Wellinger anzurufen. Immerhin hatten sich er und Detektiv Bauer gestern ziemlich gut verstanden. Außerdem saß er mit Wellinger gewissermaßen in einem Boot – auch wenn er dessen Rolle nicht ganz verstanden hatte. Aber zumindest schien dieser Göppinger Unternehmer in gewisser Weise kooperationsbereit zu sein.

Während Ackermann langsam in Richtung Innenstadt gegangen war, hatte er dem Rufton des Smartphones am Ohr gelauscht. Bereits nach dem dritten hatte sich Wellinger gemeldet und sich über den Anruf gewundert. Ackermann berichtete ihm in kurzen aufgeregten Worten und hörbar atemlos von dem Treffen mit Linkohr, um dann anzufügen: »Ich weiß nicht, wie es Ihnen geht, Herr Wellinger. Aber ich hab inzwischen ein ganz komisches Gefühl.«

Wellinger schien sich überrumpelt zu fühlen. »Komisches Gefühl? Ist was passiert?«

»Mir kommt es so vor, als würde ich bespitzelt – von diesen Polizisten.«

»Und was soll ich damit zu tun haben?« Wellingers distanzierte Reaktion verunsicherte Ackermann, weshalb er nachschob: »Ich bin froh, dass endlich Bewegung in die Sache kommt. Sie nicht?«

»Vielleicht sollten wir uns mal treffen, heute noch«, schlug Ackermann vor und wandte sich beiseite, weil ihm zwei junge Männer entgegenkamen.

»Macht das Sinn?«, bläffte Wellinger gereizt, um gleich wieder freundlicher zu klingen: »Wo sind Sie?«

Von irgendwoher drangen die Sirenen von Einsatzfahrzeugen an Ackermanns Ohren, und es überkam ihn das ungute Gefühl, es könnte etwas geschehen sein, was auch ihn berühren würde. Er versuchte, sich zu orientieren. Gerade hatte er die Klinik Maximilianbad passiert und war links in die Hittisweilerstraße in Richtung Stadtsee abgebogen. So schilderte er es Wellinger, der zurückfragte: »Finden Sie das Gasthaus ›Kreuz‹, wo wir gestern Mittag waren? Bei der großen Kirche.«

Ackermann hatte zugestimmt und saß nun an einem Tisch vor dem Lokal mit Wellinger zusammen. Rein äußerlich hätten sie beide nicht unterschiedlicher sein können: Wellinger mit fülligem weißem Haar, schwarz umrandeter Brille, sportliche Erscheinung – Ackermann hingegen wie immer ungekämmt, blass und schmächtig. Sie bestellten jeweils ein Radler und waren gleich zur Sache gekommen. Wellinger wollte voller Ungeduld wissen, was das frühabendliche Treffen solle: »Wir haben uns doch gestern schon ausgetauscht.«

»Schon, ja«, räumte Ackermann kleinlaut ein. »Aber ich hab den Eindruck, dass wir mit unserem Anliegen irgendwie zwischen allen Stühlen sitzen. Ich hab mir vorhin diesen Kerkhoff angeschaut – auf dem Campingplatz. Mir scheint so, als bereite er die Abreise vor.«

Wellinger zuckte mit den Schultern. »Na und? Die Kripo wird schon wissen, was sie tut. Was meint Ihr Herr Detektiv?« Es klang beinahe spöttisch.

»Ich hab ihn nicht angerufen«, erwiderte Ackermann. »Ich … ich dachte nur: Bevor die Kripo unser Anliegen – das mit den Medikamenten für Ihre Frau und den Drohnenunfall mit meiner Cornelia – wegen des Mordes im Ried völlig aus den Augen verliert, sollten wir selbst aktiv werden.«

»Wir?«, fragte Wellinger ungläubig nach, während die Bedienung die bestellten Getränke auf den Tisch stellte und wieder verschwand. »Wie stellen Sie sich das denn vor – dieses ›selbst aktiv werden‹?«

»Ich will nicht länger tatenlos zusehen, wie sich einige Herrschaften frei bewegen dürfen und womöglich neues Unheil anrichten. Denken Sie doch an diese Pharmavertreterin, von der Sie selbst gesprochen haben. Die wohnt doch sogar in diesem Hotel.« Ackermann nahm einen Schluck des erfrischenden Mixgetränks aus Bier und Limonade. Wellinger tat es ihm nach, um dann zu erklären: »Schewe. Sie meinen die Marion Schewe. Die ist in der Tat in die Ärzte- und Apothekerszene in diesem Kurort auf merkwürdige Weise involviert. Sie taucht verdächtig oft hier auf. Angeblich zur Kur. Das hab ich längst rausgefunden.«

»Sie halten sie also auch für eine Art Drahtzieherin?«, wurde Ackermann neugierig.

»Man hat dem ermordeten Piloten aus Konstanz offenbar ein Verhältnis mit ihr angedichtet«, sagte Wellinger mit gedämpfter Stimme. Niemand von den Gästen, die zwei Tische weiter saßen, sollte etwas von dem Gespräch mitbekommen.

»Was hindert uns daran, sie durch die Mangel zu drehen?«, flüsterte Ackermann bestimmend und machte deutlich, was er sich davon versprechen würde. »Ich bin davon überzeugt, sie kann auch etwas zu Kerkhoff sagen – und damit auch zu der Drohne.«

Wellinger erkannte sofort, worauf Ackermann hinauswollte: »Sie meinen, wir sollten gemeinsame Sache machen, ehe unsere Angelegenheiten zu kurz kommen?«

Ackermann nickte vorsichtig. »Nie wieder wird diese Chance so günstig sein wie jetzt, wo wir beide hier sind.«

94

Nachdem Häberle den ehemaligen Lokaljournalisten seiner Heimatzeitung begrüßt hatte, hakte er gleich verwundert nach: »Was tun Sie denn hier?«

Sander nickte Linkohr und Patten zu und antwortete knapp: »Ich war in Hagebuschs Praxis, um ihn zu sprechen – da hab ich zufällig gehört, wie eine Arzthelferin gesagt hat, auch Herr Patten suche ihn und sei wohl in großer Sorge, und dass Hagebusch nach Ritzenweiler zu einem Patienten gefahren sei.«

Patten hob eine Augenbraue, was wohl als Zeichen dafür gewertet werden konnte, dass er das Verhalten der Arzthelferin missbilligte.

Häberle behielt den Hauseingang im Auge. »Und da sind Sie gleich losgefahren, um ihn zu suchen?«, staunte der Kriminalist, dem aus langjähriger Erfahrung mit dem Journalisten klar war, dass dieser zur »alten Garde« jener Medienvertreter gehörte, die noch fundiert recherchierten und sich nicht scheuten, den Schreibtisch zu verlassen und an die »Front« zu gehen. Aber als Ruheständler hatte er dafür auch die nötige Zeit und brauchte nicht ständig die sozialen Netzwerke mit Halbwissen zu füttern – dazu noch für eine Kundschaft, die gar nicht dafür bezahlte.

»Sie sollten sich besser etwas zurückhalten«, empfahl er Sander und blinzelte Linkohr zu. »Solange wir nicht genau wissen, was da gespielt wird, könnte es ziemlich gefährlich werden.«

Sander flüsterte ihm mit ironischem Unterton zu: »Aber ich kann Sie doch unmöglich bei Ihrem letzten Fall allein lassen.«

Häberle stutzte und sah dem Journalisten für einen Moment in die Augen: »Woher wissen Sie denn das schon wieder?«

Sander grinste. »Man hat halt so seine Beziehungen.«

Noch ehe er mehr dazu sagen konnte, tauchten an der Tür des Bauernhauses zwei Rettungssanitäter auf, die eine Trage hielten, auf der eine Person, in weiße Tücher gebettet, lag.

»Ist das Hagebusch?«, entfuhr es Patten, ohne eine Antwort zu erhalten. Trotzdem fühlte er sich erleichtert: Egal, wer da auf dieser Trage herausgebracht wurde, diese Person war jedenfalls noch am Leben. Patten machte ein paar Schritte nach vorne, was er offenbar instinktiv tat, weil er wissen wollte, ob es sich bei der Person auf der Trage um Hagebusch handelte. Häberle hielt ihn am linken Arm zurück. »Nicht jetzt, Herr Patten.« Linkohr hatte sich rasch vor den Apotheker gestellt.

Während die Sanitäter die Trage mit ihrem Patienten ins Heck des Rettungswagens schoben, vertraute sich Patten dem Chefermittler an: »Ich glaube, wir sollten mal miteinander reden. Hätten Sie Zeit?«

95

»Du hast ihm ziemlich schöne Augen gemacht«, grinste Kerkhoff, als er mit einer Tasse Kaffee im Wohnmobil seiner geliebten Evelyn gegenübersaß. »Der Kerl war einigermaßen verunsichert.«

»Meinst du?«, hauchte die junge Frau, die noch immer ihr Sommerkleidchen trug und einen Schluck Kaffee nahm.

»Er hat dich mit Blicken doch beinahe vollends ausgezogen«, schilderte Kerkhoff, wie er das Verhalten Linkohrs gedeutet hatte.

»Aufdringliche Fragen hat er trotzdem gestellt, findest du nicht?«

Kerkhoff winkte ab. »Damit musst du immer rechnen, wenn die Kripo auftaucht.«

»Du tust gerade so, als hättest du damit Erfahrung«, hielt sie ihm vorsichtig vor. »Wieso interessiert der sich für deinen alten Camper?«

»Das hat er doch nicht wirklich getan. Er wollte nur wissen, aus welchem Fahrzeug dieses Gerät verschwunden ist«, beruhigte Kerkhoff.

»Irgendwie war's schon dumm von dir, dass du dem Wellinger diese Story vom Bergsteiger und Asthmatiker erzählt hast.«

»Ach was«, wurde Kerkhoff leicht unwirsch. »Ist doch logisch, dass man das Finanzamt bescheißt, wo's nur geht. Die ganz Großen tun's dauernd – und gemolken werden nur die Kleinen. Du hast doch selbst gesehen, wie's in der Klinik zugeht: für jeden Käse eine Dokumentation, damit ja kein Cent zu viel abgerechnet wird. Und kein Euro unversteuert irgendwo abgezwackt wird. Weil unsere Regierung für jeglichen Unfug Geld braucht – nur keines für die wirklich wichtigen Dinge hat. Ja, so läuft das, Evelyn, das ehrliche werktätige Volk wird gemolken, die Großen werden dank ihrer Beziehungen und ihrer komplexen, meist undurchsichtigen Firmengeflechte verschont. Und die Sachbearbeiter im Finanzamt bessern mit der Aufarbeitung der leichteren, durchschaubaren Fälle ihre persönliche Arbeitsstatistik auf. So läuft's nämlich.«

»Und du meinst, man nimmt dir diese Story ab?«

»Was heißt ›Story‹? Denk doch mal darüber nach: Kein Mensch würde sich so ein Gerät anfertigen lassen und versuchen, damit ein Flugzeug zum Absturz zu bringen. Das ist völlig unlogisch. Wenn, dann klaut man so ein Ding, wenn man's irgendwo erklärt gekriegt hat, und fädelt ein Verbrechen ein.«

»Deshalb hast du dein … sagen wir mal … Verhältnis zu Heike so freimütig erklärt?«

»Ich hab gesagt, wie's war. Und das weißt du auch.«

»Ziemlich raffiniert, hast du gesagt.«

»Ja, ist sie auch. Du hast sie selbst erlebt, wie sie sich hier aufgeführt hat.«

»Ich hab sie schließlich auch ziemlich provoziert«, lächelte Evelyn, weil sie ihren Auftritt an der Wassertretstelle noch immer genial fand.

»Man darf sie nur nicht unterschätzen. Sie kann sehr emotional sein – und das ist etwas, was sehr schnell zu Kurzschlussreaktionen führt.«

»Was ich mir überlegt hab«, wurde Evelyn grübelnd. »Warum fragt dieser Linkohr, wer am Montagabend zuletzt mit deinem Freund geflogen ist? Wenn das Gerät doch ab einer bestimmten Höhe losgeht, kann doch der, der es im Flieger deponieren will, gar nicht mitgeflogen sein – oder versteh ich da etwas falsch?«

»Du erkennst das richtig.«

»Dann gibt es logischerweise nur eine Möglichkeit.«

»Nein, mehrere«, widersprach Kerkhoff. »Der letzte Passagier hat das erst nach der Landung scharf gestellt und dann vor dem Aussteigen im Flugzeug versteckt.«

»Geht das unbemerkt? Das Cockpit ist nicht sehr groß.«

»Das geht sicher«, wiegelte Kerkhoff ab.

»Weil sonst«, überlegte sie nervös, »sonst könnte man daraus schließen, dass das Gerät irgendwann in der Nacht im Flieger deponiert wurde.«

Kerkhoffs Wange zuckte. »Man kann alles überlegen, hin und her, natürlich. Aber wenn jemand Grund hatte, Frank zu töten, dann die Heike. Insofern wird alles logisch.« Er trank seine Tasse leer. »Nur eines war natürlich unbedacht«, stellte er emotionslos fest. »Dass das Gerät, das beim nicht geklappten Absturz zerstört worden wäre, nun wohl im See versenkt worden und zum Vorschein gekommen ist.«

Evelyn schwieg und nestelte an ihrem freizügigen Ausschnitt herum.

Kerkhoff erhob sich. »Dies sieht trotzdem nach der Tat eines Profis aus. Aber uns braucht das nicht mehr zu kümmern, Evelyn« – er kam zu ihr herüber und streichelte ihr übers Haar – »morgen sind wir schon weit weg.«

Sie sah ihn Hilfe suchend an: »Du befürchtest aber nicht, dass das nach einer Flucht aussehen könnte?«

96

Marion Schewe war an diesem frühen Abend nicht im Hotel »Kreuz«. Zumindest hatten Ackermann und Wellinger diese Auskunft an der Rezeption erhalten. Die Dame dort schlug ihnen aber vor, sie könnten eine Nachricht hinterlassen. Wellinger schrieb seine Handynummer und seinen Namen auf ein Notizblatt und fügte in Schönschrift an: »Ganz wichtig. Es geht um Frank Mittelberg. Die Lage spitzt sich zu.«

Ackermann hatte ihm dabei zugeschaut und bemerkte leise: »Klingt ja dramatisch.«

Wellinger schob das Papier der Dame an der Rezeption über den Tresen und flüsterte Ackermann zu: »Soll es ja auch. Wenn's nicht dramatisch klingt, ruft sie nicht an. Sie hat mich schon einmal unfreundlich abgewiesen.« Dann schlug er dem Ulmer Ex-Veterinär einen abendlichen Spaziergang am Stadtsee vor und fragte: »Wo wohnen Sie hier eigentlich?«

»Nirgendwo. Ich bin heute Mittag hergefahren, weil ich daheim keine Ruhe finde.«

»Und dann fahren Sie später wieder heim?«

»Ja. Mal sehen, wie sich das mit der Schewe entwickelt, falls sie sich meldet. In Ulm bin ich schnell wieder. Eine Stunde, wenn's gut läuft.«

Wellinger bedankte sich bei der Dame und verließ mit Ackermann das Hotel, wo die Gebäude in der Abendsonne inzwischen lange Schatten warfen. Die beiden Männer schlenderten über die Hauptstraße zum Klosterhof hinüber, wo Wellinger während seiner Aufenthalte schon viele Male zum Uferweg gegangen war, an dem der Pfaffenbach das Wasser des Stadtsees zum Schlosssee brachte. Dort entschied er, die stille Wasserfläche im Uhrzeigersinn zu umrunden. »Toll gemacht«, meinte er und Ackermann stimmte ihm kopfnickend zu.

Wellinger war nach dem vorausgegangenen Gespräch mit Ackermann nun hochmotiviert, Frau Schewe endlich zur Rede zu stellen. Noch immer war er tief gekränkt, wie unfreundlich sie gewesen war, als er sie angesprochen hatte. »Vielleicht ist es eine Dummheit, was wir jetzt tun«, sagte er wie zu sich selbst, um eine vernünftige Erklärung dafür zu finden, dass er dem Drängen Ackermanns nachgegeben hatte. »Aber ich war schon so oft hier und kein einziges Mal hat mir jemand ehrlich sagen können, wer hinter diesen Sauereien mit den gepanschten Medikamenten steckt.«

Ackermann hatte Mühe, sich den schnellen Schritten des anderen anzupassen. »Die Fernsehreportage hat aber doch wenigstens Bewegung in die Sache gebracht«, resümierte er.

»Zum Glück gibt's noch mutige Journalisten und seriöse Medien, die sich von niemandem zurückpfeifen lassen«, antwortete Wellinger. »Stellen Sie sich vor, die würde es eines Tages nicht mehr geben, weil alle Welt nur noch oberflächliches Zeug in irgendwelchen sozialen Netzwerken liest, ohne prüfen zu können, wer da was reinstellt. Inzwischen gibt es genug Leute, die all den Schwachsinn glauben.«

»Da haben Sie recht«, pflichtete ihm Ackermann bei. »Qualitätsjournalismus kostet Geld, das die Verlage nicht mehr verdienen, seit die Menschheit den Wert einer solide gemachten Zeitung nicht mehr zu schätzen weiß.«

»Seither verkommt alles«, gab Wellinger frustriert zurück. »Wenn's eines Tages keine engagierten Journalisten mehr gibt, werden die Hintergründe solcher Dinge wie dieser Medikamentenskandal nicht mehr publik gemacht. Und auch nicht so schreckliche Drohnenunfälle wie der mit Ihrer Frau.« Er dämpfte seine Stimme, weil sie an einem älteren Mann vorbeikamen, der eine Ente beobachtete. Dann passierten sie das Areal des Sport- und Segelfliegerclubs, das von Uferbewuchs umgeben war.

Ackermann wunderte sich, dass Wellinger den Drohnenunfall von sich aus ansprach, und meinte: »Wie ich Ihnen schon gesagt habe: Ich hab keinerlei Zweifel, dass dieser Dr. Kerkhoff sowohl in die Arzneimittelgeschichte als auch in den Drohnenunfall verwickelt ist«, gab sich Ackermann überzeugt. »Ich will Ihnen dabei auch gar keinen Vorwurf machen, dass Sie ihm welche verkauft haben.«

Wellinger zog es vor, nur zufrieden zu nicken, die barometrische Vorrichtung jedoch nicht anzusprechen. Noch während er überlegte, ob Ackermann überhaupt davon wissen konnte, ertönte der elektronische Anrufton seines Smartphones. Er holte es aus seiner Jackentasche und sah auf dem Display den Hinweis »Anonym«.

»Ja, hier spricht Wellinger«, meldete er sich und blieb stehen.

»Herr Wellinger?«, kam es von einer energisch klingenden Frauenstimme zurück.

»Ja – Frau Schewe, nehm ich an?«

»Sie haben mir eine etwas seltsame Nachricht hinterlassen.«

Wellinger wandte sich ab, weil er nicht wollte, dass Ackermann das gesamte Gespräch mitbekam. »Sie haben mich zwar gestern nicht sprechen wollen, aber jetzt wäre es an der Zeit, dies zu tun.«

»Falls es um den bedauerlichen Tod Ihrer Frau geht, gibt es von mir aus nichts zu sagen.«

Wellinger befürchtete, dass sie das Gespräch beenden würde. »Einen Moment noch, Frau Schewe«, sagte er deshalb. »Ich glaube, die Situation hat sich geändert. Ich hätte mich gerne mit Ihnen über Herrn Kerkhoff unterhalten. Vielleicht sitzen wir beide – Sie und ich – im selben Boot.«

»Wie darf ich das verstehen?«

»Können wir uns zu einem persönlichen Gespräch treffen?«

Marion Schewe schien zu überlegen. »Und wie stellen Sie sich das vor?«, lenkte sie schroff ein.

Er sah auf seine Armbanduhr. »Wenn es Ihnen nichts ausmacht, möglichst bald. Darf ich fragen, wo Sie gerade sind?«

»In Waldsee«, kam es wenig charmant zurück. »Wo denn sonst? Glauben Sie, ich mach mich aus dem Staub, oder was?«

»Es muss ja nicht ein Lokal sein«, schlug Wellinger vor. »Wie wär's drüben am Schlosssee in der Parkanlage? Da gibt's eine Bank direkt am Ufer.«

»Schlosssee?«, fragte sie überrascht zurück.

»Warum nicht? Da sind wir ungestört. Ach ja, es wird noch jemand da sein. Ein Herr Ackermann, der seine Frau durch einen Drohnenunfall verloren hat.«

»Und was geht mich das an?«

»Sie nicht, aber vielleicht Herrn Kerkhoff«, erklärte Wellinger kurz angebunden und ließ sie gar nicht mehr zu Wort kommen: »In einer halben Stunde. Geht das?«

Er hörte Marions schweren Atem. »Na gut.«

97

Dass Patten das Gespräch mit ihm suchte, ausgerechnet vor diesem Haus in Ritzenweiler, das hatte Häberle ziemlich verwundert. Immerhin wäre der Apotheker heute ganz offiziell vernommen worden – wenn sie nun nicht der Einsatz in Ritzenweiler zusammengebracht hätte. Sander hatte die Ohren gespitzt und sich näher herangedrückt.

Häberles und Linkohrs Interesse galt in dieser Situation jedoch dem gesundheitlichen Zustand der Person, die soeben aus dem Gebäude getragen worden war. Häberle winkte den Uniformierten zu sich her, der ein Funkgerät trug und den die Dienstgradabzeichen als Polizeihauptkommissar auswiesen. »Weiß man schon, wer es ist?«

»Es ist davon auszugehen, dass es sich um Dr. Hagebusch handelt«, erklärte der Angesprochene. Sowohl Sander als auch Patten hatten es mitbekommen. Während sich der Journalist den Namen einprägte, schienen die Gesichtszüge des Apothekers einzufrieren.

»Und wie geht es Hagebusch?«, wollte Häberle wissen.

»Der Notarzt kann noch nichts sagen. Bewusstlos ist der Mann auf jeden Fall. Offenbar mit einem harten Gegenstand niedergeschlagen.«

Inzwischen waren weitere Polizisten in das Gebäude gestürmt, weshalb der Uniformierte anfügte: »Wir durchsuchen das ganze Haus.«

Während der Rettungswagen mit Blaulicht und Hagebusch an Bord davonfuhr, gab Häberle seinem Kollegen Linkohr ein Zeichen, sich um Sander zu kümmern – ihn sozusagen abzulenken. Dann wandte sich Häberle mit Patten ab: »Sie wollten mir etwas sagen?«

Patten holte tief Luft. Er hatte Mühe, einen klaren Gedanken zu fassen, rang sich aber flüsternd dazu durch: »Das hat alles mit Mittelberg zu tun, glauben Sie mir das.«

98

Wellinger und Ackermann hatten sich in der fortgeschrittenen Dämmerung in der Parkanlage beim Schlosssee auf eine Bank gesetzt und dazu den Zugangsweg aus Richtung des hübsch restaurierten Schlosses genommen. Einige Enten watschelten durch das Gras, der muntere Abendgesang der Vögel lag in der Luft. Vereinzelt waren Spaziergänger unterwegs, wenngleich das kaum zugängliche Ufer des Schlosssees längst nicht so belebt war wie der Weg am Stadtsee jenseits des Stadtkerns.

Nachdem sich Wellinger von Ackermann den Unfallhergang mit der Drohne noch einmal hatte ausführlich schildern lassen, tauchte sie auf: Marion Schewe. Helles, knieumspielendes Kleid, körperbetonend, die halblangen schwarzen Haare streng gekämmt, eine Handtasche um die Schulter geworfen. Schon bei ihrem Näherkommen erhoben sich die beiden Männer, um ihr entgegenzugehen. Wellinger reichte ihr als Erster die Hand zur Begrüßung. »Es ehrt mich, dass Sie sich Zeit genommen haben«, täuschte er charmantes Auftreten vor. Dann deutete er auf seinen Begleiter: »Das ist Herr Ackermann, sozusagen das Opfer eines Drohnenunfalls.« Auch Ackermann reichte ihr die Hand, während Wellinger erläuterte: »Seine Frau ist bei so einem Unfall ums Leben gekommen.«

Marion Schewe zeigte sich wenig beeindruckt und ging auf die Bank zu, auf der die beiden Männer gesessen hatten. »Ich verstehe nicht, was ich mit all dem zu tun haben soll«, sagte sie und setzte sich auf die Mitte der Bank, um Ackermann und Wellinger beidseits Platz zu lassen. »Idyllisch ist das ja hier«, meinte sie. »Aber ein ungewöhnlicher Ort und eine ungewöhnliche Zeit für eine Aussprache, finden Sie nicht?«

»Wir möchten Sie nicht lange aufhalten«, begann Wellinger, der sich bemüßigt fühlte, den Wortführer zu spielen, obwohl eigentlich Ackermann das Treffen gewollt hatte. »Es geht uns auch nicht vordergründig um die Medikamentengeschichte«, versuchte er, ihr Misstrauen zu zerstreuen. »Herr Ackermann« – er deutete zu ihm hinüber – »leidet sehr unter dem Unfall mit der Drohne und dem Verlust seiner Frau. Uns hat sozusagen ein ähnliches Schicksal zusammengebracht.«

Marion unterbrach ihn, legte die Beine übereinander, fingerte an ihrer Handtasche herum und sah auf die schwarze Wasserfläche hinaus, der die aufziehende Nacht die Farbe entzogen hatte. »Sie vermuten nun, dass Herr Dr. Kerkhoff schuld daran sein könnte, und erwarten von mir etwas zu seinen Verstrickungen in die Arzneimittelsache, versteh ich das richtig?«

Wellinger fühlte sich von dieser direkten Frage überrumpelt und sah an ihr vorbei zu Ackermann, der ebenfalls ein erstauntes Gesicht zog.

»Nein, das ist nicht ganz richtig«, entgegnete Wellinger vorsichtig. »Wir beide – Herr Ackermann und ich – vermuten, dass es zwischen Dr. Kerkhoff und dem getöteten Herrn Mittelberg eine irgendwie geartete Verbindung gibt.«

»Reden Sie doch nicht um den heißen Brei herum«, fuhr ihm die Frau unwirsch über den Mund und wurde deutlich: »Dass Mittelberg krumme Geschäfte gemacht hat, das pfeifen doch die Spatzen vom Dach. Was dies mit Drohnen zu tun haben soll, müssen Sie mir aber erklären.«

Ackermann sah die Gelegenheit gekommen, sich auch zu Wort zu melden: »Fest steht, dass Kerkhoff zusammen mit einem anderen Mann Drohnen gekauft hat, von denen eine in meine Windschutzscheibe gekracht ist und meine Frau getötet hat. Und ich hätt gerne gewusst, wer dieser andere Mann war.«

Marion Schewe sah die beiden links und rechts von ihr sitzenden Personen nacheinander an. Wellinger gab zu bedenken: »Es sieht tatsächlich so aus, als ob nach diesem Mord im Ried einiges in Bewegung kommt. Die Kriminalisten sind ganz dicht dran an diesem Geflecht.« Er entsann sich des Gesprächs, das er mit Häberle bei der Klosteranlage geführt hatte.

»Von welcher Art von Geflecht sprechen Sie?«, fragte sie tonlos. »Das versteh ich nicht.«

»Um ehrlich zu sein«, wurde Wellinger verbindlicher, »ich will nicht sagen, dass auch Sie darin involviert sind, aber vielleicht wäre es gar nicht so schlecht, wenn wir drei einmal offen miteinander reden würden.«

Schewe war entrüstet: »Wenn Sie mir etwas unterstellen

wollen, können wir das Gespräch gleich beenden.« Noch immer sah sie auf den See, ohne die beiden Männer eines Blickes zu würdigen.

»Nun mal langsam«, bat Wellinger. »Wir wollen Ihnen nichts unterstellen. Auch nichts, was mit meiner Frau zusammenhängt. Wirklich nicht. Wir wollen nur Klarheit zu dem Drohnenunfall.«

»Dazu soll *ich* etwas wissen?«

»Erinnern Sie sich an Dienstagabend?«, wurde Wellinger deutlich. »Tanzlokal. Sie waren dort, der Apotheker war dort, der Arzt Hagebusch auch. Es gibt seltsame Zusammenhänge, das müssen Sie mir doch zugestehen, oder?« Er ließ sie gar nicht erst antworten, sondern fuhr leise und sachlich fort: »Und der Apotheker hat heftig auf Sie eingeredet.«

Sie blickte einem nach dem anderen in die Augen. »Manchmal ist es gut, wenn man nicht allzu viel weiß, meine Herren.« Sie ließ ein paar Sekunden verstreichen. »Auch ich bin weit genug in die Sache reingeraten und laufe gerade Gefahr, mich nicht rechtzeitig genug zurückgezogen zu haben – wie ich an Ihrem regen Interesse erkenne. Aber was erwarten Sie nun von mir?«

»Dass Sie uns weiterhelfen«, entgegnete Wellinger schnell. »Denn vielleicht wissen Sie, wie Dr. Kerkhoff und Herr Mittelberg zusammenhängen. Geht's da nur um diesen Arzneimittelskandal – oder sind beide in diesen Drohnenunfall verwickelt?«

»Wie kommen Sie darauf, dass ich etwas wissen könnte?« Sie blieb kühl.

»Nun …« Wellinger überlegte, wie er es formulieren sollte. »Man hört, dass Sie Herrn Mittelberg hin und wieder getroffen haben.«

»So? Hört man das? Ist das verboten?«

Ackermann schaltete sich wieder ein: »Damit wir uns richtig verstehen: Ihre privaten Angelegenheiten interessieren uns nicht. Aber jetzt, wo dieser Mittelberg tot ist, könnten Sie uns doch zu dessen Person etwas sagen. Es sei denn …« Er brach ab.

»Es sei denn – was?«, fuhr sie unfreundlich dazwischen.

Wellinger sah sich veranlasst, dem Gespräch die Schärfe zu nehmen: »Wir wollen nichts vertiefen, was Ihre Gefühle verletzt. Aber verstehen Sie uns doch bitte. Wir beide sind mehr oder weniger durch Schicksalsschläge in etwas hineingeraten …«

Marion hob eine Augenbraue und sah ihn an: »Das haben Sie sich aber selbst zuzuschreiben. Würden Sie nicht seit zwei Jahren in der Sache weiterbohren und wären Sie nicht zu dem Fernsehjournalisten gegangen, hätte dies alles keine so großen Wellen geschlagen. Und nun taucht noch dieser Lokaljournalist aus Göppingen oder Geislingen auf.« Ihre Verärgerung war nicht zu überhören.

Ackermann versuchte, das Gespräch auf den Punkt zu bringen: »Wir haben die herzliche Bitte an Sie, falls Sie etwas wissen: War Mittelberg der andere Mann mit der Drohne? Hat Mittelberg jemals etwas zu diesem Unfall auf der Autobahn zu Ihnen gesagt?«

Das Lächeln, das sie andeutete, war gekünstelt. »Meine Herren« – sie sah erneut von einem zum anderen – »wenn Sie vorhaben sollten, den Dr. Kerkhoff ans Messer zu liefern, egal weshalb, dann rate ich erstens zu allergrößter Vorsicht und zweitens …«, wieder wanderte ihr Blick von Wellinger zu Ackermann, »wäre ich dann auch gerne dabei.« Ein kühler Luftzug streifte ihre Haare.

99

Häberle, Pfeifer und Linkohr waren verschwitzt in die stickigen Räume des Polizeipostens zurückgekehrt und tranken Cola, während sich in einem kleinen Besprechungsraum Kollegen der Sonderkommission sitzend und stehend versammelt hatten. Pfeifer, der sich an einen Fenstersims gelehnt hatte, kam ohne Umschweife zur Sache: »Ob Hagebusch durchkommt, ist noch unklar. Man hat ihn wohl mit einer Eisenstange hinterrücks gegen den Kopf geschlagen. Aber was noch schlimmer ist: Die Ärzte haben eine Einstichstelle am linken Arm festgestellt. Vermutlich wurde ihm im bewusstlosen Zustand eine Substanz intravenös gespritzt. Wie dem Mittelberg.«

Häberle, der zwischen den Kollegen Platz genommen hatte, holte tief Luft: »Das hört sich nicht gut an.«

»Abwarten und hoffen«, gab Pfeifer wie gewohnt in militärischer Klarheit zurück. »Aber die Spurensicherung hat in dem Gebäude eine Spritze gefunden, deren Rückstände unsere Experten momentan analysieren wollen.«

Ein erstauntes Murmeln ging durch das sechsköpfige Team.

Nachdem Linkohr die Erkenntnisse aus dem Gespräch mit Kerkhoff dem ganzen Kollegenkreis stichwortartig erläutert hatte, fasste Häberle zusammen: »Wenn es stimmt, dass Kerkhoff dieses seltsame Gerät nur für seine Drohnenflüge hat bauen lassen und es ihm gestohlen wurde, dann bringt er damit Frau Mittelberg ganz erheblich in Verdacht.«

»Von deren Handy aus im Übrigen einige dubiose Telefonate geführt wurden«, gab Pfeifer zu bedenken. »Vergesst nicht, sie hat ihren Mann am Dienstagnachmittag angerufen.«

»Um ihn ins Ried zu locken und ihn umzubringen«, ergänzte einer aus der Runde.

»Was höchst merkwürdig ist«, meinte Häberle, »er wurde genauso umgebracht, wie es heute mit Hagebusch versucht wurde: mit einer Spritze.«

»Was bedeutet«, warf Linkohr ein, »dass es jemand aus Ärztekreisen gewesen sein könnte.«

»Intravenös spritzen«, bekräftigte Pfeifer knapp, »das erfordert gewisses Geschick.«

»Was aber auch ein Veterinär könnte«, gab Linkohr forsch zu bedenken. »Einer wie dieser Ackermann. Das sollten wir im Hinterkopf behalten.«

»Konzentrieren wir uns auf Frau Mittelberg«, wechselte Pfeifer die Zielrichtung. »Bei allem, was wir wissen, hat sie ihren Einbruch vorgetäuscht. Wie auch sonst hätte jemand, ohne Spuren zu verursachen, in ihre Wohnung eindringen können, wenn doch der Schlüssel in diesem alten Aktenkoffer ihres Mannes im Schlosssee versenkt worden ist?«

»Und dann ihre Behauptung, ihr Handy im Golfclub verloren zu haben«, wusste ein älterer Kollege aus den Protokollen zu berichten und ergänzte: »Ich hab dort nachgefragt. Es ist weder in dem Lokal noch drum herum ein Handy gefunden worden.«

Ein junger Mann ergänzte: »Außerdem beweisen die Verbindungsdaten, dass es noch bis zum Abend in Bad Waldsee eingeloggt war.«

»Und sie hat ihrem Mann nachspioniert«, hob Linkohr hervor, denn insgeheim erschien ihm diese Art der Überwachung eines Partners als äußerst hinterhältig. »Alina hat die Software dazu in Frau Mittelbergs Computer entdeckt – und den vermutlich dazugehörigen GPS-Tracker haben wir in dem Koffer gefunden.«

»Apropos Koffer«, riss Pfeifer das Gespräch an sich. »Ihr erinnert euch an die Diskette, die wir im Unterboden des Koffers entdeckt haben.«

Aufmerksame Stille machte sich breit. Insbesondere die beiden jüngsten Kollegen kannten diese Art von Speichermedium nur vom Hörensagen. Immerhin stammten diese dünnen magnetischen Datenträger, die mit einer rechteckigen Kunststoffhülle umgeben waren, noch aus der »Steinzeit« des Computers. Seit der Jahrtausendwende waren sie mit der Einführung der CD und später der Speichersticks rasch verschwunden. Nur die Deutsche Bahn, so hatte Pfeifer beiläufig erfahren, hatte noch bis mindestens 2015 Disketten benutzt und auf diese Weise die Sitzplatzreservierungen in die Züge übermittelt. Ein Kriminalist, der sich täglich mit Bahnverspätungen herumplagen musste, kommentierte dies so: »Dann wundert mich gar nix mehr.«

Pfeifer wollte diese Diskussion im Kollegenkreis nicht ausufern lassen, sondern fuhr fort: »Unsere Experten haben das Ding wieder lesbar gemacht. Demnach wurde zuletzt etwas im Dezember 1999 gespeichert. Zwei Texte übrigens. Beim ersten handelt es sich um einen Artikel, der offenbar rund ein Jahr zuvor, am 9. November 1998, in der Zeitung ›Die Welt‹ erschienen ist. Es geht um Glykol, das 1985 in österreichischen Wein gemischt wurde.« Pfeifer sah in einige verwunderte Gesichter. »Ja, nicht alle werden sich daran erinnern – ich kenn das auch nur aus Berichten.« Er griff stehend zu seinen Unterlagen, die auf einem Tisch gestapelt waren. »In diesem Artikel von 1998 ging's um eine Verlautbarung der Weltgesundheitsorganisation WHO, die sich darüber geschockt zeigt, dass immer mehr gefälschte Medikamente in Umlauf kommen. Wie gesagt, schon vor über 20 Jahren. Oftmals, so heißt es da, mögen die Substanzen in Ordnung sein, doch könnten zu viel oder zu wenig Inhaltsstoffe tödlich sein oder die Behandlung verzögern oder verhindern.«

Die Kriminalisten lauschten gebannt, während Pfeifer einen Schluck Cola nahm und schnell weiterdozierte: »Im Bericht heißt es, allein in Nigeria seien 1990 über hundert Kinder an Hustensaft mit …« – er musste genauer hinsehen und hatte

Mühe, es auszusprechen – »Diethylenglykol gestorben. Dieser Stoff, dessen Giftigkeit damals schon seit einem halben Jahrhundert bekannt gewesen sei, hat dann auch 1985 bei diesem Glykolskandal im österreichischen Weinbau eine Rolle gespielt.«

Häberle war möglicherweise einer der wenigen im Raum, die sich daran entsinnen konnten: Winzer hatten damals im großen Stil ihren Wein mit dieser auch als Frostschutzmittel genutzten Chemikalie gesüßt.

»Und was hat es mit dem zweiten Artikel auf sich?«, fragte er mit belegter Stimme.

Pfeifer führte weiter aus: »Tour de France von 1998. Ein Bericht über den größten Dopingskandal der Sportgeschichte. Wird ja noch heute diskutiert.« Er sah in die Runde und erntete zögerliches Kopfnicken. »Von 189 Rennradlern wurden letztlich nur 96 klassifiziert. Die übrigen waren irgendwie in den Dopingskandal verstrickt. In dem Artikel, der auf der Diskette gespeichert ist, heißt es, dass damals ein Verantwortlicher beim Transport von Dopingsubstanzen ertappt worden sei. Von 400 Ampullen …«, wieder musste er genau nachlesen, »Erythropoietin ist die Rede. Damit – ich hab's bei Wikipedia nachgelesen – würden vermehrt rote Blutkörperchen gebildet, die den menschlichen Blutkreislauf besser mit Sauerstoff versorgen und den Körper leistungsfähiger machen.«

Nachdem Pfeifer seine Unterlagen beiseitegelegt hatte, resümierte Häberle ruhig: »Dies lässt den Schluss zu, dass sich Mittelberg schon als junger Mann – er ist heute 37 Jahre alt – zumindest gedanklich mit illegalen Substanzen auseinandergesetzt hat.«

»Und warum trägt er die Diskette in seinem Aktenkoffer mit sich rum?«, wollte jemand wissen.

»Wie Sie wissen, handelt es sich um einen alten Aktenkoffer mit einem Geheimfach im unteren Boden. Ich geh davon aus, dass er diese flache Scheibe einfach darin vergessen hat«, meinte Pfeifer.

Häberle kombinierte weiter: »Er ist in die Pharmaziebranche eingestiegen, hat sich mit gepanschten Medikamenten befasst und gut verdient. Vielleicht sogar mit Doping. Klingt logisch.«

Linkohr erinnerte sich an Kerkhoffs Angaben und meinte: »Mittelbergs Frau hat das nicht mehr mittragen wollen – oder sie hat das ganze Ausmaß gar nicht erkannt. Jedenfalls hat die sich dem Freund ihres Mannes zugewandt, dem Dr. Kerkhoff.« Linkohr überlegte kurz. »Und sie hat überlegt, wie sie ihren Mann loswerden könnte – ohne dessen Vermögen zu verlieren.«

»Vielleicht sogar mit Unterstützung Kerkhoffs«, resümierte einer aus der kleinen Soko-Mannschaft.

»Vielleicht – vielleicht auch nicht«, erwiderte Pfeifer. »Wir müssen bedenken, dass sich Kerkhoff inzwischen in ein anderes Abenteuer gestürzt hat. Mit seiner Arzthelferin.« Er blätterte in seinen Notizzetteln und bemängelte beiläufig: »Deren Namen wir überhaupt nicht kennen.«

Linkohr versuchte sich zu erinnern, aber obwohl ihn das Mädchen beeindruckt hatte, fiel ihm der Name nicht ein. Er zog es deshalb vor zu schweigen.

Häberle überlegte laut: »Ich bin davon überzeugt, dass Frau Mittelberg etwas zu verbergen hat.«

»So ist es«, pflichtete ihm Pfeifer bei. »Ich hab unsere Kollegin Alina Tappe aus Konstanz und den dort sehr erfahrenen Kollegen Bruno Haustein über alles informiert. Sie sind auf dem Weg zu Frau Mittelberg. Wenn es sein muss, werden sie ihr die vorläufige Festnahme erklären.«

Häberle runzelte die Stirn. Dass Pfeifer so schnell vorpreschen würde, hatte er nicht gedacht. Aber der Kollege war ob seines stürmischen Auftretens und seiner Alleingänge schließlich weithin bekannt. Er wollte es in seiner beruflichen Karriere gewiss noch bis ins Stuttgarter Innenministerium schaffen.

»Mit dem grünen Auto sind wir leider nicht sehr viel weitergekommen«, meldete sich die einzige Dame aus dem Team zu Wort. »Es gibt unzählige mit diesen möglichen Buchstaben- und Ziffernkombinationen.«

»Und Kleinwagen?«, wollte Pfeifer wissen.

»Auch das. Unzählige. Vor allem, wenn man nicht nur reines Grün nimmt, sondern auch alle möglichen Schattierungen«, erwiderte die junge Frau, die eine lange Liste vor sich liegen hatte. »Ich hab mal die Namen der Halter flüchtig überflogen – da taucht auf den ersten Blick niemand auf, der in unseren Protokollen in Erscheinung tritt.«

»Dann versuchen Sie's mal mit einem zweiten Blick«, meckerte Pfeifer unzufrieden, worauf die Ermittlerin errötete und keinen Widerspruch mehr riskierte. Er wandte sich sogleich einem anderen Thema zu: »Wem gehört eigentlich das Haus, in dem Hagebusch war?«

Linkohr hatte sich bereits danach erkundigt und bekam dazu gerade von einer Angestellten des Polizeipostens einen Zettel gereicht: »Irgendeiner Erbengemeinschaft, die sich seit Langem nicht darum kümmert, gehört das Haus. Einen …« – er musste in den Unterlagen blättern – »Otto Wendeler, zu dem der Arzt nach Angaben seiner Helferinnen telefonisch geschickt wurde, gibt es nicht.« Linkohr überflog kurz den Text, der auf dem gereichten Zettel stand: »Interessant ist aber, woher der Anruf kam. Der Provider hat erstaunlich schnell reagiert.«

»Und, woher?«, bläffte Pfeifer.

»Vom Handy von Heike Mittelberg. Aber nicht aus Konstanz, sondern aus der Funkzelle Bad Waldsee.« In das staunende Schweigen hinein ließ Linkohr seinen Lieblingsspruch vernehmen: »Da haut's dir's Blech weg.«

100

Marion Schewe schien angebissen zu haben, dachte Wellinger zufrieden, obwohl er nicht damit gerechnet hatte. Jedenfalls kramte sie aus ihrer Handtasche ihr Smartphone hervor, in dem sie Kerkhoffs Handynummer gespeichert hatte. Für Wellinger ein klares Zeichen dafür, dass es tatsächlich Kontakte zwischen ihr und diesem Arzt gegeben hatte. Auch Ackermann staunte, blieb aber ruhig.

Wider Erwarten meldete sich Kerkhoff schnell. »Marion?«, fragte er zögernd, nachdem er offenbar auf seinem Display gesehen hatte, wer anrief.

»Ja«, gab Marion Schewe zurück und blickte auf die dunkle Wasserfläche hinaus. Am jenseitigen Ufer brannten inzwischen die Straßenlampen. »Pass mal auf, Markus«, sagte sie leise, aber eindringlich. »Ich muss mit dir reden. Dringend.«

Kurze Pause, dann Kerkhoffs unsichere Stimme: »Jetzt? Marion, wir haben schon lange nichts mehr miteinander zu tun. Und du weißt …«

»Ja«, unterbrach sie ihn unfreundlich. »Aber du hast selbst mitbekommen, was in Bad Waldsee inzwischen los ist. Wir müssen reden!«

»Ich hab mit Bad Waldsee abgeschlossen«, kam es zurück – und zwar so laut, dass auch Wellinger und Ackermann es hören konnten.

»Es geht nicht um die Medikamente«, flüsterte Marion, um ihr Anliegen beängstigender klingen zu lassen. »Es geht um die Drohnen, falls du verstehst, was ich meine.«

»Drohnen?«, echote Kerkhoff. »Was hast denn *du* damit zu tun?«

»Ich nichts. Aber vielleicht ein paar andere.«

»Was soll das, Marion? Warum rufst du mich an? Was ist los?« Kerkhoff wurde hörbar nervöser.

»Es gibt etwas zu klären, was keinen Aufschub duldet«, blieb Marion hartnäckig. »Wo bist du gerade?«

Wieder zwei Sekunden Stille. »Ich bin schon unterwegs.«

»Unterwegs?«, fragte Marion zurück. »Du bist doch auf dem Wohnmobilstellplatz, oder nicht?«

»Nicht mehr. Ich verlasse Bad Waldsee.«

»Falls du noch in der Nähe bist, würde es Sinn machen, mich zu treffen. Jetzt und sofort.« Es hörte sich wie ein Befehl an. Ohne eine Antwort abzuwarten, gab sie unmissverständlich zu verstehen: »Ich erwarte dich am Schlosssee. Beim ehemaligen Kavaliershäuschen, wenn du weißt, was das ist.«

»Das voriges Jahr abgefackelt wurde?«, kam es zurück.

»Genau dort«, wurde Marion energisch. »Wann bist du da?«

»Wann …«

Weil sie eine Ausrede befürchtete, legte sie nach: »Es ist schon dunkel. Uns sieht niemand.«

»Aber wir …«, er berichtigte sich, »ich bin mit dem Wohnmobil schon unterwegs.«

»Wo bist du?«

Er überlegte, entschied dann aber zu antworten: »Kurz vor Mittelurbach.«

Marion Schewe kannte sich mit den Ortschaften rund um Bad Waldsee nicht aus, weshalb sie nachhakte: »Wie weit ist das weg?«

»Nicht weit.«

»Dann dreh um. Wann kannst du hier sein?«

»Ich muss meine große Kiste irgendwo abstellen. Keine Ahnung, ob es da hinten beim Schloss einen Parkplatz hat.«

»Zwischen Schloss und dieser Klinik gibt es eine schmale Zufahrt zum Schlosssee, beim Bewegungsbad, das dort an die Klinik angebaut ist«, gab Marion zurück, denn dort kannte sie sich bestens aus. »In 20 Minuten, okay?«

Sie wartete keine Antwort ab, sondern beendete das Gespräch.

»Sie meinen, der kommt?«, fragte Wellinger, während sie ihr Smartphone einsteckte.

»Wenn er mit der Drohnensache, von der Sie berichtet haben, etwas zu tun hat, dann kommt er. Garantiert.«

Ackermann wagte einen Vorstoß: »Darf ich fragen, wie Sie zu ihm stehen?«

»Das werden Sie früh genug erfahren«, lächelte sie.

101

Dass Sander aufgetaucht war, hatte Häberle stutzig gemacht. Zurück in dem kleinen Büro, fingerte er nach seinem Notizbuch, um die Telefonnummer des Ex-Kollegen Edgar Bauer herauszusuchen. Dieser, so mutmaßte Häberle insgeheim, pflegte ganz sicher Kontakte zu dem Journalisten. Denn als Detektiv war es kein Fehler, das Netzwerk nach allen Seiten auszudehnen.

Bauer meldete sich überraschend schnell, sodass Häberle gleich zur Sache kam: »Wenn du mir schon einen Fall aufbrummst, musst du dir natürlich auch gefallen lassen, dass ich dich gelegentlich anrufe.«

»Bist du schon weitergekommen?«, wollte Bauer schnell wissen.

»Je weiter ich komme, desto fragwürdiger erscheint mir alles, mein lieber Edgar.«

»Ich hab's doch gewusst, dass dieser Fall wie geschaffen für dich ist.«

»Ich hoffe, ich kann ihn noch vor meinem Ruhestand abschließen«, entgegnete Häberle.

Bauer pflichtete ihm bei: »Ich weiß, es gäbe nichts Schlimmeres für dich, als mit einem ungeklärten Fall in Pension gehen zu müssen. Und jetzt? Hast du ein Problem?«

»Sag mal, hast du den Sander, diesen Journalisten, über den Fall informiert?«

Bauer zögerte, woran Häberle merkte, dass er mit seiner Vermutung richtiglag.

»Sander?«, wiederholte Bauer vorsichtig. »Ist der denn aufgetaucht?«

»Allerdings«, wurde Häberle deutlich, als sei ihm dies unangenehm gewesen. »Er recherchiert in der Stadt herum, befragt Zeugen und taucht urplötzlich an einem Tatort auf.«

»An einem Tatort? Äh ... wie soll ich das versteh'n?«

»Der Name Hagebusch dürfte dir auch geläufig sein. Medizinmann in Waldsee. Man hat ihn in irgendeine alte Bude gelockt, niedergeschlagen und umbringen wollen«, berichtete Häberle schnell.

»Wie bitte? Aber er hat's überlebt?«

»Ja, hat er. Aber er ist schwer verletzt.«

»Und was hat das mit Sander zu tun?«

»Dass er just in dem Moment vor diesem Haus auftaucht, als der Großeinsatz im Gange war.«

»Na, August, du kennst doch Sander. Der hört das Gras wachsen.«

»Du hast ihn also nicht informiert?«, blieb Häberle hartnäckig.

»Nein, ich nicht. Aber Wellinger.«

»Wellinger«, echote Häberle. »Na klar, Wellinger. Der ist ja auch zum Fernsehen gerannt und hat den ganzen Schlamassel erst in Gang gebracht.«

Bauer ließ ein paar Sekunden verstreichen. »Aber du sagst doch selbst immer, August, die Öffentlichkeit mit einzubinden sei wichtig.«

»Da hast du recht. Aber hier scheint ein skrupelloser Täter am Werk zu sein, der möglicherweise nicht davor zurückschreckt, jegliche Mitwisser aus dem Weg zu räumen.«

»Du meinst, der Nächste könnte Sander sein?«

»Gott bewahre!«, seufzte Häberle und gab sich ironisch-versöhnlich: »Da hast du es halt einfacher mit deinem Mord von vor 120 Jahren.«

Bauer wurde unerwartet ernst: »Mach dich nicht lustig über mich. Ich stecke mitten in den Ermittlungen.«

»Sei bitte vorsichtig, Edgar, es wäre dem schönen Gartensaal, der nun in Beuren auf dem Museumsgelände steht, nicht zuträglich, wenn du behaupten würdest, in ihm hätten sich in einer Vollmondnacht mal Mörder getroffen.«

»Wieso eigentlich nicht?«, fragte Bauer schnell zurück. »Die Leute wollen doch heutzutage Events, sie wollen Tatorte sehen, sie wollen sich gruseln, sie wollen hingehen und sagen können: Da ist es geschehen. Katastrophentourismus nennt man das. Das bringt Touristen. Stell dir vor, August, du wärst schon mal irgendwann in diesem Gartensaal als Ermittler in Erscheinung getreten, da würden die Leute heute alle staunend und ehrfurchtsvoll herkommen und sagen: ›Oh, da war auch Häberle schon da.‹«

Häberle runzelte die Stirn. »Irgendwie hab ich den Eindruck, Edgar, dein neuer Job hat dich verändert.«

»Kann sein, August, ich bin freier. Jetzt muss ich nicht immer grübeln, was andere über mich denken.«

Häberle nickte. »Ja, da hast du recht. Viele denken viel zu oft, was andere denken. Und dann denken sie, die anderen würden denken, man sei verrückt.«

»Genau, August, du sagst es. So etwas lähmt die Gedanken. Dabei sind doch gerade die Querdenker und die Mutigen diejenigen, die mit dem, was sie sagen, auch etwas bewegen. Wie hast du es immer formuliert? Nicht schönreden und den anderen nachplappern, sondern ungeschönt die Wahrheit sagen. Du kennst doch das Lied von dieser schwäbischen Gesangsgruppe, von der du immer geschwärmt hast!«

»Das ›Kaos-Duo‹«, entfuhr es Häberle prompt. »Jetzt sind sie übrigens zu dritt, weshalb sie sich ›Kaos plus Duo‹ nennen. Ja, das Lied von ihnen hab ich im Kopf. Es sollte eigentlich so etwas wie die Hymne der Polizei sein: ›Die Wahrheit kommt immer auf den Tisch.‹«

Dann beendete Häberle das Gespräch. Er durfte sich nicht ablenken lassen. Nicht heute. Denn er hatte das Gefühl, es bahne sich etwas an.

102

Überstunden waren nicht so sein Ding. Bruno Haustein, nur wenig jünger als Häberle, war zwar ein engagierter Ermittler, der hartnäckig recherchieren konnte, doch mit zunehmendem Alter fühlte er sich ausgenutzt und von den jungen Führungskräften nicht ernst genommen. Allein die Tatsache, dass er die Chance bekommen würde, den weithin bekannten

Häberle zu treffen, hatte ihn heute Abend beflügelt. Pfeifer hatte ihm die Situation geschildert und per E-Mail die wichtigsten Erkenntnisse übermittelt. Dass der Arzneimittelskandal auch Konstanz tangierte, war schon vor dieser Fernsehdokumentation gemunkelt worden. Aber der Name »Mittelberg« war ihm bislang nicht über den Weg gelaufen. Alina Tappe, seine junge Kollegin, hatte von ihrem gemeinsamen Besuch mit Pfeifer heute Vormittag bei Heike Mittelberg berichtet. Und natürlich davon, dass diese Frau offenbar eine merkwürdige Rolle spielte.

Dass sie ziemlich angesäuert war, erneut von Kriminalbeamten behelligt zu werden, dazu noch am Abend, war ihr bereits am Telefon anzumerken gewesen, als Alina den Besuch angekündigt hatte.

»Ich weiß nicht, was es zu dieser späten Stunde zu besprechen gibt«, erklärte sie deshalb gleich nach der Begrüßung an der Haustür. Die abendliche Dämmerung hatte deutlich eingesetzt.

»In so einem Fall ergeben sich oftmals stündlich neue Gesichtspunkte«, brummte Haustein, der ob seiner Körperfülle schwitzte und die beschlagene Brille zurechtschob. Die beiden folgten der Frau in das Wohnzimmer, wo sie sich niederließen.

»Wenn Sie Überstunden machen, muss es etwas ganz Wichtiges sein«, versuchte Heike Mittelberg, sich lässig und ihrem sommerlichen Outfit gemäß locker zu geben. Ihre Bluse war körperbetont, die Beine steckten in knappen Shorts und die weißen Sneakers wirkten sportlich. Offenbar, so dachte Alina, die wieder mit ihren zerrissenen Jeans unterwegs war, machte die Enddreißigerin bewusst auf jugendlich.

»Es tut uns leid, dass wir Sie so kurz nach dem Tode Ihres Mannes immer wieder belästigen müssen«, fuhr Haustein fort. »Aber ich vermute, es liegt auch in Ihrem Interesse, dass wir möglichst schnell herausfinden, wer hinter dem Verbrechen steckt.«

»Natürlich will ich das«, betonte Heike sichtlich nervös und mit unruhigen Augen.

Alina sah in ein blasses Gesicht. »Wir haben inzwischen Anhaltspunkte dafür, dass Sie Ihren Mann am Dienstagvormittag mithilfe elektronischer Geräte verfolgt haben«, erklärte die Kriminalistin sachlich und ruhig. »Das heißt, Sie haben ihn nicht zufällig im Golfclub getroffen.«

Heike Mittelberg hatte kurz den Atem angehalten und die Seitenlehnen des Sessels umklammert. »Was wollen Sie damit sagen?«

Haustein schaltete sich ruhig ein: »Das hat Ihnen meine Kollegin doch soeben klar und deutlich gesagt. Wir wollen gerne von Ihnen hören, ob unsere Mutmaßung stimmt oder nicht.«

Heike sah nacheinander zu Haustein und Alina, als erwarte sie von beiden eine irgendwie geartete Hilfe. »Ich versteh nicht …«

Alina unterbrach. »Ich kann's Ihnen gerne erklären. Auf Ihrem Computer habe ich heute früh rein zufällig eine Software entdeckt, mit der sich ein Ortungsgerät verfolgen lässt, ein sogenannter GPS-Tracker. Und genau einen solchen haben wir im Koffer Ihres Mannes entdeckt, versteckt in einer Art Geheimfach.«

»Und jetzt meinen Sie, ich hätte ihn damit verfolgt, ihm in Bad Waldsee aufgelauert und ihn umgebracht. Das denken Sie, hab ich recht?«

Haustein ließ sich nicht aus der Ruhe bringen. »Das wäre nur eine von vielen Schlussfolgerungen, die ich persönlich momentan aber für unzulässig halte.« Weil Heike schwieg, machte er im gleichen Tonfall weiter: »Ich denke aber, wir können davon ausgehen, dass Sie Ihren Mann auf diese Weise verfolgt haben.«

Sie schwieg, was die Kriminalisten als Zustimmung nahmen.

Alina ergänzte: »Nachvollziehbar wäre, dass Sie befürchten mussten, er könne sich möglicherweise mit einer anderen Frau treffen. Denn so richtig harmonisch war Ihre Ehe wohl nicht mehr.«

»Aber deswegen bringt man nicht gleich jemanden um«, wehrte Heike ab.

»Natürlich nicht«, beruhigte Haustein. »Deshalb sind wir gekommen, Sie mit unseren Fragen aus der Schusslinie zu nehmen.«

»Mit anderen Worten«, wurde Heike ängstlich, »Sie verdächtigen mich.«

»Davon kann keine Rede sein«, log Alina überzeugend und gab Haustein einen Wink, den dieser sofort richtig deutete. Sie waren verpflichtet, die Dame darüber aufzuklären, dass sie mit ihren Aussagen nicht sich selbst zu belasten brauchte. Haustein wusste natürlich, dass allein diese Belehrung oftmals schon unberechenbare Reaktionen ausgelöst hatte. Er ging deshalb entsprechend behutsam vor, was Heike Mittelberg aber trotzdem sichtlich schockierte. »Ich habe nichts zu verbergen und kann mich deshalb auch nicht belasten«, flüsterte sie und schlug ihre Beine übereinander.

»Dann lassen Sie uns in Ruhe weiterreden«, empfahl Haustein und überließ das Wort seiner Kollegin.

»Es gibt einen Punkt, den wir klären sollten: den Einbruch bei Ihnen vergangene Nacht.«

»Ja – und?«, fragte Heike wie apathisch.

»Es gibt keine Einbruchsspuren, das haben wir schon besprochen. Jemand muss mit einem Schlüssel eingedrungen sein. Nur ein Zweitschlüssel könnte es gewesen sein.«

»Und der von Frank?«

»Den haben wir inzwischen gefunden. In seinem Aktenkoffer. Könnte denn noch jemand einen Hausschlüssel besitzen?«

Heike schwieg.

Haustein knüpfte an die Worte seiner Kollegin an: »Und der Besitzer eines solchen Zweitschlüssels müsste Interesse daran gehabt haben, den Computer und möglicherweise Datenträger aus dem Haus verschwinden zu lassen.«

Heike schluckte und atmete schwer.

»Man könnte natürlich daraus nun schließen«, fuhr Alina fort, »dass Sie Einbruch und Diebstahl vorgetäuscht haben.«

Heike rang nach Luft. »Das … das ist ungeheuerlich, was Sie mir unterstellen. Ich glaube nicht, dass ich mir das gefallen lassen muss.«

Haustein wurde deutlich: »Sie können jederzeit einen Anwalt anrufen.«

»Anwalt!«, empörte sich Heike, aber es klang nur schwach. »Wollen Sie mich etwa ins Gefängnis bringen?«

Haustein und Alina schwiegen.

Heike riss ihre Augen weit auf, um plötzlich panisch zu reagieren: »Warum sagen Sie nichts?«

103

Mittlerweile brannten überall die Straßenlampen. Und auch an dem großen Schlosskomplex waren einige Fenster erleuchtet. Der See lag tiefschwarz am Rande des Parks, in dem es nur wenige Laternen gab. Schewe hatte sich mit den beiden Männern in Richtung des ausgebrannten Kavaliershäuschens zurückgezogen, in dem einstens ein Atelier untergebracht gewesen war. Nun stand das einst schmucke, denkmalgeschützte Gebäude als Ruine in der Grünanlage, weiträumig abgesperrt von Metallgittern. Verkohltes Gebälk ragte noch immer in die Höhe und wirkte im fahlen Streulicht einiger Lampen geradezu gespenstisch.

Die beiden Männer warteten gespannt auf eine Antwort der Frau, nachdem diese ihnen vielsagend erklärt hatte, sie würden früh genug erfahren, welche Rolle sie spiele.

»Sie meinen wirklich, er kommt?«, fragte Wellinger zweifelnd und ungeduldig, als sie sich in den dunklen Schutz eines Strauches gedrückt hatten. Obwohl um diese Zeit kaum mit Spaziergängern zu rechnen war, wollten sie nicht gesehen werden.

Marion sagte nichts, worauf Ackermann fragend feststellte: »Sie kennen den Kerkhoff wohl schon länger und wissen, wie er tickt.«

»So kann man wohl sagen. Ja.«

Wellinger riskierte eine direkte Frage: »Hat er nun etwas mit der Arzneimittelpanscherei zu tun oder nicht?«

Sie wandte sich ab und flüsterte: »Ich werde Ihnen das zur gegebenen Zeit erklären.«

Wellinger hätte am liebsten eine Bemerkung gemacht, doch er verkniff sie sich. Er wollte keine Schärfe in das Gespräch bringen. Nicht jetzt und nicht hier. Schließlich hatte sich die Frau kooperativ gezeigt. Oder hatte er sie unterschätzt und sie verfolgte ihre eigenen Ziele? Vielleicht wäre es besser gewesen, das Vorgehen mit der Kripo abzustimmen. Auch Ackermann musste in diesem Moment an seinen Detektiv Bauer denken, der ihnen möglicherweise bei diesem Vorhaben hilfreich beigestanden hätte.

Marion Schewe holte den Unternehmer mit einer Bemerkung aus den Gedanken zurück: »Ich nehme an, Sie wollen Kerkhoff zur Rechenschaft ziehen – mit uns haben Sie dafür jetzt die passenden Zeugen.«

Ackermann stieß seinen Begleiter Wellinger an und deutete zum schmalen Uferpfad hinüber. Dort, vom Gebüsch von ihnen getrennt, schien jemand einen Hund Gassi zu führen.

Wellinger schwieg sofort, während Marion Schewe die immer

weiter in die Nacht versinkende Umgebung im Auge behielt. Als die Person mit dem Hund zwischen dem Bewuchs verschwunden war, sprach Wellinger mit gedämpfter Stimme weiter: »Inzwischen war ich viele Male in Waldsee, aber heute scheint mir die letzte Chance geboten zu sein, einen Schlussstrich zu ziehen. Und wenn Sie mir dabei helfen«, er wandte sich an Schewe, »dann wird mir und Herrn Ackermann dies auch gelingen.« Während er dies aussprach, befielen ihn erneut Zweifel, ob er in dieser Angelegenheit mit Schewe die richtige Verbündete hatte.

Aber im selben Moment leuchteten von dem schmalen Zufahrtsweg, der an der nahen Klinik vorbei in Richtung Park führte, Scheinwerfer herüber. Marion Schewe flüsterte: »Das könnte er sein.«

104

Häberle wäre am liebsten bei der Vernehmung von Heike Mittelberg dabei gewesen. Aber die Fahrt dorthin hätte einschließlich der Fähre von Meersburg nach Konstanz viel zu viel Zeit in Anspruch genommen. Er hatte keinerlei Zweifel, dass Haustein, den er nur vom Hörensagen kannte, die Sache ebenso gut erledigen konnte. Immerhin – so viel war bis nach Ulm durchgesickert – wurde Haustein im Kollegenkreisen bisweilen respektvoll auch »Haudegen« genannt. Eben einer von der »alten

Sorte«, wie man es heutzutage liebevoll formulierte, wenn man schmerzlich den Erinnerungen an die unbürokratischen Vorgehensweisen vergangener Zeiten nachhing. »Haudegen« gab es heute nicht mehr. Ihre Kanten waren längst von den vermeintlich dynamischen Hochschulabsolventen windschlüpfrig geschliffen worden, weil jene, die es nach ganz oben geschafft hatten, in geradezu pathologischer Selbstüberschätzung alles besser zu wissen glaubten und in Wirklichkeit die in langen Berufsjahren erworbene Erfahrung der altgedienten Mitarbeiter zunichtemachten. Beispiele gab es in dieser Republik genug. Nicht nur in der Wirtschaft, sondern auch bei der Post und vor allem bei der pseudoprivatisierten Bahn AG, deren einziger Aktionär die Bundesrepublik Deutschland war. Häberle hatte bis zum heutigen Tag den Sinn dieses Konstrukts nicht verstanden – außer dass die Politik immer von »der Bahn« sprechen konnte, als sei dies ein komplett fremdes Unternehmen. Dabei war de facto Frau Merkel die oberste Chefin der völlig desolaten und zerschlagenen Staats-AG.

Häberle wischte derlei Gedanken beiseite und versuchte, sich auf den Apotheker Patten zu konzentrieren. Der Mann hatte einen hochroten Kopf, was Häberle sofort mit überhöhtem Blutdruck in Verbindung brachte. Ihn darauf ansprechen wollte er aber nicht, denn schließlich müsste dieser kraft seines Berufes selbst am besten wissen, was angeraten schien. Sie saßen sich in einem der kleinen Büros gegenüber, die im Gebäude des Polizeipostens für die Kriminalisten frei gemacht worden waren.

»Sie wissen immer noch nicht, wie es Herrn Hagebusch geht?«, war die erste Frage, die Patten stellte, während er sich mit einem Papiertaschentuch den Schweiß von der Stirn wischte.

»Tut mir leid, nein. Die Ärzte in der Klinik sagen, er sei noch nicht ansprechbar.«

»Aber er kommt doch durch, oder?«

Häberle runzelte die Stirn. »Wir hoffen es alle. Denn er könnte uns sicher Wichtiges berichten.«

»Vielleicht kann ich es auch«, rang sich Patten zu einer Erklärung durch. »Es tut mir unendlich leid, dass ich nicht schon früher gekommen bin. Ich hatte es wirklich vor, es heute zu tun. Aber ich wollte mich zuvor mit Friedrich – also mit Herrn Hagebusch – abstimmen.«

Häberle goss seinem Gegenüber und sich selbst Mineralwasser ein und meinte ruhig: »Die Fernsehdokumentation und der Zeitungsartikel haben die Stadt ziemlich erschüttert.«

»Nicht die Stadt«, wiegelte Patten ab. »Das zu sagen, wäre weit übertrieben. Aber einige Personen sind aufgeschreckt worden, das stimmt«, bestätigte der Apotheker, nachdem er einen kräftigen Schluck genommen hatte. »Ich muss gleich vorausschicken, dass auch Herrn Hagebusch und mich dies alles schockiert hat.«

»So?« Häberle tat so, als sei dies für ihn nicht von Belang.

»Wir beide wären beinahe auch in diese Sache hineingeschlittert«, berichtete Patten vorsichtig. »Das heißt, genau genommen waren wir haarscharf dran.«

Häberle runzelte die Stirn und spürte, dass Patten etwas Brisantes sagen wollte. Ihn jetzt zu drängen, wäre aber falsch, dachte er und stellte deshalb keine Frage, sondern ließ ihn gewähren.

»Wir haben sehr schnell erkannt, was uns diese Frau Schewe – diese dürfte Ihnen ja inzwischen bekannt sein – aufzuquatschen versuchte.« Häberle musste an die kurzen Erläuterungen denken, die ihm Linkohr zur Vernehmung dieser Frau gegeben hatte. Eines davon war ihm besonders geläufig: Marion Schewe hatte dem Kollegen empfohlen, sich auf den Mordfall zu konzentrieren und den Medikamentenskandal »anderen« aus einer »höheren Liga« zu überlassen.

Im Bruchteil einer Sekunde war Häberle wieder bei dem,

was Patten angesprochen hatte. »Gepanschte Medikamente«, stellte er zum besseren Verständnis klar.

»Ja, sie sollten über Herrn Mittelberg – den Toten vom Ried – geliefert werden«, erklärte Patten mit zitternden Lippen.

»Sie sind aber nicht direkt auf das Angebot eingestiegen«, wollte Häberle dem Apotheker eine goldene Brücke bauen.

»Wenn Sie solche Angebote kriegen – das werden Sie verstehen –, dann klingt das zunächst verlockend: günstiger Einkaufspreis und angeblich exakt dasselbe Produkt, das über andere Handelswege das Doppelte oder Dreifache kostet.«

Häberle wollte wieder keine Frage stellen. Obwohl zumindest eine auf der Hand lag – ob nämlich mit den Krankenkassen der übliche Betrag abgerechnet worden wäre.

Patten redete weiter: »Auch Herr Hagebusch hat entsprechende Angebote bekommen, als Arzt.«

»Was hätte ihm als Arzt das genutzt?«

»Ihm nicht direkt. Aber man hätte ihm entsprechende Provisionen zugeteilt, wenn er die entsprechenden Medikamente bevorzugt verordnet hätte.«

»Dann steckten also der Herr Mittelberg und diese Frau Schewe unter einer Decke?«, wollte Häberle das Gespräch auf den Punkt bringen.

»So könnte man vermuten, ja«, bestätigte Patten zögernd. »Allerdings hat uns damals stutzig gemacht, dass wir gar nicht das bei ihr Bestellte bekommen haben.«

»Wie muss ich das verstehen?«

»Na ja, das, was wir – sagen wir mal – probeweise geordert hatten, waren die ganz normalen Originalprodukte zum regulären Preis.«

»Sie wurden also betrogen?«

Patten zuckte mit den Schultern. »Ich hab die Frau Schewe natürlich darauf angesprochen, doch sie hat gemeint, es müsse sich wohl um einen Irrtum gehandelt haben.«

»Und Herr Hagebusch? Da war es genauso?«

»Er hat ja keine Medikamente bezogen und sie nur verordnet. Nicht oft, ganz sicher nicht«, versuchte Patten, seinen Freund zu schützen.

»Aber dabei hätte es passieren können, dass Patienten ein wirkungsloses Präparat erhalten hätten?«, fragte Häberle vorsichtig nach.

»Natürlich nur, wenn der Apotheker, bei dem das Rezept eingereicht worden wäre, bereits dieses spezielle Präparat gehabt hätte.«

»In diesem Falle also Sie?«

»So einfach dürfen Sie sich das nicht vorstellen. Nicht jeder Patient von Hagebusch kommt mit dem Rezept zu mir.« Patten machte eine ausladende Armbewegung. »Nachdem mir die Sache seltsam vorgekommen ist, hat Herr Hagebusch den Kontakt zu Frau Schewe ebenfalls abgebrochen.«

»Sie ist dann aber immer wieder hier aufgetaucht?«

»Ja, das stimmt. Wir haben sie öfters gesehen. Wie es heißt, soll sie sich ab und zu in Bad Waldsee mit Frank Mittelberg getroffen haben.«

»Geschäftlich oder auch darüber hinaus?«

»Das kann ich nicht beurteilen, wirklich nicht, Herr Kommissar.«

»Und wie ist nun dieser Dr. Kerkhoff in das Ganze involviert?«, zeigte sich Häberle interessiert.

»Genau weiß ich das nicht. Aber ich denke, genauso, wie wir das auch waren – Hagebusch und ich. Vielleicht er ein bisschen mehr, keine Ahnung. So eine Privatklinik bezieht ja Medikamente in großem Stil, denke ich.«

»Und wie waren die Beziehungen zwischen Kerkhoff und Mittelberg?«

»Nun ja«, erwiderte der Apotheker, »die beiden waren das, was man gemeinhin als Kumpel bezeichnen würde. Gemeinsames Hobby – das Fliegen.«

»Sie denken, da hat man auch geschäftlich gemeinsame Sache gemacht?«

Patten presste die Augen zusammen, als wolle er Häberle besonders scharf anschauen. »So könnte man es meinen«, sagte er langsam, »aber es könnte auch Anlass für eine Eintrübung der Freundschaft gegeben haben.«

»Und das wäre?«

»Frank Mittelbergs Frau, die Heike, soll ein Abenteuer mit Kerkhoff begonnen haben.«

Häberle nickte und rief sich Linkohrs Schilderungen ins Gedächtnis, der von einer aufreizenden und attraktiven Begleiterin Kerkhoffs gesprochen hatte. Er hakte deshalb nach: »Diese Beziehung zu der Heike – gibt es die noch?«

Patten wischte sich wieder Schweiß von der Stirn. »Woher soll ich das wissen?«

»Eine andere Frage: Wie schätzen Sie die Rolle der Frau Schewe ein? War sie Helfershelferin von Mittelberg, der die Präparate aus dem Ausland importierte, damit sie es unter die Leute bringen konnte? Oder ging's ihr bei ihren häufigen Aufenthalten in Bad Waldsee nur um ein Abenteuer?«

Paten zuckte erneut mit den Schultern. »Hagebusch und ich haben uns schon oft darüber unterhalten – auch, weil wir in Sorge sind, man könnte uns beiden letztlich etwas anhängen.« Er überlegte. »Die ist vorgestern, am Dienstag, plötzlich bei mir aufgetaucht und hat so seltsam dahergeredet – als seien wir noch immer geschäftlich miteinander verbunden. Wir sollten uns nicht gegenseitig reinreiten, hat sie gesagt, nachdem sie mir erzählt hat, dass der Tote im Ried der Frank Mittelberg war – was ich bis dahin noch gar nicht gewusst hatte.«

»Ach?«

»Ja, und dann hat sie noch gemeint, einige bräuchten für den Vorabend ein gutes Alibi. Und sie hat gesagt, es könne noch schlimmer kommen für uns alle.«

Häberles Augenbrauen verengten sich. »Das hört sich in der Tat seltsam an.«

»Ja, es sind viele merkwürdige Dinge geschehen in den letzten Tagen«, seufzte Patten. »Auch dieser Wellinger, von dem Sie sicher schon gehört haben«, machte er weiter, »das ist der, der die Fernsehdokumentation wohl angeleiert hat, Unternehmer aus Göppingen. Der hat mich aufgesucht und mir vorgehalten, ihn bespitzelt zu haben.«

»So? Haben Sie denn?«

»Ich war mit Hagebusch am Dienstagabend in dem Tanzlokal, in dem Frau Schewe regelmäßig zu verkehren pflegte, wenn sie hier war. Hagebusch und ich gehen manchmal hin. Zugegeben, wir hatten gehofft, sie und Frank Mittelberg dort zu treffen.«

»Wieso das denn?«, staunte Häberle.

»Rein interessehalber.«

»Nur so?«, hegte Häberle Zweifel.

»Um ehrlich zu sein: Nach dieser Fernsehdokumentation wollten wir uns die beiden zur Brust nehmen, wie man so schön sagt.«

»Um ein für alle Mal reinen Tisch zu machen«, versuchte Häberle klarzustellen.

»Ja, so könnte man sagen. Aber dann ist Mittelberg gar nicht aufgetaucht – weshalb, das wissen wir inzwischen. Wahrscheinlich war er zu diesem Zeitpunkt schon tot.«

»Und – haben Sie sich nun die Schewe zur Brust genommen?«

Patten war verlegen. »Ich hab ihr verdeutlicht, dass Hagebusch und ich keine weiteren Geschäftsbeziehungen mehr mit ihr wollten.«

»Hat sie denn darauf gedrängt?«

»Sie hat nur mal vorbeigeschaut und sich zu entschuldigen versucht, dass mit der ersten Lieferung wohl was schiefgelaufen sei. Und es war ihr viel daran gelegen, dass die Sache keine weiteren Kreise zieht.«

»Und dann hat sie sogar von einem Alibi gesprochen, das manche für den Dienstagabend bräuchten?«, griff Häberle das zuvor von Patten Erwähnte auf.

»Ja, das hat mich etwas beunruhigt. Ich wusste nicht, worauf sie anspielen wollte.«

Häberle grinste. »Sie und Hagebusch waren aber den ganzen Abend über in diesem Tanzlokal?«

»Meinen Sie das im Ernst?« Patten hatte Zweifel, ob er ebenfalls lächeln sollte.

»Nur so nebenbei«, erwiderte Häberle locker. »Sie waren beide in dem Lokal, die ganze Zeit?«

Patten vermochte nicht nachzuvollziehen, weshalb der Kriminalist auf eine Antwort beharrte. »Ja … das heißt: Wenn man's genau nimmt, dann ist Hagebusch kurz nach draußen gegangen. Er hatte sein Handy im Auto liegen lassen.«

»Wie lange war er weg?«

»Ich bitte Sie, Herr Kommissar. In der Zeit könnte niemand umgebracht worden sein. Es waren vielleicht drei, vier Minuten. Versuchen Sie bitte daraus keine Staatsaffäre zu machen.«

Häberle nickte. »Aber jetzt, da Ihr Freund Hagebusch in einen Hinterhalt gelockt wurde, war dies Grund genug für Sie, mit mir reden zu wollen?«

»Ich geb zu, dass wir gezögert haben, uns Ihnen anzuvertrauen. Weil womöglich auch was an uns hängen bleiben könnte. Aber Sie dürfen mir glauben, ich hätt's heute ohnehin getan. Auch ohne den Überfall.«

»Was hätte Sie sonst dazu bewogen?«

Patten wurde nervöser. »Ein Vorfall von gestern Abend.« Er holte tief Luft. »Ich habe kurz Hagebusch besucht, bei ihm daheim. Wir haben das weitere Vorgehen besprochen. Als ich dann zu meinem Auto kam, das draußen vor dem Haus stand, war ein Zettel hinter die Windschutzscheibe geklemmt.«

»Mit Aufschrift?«

»Ja. Es war eine Drohung. Da stand: ›Denk an Frank. Nur Tote können schweigen.‹«

»Das klingt nach einer Morddrohung«, erwiderte Häberle, ohne sich seine Beunruhigung anmerken zu lassen.

105

Heike Mittelberg hatte sich noch nicht von dem Schock erholt. Die Unterstellung, sie habe den Einbruch in ihr Haus und damit auch den Diebstahl von Datenträgern fingiert, war ihr ziemlich nahe gegangen. »Welches Interesse sollte ich daran haben, die Dinge meines Mannes verschwinden zu lassen?«

»Das wissen wir nicht«, gab sich Haustein ratlos, obwohl er keinerlei Zweifel hatte, dass die Frau ihren schockartigen Zustand nur spielte. Oder sie war tatsächlich ob ihrer aufgedeckten Lügen schockiert – auch das konnte sein, dachte der Kriminalist. Oft genug schon hatte er feststellen müssen, dass Kriminelle dem Irrtum unterlagen, sie könnten genauso locker eine Falschaussage machen, wie man dies in den Fernsehkrimis immer sah. Aber in den Filmen waren es Schauspieler, die solche Szenen locker und profihaft darstellen konnten. Zigmal wiederholt und vom Regisseur einstudiert. In der Realität war dies nicht so einfach.

»Vielleicht wäre es besser, Sie würden uns erzählen, was zwischen Ihrem Mann und einigen Herrschaften in Bad Waldsee gelaufen ist«, meinte Alina versöhnlich.

»So genau weiß ich das nicht. Wir haben uns mehr oder weniger auseinandergelebt.«

Alina blieb ruhig: »Und Sie haben Kontakte zum Freund Ihres Mannes gepflegt, zu Dr. Kerkhoff.«

»Da wird viel geredet, das Sie nicht unbedingt glauben sollten«, rang sich Heike zu einer weiteren Erklärung durch. »Und ich möchte nicht, dass schmutzige Wäsche gewaschen wird.«

»Okay«, zeigte sich Haustein verständnisvoll. »Aber dass es Unregelmäßigkeiten mit Medikamenten gegeben haben soll, das ist Ihnen schon geläufig?«

»Ja, wenn Sie es Unregelmäßigkeiten nennen wollen, dann ist das so. Aber inwieweit Markus … ich meine, Dr. Kerkhoff involviert war, entzieht sich meiner Kenntnis.«

»Der Name Marion Schewe ist Ihnen aber geläufig?«

»Nein. Hat das mit Frank zu tun?«

Haustein ging nicht darauf ein, sondern sagte: »Ihr Mann war wohl öfters in Bad Waldsee als an anderen Orten?«

Sie gab keine Antwort.

Nun bohrte Alina weiter: »Sie hatten aber Grund zur Annahme, dass es eine andere Frau geben könnte?«

Wieder keine Antwort. Heikes Gesicht wurde blasser.

»Frau Mittelberg«, nahm Haustein einen neuen Anlauf. »Sie haben meinen Kollegen gegenüber erklärt, Ihr Handy im Golfclub verloren zu haben. Da ist aber keines gefunden worden. Außerdem wurden von Ihrem Handy in der Zwischenzeit einige Gespräche geführt – unter anderem am Dienstag spätnachmittags zum Handy Ihres Mannes.« Dass freilich auch ein Anruf zur Polizei gekommen war, bei dem eine Frauenstimme auf Heike Mittelbergs Eifersuchtsszene im Golfclub hingewiesen hatte, wollte er vorläufig verschweigen.

Heike schloss für einen Moment die Augen – ein Zeichen

dafür, dass sie von den Worten des Kriminalisten tief getroffen worden war. Sie presste die schmalen Lippen zusammen und schwieg beharrlich, worauf Alina einen weiteren Punkt aus den Akten ansprach: »Sie sind am Montagabend mit Ihrem Mann geflogen. Nach Rückkehr von dem kurzen Rundflug sind Sie vom Flugplatz heimgefahren?«

Heike nickte und schien für einen kurzen Moment erleichtert zu sein, dass ein anderes Thema angesprochen wurde.

»Ihr Mann aber«, fuhr Alina fort, »blieb an der Maschine, um etwas zu erledigen, von dem Sie nicht wissen, worum es sich dabei handelte.«

Heike nickte wieder. Jetzt griff Haustein mit etwas energischerer Stimme ein: »Und wenn ich Ihnen sage, dass an diesem Abend – oder vielleicht auch in der folgenden Nacht – jemand eine Vorrichtung im Cockpit versteckt hat, mit der ab einer bestimmten Flughöhe Pfeffer versprüht wurde, dann könnte man doch denken – ich sag es mal ganz vorsichtig und ohne Wertung –, dass Sie eine der Letzten waren, die sich in der Nähe des Flugzeugs hätten aufhalten können. Zumindest nach jetzigem Stand der Dinge.«

Heike holte kräftig Luft. »Hören Sie bitte auf! Sie wollen von mir intimste Dinge wissen und dann verdächtigen Sie mich schamlos, meinen Mann umgebracht zu haben.«

»Nein«, hob Alina beschwichtigend die Hände. »Mein Kollege zeigt nur rein theoretisch auf, wie es sich im Moment abzeichnen könnte.«

Weil wieder einige Schweigesekunden auftraten, gab Haustein zu bedenken: »Ich weiß, die Situation ist schwierig für Sie, aber die Gefahr, das möglicherweise größere Vermögen Ihres Mannes könnte gerichtlich eingezogen werden und Ihnen somit ein stattliches Erbe entgehen, würde Sie in eine sehr missliche Lage bringen, Frau Mittelberg.« Er schielte auf seinen Notizblock, auf den er die Fragen der Kollegen aus Bad Waldsee geschrieben hatte. »Um die Frage von vorhin zu verdeutlichen: Stimmt es also, dass Sie gelegentlich Dr. Kerkhoff getroffen haben? Den Freund Ihres Mannes, mit dem er noch im Dezember – wie Sie selbst erwähnt haben – in London war, wo die beiden zwei Drohnen geschenkt bekommen haben?«

Heike verkrampfte ihre Finger in den Seitenlehnen des Sessels und schwieg. Deshalb entschied Haustein, nun zum letzten Mittel zu greifen: »Frau Mittelberg«, sagte er, sich weiterhin sehr gelassen gebend, und tastete mit der rechten Hand in seiner Jackentasche nach etwas Metallischem. »Ich erkläre Ihnen hiermit die vorläufige Festnahme, weil Gefahr im Verzug ist.«

Heikes Gesichtszüge wurden starr und kreidebleich. »Bitte? Sie wollen …«

Haustein unterbrach und fuhr unbeirrt ruhig fort: »Fluchtgefahr, Strafvereitelung, Beseitigung von Beweismitteln. Mordversuch oder gar Mord. Das wird sich herausstellen.«

Bevor sich Heike aus der Schockstarre lösen konnte, zog Haustein die Handschellen heraus. Alina war bereits auf eine emotionale Reaktion der Frau gefasst und wäre augenblicklich in der Lage gewesen, sie notfalls niederzuringen.

106

Marion Schewe hatte recht gehabt. Die Scheinwerfer, die unweit vor ihnen durch das Gebüsch pflügten, gehörten offenbar zu einem Fahrzeug, das näher gekommen war. Das hörbare Motorengeräusch ließ auf ein kurzes Rangieren schließen. Die Scheinwerfer drehten ab und erloschen. Wellinger vermutete, dass das Fahrzeug gewendet und somit in Fluchtrichtung geparkt worden war. Zusammen mit Schewe und Ackermann starrte er in das Dunkel des Strauch- und Heckenbewuchses, aus dem heraus ein schmaler Pfad zu ihnen an das ausgebrannte Schlossnebengebäude heranführte.

Gespanntes Schweigen. Nur von der nahen Stadt drang dumpf der Verkehrslärm herüber. »Ich wusste es doch, dass er kommt«, flüsterte Schewe, während sich die beiden Männer zwei Schritte entfernt im Dunkel eines Strauches nahezu ganz verloren.

Auf trockenem Laub waren Schritte zu hören, und sofort zeichnete sich im fahlen Licht einer Parklampe die Silhouette einer Person ab. »Hallo«, gab sich eine Männerstimme zu erkennen. »Ist da jemand?«

Marion Schewe zeigte sich furchtlos. Sie hatte die Stimme erkannt und erwiderte: »Ja, natürlich. Keine Sorge.« Sie ging in Richtung des Mannes, der nun in das Grau des Streulichts trat, in das die Umgebung überall gehüllt war.

»Sag mal, was soll das?«, war alles, was Kerkhoff zur Begrüßung sagte. Es klang unfreundlich und nervös. »Was veranstaltest du hier für ein verrücktes Versteckspiel?« Die beiden Männer hatte er nicht bemerkt.

Marion Schewe stand dicht vor ihm und machte ihm klar: »Pass mal auf, Markus. Es wird Zeit, das ganze Theater zu beenden, bevor noch mehr passiert. Ich kann nicht mehr länger …«

»Mal langsam«, zischte er. »Ich bin auf der Wegfahrt und du jammerst mir etwas von Drohnen vor. Komm mir bloß nicht mit dieser Scheiße von diesem Wellinger daher.«

»Hättest du Idiot ihm nichts von der Medikamentensache erzählt, wäre es nicht zu dem gekommen, was passiert ist. Du hast wohl geglaubt, dich auf feine Weise herausschleichen zu können. Als der gute Doktor, der alles rechtzeitig durchschaut hat.«

»Marion, bitte, halt dich zurück«, drohte Kerkhoff. »*Du* hast dich doch an Frank herangemacht, vergiss das nicht. Du hast von ihm immer mehr gewollt, immer mehr gefordert. Und letztlich bist du mit ihm ins Bett gestiegen …«

»Ach, halt doch den Mund«, giftete sie. »Meinst du, ich weiß nicht, was da gelaufen ist in London im Dezember und dann auf der Autobahn …«

»Was willst du?« Seine Stimme wurde drohender. »Mich erpressen, oder was?« Er packte sie unsanft an den Schultern, wogegen sie sich vergeblich wehrte. »Soll ich dir was sagen? Wenn du glaubst, mich reinreiten zu können, bist du genauso dran. Du erst recht. Du bist nämlich diejenige, die das Unheil über uns alle gebracht hat. Auch über Patten und Hagebusch.«

Während er sie kräftig schüttelte, wurde er einer Bewegung im linken Augenwinkel gewahr. Nur kurz und im diffusen nächtlichen Grau – aber es war ganz real. Erschrocken ließ er von Marion ab, die sich heftig gewehrt hatte. Und dann sah er die schwarzen Schattenrisse zweier Personen.

Marion wurde augenblicklich von panischem Entsetzen ergriffen. Denn Markus, so schien es, war in diesem Zustand zu allem fähig.

107

Häberle hatte gerade seine Frau Susanne angerufen, um ihr zu sagen, dass es möglicherweise »heute ziemlich spät« werden könnte, worauf sie ihn wieder einmal gebeten hatte, auf seine Gesundheit zu achten – da tauchte Georg Sander auf. Der ehemalige Journalist seiner Heimatzeitung schien ihn ein Leben lang zu verfolgen. Sogar im Ruhestand konnte Sander es nicht lassen, seine Nase in große Kriminalfälle hineinzustecken. Ihn und Sander verband ein herzliches, bisweilen raues Verhältnis. Doch immer waren sie fair miteinander umgegangen. Und weil Sander keinem redaktionellen Stress mehr unterlag, sondern als freier Journalist seine tatsächlich gut recherchierten und fundierten Berichte anbieten konnte, wo er Anerkennung fand, war nicht zu befürchten, dass er vertrauliche Infos hinausposaunte, bloß weil die sozialen Netzwerke bedient werden mussten. Ohne Rücksicht darauf, ob es sich um tiefschürfende Berichte handelte oder nicht.

Dass Sander vom nun bevorstehenden Ruhestand Häberles bereits Wind bekommen hatte, war für den Kriminalisten kein Wunder. Sander war – wie man heutzutage zu sagen pflegte – »gut vernetzt« und hatte ein Gespür für interessante Themen. Als sie sich nun gegenübersaßen, beide verschwitzt und abgekämpft, tranken sie im Schein von Häberles Schreibtischlampe Kaffee.

»Sie hätt ich hier zuallerletzt vermutet«, brummte Häberle. »Aber Sie hören mal wieder das Gras wachsen.«

»Wie geht es diesem Hagebusch?«, wollte der Journalist schnell wissen.

»Wohl nicht sehr gut. Aber verbreiten Sie das bitte nicht. Die Angehörigen sollen von seinem Zustand nicht aus den Medien erfahren.«

»Das hängt mit dem Mord im Ried zusammen«, stellte Sander fest, ohne eine Antwort Häberles abzuwarten, der nervös auf die Armbanduhr schaute und damit auf Eile drängte. »Es gibt noch einiges zu tun. Deshalb machen Sie schnell. Was wollten Sie mir sagen?«

»Kennen Sie eine Frau Schewe?«

»Sagen Sie bloß nicht, Sie haben mit der was zu tun?« Häberle war überrascht.

»Ich war heute bei ihr …«

»Wie? Sie? Halten Sie es für sinnvoll, sich in die Ermittlungen einzumischen?« Häberles Tonfall hörte sich wenig begeistert an.

»Ich war auch bei Patten, diesem Apotheker – daher kennt er mich«, vermeldete Sander stolz. »Aber mir scheint es wichtig zu sein, Ihnen von meinem Eindruck von dieser Schewe zu berichten.«

»Den hat sich auch schon mein Kollege Linkohr gemacht«, gab Häberle leicht gereizt zurück.

»Alle Welt scheint zu glauben, sie sei tief in die Arzneimittelpanscherei verstrickt«, fuhr Sander ungerührt fort und nahm einen Schluck Kaffee. »Mir macht sie eher den Eindruck, dass dies nicht so ist.«

»Aha, der Frauenversteher«, stichelte Häberle. »Sie wissen schon, dass wir in dieser Richtung den Linkohr als Experten haben?«

»Es mag wirklich für Sie keine Bedeutung haben, aber im Gespräch mit ihr ist mir eine Kleinigkeit aufgefallen. Ich habe sie gefragt, ob sie sich denn in der Lage fühle, die Ganoven auszuschalten. Und was glauben Sie, was sie geantwortet hat?«

Häberle blickte den Journalisten ratlos an.

Sander gab die Antwort: »Sie hat gesagt: ›Wir hoffen es.‹« Sander wartete vergeblich auf eine erstaunte Reaktion Häberles, weshalb er wiederholte: »Wir. Sie hat ›wir‹ gesagt. Und als ich sie darauf angesprochen habe, hat sie mich an Patten und Hagebusch verwiesen.«

Häberle zog ein nachdenkliches Gesicht.

Sander ergänzte: »Und dann hat sie mir empfohlen, mich nicht so weit hinauszulehnen, denn sie glaube, dass es einige Personen gebe, die ziemlich skrupellos seien.«

Häberle legte die Stirn in Falten: »Dann sollten Sie sich an den Rat auch halten – sich nicht so weit hinauszulehnen.«

Sander spürte, dass Häberle keine Fragen mehr hören wollte. Deshalb erhob er sich. »Ach ja«, sagte er dabei. »Wenn das Ihr letzter großer Fall ist, dann hätte ich nach Abschluss der Ermittlungen eine Bitte.«

»Und die wäre?« Häberle war auch aufgestanden.

»Ich würde gern über Ihren letzten Fall einen Kriminalroman schreiben.«

»Auch das noch«, seufzte Häberle.

Worauf Sander süffisant anfügte: »Diesmal können Sie nämlich nicht mehr verlängern – das Beamtenrecht lässt es nicht zu, wenn ich richtig informiert bin.«

108

Rolf Patten fühlte sich nicht gut. Zwar empfand er nach dem Gespräch mit Häberle eine gewisse Erleichterung, doch vermochte er die Folgen, die sich daraus ergeben konnten, nicht zu überschauen. Er hatte versucht, sich und Hagebusch weitestgehend in ein positives Licht zu stellen, doch was die Juristen eines Tages daraus machen würden, stand natürlich in den Sternen. Immerhin würde er sagen können, möglicherweise zur Aufklärung des Falles beigetragen zu haben – aber ob dies die Richter beeindrucken würde, war fraglich. Als er das Polizeigebäude verließ, spürte er die laue Abendluft auf seiner Haut. Es war längst dunkel geworden. Er blickte sich um, doch die Lebendigkeit des Tages war nächtlicher Ruhe gewichen. Im Schein der Lampen waren nur einige wenige Passanten zu sehen.

Patten überlegte, ob er irgendwo in einem Straßencafé etwas trinken sollte oder ob es besser war, nach Hause zu gehen und sich auszuruhen. Aber ohne zu wissen, wie es seinem Freund Hagebusch ging, hätte er nicht schlafen können. Die ganze Zeit über hatte er gegen die schlimmsten Gedanken und Szenarien ankämpfen müssen. Am liebsten hätte er mit einer der Arzthelferinnen aus Hagebuschs Praxis gesprochen, um zu erfahren, wie er nach Ritzenweiler gelockt worden war. Aber er kannte die Damen weder beim Namen noch wusste er, wo sie wohnten. Um diese Uhrzeit wäre es ohnehin ziemlich seltsam gewesen, würde er bei einer von ihnen anrufen.

Vielleicht war es auch sinnvoller, den Stress der vergangenen Stunden in Ruhe abklingen zu lassen. Der milde Abend lud zu einem Spaziergang durch die Stadt und hinüber zum Schlosssee geradezu ein.

Er schlenderte die Hauptstraße entlang, vorbei an der langen Reihe beleuchteter Schaufenster und an einigen Lokalen, aus denen Musik drang. Ein bisschen Wehmut überkam ihn, als ihn der Gedanke an früher befiel: Vor etlichen Jahren, als das Gesundheitssystem noch intakt war und die Politik weniger das Geld als vielmehr das Wohl kranker Menschen im Auge hatte und deshalb viel mehr Kuren genehmigt wurden als heutzutage, da war Bad Waldsee auch in den Abendstunden eine lebendige Stadt gewesen. Alles wurde zunichtegemacht, grübelte er vor sich hin. Aber vielleicht war er mit seinen 48 Jahren auch schon zu alt, um diese dauernden Veränderungen zu begreifen. Früher, ja, so hatte er es in Erinnerung, da galten Regeln, die wie festzementiert waren und auf die man sich hundertprozentig über Jahre hinweg hatte verlassen können. Inzwischen war dies anders: In keinem einzigen Bereich gab es mehr verlässliche Bestimmungen. Es galt: heute so, morgen so. Je nachdem, welche verrückten Jungmanager in Politik und Wirtschaft etwas zu sagen hatten. Das Volk wurde sowieso nie gefragt – und wenn, dann wurde dessen Wille als »dummes Stammtischgeschwätz« abgetan. So richtig etwas von der Materie verstanden ja nur die »Profis«. Patten kam die ungeschickte Aussage eines Politikers in den Sinn, der erst vor wenigen Monaten behauptet hatte, Klimaschutz sei nur etwas für Profis. Er war damit mächtig ins Fettnäpfchen getreten, weil er auf diese Weise das Anliegen jener 16-Jährigen aus Schweden diffamiert hatte, die die Kinder und Jugendlichen der ganzen Welt zu Demos gegen den Klimawandel aufgerufen hatte. »Fridays for future«, nannte sich dies, wenn Schüler dem Unterricht fernblieben und demonstrierten. Der Freitag für die Zukunft. Aller deutscher Schulpflicht zum Trotz.

Patten verfolgte mit großem Interesse die Diskussion darüber, ob Schüler einfach den Unterricht schwänzen durften, um auf ihre Zukunft aufmerksam zu machen. Natürlich hatte die Bewegung auf diese Weise für Aufsehen gesorgt – aber andererseits wären die Demos vielleicht doch ehrlicher und überzeugender, wenn sie außerhalb der Schulzeit stattfänden. Außerdem, so überlegte Patten, als er der Hauptstraße zur mächtigen zweitürmigen Sankt-Peter-Kirche folgte, schnitten sich die Schüler ins eigene Fleisch, wenn sie in Zeiten, in denen wegen Lehrermangels viele Unterrichtsstunden ohnehin ausfielen, zusätzlich Fehlstunden provozierten.

Aber wenigstens wurde auf diesem »Umweg« das völlig

kranke Bildungssystem ebenfalls publik. Denn auch dieser Bereich wurde nach Meinung der jungen Generation von den Politikern ebenso »niedergeschwätzt und schöngeredet« wie das dringende Handeln zum Klimaschutz.

Tief in solche Gedanken versunken, bog er links zum Gut-Betha-Platz ab, wo ihn der Gasthof »Kreuz« in die Realität zurückholte. Denn das Eckhaus wühlte all die Erinnerungen an Marion Schewe auf, sodass er sich wie apathisch der Bleichestraße näherte, die er abseits der Klinik am Hofgarten zum Schloss hin querte. Verdeckt von Sträuchern und Bäumen, wirkte das historische Gemäuer in der Nacht fast ein bisschen verwunschen.

Patten überlegte kurz, ob es ratsam war, um diese Zeit durch den nur wenig beleuchteten Park beim Schlosssee zu spazieren. Aber er hatte sich nie zuvor in Bad Waldsee unsicher gefühlt – und außerdem war die milde Nacht dazu angetan, die nötige Ruhe zu finden. Das Gespräch mit Häberle hatte ihn aufgewühlt, und noch immer fühlte er diese innere Anspannung. Aber war es wirklich klug, nach allem, was sich in den vergangenen Tagen ereignet hatte, sich ausgerechnet hier, abseits des Stadtzentrums, die Beine zu vertreten?

Gerade als er den Weg erreichte, der zwischen Schloss und der benachbarten Klinik am Hofgarten zum See führte, hielt ihn irgendetwas vom Weitergehen ab. Etwas, was ihm Vorsicht signalisierte. Es war ein diffuses Gefühl, das ihn auf unerklärliche Weise ausbremste: Er könnte doch genauso gut einfach nach Hause fahren, sich ein Glas Rotwein gönnen und dann zu schlafen versuchen.

Zwei, drei Sekunden der Ratlosigkeit verstrichen, während derer er unschlüssig zu den hell erleuchteten Fensterreihen der Klinik hinübersah, die rechts von ihm durch den Bewuchs schimmerten.

Zwar war es in so einer lauen Nacht wie heute am Schlosssee idyllisch und beschaulich, doch gleichzeitig befiel ihn die Erinnerung an das vom Feuer zerstörte Kavaliersgebäude, das auch als »Teehäuschen« bezeichnet wurde. Erst vor einem Dreivierteljahr, im Oktober 2018, war es vermutlich einer Brandstiftung zum Opfer gefallen. Warum auch immer. Patten konnte sich nicht entsinnen, dass die etwaigen Täter geschnappt worden wären. Warum war gerade dieses denkmalgeschützte Häuschen angezündet worden?

Während er ein paar Schritte weiterging, ohne jedoch das ungute Gefühl loszuwerden, drang ein schwaches Licht an seine Augen. Von vorne. Als ob die Innenbeleuchtung eines Fahrzeugs durch die Windschutzscheibe zu sehen wäre. Allerdings von einem etwas größeren Wagen. Vermutlich war ein Kastenwagen rückwärts an den Zufahrtsweg zum Park herangiert worden. Der Weg, so vermutete Patten, wurde offenbar auch zur Andienung der Klinik genutzt. Augenblicke später war das Licht erloschen.

Oder hatte er sich nur getäuscht? War's irgendeine Spiegelung gewesen? Patten blieb reglos stehen. Nein, er wollte jetzt niemanden treffen, mit niemandem reden müssen, sondern ganz allein sein. Trotzdem trieb ihn die Neugier ein paar Schritte weiter. Im Streulicht einiger Straßenlampen zeichnete sich der Wegeverlauf hinüber zu der Grünanlage ab. Patten hätte sich aber auch ohne diese diffuse Beleuchtung zurechtgefunden. Denn als Einheimischer kannte er nahezu jeden Winkel dieser Stadt. Deshalb erschien ihm ein Fahrzeug an dieser Stelle und gar zu dieser späten Stunde als ungewöhnlich. Nachdem er sich im nachtschwarzen Schatten einiger Sträucher ein Stück weit angenähert hatte, zeichnete sich die Vorderfront eines größeren Wagens ab. Ein Kleintransporter vermutlich, konstatierte er zunächst, doch bei angestrengtem Hinsehen kam ihm etwas anderes in den Sinn. Denn dort, wo der Kühlergrill sein musste, hob sich ein tiefschwarzer Streifen mit irgendeiner Aufschrift ab. Ihn befiel ein Gedanke: War das ein Wohnmobil des heimischen Herstellers?

Pattens Herzfrequenz stieg. Dass sich ein Tourist einen kostengünstigen Platz zum Übernachten ausgesucht hatte, war ziemlich unwahrscheinlich.

Patten blieb wie angewurzelt stehen. Ihm schossen tausend Gedanken durch den Kopf.

109

Häberle hatte bisher vergeblich gehofft, etwas Neues zum Gesundheitszustand Hagebuschs zu erfahren. Auch von den Kollegen aus Konstanz war kein Anruf gekommen. Der lange, stressige Tag und das tatenlos Warten nervten ihn. Er war es nicht gewohnt, einfach dazusitzen und zu diskutieren. Vor allem aber, nicht dort sein zu können, wo sich in diesen Minuten Entscheidendes abspielte – eben bei Frau Mittelberg in Konstanz. Er überlegte, ob es sinnvoll gewesen war, Alina und Haustein allein dort hinzuschicken. Aber vielleicht hatten sie selbst für Verstärkung gesorgt für den Fall, dass es brenzlig werden würde. Andererseits, so beruhigte sich Häberle, hatte man es ja nur mit Frau Mittelberg allein zu tun. Es war kaum anzunehmen, dass sich bei ihr weitere Personen aufhielten.

Als eine Kollegin in seinem Büro erschien und ihm einen Ausdruck reichte, versuchte er, die finsteren Gedanken abzustreifen, denn eine erste Meldung aus der Klinik war eingegangen. Er überflog die Zeilen, die mit lateinischen Begriffen gespickt waren, um dann die kurze, laienhaft verständliche Zusammenfassung zu lesen. Demnach hatte Hagebusch ein leichtes Schädel-Hirn-Trauma erlitten, verursacht durch einen Schlag auf den Hinterkopf, offenbar mit einem harten Gegenstand. Dadurch sei eine Bewusstlosigkeit eingetreten, die jedoch nur wenige Minuten angedauert habe.

Häberle versuchte, sich die Situation in dem alten Haus vorzustellen. Hagebusch war vermutlich auf der Suche nach dem angeblichen Patienten arglos in das Gebäude gegangen und dann rücklings niedergeschlagen worden. Danach, so informierten ihn die weiteren Zeilen des Klinikarztes, habe jemand versucht, ihm ein Narkosemittel in die linke Ellbogenbeuge zu injizieren. Und zwar intravenös. Glücklicherweise sei dies jedoch nicht fachgerecht erfolgt, sodass die Dosierung nicht ausgereicht habe, den Mann zu töten. Vermutlich, so hieß es weiter, handle es sich um Ramifentanil, von dem sich in der vorgefundenen Spritze Überreste gefunden hätten.

Während Häberle das ärztliche E-Mail studierte, war Pfeifer, der den Inhalt bereits kannte, zu ihm herangetreten. »Deckt sich mit dem Toten im Ried. Gleiche Vorgehensweise. Nur, dass Mittelberg nicht niedergeschlagen, sondern vor dem Spritzen anderweitig betäubt wurde – sagt der Gerichtsmediziner.« Pfeifer hatte ein umfangreicheres Schriftstück mitgebracht, bei dem es sich um den Obduktionsbericht handelte. »Man hat ihn mit Lorazepam betäubt, vermutlich in ein alkoholisches Getränk gemischt. Kann dann wie eine Art K.-o.-Tropfen wirken.«

Häberle ließ all die Fakten kurz auf sich wirken. »Das hört sich alles wie aus dem Giftschrank einer Apotheke an«, brummte er.

»Wie auch sonst?«, merkte Pfeifer trocken an. »Wir haben's doch nur mit Medizinern, Apothekern und sonstigen Pharmaclowns zu tun.«

Häberle wusste, was dringend geboten schien. Er war mit einem Schlag hellwach. Sie durften keine Zeit verlieren.

110

Es war alles ganz schnell gegangen. Heike Mittelberg hatte keine Chance gehabt, sich zu wehren. Sie war für einen kurzen Moment in eine Schockstarre verfallen, ohne wirklich zu begreifen, was gerade um sie herum geschah: Alina war wie auf Kommando aufgesprungen und mit einem Satz um Heikes Sessel herumgeprescht. Dabei griff sie blitzschnell über die Schultern der Frau und zerrte deren Arme mit einem kräftigen Ruck hinter die Lehne, wo Haustein die Handschellen klicken ließ.

Alles war so schnell geschehen, dass Heike keinen einzigen Ton aus ihrer Kehle hervorbrachte und nur reflexartigen Widerstand leistete, schwach und sinnlos. Erst jetzt, als sie ihre wehrlose Lage realisierte, schrie sie hinaus: »Sind Sie wahnsinnig?« Sie zerrte an den Handschellen, versuchte sich mit letzter Kraft aus dieser Fesselung zu befreien. Sie wollte weiter schreien, doch ihre Stimme versagte. Heike überkam das Gefühl, den beiden Kriminalisten völlig ausgeliefert zu sein. Zorn, Wut und Panik, dazu Angst und Entsetzen entzogen ihr jegliche Energie. Ein Weinkrampf bemächtigte sich ihres Körpers. Sie lehnte verkrampft im Sessel, um dessen Rückenteil herum ihre Arme schmerzend nach hinten verschränkt waren, wo die Handgelenke im kalten Metall der Handschellen steckten. Obwohl jeglicher Versuch, sich zu befreien, chancenlos war, vollführte sie mit dem Oberkörper zornig und schluchzend wippende Bewegungen, stemmte sich mit ihren Sneakers, in denen ihre nackten Füße steckten, am Fußboden ab, um den Sessel mit Gesäß und Rücken gewaltsam nach hinten zu schieben.

Haustein baute sich vor ihr auf und sah sie mitleidig an: »Bleiben Sie ruhig. Es wird vielleicht alles gut. Es tut mir wirklich leid, Frau Mittelberg. Aber so, wie sich der Fall darstellt, richtet sich momentan ein dringender Tatverdacht gegen Sie.«

Heike gab die verzweifelten Versuche auf, sich aus der misslichen Lage zu befreien. Unterdessen verständigte Alina telefonisch die Dienststelle, um den diensthabenden Richter ausfindig zu machen, der die Festnahme bestätigen musste.

Als Heike dies mitbekommen hatte, holte sie tief Luft, während ihr die Tränen über die Wangen kullerten. »Bitte, Herr Kommissar«, flehte sie unerwartet einlenkend und schnell atmend. »Sie müssen mir glauben. Ich hab mit allem, was passiert ist, nichts zu tun.«

Haustein setzte sich auf den Sessel neben ihr und bekam mit einem Ohr mit, dass Alina die Telefonnummer des zuständigen Haftrichters bereits auf einem Stück Papier notierte.

»Frau Mittelberg«, zeigte sich Haustein nun versöhnlich. »Vielleicht wäre es an der Zeit, mit der Wahrheit herauszurücken. Dann könnten wir uns in aller Ruhe unterhalten.«

Heike schniefte, räusperte sich und sah Haustein mit geröteten Augen an. »Bitte helfen Sie mir. Bitte.«

Haustein war für einen Moment unschlüssig, zumal ihn Alina von hinten ansprach: »Wir können mit ihr gleich zum Haftrichter gehen.«

Haustein gab mit einer mäßigenden Handbewegung zu verstehen, dass die Entscheidung noch nicht gefallen war. »Ich glaube, Frau Mittelberg will eine Aussage machen.« Er stand auf, ging hinter den Sessel, in dem Heike saß, und schloss die Handschellen auf. Alina verfolgte das Geschehen irritiert und stellte sich auf eine handgreifliche Reaktion ein – jederzeit bereit, dies gewaltsam zu verhindern.

Aber Heike würdigte sie keines Blickes, nahm ihre Arme langsam nach vorne, massierte die geröteten Handgelenke und blieb ruhig sitzen. Haustein reichte ihr ein Papiertaschentuch, damit sie die Tränen aus Gesicht und Augen wischen konnte.

»Ich bin mir ziemlich sicher«, sagte er dabei, »dass wir Sie nicht mitnehmen müssen, wenn Sie bereit sind, uns alles zu sagen.«

»Das will ich«, seufzte Heike zitternd. »Sie dürfen mich nicht einsperren, bitte. Versprechen Sie mir das?«

Haustein zuckte mit einer Wange. Die senkrechte Falte zwischen seinen Augenbrauen grub sich noch tiefer ein.

111

Markus Kerkhoff stand wie gelähmt. Für den Bruchteil einer Sekunde fühlte er sich in einen Hinterhalt gelockt. Abseits von Marion Schewe zeichneten sich im Dunkel der Sträucher zwei Gestalten ab. Reflexartig ging er einen Schritt zurück, während Marion diese Situation als äußerst bedrohlich empfand.

»Keine Panik«, war eine leise Männerstimme zu vernehmen. Es war Wellinger, der den Mut hatte, aus der nachtschwarzen Deckung hervorzutreten. »Frau Schewe war so freundlich, dieses Gespräch zu arrangieren.«

Kerkhoff machte eine ruckartige Bewegung in deren Richtung. »Du hast *was*?«, zischte er, während auch Ackermann näher trat. »Und die beiden?«, presste Kerkhoff hervor. »Was soll das Theater mitten in der Nacht?«

Marion spürte, dass ihr ganzes diplomatisches Geschick gefragt war. »Bevor du abhaust, Markus«, sprach sie ihn direkt und eindringlich an, »ist es an der Zeit, einige grundsätzliche Dinge zu klären. Du magst zwar mit der ganzen Medikamentenpanscherei nicht viel zu tun haben, aber die Sauereien, die mit den Drohnen geschehen sind, haben dich ziemlich in die Bredouille gebracht.«

»Was geht dich das an?« Er kam ihr bedrohlich nahe, doch sie wich nicht zurück.

»Glaubst du, ich wüsste nicht, was du damit vorhast?«, giftete Marion zurück. Wellinger und Ackermann lauschten in gebührendem Abstand.

»Und warum sollte ich mich hier und jetzt mit dir darüber unterhalten? Du hast doch selbst genügend Dreck am Stecken.«

»Da täuschst du dich, mein lieber Markus!«, bläffte Marion. »Das Gegenteil ist der Fall.« Ihre Bemerkung hatte die erhoffte Wirkung nicht verfehlt. Kerkhoff war für einen Moment sprachlos.

»Dann sag endlich, was du von mir willst. Du und diese beiden da«, forderte er schließlich mit gedämpfter Stimme, ohne die beiden anderen Männer aus den Augen zu lassen.

»Das kann ich dir sagen, Markus«, wurde Marion deutlich. Die Gewissheit, zwei Männer an ihrer Seite zu haben, die gegebenenfalls schützend eingreifen könnten, machte sie mutig. »Entweder du lässt die ganze Organisation auffliegen oder du wirst deines Lebens nicht mehr froh.«

Kerkhoff schluckte. »Organisation? Wie kommst du auf so was? Bist du völlig durchgeknallt, oder was?«

»Ja, Organisation. Du hast richtig gehört. Glaubst du, ich wüsste nicht schon lange, dass du nur scheinheilig tust und dich von Mittelbergs Arzneiimporten nur vordergründig distanzierst? In Wirklichkeit ging es euch beiden – und im Besonderen dir – um etwas ganz anderes. Um etwas viel Größeres.«

»Bitte, Marion«, versuchte er zu beschwichtigen. »Ich glaube, du unterliegst einem großen Irrtum.«

»Ach, sei doch still!«, fuhr sie ihm über den Mund. »Soll ich dir im Ernst glauben, dein Abenteuer mit Heike Mittelberg sei die heiße Liebe gewesen? Ausgenutzt hast du sie. Nichts weiter. Sie ist auf dich reingefallen, auf dich, den großen Doktor, den ganz Waldsee kennt. In Wirklichkeit hast du Heike nur über ihren Ehemann aushorchen wollen. Über Frank, deinen Jugend- und Fliegerfreund, dem du zuletzt nicht mehr getraut hast. Oder der dich gar erpresst hat.«

»Erpresst. Marion, weißt du überhaupt, was du da sagst – vor diesen beiden Männern hier?«

»Ja, das weiß ich. Und ich weiß noch viel mehr. Natürlich hast du die Ehefrau von Herrn Ackermann auf dem Gewissen. Du und Frank, ihr beide habt dort bei Ulm mit den Drohnen trainiert. Dabei ist so ein Ding gegen das Auto von Herrn Ackermann gestürzt. Und ihr beide habt euch aus dem Staub gemacht, wie kleine Buben. Herr Wellinger kann doch bezeugen, dass ihr die Drohnen bei ihm gekauft habt.«

Kerkhoff sah ihr aus kurzer Distanz direkt in die Augen: »Hör mal zu. Dass das klar ist: Ich hab die Dinger zwar gekauft, aber wenig später weiterverkauft. So sieht's nämlich aus.«

»Ja, natürlich, weiterverkauft«, äffte sie ihn nach. »Glaubst du, ich wüsste nicht, wofür die Drohnen gebraucht worden wären?«

Kerkhoff schwieg.

»Nächstes Jahr hättet ihr sie gebraucht. 2020. Oder soll ich deutlicher werden?«

Kerkhoff holte tief Luft und schien die Fassung zu verlieren. »Halt endlich dein verdammtes Maul!«, brach es lautstark aus ihm heraus.

Marion erschrak und wich zurück. Gleichzeitig drang aus dem Dunkel links von ihr eine Bewegung in ihren Augenwinkel – von dort, wo sie niemanden vermutete: an dem schemenhaft erkennbaren Metallgitter, mit dem die Ruine des niedergebrannten Kavaliershäuschens abgesperrt war. Doch der gefährlich klingende Unterton von Kerkhoffs gedämpfter Stimme lenkte sie davon ab: »Ich kann dir nur eines raten, Marion: Sei vorsichtig. Mich wirst du in nichts hineinziehen können. Und lass mich in Ruhe.« Er wandte sich ab, doch da war in der Dunkelheit ein Schatten. Einer, der sich bewegte.

112

Noch immer war keine Nachricht aus Konstanz eingetroffen. Häberle hatte aber anderes im Kopf: Erfreut darüber, dass sein langjähriger Kollege Mike Linkohr zu dieser späten Abendstunde hier war, ließ er den Soko-Leiter wissen, dass sie beide den suspekt erscheinenden Dr. Kerkhoff aufsuchen wollten. Zwar war es eine ungewöhnliche Tages- oder, besser gesagt,

Nachtzeit, aber Häberle bestand darauf, einige direkte Fragen zu stellen – unabhängig von den Erkenntnissen, die Alina und Haustein hoffentlich bald melden würden.

Linkohr hoffte insgeheim, wieder die junge Frau anzutreffen, deren Namen ihm nicht mehr einfallen wollte. Dabei hatte Kerkhoff sie ihm sogar mit dem Vornamen vorgestellt.

Linkohr steuerte den Dienstwagen durch das nächtliche Bad Waldsee und folgte der Beschilderung zur Therme, hinter der sich der Wohnwagenstellplatz befand. Häberle brummte nachdenklich vor sich hin: »Entscheidend ist doch, wie das am Montagabend mit dem Fliegen war. Mittelberg hat mit seiner Ehefrau Heike also einen Rundflug gemacht, von Konstanz aus. Dann ist sie angeblich heimgegangen und Mittelberg hat auf jemanden gewartet. Auf jemanden, den er dann wohl nach Bad Waldsee geflogen hat, wo zu diesem Zeitpunkt kein Flugleiter mehr anwesend war.«

»Ja, dann kommt der grüne Kleinwagen ins Spiel«, schlussfolgerte Linkohr, während die Scheinwerfer die Reihen luxuriöser Wohnmobile streiften. »Kerkhoff steht ganz links drüben«, kommentierte er das Gesehene und ließ den Wagen im Schritttempo rollen. Hinter den Scheiben der meisten Camper brannte Licht. Vielfach deutete sanft zuckende Beleuchtung auf ein eingeschaltetes Fernsehgerät hin.

»Der grüne Kleinwagen, ja«, überlegte Häberle weiter. »Aber auch der seltsame Kombi, der am Dienstagfrüh auf dem Flugplatz Konstanz beobachtet wurde.«

»Genau genommen kann auch nicht der letzte Passagier am Montagabend diesen barometrischen Apparat in der Cessna versteckt haben. Das muss später geschehen sein«, resümierte Linkohr, der konzentriert an den Wohnmobilen entlangfuhr.

»Das kann in der Nacht oder in den Morgenstunden vonstattengegangen sein. Von diesem Kombi aus«, nickte Häberle auf dem Beifahrersitz und deutete nach vorne. »Dort. Dort muss es sein.«

Linkohr stoppte den Wagen, denn die Scheinwerfer erhellten am Ende der Camperreihe nur einen leeren Platz.

»Hier? Da war's doch?«, entsann sich Häberle unsicher.

»Natürlich. Da war's«, bestätigte Linkohr und sah zu dem danebenstehenden Wohnmobil hinüber, in dem Licht brannte. Häberle entschied, sich dort zu erkundigen, wann Kerkhoff abgefahren sei.

Augenblicke später stellte er sich einem jungen Mann vor, der nach kurzem Anklopfen die Campertür geöffnet hatte. Auf die Frage, wann sein Platznachbar abgefahren sei, zeigte sich der Jogginghosenträger überrascht: »Der da drüb'n? Sie meinen den mit der jungen Frau? Hat er denn was ausg'fress'n?«

»Das steht im Moment nicht zur Debatte«, erwiderte Häberle charmant lächelnd. »Wir hätten ihm nur gern ein paar Fragen gestellt.«

Der Angesprochene drehte sich nach innen und rief jemandem zu, vermutlich seiner Frau: »He, Lilli, hast du auf die Uhr g'schaut, als die da drüb'n wegg'fahrn sind?«

»Nö«, hörte Häberle eine Frauenstimme. »Noch net lang her. Aber es war schon dämmrig.«

Der Mann wandte sich dem Kriminalisten zu. »Dann wird's wahrscheinlich so gegen zehn g'wesen sein. Vor einer Stund' vielleicht.«

»Hat er denn gesagt, wohin er wollte?«

»Er hat net viel g'red. Aber die Evelyn, das Mädel, hat mir gestern mal g'sagt, dass sie in d'Schweiz woll'n.«

Häberle bedankte sich und setzte sich zu Linkohr in den Dienstwagen.

»Und?«, wollte der Kollege wissen.

»Die sind weg. Aber denken Sie mal scharf nach, lieber Kollege. Könnte es sein, dass die junge Frau Evelyn geheißen hat?«

Natürlich. Klar. Linkohr fiel es wie Schuppen von den Augen. Und im Geiste tauchte das Bild dieser attraktiven Frau auf, die ihn auf geschickte Weise hatte ablenken wollen. »Ja«, beeilte sich Linkohr zu sagen. »Ja, sie hieß Evelyn.«

Häberle griff zu seinem Smartphone und drückte die Kurzwahltaste zur Sonderkommission. Nach dem dritten Rufton meldete sich Pfeifer. »Herr Kollege«, sagte Häberle schnell. »Schau'n Sie mal so schnell wie möglich, ob sich unter den Besitzern dieser grünen Kleinwagen eine Dame mit Vornamen Evelyn befindet.«

»Ich geb's sofort weiter«, erwiderte Pfeifer – und Häberle fühlte sich wieder mal bestätigt: Pfeifer war nur zum Delegieren da.

»Noch etwas«, fügte er an. »Kerkhoff ist abgehauen. Versuchen Sie das Kennzeichen zu kriegen und lassen Sie nach ihm fahnden. Richtung Schweiz.«

»Das Kennzeichen?« Pfeifers Stimme verriet Ratlosigkeit. »Wissen Sie auch, wie spät es ist?«

»Ja, natürlich weiß ich das.« Er beendete das Gespräch und ärgerte sich, dass er das Kennzeichen bei der Vernehmung Kerkhoffs nicht abgelesen und notiert hatte. Aber Pfeifer war schließlich auch dabei gewesen.

113

Zunächst schien alles friedlich und still zu sein. Nachdem Kerkhoff das Wohnmobil verlassen hatte, um in den Schlossseepark zu gehen, war Evelyn auf den Fahrersitz hinübergeklettert. »Der Schlüssel steckt, falls du schnell wegmusst«, hatte Kerkhoff gesagt. »Ich bin gleich wieder da. Und vergiss nicht: Das Handy bleibt aus. Komplett, ist das klar? Falls was schiefgeht, treffen wir uns auf jeden Fall wieder – du weißt, wo.«

»Aber sei vorsichtig«, hatte sie ihm hinterhergehaucht – und schon war er draußen gewesen.

Die junge Frau ließ die linke Seitenscheibe ein Stück weit heruntergleiten, um in die Umgebung hinauslauschen zu können. Laue Sommerluft strich sanft um ihr Haar, irgendwo schrie ein Nachtvogel. Dass Markus umgedreht und zurückgefahren war, hatte sie nicht verstanden, zumal ihr rätselhaft erschien, was es mit Marion Schewe zu bereden gab.

Evelyn spürte die innere Unruhe. Obwohl sie Markus grenzenlos vertraute und widerspruchslos alles tat, was er von ihr verlangte, beschlichen sie langsam Zweifel. Natürlich war er aus ihrer Sicht ein Supermann, einer, der wusste, was er wollte, einer, der angesehen war und gut betucht. Dass er mit Heike nur ein vordergründiges Abenteuer gehabt hatte, glaubte sie ihm ohne Wenn und Aber. Ihm zuliebe hatte sie deshalb diese irre Szene an der Wassertretstelle gespielt. Es hatte ihr sogar großen Spaß gemacht, Heike zu beleidigen.

Alles, was sie für ihn getan hatte, war bisher genial gelaufen. Ihrer beider Zukunft stand nichts mehr im Wege. Sie würden eine Zeit lang mit dem Wohnmobil umherreisen und sich im Frühjahr und Sommer nächsten Jahres – also 2020 – einer ganz großen Aufgabe widmen. Alles war bestens vorbereitet und kein Mensch würde mehr auf die Idee kommen, Markus hätte irgendetwas mit den Machenschaften seines einstigen Freundes Frank Mittelberg zu tun.

Der aufregende Gedanke an eine gemeinsame Zukunft ließ all das Vergangene verblassen. Sie würde für immer bei Markus sein, egal was geschah, schwärmte sie in sich hinein und genoss das behagliche Gefühl, das auf wundersame Weise die innere Unruhe dämpfte. Eine Unruhe, die jedoch minütlich aufflammte und stärker zu werden drohte. Warum kam Markus nicht zurück? Sie sah auf die Uhr. Gerade fünf Minuten waren vergangen. Dabei fühlte es sich schon wie eine halbe Ewigkeit an.

Sie umklammerte das Lenkrad und starrte durch die Windschutzscheibe. Markus hatte das Wohnmobil gewendet, sodass der dunkle Weg vor ihr zwischen Klinik und Schloss zurück zur Straße führte. Falls notwendig, wäre dies die einzige Fluchtrichtung.

Links funkelten von der Klinik ein paar Lichtpunkte durch die Sträucher. Rechts von ihr, versteckt hinter den Umrissen einiger Hecken, vermutete sie das Schloss, weshalb sie sich weit übers Lenkrad nach vorne beugte, um den Gebäudekomplex durch die leicht gewölbte Windschutzscheibe ausmachen zu können. Doch mehr als eine Gebäudeecke zeichnete sich in der Finsternis nicht ab.

Während sie angestrengt nach Konturen suchte und ihr Blick den rechten Außenspiegel streifte, schien es ihr so, als habe sie darin eine Bewegung wahrgenommen.

Ein Schatten? Kam Markus zurück? Ihre Augen starrten in den großen Außenspiegel, in dem sich das fahle Licht einer entfernten Straßenlampe abzeichnete. Ein winziger Punkt, der für ein paar Sekunden von etwas verdeckt wurde. Von etwas, das sich bewegte.

Markus? Evelyns Herzschlag beschleunigte sich, es war ihr,

als sei alle Energie aus ihrem Körper gewichen. Wenn nicht Markus – wer dann?

Noch immer hielt sie das Lenkrad umklammert, saß regungslos und beobachtete den Außenspiegel, in dem die Schwärze der Nacht nur einen einzigen Lichtpunkt erkennen ließ – die Lampe aus dem Park.

Langsam wandte Evelyn den Kopf zur anderen Seite, um den linken Rückspiegel im Blickfeld zu haben. Aber in ihm war gar nichts zu sehen. Nur Schwärze.

Hatte sie sich alles nur eingebildet? Spielten ihre Nerven verrückt? Oder war Markus in eine Falle getappt?

Panik. Chaos im Kopf. Instinktiv drückte sie den Knopf für die Zentralverriegelung. Was aber, wenn Markus flüchten musste? Dann wäre es besser, die Türen offen zu halten. Nein, entschied sie. Nein. Sie musste auf alles gefasst sein. Wie lange noch? Dann ein lauter Schrei, der sie tief ins Innerste traf. Ein Schrei. Eine männliche Stimme, laut und deutlich war sie durch den kleinen Spalt der geöffneten Seitenscheibe zu vernehmen gewesen. Markus' Stimme. Was hatte er gerufen? »Hau ab und verschwinde«, glaubte sie, herausgehört zu haben.

Verschwinde. Wer? Warum? Es war, als habe sie einen Stromstoß versetzt bekommen, so fühlte sich Evelyn in diesem Augenblick. Dann noch eine Frauenstimme, ebenso laut, aber unverständlich. Dazu wieder wütendes Gebrüll von Männern. Waren es mehrere? Polizei?

Evelyns Augen zuckten vom linken zum rechten Außenspiegel, hin und her – nach vorne auf den Weg. Würden sie eine Straßensperre errichten? Saßen sie in der Falle? Sie lauschte in die Nacht. Wieder Stimmen, die unverständlich waren. Dann Schreie einer Frau, vielleicht um Hilfe – und jetzt, weit entfernt, aber deutlich vernehmbar, fiel etwas ins Wasser.

Evelyn fühlte sich wie gelähmt. Man hatte etwas ins Wasser geworfen. Einen Menschen? Markus?

Sie musste weg. Bloß weg.

Aber Markus? Wenn sie ihn ertrinken ließen? Sie konnte ihn doch nicht allein lassen.

Nein, Markus würde sich nicht ins Wasser werfen lassen. Außerdem hatte zuvor eine Frau geschrien.

Markus war keiner, den man so einfach überrumpeln konnte. Markus nicht. Er hatte vorsichtshalber sein Handy mitgenommen. Wenn etwas schiefgelaufen war, würde er sie gewiss später anrufen. Wenn er noch konnte, dröhnte der finstere Gedanke durch ihren Kopf. Nein, nein. Sie würden sich wiedertreffen, ganz sicher. So viel war schon geschehen – und so viel hatten sie beide bewältigt. Gemeinsam. Da konnte ihm auch jetzt nichts zustoßen. Evelyn spürte für den Bruchteil einer Sekunde ein dankbares Gefühl der Hoffnung, das augenblicklich von böser Ahnung aufgefressen wurde. Der Schlüssel steckt, falls du schnell wegmusst, hatte Markus gesagt – so hallte es in ihrem Kopf nach. Falls du schnell wegmusst. Der Schlüssel steckt. Plan B, jagte ihr ein Gedanke durch den Kopf. Plan B, hatte Markus immer gesagt. Und damit zum Ausdruck gebracht, dass er an alles gedacht hatte.

Weg, nichts wie weg. Markus hatte nichts dem Zufall überlassen wollen.

Er war auch auf Unvorhergesehenes vorbereitet, hatte bisher alles genau geplant – und deshalb auch eine solche Eventualität logisch durchgespielt. Er war ein analytischer Denker, dem sie vertrauen konnte. Ja, sie würden sich wiederfinden. Ganz bestimmt. Aber es war etwas schiefgegangen. Natürlich. Womöglich blockierten sie den Weg da vorne. Die Polizei, irgendein Sonderkommando, quälte sie ein plötzlich aufkommender Gedanke. Gleich würden sie um die Kurve kommen. Blaulicht. Dann wäre es zu spät.

Zitternd und zaghaft tastete sie mit eiskalten Fingern nach dem steckenden Zündschlüssel, warf flüchtige Blicke in die Rückspiegel, ohne zu realisieren, dass sie nichts sah, und startete den Motor. Die Scheinwerfer flammten automatisch auf –

so hell, dass sie darüber erschrak. Am liebsten wäre sie ohne Licht weggefahren.

Jetzt musste alles schnell gehen.

Evelyn war noch nicht oft mit dem Wohnmobil gefahren – aber sie würde es beherrschen. Wohin sie fahren wollte, war ihr in diesem Moment nicht klar. Jedenfalls nicht auf den Stellplatz bei der Therme zurück. Sie musste weg, raus aus Bad Waldsee. Denn falls tatsächlich die Polizei aufgetaucht war, würde sie nach dem Wohnmobil fahnden, das ziemlich schnell irgendwo auffallen könnte. Aber Markus hatte auch diese Situation durchgespielt.

Sie beschleunigte nur sanft und war erleichtert, als sie beim Einbiegen in die Straße weit und breit kein anderes Fahrzeug sah. Auch auf der tagsüber belebten Bleichestraße schien alles still zu sein. Keine Scheinwerfer, kein Blaulicht.

Wohin also? Nicht auf eine Bundesstraße, entschied Evelyn. Auch auf keine andere überörtliche Straße. Oder fiel das Wohnmobil gerade erst recht auf einer Nebenstraße auf?

Evelyn kämpfte mit tausend Gedanken, die ihr allesamt zunächst plausibel erschienen, ihr dann aber völlig irre vorkamen. Denn sie musste zum vorgesehenen Platz. Für diese eine Nacht. Markus würde dort irgendwann auftauchen. Ganz sicher.

114

»Ich will Sie nicht einsperren«, versicherte Haustein zum wiederholten Male, während Heike Mittelberg schluchzend in ihren Sessel versunken war und Alina abseits auf einem Stuhl Platz genommen hatte. Sie zog es vor, die Angelegenheit dem älteren und erfahrenen Kollegen zu überlassen, der ein geradezu väterliches Einfühlungsvermögen an den Tag legte. »Wie war das nun mit Ihrem Mann? Ich kann verstehen, dass es Ihnen schwerfällt, darüber zu reden.«

»Ich hab ihn nicht umgebracht, bestimmt nicht«, flüsterte Heike und schloss die Augen.

»Dann können Sie mir sicher sagen, wer dann?« Sosehr ihm die Frage unter den Nägeln brannte, so vorsichtig hatte er sie gestellt.

»Ich weiß es nicht«, kam die enttäuschende Antwort. »Ich weiß es wirklich nicht.«

»Wie erklärt sich dann, dass dieses Gerät mit der barometrischen Vorrichtung in das Flugzeug Ihres Mannes kam?«

»Ich weiß es nicht, wirklich nicht«, wiederholte sie und tupfte Tränen vom Gesicht. »Ich bin mit Frank noch am Montagabend geflogen, aber ich hab so etwas nicht gesehen.«

»Sie hatten das Gerät also nie in Händen?«, bohrte Haustein nach, weil er aus den gemailten Akten aus Bad Waldsee dazu Kerkhoffs Aussage kannte.

»Nein, ich hab so etwas nie gesehen«, beharrte sie.

Haustein ließ es dabei bewenden und bohrte weiter: »Nach Ihnen muss Ihr Mann noch mal mit jemandem gestartet sein.«

Heike sah ihn mit geröteten Augen an, schien ihre Gedanken abzuwägen und entschied sich zögernd für eine kurze Antwort: »Ja, es war Markus.«

»Markus Kerkhoff«, echote Haustein. »Der Doktor. Also der Freund Ihres Mannes?«

Heike nickte zaghaft.

»Er war in Konstanz und Ihr Mann hat ihn am Montagabend heim nach Bad Waldsee geflogen?«

Sie nickte wieder und sah verschämt auf den Boden.

»Wie muss ich das verstehen?«, wollte der Kriminalist wissen.

Heike holte tief Luft und tat sich mit einer Antwort hörbar schwer. »Markus, also Herr Dr. Kerkhoff, hat ihm erzählt, mit der Bahn in der Schweiz gewesen zu sein und ihn an diesem Abend in Konstanz treffen zu wollen, um etwas Wichtiges zu besprechen.«

»Das hört sich so an, als sei das Treffen möglicherweise anders arrangiert worden«, meinte Haustein.

Heike sah ihn sachte nickend an. »Ja. Wir waren den Nachmittag über zusammen. Markus und ich.« Wieder schloss sie die Augen. »Ich hab ihn in Bad Waldsee besucht und ihn im Auto mit nach Konstanz genommen. Weil er tatsächlich mit meinem Mann etwas Wichtiges besprechen wollte. Um zu verheimlichen, dass ich ihn hergebracht habe, hat Markus die Sache mit der Schweiz erfunden.«

Haustein ließ ein paar Sekunden verstreichen. »Sie waren also, um es mal so zu formulieren, mit Herrn Kerkhoff enger befreundet.«

Sie nickte stumm.

Haustein wollte diesen Gesichtspunkt nicht vertiefen, sondern sprach einen anderen an: »Was es so Wichtiges zu besprechen gab, wissen Sie nicht, oder?«

»Ich … ich wollte mich in das alles nicht einmischen, Herr Kommissar. Ich kenne auch keine Details – und ich möchte mich auch jetzt raushalten, obwohl …« Sie kämpfte erneut mit den Tränen und schluchzte in sich hinein.

Alina verspürte Mitleid, wollte aber das Gespräch nicht

unterbrechen. Auch Haustein zeigte sich geduldig, ahnte jedoch, dass die Kollegen in Bad Waldsee auf eine Nachricht warteten. »Obwohl?«, knüpfte er vorsichtig an Heikes Äußerungen an.

»Obwohl er mich fies behandelt hat«, schluchzte sie verbittert in sich hinein.

»Herr Kerkhoff hat Sie schlecht behandelt?«

Stummes Nicken.

Weil Haustein ebenfalls schwieg, rang sie sich eine Erklärung ab: »Ich hab ihm vertraut. Aber nun ist er mit einer Jüngeren weg.«

Haustein hatte den zugesandten Akten bereits entnommen, dass es inzwischen eine andere gab. Sein Interesse galt aber dem Wichtigen, das es zu besprechen gegeben haben sollte. »Frau Mittelberg«, versuchte er es deshalb erneut, »was gab es zwischen Ihrem Mann und Herrn Kerkhoff am Montagabend zu klären?«

»Es …« Sie wich den Blicken des Kriminalisten aus. »Es ging ums Geschäftliche, um diese Arzneimittel, die Frank aus China beschafft hat. Über irgendwelche dubiosen Wege, im guten Glauben, das sei alles korrekt.«

Haustein blieb gelassen.

»Irgendwann«, fuhr Heike fort, »hat er gemerkt, dass damit etwas nicht stimmte. Aber er hat weitergemacht, obwohl Markus, also Herr Kerkhoff, ihm davon dringend abgeraten hat. Ja, er hat ihm sogar gedroht, nicht länger stillzuhalten. Markus hatte selbst Angst, in etwas reinzugeraten, weil er anfangs gutgläubig für seine Privatklinik solche Präparate bestellt, aber niemals angewandt hat.«

»Und seit wann haben sich die beiden darüber gestritten?«

»Nicht gestritten. Nicht, wie Sie denken«, wurde Heike gefasster. »Sie haben sich weiterhin getroffen, sind manchmal geflogen – und sie waren im Dezember gemeinsam bei einem Seminar oder einem Kongress eines Pharmaunternehmens in London.« Sie sah auf. »Aber das hab ich Ihrem Kollegen, diesem Kommissar aus Waldsee – Pfeifer hieß er, glaub ich – doch schon gesagt.«

Haustein ging nicht darauf ein.

»Da haben sie sich Flugmodelle schenken lassen. So Drohnen, die sie dort gleich ausprobiert haben.«

Bei Haustein ließ die Kombination aus Drohnen und London die Alarmglocken schrillen. »Das war im Dezember vergangenen Jahres, also 2018?«, vergewisserte er sich.

»Ja, da waren die beiden unterwegs. Sie sind von der Fliegerei begeistert. Markus hat seinen Pilotenschein aber verfallen lassen und beschränkt sich auf Modellflugzeuge.«

Haustein wurde den Gedanken an London nicht mehr los. War der dortige Flughafen im Dezember nicht tagelang wegen unbekannter Drohnen gesperrt gewesen?

»Das Pharmaunternehmen hat den beiden Drohnen geschenkt?«, fragte er ungläubig.

»Ja, das mit den Geschenken ist so üblich. Für die Teilnehmer gibt's Präsente, weshalb sich die Veranstalter vorher nach deren Hobbys erkundigen. Wie das genau war, weiß ich nicht. Jedenfalls sind die Drohnen bei den ersten Flugversuchen verloren gegangen, worauf sie sich neue gekauft haben.«

»Hier in Deutschland?«, erkundigte sich Haustein.

»Ja. Markus hat einen Unternehmer gekannt, dessen Frau bei ihm mal zur Kur war.«

»Dieser Wellinger«, zeigte sich der Kriminalist informiert.

»Ja. Der kürzlich im Fernsehen aufgetreten ist, bei dieser Dokumentation. Er behauptet, seine Frau sei wegen falscher Medikamente verstorben. Und Markus hat ihm damals andeutungsweise gesagt, dass er auch dagegen ankämpfe, weil die Quelle dafür wohl hier irgendwo sei.«

»Er hat seinen Freund Frank angeschwärzt?«

»Nicht direkt, nein. Das wollte er nicht. Aber er hat weiteres Unheil verhindern wollen.«

»Er war also in der Zwickmühle, wie man so zu sagen pflegt«, munterte Haustein die Frau verständnisvoll auf.

»Er kam noch mehr in die Zwickmühle, als die Sache auf der Autobahn passiert ist.«

»Der tödliche Unfall?«

»Ja«, wieder fiel es Heike schwer, weiterzuerzählen. »Ihre neuen Drohnen haben sie irgendwo auf der Alb ausprobiert, auf einem Berg bei der Autobahn.«

Den Unfall kannte Haustein aus den Protokollen, die ihm Häberle geschickt hatte. »Es kam zu dem tragischen Unglück und die beiden haben sich aus dem Staub gemacht«, knüpfte er gut informiert an Heikes Aussagen an.

Sie nickte und zerknüllte ihr Papiertaschentuch. »Das hat sie voneinander abhängig gemacht.«

»Sie meinen: gegenseitig erpressbar, wenn ich das richtig verstehe«, konstatierte Haustein.

»Ja, Frank hat ihm klargemacht, dass er den Drohnenunfall melden werde, falls Markus die Sache mit den Präparaten irgendwann auffliegen lässt.«

»Obwohl Ihr Mann selbst angeklagt worden wäre.«

Heike blieb stumm.

»Ich kann das nachvollziehen«, sagte Haustein. »Aber ich versteh noch immer nicht, weshalb mit Ihrem Handy, das Sie im Golfclub verloren haben wollten, wohin Sie Ihrem Mann mithilfe eines Ortungsgeräts gefolgt sind, immer wieder dubiose Anrufe getätigt werden. Zu Ihrem Mann, zur Polizei – und heute sogar zu einem Arzt in Bad Waldsee, der damit in einen Hinterhalt gelockt wurde.«

Heike war auf diese Frage gefasst. Natürlich hatte sie bisher gelogen. Um nicht weiter in die Sache verwickelt zu werden – und auch, um keine schmutzige Wäsche mit Markus zu waschen. Er hatte sie zwar enttäuscht und zuletzt mit diesem »jungen Ding« erniedrigt. Aber sie hatte vermeiden wollen, dass ihr Verhältnis zu Markus und die Geschäfte ihres Mannes

Gegenstand der Ermittlungen wurden. Dass sie sich damit aber selbst immer tiefer hineinzog, war ihr erst in den vergangenen Stunden bewusst geworden. Zu retten gab es ohnehin nichts mehr. Auch nicht das Vermögen, das Frank angehäuft hatte, in der Schweiz und in Liechtenstein. Sie würde davon nicht mehr profitieren können. Leise räumte sie deshalb ein: »Ich hab es nicht verloren, das Handy, tut mir leid. Das war gelogen.«

»Richtig ist dann was?«

»Dass ich es aus Wut Markus an den Kopf geworfen habe.«

»Sie haben es weggeworfen?«

»Ja, am Dienstagmittag. Wir hatten uns an der Wassertretstelle bei der Therme verabredet. Angeblich wollte er mir sein neues Wohnmobil zeigen. Aber es war ein einziges Schmierentheater, Herr Kommissar.« Sie wurde von einem Weinkrampf geschüttelt.

»Er hat Sie verlassen«, stellte Haustein fest.

»Er hat mich von diesem jungen Ding verhöhnen lassen. Die Alte, hat sie zu mir gesagt. Alte – einfach so.« Haustein spürte, wie tief verletzt Heike war, die anfügte: »Er hat es provoziert, mit ihr. Provoziert, dass ich ihn verlasse. Einfach raffiniert. Damit er nicht von sich aus hat Schluss machen müssen. Ein mieser Feigling!«

»Und dabei haben Sie ihm Ihr Handy nachgeworfen?«

»Ja, ich hätte ihn am liebsten umgebracht.« Kaum hatte sie es gesagt, war ihr die Tragweite einer solchen Äußerung bewusst.

»Aber das war doch Ihr Handy?«, überlegte Haustein laut.

»Nein, nicht wirklich. Er hat es für mich gekauft und für mich eingerichtet. Damit ich ein zweites hatte, mit dem wir uns heimlich verabreden konnten.

»Somit kennt er den Code, um es zu benutzen?«

Sie nickte. Haustein nahm das Gesagte zur Kenntnis und wollte dann wissen: »Und trotz allem haben Sie ihn bis jetzt verschont? Sie hätten uns das doch schon gestern sagen können.«

»Hätte, ja«, wiederholte sie kleinlaut. »Aber ich hab Ihnen doch gesagt, ich wollte nicht, dass das alles an die große Glocke gehängt wird.«

»Weil Sie das Vermögen Ihres Mannes nicht gefährden wollten – aus Angst, es könnte beschlagnahmt werden«, ergänzte Haustein ahnend und riskierte einen weiteren Vorstoß: »Deshalb haben Sie den Einbruch vorgetäuscht und Computer und Speichermedien verschwinden lassen. Sehe ich das richtig?«

Sie nickte verschämt.

Weil ihm sein Gefühl sagte, dass noch mehr dahintersteckte, hakte er vorsichtig nach: »Gab es sonst noch etwas, was zwischen Ihrem Mann und Herrn Kerkhoff stand?«

Haustein sprach ruhig und gelassen, während er an Alinas gespanntem Gesicht ablas, dass er mit dieser Frage auf deren Zustimmung stieß.

Weil Heike nichts antwortete, brachte er das Gespräch in die gewünschte Richtung: »Warum waren die beiden so wild auf Drohnen? Vor allem wohl auf große, wie ich den Akten entnommen habe.«

»Frank …« Sie suchte nach passenden Worten. »Frank hatte mal die Idee, Präparate auf diese Weise zu transportieren. Er wollte vermeiden, dass man ihn bei einer Kontrolle mit diesen Medikamenten erwischte.«

Haustein war perplex, ließ es sich aber nicht anmerken. Er hatte zwar schon davon gehört, dass die Deutsche Post mit Drohnen experimentierte, um kleinere Sendungen auf Inseln oder abgelegene Berghütten zu transportieren – aber wie dies im Einzelnen funktionierte, war ihm nicht klar. Natürlich konnte man die Drohnen mit den Zielkoordinaten programmieren – doch wie weit die Versuche damit gediehen waren, entzog sich seiner Kenntnis. Für einen Moment musste er sich eingestehen, von derlei neuen Technologien viel zu wenig zu wissen. Vermutlich waren die Ganoven den Ermittlern bei diesen Dingen ohnehin meilenweit voraus.

»Frank hat mal gesagt, bei einer Tour de France vor vielen Jahren sei der Lieferant von Dopingpräparaten nur deshalb aufgeflogen, weil man jede Menge Ampullen in seinem Auto entdeckt habe.«

»Doping?«, entfuhr es Haustein. »Was hatte Ihr Mann damit zu tun?«

»Na ja«, sie schnäuzte in das zerknüllte Taschentuch, das sie auseinandergefaltet hatte, »Frank hatte auch dafür seine Quellen. Und … und Markus eine ganze Organisation in Aussicht, die sich dafür interessierte. Im kommenden Jahr.«

Haustein konnte mit dieser Bemerkung nichts anfangen. »Im kommenden Jahr – 2020?«

»Ja, klar, überlegen Sie doch mal, was da europaweit stattfindet!« Sie schnäuzte wieder, und Haustein konnte mit dieser Bemerkung nichts anfangen.

Außerdem war es höchste Zeit, um mit Bad Waldsee zu telefonieren.

115

Linkohr hatte den Dienstwagen, noch bevor Häberle etwas sagen konnte, wieder gewendet und war zu einer Durchgangsstraße zurückgekehrt, wo ihm ein großes Wohnmobil entgegenkam, dem er mit einem Schlenker nach rechts

Platz machte. Gleichzeitig grübelte er darüber nach, weshalb Häberle so schweigsam geworden war. Linkohr spürte förmlich die Unzufriedenheit seines Chefs, dessen Art es nicht war, in Ungewissheit verharren zu müssen.

»Der Kerkhoff haut einfach ab«, hörte er ihn neben sich murmeln. »Aber wenn der wirklich schon in Richtung Schweiz unterwegs ist, kriegen wir ihn schnell.«

Weil Häberle tief in Gedanken versunken war, entschied Linkohr, zum Polizeigebäude zurückzufahren. Denn wenn sich in Konstanz nichts Entscheidendes getan hatte, wäre es wohl auch an der Zeit, die Nachtruhe einzulegen. »Fahren Sie heut noch heim?«, fragte er Häberle, den dies aufschreckte. Offensichtlich hatte er bisher keinen Augenblick daran gedacht.

»Heim? Ich warte auf jeden Fall, bis sich Haustein aus Konstanz meldet. Vielleicht hat Frau Mittelberg ein Geständnis abgelegt.«

»Wenn dies so wäre, müsste sie aber einige Ungereimtheiten aufgeklärt haben«, entgegnete Linkohr und verdrängte den Gedanken an Evelyn. Sie und ihre plumpen Ablenkungsmanöver waren ihm doch recht suspekt vorgekommen. Sie schien alles zu tun, was Kerkhoff von ihr wollte. Vielleicht war sie ihm hörig.

Kaum hatte er sich von diesem Gedanken gelöst, meldete sich Häberles Smartphone. Blitzartig griff der Chefermittler in seine Jackentasche und zog das Gerät heraus. »Ja«, meldete er sich knapp. Es war Pfeifer, der ebenso kurz angebunden mitteilte: Notruf vom Schlosssee. Eine ertrunkene Frau hinterm Schloss, im See. Anruf von einem Herrn Wellinger.«

Häberle fühlte sich wie elektrisiert. »Wir fahren hin«, war alles, was er über die Lippen brachte und damit das Gespräch beendete.

Linkohr hatte die veränderte Stimmung seines Chefs bemerkt und sah zu ihm hinüber. Häberle wiederholte, was er soeben mitgeteilt bekommen hatte, worauf Linkohr ebenso geschockt echote: »Ertrunkene Frau?« Evelyn, schoss es ihm durch den Kopf. War es Evelyn? Er beschleunigte den Wagen und überlegte, wie er möglichst schnell zum Schlosssee kommen konnte. Er hatte den Stadtplan noch nicht so gut im Kopf. In den vergangenen Stunden war er nicht ausreichend mit den Örtlichkeiten befasst gewesen.

Kaum hatten sie ein paar Hundert Meter zurückgelegt, meldete sich Häberles Handy erneut. Wieder reagierte er blitzschnell und fahrig. Sofort vernahm er Pfeifers Stimme: »Nur kurz noch. Wir haben inzwischen bei den Kleinwagenbesitzern eine Evelyn gefunden. Grüner Fiat Cinquecento. Evelyn Kalinke. Wohnhaft in Bad Wurzach.«

»Cinquecento?«, wiederholte Häberle erstaunt.

»Ja, ein Kleinwagen von Fiat. Wurde so etwa Anfang der 90er-Jahre gebaut«, dozierte Pfeifer, der sich schlaugemacht hatte. »War so etwas wie der Nachfolger vom legendären 500er, wie es ihn seit einigen Jahren in modernisierter Neuauflage wieder gibt.« Häberle hörte ein Rascheln, vermutlich legte Pfeifer seine Unterlagen beiseite. »An die Adresse von dieser Kalinke habe ich eine Streife geschickt.«

»Die ist sicher mit Kerkhoff abgehauen«, dämpfte Häberle Pfeifers angeberisches Gehabe. »Deshalb wird sie wohl kaum daheim rumhocken.« Er beendete das Gespräch und informierte seinen Kollegen, der gerade auf den großen Parkplatz bei der Bleichestraße einbog: »Sie haben die Halterin des grünen Kleinwagens ausfindig gemacht.«

»Halterin?« Linkohr wurde hellhörig.

»Ja, eine Frau aus Bad Wurzach. Pfeifer schickt eine Streife hin.«

»Wie heißt die Halterin?« Linkohr hatte Mühe, sich auf das Einparken zu konzentrieren. Durch die dunkle Blätterwand vor ihm zuckte Blaulicht, im Scheinwerferlicht zeichneten sich Streifenwagen und ein Feuerwehrfahrzeug ab.

Linkohr stoppte vor einem Gebüsch und war wie elektrisiert, als Häberle erklärte: »Kalinke heißt die Halterin. Evelyn.«

Evelyn. Also doch.

Er wollte aber nicht darauf eingehen, denn nun galt es, den Einsatz vorne im Park zu verfolgen. Nein, er durfte nicht an Evelyn denken. Nicht jetzt. Deshalb lenkte er sich mit einer Bemerkung zu dem aktuellen Geschehen ab: »Wenn der Alarm von Wellinger kam, können wir davon ausgehen, dass das etwas mit unserem Fall zu tun hat.« Er klang gestelzt und gedanklich abwesend.

Häberle hatte es bemerkt, erwiderte jedoch beim Aussteigen: »Um ehrlich zu sein, langsam trau ich dem Wellinger auch nicht mehr über den Weg.«

116

Alina sah auf die Uhr und gab Haustein ein Zeichen, dass sie kurz telefonieren wolle. Er nickte und sie verließ den Raum. Sie hatte das Bedürfnis, die Kollegen in Bad Waldsee nicht mehr länger warten zu lassen. Außerdem gab es vielleicht von dort Neues zu berichten, hoffte sie.

Nachdem die Tür eingerastet war, wandte sich Haustein Heike zu. »Sie sagen, für nächstes Jahr, 2020, sei etwas Größeres geplant gewesen.«

Sie sog Luft ein, als bereite ihr dies Schmerzen. »Wie ich Ihnen schon sagte: Es geht nicht nur um diese Arzneimittel. Markus hat ein ganz neues Geschäftsfeld entdeckt, wenn man es so sagen darf.« Heike hatte sich inzwischen gefangen und sagte: »Doping. Nächstes Jahr findet die Fußballeuropameisterschaft statt. Erstmals nicht in einem einzigen Land, sondern in vielen Großstädten verschiedener Länder Europas.«

Hausteins Gesichtszüge verkrampften sich. »Doping? Beim Fußball?«

»Ja«, sagte Heike schwach und energielos. »Markus hat sich einer international agierenden Organisation angeschlossen – ich vermute mal, einer Wettmafia. Das war der eigentliche Grund, weshalb er seinen Job in Bad Waldsee aufgegeben hat. Frank hatte ein neuartiges Präparat im Auge. Und Markus sollte es fachgerecht verabreichen.«

»Und das hat nicht geklappt?«

»Wenn es nach meinem Mann gegangen wäre, schon. Aber Markus drängte darauf, dass Frank dafür dann den Vertrieb dieser gefälschten Medikamente aufgibt. Markus wollte von dieser gefährlichen Sache nichts mehr wissen.«

»Und daraus hat sich ein Streit entwickelt?«

Heike schwieg drei Atemzüge lang, weshalb Haustein vermutete, dass mehr dahinterstecken könnte. »Noch was?«, fragte er ruhig.

»Ja, die Wettmafia, mit der sich Markus eingelassen hat, hat angeblich vorgehabt, die Fußball-Nationalmannschaften in großem Stil zu erpressen. Ich hab das für einen Irrsinn gehalten, obwohl mir Markus nur andeutungsweise davon erzählt hat und ich es eigentlich auch nicht wissen wollte.«

»Erpressen?«

»Es war geplant, dass Markus und Frank vor wichtigen Fußballspielen den Flugverkehr mit Drohnen lahmlegen – so, wie sie das im Dezember in London ausprobiert haben.«

Haustein verschlug es die Sprache.

»Ja«, machte Heike unaufgefordert weiter. »Wären die geforderten Lösegelder nicht bezahlt worden – mit dieser Internetwährung, diesen Bitcoins –, dann hätten die Maschinen mit den jeweiligen Mannschaften an der Landung gehindert werden sollen.«

»Was Sie da sagen, klingt ziemlich irre – wenn ich das anmerken darf«, unterbrach der Kriminalist den plötzlichen Redefluss.

»War es auch für mich. Und letztlich auch für meinen Mann. Aber Markus war geradezu besessen von dieser Idee.«

Haustein benötigte ein paar Sekunden, um das Gehörte gedanklich zu verarbeiten. »Die haben also«, so konstatierte er, »trotz dieser Meinungsverschiedenheiten über die gepanschten Arzneimittel gemeinsame Sache machen wollen – mit diesen Dopingpräparaten und der Erpressung. Versteh ich das richtig?«

Heike zitterte. »Frank hat gezögert. Aber …« Sie atmete wieder schwer und wischte sich erneut Tränen aus den Augen, weshalb ihr Haustein ein frisches Papiertaschentuch zusteckte. »Aber Markus war längst tief in die Sache verstrickt. Und dann kam diese Fernsehreportage, die beide aufgeschreckt hat. Sie wollten sich am Montagabend unbedingt zu einer Aussprache treffen. Frank hat seinen alten Kumpel Markus zu einem Rundflug eingeladen.« Heike fiel es zunehmend schwerer, mit der Wahrheit herauszurücken. »Markus hat gleich eingewilligt, denn er wollte keinen Streit mit Frank. Außerdem hatte Markus nach der Fernsehsendung etwas erfahren, was sie beide betraf.«

Weil sie zögerte und verstummte, hakte Haustein nach: »Und was war es, was Herr Kerkhoff erfahren hatte?«

»Ihm hat jemand gesteckt, dass diese Marion Schewe, die ich nie zuvor gesehen habe, dass diese Schewe also nicht unbedingt die raffinierte Pharmavertreterin ist, für die sie sich immer ausgegeben hat und die wohl die dubiosen Arzneimittelgeschäfte mit den Apothekern und Ärzten vermittelt hat, sondern dass diese Frau …« Heike musste ihre Gedanken sammeln. »Ja, dass diese Frau einen ganz bestimmten Zweck verfolgt hat.«

»Sie waren eifersüchtig auf sie?«

»Quatsch«, wehrte Heike ab. »Ich hab zwar vermutet, dass mich mein Mann betrügt, aber die Schewe hab ich doch gar nicht gekannt.«

»Aber Sie haben Ihren Mann mit dieser Ortungssoftware verfolgt«, stellte Haustein fest. »Und welche Funktion kommt dieser Frau Schewe nun zu?«

»So genau weiß das, glaub ich, niemand. Vermutlich auch Markus nicht.«

»Und wie ist das Ganze ausgegangen? Ich meine: Herr Kerkhoff hat Ihnen das demnach alles erzählt, obwohl er wenig später die Beziehung mit Ihnen beenden wollte?«

»Ja, er wollte offenbar mit sauberer Weste aus der Arzneimittelpanscherei herauskommen, damit ich, falls es so weit kommen sollte, entsprechend positiv für ihn aussage.«

Haustein wollte sich damit nicht zufriedengeben: »Es kam aber am Montagabend vermutlich zu einem Streit zwischen ihm und Ihrem Mann«, kombinierte er. »Anderntags hat man ihn beim Flug nach Bad Waldsee abstürzen lassen wollen. Und weil das nicht funktioniert hat, hat man nachgeholfen.«

»Das sagen Sie«, erwiderte Heike leicht empört. »Ich weiß es nicht. Ich weiß es wirklich nicht.«

Sie sah ihm verängstigt in die Augen, während Alina ins Zimmer kam und dem Kriminalisten etwas zuflüsterte.

117

Die Sirenen der Rettungsfahrzeuge schreckten halb Bad Waldsee auf. Überall zuckten Blaulichter, hinterm Schloss hüllten starke Scheinwerfer inzwischen die Parkanlage in gleißendes Licht. Ein Stromaggregat dröhnte, Abgase vermischten sich mit der lauen Nachtluft.

Häberle und Linkohr hatten sich im Laufschritt genähert. Durchs Gebüsch hindurch sahen sie bereits die Einsatzkräfte, die sich abseits der alten Brandruine offenbar am Uferbewuchs des seichten Sees zu schaffen machten. Ein Uniformierter kam den Kriminalisten entgegen, die sich ausweisen mussten, weil keiner sie hier kannte. Kaum waren sie einige Schritte weitergegangen, löste sich aus einer Gruppe zusammenstehender Personen ein großer Mann, der auf sie zukam. Häberle tat sich im Gegenlicht eines starken Scheinwerfers schwer, ihn zu erkennen. »Herr Kommissar, das ist gut, dass Sie persönlich kommen«, hörte er ihn außer Atem stammeln – und bemerkte schließlich, dass es Patten war, der völlig von der Rolle zu sein schien.

Linkohr ließ die beiden stehen, um durch niedergetrampelte Sträucher zu den Einsatzkräften zu gehen, die an der Wasserfläche beschäftigt waren. Seine Sorge galt der Frau, die als ertrunken gemeldet worden war. Der Gedanke an Evelyn, die ihn so sehr angehimmelt hatte, ließ ihn nicht mehr los. War sie womöglich in diese Arzneimittelgeschichte involviert? Hatte sie zu viel gewusst?

Häberle war von Pattens Anwesenheit so sehr überrascht, dass er ohne Umschweife nach dem Grund dafür fragte.

Der Apotheker fasste sich ans Kinn, als habe er Schmerzen. »Er hat zugeschlagen«, erklärte er seine Geste. »Zugeschlagen. Mit der Faust. Er hat mich gesehen.«

Häberle gewährte Patten einige Sekunden Zeit. Alles deutete darauf hin, dass der Mann unter Schock stand und vermutlich keine vernünftige Aussage machen konnte. Deshalb wandte sich der Kriminalist an einen Uniformierten: »Wer ist die Frau, die ertrunken ist?«

Auch Patten hatte die Frage gehört und reagierte erschrocken: »Ertrunken? Ist sie tot? Hat er sie …?«

»Nun mal langsam«, unterbrach ihn Häberle, während sich der Uniformierte schulterzuckend entfernte. Häberle hielt ihn nicht zurück, verordnete sich selbst Ruhe und wandte sich Patten zu. »Warum sind Sie hierhergekommen?«, fragte er ruhig, beobachtete aber gleichzeitig durch das Gebüsch hindurch, wie eine Person auf einer Trage weggebracht wurde.

»Ich hab das Wohnmobil gesehen, bin hin, hab geschaut, und dann hat er mich gesehen«, versuchte Patten, alles gleichzeitig zu berichten.

»Welches Wohnmobil haben Sie gesehen?«

»Eines. Seines. Das von Kerkhoff. Es hat genau so ausgesehen.«

»Seines?«, wiederholte Häberle weiterhin gelassen. »Oder nur ein ähnliches?«

Patten schwieg.

118

Ackermann hatte das Weite gesucht. Geflüchtet. Über die kleine Brücke hinweg, die unweit des Geschehens über den Pfaffenbach führte. Nachdem Kerkhoff aggressiv geworden war und sich Marion Schewe gegen ihn gestellt hatte, war die Lage in der Dunkelheit völlig unübersichtlich geworden. Und wer dieser Mann war, der plötzlich aus dem Gebüsch aufgetaucht war, hatte er nicht erkennen können. Ackermann hatte panische Angst bekommen und reflexartig die Flucht ergriffen – ins Dunkel des Parks.

Am vernünftigsten war es, noch heute Nacht zurück nach Ulm zu fahren. Er hatte sich weit genug aus dem Fenster gelehnt. Wahrscheinlich war es keine gute Idee gewesen, Wellinger zu einem Treffen mit Schewe zu überreden. Denn offensichtlich ging es um weitaus mehr als nur um das, was ihn persönlich interessierte: Das Drohnenunglück schien nur der Auslöser für etwas viel Größeres gewesen zu sein. Etwas, mit dem er nichts zu tun haben wollte. Am besten, er beriet die Angelegenheit mit Edgar Bauer, dem Detektiv aus Göppingen.

Ackermann hatte die lautstarke Auseinandersetzung noch gehört, als er bereits in die Finsternis des Parks eingetaucht war. Über die stille Wasserfläche hinweg waren jedoch einzelne Worte nicht zu verstehen gewesen. Allein der Klang der Stimmen, männliche und eine weibliche, ließ auf eine hitzige Streiterei schließen.

Dann hatte der schrille Schrei einer Frau – ganz sicher von Marion Schewe – das wilde Brüllen beendet, gefolgt von einem Platschen, das sich anhörte, als sei jemand ins Wasser gefallen. Augenblicklich war Ruhe eingekehrt.

Ackermann blieb für einen Moment stehen, lauschte und

versuchte, durch das dichte Gebüsch hindurch irgendetwas zu erkennen. Im Schimmer einiger ferner Lichter kräuselte sich die Wasseroberfläche. Wellen zeugten von Unruhe.

Ertrunken? War jemand ertrunken?, dröhnte es durch Ackermanns Kopf. Und was war mit Wellinger geschehen? Schlechtes Gewissen machte sich breit: Hatte er ihn einfach zurücklassen dürfen? Natürlich nicht, musste er sich eingestehen und kam sich wie ein Feigling vor. Aber es ging um Leben und Tod. Ein Mensch war schon gestorben. Wer konnte ihm da verdenken, einfach geflüchtet zu sein? Weg, einfach weg, alarmierte ihn sein Gehirn erneut. Doch wo, verdammt noch mal, stand sein Auto? Er kannte sich in Bad Waldsee so gut wie gar nicht aus. Er folgte einem Pfad, der sich in der Dunkelheit schemenhaft abhob, und gelangte zu einer Straße. Ihm fiel ein, dass er bei der Stadthalle geparkt hatte, auf dem großen Parkplatz. Der aber war nicht weit von der Grünanlage des Sees entfernt gewesen. Konnte er es riskieren, dorthin zurückzukehren? Ja, natürlich, versuchte er sich selbst zu beruhigen. Er hatte doch nichts getan. Er war Opfer. Ja, Opfer eines schrecklichen Unfalls, bei dem seine Frau ums Leben gekommen war. Niemand konnte ihm etwas anhaben. Er wollte doch nur Gerechtigkeit, nichts weiter.

Tausend Gedanken rasten durch seinen Kopf. Wellinger. Hatte er diesem Unternehmer aus Göppingen viel zu sehr vertraut? Es waren doch Wellingers Drohnen, die das Unglück über ihn und seine Frau gebracht hatten.

Ackermann orientierte sich an der nur mäßig befahrenen Straße nach links. Die Bebauung war aufgelockert. Auf der linken Seite zog sich ein Stück weit die Grünanlage des Parks entlang. Als endlich ein Hinweis auf die Stadthalle auftauchte, fühlte er sich erleichtert, aber auch erschöpft von dem schnellen Gehen.

Einfach verschwinden?, meldete sich das schlechte Gewissen. Machte es Sinn, Hals über Kopf das Weite zu suchen?

Egal was da drüben geschehen war – Wellinger würde auf jeden Fall schildern, wer sich an dem Streit beteiligt hatte. Aber wem schildern? Der Polizei. Natürlich der Polizei. Ackermann wehrte sich gegen den aufkommenden Gedanken, die Polizei könnte sich auch für ihn interessieren. Nein, für ihn gewiss nicht. Er war nur eine Randfigur gewesen. Ein Opfer.

In diesem Moment hörte er von Ferne ein Martinshorn durch die Nacht heulen.

119

Haustein hatte sich bei der Vernehmung von Heike nicht anmerken lassen, was ihm von Alina ins Ohr geflüstert worden war. Allerdings war sie über das geheimnisvolle Getue der beiden Kriminalisten irritiert, hätte am liebsten nachgefragt, hatte es sich dann aber verkniffen. »Sie behaupten also, nicht zu wissen, wer dieses barometrische Gerät in der Cessna Ihres Mannes deponiert hat?«, wiederholte er unbeeindruckt.

»Ja, das behaupte ich«, bekräftigte Heike Mittelberg sichtlich erschöpft.

»Der Verdacht liegt aber nahe, dass es Herr Dr. Kerkhoff gewesen ist«, schaltete sich Alina ein.

Heike drehte sich abrupt zu ihr. »Das mag sein. Aber dann

hätte Markus den Apparat mit sich herumtragen müssen – schon, als ich mit ihm von Bad Waldsee herübergefahren bin.«

»Er hatte nichts dabei? Keinen Aktenkoffer? Nichts?«

Sie schüttelte heftig den Kopf.

Haustein runzelte die Stirn. »Aber er hat Ihrem Mann doch vorgegaukelt, geschäftlich in der Schweiz gewesen zu sein. Da ist man doch nicht ohne Aktenkoffer oder Stadtrucksack unterwegs.«

Heike schwieg.

»Okay«, gab sich Haustein damit zufrieden und resümierte: »Gehen wir mal davon aus, dass es anfangs kein richtiger Zoff zwischen den beiden war. Sonst wäre es vermutlich gleich gar nicht zu dem gemeinsamen Flug gekommen. Also haben sie sich erst unterwegs gestritten. Dann wäre Kerkhoff gar nicht darauf vorbereitet gewesen, Ihren Mann zu diesem Zeitpunkt umzubringen. Mal ganz abgesehen davon, dass es ziemlich leichtsinnig gewesen wäre, die barometrische Vorrichtung schon im Flugzeug dabeizuhaben. Scharf hätte er sie ohnehin erst nach der Landung und seinem Aussteigen in Bad Waldsee machen können, worauf das Ding aber dann auf dem Rückflug Ihres Mannes nach Konstanz losgegangen wäre. Außerdem ist das Cockpit so einer Cessna relativ klein und übersichtlich. Da kann man nicht so einfach etwas schnell beim Aussteigen verstecken.«

Sie nickte und flüsterte: »Sie werden mich aber nicht einsperren wollen?« Sie sah verängstigt zu Alina.

Haustein wollte die Frau noch im Ungewissen lassen. »Was denken Sie denn: Wer könnte Ihren Mann umgebracht haben?«, fragte er direkt.

Heike legte den Kopf in den Nacken und schloss die Augen. »Was glauben Sie, woran ich seit zwei Tagen nur noch denke? Ich weigere mich zu glauben, dass es Markus gewesen sein könnte. Wissen Sie, es gibt hier viele, die es auf ihn abgesehen hatten.«

Haustein wartete vergeblich darauf, Namen zu hören, weshalb er wissen wollte: »Darf ich fragen, an wen Sie dabei denken?«

Heike verharrte in dieser Kopfstellung. »Apotheker, andere Ärzte – und natürlich dieser Wellinger, der im Fernsehen war. Und …« Sie richtete sich wieder auf und öffnete die Augen. »Diese Schewe, der er hinterhergerannt ist.«

»Sie haben gesagt, dass Sie diese Frau nie zuvor gesehen haben«, entgegnete Haustein vorsichtig.

»Hab ich auch nicht. Aber jetzt weiß ich, was der Grund war, weshalb er mich angelogen hat. Von wegen nach Dinkelsbühl fliegen! Die Schewe war nicht nur eine wichtige Kollegin, wie er mir weiszumachen versucht hat, sondern ein raffiniertes Weib, das ihm angebliche Abnehmer für seine gepanschten Arzneien vermittelt hat.«

Haustein wurde hellhörig. »Sie sagen: ›angebliche Abnehmer‹?«

»Ja, Markus hat inzwischen rausgekriegt, wer sie wirklich ist.«

Haustein und Alina warteten gespannt auf das, was kommen würde. Doch Heike stockte.

»Und wer ist sie wirklich?«, fragte der Kriminalist deshalb vorsichtig nach.

Heike antwortete mit einer Mischung aus Verwunderung und Empörung: »Sagen Sie bloß nicht, Sie wüssten das nicht längst!«

120

Patten hatte sich noch immer nicht beruhigt. Inzwischen waren weitere Scheinwerfer aufgestellt worden, sodass ein Teil des Seeufers hell erleuchtet wurde und die zuckenden Blaulichter weniger gespenstisch wirkten. Unterdessen geleitete ein Uniformierter einen Mann heran, dessen schneeweiße Haare im Gegenlicht eines Scheinwerfers geradezu strahlten. Häberle wusste sofort, um wen es sich handelte: Wellinger, mit dem er sich heute Mittag in der Klosteranlage getroffen hatte. Er war verschwitzt und wirkte aufgebracht. Patten und Linkohr traten beiseite, damit Häberle sich seiner annehmen konnte. »Ziemlich seltsames Treffen«, brummte Häberle und hob eine Augenbraue.

»Danke, dass Sie so schnell gekommen sind«, presste Wellinger hervor und nickte auch Linkohr zu, den Häberle ihm vorgestellt hatte.

»Sie können uns sicher kurz schildern, was sich hier zugetragen hat«, forderte Häberle eine Erklärung.

»Kerkhoff, es war Kerkhoff«, brach es aus Wellinger heraus. »Er hat die Frau Schewe angegriffen.« Mit einer weit ausholenden Armbewegung versuchte er offenbar, ein Gerangel nachzustellen. »Sie hat sich gewehrt, womit er wohl nicht gerechnet hat. Aber sie scheint sich mit Kampfsport auszukennen und hat eine kurze, aber heftige Prügelei angefangen.« Er drehte sich zur Seite, um die Szenerie am Ufer zu verfolgen, wo Einsatzkräfte mit Gummistiefeln durchs Wasser wateten.

»Sie hat sich also gewehrt«, brachte ihn Häberle aus seinen Gedanken zurück.

»Ja, aber er war ihr kräftemäßig überlegen. So genau konnte ich das in der Dunkelheit nicht sehen. Dann aber ist er plötzlich aufgetaucht …« Er zeigte auf Patten, worauf dieser den Sachverhalt aus seiner Sicht schilderte:

»Ich war hier spazieren, müssen Sie wissen, Herr Kommissar. Das Gespräch mit Ihnen hat mich etwas aufgewühlt. Ich war im Stress und wollte mir ein bisschen die Füße vertreten.«

»Und da kommen Sie zufällig hier vorbei und geraten mitten in eine Prügelei?«, wunderte sich Häberle und ließ am Tonfall erkennen, dass er von solchen Zufällen nicht viel hielt.

»Es war wirklich so, ich schwör's. Ich bin vorne in den Park und seh da ein Wohnmobil stehen.«

»Von dem Sie annahmen, dass es Kerkhoffs Fahrzeug war«, gab sich Häberle bereits informiert.

»Wie ich schon sagte: Es hat so ausgesehen, ja.«

Linkohr und Wellinger hörten aufmerksam zu. »Und dann?«, drängte Häberle zur Eile.

»Es ging alles ganz schnell. Und dunkel war's auch. Sie haben sich wie wild angebrüllt. Kerkhoff und die Schewe.«

»Was haben sie geschrien?«

»Dass sie verschwinden und sich in nichts einmischen solle, hat Kerkhoff geschrien. Und sie hat gedroht, ihn endlich auffliegen zu lassen.«

Wellinger nickte eifrig und fügte an: »Sie hat ihm vorgeworfen, sich scheinheilig zu benehmen und dass sie genau wisse, was er nächstes Jahr vorhabe.«

»Und was wäre das?«

»Keine Ahnung«, zuckte Wellinger mit den Schultern und sah Hilfe suchend zu Patten. Doch auch der schien keine Antwort zu finden, weshalb Häberle ihn fragte: »Und welcher Art ist Ihre Beteiligung an diesem Geschehen?«

Der weißhaarige Unternehmer war für einen Moment irritiert. »Meine … Beteiligung? Ich …« Er sah die beiden Kriminalisten nacheinander an. »Ich wollte … Herrn Ackermann behilflich sein.«

»Herrn Ackermann?« Häberle sah sich suchend um, als müsse eine weitere Person in der Nähe sein. Der Name war ihm aus den Schilderungen Linkohrs geläufig, der den Mann der tödlich Verunglückten in Ulm vernommen hatte.

Deshalb schaltete sich der junge Ermittler ein. »Ackermann, sagen Sie. Und wo, bitte, ist der?«

»Äh …«, fühlte sich Wellinger verunsichert. »Er hat sich zurückgehalten und ist wohl abgehauen.«

»Der war also auch hier«, brachte Linkohr seine Verwunderung zum Ausdruck.

»Ja«, räumte Wellinger kleinlaut ein, »wir haben mit Frau Schewe zusammen den Kerkhoff treffen wollen.«

»Hier?«, staunte Häberle. »Hier, im Park, bei Nacht?«

Wellinger vergrub die Hände tief in seinen Jackentaschen. »Es war Frau Schewes Idee«, bekannte er. »Außerdem war Kerkhoff schon weggefahren.«

Linkohr mischte sich ein: »Er war schon unterwegs?«

»Ja, aber er hat sich überreden lassen, umzukehren.«

»Um ihn dann ausgerechnet hierher zu einer Aussprache zu locken? Ein ziemlich ungewöhnlicher Ort, mitten in der Nacht«, stellte Häberle ironisch fest.

»Was heißt ›locken‹, Herr Häberle? Vermutlich war ihr klar, dass es besser sein würde, nicht in eine Kneipe zu gehen«, meinte Wellinger. »Schon gar nicht um diese Zeit.«

»Was haben Sie sich persönlich davon versprochen?«

»Ich wollte von ihm wissen, was mit diesem barometrischen Gerät geschehen ist, das ich für ihn gemacht habe.«

»Und Herr Ackermann?«, hakte Linkohr nach.

»Was wohl? Er wollte endlich Klarheit darüber, wer seine Frau auf dem Gewissen hat.«

»Dazu bedurfte es Frau Schewes?«, wurde Häberle energischer, während sich in seinem Blickfeld ein Rettungswagen in Bewegung setzte.

»Fragen Sie sie doch selbst«, meckerte Wellinger.

Häberle war über diese schnippische Antwort nicht erfreut, weshalb er missmutig zurückgab: »Sofern sie noch lebt.«

Für Patten war dies Anlass, erschrocken zu fragen: »Weiß man denn schon was von Hagebusch?«

Die Kriminalisten schüttelten betreten die Köpfe.

121

Nachdem er Marion ins Wasser gestoßen hatte, war Kerkhoff panisch weggerannt – noch bevor ihn die anderen hätten festhalten können. Der dicht bewachsene Park bot in der Dunkelheit Schutz. Natürlich kannte er sich aus. Der Weg zurück zum Wohnmobil wäre zu riskant gewesen. Ackermann und Wellinger hätten ihn womöglich daran hindern können. Und außerdem war dieser dritte Mann aufgetaucht, den er in der Dunkelheit gar nicht richtig erkennen konnte. Aber möglicherweise, so befürchtete er, war es Patten gewesen.

Deshalb rannte er weiter, einfach weg, war außer Atem, hatte den Park inzwischen hinter sich gelassen. Seine Kondition war dank des regelmäßigen Joggens gut. Er konnte, wenn es sein musste, weite Strecken zurücklegen. Das schien angeraten zu sein.

Aber Evelyn? Der Gedanke an sie hemmte sein logisches Denken. War sie entschlossen und kaltblütig genug, das zu tun, was er ihr für den Notfall eingebläut hatte? Vermutlich hatte sie mitbekommen, dass etwas schiefgelaufen war. Hoffentlich. An ihr allein lag es, Plan B umzusetzen.

Wenn Marion Schewe tatsächlich alles wusste und sie nicht die war, für die man sie überall hielt, dann konnte es äußerst gefährlich werden. Er versuchte, die zunehmende Panik abzustreifen. Es bedurfte analytischen Denkens, genau so, wie er es im Medizinstudium gelernt hatte. Kühlen Kopf behalten.

Doch das hörte sich in der Theorie so einfach an. Jetzt, da allerhöchste Gefahr bestand, galt es, mehrere Dinge gleichzeitig zu tun: verschwinden, Spuren verwischen, untertauchen.

Und Evelyn? Wenn man sie geschnappt hatte? Wenn sie doch nicht rechtzeitig losgefahren war? Er hatte ihr eindringlich geraten, notfalls zu verschwinden. Deshalb hatte er das Wohnmobil in weiser Voraussicht rückwärts rangiert. Sie brauchte nur loszufahren. Wohin, das war ebenfalls genau geregelt. Sie durfte unter keinen Umständen weit fahren. Das Wohnmobil war viel zu auffällig.

Nun musste der Notfallplan funktionieren, den sie mehrfach durchgesprochen hatten. Und auf Evelyn war Verlass, ganz sicher. Sie hatte bisher alles bestens gemeistert, war voll und ganz auf seine Pläne eingegangen.

Nicht bedacht hatte er allerdings, dass es einen Großeinsatz der Polizei geben würde. Wie hätte er auch wissen können, dass Marion Schewe ihn in einen Hinterhalt locken könnte? Er war davon ausgegangen, dass sie beide hinter alles einen Schlusspunkt setzen wollten. Natürlich war es von ihm dumm gewesen, sie rücklings in das Wasser zu stoßen. Aber als weitere Personen aus der Dunkelheit aufgetaucht waren, hatte er sich für ein paar Sekunden nicht mehr unter Kontrolle gehabt.

Plötzlich fühlte er sich gedemütigt – wie ein kleiner Ganove, den die Polizei durch die Nacht jagte. Innerhalb kürzester Zeit würden sie ihn suchen. Ihn und Evelyn.

Von überallher schienen die Sirenen von Einsatzfahrzeugen zu heulen. Gewiss hatte einer der Männer, die am Schlosssee gewesen waren, sofort Alarm geschlagen. Aber dass ein solches Großaufgebot an Einsatzkräften ausrückte, damit hatte er nicht gerechnet. Nicht in dieser Kleinstadt.

Und Marion? Wenn sie noch etwas aussagen konnte? Wenn … Er verdrängte den Gedanken, was mit ihr durch den kräftigen Stoß geschehen sein könnte. Wenn sie ertrunken war, hatte sie ihr Geheimnis hoffentlich mit ins Jenseits genommen, zuckte es durch seinen Kopf. Doch beruhigend war dies nicht, denn es gab ganz sicher Akten und Daten von ihr. Auftraggeber, die über alles unterrichtet waren. Und Heike, die zwar nicht in alles eingeweiht war, aber dennoch auspacken würde, wenn er keinen Einfluss mehr auf sie nehmen konnte. Sie war gewiss enttäuscht, zornig deshalb und nun unberechenbar.

Brach alles wie ein Kartenhaus zusammen? War alles umsonst gewesen?

Nein, natürlich nicht. Sie mussten nur diese eine Nacht durchstehen. Evelyn und er. Dann würden ihn die, für die er künftig tätig sein wollte, unter ihre Fittiche nehmen. Ganz sicher. Das hatten sie ihm zugesichert.

Sein Ansehen, das er in Bad Waldsee jahrelang genossen hatte, war freilich ruiniert. Aber wenn er erst untergetaucht war, unerreichbar für die deutsche Justiz, dann krähte bald kein Hahn mehr nach ihm. Selbst noch so findige Journalisten würden ihm nicht auf die Spur kommen. Das war bestens eingefädelt und organisiert, von Leuten, die die allerfeinsten Kontakte in die höchsten politischen Kreise hatten – nicht in Deutschland, auch nicht in der Schweiz, sondern dort, wo einzig das Geld regierte, wo sogenannte Oligarchen das Sagen hatten, also einflussreiche Milliardäre. Für einen Moment schoss ihm jedoch ein böser Gedanke durch das Gehirn: Erst vor einem Monat war der österreichische Innenminister über einen vermeintlichen Deal gestolpert, den er auf Ibiza mit einer angeblichen russischen Oligarchin hatte einfädeln wollen. Ein heimlich aufgenommenes Video hatte ihn überführt.

Kerkhoff fühlte sich für den Bruchteil einer Sekunde wie elektrisiert: Hatte man auch ihn in eine Falle gelockt? Welche Rolle spielte Marion?

Nein, wehrte er diese böse Ahnung ab.

Seine Kontakte waren hieb- und stichfest. Und die Fährte hatte er in weiser Voraussicht geschickt in Richtung Schweiz gelegt. Dafür hatte er in den vergangenen Wochen bei vielen Gesprächen gesorgt, zuletzt sogar bei dem Wohnmobilverkäufer, dem er einen Kongress in Lausanne vorgegaukelt hatte.

Er versuchte, sich auf die kommenden Stunden zu konzentrieren und fest an seinen Plan zu glauben. Dies stärkte seinen Willen, pumpte Energie in den Körper. Das war auch notwendig, denn er würde noch zehn Kilometer durchhalten müssen. Zehn Kilometer joggend durch die Sommernacht, die nicht stockfinster war, sondern auch außerhalb der Stadt – wenn sich die Augen daran gewöhnt hatten – ausreichend Sicht bot, um Wege, Pfade und das Gelände zu erkennen.

Gleich würde er den Stadtrand erreichen, dort, wo ein Weg hinaus in das Steinacher Ried führte, wo jetzt, um Mitternacht, mit niemandem zu rechnen war. Bis dahin drückte er sich in den Wohngebieten durch nachtschwarze Schatten, verlangsamte die Schritte, sobald einer der wenigen Autoscheinwerfer auftauchte, um als unauffälliger nächtlicher Passant zu erscheinen, und joggte weiter, sobald er sich unbeobachtet fühlte. Beruhigt nahm er zur Kenntnis, dass mit zunehmender Entfernung zum Stadtzentrum die Einsatzsirenen leiser wurden.

Falls sie schon nach ihm fahndeten, würden sie sich auf die Straßen konzentrieren und erst später Hunde oder einen Hubschrauber einsetzen. Das Gelände um Bad Waldsee war ländlich und groß. Für die zehn Kilometer an sein Ziel brauchte er joggend schätzungsweise eineinhalb Stunden.

Ein erstes riskantes Hindernis war die Kreisstraße, die nach Reute hinausführte. Er blieb kurz in der Deckung eines Strauches, stellte zufrieden fest, dass sich keine Scheinwerfer näherten, und überquerte die Fahrbahn mit wenigen Sätzen – hinüber in den Riedwald, in dem er die meisten der verschlungenen Pfade kannte, die jetzt aber nur andeutungsweise erkennbar waren. Hinter ihm verblassten die Lichter der Stadt. Nun kam es darauf an, in dem teilweise morastigen Gelände so schnell wie möglich vorwärtszukommen.

Dass er auch diesen Fluchtweg in den zurückliegenden Wochen für alle Fälle in Erwägung gezogen hatte, kam ihm zugute. Zwar war es ihm eher unwahrscheinlich erschienen, die Stadt schnell zu Fuß verlassen zu müssen – aber während seiner Joggingtouren hatte er sich auch damit befasst.

Der Boden war weich, feucht und teilweise mit vermodertem Laub bedeckt. Ein Nachtvogel kreischte aufgeschreckt, irgendwo plätscherte etwas im Wasser eines der Tümpel, die es hier überall gab. Das Geräusch seiner rhythmischen Tritte wurde von Sträuchern und Gebüsch am Wegesrand geschluckt. Mehrmals bog er ab, orientierte sich kurz und hastete weiter. Die Angst, die er zu verdrängen versuchte, trieb ihn weiter, aber er durfte sich von ihr nicht hetzen lassen. Er musste gleichmäßig joggen – nur dann würde er es schaffen, die Entfernung zu bewältigen, abseits von den Orten Untermöllenbronn und Reute. Irgendwann würde er auf eine Landstraße treffen, bei deren Überquerung äußerste Vorsicht geboten war – nicht der wenigen Autos wegen, die um diese Zeit dort unterwegs waren, sondern um nicht bemerkt zu werden, falls eine Streifenwagenbesatzung irgendwo lauerte.

Kerkhoff wusste, dass es keine direkten Wege gab, die er nutzen konnte. Er war deshalb darauf gefasst, sich querfeldein durchschlagen zu müssen. Zum Glück hatte es seit Wochen nicht mehr richtig geregnet, sodass das Erdreich nicht allzu feucht war.

Noch allerdings hatte er das Ried nicht ganz hinter sich. Dichter Bewuchs versperrte ihm den Weg, vor dem nachtgrauen Himmel ragten die schwarzen Silhouetten einiger toter Bäume auf. Gleich würde er aber freies Feld erreichen. Rechts musste irgendwo der Flugplatz liegen, dahinter Obermöllenbronn. Und die Lichtpunkte links vor ihm waren die Lampen von Reute. Zufrieden darüber, dass er sich auskannte, war für einen kurzen Moment die Anspannung vergessen.

Seine Stimmung änderte sich jedoch schlagartig, als er den Waldrand erreichte.

Reflexartig hielt er inne, blieb wie gelähmt stehen, unterdrückte das laute Atmen und sah sich vorsichtig um. Entfernt der Schrei eines Nachtvogels, ein sanftes Rascheln im Laub, als sei ein kleines Tier unterwegs, und noch weiter entfernt Martinshorn. Aber da vorne, wo die Sträucher den Rand des Riedes markierten, zeichnete sich ein Auto ab.

122

Inzwischen mussten einige Dutzend Schaulustige auf Distanz gehalten werden. Die Sirenen der Einsatzfahrzeuge hatten die Bevölkerung aufgeschreckt. Der Zugang zum Schlosssee war bereits an der Bleichestraße mit rot-weißen Flatterbändern abgesperrt worden. Nur Wellinger und Patten hatten bleiben dürfen, sich mittlerweile aber von Häberle und Linkohr gelöst, um stumm zu beobachten, wie die Rettungskräfte dort, wo der Pfaffenbach in den Schlosssee mündete, ihre Utensilien zusammenpackten. Denn mittlerweile war auch Pfeifer bei den Kriminalisten eingetroffen. Reichlich spät, dachte Häberle, der ein Berufsleben lang großen Wert darauf gelegt hatte, möglichst schnell einen Tatort besichtigen zu können. »Wie sieht's aus?«, bläffte der dynamisch auftretende Kriminalrat schon aus einigen Schritten Entfernung den beiden Kollegen entgegen.

»Prügelei mit Kerkhoff«, antwortete Häberle genauso wenig charmant, während sich Linkohr zurückhielt.

»Und die beiden Herrn da?« Pfeifer deutete auf Wellinger und Patten.

»Waren auch involviert – am Rande.«

»Ertrunken ist aber wohl niemand«, konstatierte Pfeifer aus Meldungen, die er über Funk erhalten hatte.

»Dann sind Sie besser informiert als wir«, gab Häberle gelassen zurück, hob aber auch sein Wissen hervor: »Es handelt sich wohl um diese Frau Schewe. Gibt es zu ihrem Zustand etwas zu sagen?«

»Sie ist in der Klinik, aber wohl unverletzt. Nur völlig durchnässt.«

»Keiner hätt's gedacht – wenn man ins Wasser fällt«, meinte Häberle süffisant, um sogleich dienstlich zu werden: »Ich geh davon aus, dass die Fahndung nach Kerkhoff beziehungsweise seinem Wohnmobil angelaufen ist.«

»Natürlich – was auch sonst? Denn diese Heike Mittelberg scheint mit der Sache nichts zu tun zu haben.« Er berichtete kurz, was ihm die Kollegen aus Konstanz mitgeteilt hatten, um dann zu rekapitulieren: »Dieser Kerkhoff ist demnach ein ganz großes Kaliber.«

»Aber ob er den Mittelberg totgespritzt hat, bleibt vorläufig unklar – wenn ich das richtig überblicke?«, wollte Häberle wissen.

»Ich geh davon aus, dass es Kerkhoff war«, beharrte Pfeifer auf seiner Einschätzung. »Der war auch im Besitz des Handys von Frau Mittelberg und hat somit den Hagebusch in das Haus nach Ritzenweiler gelockt. Der hatte übrigens Glück. Die Dosis Narkosemittel, die man ihm spritzen wollte, ging größtenteils daneben – um es salopp zu formulieren. Entweder wurde dilettantisch gespritzt oder der Täter war in großer Eile.«

»Das heißt, Hagebusch hat überlebt?«

»Ja, ganz knapp, sagen die Ärzte. Er ist aber noch nicht ansprechbar.«

Häberle verfolgte nachdenklich, wie die Feuerwehr abzog. »Dilettantisch gespritzt«, echote er, was Pfeifer soeben gesagt hatte. »Okay, auch einem Arzt kann das mal passieren. Aber vielleicht sollten wir uns nicht allzu sehr auf einen Arzt konzentrieren.«

»Auf wen denn sonst? Auf diesen Veterinär, den Ackermann vielleicht. Oder einen Apotheker?«, wurde Pfeifer ärgerlich.

Das Stichwort »Apotheker« hatte Patten vernommen, obwohl er in einigen Metern Abstand neben Wellinger stand. Er drehte sich zögerlich um und kam selbstbewusst näher. »Meinen Sie mich?«

Pfeifer reagierte nicht, dafür nahm sich Häberle der Frage an. »Nein, nur Apotheker im Allgemeinen. Es sei denn, Sie können etwas dazu beitragen.«

Linkohr verdeutlichte: »Zum Beispiel, ob noch jemand in dem Wohnmobil gesessen hat, als Sie sich vorbeigeschlichen haben.«

Patten wurde verlegen. »Ich hab mich nicht dran vorbeigeschlichen. Ich bin von der anderen Seite – da drüben – gekommen.«

Pfeifer drehte sich demonstrativ beiseite, um zu bekunden, dass er von solchen Aussagen nichts hielt. Mit gedämpfter Stimme erklärte er den beiden Kriminalisten: »Das Präsidium

Konstanz fordert die Hundestaffel und einen Hubschrauber mit Wärmebildkamera an.« Er sah auf seine Armbanduhr, die er so drehte, dass ein Lichtstrahl auf das Ziffernblatt fiel. »Es wird aber noch dauern«, brummte er und fügte an: »Dafür sind die Straßen abgeriegelt, insbesondere jene zur A 7 Richtung Österreich und die Bundesstraßen Richtung Bodensee.«

»Falls das mit der Schweiz stimmt«, zeigte sich Häberle skeptisch. »Außerdem kann keiner dieser beiden Männer hier« – er deutete auf Patten und Wellinger – »genau sagen, wohin Kerkhoff geflüchtet ist, nachdem er die Frau Schewe ins Wasser gestoßen hat.«

»Sie wollen damit sagen, er sei gar nicht mit dem Wohnmobil unterwegs? Wo wäre es dann? Man hat mich unterrichtet, dass das Fahrzeug nicht mehr hier sei.«

»Stimmt auch«, bestätigte Häberle.

»Wer soll es Ihrer Ansicht nach weggefahren haben?«, schnauzte Pfeifer.

Häberle schwieg, grinste aber Linkohr zu.

Bevor sich Pfeifer über die ausbleibende Antwort echauffieren konnte, meinte Häberle: »Hier fehlt nämlich noch eine Person, die bei der Prügelei ebenfalls anwesend war.«

»So?«

»Sie haben seinen Namen vorhin selbst angesprochen.«

»Und der wäre?« Pfeifer war es nicht nach einem Frage-und-Antwort-Spielchen.

»Ackermann. Der Veterinär«, trumpfte Häberle auf.

123

Zurückgekehrt in das kleine Büro beim Polizeiposten, ließ sich Häberle erschöpft in seinen Bürosessel fallen und atmete erst einmal tief durch. Dann zog er sein Notizbuch heraus und blätterte nach der Telefonnummer von Edgar Bauer. Es dauerte einige Rufzeichen lang, bis sich endlich sein Ex-Kollege, der möglicherweise längst schlafen gegangen war, mit einem müden »Hallo« meldete.

»Ja, ich bin's noch mal«, sagte Häberle mit gedämpfter Stimme, als wolle er Bauer nicht allzu sehr aufschrecken. »Entschuldige, wenn ich dich um diese Zeit störe, aber ich hab dir ja angedroht, dass du damit rechnen musst. Ich habe eine wichtige Bitte an dich.«

»So? Sag nur, du bist um diese Zeit noch immer in Waldsee?«

»Ja, bin ich. Du hast mir da was ganz Schönes eingebrockt, mein lieber Edgar. Von wegen nur Drohnen und so. Du hast recht daran getan, dich aus dieser Sache zu verabschieden.«

»Du wirst mir das mal in aller Ausführlichkeit erklären«, gab Bauer mit rauer Stimme zurück, und es hörte sich nicht nach großem Interesse an. »Was ist denn passiert, dass du mich mitten in der Nacht anrufst?«

»Dein Mandant, der Ackermann, ist spurlos verschwunden.«

»Wie bitte? Was heißt verschwunden? Wo und wann?« Bauer wurde lebhafter.

»Er ist heute Nachmittag plötzlich in Waldsee aufgetaucht. Hat sich wohl mit diesem Unternehmer aus Göppingen, diesem Wellinger, zusammengetan, um irgendetwas mit der Schewe gemeinsam zu klären. Sie haben es geschafft, auch noch den Kerkhoff herzuholen – und dann gab's am späten Abend Zoff.«

»Wann? Du sagst, am späten Abend?«

»Ja, erst vorhin, an diesem Schlosssee, falls du dich auskennst. Wohl ein konspiratives Treffen. Kerkhoff hat die Schewe dabei anscheinend ins Wasser gestoßen und dein Ackermann hat das Weite gesucht.«

»Was hat Ackermann denn getan?«

»So wie es aussieht, nicht viel. Er hat vermutlich Schiss gekriegt und ist auf und davon.« Häberle ließ keine Zeit für eine Nachfrage, sondern sagte: »Deshalb hab ich eine Bitte: Falls er sich bei dir meldet – vielleicht noch heute Nacht –, dann sag ihm, er soll dringend Kontakt zu mir aufnehmen. Ganz dringend.«

»Okay, mach ich«, versprach Bauer wortkarg, weshalb ihn Häberle mit einem Themenwechsel gesprächiger machen wollte: »Und was macht dein Mord? Der von vor 120 Jahren?«

Bauer zögerte. Er wusste nicht, ob Häberles neuerliche Nachfrage ernst gemeint war oder nicht. »Ich bin noch dran, hab ich dir doch gesagt. Aber ich hab's nicht so leicht wie du. Meine Akteure kann ich nicht mehr befragen.«

Häberle gab schlagfertig zurück: »Sie können dafür aber auch nicht spurlos verschwinden. Gibt's denn was Neues?«

»Oh ja«, wurde Bauer nun munter, »ich bin heute Abend ein Stück vorangekommen. Du wirst staunen. Aber jetzt kümmere dich um deinen aktuellen Fall.«

Häberle hatte ohnehin keine Lust, diese »alte Kamelle« zu vertiefen. Er spürte, wie der fehlende Schlaf sich langsam bemerkbar machte.

124

Ackermann rang mit sich, ob es nicht doch besser gewesen wäre, bei Wellinger und Patten zu bleiben. Jetzt, da es in der Innenstadt minütlich von immer mehr Polizisten wimmelte, wollte er beim Verlassen der Parkanlage den direkten Weg zurück zum Parkplatz bei der Stadthalle meiden. Er kannte sich zwar nicht aus, aber es würde gewiss eine Möglichkeit geben, abseits der großen Straße in die Innenstadt zu gelangen. Nachdem er ein kurzes Stück stadtauswärts gegangen war, hielt er sich nach links in ein Wohngebiet, um im weiten Bogen sein Ziel anzusteuern. Jedenfalls fühlte er sich abseits des schrecklichen Geschehens sicher.

Sicher? Vor wem?, dröhnte es ihm durch die Gehirnwindungen. Ja, er war geflüchtet wie ein kleiner Junge, der jemandem einen Streich gespielt hatte. Das, was sich in den letzten Tagen ereignet hatte, waren aber keine Streiche. Es war tödlicher Ernst. Und damit wollte er nichts zu tun haben. Ein schlechtes Gewissen machte sich breit, dass er womöglich durch das Einschalten eines Detektivs die ganzen Ereignisse erst ausgelöst hatte. Nein, nein, beschwichtigte er sich selbst. Es war insbesondere diese Fernsehdokumentation gewesen, die den Aufruhr in Bad Waldsee verursacht hatte. Er war mit seiner Suche nach dem Drohnenbesitzer eher durch Zufall zwischen die Fronten geraten. Natürlich wollte er Cornelias Tod sühnen. Aber nun doch nicht um jeden Preis.

Während er durch die menschenleere Seitenstraße schlenderte, mal schnell, mal langsamer, mal auch, um sich vor einem entgegenkommenden Auto abzuwenden, überkam ihn der Wunsch, alles hinter sich zu lassen. Ulm und alle Erinnerungen an das Unglück auf der Autobahn. Er würde zur Tochter ins Elsass ziehen, sich um die beiden Enkel kümmern und einen Neubeginn wagen. Einen Schlussstrich unter alles ziehen, was ihn plagte.

Er würde sich morgen früh dem Detektiv anvertrauen.

Nach geraumer Zeit, während er ein Stück weit über freies Gelände ging, weil er in weitere kleine Sträßchen abgebogen war und schließlich auf ein Gewerbegebiet mit Supermärkten traf, stand sein Entschluss fest: Er musste Bad Waldsee möglichst schnell verlassen.

Für einen Moment befürchtete er, sich hoffnungslos verirrt zu haben, rief sich dann aber den bisherigen Wegeverlauf in Erinnerung: Er war – so viel schien ihm klar zu sein – in Richtung Westen aus der Stadt hinausgegangen und hatte im weiten Bogen umgekehrt. Vor ihm tauchte ein hell beleuchteter Kreisverkehr auf, bei dem er einen Straßennamen lesen konnte: Richard-Wagner-Straße.

Erneut passierte er mehrere kleine Wohnstraßen, wobei ihm nun das Streulicht der Innenstadt, das den leicht dunstigen Himmel sanft erhellte, eine gewisse Orientierung bot. Inzwischen hatte sich nächtliche Kühle breitgemacht, die zum Morgen hin Nebel erwarten ließ.

Hinter einer Sportplatzanlage schlug er sich in Richtung Innenstadt durch. Zufrieden stellte er fest, dass die Sirenen der Einsatzfahrzeuge verstummt waren und sich die Situation offenbar beruhigt hatte.

Viel zu sehr war er in der vergangenen Stunde mit sich selbst beschäftigt, als dass er an das Schicksal von Marion Schewe hätte denken können. Erst jetzt, als er endlich ein Hinweisschild auf die Stadthalle und den dortigen Parkplatz entdeckte, fühlte er sich innerlich gefestigt genug, um über das seltsame Verhalten dieser Frau nachzugrübeln. Warum war sie bereit gewesen, mit Kerkhoff »abzurechnen« und ihn an diesem See zu treffen? Welche Ziele verfolgte sie wirklich?

Tief in solche Gedanken versunken, war er allzu leichtfertig zur Stadthalle hinübergegangen, wo sein VW Touareg stand – das Fahrzeug gleichen Typs, wie es bei dem Unfall auf der Autobahn völlig zerstört worden war. Der Parkplatz, auf dem sich nur wenige Autos verloren, schien menschenleer zu sein.

Ackermann hatte bereits den Zündschlüssel in der Hand, um per Fernsteuerung die Verriegelung zu öffnen, da hallte eine schneidende Männerstimme an sein Ohr: »Halt, stehen bleiben! Polizei.«

125

Kerkhoff stand regungslos. Wie lange – das hätte er nicht mehr sagen können. Sein Herz pochte keinesfalls nur der Anstrengung wegen so wild. Er lauschte in die Nacht, drehte sich nun vorsichtig nach allen Seiten, ohne ein Geräusch zu verursachen. Noch war er nicht sicher, ob in dem Auto da vorne am Waldrand jemand saß. Nicht einmal den Fahrzeugtyp, geschweige denn die Farbe konnte er erkennen. Es war nur die tiefschwarze Form, die sich zwischen Gebüsch und Hintergrund abzeichnete. Vermutlich ein kleinerer Wagen.

Kerkhoff entschied, die Deckung des Ried-Waldes an dieser Stelle nicht zu verlassen, sondern im Schutze der Hecken und Sträucher einen weiträumigen Bogen zu beschreiben. Vorsichtig einen Schritt vor den anderen setzend. Doch ganz ohne

Geräusche war dies nicht möglich. Es knirschte, raschelte und knackte. Außerdem war es nicht einfach, sowohl das Fahrzeug im Auge zu behalten als auch einen Umweg durch das trockene Unterholz zu finden. Gebüsch kratzte an seiner Jacke, Pflanzen verhakten sich an der Hose.

Natürlich kam es vor, dass in Sommernächten wie dieser Fahrzeuge an Waldrändern standen. Ganz bestimmt gab es eine ganz einfache Erklärung.

Aber wenn nicht? Wenn's kein Liebespaar war, sondern das Auto eines Försters? Jedenfalls ließ ein Fahrzeug zu dieser mitternächtlichen Stunde auf die Anwesenheit eines Menschen schließen. Wo auch immer der sich herumtrieb.

Inzwischen war er weit genug weg, sodass ihn vom Auto aus niemand mehr hätte wahrnehmen können. Wie es ohnehin kaum möglich gewesen wäre, ihn in dem finsteren Wald zu bemerken.

Er musste aber vorsichtig bleiben. Denn er durfte keinesfalls in Sichtweite zu dem Fahrzeug aus dem Wald heraustreten. Die Nacht war nicht dunkel genug, um gänzlich ungesehen über die freie Landschaft zu gehen. Insbesondere ein bewegtes Objekt konnte weithin Aufmerksamkeit wecken. Kerkhoff orientierte sich an den Lichtern der Ortschaft Untermöllenbronn, um genügend Abstand zu dem Auto zu halten. Schließlich traf er auf einen Feldweg, nahm Tempo auf, querte den sogenannten Riedgraben, sah die Lichter einiger frei stehender Häuser und verschwand endlich, ziemlich genau zwischen Untermöllenbronn und Reute, wieder in einem Wäldchen.

Ein schwieriger Punkt lag aber noch vor ihm: das Überqueren der Landstraße, die vom nahen Reute nach Aulendorf führte.

126

Evelyn zitterte und fröstelte, obwohl sie eine lange Jeans und eine Wolljacke trug. Es war nicht die Kühle der Nacht, die ihr zu schaffen machte. Es waren die tausend Ängste, die sie ausgestanden hatte. Vermutlich war sie der Polizei nur knapp entkommen. Obwohl sie das Wohnmobil noch nicht optimal beherrschte, hatte sie es hierherfahren können. Als sie das Scheunentor des völlig abgelegenen landwirtschaftlichen Anwesens geöffnet hatte, war sie sich zunächst unsicher gewesen, ob es für das Wohnmobil breit genug sein würde. Getrieben von Panik und Angst, hatte sie es dann aber unbeschadet in die Scheune manövriert, den Motor abgestellt und das morsche Holztor von innen verriegelt. Die wenigen anderen Häuser waren weit genug entfernt, sodass mit hoher Wahrscheinlichkeit niemand ihr kurzes Rangieren am Tor bemerkt hatte.

Unheimliche Stille umgab sie. Dazu der Geruch nach hereingewehten Dieselabgasen, gemischt mit würzig-strengen landwirtschaftlichen Düften, die allen ehemaligen Bauernhäusern anhafteten.

Evelyn stemmte sich mit den Händen am Lenkrad ab, drückte ihren Oberkörper in die Sitzlehne und schloss die Augen. Wieder einmal hatte alles so geklappt, wie Markus es durchgespielt hatte. Zwar lief alles nach einem Notfallplan ab, aber offenbar war er eben ein Genie im Organisieren. Markus überließ nichts dem Zufall – und wenn trotzdem etwas anders lief als gedacht, dann hatte er stets eine Lösung parat.

Doch jetzt? Nachdem sie die Zündung ausgeschaltet hatte und alle Kontrollleuchten erloschen waren, saß sie in völliger Finsternis und absoluter Stille. Als sei die letzte halbe Stunde ein böser Albtraum gewesen, der ein abruptes Ende genommen hätte. Doch hier gab es kein Erwachen, bei dem man erleichtert feststellen konnte, dass alles nicht real passiert war. Nein, alles war bitterer Ernst.

Zum ersten Mal war sie mit ihrer Angst allein. Markus hätte sie nun wieder psychisch aufgebaut, ihr Mut gemacht, sie zuversichtlich gestimmt. Aber was würde mit ihr geschehen, falls Markus gar nicht wiederkam? Unsinn, mahnte sie sich zu Besonnenheit. Markus setzte sich nicht einfach ab und ließ sie zurück. Markus nicht.

Aber wenn er gar nicht mehr kommen konnte? Wenn sie ihn daran hinderten? Womöglich einsperrten. Sie – die Polizei. Doch was sollten sie ihm schon anhängen können? Er hatte den Kriminalisten doch routiniert und logisch geantwortet.

Aber Heike? Wenn sie aus Zorn, Frust und Wut, aus Enttäuschung und erfasst von ihren ungezügelten Emotionen auspackte? Evelyn überkam ein Schauer, der in einen nie gekannten Schüttelfrost mündete. Nein. Markus hatte immer gesagt, Heike sei viel zu sehr in alles verstrickt und werde niemals etwas unternehmen, was ihr Erbe von Franks Riesenvermögen gefährden könnte.

Und wenn doch? Wenn alles schieflief? War es nicht so, dass meist die Kleinsten am hilflosesten waren? Die Kleinsten, hämmerte es in ihrem Kopf. Du bist die Kleinste, die Allerkleinste. Das letzte Glied in der Kette. Wenn's ganz schlimm kommt, werden sie dich wegsperren. Ihr bisher grenzenloses Vertrauen in Markus war plötzlicher Mutlosigkeit gewichen. Sie war ihm ausgeliefert.

Wie lange musste sie hier eigentlich warten? War es nicht besser, selbst zu verschwinden? Aber wohin? Sie hatte niemanden, dem sie sich anvertrauen konnte. Ein böser Gedanke machte sich breit: Hatte Markus sie gnadenlos und kaltschnäuzig ausgenutzt? War er so berechnend, dass er ihre Einsamkeit als günstig erachtete für sein Vorhaben? Bisher hatte sie sich darüber nie Gedanken gemacht und widerspruchslos alles befolgt und geglaubt, was er gesagt hatte.

Nein, Markus war nicht so gemein. Es waren nur ihre Nerven, die verrücktspielten und ihr solche Szenarien vorgaukelten. Am liebsten hätte sie ihn angerufen. Doch er hatte ihr befohlen, das Handy komplett ausgeschaltet zu lassen. Wegen der Spuren, die es im Mobilfunknetz hinterlassen würde.

Sie verspürte Durst. Weil sie in dieser Scheune nicht fürchten musste, von jemandem gesehen zu werden, knipste sie die Innenbeleuchtung des Wohnmobils an und ging nach hinten zum Kühlschrank, in dem sich die Vorräte für die geplante Reise befanden. Sie öffnete eine Flasche Mineralwasser, holte aus einem der Schränke ein Glas und schenkte ein. Stehend nahm sie einen Schluck und ließ sich auf die gepolsterte Sitzbank sinken. Für ein paar Sekunden strichen ihre Augen über die gediegene Innenausstattung des nagelneuen Fahrzeugs, das noch den angenehmen Duft von Frische und edlen Materialien verbreitete. Wie schön wäre es jetzt gewesen – mit Markus auf der Fahrt in einen endlos langen Urlaub!

Dieser Traum war geplatzt wie eine Seifenblase. Das schöne teure Wohnmobil würde zurückbleiben – und sie würden so schnell wie möglich mit ihrem kleinen Auto nordwärts verschwinden. Markus hatte dies in seinem Notfallplan alles haarklein festgelegt. Wenn alle vermuteten, sie würden Richtung Schweiz verschwinden, dann wollten sie sich unauffällig Richtung Norden davonmachen. Polen war das Ziel, von wo aus sie dank »guter Freunde«, wie Markus es formuliert hatte, ohne die ansonsten aufwendigen Einreiseformalitäten nach Russland gelangen würden.

Aber wenn er nun gar nicht mehr kam? Wieder dieser schreckliche Gedanke. Wie lange brauchte Markus, wenn er am Schlosssee hatte zu Fuß flüchten müssen? Er war konditionsstark und konnte joggend weite Strecken zurücklegen. Aber bei Nacht barg das Gelände gewiss viele Gefahren. Im

Geiste malte sie sich aus, wie er sich durch das finstere Ried schlug – oder noch schlimmer, wie ihn eine Meute von Polizeihunden verfolgte.

Nein. Markus hetzte nicht wie ein Verbrecher durchs Gelände. Warum, so zermarterte sich Evelyn das Gehirn, warum war er auch auf dieses Treffen eingegangen? Welche magische Anziehungskraft hatte Marion Schewe auf ihn? Was hatte es da zu besprechen gegeben? Weshalb war es so wichtig gewesen, über die Drohnen zu sprechen? Irgendetwas hatte Markus nach dem kurzen Telefonat geradezu in Panik versetzt. So sehr, dass er umdrehte, um »etwas aus der Welt zu schaffen, was uns in die Quere kommen könnte«, hatte er argumentiert.

Sie schloss die Augen und wünschte sich, alles wäre nur ein schlechter Traum gewesen. Ihr Herz raste, sie spürte die Schläge bis zum Hals.

Vielleicht wäre es besser, sofort zu verschwinden. Nur: wohin? Sie könnte zu ihrem Auto rausgehen, das ein Stück von diesem alten Bauernhaus entfernt abgestellt war, und sie könnte einfach davonfahren. Völlig unbehelligt. Aber sie hatte kein »Rückzugsgebiet«, niemanden, bei dem sie untertauchen konnte. Sie könnte allenfalls in ihre bisherige Wohnung in Bad Wurzach zurückkehren. Früher oder später würde auch bei ihr die Polizei auftauchen – wenn nach Markus gefahndet wurde oder er ein Geständnis abgelegt hatte. Ganz sicher käme auch sie ins Visier der Ermittler. Oder, noch schlimmer, Markus hätte sie angeschwärzt und fallen lassen, wie er dies mit Heike getan hatte.

Nein. So war Markus nicht, bläute sie ihrem Unterbewusstsein ein. Sie musste einfach Ruhe bewahren und auf ihn warten. So schwer ihr das auch fiel. Sie hatte gar keine andere Wahl.

Aber eines war sicher: Falls Markus sie fallen ließ, würde sie gnadenlos auspacken. Und dass sie dies tun würde, war ihm ganz bestimmt bewusst. Schon deshalb konnte sie darauf vertrauen, dass er zurückkam. Es sei denn … – nein, diesen Gedanken wollte sie endlich loswerden. Man durfte das

Schlechte weder herbeireden noch herbeidenken. »Man formt sich die Welt mit den eigenen Gedanken«, pflegte Markus zu sagen. »Positiv denken, liebe Evelyn.«

Doch gerade dies fiel ihr in dieser Nacht schwer.

127

»Personenkontrolle.« Das energisch gesprochene Wort traf ihn wie ein Donnerschlag. Ackermann umklammerte seinen Autoschüssel und sah im schwachen Licht der Parkplatzbeleuchtung zwei Uniformierte neben sich. Er bekam kein einziges Wort über die Lippen. Seine Stimme versagte.

»Ihren Ausweis bitte.« Einer der beiden, ein älterer Polizist mit Schnauzbart, sah ihm streng ins Gesicht und ließ erkennen, dass er keinen Widerspruch dulden würde.

»Entschuldigen Sie«, stammelte Ackermann nun, »ich möchte nur zu meinem Auto.«

»Das dürfen Sie gleich«, meckerte der Beamte, »haben Sie Ausweispapiere bei sich? Führerschein?«

Ackermann sah die beiden nacheinander an – und spürte, dass sie nicht mit sich diskutieren ließen. Er fingerte seinen Geldbeutel aus der Gesäßtasche und zog die Ausweiskarte heraus. Der Wortführer richtete den Strahl einer kleinen Taschenlampe darauf, las die Personalien ab und gab das Dokument seinem Kollegen, der sofort wusste, was zu tun war. Er trat ein paar Schritte zurück und führte ein kurzes Funkgespräch, von dem Ackermann aber kein Wort verstand, weil ihn der andere ziemlich barsch anfuhr: »Wo kommen Sie um diese Zeit her?«

Ackermann, von Berufs wegen einst selbst im Umgang mit Behördenvertretern geübt, überlegte kurz, ob er darauf überhaupt antworten musste, entschied sich aber dann für eine allgemeine Aussage: »Ich bin noch ein bisschen herumgelaufen. Frische Luft schnappen.«

»Haben Sie mitgekriegt, was da drüben passiert ist?« Der Beamte deutete zur Parkanlage hinüber.

»Äh …« Ackermann fühlte sich durch den energischen Ton bereits in die Enge getrieben. »Großer Einsatz wahrscheinlich«, murmelte er. »Was ist denn passiert?«

Der Uniformierte gab keine Antwort, sondern wollte wissen: »Sie sind aus Ulm? Da gehen Sie um diese Zeit hier noch spazieren?«

»Ist das verboten?«, wurde Ackermann mutiger.

»Ich habe Sie etwas gefragt«, beharrte der Polizist. »Wir könnten das alles abkürzen, wenn Sie mir diese Frage beantworten würden.«

»Ich weiß zwar nicht, wen Sie suchen, aber mit dem, was da drüben los ist, hab ich nichts zu tun«, entgegnete Ackermann, um von sich abzulenken.

Sein Gegenüber blickte unterdessen eine Spur finsterer drein. »Die Entscheidung darüber müssen Sie schon uns überlassen.«

Noch bevor Ackermann etwas erwidern konnte, wandte sich der andere Polizist, der die Ausweisdaten hatte überprüfen lassen, wieder an seinen Kollegen: »Ackermann«, erklärte er. »Die Soko interessiert sich für ihn.«

Ackermann war geschockt. Das Wort ›Soko‹ hatte ihn tief getroffen. Es assoziierte schwerste Kriminalität. Mord, Totschlag.

Der Wortführer stellte klar: »Dann müssen wir Sie bitten, mit uns zu kommen.«

»Sie wollen mich festnehmen?«, fragte Ackermann entgeistert.

»Nicht festnehmen. Es wäre aber sinnvoll, Sie würden kurz mit zu unserer Dienststelle kommen.«

»Und wenn ich mich weigere?«

»Dann müssten wir Sie bitten, hierzubleiben, bis der Kommissar Häberle kommt.«

»Kommissar?« Ackermann kannte die Strukturen bei der Polizei. Als Veterinär hatte er hin und wieder beruflich mit Ermittlern zu tun gehabt. Der Ernst der Lage war ihm mit einem Schlag bewusst geworden. Hatte er zu viel riskiert? Die unangenehme Stimme des Polizisten bestärkte seine Zweifel sogar: »Es wäre besser, gleich mit der Wahrheit rauszurücken.«

Mit der Wahrheit?, hallte es in Ackermanns Kopf nach. Nichts anderem als der Wahrheit jagte er seit vielen Wochen hinterher. Hatte er allzu sehr Wellinger vertraut?

128

Das baden-württembergische Polizeipräsidium »Einsatz«, das in Göppingen angesiedelt war, hatte inzwischen mehrere Mannschaftstransportwagen in Marsch gesetzt. Ihre Aufgabe: den flüchtigen Dr. Markus Kerkhoff aufspüren. Auch die benachbarten ausländischen Polizeidienststellen waren informiert worden – in Österreich und der Schweiz, aber auch in Liechtenstein. Von den Rundfunkstationen wurden seit 1 Uhr halbstündlich Meldungen verbreitet, mit denen Autofahrer davor gewarnt wurden, im Großraum Bad Waldsee-Ravensburg-Lindau einen Anhalter mitzunehmen. Bald schon würde der am Stuttgarter Flughafen stationierte Polizeihubschrauber in Richtung Oberschwaben starten, um mithilfe von Wärmebildkameras den Großraum Bad Waldsee nach Personen abzusuchen, die sich zu dieser nächtlichen Stunde im Freien aufhielten.

Häberle und Linkohr verfolgten dieses Szenario am Funk, als sie zum Gebäude des Polizeipostens zurückfuhren. »Das ist doch ziemlich hoffnungslos«, kommentierte Linkohr, der ein Gähnen unterdrückte.

»Ganz nicht«, meinte Häberle auf dem Beifahrersitz. »Aber Sie haben natürlich recht: Wenn sich tagsüber alle möglichen Gegenstände aufheizen und um diese Jahreszeit nachts auch jede Menge Tiere unterwegs sind, ist es nicht einfach, mit der Wärmebildkamera etwas Vernünftiges zu finden.«

»Und Hunde?«, warf Linkohr ein. »Ob die quer durch die Stadt eine Fährte aufnehmen können, bezweifle ich. Zumal man ihnen vorher wohl kaum irgendeinen Gegenstand von Kerkhoff zum Schnüffeln unter die Nase halten kann.«

Häberle wollte sich auf keine Diskussion einlassen. Er war dazu viel zu müde. Sähe ihn jetzt seine Frau Susanne, würde sie ihm wieder zu bedenken geben, dass ihn der Job allmählich auffresse. Er war eben keine 40 oder 50 mehr – und wenn er, wie heute, schon 16 Stunden am Stück arbeitete, dann musste er dazu seine ganzen Kräfte mobilisieren. Aber er konnte jetzt unmöglich aufgeben und sich in irgendeinen Bürostuhl legen, um ein paar Stunden zu schlafen – wie er dies früher nach einem anstrengenden Tag oftmals gemacht hatte. Zwar würde sich Pfeifer demnächst vermutlich nach Hause verabschieden – aber er, der ein Berufsleben lang niemals so kurz vor dem Ziel aufgegeben hatte, würde durchhalten. Ein letztes Mal noch.

»Wollen Sie sich nicht ein paar Stunden Ruhe gönnen?«, riss ihn Linkohr aus diesen Gedanken, als habe er erraten, was ihn beschäftigte.

»Das dürfen *Sie* gerne tun«, antwortete Häberle. »Aber ich will mir noch anhören, was Frau Schewe zu sagen hat.«

»Jetzt? Mitten in der Nacht? Glauben Sie, die Klinik lässt Sie rein?«, staunte Linkohr.

»Wenn Gefahr im Verzug ist, hält uns niemand auf«, brummte der Chef. »Außerdem hat's geheißen, der Frau fehle außer trockener Kleidung nichts. Sie liegt also nur pro forma in der Klinik. Zur Beobachtung, wie es immer so schön heißt.« Dass er grinste, konnte Linkohr in der Dunkelheit nicht sehen, war jedoch von einer weiteren Bemerkung überrascht: »Außerdem hätt ich auch mal gern diese sagenumwobene Frau gesehen.«

Linkohr vermutete, dass der Chef ihm einen Kommentar entlocken wollte, verkniff sich aber eine Antwort und ließ sich stattdessen von Häberle erklären, in welche Klinik Frau Schewe gebracht worden war. Weil sie beide nicht wussten, wo genau sie hinfahren mussten, informierte sich Häberle über Funk bei Pfeifer und erhielt eine Wegebeschreibung. Der Kriminalrat hatte überdies eine Neuigkeit zu vermelden: »Das Mobile Einsatzkommando aus Göppingen will jetzt den Mobilfunkverkehr außer Kraft setzen.«

»Hm«, machte Häberle und wusste, dass man Kerkhoff die Möglichkeit nehmen wollte, Kontakt mit etwaigen Helfern aufzunehmen. Allerdings taugte diese auf Bad Waldsee beschränkte Maßnahme wenig, wenn Kerkhoff schon längst über alle Berge war. Häberle verzichtete auf einen entsprechenden Hinweis.

Linkohr glaubte, dem Chef diese Technologie erläutern zu müssen: »Sie setzen einen sogenannten Jammer ein«, erklärte Linkohr, nachdem das Telefonat mit Pfeifer beendet war.

»Interferenzen. Damit werden Handys im näheren Umkreis einfach lahmgelegt.«

»Ist aber auch bei Ganoven inzwischen beliebt«, zeigte sich Häberle informiert. »Sie schalten damit Funkvideoüberwachungssysteme aus, um in Ruhe einbrechen zu können. Hab schon viel darüber gelesen. Man kann mit so einem Gerät übrigens auch Bomben entschärfen, die per Funk ausgelöst werden sollen.«

»Hat aber auch negative Seiten«, erinnerte sich Linkohr an Berichte aus dem Internet, wonach im März 2018 im rheinland-pfälzischen Kandel während einer Demonstration, bei der sich Teilnehmer aus dem linken und rechten Spektrum gegenüberstanden, die Handynetze nicht mehr funktioniert hätten. Damals war aus irgendeiner politischen Ecke gemutmaßt worden, es sei mit Störsendern nachgeholfen worden.

»Es hat alles seine zwei Seiten«, ergänzte Häberle. »Man kann an allem rumgranteln. Aber wem nützt es, wenn wir per Datenschutz die Täter schützen, die sich selbst modernster Technologie bedienen, während wir tatenlos zusehen müssen, wie unser liberaler Rechtsstaat ausgehebelt wird?«

Noch während er so dozierte, hatten sie die Klinik erreicht. Linkohr stellte den Dienstwagen auf einem wenig beleuchteten Parkplatz ab.

Nachdem sie sich beide bei der Notaufnahme ausgewiesen und ihr Anliegen vorgebracht hatten, führte die gestreng dreinblickende Dame am Eingang ein kurzes Telefonat, worauf zwei Minuten später ein Weißkittel auftauchte und sich als Dr. Mohring ausgab. »Ich habe Frau Schewe nach ihrem Einverständnis gefragt«, beschied er kurz angebunden. »Ich bringe Sie zu ihr.«

Er eilte voraus, einen langen, hell erleuchteten Flur entlang, eine Etage hinauf, vorbei an unzähligen Zimmertüren. Die beiden Kriminalisten folgten – bis Mohring stehen blieb und ihnen andeutete, kurz zurückzubleiben. Dann klopfte er an die Tür, ging einen Schritt hinein und sagte etwas, was sie nicht hörten. Sekunden später drehte sich der Arzt zu ihnen und machte Platz. »Frau Schewe erwartet Sie. Aber bitte nicht so lange. Denken Sie dran, wie spät es ist«, sagte er und verschwand.

Marion Schewe lag in einem Einzelzimmer, das Gesicht blass, die halblangen schwarzen Haare wirkten feucht, waren zerzaust und nahmen das halbe Kopfkissen ein. Sie trug ein weißes T-Shirt, die Arme hatte sie auf die Zudecke gelegt. Weil sie es bisher nur mit Linkohr zu tun gehabt hatte, sah der sich veranlasst, sie als Erster zu begrüßen und sie Häberle vorzustellen.

»Ich hätte mir eine angenehmere Umgebung für ein Gespräch gewünscht«, sagte sie und lächelte.

»Es dauert auch nicht lange«, versprach Häberle, während er mit Linkohr neben dem Bett stand und Marion sich aufzurichten bemühte.

»Es tut mir leid, dass ich Sie nur hier empfangen kann«, fuhr sie ironisch fort.

Sie schien den nächtlichen Überfall am See gut überstanden zu haben, dachte Häberle, fragte aber trotzdem nach: »Wie geht es Ihnen?«

»Danke, es hätte schlimmer kommen können. Ein paar blaue Flecken. Nichts Ernstes, sagen die Ärzte. Ich bin rücklings ins Wasser gestürzt. War eine kalte Dusche.«

»Gefallen – oder gestoßen worden?«, wollte der Chefermittler wissen.

»Zum zufälligen Reinfallen bin ich noch ein bisschen zu jung«, gab sie zurück und richtete den Blick auf Linkohr, was dieser sofort als Zeichen allergrößter Sympathie wertete.

»Es hat irgendeine Auseinandersetzung gegeben«, stellte Häberle fest und verschränkte die Arme.

»Ich hätte es Ihnen längst sagen sollen«, seufzte Marion, ohne dass dies gekünstelt wirkte.

»Es ist nie zu spät«, meinte Häberle beruhigend. »Und was richtig gewesen wäre, stellt man ohnehin erst im Nachhinein fest.«

Sie lächelte erleichtert. »Wissen Sie, Herr Häberle. Wir beide – Sie und ich …« Dann blickte sie zu Linkohr und fügte schnell an: »… selbstverständlich auch Ihr Kollege, wir verfolgen ein und dasselbe Ziel. Nur vielleicht mit anderen Mitteln.«

Häberle lehnte sich an die Wand des kleinen Zimmers, als suche er Halt. Und Linkohr trat ans Fußende des Bettes. Beide waren sie darauf gefasst, etwas völlig Unerwartetes zu erfahren.

129

Kerkhoff stellte zufrieden fest, dass auf der Landstraße nur gelegentlich Scheinwerfer auftauchten. Um diese Zeit, das wusste er, waren hier so gut wie keine Autos unterwegs. Er riskierte deshalb einen schnelleren Gang, einigen Feldwegen folgend, die im fahlen Nachtgrau wie ausgerollte schwarze Teppiche zwischen Äckern und Getreidefeldern zur Straße hinüberführten. Es gab im weiten Umkreis niemanden, der ihn wahrnehmen konnte. Schräg vor ihm markierte zwar eine schwache Hoflampe ein landwirtschaftliches Anwesen, das er vom Vorbeifahren kannte, aber er war weit genug davon entfernt, um auch von dort nicht gesehen zu werden.

Es durfte nur keinen Hofhund geben, der mit lautem Gebell die Bewohner aufschrecken könnte. Deshalb beschleunigte er seine Schritte noch mehr, trat unsanft in Furchen und Maulwurfshügel, bis er endlich die Landstraße erreichte, die er hinüber zu einer Wiese querte. Sein Adrenalinspiegel normalisierte sich, weil alles still geblieben war. Beruhigend lag der pechschwarze Waldrand vor ihm, der den Geländeeinschnitt hinab zur Bahnlinie bei Durlesbach kennzeichnete. Viele Male war er hier gejoggt, wusste um die Wald- und Wiesenwege und konnte sich auch jetzt, in finsterer Umgebung, nahezu mühelos orientieren.

Außerdem hatte er sich in den vergangenen Tagen gedanklich mit diesem Fluchtweg auseinandergesetzt. Denn angesichts der vielen Geschehnisse war ein »Notfallplan«, wie er es zu sagen pflegte, angebracht gewesen. Seit dieser Fernsehdokumentation und dem Auftreten von Wellinger und Ackermann musste mit dem Schlimmsten gerechnet werden. Und wieder trafen seine Gedanken auf Heike – mit einer Mischung aus schlechtem Gewissen und der Sorge, sie könnte in einer emotionalen Anwandlung zu einer unberechenbaren Reaktion neigen.

Natürlich hatte er ihr leichtsinnigerweise große Hoffnungen gemacht und ihr vorgegaukelt, das Verhältnis mit ihr – der Frau seines besten Freundes – sei mehr als nur ein vorübergehendes Abenteuer. Ja, er hatte es genossen, mahnte ihn sein Gewissen. Es war reizvoll gewesen. Anfangs zumindest. Für ihn war es aber nur ein temporäres Abenteuer, das zweierlei verband: eine Frau, die ihn anhimmelte und ihm jeden Wunsch von den Augen ablas – und gleichzeitig bot es die raffinierte Chance, sie über ihren Ehemann, seinen Freund, auszuhorchen. Arglos hatte sie ihm vieles von ihm erzählt, war sie doch davon ausgegangen, dass die beiden Männer ohnehin seit Jahr und Tag freundschaftlich miteinander verbunden waren und keine Geheimnisse voreinander hatten. Abgesehen natürlich von ihren »Frauengeschichten«.

Dies alles lief wie ein Film vor seinem geistigen Auge ab – während er außer Atem und mit schmerzenden Fußgelenken dem schützenden Wald entgegentrabte. Nein, er durfte sich jetzt nicht ablenken lassen. Nicht von dem, was war, und nicht von aufkommenden Ängsten.

Es hieß, weiterhin kühlen Kopf zu behalten – egal, wie Evelyn reagierte. Bisher hatte er sich auf sie verlassen können, ohne Wenn und Aber. Außerdem hatte sie gar keine andere Wahl mehr, als weiterhin loyal zu ihm zu stehen.

Evelyn war jung, erlebnishungrig und sexy. Letztendlich war es ihre Idee gewesen, Heike zu provozieren und dermaßen vor den Kopf zu stoßen, dass sie von sich aus Schluss machen wollte. Er selbst wäre zu feige gewesen, das Verhältnis zu lösen. Evelyn hatte auch seine anfänglichen Bedenken zerstreut, Heike könnte ihm in irgendeiner Weise schaden. Er war sogar davon überzeugt gewesen, dass Heike nichts unternehmen würde, was das Vermögen ihres Mannes in Gefahr bringen könnte. Denn oft genug hatte sie gesagt, dass sie nach einer möglichen Scheidung »so viel wie möglich an sich reißen« wollte. Und jetzt, nach seinem Tod, konnte sie nur daran partizipieren, wenn niemals aufflog, woher das viele Geld stammte.

Kerkhoff hatte ihr deshalb vorgestern sogar ins Gewissen geredet. Nein, beruhigte er sich, von Heike ging ganz sicher keine Gefahr aus. Oder vielleicht doch?, überkam es ihn plötzlich. Womöglich suchte sie die Flucht nach vorne, falls sie von der Kripo in die Enge getrieben wurde und man ihr etwas anhängen wollte.

Kerkhoff, dem der Schweiß von der Stirn rann, war so tief in diese Gedanken versunken, dass er inmitten des nun abschüssigen Waldes beinahe falsch abgebogen wäre.

Denn da war schon wieder ein bedrohlicher Aspekt: Wäre es nicht sinnvoller gewesen, sich intensiver um Marion Schewe zu kümmern? Denn jetzt war er doch wie ein dummer Bub auf sie hereingefallen. Natürlich hatte sie es verdammt gut inszeniert – mit Zeugen, die nun in alles eingeweiht waren und die ihn letztlich daran hinderten, bis zum Äußersten zu gehen.

An alles hatte er gedacht – aber dabei übersehen, dass nicht Hagebusch und Patten die gefährlichen Mitwisser waren, sondern Marion Schewe, die er eigentlich auf der Seite von Frank wähnte.

Dass sich die Lage so schnell zuspitzen würde, war nicht zu erwarten gewesen, überlegte Kerkhoff, der sich mühsam durchs Unterholz kämpfte, wo sich Dornen in seiner Jacke verfingen. Er musste sich tastend vorwärtsbewegen, mit ausgestreckten Armen, um Zweige vom Gesicht fernzuhalten.

Was er jetzt tun musste, war das krasse Gegenteil dessen, was eigentlich vorgesehen war: Statt mit dem Wohnmobil unauffällig nordwärts zu verschwinden, schlug er sich wie ein Schwerverbrecher durch das Dickicht. Aber wenn sie ein großes Wohnmobil suchten, war dies die einzige Chance zu entkommen. Es war sein »Plan B«, wie er gegenüber Evelyn dieses Vorgehen genannt hatte. »Wir müssen für alles gewappnet sein«, hatte er ihr noch am frühen Abend gesagt. Denn falls vor ihrer geordneten Abreise etwas Unvorhergesehenes eintreten würde, mussten die Vorbereitungen dafür getroffen sein, dass sie beide samt Wohnmobil augenblicklich von der Bildfläche verschwinden konnten.

Beinahe hätten sie diesen Notfallplan nicht gebraucht. Doch der Anruf von Marion Schewe hatte sozusagen in letzter Minute alles mit einem Schlag verändert. Es wäre unter diesen Umständen nicht nur töricht, sondern gefährlich gewesen, ihre Drohung zu ignorieren und einfach zu flüchten. Marion hatte am Telefon keinen Zweifel daran aufkommen lassen, dass sie alles wusste und nur durch ein persönliches Gespräch von »weiteren Konsequenzen« absehen wollte. Er hatte ihr sogar geglaubt, dass sie jegliches Aufsehen vermeiden und sich allein mit ihm in dieser Parkanlage treffen wollte. Doch schon dieses Ansinnen hätte ihn misstrauisch machen sollen. Aber sie hatte ihm keine Wahl gelassen.

Für einen Moment befiel ihn die Angst, die Frau könnte bei dem Sturz ins Wasser tödlich verletzt worden sein. Nichts wäre schlimmer, als einen Mord auf dem Gewissen zu haben. Was da genau geschehen war, wer wen angeschrien, gestoßen, geschlagen und getreten hatte – das vermochte er nicht mehr nachzuvollziehen. Es war dunkel gewesen, und plötzlich waren da überall Menschen, mit denen er nicht gerechnet hatte. Menschen, die jetzt alles wussten. Ja, Marion Schewe hatte ihn in einen Hinterhalt gelockt.

Ihm war doch gar nichts anderes übrig geblieben, als zuzuschlagen, als sie ihn festhalten wollten. Hals über Kopf war er geflüchtet. Und nun hoffte er, dass Evelyn dies alles mitgekriegt und genau so gehandelt hatte, wie es für einen solchen Fall vorgesehen war.

Er hatte ihr alles gezeigt, jeden Handgriff eingeübt, jede Vorgehensweise eingebläut. Wenn es ihr gelungen war, vor dem großen Polizeieinsatz aus der Stadt hinauszufahren, wäre zumindest ein Teil des Planes erfüllt. Dann mussten sie nur noch den Rest dieser Nacht durchstehen.

130

Marion Schewe zog das Kopfkissen an der Bettoberkante höher, um den beiden Ermittlern bequemer in die Gesichter schauen zu können. »Ich weiß, ich habe einen Fehler gemacht«, sagte sie hellwach und so, als habe sie nicht erst vor wenigen Stunden inmitten einer handfesten Prügelei gesteckt und sei nahezu bewusstlos in den See gestoßen worden.

»Wir möchten Sie nicht über Gebühr beanspruchen«, beruhigte Häberle. »Ausführlich können wir im Laufe des Tages darüber reden. Hilfreich wäre aber, wenn Sie uns in kurzen Worten erklären könnten, was geschehen ist.«

»Na ja«, sie wischte sich eine Haarsträhne aus der Stirn. »Es ist kein Geheimnis, dass ich seit längerer Zeit nach Bad Waldsee komme. Nur vordergründig zur ambulanten Kur. Ich weiß, mir wird ein Verhältnis mit diesem Frank Mittelberg nachgesagt.« Für einen Moment huschte ein Lächeln über ihr blasses Gesicht. »Das hat sich in der Tat so entwickelt. Eine Zeit lang. Aber das war eher – ja, sagen wir mal – eine Art Abenteuerlust. Wir haben uns da wohl gegenseitig was vorgespielt.«

Linkohr wurde hellhörig, ließ sich aber das steigende Interesse nicht anmerken, zumal sie seinen Blicken auswich und eher Häberle ansprach.

»Der Tod von Herrn Mittelberg hat dann alles verändert?«, fragte Linkohr vorsichtig nach, weil sie nicht mehr weiterredete.

»Ja, das hat er«, erklärte sie langsam und nachdenklich. »Obwohl wir uns einig waren, die Beziehung aufzugeben, hat mich sein Tod doch getroffen. So was steckt man nicht einfach weg. Es ist kein Geheimnis, dass wir uns fast immer getroffen haben, wenn ich hier war.«

»Und was war nun der Zweck Ihres häufigen Hierseins? Nur der Herr Mittelberg?«, wollte Häberle ruhig wissen.

»Ja und nein.« Ihr fiel es schwer, darüber zu sprechen. »Anfangs war es rein geschäftlicher Natur, dann hat sich ein … ein – ja – ein Vertrauensverhältnis entwickelt, das mir nicht ungelegen kam.«

»Inwiefern?«

»In bestimmten Kreisen weiß man schon lange, was Herr Mittelberg macht und wie er ganz plötzlich zu seinem Vermögen gekommen ist.«

»Falsche Medikamente«, gab Häberle das Stichwort, um endlich auf jenes Thema zu kommen, auf das er abzielte.

»Ja, auch. Aber nicht nur. Es gab von Seiten der seriösen Pharmaindustrie großes Interesse, an ihn und möglichst auch an die Hintermänner heranzukommen. Seit dem Tod dieser Frau Wellinger aus Göppingen hat man diese Bemühungen verstärkt.«

Linkohr dämmerte schlagartig, was Schewes geheimnisvolles Auftreten gewesen war. Er wollte aber keine Frage dazu stellen und die Gesprächsführung alleine Häberle überlassen.

»Sie wollen damit sagen«, überlegte der Chef, »dass Sie im Auftrag der Pharmaindustrie den Herrn Mittelberg im Auge behalten sollten?«

Sie lächelte wieder. »Im Auge behalten«, echote sie. »So könnte man das sagen. Aber auch, um ihn zu animieren, über mich als die Pharmavertreterin solche Präparate an Ärzte, Kliniken und Apotheken zu liefern.«

»Ach«, entfuhr es Häberle und er konstatierte: »Sie haben den Lockvogel gespielt?«

»Lockvogel«, wiederholte sie verächtlich. »So könnte man es laienhaft ausdrücken. Ich hab für ihn die Aufträge eingeholt, er hat dann an mich geliefert.«

»Nicht direkt an die Auftraggeber?«, staunte Häberle.

»Nicht direkt, nein. Sonst wären die gefälschten Produkte

in den Handel oder an die Patienten geraten – wie dies vor meinem Auftreten leider Gottes eine Zeit lang geschehen ist. Damals in Göppingen.«

»Sie haben die gefälschten Präparate sozusagen abgefangen …«

»… und bei der Lieferung durch die echten ersetzen lassen«, ergänzte sie Häberles Satz.

Der daraus folgerte: »Aber die Ärzte, Apotheker und Kliniken mussten doch gewusst haben, dass etwas an der Sache faul war, oder nicht?«

»Davon kann man ausgehen.«

Jetzt schaltete sich Linkohr ein: »Allein schon der Preis müsste ihnen verdächtig erschienen sein. Ist da keiner hellhörig und misstrauisch geworden?«

»Doch, doch. Das hat es gegeben. Gerade in Bad Waldsee sind deshalb einige ganz schnell ausgestiegen.«

»Dr. Hagebusch«, erwiderte Häberle rasch.

»Ja, der auch. Aber auch dieser Patten, der Apotheker. Der war besonders ängstlich.«

Häberle ließ ein paar Sekunden verstreichen, um dann weiterzubohren: »Wie ist es Ihnen denn gelungen, das Vertrauen von Herrn Mittelberg zu gewinnen?«

Wieder dieses Lächeln. »Als wir erfahren haben …«

Häberle unterbrach: »Sie sprechen von ›wir‹?«

»Ach so, ja. Wir, das sind meine Auftraggeber aus der Pharmaindustrie in der Schweiz – das kann ich Ihnen später erläutern und auch nachweisen, falls Sie dies wünschen – und ich. Ja, als bekannt wurde, dass Mittelbergs Ehefrau Heike wegen einer Sache am Knie zu einer Kur in Bad Waldsee war, hab ich dem Zufall ein bisschen nachgeholfen und ihn dort getroffen und mich als Kollegin von ihm vorgestellt. Wie's dann so kommt: Wir sind Kaffee trinken gegangen.«

Linkohr grinste. Er konnte sich durchaus vorstellen, wie sie den Umgang mit den Waffen einer Frau geschickt beherrschte.

»Damit entstand dann das Vertrauensverhältnis, das Ihnen nicht ungelegen kam«, knüpfte Häberle an das von ihr vorhin Gesagte an.

»So könnte man es formulieren«, bestätigte sie.

»Und wie fügt sich dies mit Herrn Dr. Kerkhoff zusammen?«, wollte Linkohr wissen.

»Kerkhoff? Das hab ich erst im Laufe der Zeit erfahren. Der hat sich an Franks Frau Heike herangemacht. An die Frau seines angeblich besten Freundes. Frank hat davon aber wohl nichts gewusst. Zumindest hat er nie etwas davon erzählt.«

Sodom und Gomorrha, dachte Häberle, dem derlei »Beziehungskisten« keinesfalls fremd waren. Als er Sonderermittler in Stuttgart gewesen war, hatte er es oft genug mit derlei Liebesbeziehungen zu tun gehabt. Fast war es ihm so erschienen, als gälten beim Geldadel und in der Politik solche Affären und Abenteuer als schick. Nicht selten war es vorgekommen, dass diese »Herrschaften« sogar über Freunde in irgendwelchen Ministerien Einfluss auf die Ermittlungsarbeit der Polizei nehmen wollten.

»Wenn wir richtig informiert sind, waren auch Sie Anfang der Woche im Visier von Frau Mittelberg«, erklärte Häberle gelassen.

»Ja, das war ich«, räumte Marion Schewe süffisant ein. »Ich saß mit Frank im Golf-Restaurant, als sie aufgetaucht ist. Sie hat ihn wohl verfolgt – und dann rumgetobt wie eine Irre. Es war peinlich.«

»Sie hat eine Szene hingelegt, obwohl sie selbst auch fremdgegangen ist?«, stellte Häberle fragend fest.

»Ja, aber sie ist wohl sehr emotional und unbeherrscht, hat Frank immer gesagt.«

»Wie war nun zuletzt Ihr Verhältnis zu Herrn Mittelberg?«

»Wir wollten es beide beenden. Dazu müssen Sie wissen, dass ich eigentlich nur so nebenbei reingeraten bin. Und wir haben uns beide nie Hoffnungen irgendwelcher Art gemacht. Auch für ihn war der Kontakt zu mir eher oberflächlich. Ein Abenteuer halt, das mit guten Geschäften verbunden war. Jedenfalls hat er ziemlich gut verdient – weil meine Auftraggeber ihn glauben machen wollten, dass die Geschäfte mit diesen Präparaten gut liefen. Man wollte auf diese Weise einerseits die Hintermänner ausfindig machen und andererseits Ärzte und Apotheker, die für derlei Geschäfte anfällig waren. Und ich kann Ihnen sagen: Da werden einige Herrschaften noch ganz dumm aus der Wäsche schauen. Steuerhinterziehung, falsche Abrechnungen mit Krankenkassen – und was da sonst noch alles zusammenkommt.«

»Wenn ich Sie richtig verstehe, Frau Schewe«, fasste Häberle zusammen, »sind Sie so etwas wie eine Agentin der Pharmaindustrie.«

»Agentin«, wiederholte sie das Wort. »Wie das klingt! Sagen Sie lieber: Ermittlerin.«

»Und warum hat man diese Arbeit nicht uns Profis überlassen?«

Sie lächelte überlegen. »Nehmen Sie's mir nicht übel, Herr Häberle, aber seien Sie mal ehrlich: Wäre denn genügend Personal vorhanden, um solchen Aufwand zu betreiben? Über Jahre hinweg?«

Häberle ging nicht darauf ein, sondern bohrte weiter: »Sie haben soeben gesagt, es sei nicht nur um falsche Präparate gegangen.«

»Nicht nur – ja. Herr Mittelberg hat offenbar damit begonnen, neuartige Dopingpräparate zu importieren. Aus Fernost. Woher genau, da bin ich mir nicht ganz sicher. Aber das ist wohl für die Fußballeuropameisterschaft 2020 vorgesehen gewesen. Die findet doch in vielen europäischen Großstädten statt.«

Häberle nickte. »Und da soll gedopt werden? Im großen Stil?«

»Ja. Aber was ich Ihnen jetzt sage, lässt sich momentan nur schwer beweisen, wenn überhaupt: Dr. Kerkhoff soll von der ausländischen Wettmafia angeworben worden sein, diese Dopinggeschichte ärztlich und medizinisch zu begleiten.«

Linkohr konnte seinen bislang unterdrückten Spruch, der bei ihm allergrößtes Erstaunen signalisierte, nun nicht mehr zurückhalten: »Da haut's dir's Blech weg.«

Häberle, dem derlei Verstrickungen bereits aus den Angaben, die Heike Mittelberg am Abend gegenüber den Konstanzer Kollegen gemacht hatte, geläufig waren, hielt sich mit einer Bemerkung zurück. Stattdessen stellte er eine Frage, die ihm schon seit einer halben Stunde unter den Nägeln brannte: »Wie war das nun mit dem Tod von Herrn Mittelberg?«

Marion schwieg und wurde ernst. »Was glauben Sie, worüber ich seit zwei Tagen nachdenke?«

131

Kerkhoff war mit seinen Kräften nahezu am Ende. Als er das dichte und steil abfallende Waldstück hinter sich gebracht hatte, atmete er tief durch, orientierte sich an dem schmalen Asphaltband, das ihm trotz der Dunkelheit vertraut war. Nun waren es nur noch ein paar Hundert Meter bis zu jenem alten landwirtschaftlichen Anwesen, das ihm für die Nacht Schutz bot. Ihm und Evelyn. Sofern sie es geschafft hatte, wie geplant hierherzukommen. Und wenn nicht? Er wehrte sich gegen diesen schrecklichen Gedanken, huschte weiter vorwärts und machte einen kurzen Abstecher hinter einen Holzschuppen, um den herum ein kaum erkennbarer Weg führte, dessen heller Schotter sich vom umgebenden Gras abzeichnete. Bereits beim Näherkommen waren die Umrisse eines kleinen Autos zu erkennen. Es stand also noch da, stellte er zufrieden fest und ging zur asphaltierten Straße zurück, um wenige Augenblicke später das lang gezogene Gebäude zu erreichen, an dessen Anbau sich ein großes hölzernes Scheunentor tiefschwarz abzeichnete. Kerkhoff beobachtete die finstere Umgebung und schob mit einem geübten Griff einen verrosteten Riegel beiseite, den er erst kürzlich mit ein paar Tropfen Öl leichter gängig gemacht hatte. Außerdem wurde auf diese Weise ein metallisches Geräusch vermieden, das mitten in der Nacht weithin zu hören gewesen wäre.

Sein von dem langen Fußmarsch ohnehin aufgewühltes Herz raste vor Aufregung noch mehr, als er einen Flügel des Tores ein wenig öffnete. War es da – das Wohnmobil? Zuerst sah er gar nichts. Alles schien von undurchdringlichem Schwarz umgeben zu sein. Sein Herzschlag nahm an Tempo zu. Jetzt war es die Anspannung, die den Puls erneut beschleunigte: Was würde ihn nun erwarten? Zwei, drei Sekunden starrte er in schwarzes Nichts. Die Gerüche der früheren Landwirtschaft schlugen ihm entgegen. Dass sie mit Dieselabgasen vermischt waren, ließ den Adrenalinspiegel sinken. Aber erst, nachdem er einige Schritte zur Seite gegangen war, bemerkte er den schwachen Lichtschimmer, der seitlich die Dunkelheit sanft erhellte und die Konturen des Wohnmobils zum Vorschein brachte. Es war also da. Er zog das Tor vorsichtig zu, näherte sich dem Heck des Fahrzeugs und bog um dessen rechte Ecke, von wo der Lichtschein kam. Er lauschte in die Stille. In die Totenstille. Ein schrecklicher Gedanke beschleunigte seinen Pulsschlag erneut: War Evelyn gar nicht da? Oder war sie tot?

132

Hektik in den Räumen des Polizeipostens von Bad Waldsee. Aufgeregte Stimmen aus Funkgeräten, gestresste Ermittler an Laptops, über den Dächern das Knattern eines tief dahinschwebenden Hubschraubers, dessen Suchscheinwerfer auf die Straßen und Gassen gerichtet wurden. Die Bevölkerung aufgeschreckt. Hinter vielen Fenstern brannte Licht, Menschen waren auf die Straße gekommen. Gerüchte machten die Runde. Dass alles etwas mit dem Mord im Ried zu tun haben würde, schien jedem klar zu sein.

Pfeifer hatte die Mannschaft, die inzwischen auf knapp zwei Dutzend Personen angewachsen war, mithilfe des Einsatz-Präsidiums verpflegen lassen, vor allem aber für jede Menge Kaffee gesorgt.

Häberle telefonierte nach der Rückkehr aus der Klinik zum zweiten Mal in dieser Nacht mit seiner Frau Susanne und erklärte ihr behutsam, weshalb er vermutlich erst in den Vormittagsstunden nach Hause kommen werde. Ihre Antwort war die gleiche wie bei ähnlichen Situation seit Jahr und Tag: Er solle sich nicht übernehmen und daran denken, dass er doch gesund in Pension gehen wolle. Auch seine Erwiderung hörte sich an wie immer. Mehr denn je freute er sich auf den nahenden Ruhestand. Umso mehr wollte er sich allerdings in diesen letzten Fall hineinknien.

Linkohr hatte das Telefonat am Rande mitbekommen, saß dem Chefermittler gegenüber und kämpfte mit einer Tasse heißen Kaffees gegen den Schlaf an. Er wurde jedoch sofort munter, als zwei Uniformierte einen Mann hereinführten, den er kannte: Ackermann aus Ulm. Der machte einen erschöpften Eindruck, seine Hose war feucht und verschmutzt, das Gesicht fahl, das dünne Haar ungekämmt.

Häberle stand auf und ging auf ihn zu, während die Polizisten den Raum verließen. Linkohr schüttelte dem völlig konsternierten Ackermann zuerst die Hand und stellte seinen Chef vor.

»Entschuldigen Sie, dass wir Sie zu so später Stunde herbitten mussten«, sagte Häberle nach der Begrüßung und bot ihm einen Platz am Besprechungstisch an. »Ich lass Ihnen einen Kaffee bringen.« Linkohr fasste dies als Aufforderung auf, dafür zu sorgen. Er verließ den Raum, während Häberle den in sich gekehrten Ackermann aufzumuntern versuchte: »Sie brauchen keine Angst zu haben. Wir kennen Ihre Geschichte und Ihr Ansinnen, weshalb Sie nach Bad Waldsee gekommen sind. Mein Kollege hat mir von seinem Gespräch mit Ihnen berichtet.« Beruhigend fügte er an: »Auch mein Ex-Kollege Edgar Bauer ist auf mich zugekommen, um Ihr Ansinnen zu unterstützen.«

Ackermann holte tief Luft und umklammerte die Armlehnen des Stuhles. »Ich bin in etwas hineingeraten, das ich so nicht wollte. Das müssen Sie mir glauben.«

Häberle nickte. »Manchmal kann es verhängnisvoll sein, zur falschen Zeit am falschen Ort zu sein.« Er sagte dies aus tiefster Überzeugung und musste an einen Fall aus der Vergangenheit denken, bei dem sich die zusammengetragene Beweislast im letzten Moment vor Gericht gedreht hatte. Für einen

Moment dachte er daran, viele seiner Fälle einmal dem Journalisten Georg Sander zu schildern, der sich neuerdings als Kriminalromanschreiber betätigte.

Häberle kämpfte gegen die Gedanken, die sich als Zeichen von Erschöpfung und Müdigkeit verselbstständigten. Es fiel ihm zunehmend schwer, sich zu nächtlicher Stunde auf eine Vernehmung zu konzentrieren. Er wollte sich auch mit keiner langen Vorrede aufhalten, sondern konfrontierte Ackermann sogleich mit dem Wichtigsten: »Soweit wir wissen, waren Sie bei dieser Auseinandersetzung am Schlosssee dabei.«

»Okay, okay«, räumte Ackermann ein. »Aber ich hab mich rausgehalten.«

»Sie hatten aber mit Herrn Wellinger und Frau Schewe dieses doch etwas merkwürdige Treffen arrangiert«, blieb Häberle hartnäckig.

»Ja, Wellinger wollte wissen, was mit diesem komischen Apparat passiert ist, den Kerkhoff bei ihm hat anfertigen lassen – und ich wollte endlich Klarheit zu dem Drohnenunfall, bei dem meine Frau ums Leben gekommen ist.«

»Und Kerkhoff ist einfach so gekommen?«

»Nicht einfach so. Nein. Frau Schewe hat ihm gedroht, alles auffliegen zu lassen«, schilderte Ackermann das Geschehen, während Linkohr mit einer Tasse Kaffee kam und sie ihm vorsetzte.

»Auffliegen lassen – was denn?«, bohrte Häberle weiter.

»Irgendwas von einer Organisation hat sie gesprochen und dass sie alles wisse und verraten wolle, wenn er ihr nicht weitere Hintergründe offenbare.«

Häberle zeigte sich zufrieden, weil sich dies durchaus mit Schewes Aussage deckte, fragte aber trotzdem nach: »Kannten Sie den Herrn Mittelberg persönlich?«

»Den Toten?«, entfuhr es Ackermann erschrocken. »Nein, nur vom Hörensagen. Er soll doch mit diesem Kerkhoff die Drohne fliegen lassen haben.« Er überlegte und trank einen

Schluck Kaffee. »Fragen Sie doch Herrn Bauer, der hat da vieles rausgefunden.« Wieder dachte er ein paar Sekunden nach. »Ach ja, da fällt mir ein: Die Frau Schewe hat diesem Kerkhoff vorgehalten, die Sauereien mit den Drohnen hätten ihn wohl in die Zwickmühle gebracht.«

Wieder schweiften Häberles Gedanken ab – hin zu Edgar Bauer, seinem ehemaligen Kollegen. Durch den war die Verbindung zu Kerkhoff bekannt geworden – und somit zu den Arzneimittelpanschern. Häberle versuchte sich all dies in Erinnerung zu rufen und nahm sich gleichzeitig vor, nach Abschluss der Ermittlungen mit Bauer über den Ruhestand zu plaudern. Und über den 120 Jahre zurückliegenden Mord beim Gartensaal.

Nachdem er einen Schluck Kaffee genommen hatte, kam er wieder zur Sache: »Ihr Kontakt zu Herrn Wellinger kam erst über Bauers Recherchen zustande?«

»Ja, natürlich. Ihr Ex-Kollege ist über die Drohnensache auf Wellinger gestoßen. Wir haben dann schnell bemerkt, dass uns ein gemeinsames Schicksal verbindet – der Tod unserer Frauen.«

Häberle nickte verständnisvoll. »Aber dem Herrn Mittelberg sind Sie nie begegnet?«

»Dem Ermordeten? Nie, nein. Ist das für Sie denn wichtig?«

Häberle gab keine Antwort, sondern fragte: »Haben Sie eine Unterkunft in Bad Waldsee?«

»Nein, hab ich nicht. Ich fahr heim nach Ulm.« In einer Sommernacht wie dieser würde schon bald der Morgen grauen.

133

Kerkhoff war vorsichtig zur Seitentür des Wohnmobils gegangen, an dem hinter allen Fenstern die Jalousien heruntergelassen waren. Nur aus einem schmalen Spalt drang ein schwacher Lichtschimmer, der in der absoluten Finsternis einen Markierungspunkt darstellte.

Voll böser Vorahnung öffnete Kerkhoff die Tür und wurde sofort von der Helligkeit einiger LED-Leuchten geblendet. Obwohl ihm eigentlich hätte klar sein müssen, dass im Innern Licht brannte, erschrak er und blieb vor dem Eingang stehen. »Evelyn«, kam es schwach über seine Lippen. Keine Antwort.

Er stieg die zwei Stufen in den Wohnaufbau des Campers hinein, wo sein Blick auf die junge Frau traf: Kopf und Oberkörper in die seitliche Ecke der gepolsterten Sitzbank gelehnt, die Arme auf dem Bauch. Vor ihr auf dem Tisch ein leer getrunkenes Glas und eine halb volle Flasche Mineralwasser.

Kerkhoff stand für den Bruchteil einer Sekunde wie angewurzelt. »He, Evelyn«, presste er schließlich hervor. Weil sie sich nicht rührte, war er mit einem Schritt bei ihr und rüttelte sie an einem Arm. »Evelyn.« War sie tot? Hatte sie sich das Leben genommen? Tabletten? Leer getrunkenes Glas?

»Evelyn!« Seine Stimme wurde lauter.

Dann endlich. Eine Bewegung. Augenaufschlag. Apathischer Blick. »Markus«, kam es über ihre Lippen. »Markus.« Noch einmal so, als könne sie es gar nicht glauben. Ihre Bewegungen wurden schneller, die Augen lebendiger. »Du bist da!« Die Freude war unüberhörbar.

Kerkhoff schloss für einen Moment die Augen, setzte sich zu ihr und umklammerte sie fest. »Wir sind wieder zusammen«, flüsterte er ihr ins Ohr. »Es wird alles gut. Alles. Glaub mir.«

Er spürte, wie sie zitterte und sich an ihn klammerte, als wolle sie ihn nie wieder loslassen. »Markus. Du hast es geschafft!« Der Klang ihrer Stimme verriet, dass sie ihm zutiefst vertraute.

»Du hast das gut gemacht«, flüsterte er zurück. »Es läuft alles nach Plan.« Er ließ ihr ein paar Sekunden Zeit, griff dann zur Wasserflasche, schenkte das Glas voll und trank es in einem Zug leer.

»Ganz ruhig«, murmelte er und ließ sie den Kopf an seine linke Schulter schmiegen. »Wir werden unauffällig verschwinden – genau so, wie wir es für den Notfall vorgesehen haben. 4.56 Uhr ab Biberach.« Er hatte sich die Abfahrt des ersten Frühzuges eingeprägt. Denn wenn nach einem Wohnmobil gefahndet wurde, das man auf dem Weg in den Süden vermutete, dann würden sie in der Eisenbahn Richtung Norden nicht auffallen. Zumal es ohnehin eine Zeit lang dauern würde, bis die polizeilichen Ermittlungen auf Züge ausgedehnt würden.

Was geschehen war, bedeutete allerdings das Aus für den Traumurlaub im Wohnmobil. Natürlich wären es keine wirklichen Ferien geworden. Aber ohne die polizeilichen Ermittlungen, die in Gang gekommen waren, hätten sie sich mit dem Wohnmobil unbemerkter absetzen können. Über Polen in Richtung Russland, wofür ihnen »beste Freunde« längst die nötigen Visa besorgt hatten.

Es war ein fataler Fehler gewesen, sich gegen Frank und Marion zu stellen. Aber wie hätte er auch ahnen können, dass Marion ein falsches Spiel spielte? Und dass nicht Hagebusch der Schwachpunkt sein würde?

»Lassen wir alles zurück?«, fragte Evelyn, als habe sie seine Gedanken erraten.

»Wir nehmen die Rucksäcke und packen ein bisschen was von den Vorräten ein, die wir im Wagen haben. Wir sind ganz normale Touristen«, erwiderte er. »Ich hab alles für so einen Fall vorbereitet. Meiner Berechnung nach sind wir heute

Abend um 21.25 Uhr in Warschau. Nur dreimal umsteigen. In Ulm, Stuttgart und Berlin.« Sein letzter Satz ging im ohrenbetäubenden Knattern eines Hubschraubers unter, der offenbar schnell und in geringer Höhe herangeflogen war. Beiden stockte der Atem.

134

In die Fahndung nach Kerkhoff waren inzwischen starke Kräfte des in Göppingen angesiedelten baden-württembergischen Einsatz-Präsidiums eingeschaltet worden. Eine Hubschrauberbesatzung suchte mit Wärmebildkameras die Umgebung von Bad Waldsee ab, obwohl die Ermittler kaum Hoffnung hegten, Kerkhoff auf diese Weise zu finden. Nach allem, was während der vergangenen Tage bekannt geworden war, gingen sie davon aus, dass er mit dem Wohnmobil unterwegs sein würde, aller Voraussicht nach in Richtung Schweiz.

Häberle und Pfeifer kämpften bei einer Tasse starken Kaffees gegen die bleierne Müdigkeit an. Sie verfolgten dabei den bisweilen akustisch schlecht verständlichen Funkverkehr aus mehreren Geräten. Inzwischen hatte sich der zuständige Polizeipräsident aus Konstanz eingeschaltet und mitten in der Nacht sein Kommen angekündigt. Häberle zeigte sich davon wenig begeistert. Zwar kannte er den Mann nicht persönlich, aber seine Erfahrung mit den »Oberindianern«, wie er Präsidenten oft despektierlich genannt hatte, waren nicht die feinsten. Auch die früheren Direktionschefs, die es statt der Präsidenten bis zur baden-württembergischen Polizeireform 2012 gegeben hatte, erwiesen sich oftmals als gewöhnungsbedürftig. Häberle hielt nichts davon, dass Entscheidungen fernab der Praxis getroffen wurden. Falls es sein musste, würde er dies dem hiesigen Präsidenten in aller Deutlichkeit sagen. Denn wenn sich einer eine solche Kritik erlauben konnte, dann er, der er kurz vor der Pension stand. Er brauchte nicht mehr zu kuschen und windschlüpfrig zu sein, um auf der Karriereleiter voranzukommen.

»Unser Präsident will informiert werden, was gegen Kerkhoff vorliegt«, gab Pfeifer zu bedenken, was Häberle als Bestätigung dessen wertete, was er gerade gedacht hatte. Pfeifers forsches Auftreten war ihm schon seit gestern unangenehm aufgestoßen. Dass es ein Zeichen von Unsicherheit war, gepaart mit der Angst, etwas zu veranlassen, was die »Oberen« erzürnen könnte, zeigte seine jetzige Äußerung. »Keine Panik, Herr Kollege«, beruhigte er deshalb den Ermittler vom Kriminalkommissariat Ravensburg, das dem Konstanzer Präsidium unterstellt war.

»Dass Kerkhoff in eine Arzneimittel- und Dopingaffäre verwickelt ist, dürfte klar sein«, überlegte Pfeifer. »Aber mir will nicht so recht in den Kopf, wie wir ihm den Mord an Mittelberg nachweisen sollen.«

Häberle grinste. »Abwarten, Herr Kollege. Ein Motiv, seinen Freund umzubringen, hatte er sehr wohl: Sie sind sich uneins über den Fortgang der Arzneimittelgeschichte gewesen. Kerkhoff wollte sich auf das große Dopinggeschäft mit den Fußballern konzentrieren, während sein Kumpel Frank mit den Arzneimitteln weiterwurschteln wollte und ihm gedroht hat, ansonsten den Unfall mit der Drohne auffliegen zu lassen.«

»So weit, so gut«, konnte ihm Pfeifer folgen. »Aber wie hätte er dieses komische Pfeffersprühgerät in die Cessna schmuggeln sollen – was ja nicht zum gewünschten Erfolg geführt hat?«

»Was sein Mitfliegen bei Mittelberg anbelangt, hat er uns ganz schön angelogen«, erinnerte Häberle. »Er hat behauptet, zuletzt vor einigen Wochen mit ihm geflogen zu sein – was aber, wie wir inzwischen durch Frau Mittelberg wissen, schlichtweg eine Lüge sein dürfte. Die beiden Männer waren am Montagabend noch zusammen. Und Mittelberg hat seinen alten Kumpel zurück nach Bad Waldsee geflogen, wo er von jemandem mit einem kleinen Auto abgeholt wurde.«

»Bestimmt dasselbe, das dieser Videofilmer heute Nachmittag in Ritzenweiler mit seiner Drohne aufgenommen hat«, ergänzte Pfeifer stolz. »Aber wie soll Kerkhoff das Gerät in den Flieger gebracht haben? Das ist doch der Schwachpunkt ...«

»Er muss es nicht selbst getan haben«, unterbrach ihn Häberle. »Es wäre ohnehin ziemlich kühn gewesen, seinen Freund zuerst ins Ried zu locken, dort totzuspritzen – und am anderen Morgen so zu tun, als ob er die Leiche beim Joggen zufällig gefunden hätte.«

»Wer dann?«, verlangte Pfeifer Auskunft.

Häberle nahm einen Schluck Kaffee, wollte etwas sagen, doch in diesem Moment wurden sie per Funk gerufen. Pfeifer meldete sich, worauf eine ziemlich verzerrt klingende Männerstimme den Raum erfüllte. »Überprüfung der Wohnadresse von Evelyn Kalinke negativ. Ist nicht zu Hause anzutreffen. Auch Bussard-Aufklärung negativ. Keine Personen, kein Wohnmobil. Auch nicht im Bereich Durlesbach, wo Kerkhoff bisher gewohnt hat.«

Pfeifer funkte zurück: »Wie ich schon sagte, Zielperson hat mehrfach geäußert, sich Richtung Österreich und Schweiz absetzen zu wollen. Konzentration deshalb auf diese Verkehrswege.«

Er beendete das Gespräch und wandte sich an Häberle: »Ein Wohnmobil kann doch nicht einfach so vom Erdboden verschwinden.«

»Kann es nicht«, bekräftigte der altgediente Ermittler mit ironischem Unterton. »Ganz sicher nicht.«

Pfeifer war über Häberles einsilbige Antwort verärgert, weshalb er sich entschlossen zeigte: »Ich hab bei der Staatsanwaltschaft einen Durchsuchungsbeschluss für die Wohnungen der beiden beantragt.«

»Jetzt? Um diese Zeit?« Häberle staunte, zumal er wusste, wie schwierig es war, mitten in der Nacht einen Richter dafür zu gewinnen. Viel wichtiger als die Wohnungsdurchsuchungen war Häberle etwas anderes.

Er hatte dies bereits mit dem Einsatzleiter des Mobilen Einsatzkommandos besprochen, den er persönlich kannte. Auch die Bundespolizei, die für Bahnanlagen zuständig war, musste jetzt informiert werden.

135

Der Helikopter war genauso schnell, wie er gekommen war, wieder abgedreht. Nur kurz hatte der ohrenbetäubende Lärm des Rotors befürchten lassen, der Hubschrauber würde in der Nähe landen. Kerkhoff hielt den zitternden Körper Evelyns an sich gedrückt, ohne sich seine eigene Nervosität anmerken zu lassen. Vermutlich war er gerade rechtzeitig hier angekommen. Dass sie auch in der Umgebung nach ihm fahndeten, gab ihm allerdings zu denken, war er doch davon ausgegangen, dass sie ihn längst kilometerweit entfernt Richtung Süden vermuteten. Natürlich hatten sie seinen bisherigen Wohnort in Durlesbach leicht in Erfahrung gebracht.

Würden sie die Umgebung seiner bisherigen Wohnung observieren? Nein, davon war nicht auszugehen. Kein vernünftiger Mensch würde in dieser Situation an jene Adresse zurückkehren, an der man ihn üblicherweise antraf. Nein, er hatte genügend andere Spuren gelegt, die ins südliche Ausland führten. Während Evelyn die körperliche Nähe zu ihm genoss, jedoch voll innerer Unruhe war und sich wünschte, aus diesem Albtraum, der keiner war, zu erwachen, da befielen Kerkhoff erneut düstere Gedanken. Was, wenn sie im Morgengrauen auf dem Weg zum Bahnhof Biberach von der Polizei gestoppt würden? Nein, mahnte er sich zur Ruhe. Einen unscheinbaren, dazu noch alten Kleinwagen würden sie wohl kaum ins Visier nehmen. Oder vielleicht doch gerade den?

136

Pfeifer hatte sich nach dem kurzen Gespräch mit Häberle leicht frustriert in einen der großen Kastenwagen zurückgezogen, mit denen das Mobile Einsatzkommando angerückt war. Das Fahrzeug, das auf der inzwischen abgeriegelten Hauptstraße vor dem Gebäude des Polizeipostens stand, war funktechnisch hochgerüstet: Auf vielen Monitoren konnte verfolgt werden, was sich an den verschiedenen Einsatzorten abspielte. Der Helikopter lieferte mithilfe der Wärmebildkameras Luftaufnahmen vom Stadtrand.

Der junge Beamte, der vor all diesen elektronischen Geräten saß, konnte per Mausklick auf einzelne Bodycams der Einsatzkräfte schalten. Pfeifer war nur während seiner Ausbildung ein einziges Mal mit einem solchen technischen Aufwand konfrontiert gewesen und vermied es deshalb, Fragen zu stellen, die ihn als ahnungslos entlarvt hätten. Er ließ sich auf einem schmalen Klappsitz nieder und lauschte gespannt dem Funkverkehr und den Anweisungen, die der Kollege von anderen übermittelt bekam. Während einer kurzen Funkpause drehte dieser sich zu Pfeifer, um ihn zu informieren: »Wir haben noch keine neuen Erkenntnisse. Derzeit sind wir im gesamten Stadtgebiet unterwegs, weitere Kräfte konzentrieren sich auf die vermutete Hauptfluchtrichtung Bodensee.«

Pfeifer nickte zufrieden, sagte »okay« und kam sich unnütz vor. Er fühlte sich seit Stunden matt und müde, wollte aber ausharren und schon gar nicht vor dem wesentlich älteren Häberle eine Schwäche zeigen. Außerdem war der Präsident aus Konstanz im Anmarsch. Da machte es sich gut, an »vorderster Front« die Lage zu beobachten. Während unterschiedliche Stimmen aus den Lautsprechern den Innenraum des Wagens erfüllten, verdrängte er das ungute Gefühl, das ihn beim Gedanken an Häberle beschlich, der ihm so übermächtig erschien. Hatte man diesen Ermittler nur hergeschickt, weil der Fall in dessen Zuständigkeitsbereich hineinreichte – oder war man sich beim Präsidium in Konstanz im Zweifel, ob die Soko personell richtig besetzt war? Also, ob er, Pfeifer, die Situation auch meistern konnte?

Am meisten wurmte ihn, dass Häberle in den vergangenen Stunden oft nur mit Mike Linkohr diskutiert hatte und auch jetzt irgendetwas mit dem Einsatzleiter des Mobilen Einsatzkommandos im Schilde führte. Angeblich kannten sich die beiden. Mochte ja sein, denn schließlich waren Häberle und dieser Einsatzleiter in ein und derselben Stadt beschäftigt. Aber, so rumorte es in Pfeifers Kopf, ganz so fair war es nicht, ihm einen anderen, dazu vom Dienstgrad her einen Rangniedrigeren, vor die Nase zu setzen.

Pfeifer traf eine Entscheidung: Er bat den Kollegen am Funk, ihm einen Streifenwagen herzubeordern. Denn er wolle sich selbst ein Bild von der Situation in der Stadt und der Umgebung machen. »Ich muss versuchen, einen Wagen zu kriegen«, brummte der junge Mann missmutig und musste wieder eine Frage aus dem Funk beantworten.

»Sie werden einen Wagen finden«, beschied ihn zwischendurch Pfeifer in barschem Ton.

Der Beamte zeigte sich davon wenig beeindruckt, notierte Kennzeichen, die ihm durchgegeben wurden, machte sich Notizen und beorderte eine Streife an den Schlosssee, wo die Spurensicherung ein weiteres Mal im gleißenden Scheinwerferlicht zugange war.

Ein paar Minuten später traf ein Polizeifahrzeug ein, aus dem der uniformierte Beifahrer stieg und sich erkundigte, wohin Pfeifer gebracht werden wolle. »Zum Einsatzleiter«, erwiderte der knapp und nahm mit einem kurzen »Hallo« in Richtung des Chauffeurs im Fond des Wagens Platz. »Wie ist die Lage?«, erkundigte er sich, als sich das Fahrzeug in Bewegung setzte.

»Leider alles ruhig«, erwiderte der Uniformierte von vorne rechts. Pfeifer wollte sich auf keine Konversation einlassen, zumal die Fahrt nur ein paar Hundert Meter ging – zum großen Parkplatz bei der Stadthalle, wo mehrere zivile Kastenwagen standen, denen von außen ihre Herkunft nicht anzusehen war. Einige von ihnen trugen zur Tarnung irgendwelche Fantasieaufschriften.

Wie üblich, hatte sich das Mobile Einsatzkommando ohne großes Aufsehen in Position gebracht. Pfeifer bedankte sich bei den Uniformierten und stieg in die kühl gewordene Nacht hinaus. Weil sein Kommen bemerkt worden war, öffnete sich die Tür eines der Fahrzeuge. Ein junger Mann trat heraus, dem sogar im fahlen Lampenlicht die Zugehörigkeit zu einer Spezialeinheit anzusehen war: schwarz gekleidet, kurze Haare, Schnauzbart, sportlicher Gang. Nachdem sich Pfeifer ausgewiesen hatte, wurde er sofort ins Innere des angenehm temperierten Wagens gebeten. Vier Männer saßen eingezwängt um einen Klapptisch herum, ein Laptop aufgebaut, Funkgeräte bereitliegend, Notizzettel beschrieben. Sie begrüßten den Kriminalisten, einer von ihnen stellte sich als Harry Schüssler vor, der sich rein äußerlich kaum von den anderen unterschied, jedoch der Einsatzleiter war. Pfeifer nahm auf einem winzigen Hocker Platz und ließ sich erklären, dass sich der Helikopter südwärts entfernt habe und der A 96 von Leutkirch nach Wangen im Allgäu folge, um dann die Umgebung von Lindau nach einem verdächtigen Wohnmobil abzusuchen. »Man soll's nicht glauben, aber da sind um diese frühe Zeit schon einige Camper unterwegs«, resümierte er und informierte weiter: »Zivilfahnder sind auf der B 30 von Meckenbeuren nach Friedrichshafen im Einsatz sowie auf der B 467 von Tettnang nach Kressbronn.«

»Und Richtung Norden?«, erkundigte sich Pfeifer.

»Als Schwerpunkt wurde uns die südliche Richtung genannt. Wir haben aber auch die Umgebung von Bad Waldsee abfliegen lassen. Mit der Wärmebildkamera. Aber es gab keine auffälligen Personen im Gelände.«

»Vielleicht sind wir zu spät dran«, wandte Pfeifer ein.

»Sobald der Morgen graut« – er sah auf die Uhr – »was in einer Stunde etwa sein wird, wird die Lage übersichtlicher.«

Pfeifer hatte in dieser Nacht das Zeitgefühl verloren, weshalb er beim Blick auf seine Uhr erstaunt feststellte, dass es bereits 3.47 Uhr war. Noch während er darüber staunte, dass der Einsatz bereits seit über vier Stunden lief, erfüllte eine männliche Lautsprecherstimme das Fahrzeug. »Aufgabe erledigt. Bitte testen.«

Schüssler bestätigte mit einem knappen »Okay«, worauf er das Laptop drehte, damit die drei anderen einen Blick auf den Monitor werfen konnten, den Schüssler mit der Maus ins gewünschte Programm klickte. Pfeifer erhob sich, weil ihm einer der Männer die Sicht versperrte. Es dauerte einige Sekunden, bis der Bildschirm etwas zeigte, was Pfeifer nicht sofort zuordnen konnte. Schon wieder fühlte er sich beiseitegeschoben, wollte aber trotzdem keine Frage stellen.

»Das funktioniert bestens«, freute sich Schüssler und wies die Kollegen mit dem Zeigefinger auf eine wichtige Stelle auf dem Bildschirm hin: »Da steht es.«

Jetzt konnte auch Pfeifer endlich die Darstellung sehen. Es war eine Landkarte mit einem pulsierenden blauen Punkt. Allerdings entdeckte er keinen Anhaltspunkt, an dem er sich hätte orientieren können.

137

Kerkhoff hatte gespürt, dass sich Evelyn zunehmend der Tragweite dessen bewusst wurde, was in dieser Nacht ablief. Sie heulte, zitterte und fror. Ihr Selbstbewusstsein der letzten Tage war dahin. Ihn befiel sogar die Sorge, sie würde die nächsten Stunden nicht durchstehen. Vor allem, sie wäre psychisch gar nicht in der Lage, eine weitere Stresssituation zu bewältigen. Er hatte ihr deshalb geraten, eine Beruhigungstablette zu schlucken, die er stets in seinem Notfallset bei sich trug.

Allzu viele Stresshemmer durfte sie jedoch nicht einnehmen, denn sie musste aufnahmefähig bleiben. Jetzt kam es darauf an, eisernen Willen zu zeigen und nach außen hin völlig unauffällig zu bleiben. Wenigstens diesen einen Tag noch.

Er verordnete ihr eine halbe Stunde Ruhe, ließ sie in sich gesunken auf der Polstergruppe sitzen und fand beruhigende Worte, wenn sie weinend hervorbrachte: »Und was wird mit mir? Du wirst mich doch nicht allein lassen?«

»Wir gehören zusammen«, versicherte er. »Egal, was kommt.«

»Aber wenn sie uns ins Gefängnis stecken, sehen wir uns nie mehr wieder.«

Kerkhoff verdrängte diesen Gedanken, mit dem ihn sein Unterbewusstsein allerdings seit Stunden auch beunruhigte.

Sie würden es schaffen. Ganz sicher, suggerierte er sich. Natürlich wussten sie inzwischen viel, falls Marion nicht ertrunken war und eine klare Aussage hatte machen können. Der Hubschrauber, der vor über einer Stunde im Tiefflug unterwegs gewesen war, verhieß tatsächlich nichts Gutes. Mit hoher Wahrscheinlichkeit war bereits die ganze Gegend abgesucht worden.

Er lenkte sich ab, indem er begann, ihre beiden Rucksäcke zu packen, die sie mit auf die Reise genommen hatten. Dazu war es notwendig, aus einem der alten Schränke, die in der Scheune standen, etwas zu holen. »Ich bin gleich wieder da«, sagte er und nahm eine kleine Taschenlampe aus einem Regal, um das Wohnmobil zu verlassen. In der stockfinsteren Scheune tanzte der schmale Lichtstrahl über naturbelassenen Boden zu einer Reihe alter Möbel. Kerkhoff fand zielstrebig, was er suchte: Hinter einem der Türchen eines antiken Schranks hatte er ein handflächengroßes Metallbehältnis versteckt, aus dem eine dünne Antenne ragte. Ob die Apparatur funktionierte, hatte er nie ausprobieren können. Aber die Personen, die sie ihm besorgt hatten, waren zuverlässig. »Für alle Fälle«, hatten sie gesagt. »Nur für den äußersten Notfall.«

Kerkhoff hatte es sorgfältig versteckt und einige Male sogar die Batterie getestet, mit der allein es funktionsfähig war.

Er nahm es vorsichtig in die rechte Hand und leuchtete mit der Taschenlampe in der linken den Weg zurück zum Wohnmobil aus.

Evelyn sah ihn beim Einsteigen mit großen Augen an. »Was ist denn das?«

»Erklär ich dir später«, brummte er, ließ den Gegenstand in seinem großen Wanderrucksack verschwinden und stopfte Ersatzkleidung sowie einige Vorräte hinein, mit denen der Kühlschrank und ein kleiner Vorratsschrank gefüllt waren. Evelyn verfolgte skeptisch, wie er ihren Rucksack mit Kleidungsstücken von ihr und Essbarem befüllte.

Wenn sie Reiseproviant bei sich hatten, vermittelte dies den Eindruck, sie seien ganz gewöhnliche Rucksacktouristen. Außerdem gab es in der Eisenbahn so gut wie nie eine Personenkontrolle – und wenn, dann wurden meist Menschen überprüft, die sich entweder danebenbenahmen oder den Anschein erweckten, illegal eingewandert zu sein.

Die risikoreichsten Augenblicke waren ohnehin jene auf der halbstündigen Autofahrt zum Biberacher Bahnhof. Etwas mehr als 30 Kilometer. Kerkhoff kannte sich aus und hatte entschieden, nicht zurück nach Bad Waldsee zu fahren, sondern die Landstraße nordwärts über Aulendorf und Bad Schussenried zu nehmen.

Jedenfalls erwies es sich als Glücksfall, dass er Evelyn diesen unauffälligen Kleinwagen besorgt hatte. Sie würden ihn in Biberach zurücklassen und später dafür sorgen, dass sich in ihm keine Spuren mehr befänden. Geplant gewesen war natürlich etwas anderes – nämlich, dass der Wagen in Durlesbach stehen geblieben wäre. Auch das hatte zum Notfallkonzept gehört. Kerkhoff hatte vorgesorgt, falls in letzter Minute die Abfahrt mit dem Wohnmobil schiefging – so, wie es nun tatsächlich eingetroffen war.

Natürlich tat es ihm um das schöne Wohnmobil leid, auf das er sich so sehr gefreut hatte – und das nun sozusagen geopfert werden musste. Aber für sentimentale Gedanken war kein Platz. Es ging nicht um ein Fahrzeug – und mochte es noch so teuer gewesen sein –, sondern um die Zukunft.

In einer halben Stunde würden sie dieser neuen Zukunft entgegenfahren. Er sah zu Evelyn, die inzwischen eingeschlafen war.

138

Pfeifer hatte es plötzlich eilig gehabt, wieder ins Gebäude des Polizeipostens zurückzukehren. Der Präsident aus Konstanz war eingetroffen und von Häberle empfangen worden.

Schon wieder Häberle. Pfeifer war nach dem Gespräch mit Einsatzleiter Harry Schüssler angesäuert. Denn was ihm dieser in aller Eile erklärt hatte, war ihm während der ganzen Nacht bisher nicht zu Ohren gekommen. Hatte Häberle hinter seinem Rücken und womöglich mit der Zustimmung des Präsidenten eine Anweisung erteilt? Als er die Stufen in die erste Etage hinaufstieg, war jedoch sein Ärger verflogen. Er wollte keinen Unfrieden stiften, nicht in dieser stressigen Nacht. Und schon gar nicht in Gegenwart seines obersten Chefs. Da wäre es ohnehin nicht klug, sich über eine wichtige Maßnahme uninformiert zu zeigen.

Er trat vorsichtig in den Besprechungsraum ein, begrüßte den Präsidenten und entschuldigte sich für die Abwesenheit, aber er habe soeben ein wichtiges Gespräch mit dem Einsatzleiter des Mobilen Einsatzkommandos geführt.

Dann setzte er sich zu dem Präsidenten und Häberle an den kleinen Besprechungstisch, auf dem Gläser und eine Flasche Mineralwasser standen. »Herr Häberle hat mich schon auf den neuesten Stand gebracht«, erklärte der Präsidiumschef. Für Pfeifer klang es wie eine Rüge, nicht genügend Infos nach Konstanz gesandt zu haben. Bevor er etwas erwidern konnte, glaubte er die nächste Kritik verpasst zu bekommen: »Die Medien sind inzwischen aufgescheucht. Aber unser ›Ö‹ wurde erst jetzt informiert.« Dass mit ›Ö‹ der Pressesprecher gemeint war, wussten sie alle. »Die Gerüchte in Facebook, Twitter und WhatsApp verbreiten sich rasant – hat unsere Leitstelle festgestellt. Ich hab Anweisung gegeben, dass wir irgendetwas Beruhigendes an die Bevölkerung rausgeben müssen. Spätestens zu den Fünf-Uhr-Nachrichten der Radiostationen.«

Häberle hatte mit verschränkten Armen, glänzender Stirn und roten Augen gelassen zugehört. »Ach ja, unsere eifrigen Kollegen vom MEK haben vorhin einen Videofilmer aufgegriffen, der einige Streifenwagen in der Innenstadt gefilmt hat.«

»Jetzt, bei Nacht? Wieso hat er das getan?«, wollte Pfeifer wissen.

Häberle grinste vielsagend. »Wieder dieser Elmar Maronn. Vom Nachmittag. Der sich in Ritzenweiler rumgetrieben hat. Angeblich, um mit einer Drohne Luftaufnahmen für irgendein Filmprojekt zu machen.«

Der Präsident, ein energisch dreinblickender Sechziger mit Schnauzbart und fülligem Haupthaar, wurde hellhörig: »Und wozu filmt der mitten in der Nacht? Ein Journalist, oder was?«

»Nein«, beruhigte Häberle, »er plant einen Kriminalfilm und hat die Gelegenheit wahrgenommen, heut Nacht einige Szenen mit Einsatzfahrzeugen zu drehen.«

»Das kann man glauben?«

»Ja, wir haben ihn wieder laufen lassen – allerdings mit der Maßgabe, keine weiteren Aufnahmen zu machen.«

Der Präsident gab sich damit zufrieden und hakte vorsichtig bei Häberle nach: »Sie sind sich absolut sicher, dass die Aktion klappt? Auch mit der Bundespolizei?«

»Absolut sicher kann man nie sein«, räumte der Ermittler ein. »Aber man muss immer mit dem Unwahrscheinlichen rechnen. Und dafür ist vorgesorgt. Ganz sicher.«

139

Evelyn hatte Kopfschmerzen und war erschöpft. »Du musst jetzt stark sein – und ich weiß, dass du es bist«, munterte sie Kerkhoff auf, als es Zeit wurde, das Versteck zu verlassen. Es war kurz nach vier Uhr, als er in die Dunkelheit der Scheune hinausstieg und ihn für einen Moment eine gewisse Traurigkeit überkam. Denn nun musste er zurücklassen, was er mit viel Herzblut ausgesucht und teuer bezahlt hatte. Das Wohnmobil, für ein paar Tage sein ganzer Stolz, würde sicher beschlagnahmt und eines Tages vermutlich versteigert. Wortlos folgte ihm die junge Frau, die ihren Rucksack schon umgeschnallt hatte.

Kerkhoff tastete sich in dieser undurchdringlichen Schwärze an der Außenhaut des Wohnmobils entlang, nach hinten zum Heck, von wo es noch etwa zehn Schritte bis zum Holztor waren. Mit ausgestreckten Armen fuchtelnd, versuchte er, etwaige Hindernisse zu ertasten. »Bleib dicht hinter mir«, riet er Evelyn, deren Atem er hörte.

Tatsächlich trafen seine Fingerspitzen Sekunden später auf einen Widerstand – das große Tor, das aus zwei Flügeln bestand, die nach außen geklappt werden konnten. Kerkhoff strich mit den flachen Händen über das raue Holz zur rechten Seite hinüber, wo er den Schließmechanismus vermutete.

Gerade als seine Finger das kalte Metall erreicht hatten, war ein dumpfes Geräusch zu vernehmen. Nur ganz leise und kurz – aber in der Totenstille deutlich vernehmbar. Als sei irgendwo eine Autotür sanft geschlossen worden.

»Was war das?«, hörte er Evelyns verängstigte Stimme dicht hinter sich flüstern. Sie hatte ausgesprochen, was er im selben Moment dachte. Draußen war es stockfinster, und hier bei diesem alten Gehöft abseits der dünnen Bebauung von Durlesbach gab es bestimmt niemanden, der um diese Zeit unterwegs war.

Niemanden?, jagte ihm ein Gedanke durch den Kopf. Wenn sie doch schnell herausgefunden hatten, dass er bis vor Kurzem in Durlesbach gewohnt hatte, lauerten sie womöglich da draußen irgendwo. Sie – die Polizei. Der tief fliegende Hubschrauber ließ dies befürchten. Aber hätten sie einen Verdacht gehabt, wäre wenig später ein Großaufgebot an martialisch gekleideten Beamten aufgetaucht, redete er sich ein. Sie hätten die Scheune aufgebrochen und wären mit Maschinenpistolen im Anschlag hereingestürmt.

Oder warteten sie, bis es hell wurde und die Sichtverhältnisse besser waren?

Kerkhoff zog den Haltegurt seines Rucksacks fester und lauschte in die Nacht.

»Was ist da los?«, flüsterte Evelyn neben ihm nervös.

Kerkhoff erwiderte nichts. Er ließ einige Sekunden verstreichen, um angestrengt auf weitere Geräusche zu achten. Aber da war nichts. Nur Stille. Eine Stille, die in der Dunkelheit noch drohender wirkte. Konnte es überhaupt so eine Stille geben? Eine Stille, die einen zu erschlagen drohte, weil die Ohren dann Eigengeräusche auszulösen vermochten.

Kerkhoffs Entschlossenheit gewann die Oberhand. Denn es gab jetzt nur eines: die Flucht nach vorne. Genau so, wie es sein Notfallplan vorsah. Er fingerte zum Metallverschluss des Tores, ließ mit einem sanften Klicken den Mechanismus ausrasten und schob einen der Flügel vorsichtig ein paar Zentimeter nach außen. Sofort schlug ihm die frühmorgendliche Kühle entgegen. Frische Luft. Er sog sie gierig in sich ein und blinzelte durch die schmale Öffnung nach draußen. Seine Augen hatten sich inzwischen so sehr an das Schwarz im Innern des Gebäudes gewöhnt, dass ihm der Blick ins Freie bereits hell vorkam. Er konnte Konturen erkennen – Sträucher, Bäume, den Weg. Dabei hatte das Morgengrauen noch gar nicht begonnen. Sonnenaufgang, so hatte er es sich eingeprägt, war erst gegen 5.05 Uhr. Eine halbe Stunde zuvor begann es gräulich-hell zu werden.

Er schob den rechten Teil des Torflügels ein kleines Stück weiter und zwängte sich nach draußen. Sein Rucksack kratzte an der Holzkante, dann folgte Evelyn. Sie blieben kurz stehen und lauschten wieder. Absolute Stille. Noch kein Vogelgezwitscher, kein Automotor. Kerkhoff drückte das schwere Tor zurück in die Verankerung.

»Komm«, flüsterte er seiner Partnerin zu und eilte über die geschotterte Fläche zur anderen Seite des Weges, bei jedem Schritt darauf bedacht, möglichst keine Trittgeräusche zu verursachen. Evelyn ging in gebückter Haltung hinter ihm her, auf seine Silhouette fixiert. Schräg gegenüber, zwischen einem alten Schuppen, der geradezu drohend aus dem Dunkel auftauchte, und einer weit ausladenden Hecke, deren Äste sich schwarz und unheimlich wie die Fangarme einer Krake vor dem gräulich-finsteren Hintergrund abhoben, war das Ziel. Versteckt und unscheinbar hatten sie ihn dort abgestellt: den Cinquecento, dessen grüne Farbe von der Dunkelheit verschluckt wurde. Kerkhoff entriegelte die Fahrertür, nahm den Rucksack ab und warf ihn nach hinten auf die Rückbank. Evelyn tat es ihm nach und ließ sich schwer atmend auf dem Beifahrersitz nieder.

»Klappt doch wunderbar«, sagte Kerkhoff, um überhaupt etwas von sich zu geben. Dann startete er den PS-schwachen Motor.

140

Häberle hatte Pfeifers leichte Verstimmung bemerkt und ihn nun bewusst in das Gespräch mit dem Präsidenten einbezogen. Unterbrochen wurden sie jedoch, als der Einsatzleiter per Funk eine Meldung durchgab: »Die Kollegen aus Österreich berichten von einem verstärkten Wohnmobilaufkommen aus Richtung Deutschland. Vor dem Pfändertunnel wurden in der letzten halben Stunde sieben solche Fahrzeuge gezählt.«

Häberle sah zu Pfeifer, der ihm jedoch wortlos bedeutete, er solle sich in den Funkverkehr einschalten. »Okay, verstanden. Wir behalten aber die A 96 vor der Grenze im Auge?«, hakte Pfeifer deshalb schnell nach.

»Ja, aber wir müssen berücksichtigen, dass es auch von Lindau einen Grenzverkehr gibt.«

»Okay«, sagte Häberle, der die Situation kannte, weil er mit seiner Frau Susanne schon einige Male mit dem Fahrrad zwischen Lindau und Bregenz am Bodenseeufer entlang unterwegs gewesen war. »Und was melden die Öschis weiter im Süden?«

»Sie haben die Wohnmobile dort nicht gezählt, aber jahreszeitlich bedingt sind einige unterwegs. Die Kollegen überprüfen die Übergänge zur Schweiz rüber nach Sankt Margrethen und auch in Lustenau.«

Häberle konnte sich die Situation auf der Landkarte vorstellen, während der Einsatzleiter weiter berichtete: »Und was auf Liechtenstein zurollt, kann auch über den Bregenzer Wald, Arlberg und vom Lechtal rüberkommen.«

»Okay, danke.« Häberle beendete das Gespräch, worauf der Präsident einwarf: »Halten Sie diesen Aufwand trotzdem für angemessen?«

»Wir müssen uns alle Eventualitäten offenhalten. Außerdem klappt die Zusammenarbeit mit den Öschis bestens.« Er konnte auf langjährige Erfahrungen mit den österreichischen Kollegen zurückgreifen.

Gerade als er über einen Kollegen in Reutte/Tirol schwärmen wollte, meldete sich der Einsatzleiter erneut: »Achtung, an alle. Es geht los.«

Häberle gab Pfeifer und Linkohr ein Zeichen und erklärte dem Präsidenten, dass sie keine Zeit mehr verlieren dürften.

141

Die schwachen Scheinwerfer des grünen Fiat Cinquecento erhellten die dunkle Straße nur mäßig. Kerkhoff stellte fest, dass auch die Beschleunigung sehr zu wünschen übrig ließ. Auch was die Ausstattung des Kleinwagens anbelangte, fühlte sich alles ziemlich spartanisch an. Kerkhoff überquerte abseits des nur schemenhaft erkennbaren Bahnhofs von Durlesbach die Bahnlinie sowie das Flüsschen Schussen und folgte einem kleinen Sträßchen, das vom Schussentobel durch ein einsames Waldstück bis zur Einmündung in eine Landstraße führte, wo es rechts nach Zollenreute und damit Richtung Aulendorf ging.

Zufrieden stellte er fest, dass weit und breit keine Autoscheinwerfer zu sehen waren – auch nicht im Rückspiegel.

Um diese Zeit war noch niemand unterwegs. Das änderte sich ein paar Kilometer später in Aulendorf, wo die ersten Frühschichtler auf dem Weg zur Arbeit waren. Schweigend nahm er am Osthimmel das Morgengrauen wahr. Evelyn saß unterdessen in sich versunken neben ihm und starrte geradeaus. Er wollte sie nicht aus ihren Gedanken reißen, zumal auch er konzentriert bleiben musste. Um nirgendwo aufzufallen, hielt er sich strikt an die Tempolimits, was jedoch bei dem schwach motorisierten Wagen keine Schwierigkeiten bereitete.

Bei der Vorbeifahrt am Bahnhof, wo viele Personen an Omnibussen standen, entsann er sich einiger Zeitungsmeldungen, die er sich glücklicherweise gemerkt hatte, denn sonst wäre ihm mit seinem Notfallplan ein böser Lapsus unterlaufen. Seit Monaten nämlich war die Bahnstrecke zwischen Aulendorf und Biberach wegen Bauarbeiten gesperrt, weil die Linie endlich elektrifiziert wurde. Passagiere mussten in den bürokratisch bezeichneten »Schienenersatzverkehr« umsteigen – klarer ausgedrückt: in Omnibusse.

Das hatte er unbedingt vermeiden wollen, weshalb er als Ausgangspunkt Biberach gewählt hatte. »Sag mal«, sagte Evelyn plötzlich. »Woher bist du dir eigentlich so sicher, dass der Zug auch fährt?« Sie schien seine Gedanken erraten zu haben.

»Aus dem Internet. Ich hab nachgeschaut. Wir haben tatsächlich Glück gehabt. Ab nächste Woche gibt's diesen Frühzug nicht mehr. Keine Ahnung, warum nicht.«

»Wie? Du hast mit dem Handy im Internet gesurft?«, staunte sie.

»Ja, aber nicht mit meinem, sondern mit dem von Heike. Ich hab mir damals, als ich es ihr geschenkt hab, den Code gemerkt, um es zu aktivieren«, erklärte er stolz.

Als der Kleinwagen aus der Stadt hinausrollte, waren seine Blicke in rascher Folge auf die Straße vor ihm und in den Rückspiegel gerichtet. Für einen kurzen Moment hatte er befürchtet, ein VW Passat folge ihnen, doch dann war dieser noch vor Ortsende abgebogen.

Sie waren wieder alleine unterwegs.

Evelyn sah zu ihm herüber: »Sag mal, Markus, du bist dir wirklich ganz sicher, dass das in Warschau alles klargeht? Sollten wir nicht mal anrufen?«

»Anrufen?«, entgegnete Markus unfreundlich. »Wie oft soll ich dir noch sagen, dass wir keine Handygespräche führen. Du hast – glaub ich – überhaupt keine Ahnung, wie schnell wir geortet wären.«

»Entschuldige«, gab sie sich zerknirscht.

Sie näherten sich Bad Schussenried, über dem der nachtschwarze Himmel im Osten langsam eine gräuliche Farbe annahm. Ein neuer Tag begann. Der entscheidende.

»Du hast schon mal einen riesigen Fehler gemacht, wenn ich das so sagen darf«, hielt er ihr vor. Bisher hatte er es nicht ausgesprochen, doch nun war es an der Zeit, auch mal deutliche Worte zu benutzen. »Weshalb hast du eigentlich diesen verdammten Aktenkoffer von Mittelberg in den Schlosssee geworfen? Samt Inhalt? Das war doch ziemlich bescheuert!«

Sie erschrak. Spielten seine Nerven verrückt? Einen solchen Ton war sie von Markus bisher nicht gewohnt gewesen.

»Entschuldige, Markus, aber was soll das?«, fauchte sie ihn an. »Ich bin genauso angespannt wie du.«

»Jaja«, wiegelte er ab. »Aber wenn die Bullen den Inhalt des Koffers nicht gefunden hätten – diese Maschinerie und wohl auch einige Akten –, säßen wir nicht so in der Scheiße.«

»Jetzt soll ich schuld daran sein? Ich, der ich den ganzen Dreck für dich gemacht habe? Vergiss nicht, dass diese Marion Schewe wahrscheinlich schon lange hinter dir her war. Und hinter all den anderen. Aber alle waren vermutlich blind vor Geilheit und haben nicht bemerkt, was da wirklich gespielt wurde.«

»Streiten wir nicht«, entschied Kerkhoff mäßigend. »Das führt zu nichts. Es tut mir leid. Aber irgendwie hat's mich ziemlich gewurmt, dass du den Aktenkoffer nicht vollständig beseitigt hast.«

»Wie hätt ich's denn machen sollen? Ich wollte das Ding so schnell wie möglich loswerden. Es lag ja in meinem Auto.«

»Jaja«, gab Kerkhoff klein bei. »Ist alles gut.« Er lächelte und tätschelte ihr mit der rechten Hand den Oberschenkel. »Außerdem solltest du nicht behaupten, die Schewe habe den Männern den Kopf verdreht. Du kannst das mindestens genauso gut. Mindestens. Den Mittelberg hast du jedenfalls toll rumgekriegt.«

»Musste ich ja, nachdem dein komisches Gerät versagt hat, wegen dem ich mir die halbe Nacht um die Ohren geschlagen habe, um es in aller Herrgottsfrühe in Konstanz in die Cessna zu legen. Und mich beinahe irgendwo ein wilder Radfahrer erwischt hätte.«

»Du hast das gut gemacht. Und es lag nicht an dir, dass es nicht geklappt hat. Aber beklagen darfst du dich übers frühe Aufstehen nicht.« Er grinste zu ihr herüber. »Ich hab dir extra meinen schönen alten VW-Bus überlassen, damit du schon am Abend hast rüberfahren und drin pennen können.«

»Und das ganz ohne dich«, stellte sie mit jenem erotischen Unterton fest, den Kerkhoff so sehr an ihr schätzte.

Er hätte beinahe die Beschilderung nach Biberach übersehen. »Du bist einfach perfekt«, sagte er, um sie wieder freundlicher zu stimmen.

»Auch wenn mal was schiefgeht, so sind wir doch ein Dream-Team«, sagte sie und versuchte damit, ihre Aufregung zu unterdrücken.

Er spürte, dass er sie aufmuntern konnte: »Und ich lass mich gerne von dir verrücktmachen. Vergiss das nicht.«

Sie lächelte wieder und lehnte sich behaglich in den Sitz. Markus konnte eben alles sein: mal ein bisschen energisch, meist aber charmant und lieb. Sie würde weiterhin alles für ihn tun. Wenn sie nur zusammenblieben.

142

Linkohr tat sich mit der Orientierung schwer. Sie hatten das Navi nicht programmiert, weil Pfeifer, der hinter Häberle im Fond saß, behauptet hatte, sich in seinem Zuständigkeitsgebiet auszukennen. Eine Aussage, die Häberle in Zweifel zog, ohne es auszusprechen.

Dass endlich der Morgen graute, half den drei Männern über die Müdigkeit hinweg. Der Tiefpunkt einer durchwachten Nacht schien überwunden zu sein. Dazu trug gewiss auch die Spannung bei, die jeder von ihnen spürte.

Inzwischen waren die Meldungen von der österreichischen Grenze unwichtig geworden. Der Polizeipräsident hatte mittlerweile auch Durchsuchungsbeschlüsse für die Wohnungen von Evelyn Kalinke und Markus Kerkhoff erwirkt. Ein kleiner Teil des Mobilen Einsatzkommandos würde sich in den nächsten Stunden mit der Spurensicherung des Kriminalkommissariats Ravensburg entsprechend an die Arbeit machen.

Die meisten Einsatzkräfte jedoch waren bereits in neue Alarmbereitschaft versetzt worden. Häberle hatte dies in Absprache mit dem Polizeipräsidenten angeordnet.

Linkohr steuerte inzwischen Aulendorf an, wohin sie von einer sachlichen und ruhigen Stimme aus dem Funkgerät gelotst worden waren.

Pfeifer gab sich ortskundig. »Das geht nach Bad Schussenried.«

»Richtung Ulm«, ergänzte Linkohr, den noch immer der Gedanke an Evelyn plagte. War die junge Frau in eine schlimme Sache verwickelt? Sie wäre nicht die Erste, die im Gefängnis landete, noch ehe er ihr sagen konnte, dass er sie begehrte.

Falls sie tatsächlich irgendwo auftauchte und nichts mit

den schrecklichen Dingen der vergangenen Tage zu tun hatte, würde er ihr anvertrauen, wie sehr sie ihn während der kurzen Vernehmung durcheinandergebracht hatte. Wenn alles ermittelt und geklärt war, würde er dies tun dürfen. Doch irgendeine innere Stimme warnte ihn davor, sich wieder mal allzu große Hoffnungen zu machen.

Die reale Stimme aus dem Funkgerät holte ihn in die Realität zurück: »Es geht auf Biberach zu.«

143

Kerkhoff sah auf die Armbanduhr. 4.37 Uhr. Sie hatten noch 19 Minuten bis zur Abfahrt der Regionalbahn, die unterwegs fünfmal halten würde. Ein Bummelzug eben, wie er wusste. Aber viel unauffälliger als mit einem Express. Um diese Zeit waren an einem Werktag viele Pendler zur Arbeit unterwegs. Da gab es gewiss keine Personenkontrollen. Vielleicht würden sie mit ihren großen Rucksäcken auffallen, aber jetzt, mitten im Sommer, waren Touristen schließlich keine Seltenheit.

Kerkhoff kannte sich aus. Er musste das Stadtzentrum sozusagen entgegen dem Uhrzeigersinn halb umrunden und der Beschilderung zum Bahnhof folgen. Auf der B 465, die hier Eisenbahnstraße hieß, überquerte er abseits des Bahnhofs die Gleise, um bei der Freiburger Straße, unweit der Stadtwerke, das kleine grüne Auto in eine Parklücke zu stellen – zwar illegal, aber das spielte keine Rolle. »Teil eins erledigt«, sagte er und strich seiner Beifahrerin über die Haare. Sie stiegen aus und nahmen die Rucksäcke vom Rücksitz. Kerkhoff kramte aus seinem Gepäck zwischen Wäsche und Essbarem den metallischen Apparat hervor, öffnete die Heckklappe und legte ihn vorsichtig in den winzigen Kofferraum, dessen Inhalt eine Hutablage vor neugierigen Blicken schützte. Nachdem er die Antenne geradegebogen hatte, schloss Kerkhoff die Heckklappe, schnallte seinen Rucksack über und lächelte Evelyn zu: »Jetzt muss nur noch der Ticketautomat funktionieren.« Bei der Deutschen Bahn keine Selbstverständlichkeit, dachte er. Lange aufhalten konnten sie sich mit dieser komplizierten Technik ohnehin nicht. Aber ein Ticket nach Berlin, das wusste er, konnte man tatsächlich ordern. Von Biberach aus für zwei Personen rund 300 Euro.

Es war bereits hell, als sie vom Parkplatz durch die Unterführung eilten, um zum Bahnsteig hochzusteigen, wohin mehrere Dutzend Personen strebten, die vermutlich von dem Omnibus gekommen waren, der auf dem Streckenabschnitt ab Aulendorf momentan den Zug ersetzen musste. Die Regionalbahn nach Ulm, die deshalb erst in Biberach eingesetzt wurde, stand bereits da.

Kerkhoff sah sich prüfend nach allen Seiten um und erspähte den Ticketautomaten. Mit flinken Fingern tippte er den Zielbahnhof »Berlin« ein, stellte die Anzahl der Personen auf »zwei« und dann »bezahlen.« Wider Erwarten funktionierte die Technik auf Anhieb – und Kerkhoff schob die Geldscheine in den Schlitz. Barzahlung schien ihm sicherer zu sein als die Kreditkarte, mit der jederzeit nachvollziehbar wäre, wann und wo er ein Ticket gelöst hätte.

Augenblicke später konnte er das Ticket dem Schacht entnehmen. »Jetzt geht's ab«, sagte er, als fiele ihm der erste Stein des Tages vom Herzen.

Er drehte sich zur Straße hinüber, wo sich im Hintergrund der Häuser der mächtige Turm der historischen St.-Martinus-Kirche erhob, die inmitten des stark katholischen Oberschwabens seit 500 Jahren beiden christlichen Konfessionen diente. Kerkhoff musste für einen Moment daran denken und hoffte, dass ihm und Evelyn an diesem Tag alle guten Geister beistanden. Obwohl es im Sinne der Gerechtigkeit nicht zu erwarten sein würde.

Kerkhoff und Evelyn fanden in dem Zug einen Sitzplatz und legten ihre Rucksäcke neben sich, weil die geringe Anzahl der Passagiere es erlaubte.

»Ich bin mir sicher, dass die uns in der anderen Richtung suchen«, flüsterte Kerkhoff der jungen Frau zu, die kreidebleich aus dem Fenster starrte und einige junge Männer einsteigen sah, die weder wie Pendler noch wie Touristen aussahen.

»Du starrst so aus dem Fenster«, stellte Kerkhoff fest, der ihr gegenübersaß und somit nicht erkennen konnte, was sie aus ihrer Perspektive zu sehen vermochte.

»Ich weiß nicht, aber da steigen ein paar Leute ein, die mir nicht gefallen.«

Kerkhoff bückte sich vor, um mit stark verdrehtem Kopf nach links hinten schauen zu können. »Ich seh nichts.«

Das konnte er auch nicht, denn die Männer waren bereits im Zug und gingen an ihnen vorbei, ohne sie eines Blickes zu würdigen.

Dann setzte sich die Regionalbahn in Bewegung.

144

Die Sonne war über den Horizont gestiegen, als Linkohr den Dienstwagen auf der B 30 nordwärts steuerte. Häberle auf dem Beifahrersitz hatte per Funk die Verbindung zur Einsatzleitung gehalten. »Bahn nach Ulm«, war vor einigen Minuten übermittelt worden.

»Da haut's dir's Blech weg«, kommentierte Linkohr das Gehörte, erschrak aber, als eine weitere Anmerkung folgte: »Zielperson in Begleitung einer jungen Frau.«

Pfeifer stellte vom Rücksitz her fest: »Die Jungs und Mädels vom Mobilen Einsatzkommando leisten gute Arbeit.«

Häberle verkniff sich die Bemerkung, dass er mit seiner Vermutung richtiggelegen hatte, wonach sich Kerkhoff mit seinem Wohnmobil vermutlich in eine alte Scheune in Durlesbach zurückgezogen hatte. Den Schilderungen seines Ex-Kollegen Bauer zufolge hatte der Arzt dort entsprechende Immobilien angemietet. Was lag also näher, als nach dem Zwischenfall am Schlosssee dorthin zu verschwinden? Wenn Kerkhoff in Begleitung einer Frau war, dann dürfte sie es wohl auch gewesen sein, die das Wohnmobil, das Patten in der Nähe des Parks gesehen hatte, nach Durlesbach gebracht hatte.

Linkohr wurde von ähnlichen Gedanken befallen, als sie in weitem Bogen um Laupheim herumfuhren. Wenn sie schnell genug waren, würden sie die Regionalbahn locker überholen und noch vor ihr in Ulm eintreffen, wo Häberle den Umstieg in einen ICE vermutete.

»Aber der Zug hält unterwegs fünf Mal«, warf Pfeifer ein.

»Keine Sorge«, beruhigte Häberle. »Die Jungs vom Mobilen Einsatzkommando haben alles im Griff.« Er sah auf seine

Armbanduhr. »Die Regionalbahn erreicht Ulm pünktlich um 5.31 Uhr. Erstaunlich schnell, trotz der fünf Haltepunkte.«

»Sie sind gut informiert«, staunte Pfeifer zweifelnd. »Und Sie glauben, dass die bis Ulm fahren?«

Häberle runzelte die Stirn. »Weshalb sonst braucht Kerkhoff, wenn er einen Campingurlaub plant, nicht nur den ADAC-Campingführer, sondern auch einen Fahrplanausdruck für eine Zugverbindung ab Ulm?«, fragte er mit leicht triumphierendem Unterton zurück.

Pfeifers Verwunderung ließ nicht lange auf sich warten: »Wie kommen Sie denn da drauf?«

Häberle grinste und drehte sich zu Pfeifer im Fond um: »Man muss immer genau hinschauen. Als ich bei Kerkhoff im Wohnmobil war, lag beides auf der Küchenplatte. Campingführer und Fahrplanausdruck. Für eine Verbindung ab Ulm.«

Pfeifer schwieg und Linkohr am Steuer konzentrierte sich auf den Verkehr.

Mit dem Zivilwagen ohne Blaulicht und Martinshorn mussten sie sich in Ulm vermutlich durch den dichten morgendlichen Berufsverkehr zum Bahnhof quälen. Und dort herrschte, dass wusste er, in diesen Monaten ein regelrechtes Tohuwabohu, weil Ulm, was die Bahnhofsbaustelle anbelangte, offenbar den Stuttgartern in nichts nachstehen wollte. Der gesamte Vorplatz war zugunsten einer Tiefgarage umgekrempelt und eine neue Straßenbahnlinie eingerichtet worden. Jenseits des Bahnhofsgebäudes war man mit riesigem Aufwand dabei, die Gleisanlage an die aus dem Albabstiegstunnel kommende Schnellbahntrasse von Stuttgart anzupassen.

Linkohr kannte dies von seinen wenigen Ulm-Besuchen und überlegte, wie er am schnellsten das Ziel erreichen konnte. Denn je näher sie der Donau kamen, desto dichter wurde der Verkehr. Häberle schien seine Sorgen zu erraten, denn er sah aufmunternd zu ihm herüber: »Wenn wir's nicht schaffen, ist's auch nicht so schlimm. Hauptsache, unsere Jungs und Mädels sind da.«

Pfeifer bemerkte von hinten süffisant, als wolle er zwischendurch humoristisch wirken: »Die sind ja nicht von der Bahn, sondern von uns. Wir kommen nie zu spät.«

145

Bei keinem der Haltepunkte hatte Evelyn weitere Personen entdeckt, die ihr dubios erschienen wären. Die Zahl der Passagiere war zwar deutlich gestiegen, aber nichts deutete auf etwas hin, was sie beunruhigt hätte. Nur beim Halt in Erbach hatte sich ihr Blutdruck kurz erhöht: Zwischen den Gebäuden hindurch war bei der Weiterfahrt ein blau-weißer Streifenwagen zu sehen gewesen – allerdings in Gegenrichtung.

Sie behielt ihre Beobachtung für sich. Die meiste Zeit saßen sie sich ohnehin schweigend und angespannt gegenüber. »Wir kriegen den Anschluss in Ulm auf jeden Fall«, gab sich Kerkhoff zufrieden. »Wir haben rund eine halbe Stunde Zeit.« Er zog einen Notizzettel heraus und las: »Wir kommen auf Gleis 7 Süd an und fahren auf Gleis 2 mit dem ICE nach München weiter.«

»Da haben wir aber keine Platzreservierung«, meinte Evelyn.

»Richtig, haben wir nicht. Wir müssen uns halt irgendwo hinquetschen.«

»Hinquetschen«, echote Evelyn. »Meine Erfahrungen mit ICE sind ziemlich schlecht. Kein Platz fürs Gepäck, überfüllte Wagen. Wahrscheinlich werden wir irgendwo zwischen den Waggons stehen müssen.«

»Ist doch egal. Sieht dann noch eher nach Rucksacktouristen aus.« Er rang sich ein gezwungenes Lächeln ab, während der Zug am linken Donauufer auf Ulm zufuhr und schräg gegenüber in der schon höher stehenden Sonne gerade die Iller mündete. Aus dem Lautsprecher tönte die sonore Männerstimme, die den Endbahnhof ankündigte, verbunden mit der Bitte, alle mögen aussteigen, und dem Dank, mit dem »Regionalverkehr Alb-Bodensee der Deutschen Bahn« gefahren zu sein.

Wenig später erhoben sich die ersten Passagiere, um ihr Gepäck aus der Ablage zu nehmen. Vermutlich hatten sie's eilig, um einen Anschlusszug zu erreichen.

Kerkhoff signalisierte seiner Partnerin mit einer Handbewegung, dass sie Ruhe bewahren solle.

Der Zug verlangsamte sein Tempo und fädelte sich hörbar ratternd in das Gleissystem des Ulmer Bahnhofs ein.

Gleich tauchte die erste Bahnsteigkante auf. Evelyn, die in Fahrtrichtung saß, beobachtete die zahlreichen Menschen, die unterwegs waren. Die meisten von ihnen waren junge Männer und schwarz gekleidet – ähnlich jenen, die ihr in Biberach aufgefallen waren. Ein Schreck bemächtigte sich ihres ganzen Körpers. Der Puls beschleunigte, sie wurde von einer bösen Vorahnung getroffen. »Markus«, brachte sie aus ihrer trockenen Kehle hervor. »Schau mal, die vielen Menschen!«

Weil der Zug langsam weitergerollt war, sah er nun auch von seiner Sitzposition, was Evelyn nervös machte: gut ein Dutzend schwarz gekleidete Männer, die locker miteinander zu plaudern schienen.

Er ließ sich seine aufkommende innere Unruhe jedoch nicht anmerken.

Doch als der Zug mit einem sanften Ruck zum Stehen kam und ihm zwischen den Stützen der Bahnsteigüberdachung ein Blick auf den danebenliegenden Bahnsteig möglich war, entdeckte er drei Männer, die aufmerksam den eingefahrenen Zug beobachteten. Einen davon erkannte er sofort.

146

Im Gebäude des Polizeipostens Bad Waldsee war Wachablösung. Das halbe Dutzend Kriminalisten, das die Nacht über im Dienst gewesen war, verließ erschöpft und müde den Arbeitsplatz, während ein ausgeschlafenes Team anrückte und sich die Ereignisse der vergangenen Stunden erläutern ließ. Nur Jürgen Hasenmaier, Kriminaloberkommissar und Experte der Spurensicherung, blieb, weil ihm Kollegen des Mobilen Einsatzkommandos von den ersten Ergebnissen der beiden durchsuchten Wohnungen von Kerkhoff und Evelyn berichteten. Auch der Polizeipräsident aus Konstanz hatte sich dazugesellt.

»In der Wohnung Kerkhoffs in dem alten Bauernhaus in Durlesbach fand sich nichts, was auf den ersten Blick von Interesse sein könnte«, fasste Hasenmaier den Kurzbericht zusammen. »Kerkhoff – so viel wissen wir – hatte ohnehin geplant gehabt, für längere Zeit zu verschwinden. Entsprechend aufgeräumt sieht es in seiner Wohnung aus.«

Der Polizeipräsident nickte. »Und habt ihr auch das Wohnmobil entdeckt?«

»Ja, haben wir. Anlieger von Durlesbach haben berichtet, Kerkhoff habe eine abseits stehende Scheune angemietet. Dort steht das Fahrzeug tatsächlich drin. Vollbepackt mit Kleidern und Proviant. Alles für eine längere Reise.«

»Dann ist er aber trotzdem mit diesem kleinen Fiat weg«, resümierte der Präsident, der mit am Besprechungstisch saß.

»Ja. Mit diesem Cinquecento, der wohl jener Kleinwagen gewesen sein dürfte, der in den Akten erwähnt wurde.«

»Dann dürfte diese junge Frau eine nicht unerhebliche Rolle gespielt haben«, konstatierte der Polizeichef.

»So wird man das sehen können«, erwiderte Hasenmaier und blickte zum stellvertretenden Einsatzleiter des Mobilen Einsatzkommandos, einem jung-dynamisch wirkenden Mann namens Volker Kastner, der sogleich bestätigte: »Diese junge Frau ist es auch, die mit Kerkhoff gerade mit der Bahn Richtung Ulm fährt.«

Der Präsident lächelte zufrieden. »Großes Lob, dass ihr den Kleinwagen rechtzeitig entdeckt und mit einem Ortungsgerät präpariert habt.«

Kastner fühlte sich geschmeichelt. »Gehört zum Standardrepertoire heutzutage. Hat doch auch die Gegenseite benutzt – diese Frau, die ihren Mann observiert hat …«

»… von Konstanz bis hierher, ja«, ergänzte Hasenmaier und ließ Kastner weiter berichten. »Den Fiat haben wir beim Bahnhof in Biberach sichergestellt und inzwischen geöffnet. Im Kofferraum fand sich ein Fernzünder für eine kleine Brandbombe.«

»Ach?«, staunte der Präsident. »Der wollte das Auto irgendwann zerstören?«

»Ja, vermutlich, um Spuren zu beseitigen. Wir hatten Glück, dass er noch nicht aufs Knöpfchen gedrückt hat, als wir da waren«, gab Kastner zu bedenken. »So was wird meist per Handy gezündet.«

Der Polizeichef nickte wissend. »Ja – und diese Sauereien kann man in einschlägigen Internetshops kaufen.«

»Interessant ist auch«, fuhr der Spezialeinsatzbeamte fort, dass ebenso wie Kerkhoff diese junge Frau ihre Wohnung verlassen hat. Ihre Möbel hat sie laut Vermieter irgendwo einlagern lassen. Da gibt's also nichts zu durchsuchen, solange wir nicht wissen, wo das Mobiliar gelandet ist. Allerdings haben wir in ihrem Mülleimer, der noch nicht geleert wurde, etwas Hochinteressantes sichergestellt.« Er legte eine kurze Pause ein. »Es handelt sich um kleines Fläschchen mit Lorazepam, einem Schlafmittel. Es war leer. Und einige Einwegspritzen.«

»Bei einer Krankenschwester oder Arzthelferin, die sie ist, ja nichts Ungewöhnliches«, warf der Polizeichef ein.

»Das mag sein«, schaltete sich Hasenmaier ein. »Aber Lorazepam hat die Gerichtsmedizin im Blut von unserem toten Mittelberg festgestellt. Dies und das Narkosemittel Remifentanil, das ihm gespritzt wurde.«

»Oh«, kommentierte der Polizeichef kurz. »Zuerst betäubt, dann totgespritzt.«

»Wenn Sie mich fragen«, meinte Hasenmaier, »hat die Frau den Mittelberg auf dem Gewissen. Sie hat ihn unter einem Vorwand getroffen, mit ihm was getrunken – vielleicht ein Gläschen Sekt im Auto – und das Schlafmittel reingemischt. Um ihm dann mit Remifentanil eine Injektion zu setzen.«

»Und hat dasselbe bei diesem Dr. Hagebusch versucht, nur ohne vorherige Verabreichung von Schlafmittel«, konstatierte der oberste Beamte am Tisch.

»Aber wieso auch bei diesem anderen Doktor?«, wollte Kastner wissen, der den Fall nur oberflächlich kannte.

»Weil Kerkhoff vermutlich befürchtete, dieser Dr. Hagebusch könnte zu viel von den dunklen Machenschaften wissen. Demzufolge hätte wohl auch der Apotheker Patten als Nächster auf der Abschussliste gestanden. Und noch einige weitere Herrschaften, die sich in Bad Waldsee allzu weit vorgewagt haben.«

Der Polizeichef hörte aufmerksam zu.

147

Das war doch dieser Kommissar, durchzuckte es Kerkhoff, als er durch die Scheibe des eingefahrenen Zuges die drei Männer am anderen Bahnsteig sah. »Verdammt!«, entfuhr es ihm. Evelyn blickte ihn erschrocken an. Sie hatte den Schock über die Schwarzgekleideten noch nicht überwunden.

»Keine Panik«, entschied Kerkhoff, dem Evelyns verängstigtes Gesicht nicht entgangen war. Doch der Klang seiner Stimme verriet allergrößte Anspannung.

Evelyn duckte sich beiseite, um von draußen nicht gesehen zu werden. Ihr war mit einem Schlag bewusst geworden, in welch brenzliger Situation sie sich befanden. Denn inzwischen hatte auch sie einen von jenen drei Männern erkannt, die Kerkhoff bereits auf dem gegenüberliegenden Bahnsteig beobachtet hatte. Zwar waren diese inzwischen in der Unterführung verschwunden, doch hatte Evelyn keinen Zweifel daran gehabt, dass sie das Gesicht des Jüngeren erst vor Kurzem gesehen hatte: Es war dieser sympathisch wirkende Polizist, der beim Gespräch im Wohnwagen ihre provokanten Blicke erwidert hatte. An seinen Namen konnte sie sich nicht erinnern. Aber dass sein Auftauchen am Ulmer Bahnhof kein Zufall war und gewiss nichts Gutes verhieß, wurde ihr sekundenschnell klar. Aus ihrem Körper schien mit einem Mal sämtliche Energie entwichen zu sein. Sie fühlte sich bis ins Innerste getroffen und sah mit einer Mischung aus Angst, Verzweiflung und Zorn flehend zu Kerkhoff, der kreidebleich geworden war und offenbar krampfhaft nach einer Lösung suchte. Blitzschnell erkannte er, dass es nur eine einzige Chance gab – die Flucht nach vorne: »Wir müssen auch raus«, entschied er, sprang auf und schnallte sich den Rucksack um. Doch weit kam er nicht. Noch während die junge Frau mit zitternden Armen hinter ihm mit den Trageriemen ihres Rucksacks kämpfte, hatten sich schwarz uniformierte Männer vor ihnen aufgebaut und in den Weg gestellt. Sie waren von beiden Seiten des Durchgangs herangestürmt. Einer hielt sogar eine Maschinenpistole im Anschlag. »Halt, Polizei!«, dröhnte eine Männerstimme durch das Abteil. Kerkhoff blieb wie angewurzelt stehen. Evelyn sank auf den Sitz zurück und brach in Tränen aus.

148

Wenige Minuten später, als Kerkhoff und Evelyn in Handschellen vom Ulmer Bahnhofsgelände geführt wurden, war die Nachricht von ihrer Festnahme bereits in Bad Waldsee eingetroffen. »Gratuliere«, entfuhr es dem Konstanzer Polizeipräsidenten, der dem Einsatzleiter per Funk persönlich dankte und sich dann an dessen Stellvertreter Kastner wandte: »Eine saubere Arbeit.«

Kastner fühlte sich geehrt: »Observationen dieser Art sind unsere Spezialität. Aber ohne gute Zusammenarbeit mit den örtlichen Dienststellen wäre es nicht möglich.«

»Dieser Häberle«, gab sich der Polizeipräsident informiert, »der scheint wirklich eine Koryphäe zu sein. Ein Glücksfall, dass ihn Ulm geschickt hat.«

Spurensicherer Hasenmaier gab zu bedenken: »Leider wohl sein letzter Fall. Häberle geht in den Ruhestand.«

»Oh, dann können wir uns geehrt fühlen, dass dieser landesweit bekannte Ermittler seinen letzten Fall bei uns gelöst hat.« Der Präsident lächelte und wandte sich an Kastner: »Dann sagen Sie dem Häberle und dem ganzen Team, sie sollen sich erst mal richtig ausschlafen und morgen wiederkommen. Zur Abschlussbesprechung.«

149

Häberle war todmüde. Die durchwachte Nacht hatte ihm ebenso zugesetzt wie all den anderen, die im Dauereinsatz gewesen waren. Häberle entschied, mit Linkohr im Dienstwagen heimwärts zu fahren, während Pfeifer in einem Mannschaftstransportwagen des Mobilen Einsatzkommandos nach Bad Waldsee mitgenommen wurde.

Kaum hatte Linkohr den Wagen durch den morgendlichen Berufsverkehr aus Ulm hinauschauffiert, rief Häberle seine Frau Susanne an, um ihr mitzuteilen, dass alles gut ausgegangen sei und er in einer Dreiviertelstunde daheim eintreffen werde.

»Ich mach dir ein Frühstück«, sagte sie, und in ihrer Stimme schwang hörbar die Freude mit, dass ihr August nie mehr wieder zu einem kräftezehrenden Einsatz würde ausrücken müssen. Er beendete das Gespräch und schickte ein Stoßgebet gen Himmel, dass er sein langes Berufsleben ohne größere Blessuren überstanden und auch keine größeren Komplikationen mit den Vorgesetzten gehabt hatte. Jetzt war es wirklich Zeit, Abschied zu nehmen. Aufhören, wenn's am schönsten ist, hatte er oft gesagt. Ihm hatte der Job immer Spaß gemacht, aber nun setzte ihm die dienstrechtlich vorgeschriebene Pensionsgrenze einen Schlusspunkt.

»Eines bewundere ich«, holte ihn Linkohr aus diesen tiefen Gedanken zurück. »Sensationell, was Sie aus den Zugverbindungen in Kerkhoffs Wohnmobil geschlossen haben.«

Häberle hob eine Augenbraue und frotzelte: »Sie waren doch auch im Wohnmobil. Aber darf ich vermuten, dass Sie eher auf etwas anderes ein Auge geworfen haben?«

150

Häberle hatte nach einem guten Frühstück und einer heißen Dusche fünf Stunden am Stück geschlafen. Zuerst war er eine Zeit lang viel zu aufgewühlt gewesen, um Ruhe zu finden, doch dann verfiel er in einen traumlosen Tiefschlaf. Als ihn Susanne gegen 14 Uhr weckte, brummte sein Schädel, als habe er soeben nach durchzechter Nacht einen Rausch ausgeschlafen. Für 17 Uhr war jedoch in Bad Waldsee die Abschlussbesprechung angesetzt, zu der ihn Linkohr abholen wollte. Zuvor nahm er sich die Zeit für ein Telefonat mit Edgar Bauer, seinem einstigen Weggefährten, der ihm diesen Fall nahegebracht hatte. Er erklärte ihm in kurzen Worten, wie sich alles entwickelt hatte und wie aus den anfänglichen Ermittlungen zu dem Drohnenunglück ein riesiges Verfahren geworden war, das noch internationales Aufsehen erregen werde, wenn erst die Medien Wind davon bekamen, dass es nicht nur um gefälschte Medikamente, sondern sogar um geplantes Doping bei der bevorstehenden Fußballeuropameisterschaft ging, in das die weltweit agierende Wettmafia verwickelt war. »Aber an diese Hintermänner wird die Staatsanwaltschaft nicht rankommen«, fasste Häberle seine Einschätzung resignierend zusammen. Oft genug schon hatte er es mit Verbrechen zu tun gehabt, die in derlei Kreise hineinreichten – und nahezu immer wurden zwar die Kleinen geschnappt, aber die Großen im Hintergrund blieben ungeschoren. Nicht selten hatte Häberle sogar den Eindruck gehabt, die Politik habe gar kein Interesse daran, in diese »Wespennester« reinzustoßen. »Weißt du, Edgar«, gab er zu bedenken, »wie schnell man heutzutage gesetzlich etwas ändern könnte – sogar innerhalb einer einzigen Woche –, das hat sich vor ziemlich genau einem Jahr gezeigt, als der Bundestag ratzfatz die sogenannte ›Ehe für alle‹ beschlossen hat.« Er erntete Zustimmung und fuhr fort: »Meinetwegen darf jeder jeden heiraten – ich hab keinerlei Probleme damit. Nur frag ich mich, warum man gerade dies so hektisch beschlossen hat, während andere Dinge jahrelang liegen bleiben oder als heiße Eisen nicht angepackt werden.«

»Reg dich nicht auf, August«, erwiderte Bauer. »Schau nach vorne. Was glaubst du, wie froh ich bin, mich mit manchen Dingen nicht mehr rumärgern zu müssen.«

»Ich weiß, du konzentrierst dich auf Morde in der Vergangenheit«, flapste Häberle und traf sofort ins Schwarze, denn Bauer berichtete eifrig: »Du wirst es nicht glauben, aber ich habe den Fall vom Gartensaal gelöst.«

»Na, dann können wir uns ja gegenseitig beglückwünschen«, meinte Häberle und mied es nachzuhaken, denn dazu hatte er jetzt keine Zeit.

»Ich erklär dir das alles«, versprach Bauer, wechselte dann aber das Thema: »Hast du eigentlich schon ein Lokal für die Abschiedsfeier im Kollegenkreis?«

Häberle war für einen Moment konsterniert. Keine Sekunde hatte er in den letzten Tagen daran denken können. »Wenn ich feiere, dann wirklich nur im Kreise derer, die mich jahrzehntelang begleitet haben. Ich will kein riesiges Fest.«

»Ich hätt da eine Idee, August«, kam es zurück. »Was hältst du von diesem Gartensaal, der im Freilichtmuseum Beuren neu entstanden ist?«

»Du meinst, das wäre stilvoll? Wegen deines Mords von vor 120 Jahren?«, frotzelte Häberle zurück und versprach, darüber nachzudenken.

Bauer ließ nicht locker: »Da könntest du in würdiger Umgebung sozusagen dein Schlusswort sprechen.«

Häberle ging nicht darauf ein. Er musste das Gespräch beenden, denn gleich würde Linkohr eintreffen.

151

Die Fahrt nach Bad Waldsee war an diesem Nachmittag staufrei zu bewältigen. Die B 10 von Göppingen südwärts in Richtung Ulm erwies sich nur im Bereich des Nadelöhrs Geislingen/Steige als übliches Hindernis, während es über die Schwäbische Alb hinweg zügig voranging, auch um Ulm herum.

Häberle lehnte sich auf dem Beifahrersitz zurück und überließ seinem jungen Kollegen das Steuer. »Haben Sie den Tag auch verschlafen?«, fragte er fürsorglich.

»Ich war wie ohnmächtig. Das war schließlich eine sehr lange Nacht.«

»Ich denke, Sie sind lange Nächte gewohnt?«, stichelte der Chef.

»Nicht mehr so wie früher«, antwortete Linkohr, leicht in sich hineinseufzend. Seine Gedanken kreisten um Evelyn, die in einer kargen Zelle des Untersuchungsgefängnisses saß, einsam und allein. Und dies womöglich ein ganzes Leben lang. Wenn sie großes Glück hatte, würde das Gericht ihr zugutehalten, ihrem geliebten Kerkhoff hörig gewesen und von ihm unter massiven Druck gesetzt worden zu sein. Vielleicht gab dies mildernde Umstände und sie kam mit zwölf oder fünfzehn Jahren davon. Andererseits konnte ihr erschwerend angelastet werden, dass sie ihre Kenntnisse als Arzthelferin für einen Mord und einen Mordversuch angewandt hatte. Auf besonders heimtückische Weise.

Häberle schwieg ein paar Kilometer und ließ die Ereignisse der vergangenen Tage vor seinem geistigen Auge Revue passieren. Alles war so unglaublich schnell gegangen. Ein Anruf von Bauer, dann das Treffen mit ihm und die ebenso rasche Erlaubnis seiner Vorgesetzten, in Bad Waldsee die Sonderkommission zu unterstützen. Eigentlich ein schöner Abschluss seiner polizeilichen Karriere, dachte er und verdrängte das aufkommende fahle Gefühl, schon bald nicht mehr gefragt zu sein.

»Diese Heike Mittelberg hat uns anfangs ganz schön an der Nase herumgeführt«, konstatierte er, als links im sommerlichen Dunst das Ulmer Münster auftauchte. »Auch sie war dem Kerkhoff verfallen«, sinnierte er weiter. »Ja, vielleicht sogar hörig, genau so, wie es anschließend Evelyn war.«

»So hab ich das eben auch gedacht«, erwiderte Linkohr.

»Natürlich hat Heike Mittelberg das Vermögen, das ihr Mann mit seinen dubiosen Geschäften angehäuft hat, nicht gefährden wollen. Ist irgendwie sogar verständlich.«

»Sie glauben nicht, dass der Mord an ihrem Mann ein abgekartetes Spiel war, gemeinsam mit ihrem damals noch geliebten Kerkhoff?«

»Nein«, antwortete Häberle überzeugt, »das war es nach allem, was unsere Kollegen aus Konstanz von ihr erfahren haben, ganz sicher nicht. Irgendwann hätte sie sich vielleicht von ihm getrennt, aber einvernehmlich und mit geregelten Vermögensverhältnissen. Ich denke schon, dass sie sich von den dubiosen Geschäften hat fernhalten wollen.«

»Aber sie hat den Einbruch fingiert und Daten vernichtet«, konterte Linkohr.

»Hat sie, ja. Es wird zu klären sein, inwieweit sie das auf Druck von Kerkhoff getan hat. Quasi ihm zuliebe.«

»Sie meinen also, der Mord ist allein im Verhältnis zwischen Kerkhoff und Mittelberg begründet?«

»Aus zweierlei Gründen«, dozierte Häberle, als Linkohr auf der Beschleunigungsspur zur B 30 Richtung Friedrichshafen kräftig Gas gab, um sich einzufädeln. »Denken Sie an das Drohnenunglück vor zwei Monaten, das die beiden zusammengeschweißt hat. Sie sind damals einfach abgehauen. Das Schweigen darüber hat sie voneinander abhängig gemacht. Kerkhoff hat seine Reputation als Arzt aber nicht gefährden wollen und seinen Kumpel schon seit Längerem davor gewarnt, weiterhin verpfuschte Medikamente in Umlauf zu bringen. Anschwärzen wollte er ihn aber nicht – vielleicht der Freundschaft wegen nicht, aber vielleicht auch, weil Mittelberg sonst den Drohnenunfall publik gemacht hätte.«

»Erpressung also«, schlussfolgerte Linkohr.

»Vielleicht. Möglich auch, dass Kerkhoff selbst anfangs von Marion Schewe in Versuchung geführt worden war, sich solcher Medikamente zu bedienen. Ohne natürlich ahnen zu können, dass Schewe nur als Lockvogel unterwegs war, um betrügerische und korrupte Ärzte und Apotheker ausfindig zu machen.«

»Sie meinen, das Problem liegt tiefer?« Linkohr überholte eine Lkw-Kolonne.

»Kerkhoff hat, wie wir nun wissen, andere, größere Ziele verfolgt. Vermutlich hat ihm Mittelberg ein neues Dopingmittel schmackhaft gemacht und ihm Kontakte zu dieser Szene vermittelt, die wohl eng mit der Wettmafia verbunden ist – um im nächsten Jahr die Spiele der Fußballeuropameisterschaft zu beeinflussen.«

»Und dann haben die beiden sich zerstritten, meinen Sie?«

»So wird es gewesen sein. Die Gerichte werden es klären – oder auch nicht. Jedenfalls war Kerkhoff in Bedrängnis. Sei es durch die Recherche nach dieser Fernsehdokumentation, die er im Übrigen in irgendeiner Weise sogar selbst verschuldet hat. Weil er diesem Göppinger Unternehmer Wellinger leichtsinnigerweise – oder bewusst – etwas von falschen Medikamenten aus dem Bodenseeraum angedeutet hat.«

»Damit hat er seinen alten Freund indirekt ins Zwielicht gebracht«, meinte Linkohr.

»Richtig erkannt, Herr Kollege«, grinste Häberle. »Man wird dem Kerkhoff zugutehalten müssen, dass er diese Praktiken nicht mehr dulden wollte – vielleicht zum Schutze der Patienten.«

»Und dann ist er dick ins Dopinggeschäft eingestiegen – und zwar so dick, dass er seinen guten Posten als Klinikarzt in Waldsee aufgegeben hat.«

»Ja. Der Handel mit Anabolika ist lukrativ, wie wir wissen. Nicht nur bei Profisportlern, sondern auch bei den Fitnesscenter-Süchtigen und Bodybuildern. Sogar Tiere sollen mit solchen Substanzen behandelt werden.« Häberle runzelte nachdenklich die Stirn. »Kerkhoff hat das ganz große Geschäft gewittert, sich deshalb neu orientiert und von Heike Mittelberg getrennt – auf wenig charmante Art allerdings –, ihr aber vermutlich mit aller Deutlichkeit klargemacht, dass sie über das Vermögen ihres Mannes nur verfügen könne, wenn die Staatsanwaltschaft nicht Wind davon kriegt, dass alles Geld aus Straftaten stammt.«

»Den Mord hat sie wirklich nicht gewollt?«, fragte Linkohr zweifelnd nach.

»So, wie sich ihre Aussage gegenüber unseren Konstanzer Kollegen darstellt, sicher nicht. Kerkhoff allein hat ihn ausschalten wollen. Elegant mit einem Flugzeugabsturz. Mit diesem barometrischen Gerät. Er hat die naive Evelyn dazu benutzt, es am frühen Morgen in der Maschine zu deponieren – nachdem am Vorabend ein Schlichtungsgespräch mit Mittelberg gescheitert war. Das Mädchen ist vermutlich am Abend mit dem klapprigen VW-Campingbus nach Konstanz rübergefahren, hat dort gepennt, um im Morgengrauen das Gerät in das Flugzeug zu legen.«

»Aber Mittelberg hat trotzdem sicher in Bad Waldsee landen können.«

»Mehr schlecht als recht, wie wir vom Flugleiter wissen.«

»Und dann hat Kerkhoff schnell handeln müssen«, konstatierte Linkohr, der sich auf den starken Feierabendverkehr konzentrieren musste.

»Der Zufall hat ihm geholfen. Als es beim Wassertretbecken im Park zu der Eifersuchtsszene kam, hat ihm Frau Mittelberg das Smartphone an den Kopf geworfen, das er ihr geschenkt und auf ihren Namen angemeldet hatte. Damit konnten er und Evelyn Gespräche führen, die wir allesamt der Frau Mittelberg zugerechnet haben.«

Linkohr nickte stumm.

»Sie sehen«, wurde Häberle nachdenklich. »Was manchmal logisch und bombensicher erscheint, kann sich bei näherem Betrachten ins Gegenteil verkehren. Vergessen Sie das nie, Herr Kollege.«

Für Linkohr klang es so, als sei es schon eine persönliche Abschiedsrede mit einem Appell an die Nachfolger.

»Das Mädchen«, so fuhr der Chefermittler fort, »hat am Nachmittag den Mittelberg zum Ried gelockt. Vielleicht unter dem Vorwand, etwas zu den Medikamenten zu besprechen. Ich kann mir durchaus vorstellen, dass dieses naive, aber sicher raffinierte Ding ihn auch ablenken konnte.« Er sah zu Linkohr hinüber, der von dieser Feststellung unbeeindruckt blieb. Deshalb machte Häberle weiter: »Wir haben uns ja einen optischen Eindruck von ihr machen können.«

Linkohr schluckte, denn in seinen Gedanken hatte er sie wieder vor sich.

»Er steigt zu ihr in den Kleinwagen, und sie macht ihm vielleicht einen kleinen Spaziergang im Ried schmackhaft. Sie hat ein Getränk dabei, das sie an einer lauschigen Stelle zu sich nehmen. Sie mischt ihm ein paar K.-o.-Tropfen oder was Ähnliches bei, er verliert kurz die Besinnung und sie kann ihm die tödliche Injektion setzen.«

»Aber doch nicht am helllichten Tag im Ried, wo vermutlich immer mal Spaziergänger sind!«, stellte Linkohr fest.

»Hell war es bestimmt noch. Denn das Treffen muss am frühen Abend stattgefunden haben – also noch ehe Mittelberg mit seiner Maschine zurück nach Konstanz hätte fliegen können. Wenn ich mich richtig entsinne, ist Mittelberg zweimal von diesem Handy aus angerufen worden. Einmal gegen

14.30 und dann ein zweites Mal um etwa 17.40 Uhr. Und überlegen Sie doch mal, Herr Kollege: Das Mädchen hat den Mittelberg ja nicht gleich mit ins Ried schleppen können. Vermutlich waren sie noch essen, haben rumgealbert – was weiß ich. Und dann ging's irgendwann ins Ried, ins Freie, wenn Sie versteh'n, was ich meine. Der Cinquecento ist für so was ziemlich unbequem.«

»Aber irgendwann hätte Mittelberg doch gesagt, er müsse vor Sonnenuntergang mit seiner Maschine in Konstanz sein«, warf Linkohr ein.

»Gut kombiniert. Sehr gut«, lobte Häberle. »Deshalb muss es tatsächlich noch hell gewesen sein. Irgendwann zwischen 19 oder 20 Uhr. Allerspätestens eine halbe Stunde nach Sonnenuntergang hätte er nämlich in Konstanz landen müssen. Und Sunset ist derzeit kurz nach halb zehn.«

»Dann war der Mord ein höchst riskantes Unternehmen«, meinte Linkohr.

»An dieser Stelle, wohin sie gefahren ist, nicht unbedingt – so meint Pfeifer, der das Gelände kennt. Es ist auch so ziemlich der einzige Bereich, der nah am Ried mit einem Auto befahrbar ist. Allerdings verbotenerweise, weil diese Verbindungsstraße wegen Schäden im Asphalt gesperrt ist. In einer Rechtskurve kann man geradeaus weiter in einen leicht zugewachsenen Forstweg fahren – direkt zu einem der Tümpel.«

»Erstaunlich, dass sich kein einziger Zeuge gemeldet hat, der da etwas gesehen hat.«

Häberle ging nicht darauf ein, sondern dozierte weiter: »Eine Stelle, die vermutlich Kerkhoff ausgekundschaftet hat. Als Jogger war er oft im Ried – so jedenfalls hat er es uns berichtet.«

»Und sich zum zufälligen Finder der Leiche gemacht – um sich gleich von vorneherein aus der Schusslinie nehmen zu können.«

»So ist es, Herr Kollege. Und wie pflegen Sie in solchen Fällen zu sagen?«

Linkohr wusste, worauf Häberle anspielte: »Da haut's dir's Blech weg.«

Gleich würden sie Bad Waldsee erreichen.

152

Bad Waldsee präsentierte sich in schönster sommerlicher Pracht. Die Luft war erfüllt von Blütenduft, Vögel zwitscherten. In dem kleinen Besprechungsraum des Polizeipostens waren Kaffee und Butterbrezeln vorbereitet. Der Präsident aus Konstanz hatte sich als spendabel erwiesen, um der engsten Ermittlermannschaft zu danken. Dem restlichen Team der Sonderkommission würde er im Kommissariat in Ravensburg »noch einen ausgeben«, hatte er angekündigt.

Von dem jetzigen Gespräch erhoffte er sich, einige weitere Details zu erfahren. Auch Haustein und die junge Ermittlerin Alina waren von Konstanz herübergekommen. Pfeifer hatte sich an die Stirnseite des Tisches gesetzt, links von ihm der Präsident, rechts Häberle. Daneben Spurensicherer Jürgen Hasenmaier.

»Zunächst«, so begann der Konstanzer Polizeichef, »möchte ich Ihnen allen danken für Ihren Einsatz in den vergangenen 24 Stunden. An erster Stelle«, er wandte sich mit einem kurzen Seitenblick an Pfeifer, »Sie mögen das gestatten, Herr Pfeifer – an erster Stelle freut es mich, den landesweit anerkannten Ermittler, den Ersten Kriminalhauptkommissar August Häberle, mit an Bord gehabt zu haben. Wie ich höre, treten Sie demnächst in den Ruhestand.« Er räusperte sich und nahm einen Schluck Kaffee. »Erfreulich die Zusammenarbeit mit dem benachbarten Präsidium Ulm und den Kollegen aus Ravensburg, Friedrichshafen und Konstanz sowie mit der Bundespolizei, aber auch mit dem Mobilen Einsatzkommando und dem Spezialeinsatzkommando. Das hat alles in geradezu vorbildlicher Weise funktioniert.« Er sah in blasse Gesichter, in denen trotz einiger Stunden Schlaf die Spuren einer langen Nacht zu sehen waren. Nur Linkohr schien munterer zu sein, denn er hatte sich gegenüber Alina gesetzt und auffälligen Blickkontakt mit ihr aufgenommen.

Der Polizeichef forderte seine Beamten auf, sich mit Kaffee und Butterbrezeln zu stärken. »Gibt es schon etwas Neues von den Vernehmungen?«, fragte er in die Runde.

Pfeifer ereiferte sich: »Kerkhoff will sich nicht äußern. Aber die junge Frau hat schon eine Art Geständnis abgelegt. Sie ist völlig mit den Nerven fertig. Sie behauptet aber, von Kerkhoff angestiftet worden zu sein.« Pfeifer blätterte in mitgebrachten Notizzetteln. »Sie räumt auch ein, das barometrische Gerät in den Flieger gelegt zu haben. Frühmorgens. Nachdem sie bereits am späten Abend mit dem VW-Campingbus von Kerkhoff nach Konstanz übergesetzt hat, um dort irgendwo zu nächtigen und die Vorrichtung im Morgengrauen in Mittelbergs Cessna zu deponieren.«

Pfeifer trank einen Schluck Kaffee und berichtete weiter: »Das arme Mädel hat alles getan, was Kerkhoff von ihr wollte. Sie hat mithilfe des Handys, das ursprünglich der Frau Mittelberg gehört hat, nachmittags den Mittelberg angerufen und behauptet, sie wisse alles über ihn und seine Frau – also über die Medikamentenpanscherei – und sie wolle dringend mit ihm sprechen. Der Mann ging darauf ein, sie trafen sich irgendwo am Stadtrand, und sie hat ihn dazu überredet, in ihr Auto zu steigen und an einen Platz zu fahren, an dem sie ungestört würden reden können.«

Häberle brummte: »Vielleicht hat sie ihm auch Hoffnungen ganz anderer Art gemacht.«

Linkohr zwinkerte Alina zu, doch sie schien den Zusammenhang nicht zu verstehen.

Pfeifer wollte die Anwesenheit des Präsidenten nutzen, um möglichst präzise zu berichten: »Die Frau ist mit Mittelberg an den Platz gefahren, den Kerkhoff bestimmt hatte. Sie hat ihr Opfer betäubt, ihm eine Spritze gesetzt und mit aller Kraft in das Wasser gezogen. Mittelberg war nicht allzu schwer. Und mit dem Auto hatte sie dicht an den Tümpel heranfahren können.«

Der Präsident unterbrach: »Warum hat man vor Ort keine Spuren gefunden? Oder hab ich das überlesen?«

Häberle mischte sich ein: »Nein, Sie haben nichts überlesen. Das Ufer ist an dieser Stelle ziemlich fest – also nicht so, wie man es im Ried vermuten würde. Es gab weder Fuß- noch Reifenspuren. Das ist schon richtig.«

»Sie ist aber verbotenerweise dorthin gefahren«, hakte der Präsident nach.

»Ja, ist sie«, bestätigte Pfeifer. »Das war kühn. Aber Kerkhoff hat ihr angeblich genau diese Stelle benannt, weil er dort beim Joggen bisher nie jemanden gesehen haben will, zu keiner Tageszeit.«

»Zu welcher Zeit war sie denn dort?«, schaltete sich Linkohr ein.

»Es sei schon dunkel gewesen, also lange nach 22 Uhr«, erklärte Pfeifer. »Bevor Mittelberg gegen 20 Uhr zu seinem Flugzeug hatte gebracht werden wollen, habe sie ihm etwas zu trinken angeboten – Mineralwasser mit sogenannten K.-o.-Tropfen. Dann sei er ziemlich schnell dahingedämmert, sodass sie ihm die Spritze setzen konnte. Weil sie bei Tageshelle noch nicht ins Ried habe fahren wollen, habe sie bis zur Dunkelheit gewartet.«

»Mit der Leiche im Auto?«, staunte Haustein, der bisher schweigend zugehört hatte.

»Ja, so schildert sie es. Sie sei irgendwo bei Durlesbach gewesen. Die Leiche auf dem Beifahrersitz habe sie mit einer Decke zugedeckt.«

»Ganz schön kaltblütig«, kommentierte der Präsident.

»Leiche Nummer zwei sollte Dr. Hagebusch werden, der offenbar inzwischen zu viel wusste«, kombinierte Häberle. »Den hat sie in das alte Haus nach Ritzenweiler gelockt.«

»Ja. Aber da war sie wohl viel zu aufgeregt. Deshalb ist es glücklicherweise schiefgegangen. Hagebusch ist übrigens auf dem Weg der Besserung.«

Der Präsident nickte und wechselte das Thema: »Und die Sache mit den Drohnen, deretwegen Sie …« – er deutete auf Häberle – »erst mit dem Fall in Kontakt gekommen sind?«

»Das war in der Tat eine schicksalhafte Begegnung: Zwei Männer verlieren ihre Frauen. Der eine durch eine Drohne, der andere durch gepanschte Medikamente eines Mannes, dem er das Fluggerät verkauft hat«, resümierte Häberle. »Sie waren es, die den beiden Drohnenfliegern quasi in die Quere gekommen sind.«

Der Präsident unterbrach: »Die sich dann aber untereinander uneins geworden sind, wenn ich das richtig verstanden habe.«

»So scheint es gewesen zu sein, ja«, nickte Häberle. Haustein ergänzte: »Wie wir von Frau Mittelberg erfahren haben, hat ihr Mann offenbar mit den falschen Medikamenten weitermachen wollen, während Kerkhoff voll auf den Vorschlag mit den Dopingmitteln abgefahren ist.«

»Kerkhoff«, so ergriff Häberle wieder das Wort, »der hatte wohl seinen alten Fliegerkumpel drängen wollen, das schmutzige Geschäft mit den wirkungslosen Präparaten aufzugeben und sich stattdessen auf das ganz große Ding mit dem angeblich so sensationellen Dopingmittel zu konzentrieren. Wie es sich darstellt, hatte er offenbar schon Kontakte zur internationalen Wettmafia geknüpft. Allem Anschein nach sollten viele Spiele der Fußballeuropameisterschaft manipuliert werden, um Riesensummen aus Sportwetten herausschlagen zu können.«

Der Präsident holte tief Luft. »Da geht's um viele Millionen«, seufzte er in sich hinein. »Der Verdacht, manche Spiele könnten manipuliert sein, drängt sich mir auch bei den normalen Ligaspielen manchmal auf. Oder ist Ihnen noch nie aufgefallen, dass oftmals haushohe Favoriten plötzlich gegen irgendwelche drittklassigen Mannschaften verlieren?«

Alina machte große Augen und sah den obersten Chef ratlos an. »Und wem bringt das dann die Millionen?«

»Zum einen dem Wettenveranstalter, weil alle ihr Geld verlieren, die auf den Favoriten gesetzt haben. Zum anderen aber streichen all jene hohe Gewinne ein, die entgegen dem Trend auf den Loser gesetzt haben, weil die Quoten für den unwahrscheinlichen Sieg entsprechend hoch sind«, erklärte der Präsident, der offenbar ein profunder Kenner dieser Szene war.

Haustein fuhr fort: »Nach Angaben von Frau Mittelberg hatte Kerkhoff sogar vorgeschlagen, den Europäischen Fußballverband, die UEFA also, vor wichtigen Spielen um Millionenbeträge zu erpressen. Und zwar mit der Drohung, die Flughäfen der jeweiligen Austragungsorte mit Drohnen lahmzulegen. Wie ihr wisst, findet die EM diesmal nicht in einem einzigen Land statt, sondern in elf europäischen und einer asiatischen Stadt.«

»Und dies hatten die beiden vor – der Mittelberg und der Kerkhoff?«, zeigte sich der Polizeichef interessiert.

»Ja, davon gehen wir aus«, antwortete Häberle. »Allerdings haben sie sich letztlich über die Vorgehensweise in die Haare gekriegt. Ich geh davon aus, dass Kerkhoff das ganz große Ding wollte, während sein Kumpel Mittelberg eher sein lukratives Geschäft mit den gefälschten Präparaten weiterbetreiben wollte.«

»Was wiederum dem Kerkhoff zu riskant war«, meinte Haustein.

»Weil wohl diese Frau Schewe dazwischengefunkt hat«, gab sich der Präsident informiert und kommentierte: »Was im Übrigen ein seltsames Gebaren der Pharmaindustrie ist – eine Art Agentin einzusetzen.«

»›Lockvogel‹, würd ich sagen«, ergänzte Häberle. »Über einen ziemlich langen Zeitraum hinweg hat sie in Bad Waldsee – aber sicher auch andernorts, vermutlich sogar in ganz Süddeutschland – auf raffinierte Weise angeblich Mittelbergs dunkle Geschäfte mit eingefädelt, um einerseits korrupten Ärzten und Apothekern auf die Spur zu kommen und andererseits Mittelberg selbst zu überführen.«

»Sie hat dabei aber nicht wirklich gefälschte Präparate in Umlauf gebracht?«, vergewisserte sich der Präsident, der darüber bereits von Häberle informiert worden war.

»Hat sie nicht, nein«, bekräftigte Häberle. »Denn sie hat es so eingefädelt, dass Ärzte und Apotheker korrekte Medikamente erhielten. Sie wollte nicht, dass Patienten gefährdet würden.«

Der Präsident schien derlei private Ermittlungen nicht akzeptieren zu wollen: »Ich halte es für dringend geboten, mit den Verantwortlichen einige ernste Worte zu reden – auch wenn sie in der Schweiz sitzen mögen. Die Frau Schewe trägt zumindest eine gewisse moralische Mitschuld am Tode des Herrn Mittelberg.«

»Die Leidtragende ist letztlich die junge Frau«, fasste Häberle zusammen und warf einen Blick zu Linkohr. »Diese Evelyn Kalinke war so etwas wie die willenlose Helferin von Kerkhoff.«

»Wie glaubhaft ist denn die Behauptung, sie hätten beide mit der Bahn nach Warschau verschwinden wollen?«, fragte Linkohr, der noch immer das provokante Gesicht der jungen Frau vor dem geistigen Auge hatte.

»Das scheint ziemlich klar zu sein«, mischte sich Pfeifer ein. »Die beiden hatten Tickets nach Berlin und hätten am Abend von dort aus weiterfahren können. Außerdem hatten sie beide ein Visum für Russland.« Er sah triumphierend in die Runde: »Die russische Wettmafia lässt also schön grüßen.«

Haustein wollte von Häberle jedoch etwas anderes wissen: »Warum haben Sie den Zugriff nicht in Durlesbach angeordnet, nachdem Sie vermutet hatten, der dort abgestellte Kleinwagen könnte als Fluchtfahrzeug genutzt werden?«

Häberle nahm Blickkontakt mit dem Präsidenten auf, der mit einem Kopfnicken andeutete, dass er die Antwort geben wolle: »Das ist in enger Absprache mit mir erfolgt. Das MEK hatte natürlich in Durlesbach alles unter Kontrolle. Der Fiat wurde mit einem GPS-Tracker präpariert – und wir wollten mit der Verfolgung feststellen, ob es Komplizen gab, mit denen die beiden ihre Flucht hätten fortsetzen wollen. Herr Häberle war sich ziemlich sicher, dass die Eisenbahn ab Ulm eine Rolle spielen würde.« Er gab ihm ein Zeichen, seine Überlegungen selbst darzulegen.

»Im Wohnmobil ist mir der Ausdruck einer Zugverbindung ab Ulm aufgefallen. Für mich lag die Vermutung nahe, sie könnten dort in einen Fernverkehrszug einsteigen.«

Haustein nickte anerkennend und musste sich insgeheim eingestehen, dass Häberle tatsächlich ein raffinierter Kombinierer war und ihm dieser Ruf zu Recht vorauseilte.

»Ulm«, so fuhr Häberle fort, »war für das Mobile Einsatzkommando und das SEK der günstigste Ort für einen Zugriff. Die Bahn hat kurz vor dem Eintreffen des Zuges den gesamten Schienenverkehr gesperrt. Im Übrigen waren die Kollegen an jeder Haltestation, die der Zug passiert hat, ganz unauffällig präsent.«

Pfeifer war während des Zuhörens blass geworden. Man hatte ihn offenbar über wesentliche Teile des Einsatzes gar nicht informiert. Wieder ein Zeichen dafür, dass er keinerlei Chancen haben würde, in die Fußstapfen Häberles zu treten.

Linkohr, der sich im Hintergrund gehalten hatte, spürte Ähnliches. Häberle war eben ein Naturtalent. Er würde eine große Lücke hinterlassen. Linkohr sah zu einer jungen Kollegin, neben die er sich gesetzt hatte, und konnte seinen Lieblingsspruch nicht länger zurückhalten: »Da haut's dir's Blech weg.«

Der Präsident, der dies nicht gehört hatte, wandte sich abschließend an alle Anwesenden: »Ich bin davon überzeugt, dass Sie mit Ihrer Arbeit jetzt auch europaweite Ermittlungen gegen die Dopingszene und die Arzneimittelfälscher angestoßen haben. Europol ist bereits eingeschaltet. Da wird sich in den nächsten Wochen einiges tun. Von Großrazzien ist bereits die Rede.« Er sah in erstaunte Gesichter, erhob sich und deutete auf seine Armbanduhr. »Jetzt müssen Sie mich aber entschuldigen. Die Pressekonferenz ruft, zu der sich im Übrigen ein Dutzend Medienvertreter angesagt haben.« Er nickte Häberle zu. »Sie kommen doch auch mit?«

Häberle winkte ab. »Das geht ohne mich.« Er deutete auf Pfeifer, der bereits befürchtet hatte, sich nicht in der Öffentlichkeit präsentieren zu dürfen. »Nehmen Sie den Kollegen Pfeifer mit«, schlug Häberle charmant vor.

Pressekonferenzen waren nie sein Ding gewesen. Er brauchte das nicht.

Heute hätte er allerdings gerne den einstigen Journalisten seiner Heimatzeitung Georg Sander gesehen. Aber ob der Ruheständler kommen würde, war fraglich. Es dürfte ohnehin noch ausreichend Gelegenheit geben, mit ihm zu plaudern, dachte der Kriminalist. Immerhin hatte Sander angekündigt, ihn in einigen weiteren Kriminalromanen erwähnen zu wollen.

Jetzt gab es Wichtigeres zu tun: den Eintritt in die Pension vorzubereiten.

Dazu musste er unbedingt so bald wie möglich mit Edgar Bauer sprechen.

Und über dessen 120 Jahre alten Mordfall.

153

Die Pressekonferenz fand im Sitzungssaal des Rathauses statt. Videokameras waren in Position gebracht, Fotografen lauerten auf ihre Motive, Journalisten von Zeitungen und Radiostationen hatten dort Platz genommen, wo normalerweise die Stadträte saßen. Auch Georg Sander war gekommen und von den örtlichen Kollegen misstrauisch beäugt worden, weil ihn hier niemand kannte.

Vor den Journalisten präsentierten sich neben dem Bürgermeister als Hausherr die Vertreter von Polizei und Justiz: der Präsident aus Konstanz, daneben Pfeifer und der Staatsanwalt aus Ravensburg. Nach der kurzen Begrüßung durch den Präsidiumssprecher aus Konstanz ergriff der Präsident das Wort – und es schien so, als wolle er die Veranstaltung so schnell wie möglich über die Bühne bringen. Es sei ihm eine große Freude, die Aufklärung des Falles bekanntzugeben, sagte er, musste jedoch einräumen: »Trotzdem bleiben einige Fragen offen, nämlich die nach den Hintermännern, die irgendwo im fernen Ausland sitzen. Wir werten unsere erfolgreiche Arbeit aber als großen Schlag gegen die Medikamentenmafia – zum Schutze der Bürger, vor allem der Patienten.« Er persönlich bedauere es zutiefst, dass offenbar »draußen im Lande« einige Apotheker und Ärzte den vermeintlich lukrativen Angeboten der kriminellen Anbieter nicht hätten widerstehen können.

Nach diesen Erläuterungen ergriff der Staatsanwalt das Wort: »Meine Damen und Herren, Ihnen dürfte zu Ohren gekommen sein, dass sich die Medikamenten-Schiebereien auch auf den Dopingsektor ausgeweitet haben. Der Arzt, der im dringenden Tatverdacht steht, seine Partnerin zu einem Mord und einem Mordversuch angestiftet zu haben, soll bisherigen Erkenntnissen zufolge Kontakte in die internationale Szene der Wettmafia geknüpft haben. Offenbar hatte er sich nach Russland absetzen wollen, um von dort aus mithilfe entsprechender Substanzen Einfluss auf größere Sportveranstaltungen zu nehmen.«

Ein Raunen ging durch den Raum. Nur Georg Sander, der in der letzten Reihe saß, lehnte sich gelassen zurück. Er hatte dank seiner vielfältigen Beziehungen bereits davon gehört. Als die – wie er es empfand – eher belanglosen Fragen einiger Medienvertreter beantwortet waren, meldete er sich zu Wort: »Eines haben Sie bisher nicht angesprochen: Was hatte der Fall denn mit Drohnen zu tun?«

Staatsanwalt und Präsident sahen sich ratlos an und baten Pfeifer, diese Frage zu beantworten. Der räusperte sich verlegen, war aber froh, endlich auch etwas sagen zu dürfen: »Es gab einen Unfall, irgendwann im Frühjahr, bei dem durch eine außer Kontrolle geratene Drohne ein tödlicher Verkehrsunfall geschehen ist. Der besagte Arzt, von dem der Herr Staatsanwalt soeben gesprochen hat, soll damals im Besitz des Fluggeräts gewesen sein. Dieser Umstand war nur deshalb von Relevanz, weil bisherigen Erkenntnissen zufolge der getötete Pharmavertreter damals dabei gewesen war.«

Sander nickte stumm und beschloss, nicht weiter nachzuhaken, um der überwiegend jungen Journalistenschar keinen Anreiz zu geben, dieses Thema weiter aufzugreifen. Den Drohnenaspekt würde er exklusiv in seinem Artikel darlegen – in der Hoffnung, dass sich ein Printmedium fand, das ihm genügend Raum für einen fundierten Hintergrundbericht einräumte. Nicht alles konnte man schließlich mit 30 Zeilen darstellen. Oder gar mit den 280 möglichen Buchstaben bei Twitter.

Die Stimme einer jungen Frau, vermutlich eine Volontärin, dachte er, riss ihn aus seinen Gedanken. »Ist es richtig, dass dieser Arzt, von dem Sie sprechen, einer rechtsextremistischen Gruppe angehört, die mithilfe der falschen Präparate unter der Bevölkerung Angst und Schrecken verbreiten wollte?«

Die Befragten sahen sich verwundert an, worauf sich der Staatsanwalt zu einer Antwort gezwungen sah: »Ich weiß nicht, wie Sie zu dieser Annahme kommen. Einen irgendwie gearteten politischen Aspekt oder gar Hinweise auf Extremismus von irgendwelcher Seite haben wir nicht festgestellt.«

Sander hatte unterdessen seinen Notizblock weggesteckt, als sich der Bürgermeister mit einem Schlusswort an die Ermittler wandte: »Sie haben dazu beigetragen, dass unsere wunderschöne Stadt weiterhin sicher bleibt. Bad Waldsee hat als Gesundheitsstandort einen so guten Ruf, dass solche Verbrechen – vor allen Dingen, wenn sie den medizischen Bereich betreffen – mehr als nur einen Imageschaden anrichten. In Bad Waldsee stehen wir für Gesundheit, Lebensfreude und eine herrliche Landschaft.« Er sah in die Runde. »Und Sie haben ein weithin sichtbares Zeichen gegen jegliche Art von Korruption und gegen die Machenschaften der verantwortungslosen Arzneimittelfälscher gesetzt. Somit kann jeder, der zu uns kommt, hier kurt oder sich in der Freizeit entspannt, mit Fug und Recht sagen: Bad Waldsee tut gut.«

Während sich die Journalisten der digitalen Medien mit Videokameras und Mikrofonen um einzelne Statements bemühten, schlich Sander davon. Er hatte eine Idee: Vielleicht würde er sich gar nicht mehr mit der hektischen Medienwelt auseinandersetzen, sondern diesen Fall in einen Kriminalroman kleiden. Dann konnte er endlich in ganzer Ausführlichkeit jedes Detail darstellen. Häberle würde dies bestimmt auch gefallen.

154

Zwei Abende später saß Edgar Bauer in Häberles kleiner Kellerbar. Das Weizenbier schäumte in den Gläsern, seine Frau Susanne hatte eine zünftige Wurstplatte vorbereitet und die beiden Männer alleine gelassen.

»Da hast du mir ein schönes Ding eingebrockt«, frotzelte Häberle. »Von einem Drohnenunfall und Mord zur russischen Wettmafia – mein lieber Scholli!« Er hob das Glas, um mit seinem alten Kollegen anzustoßen.

»Lohnt sich das Geschäft als Privatdetektiv eigentlich?«, wollte Häberle wissen und wischte sich Schaum vom Mund.

»Ich mach das nicht, um reich zu werden«, entgegnete Bauer. »Ich mag nur nicht daheim rumsitzen und Däumchen drehen. So ein bisschen ermitteln, ohne Druck und ohne sich groß in Gefahr zu begeben – das macht Spaß. Vor allem treffe ich immer wieder Leute, mit denen ich's dienstlich zu tun hatte.«

»Du meinst – Ganoven?«

»Nein. Ich meine Leute, die irgendwelche Funktionen innehaben.«

Häberle schob seinem Ex-Kollegen die Wurstplatte über den Tisch und forderte ihn auf, sich zu bedienen – was dieser auch sofort tat.

»Ja«, sinnierte Häberle, »so langsam treten sie alle in den Ruhestand. Der Richter Reinhard Schwenger ist schon lange in Pension, der Revierleiter Manfred Watzlaff auch – und vorige Woche hat auch Berthold Muckenhans, der langjährige Vorsitzende der Schwurgerichtskammer beim Landgericht Ulm, Abschied gefeiert. Alles alte Weggefährten. Ebenso wie der Journalist Georg Sander.«

»Der will dich in seinen Krimis verewigen, hab ich gehört. Stimmt das?«

Häberle bediente sich ebenfalls von der üppigen Wurstplatte. »Dem trau ich das zu. 19 meiner Fälle will er verbraten, hat er gesagt. Mit dem jetzigen wären es dann wohl 20.«

»Und du willst dich dann ganz zur Ruhe setzen? Kannst du das überhaupt?«

Häberle nahm einen kräftigen Schluck Weizenbier. »Wieso fragst du?«

»Na ja, vielleicht könnten wir irgendwie mal gemeinsame Sache machen …«

»Du meinst …?« Häberle wollte es nicht aussprechen.

»Ja, so hin und wieder ein kleiner Auftrag. Können ganz schön spannende Sachen sein. Mysteriöse Dinge, für die sich die Polizei nicht interessiert.« Bauer grinste.

»Ja, ich weiß: Drohnen mit Mord garniert und so«, frotzelte Häberle.

»Ich mein das im Ernst«, wurde Bauer deutlicher. »Vielleicht machen einige andere auch mit. Schwenger, Watzlaff, Muckenhans – wer weiß.«

»Und Sander als unser Mann für die Öffentlichkeitsarbeit, stimmt's?«, ergänzte Häberle provokant. »Die größte Detektei zwischen Stuttgart und Bodensee.«

»Oder von ganz Deutschland«, prahlte Bauer. »Die Detektei mit der größten Kompetenz: Polizisten, Juristen, Journalist.«

»Ein wahres Dream-Team«, schmunzelte Häberle und fügte an: »Ich werd's mir überlegen. Vorläufig möchte ich Abschied feiern.«

»Aber bitte nicht wieder so wie vor vier Jahren, als du unseren Präsidenten in Ulm brüskiert hast und beim Festakt die Annahme der Zurruhesetzungsurkunde verweigert hast. Über diesen Coup spricht man noch heute im Stuttgarter Innenministerium.«

»Ein Coup war das nicht«, runzelte Häberle die Stirn. »Es

war der ausdrückliche Wunsch des Präsidenten gewesen, dass ich noch ein paar Jahre dranhänge. Ich hab's nur ein bisschen spannend gemacht.«

»Jetzt also endgültig?«, zweifelte Bauer, wohl wissend, dass Häberle angesichts seines Alters gar nichts anderes übrig blieb.

»Ja, Edgar. Alles war gut zu seiner Zeit. Jetzt wird ein neues Kapitel aufgeschlagen.«

»Denk über meinen Vorschlag nach. Dann könntest du dein neues Kapitel in dem Gartensaal aufschlagen.«

Bauer ließ sich Schwarzwurst und Schwartenmagen munden, nahm einen Schluck Bier und wartete gespannt auf Häberles Entscheidung.

»Du meinst, am Tatort deines 120 Jahre zurückliegenden Mordes?«, hob Häberle eine Augenbraue, strich Butter auf ein Holzofenbrot und wollte wissen: »Wie ist das eigentlich ausgegangen – mit diesem Mord? Wen haben die Altvorderen anno 1899 hinter dem Gartensaal verbuddelt?«

Bauer verzog das Gesicht zu einem breiten Lachen. »Fall geklärt, wie ich dir schon gesagt hab. Was die Altvorderen anno 1899 auf diesem geheimnisvollen Zettel protokolliert haben – nämlich das Erlegen einer ›Letzten am Steilhang‹ –, bezieht sich mit Sicherheit auf eine Wildkatze, die sie damals geschossen haben. Keine besondere Heldentat. Denn damit wurde das Ausrotten der Wildkatzen hierzulande unterstützt.«

Häberle verkniff sich eine Bemerkung über die Dummheit der Menschen, die eine Tier- und Pflanzenart nach der anderen ausrotteten. Und dies noch heute – oder gar: noch stärker als je zuvor. Wie bescheuert musste die Menschheit sein, wenn sie ihr eigenes Paradies versaute? Oder war das Bildnis aus der Bibel von der Vertreibung aus dem Paradies ein versteckter Hinweis darauf, was geschah, wenn der Mensch sich gegen die Naturgesetze stellte?, zuckte es für eine Sekunde durch Häberles Kopf.

»Und das hast du herausgefunden?«, kam er auf Bauers Lieblingsthema zurück.

»Ja, ausgiebige Recherche. Warum die Herrschaften damals aber notiert haben, es sei die Vollmondnacht vom 7. Juli 1899 gewesen, bleibt ein Rätsel. Wie gesagt: Vollmond war zu diesem Zeitpunkt nicht.«

»Vielleicht waren sie in wein- oder bierseliger Laune gewesen«, gab Häberle zu bedenken und spöttelte: »Oder willst du die Katzenleiche exhumieren lassen?«

Bauer winkte ab. »Keine Sorge, der Gartensaal steht ohnehin woanders, in Beuren.«

»Und du meinst, das wäre der richtige Ort für meine Abschiedsfeier im Kollegenkreis?«, zeigte sich Häberle nun doch interessiert.

»Ja – und ich sag dir auch, weshalb. Denn ich hab noch etwas Interessantes rausgefunden.«

»Da bin ich aber gespannt.«

»Ich hab mich mit der Historie des Gartensaals auseinandergesetzt – mit den Veranstaltungen, die dort stattgefunden haben. Muss ganz schön beliebt fürs Schwofen gewesen sein, damals in der Nachkriegszeit. Und was glaubst du, wer dort oft anzutreffen war?«

»Keine Ahnung, aber du wirst es mir gleich verraten«, brummte Häberle.

»Deine Eltern, mein lieber August.«

DIE SCHLUSSWORTE

Susanne war von der Idee, Augusts Abschied mit den Kollegen rustikal zu feiern, sehr angetan. Das passte zu ihm. Die Feierstunde mit den »Großkopferten« und Übergabe der Urkunde für den Ruhestand war die eine Sache – aber das gemütliche Beisammensein mit Kollegen die andere. Edgar Bauer hatte alles bestens organisiert, im Freilichtmuseum Beuren den »Gartensaal« angemietet, das Catering bestellt und sogar eine schwäbische Musikgruppe verpflichtet, deren Bandleader vor über zehn Jahren mal ins Visier von Häberles Ermittlungen geraten war. Damals, als es just in einer Höhle, die man das »Mordloch« nannte, einen Leichenfund gegeben hatte.

Der altehrwürdige »Gartensaal«, der einstens in Geislingen gestanden und dann ins Museum umgesiedelt worden war, war festlich geschmückt – wie damals, als in ihm noch große Veranstaltungen stattgefunden hatten. Rund 60 Gäste hatten sich eingefunden, überwiegend Polizeibeamte, aber auch Freunde, Bekannte von Häberle samt deren Angehörigen, dazu Juristen und Einsatzkräfte von Feuerwehr und den Rettungsdiensten. Ein legeres Abschiedsfest sollte es werden – mit einem zünftigen schwäbischen Essen, wozu natürlich Maultaschen sowie Rostbraten mit Spätzle und Kartoffelsalat gehörten, aber natürlich auch Leberkäs oder Linsen mit Spätzle plus Weizenbier, württembergischem Rotwein oder heimischem Most.

Häberle in Jeans und blauem Hemd lieh sich das Mikrofon der Gesangsgruppe und sah strahlend in die froh gelaunte Menge. »Ich danke euch, dass ihr gekommen seid«, sagte er und räusperte sich. »Ist das nun ein Tag der Freude oder des wehmütigen Nachdenkens? Freude natürlich«, er blickte zu Susanne, die am ersten Tisch vor ihm saß, »weil endlich Stress und Hektik des Arbeitslebens hinter mir liegen. Weil es mir vergönnt war, es ohne größere Blessuren und dienstliche Probleme durchzustehen. Freude, weil ich nun mehr Zeit habe für meine liebe Ehefrau, meine Hobbys und für den Aufbruch zu neuen Ufern. Ein bisschen Wehmut und Nachdenklichkeit, weil wir alle auf diese Weise gemeinsam älter geworden sind, weil dann doch schneller als gedacht der lange herbeigesehnte Ruhestand vor einem steht, ein gravierender Einschnitt, der schon manchen vor Probleme auch psychischer Art gestellt hat. Denn wer sich nicht rechtzeitig Gedanken darüber gemacht hat, wie er die viele Zeit, die nicht mehr mit Arbeit gefüllt ist, sinnvoll verbringen kann, der wird in ein großes Loch fallen.« Susanne sah ihn mit nachdenklichem und sorgenvollem Gesicht an, weshalb er einen Moment innehielt, dann aber fortfuhr: »Wir als Beamte – und viele von uns sind dies – sollten uns glücklich schätzen, dass uns manches, was in der freien Wirtschaft so abläuft, erspart bleibt. Wir brauchen uns nicht um unsere Rente zu sorgen, in der Regel nicht gegen Altersarmut ankämpfen – doch gerade wir als Polizisten sollten auch kein schlechtes Gewissen haben, denn wir haben allesamt mehr für den Staat geleistet, bisweilen sogar unser Leben für ihn eingesetzt, als jene, die nur an ihren Schreibtischsesseln kleben und tatsächlich davon überzeugt sind, zu Recht das zu verdienen, was sie verdienen. Erspart mir, dass ich euch die eine oder andere Episode aus meinem Berufsleben erzähle. Das können wir in kleineren Gesprächen an den Tischen machen, denn jeder von uns hat ganz sicher Dinge erlebt, die so unwahrscheinlich, skurril, mysteriös, merkwürdig, ja, bisweilen grausam waren, viel grausamer, als es sich jeder Kriminalautor vorstellen könnte. Ganz wichtig ist es mir aber heute, darauf hinzuweisen, dass Erfolg in unserem Job nur im Teamwork möglich ist. Ähnlich wie bei einer Fußballmannschaft, so habe auch ich mich meist als Trainer meines Teams gesehen, der allerdings nicht immer den Pfiff eines Schiedsrichters akzeptiert hat.« Ein Lächeln huschte über sein Gesicht. »Aber allen Widrigkeiten zum Trotz sollten immer Fairness und Respekt vor dem anderen im Vordergrund stehen. Ich möchte heute nur wenige namentlich erwähnen – aber erlaubt mir, weil ich gerade bei der Fairness bin, eine Person doch hervorzuheben, nämlich den inzwischen auch in den Ruhestand getretenen Journalisten unserer Heimatzeitung, den Georg Sander. Er war stets ein fairer Ansprechpartner und hat auf dezente, aber fundierte Weise über viele Fälle berichtet, was uns wiederum oftmals wertvolle Zeugenhinweise beschert hat.« Er grinste Sander zu, der mit seiner Partnerin in der zweiten Tischreihe saß. »Herr Sander hat schon angedroht, mich in seinen Kriminalromanen zu verewigen, auf die er sich mittlerweile konzentriert. Nun aber wünsche ich euch und mir – also uns – einen schönen Abend, verbunden mit der Hoffnung, dass auch all die, die noch tätig sind als Polizisten, Richter, Feuerwehrleute, Rotkreuzler, Juristen und in anderen Funktionen ihr Berufsleben ebenfalls ohne große Blessuren erfolgreich durchstehen. Und dies trotz aller Zeiterscheinungen, mit denen insbesondere wir als Polizeibeamte zu kämpfen haben – mit zunehmender Respektlosigkeit vor der Polizei, mit dümmlichem Imponiergehabe mancher Bevölkerungsschichten, mit der zunehmenden Tendenz, nur sich selbst zu sehen, egoistisch und angeberisch die eigenen Interessen durchsetzen zu wollen. Ich zitiere in diesem Zusammenhang gern einen Richter vom Ulmer Landgericht, der heute auch unter uns ist und ebenfalls zu den Pensionären zählt. Der pflegte oft zu sagen: ›Es verkommt alles – am meisten die Moral.‹ Aber – und das möchte ich abschließend betonen: Irgendwann kommt bei jedem die Wahrheit auf den Tisch. Dazu hat uns unsere Musikgruppe, nämlich das ›Kaos plus Duo‹, sogar ein Lied mitgebracht. Bitte schön.« Häberle deutete mit einer weit ausladenden Armbewegung auf die drei Musiker. Beifall brandete auf und Bandleader Hans-Ulrich Pohl stimmte das angekündigte Lied an.

Nachdem das Stück mit dem humoristisch-nachdenklichen Text verklungen war und sich Häberle dafür bedankt hatte, hob er sein schäumendes Weizenbierglas und forderte die Gäste auf, mit ihm auf das »Wohl aller, die noch arbeiten und die es schon hinter sich haben« anzustoßen.

Unterdessen näherte sich Georg Sander mit einem Skript in der Hand und gab der Kapelle zu verstehen, ein paar Worte an die Zuhörer richten zu wollen. Er ließ sich das Mikrofon geben und erklärte: »Ich mach's kurz, aber ein kleiner Rückblick muss schon sein.« Er sah in erwartungsfrohe und grinsende Gesichter, denn viele wussten, dass Sander bei derlei Gelegenheiten immer einen amüsanten Beitrag leistete. »Lieber Herr Häberle, es ehrt mich natürlich, dass Sie mich erwähnt haben, aber vertrauensvolle Zusammenarbeit basiert immer auf Gegenseitigkeit. Sie waren halt ein Kriminalist mit Leib und Seele, haben gewusst, worauf es ankommt: bürgernah, bodenständig und stets offen für ein Gespräch. Ich weiß, die Zeiten haben sich bei der Polizei inzwischen auch dramatisch verändert. Vielfach wird die Presse nicht mehr als Partner angesehen, sondern als ungeliebter kritischer Beobachter. Dazu mögen auch manche Journalisten beigetragen haben, die ihren Job nur theoretisch gelernt, aber nie wirklich an der Front, also im Lokalen, gearbeitet haben. Und auch nie ein bodenständiges Vorbild gehabt haben, wie ich es glücklicherweise noch hatte. Ich möchte mich nicht in den Vordergrund stellen, sondern nur an das erinnern, was August Häberle und mich über viele Jahre hinweg verbunden hat. Mit ganz großen Fällen. Da war der Discobesitzer, der frühmorgens vom Himmelsfelsen gestürzt ist, dann der Irrflieger, der gedroht hatte, gegen den Ulmer Münsterturm zu fliegen. Es gab die mysteriöse Leiche just in der Höhle, die man das ›Mordloch‹ nennt, und eine verkohlte Leiche auf der Alb, wo Sie, lieber Herr Häberle, möglicherweise einem Trugschluss unterlegen sind. Unvergesslich auch der spektakuläre Fall, als der Fußballbundestrainer vor dem Sommermärchen der WM 2006 in die Schusslinie von Kidnappern geraten ist.« Sander erntete insbesondere bei den Fußballfans unter den Gästen heftiges Kopfnicken. Dann fuhr er fort: »Mit zwiespältigen Gefühlen erinnere ich mich an den Fall, als ein Hartz-IV-Empfänger unter erdrückender Beweislast vor dem Landgericht Ulm stand.« Der Journalist richtete seinen Blick auf den damaligen Richter, der weiter hinten Platz genommen hatte. »Ein Jahr später, so hab ich rausgefunden, lag dann plötzlich die politische Vergangenheit aus der DDR wie ein Schattennetz über einer Kleinstadt. Viel Aufsehen hat auch ein ICE auf der Geislinger Steige erregt, weil die Notbremse gezogen worden war und sich dann in einem Abteil eine Leiche fand.« Sander wartete ein paar Sekunden, weil sich mehrere Zuhörer offenbar intensiv über diesen Fall austauschten, machte dann aber weiter: »Sozusagen ›glasklar‹ erschien der Mord bei einem Sommernachtsgrillfest, weil dabei eine Brille zur Aufklärung beigetragen hat. Und mitten in der Diskussion um die Energiewende führte ein nächtlicher Kurzschluss die Spur von einer Wasserleiche in die Strombranche.« Sander blickte von seinem Skript auf: »Daran mögt ihr, liebe Gäste, erkennen, dass Herr Häberle in nahezu jeder Branche und in jedem gesellschaftlichen Bereich tätig war. Ein Rückblick auf seine Fälle ist auch so etwas wie ein Rückblick auf das Themenspektrum, das uns alle in den vergangenen rund 18 Jahren beschäftigt hat.« Sander sah wieder auf seinen Text: »›Blutsauger‹ hat Herr Häberle den Fall tituliert, bei dem es um dubiose Geschehnisse um Stammzellen gegangen ist und die Spur sogar bis nach Gran Canaria geführt hat. Ganz politisch und – das möchte ich anmerken – aktuell wie eh und je war der Versuch einer Gruppierung, einen jungen engagierten Politiker aus Hohenstaufen mundtot zu machen. Wie das ausgegangen ist, werden die meisten von Ihnen in Erinnerung haben.« Der Journalist sah nachdenklich in die Runde. »Wir müssen nur die heutige politische Landschaft betrachten, dann werden wir feststellen, dass sich Ähnliches jederzeit wiederholen könnte. Aber lasst mich weitermachen: Herr Häberle hat nicht nur in seinem Zuständigkeitsbereich ermittelt, sondern bisweilen sogar im Ausland – wie etwa im Tannheimer Tal, wo sich eine etwas dubiose Gesellschaft in einer Art Grauzone bewegt hat.« Die Erinnerung an weitere zwei Fälle löste bei Sander ein beklemmendes Gefühl aus: »Schicksalhaft war ein Machtkampf in einer kleinen Albgemeinde – ebenso die Spionageattacke gegen ein Ulmer Unternehmen, wobei man den Eindruck hatte gewinnen können, ein ganzes Lauschkommando sei unterwegs. Höchst interessant, aber auch dramatisch war der grauenvolle Mord auf der Baustelle der neuen Eisenbahntrasse zwischen Stuttgart und Ulm, wo man damals von einem ›Todesstollen‹ sprach.« Sander fügte ergänzend zu seinem Skript an: »Ihr wisst, dieses gigantische Bauprojekt wurde ruckzuck durchgezogen. Derzeit werden auf der Alb bereits die Masten für die Oberleitung installiert. Und was da beim Ulmer Bahnhof für die Anbindung dieser Neubaustrecke gerade gebuddelt wird, ist so etwas wie ›Stuttgart 21‹ im Kleinen. Solltet ihr euch auch mal ansehen. Ich war vor vier Wochen beim Tag der offenen Baustelle und hab nur so gestaunt.« Am zustimmenden Nicken erkannte Sander, dass auch einige der anderen Gäste dort gewesen sein mussten. »Abschließend«, fuhr er fort, »sei noch der aufwendige Ermittlungsfall um einen merkwürdigen Wanderer auf dem sogenannten Alb-Traufgängerweg erwähnt. Manche …«, Sander grinste, »haben damals diesen Traufgänger mit einem Draufgänger verwechselt – also das T mit dem D vertauscht. Dabei ist ein Draufgänger etwas ganz anderes, wie die meisten von euch wissen.« Sander suchte Blickkontakt zu Linkohr, der bei den jüngeren Kolleginnen Platz genommen hatte. »Noch einmal ging's für Herrn Häberle nach Österreich, nämlich zu der Hängebrücke bei Reutte in Tirol, die an einem Oktobertag als ›Nebelbrücke‹ zum Schauplatz einer dramatischen Entwicklung geworden ist.« Sander faltete sein Unterlagen zusammen, denn den letzten Fall kannte er auswendig: »Voriges Jahr hat Herrn Häberle die Bundesgartenschau in Heilbronn beschäftigt, wo es so schien, als seien manche Herrschaften in einen wahren Blumenrausch verfallen. Und nun also haben wir dieser Tage den 20. Fall abgeschlossen. Ich denke, das war der richtige Moment für ein rückblickendes Schlusswort voller Dankbarkeit.«

Beifall brandete auf.

Häberle ging auf Sander zu, ließ sich das Mikrofon geben und sagte, als es wieder ruhig geworden war, mit belegter Stimme: »Besten Dank, lieber Herr Sander. Ich bin erstaunt, was Sie so alles zusammengetragen haben. Oder haben Sie schon begonnen, Kriminalromane darüber zu schreiben? Was ist denn dran an dem Gerücht, wonach Sie tatsächlich diese Geschichten alle schriftstellerisch verwerten wollen?«

Sander sah ihn spitzbübisch an: »Das hab ich Ihnen doch schon gesagt. Sie werden das Vorbild für meinen Kommissar. Allerdings werde ich nur unter einem Pseudonym schreiben, damit niemand Rückschlüsse auf die realen Fälle ziehen kann.«

»Unter einem Pseudonym?«, staunte Häberle. »Verraten Sie uns, wie es lauten wird?«

»Ja, ganz einfach: Bomm. Manfred Bomm.«

»Bomm?«, wiederholte Häberle ungläubig. »Das klingt so nach Bumm-Bumm. Finden Sie das nicht ein bisschen albern?«

DANKSAGUNG

Um einen Krimi möglichst realitätsnah schreiben zu können, bedarf es vieler Informanten. Auch dieses Mal sind mir wieder zahlreiche Fachleute mit Tipps zur Seite gestanden. Besonders erwähnt seien: Markus Sauter, Pressesprecher des Polizeipräsidiums Konstanz, Dr. med. Frank J. Reuther (stellvertretender Ärztlicher Direktor der Klinik für Psychiatrie, Psychotherapie und Psychotraumatologie am Bundeswehrkrankenhaus Ulm), Manfred Malchow (ehemaliger Polizeirevierleiter von Geislingen/Steige), Walter Gschwind (Leiter des Kulturamts Bad Waldsee), Harald Beyrle (Leiter der Stadtentwässerung Bad Waldsee), Monika und Elmar Maronn (Bad Waldsee), Reinhard Schüssler (Biberach) sowie Tobias Krüger (Leiter der Motorflugschule Hahnweide des Baden-Württembergischen Luftfahrtverbandes).
Und ganz besonders bedanke ich mich bei meiner langjährigen Lektorin Claudia Senghaas, die mir bei allen 20 Häberle-Krimis einfühlsam und sehr geduldig beiseitegestanden ist. Ohne ihre akribische Arbeit wäre es nie zu dieser Serie gekommen. Ich darf sagen, dass wir beide ein wahres »Dreamteam« geworden sind.

August Häberle ermittelt:

1. Fall: Himmelsfelsen
ISBN 978-3-89977-612-6

2. Fall: Irrflug
ISBN 978-3-89977-621-8

3. Fall: Trugschluss
ISBN 978-3-89977-632-4

4. Fall: Mordloch
ISBN 978-3-89977-646-1

5. Fall: Schusslinie
ISBN 978-3-89977-664-5

6. Fall: Beweislast
ISBN 978-3-89977-705-5

7. Fall: Schattennetz
ISBN 978-3-89977-731-4

8. Fall: Notbremse
ISBN 978-3-89977-755-0

9. Fall: Glasklar
ISBN 978-3-89977-795-6

10. Fall: Kurzschluss
ISBN 978-3-8392-1049-9

11. Fall: Blutsauger
ISBN 978-3-8392-1114-4

12. Fall: Mundtot
ISBN 978-3-8392-1247-9

13. Fall: Grauzone
ISBN 978-3-8392-1385-8

14. Fall: Machtkampf
ISBN 978-3-8392-1515-9

15. Fall: Lauschkommando
ISBN 978-3-8392-1663-7

16. Fall: Todesstollen
ISBN 978-3-8392-1858-7

17. Fall: Traufgänger
ISBN 978-3-8392-2020-7

18. Fall: Nebelbrücke
ISBN 978-3-8392-2239-3

19. Fall: Blumenrausch
ISBN 978-3-8392-2364-2

Manfred Bomm hat ein Gespür für Themen. Häberles Fälle spielen nie im luftleeren Raum. Sie sind nicht nur geografisch in der Region verortet, auch die Themen sind aktuell. | *Südwest Presse*

WWW.GMEINER-VERLAG
Wir machen's spanne